밤과 낮

Night and Day

밤과 낮

버지니아 울프

김금주 옮김

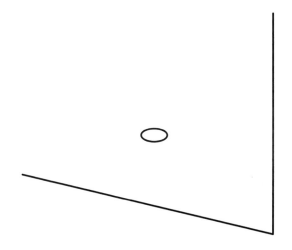

솔

울프 전집을 발간하며

왜 지금 울프인가? 1941년 3월 28일 양쪽 호주머니에 돌을 채워 넣고 우즈 강에 투신 자살한 작가 버지니아 울프의 전집을 이역만리 한국에서 왜 지금 내놓는가?

20세기 초라면 울프에 대한 모더니스트로서의 위상 정립 작업이 필요했을 수도 있다. 또한 1980년대라면 1970년대 이후 서구에서 활발하게 진행된 페미니즘 논의와 연관시켜 페미니스트로서의 위치 설정 작업이 필요하다고 할 수도 있다. 울프는 누가 뭐래도 페미니스트이다. 울프의 페미니즘은 비록 예술이라는 포장지에 곱게 싸여 있기는 하지만 나름대로 격렬한 것이다. 그럼에도 불구하고 페미니즘은 절대로 울프 문학의 진수도 아니며, 전부는 더더욱 아니다.

그녀의 문학은 한마디로 말해서 인간주의 문학이다. 사랑을 설파한 문학, 이타주의利他主義를 가장 소중히 여긴 고전 중의 고전이 그녀의 문학이다. 모더니즘, 페미니즘, 사회주의와 같은 것들은 그녀가 목적지를 향해 나아가는 도중에 잠깐씩 들른 간이역에 불과하다. 궁극적인 목적지는 인본주의라는 정거장이었다. 그동안 그녀는 모더니즘의 기수라는 훤칠한 한 그루의 나무로, 또는 페미니즘의 대모代母라는 또 한 그루의 잘생긴 나무로 우리의 관심을 지나치게 차지하여 우리가 크고도 울창한 숲과 같은 이 작가의 문학 세계를 제대로 보지 못하는 경향이 없지 않았다. 이제는 바야흐로 이 깊은 숲을 조망할 때가 온 것으로 믿는다. 지금 우리가 울프를 다시 읽어야 하는 이유가 여기에 있다.

이 전집이 울프를 바로 이해하는 데 도움이 되고, 나아가 읽는 이의 정서를 순화하는 데 작은 도움이 되었으면 한다.

울프 전집 간행위원회

차례

바네사 벨에게,
한 구절을 찾았지만,
네 이름에 비견될 만한 어떤 것도 발견하지 못했기에.

제1장

시월의 어느 일요일 저녁이었다. 그녀와 같은 신분의 여느 젊은 숙녀들과 마찬가지로 캐서린 힐버리는 차를 따르고 있었다. 아마도 마음의 오분의 일 정도가 그 일에 그렇게 몰두했고, 그 나머지는 월요일 아침과 다소 차분해진 이 순간 사이에 놓여 있는 나날의 작은 장애물을 뛰어넘어, 사람들이 낮 동안에 대체로 자유롭게 하는 일들에 대한 생각으로 즐기고 있었다. 그러나 그녀는 비록 말은 없었지만 분명히 자신에게 매우 익숙한 상황의 안주인이어서, 육백 번이나 그 상황이 나아가는 대로 내버려두고 싶은 생각이 들었다. 아마도 쉬고 있는 그녀의 능력을 조금도 발휘하지 않고서도 말이다. 힐버리 부인은 자신이 한번 슬쩍 보는 것만으로도 저명한 원로들의 다과회를 성공적으로 만드는 재능이 아주 뛰어나서 그녀의 딸로부터 거의 어떤 도움도 필요하지 않다는 것을 보여주기에 충분했다. 만약 그녀가 찻잔과, 빵과 버터를 다루는 성가신 일에서 벗어나게 된다면 말이다.

그 작은 무리의 사람들이 차 탁자 주변에 둘러앉은 지 채 이십 분이 되지 않았다는 것을 고려해볼 때, 그들의 얼굴에서 눈에 띄는 생기와 그들이 집단적으로 내는 상당한 소리는 안주인에게는 매우 영광스러운 것이었다. 만약 이 순간 누군가 문을 연다면 그는 그들이 즐거운 시간을 보내고 있다고 여길 것이라는 생각이 불현듯 캐서린의 마음속에 떠올랐다. "방문하기에 참으로 대단히 멋진 집이군!" 하고 그는 생각할 것이다. 그리고 그녀는 본능적으로 웃었고, 추측컨대 그 집의 명성을 위해 떠드는 소리를 더 크게 하려고 뭔가 이야기했다. 그녀 자신이 신나는 기분을 느끼지 못한 탓이었다. 바로 그 순간, 다소 재미있게도 문이 열어 젖혀졌고 한 청년이 방 안으로 들어왔다. 캐서린은 그와 악수를 하면서 마음속으로 그에게 '자, 당신은 우리들이 아주 즐겁게 지내고 있다고 생각하나요?'라고 물었다. "데넘 씨예요, 어머니," 그녀가 크게 말했다. 그녀는 어머니가 그의 이름을 잊어버렸다는 것을 알아챘기 때문이다.

그 사실은 또한 데넘에게도 인지되었고, 아주 마음 편히 있는 사람들로 가득 찬 방 안으로 낯선 사람이 들어오는 것에 불가피하게 따르는 어색함을 증폭시켰다. 그래서 모두들 의견을 내놓기 시작했다. 동시에 데넘은 자신과 바깥의 거리 사이에 부드럽게 속을 덧댄 수천 개의 문이 닫혀 있는 듯이 느꼈다. 공기처럼 가벼워진 안개의 정수인 연무가 응접실의 넓고 다소 비어 있는 공간에 온통 은빛으로 눈에 띄게 자욱했다. 그곳에는 촛불들이 차 탁자 위에 무리 지어 있었고 벽난로에는 불그레한 빛이 다시 감돌았다. 그의 머릿속에는 버스와 택시가 여전히 달리고 있었고, 그의 몸은 가로를 따라 교통수단과 보행자들 사이를 들락거리면서 빠르게 걸은 탓에 아직도 흥분하여 울렁거리는 상태에서, 이 응접실은 매우 외따로 있고 고요해 보였다. 그리고 서로 얼마간 떨어져 있는 거리에서 연장자들의 표정은 온화했고, 응접실의 대기가 안개의 푸른 입자들로 어둑해진 탓에 그 얼굴들에 건강한 빛이 돌았다. 저명한 소설가인 포티스큐[1] 씨가 매우 긴 문장의 중간에 이르렀을 때, 데넘이 들어왔다. 새로 온 손님이 자리에 앉는 동안 그는 말을 잠시 멈추었고, 힐버리 부인은 그를 향해 몸을 기울이고 다음과 같이 말하면서 능숙하게 끊어진 부분들을 연결했다.

"그런데, 만약 당신이 기술자와 결혼하여 맨체스터에 살아야 한다면 뭘 하시겠어요, 데넘 씨?"

"확실히 페르시아어는 배울 수 있을 겁니다," 야윈 노신사가 끼어들었다. "맨체스터에는 함께 페르시아어를 읽을 수 있는 퇴직한 교장이나 학자가 있지 않을까요?"

"우리 사촌 한 명이 결혼해서 맨체스터에 살러 갔어요," 캐서린이 설명했다. 데넘은 뭔가 중얼거렸는데, 사실 이것이 그에게 요구된 전부였다. 그리고 그 소설가는 자신이 중단했던 곳에서 말을 계속 이어갔다. 데넘은 거리의 자유를 이런 수준 높은 응접실과 바꾼 것에 대해 내심 자신을 몹시 저주했다. 이 방에 있는 다른 사귀기 힘든 사람들 사이에서 분명히 그는 자신의 최고의 상태일 것 같지는 않았다. 그는 주변을 힐끗 둘러보았다. 그리고 캐서린을 제외하고 그들이 모두 사십이 넘었다는 것을 알게 되었다. 유일한 위안거리는 누구든 내일이면 포티스큐 씨를 만났다는 것에 기뻐할 수 있을 정도로 그가 상당히 유명 인사였다는 것이었다.

"맨체스터에 가보신 적이 있으십니까?" 그는 캐서린에게 물었다.

"한 번도 없어요," 그녀가 대답했다.

"그러면 왜 그곳을 싫어하시는 겁니까?"

---

1 그의 긴 문장과 저명인사로서 지위는 울프가 어린 시절 알고 지냈던 소설가 헨리 제임스 (Henry James, 1843~1916)를 연상시킨다. 제임스는 미국에서 태어났으나 대부분 영국에서 저술활동을 하며 지냈다.

캐서린은 차를 젓고 있었고, 그래서 데넘이 생각하기에 그녀는 다른 누군가의 찻잔을 채우는 의무에 대해 골똘히 생각하고 있는 듯했다. 그러나 그녀는 사실 이 낯선 청년을 나머지 사람들과 어떻게 잘 어울리게 할 것인지에 대해 생각하고 있었다. 그녀는 그 얇은 도자기가 안쪽으로 꺼질 위험이 있지 않을까 생각이 들 정도로 그가 자신의 찻잔을 꽉 움켜쥐고 있는 것을 눈치챘다. 그녀는 그가 신경이 곤두서 있다는 것을 알 수 있었다. 바람 탓에 얼굴이 약간 붉어지고 머리칼이 온전히 손질되지 않은 깡마른 청년이 그러한 파티에서 신경이 날카로워질 것이라는 것은 누구든 예상할 수 있을 것이다. 게다가 그는 아마 이런 종류의 일을 좋아하지 않았을 것이며, 호기심이나 혹은 그녀의 아버지가 초대했기 때문에 왔을지도 모른다―어쨌든 그는 쉽게 나머지 사람들과 어울리지 못할 것이다.

"어쩌면 맨체스터에서는 함께 대화를 나눌 사람이 아무도 없을 거라는 생각이 듭니다." 그녀는 되는 대로 대답했다. 소설가들이 관찰하는 경향이 있는 것처럼 포티스큐 씨는 한두 번 잠깐 동안 그녀를 관찰했고, 그녀의 이 말에 미소 지었다. 그리고 그것을 약간 더 깊이 생각해야 할 화제로 만들었다.

"좀 과장된 경향이 있긴 하지만, 캐서린이 분명하게 핵심을 맞추었습니다." 그는 이렇게 말하면서 흐릿하게 명상에 잠긴 눈으로 천장을 응시한 채, 양 손가락 끝을 맞대고 누르면서 의자 깊숙이 기대고 앉았다. 그리고 우선 맨체스터 거리의 혐오스러움에 대해 묘사했다. 그러고 나서 그 도시 변두리에 있는 황량하고 광대한 황무지, 그 뒤 그 젊은 여성이 살게 될 초라한 작은 집을 묘사했다. 그런 다음 그녀를 방문하게 될 교수들과 우리의 더 젊은 극작가들의 한결 힘겨운 작품에 전념하는 궁핍한 젊은 학생들에 대해, 그리고 점차 그녀의 모습이 어떻게 변하게 될 것이며, 그녀가 어떻게 런던으로 달아날 것인지, 그리고 캐서린이 어떻게 그녀를 인도해야 할 것인지에 대해 묘사했다. 누군가 사슬에 묶인 식욕이 왕성한 개를 줄줄이 늘어선 떠들썩한 정육점들을 지나치며 데리고 가듯이 말이다. 가엾은 존재를 말이다.

"저런, 포티스큐 씨," 그가 말을 마치자 힐버리 부인이 외쳤다. "저는 그 애가 얼마나 부러운지에 대해 말하려고 막 편지를 썼답니다! 넓은 정원과 『스펙테이터』[2]만 읽고 양초 냄새를 맡는 긴 장갑을 낀 노부인들을 생각하고 있었어요. 그들은 **다** 사라져버렸나요? 저는 사람들을 그렇게 우울하게 만드는 끔찍한 거리가 없이 런던이 가진 좋은 것들을 발견할 수 있을 거라고 그녀에게 말했어요."

"대학은 있지요," 앞서 페르시아어를 알고 있는 사람들이 있을 거라고 주장했던 야윈 신사가 말했다.

"그곳에 황무지가 있다는 건 알아요. 일전에 어떤 책에서 그것에 대해 읽었어요," 캐서린이 말했다.

"내 가족들의 무지에 몹시 슬프고 놀랍군요," 힐버리 씨가 말했다. 그는 나이에 비해 다소 빛나며, 나른해 보이는 안색을 완화시켜주는 타원형의 담갈색 눈을 가진 나이 지긋한 남성이었다. 그는 자신의 시곗줄에 달려 있는 녹색의 작은 돌을 계속 만지작거리면서 길고 꽤 민감한 손가락을 눈에 띄게 했다. 그리고 육중하고 약간 살찐 몸의 자세를 바꾸지 않으면서 고개를 이리저리 매우 빠르게 움직이는 습관을 가졌다. 그래서 그는 될 수 있는 한 힘을 최대한 적게 쓰며 즐거움을 불러 일으키는 것과 성찰해야 할 것을 스스로에게 끊임없이 제공하고 있는 것처럼 보였다. 사람들

2　1828년 런던에서 창간된 시사주간지. 영어로 발행된 가장 오래된 잡지이다.

은 그가 개인적인 야망을 품었던 인생의 시기를 지나쳐 갔다고 추측할 수 있을지도 모른다. 혹은 어쩌면 그가 할 수 있는 한 그 야망을 충족시켰던 것으로. 그래서 이제 어떤 결과에 도달하기 위해서라기보다 관찰하고 성찰하기 위해 그의 대단한 예리함을 사용하고 있다고 추측할 수도 있을 것이다.

포티스큐 씨가 또 다른 완결된 이야기를 만들고 있는 동안 데넘은 캐서린이 부모 모두와 닮았지만 이 닮은 요소들이 약간 묘하게 섞였다고 판단했다. 그녀는 말하기 위해 자주 입술을 벌렸다 다시 오므리면서 어머니의 민첩하고 충동적인 동작을 보였다. 그리고 슬픔이 기저에 깔려 있는 빛으로 가득한 아버지의 어두운 타원형의 눈을 지녔다. 혹은 그녀가 슬픈 관점을 지니게 되었다고 하기에 너무 젊기 때문에, 어쩌면 그 바탕은 슬픔이 아니라 명상과 자기 통제에 열중하는 버릇이 있는 정신이라고 말할 수 있을 것이다. 그녀의 머리카락과 혈색, 그리고 이목구비의 생김새로 판단해보면, 그녀는 실제로 아름답지는 않았지만 매우 매력적이었다. 그녀는 결단력 있고 침착한 특성을 보여주었는데, 매우 두드러진 특징을 만들어내는 요소들이 합쳐져서, 그녀를 거의 알지 못하는 젊은 청년의 마음을 편하게 해줄 것 같지는 않았다. 그 외에도, 그녀는 키가 컸다. 그녀의 드레스는 낡은 레이스 장식이 있는 약간 은은한 노란색이었고, 그 위에 오래된 보석의 광채가 유일하게 붉은빛을 발했다. 데넘은 그녀가 비록 말은 없었지만, 어머니가 도움을 청하면 바로 대응하기 위해 상황을 충분히 관리하고 있다는 것을 알아챘다. 그렇지만 그녀는 단지 건성으로만 주의를 기울이고 있었던 것이 분명했다. 이 모든 나이 지긋한 사람들 사이에서 차 탁자에 자리 잡은 그녀의 입장에 어려움이 없지 않다는 생각이 갑자기 그에게 떠올랐다. 그리고 그녀나 그녀의 태도가 대체로 그의 비위에 거슬린다는 생각이 드는 것을 멈췄다. 대화는 맨체스터에 대해 아주 관대하게 다루고 난 후 그것에서 벗어났다.

"그것이 트라팔가르 해전이었을까, 아니면 스페인의 아르마다 전투였을까, 캐서린?" 그녀의 어머니가 물었다.

"트라팔가르요, 어머니."

"그렇지, 트라팔가르! 이렇게 멍청하다니까! 포티스큐 씨, 얇은 레몬 한 조각을 곁들인 차 한 잔 더 드신 뒤 저의 어처구니없는 작은 문제에 대해 설명해주셨으면 합니다. 버스에서 만나더라도 로마인의 코를 가진 신사를 믿지 않을 수 없다니까요."

여기서 힐버리 씨가 데넘에 관해 참견하면서, 사무 변호사 직업의 의미에 대해 많은 이야기를 했고 그가 평생 봐왔던 변천에 대해 말했다. 참으로 당연하게도 데넘은 그의 차지가 되었는데, 힐버리 씨가 자신의 평론지에 어떤 법적인 문제에 대한 데넘의 논문 한 편을 게재하면서 그들이 아는 사이가 된 덕분이었다. 그러나 잠시 후 서턴 베일리 부인의 방문이 알려졌을 때, 그는 그녀에게로 몸을 돌렸다. 그리고 데넘은 말을 건넬 수 있을 만한 것들을 무시하면서 캐서린 곁에서 말없이 앉아 있는 자신을 발견했고, 그녀 역시 말이 없었다. 모두 삼십 세 미만의 거의 같은 나이였지만, 그들은 대화를 원활하게 해주는 매우 많은 편리한 문구들을 사용하기를 피했다. 그들은 더욱 깊은 침묵에 빠져들었는데, 그의 곧고 단호한 태도에서 자신의 주변 환경에 대해 적대적인 것을 감지한 캐서린이 이 젊은 청년을 흔한 여성적 상냥함으로 돕지 않겠다는 다소 악의적인 결정을 한 탓이었다. 따라서 그들은 침묵을 지킨 채 앉아 있었고, 데넘은 갑작스럽고 충격적인 뭔가에 대해 말하려는 욕망을 자제하고 있었다. 이것은 그녀를 깜짝 놀라게 했을 것이다. 그러나 힐버리 부인은 낭랑하게 울려 퍼지는 음계에서 소리 나지 않는 건반에 대해서처럼 응접실의 어떤 침묵에도 즉각 예민해졌다. 그리고 그녀는 자신이 관찰한 탁자 너머로 몸을 기울이면서 기묘하게 망설이며 초연한 태도로 말했는데, 이 태도 때문에 그녀의 말투는 항상 양지바른 곳으로 이리저리 과시하듯 날아다니는 나비 같았다. "데넘 씨, 당신은 저에게 러스킨 씨[3]를 아주 많이 생각나게 하는 것을 아시나요. …… 그게 그의 넥타이니, 캐서린, 아니면 그의 머리, 혹은 의자에 그가 앉는 방식이니? 말해보세요, 데넘 씨. 당신은 러스킨의 숭배자인가요? 전날, 누군가 저에게 말했어요. '오, 아니에요. 우리는 러스킨을 읽지 않아요, 힐버리 부인.' 당신이 무엇을 **읽는지** 궁금한데요? ─당신은 일생 동안 내내 비행기를 타고 날아오르거나 땅속을 깊이 파고들며 시간을 보낼 수 없기 때문이지요."

그녀는 아무것도 분명하게 말로 표현하지 않는 데넘을 자애롭게 바라보았다. 그러고 나서 미소 짓기는 하지만 역시 아무 말도 하지 않는 캐서린을 보았다. 그리고 이런 상황과 관련된 좋은 생각에 사로잡힌 듯 소리쳤다.

"데넘 씨가 분명히 우리 물건들을 보고 싶어 할 거야, 캐서린. 그는 확실히 그 끔찍한 젊은이, 폰팅 씨 같지는 않을 거야. 폰팅 씨는 나에게 오로지 현재에만 사는 것이 우리의 의무라고 생각한다고 하더구나. 결국 현재란 무엇이니? 아마 그것의 절반은 과거이고, 또한 더 나은 반쪽인 것 같은데요," 그녀는 포티스큐 씨를 보면서 덧붙였다.

데넘은 반쯤은 나가려는 의도로 일어섰다. 그리고 봐야할 것은 다 보았다고 생각했다. 그러나 그 순간 캐서린도 일어났다. 그리

---

3 존 러스킨(John Ruskin, 1819~1900), 영국의 영향력 있는 비평가이자 사회주의자.

고 "어쩌면 당신이 그 그림들을 보고 싶어 하실 것 같은데요."라고 말하면서 응접실을 가로질러 그 방 밖에 열려 있는 더 작은 방으로 안내했다.

더 작은 그 방은 성당의 예배소나 동굴 안에 있는 작은 석굴 같은 곳이었다. 멀리서 들려오는 차량들이 울리는 소리가 바다에서 굽이치는 부드러운 파도를 연상시켰으며 표면이 은으로 된 타원형의 거울들이 별빛 아래 흔들리는 깊은 연못 같았기 때문이다. 그러나 일종의 종교적 사원에 비유하는 것이 둘 중 더 적절했다. 그 작은 방은 유물들로 가득했기 때문이다.

캐서린이 여러 곳에 손을 대자 갑자기 여기저기에서 불빛이 밝혀졌다. 그리고 붉은빛과 황금빛이 도는 책들의 네모난 덩어리가 드러났다. 그런 다음 유리 뒤에서 푸른색과 흰색으로 채색된 광택이 나는 긴 덮개, 그 다음에는 정돈된 비품들을 갖춘 마호가니 책상, 그리고 마지막으로 특별하게 조명이 맞춰진 사진 하나가 책상 위에서 드러났다. 캐서린이 이 마지막 전등에 손을 대었을 때, 그녀는 "저기예요!"라고 말하려는 듯이 뒤로 물러났다. 데넘은 위대한 시인인 리처드 앨러다이스[4]의 눈이 자신을 내려다보고 있다는 것을 깨달았고, 그가 모자를 썼더라면 그것을 벗도록 했을 약간의 충격을 받았다. 그 눈은 물감의 부드러운 분홍과 노란색으로 그를 포옹하는 성스러운 다정함을 지닌 채 그를 바라보고 있었다. 그리고 세계 전체를 찬찬히 보기 위해 옮겨갔다. 채색은 너무 색이 바래서 아름다운 큰 눈이 아주 조금만 남아 있었고, 그 눈은 주변의 흐릿함 속에서 거무스름했다.

캐서린은 마치 그가 충분히 감동을 받도록 하려는 것처럼 기다렸다 말했다.

---

4 캐서린의 외조부로서 상상의 인물.

"이것이 그의 책상이에요. 그는 이 펜을 썼어요," 그리고 그녀는 깃펜을 들어 올렸다 다시 내려놓았다. 책상은 오래된 잉크로 얼룩져 있었고, 펜은 사용되어서 헝클어져 있었다. 커다란 금테 안경이 그의 손 가까운 위치에 놓여 있었다. 그리고 책상 아래에는 커다란 낡은 슬리퍼 한 켤레가 있었는데, 캐서린은 그중 한 짝을 집어 들고 말했다.

"할아버지는 분명 적어도 요즘 사람들의 두 배는 되셨을 거예요. 이것은," 그녀는 마치 외웠던 말을 알고 있는 것처럼 계속했다. "'겨울 송가'의 원본이에요. 초기 시는 후기 시보다 훨씬 교정이 덜 되었어요. 보고 싶으세요?"

데넘이 원고를 살피는 동안 그녀는 할아버지를 힐끗 올려 보았다. 그리고 저 위대한 사람들의, 아무튼, 그들 혈통과 함께하는 듯한 생각에 그녀는 수천 번이나 즐거운 꿈같은 기분에 빠져들었다. 그리고 현재의 보잘것없는 순간이 수치스러워졌다. 화폭 위의 그 격조 높은 유령 같은 두상은 분명히 일요일 오후의 이 모든 하찮은 것들을 결코 보지 않았고, 그녀와 이 청년이 서로 무엇을 말했는지에 대해 대수롭지 않게 여기는 듯했다. 그들은 미미한 사람에 불과했기 때문이다.

"이것은 그 시들의 첫 판본의 복사본이에요," 그녀는 데넘이 여전히 원고에 몰두해 있다는 사실을 생각하지 않고 계속 말했다. "이것은 교정뿐 아니라 재판도 되지 않았던 몇 편의 시들을 포함하고 있어요." 그녀는 잠시 멈추었다. 그 뒤 이러한 시간이 모두 계산된 것처럼 계속했다.

"파란 옷을 입은 저 부인은 밀링턴[5]이 그린 제 증조모예요. 여기 아저씨의 지팡이가 있어요 ― 당신도 아실테지만 그는 리차드

5   상상의 화가.

워버튼 경이랍니다. 럭나우[6]를 구출하기 위해 해블록[7]과 함께 달려가셨죠. 그리고, 뭔가 하면 — 아, 저것은 처음으로 가문의 번영을 이룩하신 장본인인 앨러다이스와 그의 부인의 1697년 모습이에요. 일전에 어떤 사람이 그들의 문장과 이름의 머리글자가 새겨져 있어서 우리에게 이 우묵한 그릇을 주었어요. 우리는 그것이 틀림없이 그들의 은혼식을 축하하기 위해 선물로 건네진 것이라고 생각하고 있어요."

여기서 그녀는 데넘이 아무 말도 하지 않는 것이 어떤 이유인지 궁금해하면서 잠시 동안 멈추었다. 그녀가 가문의 소유물들에 대해 생각하는 동안 그가 자신에게 적대적이라는 잊고 지나쳤던 느낌이 너무 예리하게 되살아나서 그녀는 한창 열거하던 도중에 멈추고 그를 바라보았다. 그를 평판 좋게 위대한 고인들과 관련짓고 싶어 했던 그녀의 어머니는 그를 러스킨 씨와 비교했다. 그리고 그 비교는 캐서린의 마음속에 남아 있어서 그녀가 그 젊은 이에게 공정하기보다는 더 비판적이 되도록 했다. 연미복을 입고 방문한 청년은 초상화의 유리 뒤쪽에서 변함없이 응시하고 있는, 풍부한 표정의 정점에서 포착된 두상과는 완전히 다른 부류이기 때문이다. 그리고 이렇게 포착된 두상이 러스킨 씨에 대해 그녀가 떠올린 전부였다. 그는 독특한 얼굴을 가졌다 — 심각하게 사색하기보다 신속하고 결단력 있는 얼굴이었다. 넓은 이마, 길고 강해보이는 코, 주변을 깨끗하게 면도한 입술은 완고한 동시에 민감해 보이기도 했으며, 여윈 뺨에는 깊이 퍼져 있는 붉은 혈관의 흐름이 있었다. 지금 일상적인 남성적 권위와 감정의 부재를 보여주고 있는 눈은 좋은 상황에서는 좀 더 섬세한 감정을 드

---

6 인도 북부의 도시.

7 헨리 해블록 경(Sir Henry Havelock, 1795~1857), 영국의 장군으로서 1857년 인도의 폭동에서 럭나우를 오랜 포위에서 구출한 것으로 유명하다.

러널지도 몰랐다. 그 눈은 크고 맑은 갈색이었기 때문이다. 그리고 뜻밖에도 그 눈은 주저하며 사색에 잠긴 듯했다. 그러나 캐서린은 그가 구레나룻으로 얼굴을 장식했더라면 그의 얼굴이 자신의 죽은 영웅들의 기준에 보다 더 가깝지 않을까 하고 생각하면서 그를 다만 쳐다보기만 했다. 그의 마른 체격과 건강하지만 여윈 뺨에서 그녀는 완고하고 신랄한 정신의 징후를 보았다. 그가 원고를 내려놓고 말했을 때, 그녀는 그의 목소리가 가볍게 울고 있거나 혹은 속에서 삐걱거리는 소리가 난다고 생각했다.

"당신은 분명 당신 가문에 대해 매우 자랑스러워하고 계시군요, 힐버리 양."

"네," 캐서린은 대답하면서 덧붙였다. "그게 뭐 잘못되었다고 생각하시나요?"

"잘못이라고요? 어떻게 잘못일 수 있겠습니까? 비록 당신 소유물들을 방문객들에게 보여주는 일은 틀림없이 지루하겠지만요." 그는 생각에 잠기면서 덧붙였다.

"방문객들이 그것들을 좋아한다면 그렇지 않죠."

"선조들에게 부끄럽지 않게 살아가야 한다는 게 힘들지 않으신가요?" 그는 계속했다.

"아마 제가 시를 쓰려고 애쓰지는 않을 것 같습니다," 캐서린이 대답했다.

"애쓰지 않겠죠. 그리고 그것은 제가 분명히 싫어하는 것입니다. 저는 제 할아버지가 저를 재단한다면 참을 수 없을 겁니다. 그리고 결국," 캐서린이 생각에 잠겨 있을 때, 데넘은 비꼬듯이 힐끗 훑어보면서 계속 말했다. "당신 할아버지만이 아니랍니다. 주변 어디에서나 당신을 재단하고 있어요. 제가 짐작하기로 당신은 영국에서 가장 뛰어난 가문 중 한 가문의 자손입니다. 워버턴가와 매닝가가 있지요—그리고 당신은 오트웨이가와 친척이지 않으신가요? 저는 모두 어떤 잡지에서 읽었어요," 그가 덧붙였다.

"오트웨이가 사람들은 저와 사촌 간이지요," 캐서린이 대답했다.

"그래요." 데넘은 그의 논리가 입증된 것처럼 종결하는 어조로 말했다.

"그런데," 캐서린이 말했다. "당신이 어떤 것도 입증했다고 생각하지 않는데요."

데넘은 특유하게 도발적으로 미소 지었다. 비록 그녀에게 깊은 인상을 줄 수 없었지만. 그는 잘 잊어버리고 거만한 여주인의 기분을 거슬리게 하는 힘이 자신에게 있다는 것을 깨닫고 즐겁고 만족스러웠다. 그녀에게 깊은 인상을 주었더라면 그는 더 좋았을 터이지만 말이다.

그는 귀중한 작은 시집을 펼치지 않고 손에 쥔 채 말없이 앉았다. 그리고 캐서린은 화가 가라앉자, 그녀의 눈에 울적하고 명상적인 표현이 짙어지면서 그를 보았다. 그녀는 많은 것들을 생각하고 있는 것처럼 보였다. 그녀는 자신의 임무를 잊어버렸다.

"그런데," 데넘은 마치 그가 말하려고 했거나 예의를 차려 말할 수 있는 것을 모두 말한 것처럼, 갑자기 작은 시집을 펼치면서 다시 말했다. 그는 시뿐 아니라 인쇄, 종이, 제본으로 그 책을 총체적으로 판단하고 있는 것처럼 아주 단호하게 책장을 넘겼다. 그런 다음 좋거나 나쁜 질에 대해 확신한 뒤, 그는 그것을 책상 위에 놓고 그 군인이 소유했던 금색의 둥근 장식이 있는 등나무 지팡이를 살펴보았다.

"그러면 당신은 당신의 가문이 자랑스럽지 않으신가요?" 캐서린이 따지듯 물었다.

"네," 데넘이 말했다. "우리는 결코 자랑스러운 어떤 일도 한 적이 없어요 — 셈을 치른 것을 자랑으로 생각하지 않는다면 말이죠."

"재미없게 들리는데요," 캐서린이 응수했다.

"당신은 우리가 끔찍하게 재미없다고 생각하실 겁니다," 데넘이 동의했다.

"그래요, 전 당신이 재미없을 것 같아요. 그렇지만 당신이 어리석을 것 같다고 생각하지는 않아요," 캐서린은 데넘이 실제로 그녀의 가문에 대해 비난한 것처럼 덧붙였다.

"그렇지 않겠죠 — 왜냐하면 우리는 적어도 어리석지는 않거든요. 우리는 하이게이트[8]에서 살고 있는 존경받을 만한 중산층 가문이지요."

"우리는 하이게이트에서 살지는 않지만, 우리도 중산층이라고 생각하는데요."

데넘은 단지 미소만 지었고, 등나무 지팡이를 걸이 위에 다시 놓고서, 장식이 된 칼집에서 검을 뽑았다.

"그것은 클라이브의 것입니다, 우리는 그렇게 말해요," 캐서린이 다시 자동적으로 여주인으로서 자신의 임무를 이어가며 말했다.

"거짓말입니까?" 데넘이 질문했다.

"가문의 전통이에요. 우리가 그걸 증명할 수 있는지 모르겠어요."

"실은 우리 가문에는 전통이라는 것이 없어요," 데넘이 말했다.

"아주 재미없게 들리는군요," 캐서린이 두 번째로 이렇게 응수했다.

"다만 중산층일 뿐이지요," 데넘이 말했다.

"당신은 셈을 치르고 진실을 말하지요. 저는 당신이 왜 우리를

---

8 한때 런던 북부 언덕에 있었던 도시 구역. 19세기 말 무렵에 존경할 만한 중산층의 교외 거주지였다. 이 지역의 주변성은 캐서린이 사는 체니 워크의 중심성과 대조를 이룬다.

경멸하시는지 알 수 없군요."

데넘은 힐버리가 클라이브의 것이라고 말했던 검을 조심스럽게 칼집에 꽂았다.

"저는 당신이 되고 싶지 않습니다. 그것이 전부이지요." 마치 할 수 있는 한 정확하게 생각한 것을 말하고 있는 것처럼 그가 대답했다.

"그래요, 하지만 누구도 결코 어떤 다른 사람이 되고 싶지는 않을 거예요."

"저는 그럴 겁니다. 저는 다른 많은 사람들이고 싶습니다."

"그럼 왜 우리는 아니지요?" 캐서린이 물었다.

데넘은 그녀가 종조부의 등나무 지팡이를 손가락으로 부드럽게 끌어당기면서 그녀 할아버지의 안락의자에 앉았을 때, 그녀를 바라보았다. 그녀의 뒷배경은 광택 나는 청색과 흰색의 페인트칠과 금색 줄이 있는 진홍색 책들로 균등하게 구성되어 있었다. 더 멀리 날아가기 전 편안하게 균형 잡고 있는 빛나는 깃털을 가진 새처럼 그녀가 보이는 태도의 활력과 침착함은 그녀에게 그녀의 운명의 한계를 보여주도록 그의 감정을 자극했다. 아주 빨리, 아주 쉽게 그는 잊혀질 것이다.

"당신은 결코 어떤 것을 직접 체험해서 알지 못할 것입니다," 그는 거의 무례하게 말을 시작했다. "당신을 위해 모든 일이 처리되어 왔죠. 당신은 물건을 사기 위해 저축을 한 후 그것을 사는 기쁨이나 혹은 처음으로 책을 읽거나 혹은 발견할 때의 기쁨을 결코 알지 못할 겁니다."

"계속하세요," 그가 잠시 멈추자 캐서린이 그 사실에 어떤 진실이 있는지 갑자기 미심쩍은 듯 말했다. 바로 그때 그는 이러한 사실에 대해, 그 속에 진실이 있든 없든, 크게 선언하고 있는 자신의 목소리를 들었다.

"물론 저는 당신이 어떻게 시간을 보내고 있는지 알지 못합니다," 그는 약간 딱딱하게 말을 이어갔다. "그렇지만 제가 추측하기로 당신은 사람들을 안내하며 돌아다녀야 하죠. 당신은 당신 할아버지의 생애에 대해 쓰고 계시지요. 그렇지 않습니까? 그리고 이런 종류의 일은"―그는 다른 방 쪽으로 고개를 기울였는데, 그들은 거기에서 갑작스레 터져 나오는 세련된 웃음소리를 들을 수 있었다―"분명 시간이 많이 걸리겠지요."

마치 그들이 그들 사이에 바로 그녀의 모습을 조각한 작은 인물상을 장식하는데 그가 나비 리본이나 장식 띠를 어디에 달지 주저하는 모습을 본 것처럼, 그녀는 기대하는 태도로 그를 바라보았다.

"거의 굉장히 정확하게 이해하셨어요," 그녀가 말했다. "그러나 전 어머니를 단지 도울 뿐이에요. 제가 직접 글을 쓰지는 않아요."

"당신은 스스로 어떤 일을 하시나요?" 그가 물었다.

"무슨 뜻이지요?" 그녀가 물었다. "저는 열 시에 집을 떠나서 여섯 시에 돌아오지는 않아요."

"그런 의미가 아닙니다."

데넘은 자제력을 되찾았다. 그는 온화하게 말했는데, 그것으로 인해 오히려 캐서린은 그가 설명해주기를 몹시 원하게 되었다. 그러나 동시에 그녀는 유행하는 가벼운 조롱이나 풍자로 그를 화나게 하여 그녀로부터 멀리 보내고 싶었다. 아버지를 간헐적으로 찾아오는 이런 청년들에게 늘 그랬던 것처럼 말이다.

"요즈음에는 도대체 아무도 가치 있는 일을 하지 않아요," 캐서린이 말했다. "실은"―그녀는 할아버지의 시집을 가볍게 두드렸다―"우리는 인쇄조차 그들만큼 잘하지 못해요. 그리고 시인이

나 화가, 혹은 소설가에 대해 말하자면 ─ 아무도 없답니다. 어쨌든 저는 뛰어나지 못해요."

"그래요, 우리에게는 위대한 사람들이 아무도 없어요," 데넘이 대답했다. "저는 없다는 것이 매우 기쁩니다. 저는 위대한 사람들을 싫어해요. 십구 세기의 위대함에 대한 숭배는 그 세대가 보잘것없다는 것에 대해 설명해주는 듯합니다."

캐서린은 같은 기세로 대답하려는 듯이 입을 벌리고 숨을 들이쉬었다. 그때 옆방에서 문 두드리는 소리가 그녀의 주의를 끌었고, 그들은 모두 차 탁자 주변에서 높아졌다 낮아졌다 했던 소리가 조용해졌다는 것을 의식하게 되었다. 심지어 불빛도 약해지는 듯했다. 잠시 후 힐버리 부인이 대기실 입구에 나타났다. 마치 더 젊은 세대의 드라마 한 장면이 그녀를 위해 상연되고 있는 것처럼 그녀는 얼굴에 기대하는 미소를 띠고 그들을 보면서 서 있었다. 그녀는 용모가 뛰어났고 건강하게 나이 든 육십 대였다. 하지만 체격이 날씬하고 눈이 밝게 빛나는 덕분에 그녀는 세월의 추이에서 크게 해를 입지 않고 세월의 표면을 지나쳐 가볍게 떠밀려 온 듯했다. 그녀의 얼굴은 주름 잡혔고 독수리 같은 인상이었지만 현명하면서도 순수해 보이는 커다란 푸른 눈은 날카로움의 흔적을 사라지게 했다. 이 눈은 세상 사람들이 품위 있게 행동해야 한다고 원대하게 소망하면서 또한 만약 그들이 노력만 한다면 그렇게 할 수 있을 것이라고 완전히 확신하면서 그들을 보는 듯했다.

넓은 이마와 입술 주변의 있는 주름은 생애의 노정에서 어느 정도 어렵고 난처한 순간들을 겪었던 것을 암시한다고 여겨질 수도 있었다. 그러나 이것은 그녀의 신뢰를 무너뜨리지 않았다. 그리고 그녀는 모든 사람들에게 한없이 새로운 기회들을 주고,

체제 전체를 선의로 해석하기로 여전히 분명하게 마음먹었다. 그녀는 자신의 아버지와 아주 많이 닮았다. 그리고 그가 그랬던 것처럼 더 젊은 세상의 신선한 공기와 열린 공간을 생각나게 했다.

"그런데," 그녀가 말했다. "우리 물건들이 어떻습니까, 데넘 씨?"

데넘은 일어서서, 책을 내려놓고, 입을 열었다. 그러나 캐서린이 관찰했을 때, 그는 다소 재미있어하며 아무 말도 하지 않았다.

힐버리 부인은 그가 내려놓았던 책을 들었다.

"오래 살아남는 어떤 책들이 있어요." 그녀는 생각에 잠겼다. "그것들은 우리와 함께 청년기에 있다가 우리와 함께 늙어가지요. 당신은 시를 좋아하시나요, 데넘 씨? 그런데 이 얼마나 어리석은 질문인지요! 사실은, 우리 포티스큐 씨가 저를 지치게 했어요. 그는 아주 말을 잘하고, 아주 재치 있고, 너무나 면밀하고, 깊이가 있어서 약 삼십 분이 지나면, 저는 모든 불을 꺼버리고 싶답니다. 하지만 아마 그는 어둠 속에서 지금까지보다 더 멋질 거예요. 네 생각은 어떠니, 캐서린? 우리 깜깜한 어둠 속에서 작은 파티를 할까? 따분한 사람들을 위해 밝은 방도 있어야 할 거야……"

여기에서 데넘은 손을 내밀었다.

"하지만 우리는 당신에게 보여줄 것들이 아주 많이 있어요!" 힐버리 부인이 그것에 아랑곳하지 않고 소리쳤다. "책, 그림, 도자기, 원고, 그리고 스코틀랜드의 메리 여왕이 단리[9]의 자살에 대해 들었을 때, 그녀가 앉았던 바로 그 의자. 저는 잠시 누워야겠어요. 그리고 캐서린은 드레스를 갈아입어야 해요 (비록 그녀가 아주 예쁜 드레스를 입고 있지만요). 그런데 당신이 혼자 계시는 게 싫지 않으시다면, 저녁 식사가 여덟 시에 있을 거예요. 당신은 기다

---

9 헨리 스튜어트, 단리 경(Henry Stuart, Lord Darnley, 1545~1567), 스코틀랜드 메리 여왕의 배우자였다.

리시는 동안 아마 시를 쓰시겠죠. 아, 벽난로 불빛이 얼마나 좋은지요! 우리 방이 매력적으로 보이지 않나요?"

그녀는 뒤로 물러나 불꽃이 솟고 너울거리면서 풍부하고 불규칙한 빛을 발하는 빈 응접실을 그들에게 찬찬히 살펴보도록 했다.

"사랑스러운 것들!" 그녀가 외쳤다. "사랑스런 의자와 탁자! 이것들이 얼마나 오래된 친구들 같은지 ─ 신의 있고, 조용한 친구들. 이것들을 보니, 캐서린, 귀여운 애닝 씨가 오늘 밤 방문한다는 것이 생각나는구나. 그리고 타이트 거리, 커더건 광장도.…… 유리를 끼운 큰할아버지의 그림을 가져오는 것을 잊지 말거라. 지난번 밀리선트 고모가 여기에 있었을 때, 그 이야기를 했어. 그리고 깨진 유리 속에 있는 **나의** 아버지를 본다면 내가 얼마나 마음이 아플지 알고 있단다."

작별 인사를 하고 달아나는 모습이 다이아몬드처럼 번쩍이는 거미줄의 미로를 찢고 헤쳐 나가는 것 같았다. 왜냐하면 힐버리 부인이 이동할 때마다 그림 액자 만드는 사람들의 나쁜 짓이나 시가 주는 즐거움에 대해 뭔가 더 기억해냈고, 동시에 그녀가 그에게 기대하는 것처럼 보였던 행동을 그가 하게 될 것 같은 최면에 걸린 것 같았기 때문이다. 그는 그녀가 그의 존재에 대해 어떤 중요한 가치도 부여한다고 상상할 수 없었기 때문이다. 그러나 캐서린은 그가 떠날 수 있는 기회를 만들었다. 이에 대해 그는 한 젊은이가 다른 젊은이의 이해심에 대해 감사를 표하는 것처럼 그녀에게 감사했다.

제2장

그 젊은이는 그날 오후 어느 방문객보다 더 거칠게 문을 닫았다. 그리고 지팡이로 허공을 가르면서 큰 걸음으로 거리로 힘차게 걸어갔다. 싸늘하고 습한 공기를 들이쉬고, 자신들에게 허용된 보도의 일부분만을 원하는 세련되지 않은 사람들과 접촉하면서 그는 자신이 그 응접실 바깥에 있다는 사실을 알아차리고 기뻤다. 만약 그가 힐버리 씨나 힐버리 부인 혹은 힐버리 양을 여기 바깥에 있게 한다면 아무튼 그는 그들에게 자신의 우월성을 느끼도록 할 것이라고 생각했다. 왜냐하면 그는 슬픈 듯하지만 마음속으로는 빈정대는 눈빛을 가진 그 젊은 여성에게조차 자신의 약간의 힘을 보여주지 못하고 서투른 문장을 머뭇거리며 말한 기억으로 화가 났기 때문이다. 그는 약간 발끈하여 실제로 말한 것들을 생각해내려 애썼다. 그리고 무의식적으로 대단히 표현이 풍부한 많은 말들로 그가 실제로 했던 말을 보완했기에 그가 자신의 힘을 보여 주지 못해 화난 것이 다소 누그러졌다. 나아지지 않는 진실의 갑작스럽게 찌르는 듯한 아픔이 때때로 그를 엄습했다. 그는 선천적으로 자신의 행동에 대해 장밋빛 시각을 갖지 않는 성향이었기 때문이다. 하지만 보도 위에 그의 발이 부딪히는 소리 탓에, 그리고 무언의 힘으로 각양각색의 삶에서 비롯되는 다양한 장면을 분명히 보여주는 반쯤 드리워진 커튼들 사이로 드러난 부엌, 식당, 그리고 응접실을 힐끗 보게 되면서 그가 겪은 경험은 그 날카로움을 잃었다.

그의 경험은 기묘한 변화를 겪었다. 그의 속도는 늦추어졌고, 고개는 가슴 쪽으로 약간 숙여졌다. 그리고 램프 불빛이 이상할 만큼 평온해진 얼굴 위로 이따금 비춰졌다. 그는 생각에 아주 몰두해 있어서 어느 거리의 이름을 확인할 필요가 있었을 때, 그것을 읽기 전에 한동안 바라보았다. 그가 교차로에 도착했을 때, 도로변에서 장님처럼 그는 두세 번 발로 가볍게 두드려 스스로를 안심시켜야만 하는 것처럼 보였다. 그리고 지하철역에 도착했을 때, 그는 불빛의 밝은 원을 보며 눈을 깜박였고, 자신의 회중시계를 보고 여전히 어둠을 즐길 수 있으리라 마음먹고 곧바로 걸어갔다.

그러나 그의 생각은 떠나왔을 때 했던 생각에 머물러 있었다. 그는 아직도 자신이 떠나온 집에 있는 사람들에 대해 생각하고 있었다. 하지만 그들의 모습과 그들이 말했던 것을 가능한 한 정확하게 떠올리는 대신, 그는 무의식적으로 문자 그대로의 진실에서 떠나 있었다. 거리의 돌아가는 모퉁이, 벽난로를 밝힌 방, 늘어서 있는 가로등 기둥에서 뭔가 기념비 비슷한 것, 누군가 어떤 우연한 불빛이나 형상이라고 말할 수 있는 것이 갑자기 그의 마음속 예상을 변화시켜서 그를 크게 중얼거리게 했다.

"그녀가 도움이 될 거야……. 그래, 캐서린이 도움이 될 거야……. 캐서린 힐버리로 택해야겠어."

이 말을 하자마자 그는 발걸음이 느려졌고, 고개가 숙여졌으며, 눈길이 고정되었다. 매우 절박했던 자신을 정당화하고 싶은 욕망이 그를 괴롭히기를 멈추었다. 마치 구속에서 풀려난 것처럼. 그리하여 마찰이나 명령 없이 그의 능력이 작동했다. 그의 능력은 앞으로 도약하였으며, 당연히 캐서린 힐버리의 모습에 고정되었다. 데넘이 그녀의 면전에서 행한 비판의 파괴적인 성질을 생각해보면, 그의 능력이 지속할 수 있을 만한 것을 그렇게 많이 찾게 되었다는 것은 놀라운 일이었다. 그가 그 영향 아래에 있을 때, 부인하려 했던 매력, 아름다움, 품성, 그리고 냉담함은 그가 느끼지 않으려고 결심했던 것이었지만, 이제 그를 완전히 사로잡았다. 그리고 세상일이란 게 대개 그렇듯이 그가 자신의 기억을 다 써버리고 나서는, 자신의 상상력을 사용하여 계속해갔다. 그는 자신이 무엇을 하고 있는지 잘 알고 있었다. 그는 마치 어떤 특별한 목적을 위해 그녀에 대한 이러한 상상이 필요한 것처럼 이런 식으로 힐버리 양의 특성들을 곰곰이 생각하면서, 일종의 체계적 방식을 보여주었기 때문이다. 그는 그녀의 키를 늘렸고, 머리카락을 어둡게 했다. 그러나 신체적으로 그녀에게 변화시킬 것이 많지 않았다. 그는 무엇보다 그녀의 지성을 매우 대담하게 멋대로 변화시켰는데, 그 나름의 이유로 그는 그녀의 지성이 고상하고 빈틈 없기를 원했다. 또한 이 지성이 아주 독립적이고 오직 랠프 데넘을 위해서만 그것의 높고 빠른 비행에서 갑자기 방향을 바꾸기를 원했다. 그와 관련해서 처음에는 까다롭다가, 결국 그녀는 스스로 인정하여 그에게 영예를 주기 위해 고귀한 지위에서 급히 내려왔다. 그러나 이런 아주 즐거운 구체적인 내용들은 그가 한가한 때에 모두 세분화될 것이다. 주요한 점은 캐서린 힐버리가 도움이 될 것이라는 점이다. 그녀는 몇 주 동안, 어쩌면 몇 달 동안 도움이 될 것이다. 그녀를 택하면서 그는 자신에게 없어지면 상당한 기간 동안 자신의 마음속을 텅 빈 상태로 두게 될 무언가를 마련해주었다. 그는 만족의 한숨을 내쉬었다. 그는 실제로 자신이 나이츠브리지 근처 어딘가에 위치해 있다는 의식이 되살아났고, 그에 잇달아 곧 하이게이트를 향해 서두르고자 했다.

비록 그가 상당한 가치를 새롭게 소유하게 되었다는 사실에 그렇게 기운나게 되었지만, 그는 교외의 거리와 앞뜰에서 자라고 있는 축축한 관목들, 그리고 그런 정원의 대문 위에 흰색으로 칠해진 우스꽝스러운 이름들이 떠오르는 익숙한 생각에 저항하지 못했다. 그는 오르막을 걷고 있었다. 그리고 마음속으로 그가 다가가는 집에 대해 침울하게 곰곰이 생각했는데, 그 집에서 여섯이나 일곱 명의 형제자매와 미망인인 어머니, 그리고 아마 어떤 아주머니나 아니면 아저씨가 아주 밝은 불빛 아래에서 유쾌하지 않은 식사를 하기 위해 앉아 있는 것을 볼 수 있을 것이다. 그런 모임 때문에 이 주일 전 그가 억지로 짜낸 협박을 실행해야만 할까—만약 일요일에 방문객이 오면 자기 방에서 혼자 식사를 하겠다는 지독한 협박을? 힐버리 양이 있는 곳을 향해 힐끗 본 뒤, 그는 바로 오늘 밤 그의 입장을 밝혀야겠다고 결심했다. 따라서 집 안으로 들어서서, 중절모와 아주 커다란 우산으로 조지프 아저씨가 있다는 것을 확인하고서, 그는 하녀에게 지시를 내리고 위층 그의 방으로 올라갔다.

그는 아주 많은 계단을 올라갔다. 그리고 그다지 좀처럼 눈치채지 못했었는데, 그는 어떤 식으로 양탄자가 완전히 못쓰게 될 때까지 꾸준히 닳아 해져갔는지, 때로는 폭포 모양으로 스며든 습기에 의해, 때로는 그림 액자를 떼어 냈을 때 생기는 윤곽선에 의해 어떻게 벽면이 변색되었는지, 그리고 어떤 식으로 벽지가 구석에서 느슨하게 너덜거리고 회벽의 벗겨진 큰 조각이 천장에서 떨어졌었는지 주목하게 되었다. 방 자체는 이런 불운한 시간에 되돌아오기에 음산했다. 평평해진 소파는 저녁 늦게면 침대가 되었다. 탁자들 중 하나가 세면도구를 감추고 있었다. 그의 옷과 부츠는 금도금된 대학 문장이 있는 책들과 불쾌하게 뒤섞여 있었다. 그리고 사진들이 장식으로 있었는데, 다리와 성당들 사진, 그리고 어울리지 않는 옷을 입은 청년들이 한 무리는 돌계단 위쪽으로 다른 한 무리는 돌계단에 줄지어 앉아 있는 볼품없는 단체 사진이 벽에 걸려 있었다.[1] 가구와 커튼은 보잘것없고 초라해 보였다. 그리고 어디에도 사치스러운 흔적이나 교양 있는 취향의 흔적조차 없었다. 만약 책장에 있는 값싼 고전들이 이런 방향으로 노력한 표시가 아니라면 말이다. 그 방 주인의 성격을 보여주는 유일한 물건은 바람과 햇볕을 쐬도록 창문에 놓아둔 커다란 횃대였는데, 그 위에서 길들여진, 외견상으로 노쇠한 까마귀가 좌우로 무심하게 깡충 뛰었다. 귀 뒤를 긁어주자 용기를 얻어, 그 새는 데넘의 어깨 위에 내려앉았다. 그는 가스난로를 켜고 저녁 식사를 기다리기 위해 침울하게 인내하며 자리잡고 앉았다. 그리하여 몇 분 동안 앉아 있자 작은 소녀가 머리를 불쑥 안으로 들이대며 말했다.

"어머니께서 내려오지 않겠냐고 물어보시는데요, 랠프? 조지프 아저씨는—."

"저녁을 이리로 올려 보내기로 했어," 랠프가 단호하게 말했다. 그래서 그녀는 서둘러 가느라 문을 살짝 열어둔 채 사라졌다. 데넘이 몇 분 기다리는 동안 그와 까마귀 모두 난로에서 눈을 떼지 않았다. 그 후 그는 욕설을 중얼거리고는 아래층으로 뛰어가서

---

1 랠프는 옥스퍼드에서 학위를 받았다.

객실 하녀를 가로막고 몸소 빵 한 조각과 차가운 고기를 잘랐다. 그러자, 식당 문이 갑자기 열렸고, 어떤 목소리가 "랠프!" 하고 외쳤지만, 랠프는 그 목소리에 전혀 대구하지 않고 쟁반을 들고 위층으로 가버렸다. 그는 그것을 맞은편 의자에 내려놓고 화가 나면서도 배고픈 탓에 사납게 먹었다. 그렇다면 어머니는 그의 요청을 존중해주지 않기로 결심했던 것이다. 그는 자신의 집안에서 조금도 중요한 인물이 아니었다. 그를 불러서 어린아이처럼 대했다. 피해의식이 점점 커지면서, 그는 자신의 방문을 연 이후 그가 행한 거의 모든 행동은 집안 체제의 통제로부터 쟁취해서 얻어진 것이라는 생각이 들었다. 당연히 그는 그가 오후에 있었던 일을 묘사하거나 다른 사람들의 오후 체험담을 들으면서 아래층 응접실에 앉아 있어야만 했다. 방, 가스난로, 안락의자―이 모든 것이 싸워서 얻어진 것이었다. 반쯤 깃털이 빠지고 고양이 탓에 한쪽 다리를 저는 가엾은 새는 마지못해 구조되었다. 그러나 그는 가족들이 가장 분개하는 것이 그가 사생활을 원하는 것이라고 생각했다. 혼자 식사를 하거나 저녁 식사 후 혼자 앉아 있는 것은 몰래 방으로 사라지거나 아니면 공개적으로 요청하는 바로 그 무기로 싸워야 하는 노골적인 반항이었다. 그가 가장 싫어하는 것은 어느 것일까―기만 혹은 눈물? 그러나, 어쨌든, 그들은 그의 생각을 뺏을 수는 없었다. 그들은 그가 어디에 있었는지 누구를 만났는지에 대해 말하도록 할 수 없었다. 그것은 그의 일이었다. 실로, 그것은 전적으로 올바른 방향을 향한 한 걸음이었다. 그리고 파이프에 불을 붙이고 까마귀를 위해 그가 남긴 식사의 나머지를 잘게 조각내면서, 랠프는 다소 과도한 흥분을 가라앉히고 자신의 전망에 대해 숙고하는 데 몰두했다.

이 특별한 오후는 올바른 방향을 향한 한 걸음이었다. 왜냐하면 이번 가을에 독일어를 배우고 힐버리 씨의 『크리티컬 리뷰』를 위해 법률 책들을 검토하는 것이 그의 계획이었던 것처럼, 가족의 범위를 넘어 사람들과 사귀는 것이 그의 계획 중 하나였기 때문이다. 그는 어릴 때부터 항상 계획을 해왔다. 왜냐하면 가난하고 대가족의 맏아들이라는 사실이 오래 계속되는 조직적인 활동의 아주 많은 단계들처럼 그에게 봄과 여름, 그리고 가을과 겨울에 대해 생각하도록 하는 습관을 들였기 때문이다. 아직 삼십 세가 되지 못했지만 이렇게 미리 계획을 세우는 습관 때문에 그의 눈썹 위에 두 줄의 반원형 주름이 자리 잡았는데, 이 순간 그 주름들이 익숙한 모양으로 주름 잡힐 듯했다. 그러나 생각에 전념하는 대신, 그는 일어서서 '외출 중'이라는 단어가 큰 글자로 적힌 작은 마분지를 집어 들고 자신의 문손잡이에 걸었다. 그러고 나서 그는 연필을 뾰족하게 깎고, 독서등을 켜고 책을 펼쳤다. 하지만 그는 여전히 자리에 앉기를 주저했다. 그는 까마귀를 긁어주고, 창문으로 걸어갔다. 그는 커튼을 열어젖히고, 아래쪽에 희미하게 빛을 발하며 펼쳐져 있는 도시를 내려다보았다. 그는 연무 너머로 첼시 쪽을 바라보았다. 한동안 응시하다, 그런 다음 곧 그의 의자로 돌아왔다. 그러나 몇몇 학식 있는 변호사들이 작성한 불법행위법에 대한 조약문서들의 전체 두께도 그를 만족스럽게 막아주지는 못했다. 책장을 넘기면서 그는 가구가 거의 없고 넓은 응접실을 보았다. 그는 낮은 목소리들을 들었고, 여성들의 모습을 보았으며, 심지어 벽난로 쇠살대에서 불타오르는 삼나무 땔감의 향을 맡을 수 있었다. 그의 마음의 긴장이 완화되었고, 그때 무의식적으로 받아들였던 것을 지금 내어놓고 있는 듯했다. 그는 포티스큐 씨의 적확한 말과 그 말을 할 때 강하게 울리는 어세를 떠올릴 수 있었다. 그리고 그는 맨체스터에 관해 포티스큐 씨가 말했었던 것을 포티스큐 씨 특유의 방식으로 되풀이하기 시작했다. 그러자 그의 마음은 다시 그 집 주변을 배회하기 시작했다. 그는 그 응접실 같은 다른 방들이 있는지 궁금했고, 엉뚱하게도 욕실이 분명 대단히 아름다울 것이라고 생각했다. 그리고 이러한 잘 관리된 사람들의 삶이 얼마나 한가할지에 대해 생각했다—그들은 의심할 바 없이 같은 방에 여전히 앉아 있으면서 단지 옷만 바꿔 입었으며, 작은 애닝 씨와 자신의 아버지 초상화 액자의 유리가 파손된다면 못마땅해할 고모가 있었다. 힐버리 양은 드레스를 바꿔 입었다("그녀가 그렇게 예쁜 드레스를 입고 있는데도," 그는 그녀의 어머니가 말하는 것을 들었다). 그리고 그녀는 애닝 씨와 책에 관해서 말하고 있었는데, 그는 사십이 훨씬 넘었고 게다가 대머리였다. 그곳은 얼마나 평화롭고 넓었는지. 그리고 그 평화가 너무나 완전히 그를 사로잡아서 그의 근육은 느슨해졌고, 책이 그의 손에서 축 늘어졌다. 그리하여 그는 일할 시간이 매 분마다 낭비되고 있다는 것을 잊었다.

그는 계단이 삐걱거리는 소리에 정신을 차렸다. 떳떳하지 못해 흠칫 놀라며 그는 마음을 가다듬고, 눈살을 찌푸리며, 그의 책 오십육 쪽을 뚫어지게 보았다. 발걸음이 그의 방문 앞에서 멈추었다. 그리고 그는 누구든 간에 그 사람은 그 마분지 안내판에 마음을 쓰고 있으며, 그 내용을 존중해줘야 할지 깊이 생각하고 있다는 것을 알았다. 분명히, 방책은 그가 독재자의 침묵으로 가만히 앉아 있는 것이었다. 왜냐하면 매번 관례를 위반할 때마다 처음약 육 개월 동안 엄하게 벌하지 않으면 어떤 관례도 한 집안에 뿌리내릴 수 없기 때문이다. 그러나 랠프는 방해받기를 분명히 바라고 있다는 것을 의식했다. 그래서 그의 방문객이 물러가기로 결심한 것처럼 삐걱거리는 소리가 계단 아래로 좀 더 멀어지는 것을 듣게되자 자신의 실망을 알아챌 수 있었다. 그는 일어서서 쓸데없이 황급히 문을 열고 층계참에 기다렸다. 그 사람도 동시에 계단 반쯤 아래에서 멈췄다.

"랠프?" 어떤 목소리가 미심쩍은 듯이 말했다.

"조앤?"

"올라가고 있었는데, 네 안내판을 보았어."

"그래, 그러면 어서 들어가." 그는 할 수 있는 한 마지못해 하는 어조 뒤로 그가 바라는 것을 감추었다.

조앤은 안으로 들어왔지만 벽난로 선반 위에 한 손을 얹고 똑바로 서서 단지 자신이 확실한 목적이 있어서 거기에 있으며, 그 것을 이행하고 나면 갈 것이라는 것을 보여주는 데 신경을 썼다.

그녀는 랠프보다 나이가 서너 살 가량 많았다. 그녀의 얼굴은 둥글지만 야위었고, 대가족 손위 누이들의 독특한 특징인 관대하지만 걱정이 많고 친절한 기질을 보여주었다. 그녀의 상냥한 갈색 눈은 표정을 제외하고는 랠프와 닮았다. 그는 한 사물을 똑바로 예리하게 바라보는 듯했지만 반면에 그녀는 많은 다양한 관점에서 모든 것을 고려하는 습관이 있는 것처럼 보였기 때문이다. 이 때문에 그녀는 실제보다 몇 살 더 나이 들어 보였다. 그녀의 눈길이 잠시 한두 번 까마귀에 머물렀다. 그러고 나서 그녀는 아무 서두도 없이 말했다.

"찰스와 존 아저씨의 제안에 관해서인데……. 어머니께서 내게 말씀해오셨는데 이번 학기가 지나고 나면 그를 위해 학비를 낼 여유가 없다고 말씀하셔. 지금 상태로는 초과인출을 해야 할 거라고 하셔."

"그건 전혀 사실이 아니야," 랠프가 말했다.

"그래, 나도 아니라고 생각했어. 하지만 어머니는 내가 얘기해도 믿지 않으려고 하셔."

랠프는 이 익숙한 논쟁의 길이를 예견한 듯 의자를 그녀 쪽으로 끌어당기고 앉았다.

"내가 방해하고 있는 건 아니지?" 그녀가 물었다.

랠프는 고개를 저었다. 그리고 한동안 그들은 말없이 앉아 있었다. 그들의 눈 위에 반원형으로 주름이 잡혔다.

"그녀는 위험을 무릅써야만 한다는 걸 이해하지 못하시지," 마침내 랠프가 말했다.

"찰스가 투자할 가치가 있는 아이라는 걸 깨닫게 되신다면 어머니도 위험을 무릅쓰실 거라고 믿어."

"그는 똑똑해, 안 그래?" 랠프가 말했다. 그의 말투는 공격적인 기색을 드러냈는데, 이것은 그의 누나에게 어떤 개인적인 불만 탓에 그가 그런 태도를 취했다는 것을 암시해주었다. 그녀는 그 의미가 궁금했지만, 곧바로 다시 생각하며 동의했다.

"비록 어떤 면에서 그는 그 나이 때의 너와 비교하면 몹시 뒤지기는 하지. 그리고 그는 집에서 다루기도 힘들어. 그는 몰리를 하인처럼 부려먹어."

랠프는 이 까다로운 논증을 폄하하는 소리를 냈다. 조앤은 자신이 남동생의 심술궂은 심사를 불러일으켰다는 것과 그가 어머니가 하는 말이면 무엇이든 반대하려고 할 것이라는 것을 분명히 알게 되었다. 그는 어머니를 "그녀"라고 칭했는데, 그것이 그 증거였다. 그녀는 무심결에 한숨을 쉬었다. 그리고 그 한숨 때문에 랠프는 화가 나서 소리쳤다.

"열일곱 살 애를 사무실에 처박는 건 너무 심한 방침이야!"

"아무도 그를 사무실에 처박아두는 걸 **원하지** 않아," 그녀가 말했다.

그녀 역시 화가 나기 시작했다. 그녀는 오후 내내 어머니와 진 저리나는 교육과 지출의 세세한 내역들에 대해 논의하며 보냈다. 그리고 그녀는 약간 비합리적이지만 그가 어딘가로 외출했다는 사실에 기대어 자신을 가지고 동생에게 도움을 구하러 왔다. 그녀는 오후 내내 그가 어디에 있었는지 알지 못했고 물어볼 뜻도 없었다.

랠프는 누나를 좋아했다. 그리고 그녀의 노여움 탓에 그는 이 모든 부담을 누나가 어깨에 짊어져야 한다는 것이 얼마나 불공평한지를 생각하게 되었다.

"사실은," 그는 침울하게 말했다. "나는 존 아저씨의 제안을 받아들였어야만 했어. 지금쯤 일 년에 육백 파운드는 벌고 있어야 했어."

"난 조금도 그렇게 생각하지 않아," 조앤이 화낸 것을 후회하면서 재빨리 대답했다. "내 생각에 문제는 우리가 어떤 방식으로든 비용을 줄일 수 없는가 하는 거야."

"더 작은 집으로?"

"어쩌면, 하인들을 줄일 수도."

남동생도 누나도 대단한 확신을 가지고 말하지 않았다. 그리고 엄격하게 절약하는 가정에서 이렇게 제안된 개혁들이 의미하는 것을 잠시 깊이 생각해본 후, 랠프는 아주 단호하게 선언했다.

"그것은 불가능해."

그녀가 더 많은 집안일을 떠맡는 것은 불가능했다. 아니, 어려운 일은 그에게 맡겨져야 했다. 그는 자신의 집안 사람들도 다른 집안들만큼—예를 들어 힐버리가만큼—두각을 나타낼 수 있는 가능성을 가져야 한다고 결심했기 때문이다. 그는 은밀히 그리고 어느 정도 도전적으로 생각했다. 왜냐하면 그의 집안에 아주 주목할 만한 뭔가가 있다는 것은 증명할 수 없는 사실이었기 때문이다.

"만약 어머니가 위험을 각오할 것이 아니라면 —"

"넌 정말 어머니가 다시 팔기를 기대해서는 안 돼."

"그녀는 그것을 투자로 생각해야 해. 그러나 만약 그렇게 하지 않을 거라면, 우리는 다른 방법을 찾아야 해, 그뿐이야."

그 말에는 어떤 위협이 있었고, 조앤은 그 위협이 무엇인지 묻지 않고도 알았다. 이제 육칠 년이 넘는 직장 생활 동안, 랠프는 아마 삼백이나 사백 파운드 정도를 저축해왔을 것이다. 이 돈을 모으기 위해 그가 고생한 것을 생각해볼 때, 그가 주식을 사고 다시 팔며 때로는 늘렸다가 때로는 줄이면서, 그리고 하루의 큰 실패에서 모은 돈을 모두 잃을 위험도 늘 감수하며 투기를 하기 위해 그 돈을 사용했다는 것을 알고서 조앤은 언제나 아주 놀라워했다. 그러나 비록 그녀는 놀라워했지만, 그가 스파르타식의 자기 절제와 낭만적이고 어린애 같은 어리석음이 기묘하게 섞여있어서 그녀는 더욱더 그를 사랑하지 않을 수 없었다. 랠프는 세상의 어느 누구보다도 더 그녀의 관심을 끌었다. 그리고 그녀는 이러한 경제에 관한 토론을 하다가도, 비록 진지한 토론이지만 그의 성격에서 새로운 면을 생각하느라 자주 중단했다.

"나는 네가 가엾고 조숙한 찰스에게 네 돈을 위험하게 내맡기는 것은 어리석다고 생각해," 그녀가 말했다. "나도 그를 좋아하지만, 그는 내가 보기에 전혀 똑똑하지 않아……. 게다가 왜 네가 희생해야 하니?"

"조앤 누나," 랠프는 조바심 나는 몸짓으로 몸을 뻗으면서 외쳤다. "누나는 우리 모두 희생해야 한다는 걸 몰라? 그것을 부정하는 게 무슨 소용이 있어? 그것과 맞서 몸부림치는 게 무슨 소용이야? 항상 그래왔고, 앞으로도 그럴 거야. 우리는 돈이 없고, 결코 조금도 갖지 못할 거야. 생각해보면 대부분의 사람들처럼 우리가 지쳐서 쓰러지고 죽을 때까지, 우리는 우리 생애의 모든 날들을 제분기처럼 힘들게 일할 뿐이야."

조앤은 말할 것처럼 입을 열었다 다시 다물며, 그를 바라보았다. 그러고 나서 그녀는 매우 망설이며 말했다.

"너 행복하지 않니, 랠프?"

"그래, 누나는 행복해? 그래도 어쩌면 나는 대부분의 사람들만큼 행복해. 내가 행복한지 아닌지 어찌 알겠어. 행복이 뭐야?"

그는 우울하고 화가 났음에도 불구하고 반쯤 미소 지으며 누나를 힐끗 보았다. 그녀는 여느 때와 같이 무언가를 다른 것과 저울질하여 마음을 결정하기 전에 그것들의 균형을 잡으려는 것처럼 바라보았다.

"행복," 그녀는 마침내 모호하게 말했다. 어느 정도 그녀는 그 말의 의미를 판단하려는 듯이 말했고, 그리고 난 뒤 잠시 멈추었다. 그녀는 마치 행복을 모든 면에서 검토하고 있는 것처럼 상당히 오랜 시간 동안 멈추었다. "힐다가 오늘 여기 왔어," 그녀는 그들이 전혀 행복에 대해 이야기하지 않았던 것처럼 갑자기 다시 말하기 시작했다. "그녀는 바비를 데려왔어 —이제 아주 훌륭한 소년이야." 랠프는 그녀가 이제 재빠르게 이 위험한 접근 태도에서 일반적인 가족의 관심사에 대해 친밀감을 나타내는 말로 슬쩍 비켜나가려고 하는 모습을 빈정거리는 기색으로 즐겁게 관찰했다. 그럼에도 불구하고, 그는 그녀가 가족 중에 행복에 대해 그와 토론할 수 있는 유일한 사람이라고 생각했다, 비록 그는 힐버리 양과 첫 만남에서 행복에 대해 훨씬 만족스럽게 토론할 수 있었을 것이지만 말이다. 그는 조앤을 비판적으로 바라봤다. 그리고 그녀가 낡은 테두리 장식이 있는 진한 녹색 드레스를 입은 모습이 너무 촌스럽거나 따분해 보이지 않았으면 했고, 또 너무 참을성 있고 순종하는 것처럼 보이지 않았으면 하고 바랐다. 그는 비난 하기 위해 그녀에게 힐버리가 사람들에 대해 이야기하고 싶어졌다. 두 개의 빠르게 잇따르는 삶에 대한 인상들 간에 종종 격렬해지는 소규모 전투에서 그가 생각하기에 힐버리가의 삶이 데넘가의 삶을 이기고 있었기 때문이다. 그래서 그는 조앤이 힐버리 양보다 훨씬 뛰어난 자질을 가졌다고 확인하고 싶었기 때문이다. 그는 그녀가 힐버리 양보다 더 독창적이고 더 대단한 활력을 지니고 있다고 느껴야만 했다. 그러나 현재 캐서린에 대한 그의 주된 인상은 그녀가 아주 활기 있고 침착한 사람이라는 것이다. 그리고 그는 그 순간 사랑스럽고 가엾은 조앤이 가게를 운영하는 사람의 손녀이고 자신이 손수 생활비를 번다는 사실로부터 무엇을 얻을 수 있는지 알 수 없었다. 그들의 생활이 대단히 황량하고 누추하다는 사실이 그를 괴롭혔다. 한 집안으로서 그들이 그런대로 남다르다는 근본적인 믿음에도 불구하고 말이다.

"네가 어머니와 이야기해볼래?" 조앤이 물었다. "실은 너도 알다시피 그 일은 어느 쪽으로든 결정되어야 하기 때문이야. 찰스가 거기에 가려고 한다면 존 아저씨께 편지를 써야 하거든."

랠프는 초조하게 한숨지었다.

"나는 어느 쪽이든 대단히 중요하지 않다고 생각해," 그는 소리쳤다. "그는 결국 불행해질 거야."

조앤의 뺨에 가벼운 홍조가 나타났다.

"넌 네가 터무니없이 말하고 있다는 걸 알아," 그녀가 말했다. "자기 스스로 생활비를 벌어야 한다는 것은 누구에게도 상처 주지 않아. 나는 내 생활비를 벌어야 한다는 게 매우 즐거워."

랠프는 그녀가 이렇게 생각해서 기뻤고, 계속 말해주기를 원했지만 그는 아주 심술궂게 말을 이어갔다.

"그건 단지 누나가 스스로 즐기는 방법을 잊어서 그런 것 아냐? 누나는 품위 있는 어떤 일이든 잠시도 할 시간이 없어 ㅡ"

"예를 들자면?"

"글쎄, 산책이나, 음악, 혹은 책, 또는 흥미로운 사람들과 만나는 일. 누나는 나보다도 정말 더 가치 있는 일을 전혀 하지 않아."

"나는 네가 이 방을 아주 더 훌륭하게 만들 수 있다고 늘 생각하고 있어. 네가 원한다면 말이야," 그녀가 말했다.

"내 인생에서 가장 최고의 시간을 사무실에서 증서를 작성하면서 어쩔 수 없이 보내는데, 어떤 방을 가진들 무슨 소용이야?"

"너는 이틀 전에는 법률 일이 아주 재미있다고 말했어."

"그것에 관해 뭔가 알 수 있는 여유가 있다면 정말 그렇지."

("허버트가 지금 막 자러가는 거군," 층계참의 문이 거칠게 쾅 닫히자, 조앤이 끼어들었다. "그러면 아침에 일찍 일어나지 않을 거야.")

랠프는 천장을 바라보았고 입술을 꽉 다물었다. 그는 궁금했다. 왜 조앤은 그녀의 마음을 한순간도 가정생활의 세세한 일들에서 결코 떼어놓지 못하는 것일까? 그녀는 점점 더 그 일들에 끌려들어가고 있고, 바깥세상으로 벗어나는 시간이 더 짧아지고 그리고 빈도도 줄어든 것처럼 보였다. 그녀는 이제 겨우 서른세 살이었다.

"사람들을 방문한 적은 있어?" 그가 갑자기 물었다.

"자주 갈 시간은 없어. 왜 묻는 거지?"

"새로운 사람들과 사귀게 되면 좋을 것 같아서. 그게 다야."

"가엾은 랠프!" 조앤이 미소 지으며 갑자기 말했다. "너는 네 누나가 점점 나이 들고 점점 지루해지고 있다고 생각하는구나—바로 그거야, 안 그래?"

"나는 그런 생각은 전혀 해보지 않았어," 그는 단호하게 말했지만 얼굴을 붉혔다. "그렇지만 누나는 불행하게 살아가잖아, 누나. 사무실에서 일하지 않을 때는 우리들에 대해 걱정하잖아. 게다가 나는 누나에게 별로 도움이 되지 않을까 봐 염려돼."

조앤은 일어났다. 그리고 그녀의 손을 따뜻하게 하면서, 그리고 겉으로 보기에 그녀가 어떤 말을 더 해야 할지 그만 둬야 할지 깊이 생각하며 잠시 서 있었다. 강한 친밀함이 남매를 하나 되게 했고, 그들 눈썹 위의 반원형 주름이 사라졌다. 아니, 더 이상 양쪽으로 편을 나눌 일이 없었다. 조앤은 남동생을 지나치면서 손으로 그의 머리를 쓰다듬고, 작은 소리로 잘 자라는 인사를 하며 방을 나갔다. 그녀가 나간 후 몇 분 동안 랠프는 머리에 손을 얹은 채 조용히 누워 있었다. 그러나 우애와 오래된 공감으로 생긴 기분 좋은 느낌이 사라지자, 점차 그의 눈은 생각으로 가득 찼고, 눈썹 위에 주름이 다시 나타났다. 그리고 그는 혼자 남아 생각에 잠겼다.

잠시 후 그는 책을 펼치고 정해진 시간 내에 어떤 일을 완수하도록 스스로 정해놓은 것처럼 손목시계를 한두 번 흘끗 보면서 꾸준하게 책을 읽었다. 이따금씩 그는 집 안에서 사람들의 소리와 침실 문들이 닫히는 소리를 들었는데, 이런 소리는 제일 높은 층에 그가 앉아 있는 그 건물의 모든 방마다 사람들이 거주하고 있다는 것을 알게 해주었다. 한밤중이 되자, 랠프는 책을 덮고 촛불을 손에 들고 불이 다 꺼졌는지 그리고 문이 다 닫혔는지 확인하기 위해 일 층으로 내려갔다. 그가 이렇게 살펴본 것은 바로 초라하고 낡은 집이었는데, 마치 그 집에 사는 사람들이 체면유지

직전까지 화려함과 풍성함을 모두 다 먹어치운 것 같았다. 그리고 생기를 잃은 밤중에 휑한 공간들과 아주 오래된 얼룩들이 불쾌하게 눈에 띄었다. 그는 캐서린 힐버리가 그것을 보면 바로 비난할 것이라고 생각했다.

제3장

데넘은 캐서린 힐버리가 영국에서 가장 저명한 집안 사람들 중에 한 명이라고 비난했었다. 그리고 누구든 골턴 씨의 『유전하는 천재』[1]를 참조할 수고를 한다면, 그는 이 주장이 사실과 동떨어지지 않다는 것을 알게 될 것이다. 앨러다이스가, 힐버리가, 밀링턴가, 오트웨이가는 지성이 특정한 집단의 한 구성원에서 다른 구성원에게 거의 무한정 넘겨질 수 있는 소유물이라는 것을, 그리고 아주 확실하게 탁월한 재능은 특권이 있는 가계의 열 명 가운데 아홉 명에 의해 안전하게 얻어져 계속 유지될 것이라는 것을 증명하는 듯했다. 그들은 수년 간 저명한 판사와 해군 제독이었고, 변호사며 국가의 관리들이었다. 그 후 토양의 비옥함은 어느 가문이라도 자랑할 수 있는 가장 진귀한 꽃으로 절정에 이르렀고, 그 진귀한 꽃은 위대한 작가이자 영국의 시인들 가운데 가장 뛰어난 리처드 앨러다이스였다. 그를 배출한 후 뛰어난 인물들을 낳는 그들의 일상적 과업을 다시 태연하게 계속함으로써

---

1   골턴 경(Sir Francis Galton, 1822~1911)이 1869년 발간한 논문. 골턴 경은 우생학을 학문으로 처음 만들었다.

다시 한 번 그들 가계의 놀랄 만한 가치들을 증명했다. 그들은 존 프랭클린 경[2]과 함께 북극으로 항해했으며, 럭나우 탈환을 위해 해버록과 같이 말을 타고 달렸다. 그리고 그들은 그들 세대를 안내하는 바위 위에 견고하게 자리 잡은 등대가 아니라면, 일상적 삶의 평범한 방들을 비추는 안정되고 쓸모 있는 촛불이었다. 여러분이 주목한 어떤 전문직에서나, 권위 있고 유명한 어딘가에 워버턴이나 앨러다이스 혹은 밀링턴이나 힐버리 집안의 사람이 있었다.

영국 사회가 이러한 상태이기 때문에, 일단 당신이 유명한 이름만 가지고 있다면, 아주 특출한 뛰어남 없이도 당신은 무명으로 있기보다 대체로 유명해지기가 더 쉬운 지위에 이를 수 있다고 실로 말할 수 있을 것이다. 그리고 이것이 아들들에게 해당되는 것이라면, 딸들조차, 심지어 십구 세기에도 중요한 인물이 되기 쉬웠다―그들이 나이 많은 미혼이라면 자선 사업가와 교육자가 되었고, 결혼한 경우라면 저명한 남성의 아내가 되었다. 앨러다이스 집안에서 이러한 관례에 대해 통탄할 몇몇 예외들이 있었던 것이 사실이다. 그리고 이것은 그러한 집안의 아이들이 평범한 아버지와 어머니의 아이들보다 더 빠르게 타락한다는 것을 시사하는 듯하다. 마치 그러는 동안 그들이 어느 정도 한숨 돌리는 것처럼 말이다. 그러나, 대체로 이십 세기의 처음 몇 년 동안 앨러다이스가 사람들과 그들의 친척들은 생계를 잘 꾸려가고 있었다. 사람들은 그들이 자신들의 이름으로 된 면허장을 지니고 전문직의 최고의 위치에 있는 것을 발견한다. 그들은 개인 비서를 두고 호화로운 공공 사무실에 앉아 있다. 그들은 두 개의 큰 대학 출판사가 발행하는 짙은 표지의 두꺼운 책을 저술한다. 그리

2 존 프랭클린 경(Sir John Franklin, 1786~1847) 영국의 항해자, 북극 탐험가.

고 그들 중 한 명이 사망하면, 아마 그들 가운데 누군가가 그의 전기를 쓸 것이다.

그런데 이런 고귀한 신분의 근원은 물론 그 시인이었고, 따라서 그의 직계 후손들은 방계의 분가들보다 더 큰 영예를 부여받았다. 힐버리 부인은 그 시인의 외동딸이라는 신분 덕택에 정신적으로 그 가문의 우두머리였다. 그리고 그녀의 딸인 캐서린은 모든 사촌들과 인척들 사이에서 상당히 우월한 신분이었는데, 그녀가 외동딸이었기 때문에 더욱 그러했다. 앨러다이스가는 다른 집안들과 결혼을 했고 게다가 근친결혼도 했다. 그리고 그들의 자손은 대체로 아주 많았으며 식사와 가족의 축하연을 위해 서로의 집에서 정기적으로 모임을 갖는 방식을 가졌는데, 그것은 반쯤 신성한 성격을 갖게 되었고 교회의 성찬일과 단식일만큼 정기적으로 준수되었다.

시간이 지나면서 힐버리 부인은 그녀 시대의 모든 시인, 모든 소설가, 모든 아름다운 여성들, 저명한 남성들과 알고 지냈다. 이들은 이제 고인이 되었거나 그들의 쇠락한 영광 속에 은둔하고 있었기 때문에 그녀는 자신의 집을 지인들을 위한 집회장으로 만들었는데, 그녀는 그들에게 십구 세기의 위대한 나날들이 지나간 것에 대해 한탄하곤 했다. 그 시기의 영국에서 문학과 예술의 모든 부문은 두세 명의 저명한 이름에 의해 대표되었다. 그들의 뒤를 이을 사람들은 어디에 있는가? 그녀는 이렇게 묻곤 했으며, 오늘날에는 진정한 재능을 가진 어떤 시인도, 화가도 혹은 소설가도 없다는 것이 온화한 추억담이 끝나가는 분위기에서 그녀가 곰곰이 생각하기 좋아하는 주제였고, 어쩔 수 없는 경우에도 이 추억담을 방해하기란 어려웠을 것이다. 그러나 그녀는 더 젊은 세대의 부족함을 벌하는 것은 전혀 아니었다. 그녀는 그들을 자신의 집으로 기꺼이 매우 다정하게 맞이했고, 그들에게 그녀의 이야기를 들려주었으며, 일 파운드 금화와 아이스크림을 주었고, 좋은 충고를 했으며, 대체로 전혀 사실 같지 않은 공상적 이야기들을 그들에게 꾸며냈다.

캐서린이 어떤 것이든 이해할 수 있게 되자 그녀는 곧 여러 다양한 출처로부터 자신의 혈통의 우수성에 대해 자각하게 되었다. 어렸을 적 그녀의 방 벽난로 위에 시인의 구역에 잠드신 할아버지의 묘비 사진이 걸려 있었다. 그리고 그녀는 아이의 마음에 대단히 인상 깊게 남는 어른이 확신하는 그러한 순간들 가운데 한 번 그가 "훌륭하고 위대한 사람"이었기 때문에 그곳에 묻혔다고 들었다. 그 후에 어느 기념일에 그녀는 어머니에게 이끌려서 이륜마차를 타고 안개를 뚫고 나가, 선명하고 달콤한 향기가 나는 커다란 꽃다발을 받아서 그의 무덤 위에 놓았다. 교회 안의 촛불들, 찬송가와 오르간의 울림은, 그녀가 생각하기에, 모두 그에게 표하는 경의였다. 몇 번이고 반복해서 그녀는 아래층 응접실로 인도되어 아주 기품 있는 노인의 축복을 받았다. 그런데, 그녀의 어린 눈에도 아버지의 안락의자에 앉은 여느 방문객과는 달리, 그는 아주 집중하여 지팡이를 움켜쥐고서 얼마간 떨어져 앉아 있었다. 그리고 그녀의 아버지도 여느 때와 달리 약간 흥분하고 매우 공손하게 있었다. 이런 굉장한 노인들은 그녀를 껴안고 그녀의 눈을 아주 예리하게 바라본 뒤 그녀에게 축복을 하곤 했다. 그리고 그녀가 신중하고 훌륭한 소녀가 되어야 한다고 말하거나 혹은 그녀의 얼굴에서 어린 소년 시절 리처드와 닮은 어떤 모습을 찾아내곤 했다. 그런 뒤 그녀 어머니는 그녀를 열렬하게 포옹했고, 그녀는 다시 방으로 보내졌는데, 그녀는 아주 의기양양했고 상황이 중요하면서도 설명할 수 없는 상태라는 이상한 느낌이 들었다. 그리고 점차 시간이 지나면서 그 상태가 그녀에게 정체를 드러냈다.

항상 방문객들이 있었다―"인도에서 온" 아저씨들과 아주머니들, 그리고 사촌들이 있었는데, 그들과 친족 관계라는 이유만으로 존경을 받았고, 또한 유일하고 대단한 계층의 사람들이 있었는데, 그녀의 부모는 그녀에게 그들을 "평생 기억"하도록 했다. 이러한 방법으로 그리고 위대한 사람들과 그들의 작품에 대해 끊임없이 얘기하는 것을 들으면서, 아주 일찍이 그녀가 마음에 품은 세계 속에는 그녀가 셰익스피어, 밀턴, 워즈워스, 셸리[3] 등으로 이름을 부르는 위엄 있는 사람들의 집단이 들어 있었다. 그리고 이들은 어떤 이유로 다른 사람들보다 힐버리가 사람들과 훨씬 더 가까웠다. 그들은 그녀의 삶의 전망에 대해 일종의 경계선을 만들어서 그녀가 자신의 일들에서 좋고 나쁨을 결정하는 데 상당한 역할을 했다. 그녀가 이러한 숭배 대상들 중 한 명의 후손이라는 사실은 시간이 지남에 따라 그녀의 운명의 특권이 당연한 일로 여겨지고 어떤 결점들이 아주 명백하게 드러날 때까지는 그녀에게 조금도 놀랍지 않았고, 만족스러운 일이었다. 토지가 아니라 지적이고 정신적인 미덕의 전형을 물려받는 일은 아마도 다소 울적한 일일지도 모른다. 어쩌면 위대한 선조가 확정되어 있다는 사실은 그와 비교될 수 있는 위험을 가진 후손들을 조금은 낙담시킬 것이다. 마치 아주 화려하게 꽃이 절정으로 피어난 후 멋진 초록 줄기와 잎이 꾸준히 자라는 것 외에 이제 가능한 어떤 것도 남아 있지 않은 것처럼 보인다. 이러한 이유나 또 다른 이유로 캐서린에게 의기소침한 순간들이 있었다. 남성과 여성

---

3 윌리엄 셰익스피어(William Shakespeare, 1564~1616), 영국의 극작가, 시인. 존 밀턴(John Milton, 1608~1674), 영국 시인. 윌리엄 워즈워스(William Wordsworth, 1770~1850)와 퍼시 비시 셸리(Percy Bysshe Shelley, 1792~1822), 영국 낭만파 시인.

이 전례 없는 규모로 발전한 영광스러운 과거는 현재를 너무 많이 참견하고 너무 시종일관 위축시켜서 그 위대한 시대가 이미 생명을 다했을 때, 과거는 살아 있는 동안 실험할 수밖에 없는 사람들에게 전적으로 기운을 북돋아줄 수가 없는 것이었다.

그녀는 이 문제에 대해 특별히 곰곰이 생각하는 데 마음이 이끌렸다. 우선 어머니가 그 문제에 전념하고 있기 때문이며, 다음으로 그녀는 어머니가 그 위대한 시인의 생애에 대해 출판하는 것을 돕고 있었던 탓에 자기 시간의 상당한 부분을 죽은 자들을 상상하는 데 보냈기 때문이었다. 캐서린이 열일곱이나 열여덟 살이었을 때 — 말하자면, 십 년 전쯤에 — 그녀의 어머니는 이제 딸이 그녀를 돕고 있으니 전기가 곧 출판될 것이라고 열성적으로 공표했었다. 이러한 취지의 발표는 문학잡지들에 실렸고, 얼마 동안 캐서린은 대단한 자부심과 성취감을 갖고 일했다.

그러나 최근에 그녀는 그들이 전혀 진척을 보이지 않고 있는 듯한 생각이 들었다. 그리고 이것이 더욱더 애타게 했다. 왜냐하면 문학적 기질을 아주 조금이라도 가진 사람이라면 그들이 이제까지 쓰인 가장 위대한 전기들 가운데 하나를 위한 재료들을 가지고 있다는 것을 아무도 의심할 수 없었을 것이기 때문이다. 책장들과 상자들은 귀중한 자료들로 꽉 차 있었다. 가장 흥미로운 사람들의 가장 사적인 삶은 촘촘하게 쓰인 원고의 노란색 꾸러미 속에 말려 있었다. 이것과 더불어 힐버리 부인의 머릿속에는 지금 살아 있는 사람에게 남아 있는 만큼 선명한 그 당시의 광경이 있었다. 그리고 그녀는 그 오래된 이야기에 번쩍임과 떨림을 부여할 수 있었고, 이것이 그 이야기에 거의 살과 같은 실체를 부여했다. 그녀는 글 쓰는 데 어려움이 없었고, 지빠귀가 지저귀는 만큼이나 본능적으로 매일 아침 한 페이지를 맡아 해냈다. 하지만 자극하고 영감을 주는 이 모든 것과 또한 그 작업을 완성하려는 아주 열렬한 의도가 있었음에도 불구하고 책은 아직도 쓰이지 않은 채 있었다. 그들의 작업을 크게 진전시키지 못한 채 종이가 쌓였고, 그리하여 침체된 순간 캐서린은 그들이 대중들 앞에 내놓기에 적합한 전기를 과연 출판할 수 있을지 의심했다. 어디에 어려움이 있었는가? 그들의 자료는 아니었다, 슬프게도! 또한 그들의 포부도 아니었고, 좀 더 근원적인 것, 그녀 자신의 서투름과 무엇보다도 어머니의 기질에 있었다. 캐서린은 그녀가 한 번에 십 분 이상 글 쓰는 것을 결코 본 적이 없었다고 생각하곤 했다. 어머니는 주로 움직이고 있을 때 착상이 떠올랐다. 그녀는 손에 먼지 터는 솔을 들고 방을 배회하기를 좋아했는데, 그 솔로 이미 광택이 나는 책들의 뒷면을 닦기 위해 멈추었다. 그러는 동안 그녀는 깊이 생각하거나 공상에 잠겼다. 갑자기 적절한 문구나 예리한 관점이 떠오르면 그녀는 솔을 떨어뜨리고 잠시 숨죽인 순간 동안 열중하여 글을 쓰곤 했다. 그러고 나서 그 분위기가 끝나버리면 먼지 솔을 다시 찾아 그 오래된 책을 다시 닦곤 했다. 이러한 영감의 마력은 결코 꾸준히 타오르지 않았지만 도깨비불처럼 변덕스럽게 때로는 이 지점에서 또 때로는 저 지점에서 빛나며 거대한 양의 주제 위로 깜박였다. 사실상 캐서린이 할 수 있는 것은 어머니의 원고를 쪽수에 따라 순서대로 두는 것이었다. 그러나 리처드 앨러다이스 생애의 열여섯 번째 해가 열다섯 번째 해를 뒤따르도록 쪽수를 분류하는 일은 그녀의 능력을 넘어서는 일이었다. 그래도 그 원고는 아주 훌륭했고, 단락들이 매우 고상하게 표현되었으며, 설명이 번개처럼 빨라서 고인이 마치 그 방을 꽉 채운 것 같았다. 계속 읽다보면, 지면은 현기증 같은 것을 일으켰고, 그녀 스스로에게 도대체 자신이 그것과 무슨 관련이 있는지 절망적으로 묻게 했다. 그녀의 어머니 또한 무엇을 그대로 두고 무엇을 뺄 것인지에 관한 근본적인 질문을 직시하기를 거부했다. 그녀는 그 시인이 부인과 별거한 것에 대한 사실을 대중들에게 어느 정도까지 말해야 하는지 결정할 수 없었다. 그녀는 양쪽의 경우에 적합한 구절들을 초안으로 썼다. 그런 뒤 그녀는 양쪽 모두 아주 썩 마음에 들어서 둘 중 어느 쪽을 버릴지 결정할 수 없었다.

그러나 책은 쓰여야 했다. 그것은 그들이 세상 사람들에게 치러야 할 의무였다. 그리고 적어도 캐서린에게 그것은 그 이상을 의미했다. 왜냐하면 이 책을 완성할 수 없다면 그들은 자신들의 특권적인 지위에 대한 권리가 없기 때문이었다. 해를 거듭하여 그들의 노력 없는 이득이 점점 더 증대되었다. 그뿐만 아니라 그녀의 할아버지가 아주 위대한 사람이라는 것이 이론의 여지없이 확고해졌다.

스물일곱 살 무렵 이런 생각은 그녀에게 아주 익숙해졌다. 그녀가 아침에 연필, 가위, 고무풀 병, 인도 고무 밴드, 큰 봉투, 그리고 책을 만드는 데 필요한 다른 용구들을 잘 갖춘 채 오래된 편지 다발이 수북이 쌓인 책상에 앉아 어머니 맞은편에 있을 때, 그런 생각은 그녀의 마음을 짓누르며 꿰뚫고 지나갔다. 랠프 데넘이 방문하기 얼마 전, 캐서린은 어머니의 글쓰기 습관에 대해 엄격한 규칙을 정하려고 결심했었다. 그들은 매일 아침 열 시에 책상에 앉기로 했다. 그 시간은 사람의 왕래가 없는 말끔히 청소된 아침이고, 그들 앞에 놓인 한가한 시간이었다. 그들은 시선을 지면 위에 단단히 고정하기로 했고, 그들에게 허용된 십 분의 휴식 시간을 알리는 종치는 소리 외에는 이야기하도록 유혹하는 어떤 것도 없었다. 이 규칙이 일 년 동안 지켜진다면, 책의 완성이 확실하다는 계획을 그녀는 한 장의 종이 위에 작성했다. 그리고 그 과업의 많은 부분이 이미 완성되었다는 느낌으로 어머니 앞에 그녀가 작성한 계획을 제출했다. 힐버리 부인은 그 종이를 아주 주의 깊게 검토했다. 그 뒤 그녀는 손뼉을 치면서 열광적으로 외쳤다.

"잘했어, 캐서린! 너는 실무에 적합한 정말 멋진 두뇌를 가졌어! 이제 이것을 내 앞에 두고 매일 내 수첩에 조그맣게 표시를 할 거야. 그리고 이 모든 일의 마지막 날에 — 생각 좀 해보자, 마지막 날을 축하하기 위해 무엇을 할까? 겨울이 아니라면 우리는 이탈리아로 짧은 여행을 갈 수도 있을 텐데. 사람들은 춥지만 않으면 눈이 내린 스위스가 매우 아름답다고들 해. 그러나 네가 말한 대로 중요한 것은 책을 끝마치는 거야. 그러면 어디 보자 —."

그들은 캐서린이 순서대로 둔 그녀의 원고를 검토했을 때, 그들이 바로 개선하려고 하지 않는다면 그들의 기를 꺾을 정도로 잘 계획된 상태라는 것을 깨달았다. 우선 그들은 그 전기를 시작할 여러 가지의 매우 인상적인 단락들을 찾아냈다. 사실 이 단락들은 대부분 완성되지 않았고, 한쪽 버팀대로 서 있는 개선 아치문을 닮았다. 그러나 힐버리 부인이 살펴본 바와 같이, 그녀가 그 단락들에 마음을 쏟으면 그것들은 십 분 만에 이어 맞춰질 수 있을지도 몰랐다. 다음으로 앨러다이스가의 오래된 집, 더 정확히는 서퍽[4]의 봄에 대한 설명이 있었다. 그것은 아주 아름답게 쓰여졌지만 이야기에 필수적인 것은 아니었다. 그렇지만 캐서린이 일련의 이름과 날짜를 조합하여, 그 시인은 훌륭하게 세상에 태어나 그 후 무사히 아홉 살에 이르렀다. 그 뒤로 힐버리 부인은 감상적인 이유에서 같은 마을에서 성장한 아주 거침없는 노부인에 관한 추억을 소개하기를 원했다. 그러나 캐서린은 이런 것들을

4 서퍽Suffolk. 잉글랜드 동부의 주.

빼야 한다고 결정했다. 여기에서 힐버리 씨가 기고한, 따라서 간결하고 학식 있으며 나머지 부분들과 전혀 조화되지 않는 당대의 시에 대한 개요를 삽입하는 것이 바람직할지도 몰랐다. 그러나 힐버리 부인은 그것이 너무 사실 그대로이고 사람들에게 마치 강의실에 있는 착한 어린 소녀 같은 느낌이 들게 하여, 그녀의 아버지와 전혀 어울리지 않는다고 생각했다. 그것은 한쪽으로 치워졌다. 바야흐로 그의 초기 성년기에 이르렀고, 이때의 다양한 연애는 공개할지 말지 정해야만 했다. 여기에서 다시 힐버리 부인은 망설였다. 그리하여 두꺼운 원고 한 묶음이 좀 더 검토되기 위해 선반에 얹어졌다.

이제 몇 년간이 완전히 생략되었다. 왜냐하면 힐버리 부인은 그 시기에 혐오감이 드는 어떤 일을 발견했고, 아이로서 자신의 기억에 대해 곰곰이 생각해보는 것을 더 좋아했기 때문이다. 이후에, 캐서린이 보기에 그 책은 형식이나 연속성이 없고, 일관성조차 없으며, 혹은 서사를 만들려는 어떤 시도도 없는 도깨비불의 사나운 춤이 된 것 같았다. 그녀의 할아버지의 모자에 대한 취향과 당대의 도자기에 대한 에세이, 여름날에 간 시골 여행에 대한 긴 설명과 그때 그들이 기차를 놓쳤던 일에 대한 이야기가 스무 쪽이 있었고, 어느 정도는 상상이고 어느 정도는 근거가 있는 것처럼 보이는 온갖 종류의 저명한 남녀들에 관한 단편적인 회고와 함께 있었다. 게다가 수천 통의 편지와 오랜 친구들이 제공한 많은 신뢰할 만한 추억이 있었다. 이것들은 이제 봉투가 누렇게 되었지만 어딘가에 실어야만 했다. 그렇지 않으면 그들의 감정이 상할 것이었다. 그 시인의 사후에 그에 관해 쓰여진 책들이 아주 많았기 때문에 그녀는 또한 아주 많은 잘못된 진술을 바로잡아야 했는데, 이 일은 세밀한 조사와 많은 서신 왕래를 수반했다. 때때로 캐서린은 반쯤 구겨진 종이들 틈에서 곰곰이 생각했다. 또 때로는 바로 자신의 존재를 위해 자신이 과거로부터 자유로워져야 할 필요가 있다고 느꼈다. 또 다른 때에는 과거가 현재를 완전히 차지했고, 죽은 자들 틈에서 아침을 보낸 뒤 다시 삶을 시작했을 때 현재는 아주 빈약하고 조악한 구성물로 드러난다고 느꼈다.

그중 최악은 그녀가 문학에 소질이 없다는 것이다. 그녀는 문장들을 좋아하지 않았다. 그녀는 자신의 느낌을 이해하고 그것을 언어로 아름답고, 적절하며, 정력적으로 표현하기 위한 자기반성의 과정과 그 부단한 노력에 대해 타고난 반감마저 있었다. 그러한 과정은 그녀의 어머니의 생활에서 아주 커다란 부분을 차지하였다. 반대로 그녀는 조용히 있고 싶어 했다. 그녀는 글쓰기는 고사하고 대화할 때마저 자신을 표현하는 데 주춤하였다. 문장으로 표현하기를 몹시 좋아하는 가정에서 이러한 기질은 대단히 편리했고, 또한 행동에 상응하는 능력을 입증해 보이는 듯했기 때문에, 그녀는 정말이지 어린 시절부터 집안일들을 맡게 되었다. 그녀는 가족들 가운데 가장 실무에 뛰어나다는 평판을 받았고, 그녀의 태도에서 어떤 것도 이 평판과 모순되지 않았다. 식사 지휘하기, 하인 관리하기, 청구서의 대금 지불하기, 그리고 모든 시계가 거의 정확하게 제시간을 가리키도록 솜씨 좋게 해내는 일과, 또한 다수의 꽃병에 항상 신선한 꽃들이 가득 차도록 하는 일은 그녀의 타고난 재능으로 여겨졌다. 그리고 실로 힐버리 부인은 그것은 시가 반대로 바뀐 것이라고 자주 말했다. 아주 이른 나이에서부터, 그녀는 역시 또 다른 능력을 발휘했다. 그녀는 어머니에게 조언을 하고 도왔으며, 대체로 어머니를 지탱해주었다. 세상이 지금과 같지 않았더라면 힐버리 부인은 자기 자신을 완벽하게 잘 지탱해나갈 수 있었을 것이다. 그녀는 다른 행성에서의 삶에 훌륭하게 적응했다. 그러나 거기에서 일들을 처리하는 데 적합한 그녀의 타고난 비상한 재능은 여기에서는 실제로 전혀 소용이 없었다. 예를 들어 그녀의 시계는 그녀를 끊임없이 놀라게 했다. 그리고 육십오 세의 나이에도 그녀는 규칙과 이성이 다른 사람들의 삶에 가하는 영향력에 여전히 경악했다. 그녀는 경험으로 전혀 터득하지 못했고 언제나 그녀의 무지 때문에 벌받아야 했다. 그렇지만 그런 무지는 조금이라도 생각하려고 할 때는 언제든 깊이 생각하는 타고난 뛰어난 통찰력과 결합되었기 때문에, 힐버리 부인을 멍청한 사람 가운데 한 사람으로 무시할 수 없었다. 반대로 그녀는 방에서 가장 지혜로운 사람처럼 보이는 면모를 지녔다. 그러나 대체로 그녀는 딸의 도움이 매우 필요하다는 것을 알았다.

그리하여 캐서린은 아주 중요한 직업을 가진 한 구성원이었는데, 아직 직함도 없고 그다지 별로 인정받지도 못하는 직업이었다. 비록 제분소와 공장의 노동이 어쩌면 더 힘들지 않을 수도 있으며, 세상에 더 적은 이익을 가져올지도 모르지만 말이다. 그녀는 집에서 생활했다. 그녀는 그것을 또한 아주 잘했다. 체니 워크에 있는 그녀의 집에 오는 사람이면 누구나 이곳이 정돈되고 모양새 좋으며 잘 관리되었다고 느꼈다―생활이 최상으로 돋보이도록 가꿔진 장소였으며, 비록 여러 가지 요소들로 구성되었지만 조화롭고 고유한 특성을 드러내 보이도록 만들어진 장소였다. 아마도 힐버린 부인의 기질이 압도한 것은 바로 캐서린의 솜씨가 거둔 주요한 업적이었을 것이다. 그녀와 힐버리 씨는 어머니의 좀 더 두드러지는 자질을 위한 풍요로운 배경처럼 보였다.

그리하여 침묵은 그녀에게 선천적인 것이면서 또한 강요된 것이기도 했으므로, 어머니의 친구들이 그것에 관해 습관적으로 언급하는 유일한 다른 논평은 그것이 어리석은 침묵도 또한 무관심한 침묵도 아니라는 것이다. 그러나 그 침묵의 어떤 특성 때문에 그 특성이 어떤 기질 탓인지에 대해서는 아무도 애써 물으려 하지 않았다. 그녀는 중요한 책을 출판하기 위해 어머니를 돕고 있는 것으로 이해되고 있었다. 그녀는 집안을 관리하고 있는 것으로 알려졌다. 그녀는 확실히 아름다웠다. 그것이 그녀에 대해 더할 나위 없이 설명해주었다. 그러나 만약 마법의 시계가 표면상으로 그녀가 하는 일과 완전히 다른 일에 사용된 순간들을 세어볼 수 있다면, 그것은 다른 사람들뿐 아니라 캐서린 본인에게도 놀라운 일이었을 것이다. 자신 앞에 빛바랜 종이들을 두고 앉은 채, 그녀는 미국의 대평원에서 야생 조랑말을 길들이거나, 폭풍 속에서 검게 융기한 바위 주위로 거대한 배를 지휘하는 일과 같은 잇따른 장면들에 함께했고, 아니면 좀 더 평화롭지만 그녀의 현재 상황들로부터 완벽한 해방과 말할 필요도 없이 새로운 임무를 해낼 수 있는 그녀의 뛰어난 능력이 두드러지는 다른 일들에 함께했다. 그녀가 종이와 펜, 문구 만들기와 전기라는 구실에서 벗어나면, 그녀는 자신의 관심을 좀 더 적당한 방향으로 돌렸다. 아주 이상하지만 그녀는 위층 방에서 외로이 아침에 일찍 일어나서 혹은 밤늦도록 앉아 수학을 공부했다는 사실보다 차라리 폭풍우와 대평원에 대한 그녀의 아주 격정적인 꿈에 대해 고백했을 것이리라. 세상의 어떤 힘도 그녀가 그것을 고백하도록 하지는 못할 것이리라. 그런 식의 그녀의 행동은 야행성 동물의 행동처럼 은밀하고 비밀스러웠다. 계단에서 발소리만 나면 그녀는 아버지의 방에서 이런 용도로 사용하려고 몰래 가져온 커다란 그리스어 사전의 책갈피에 그녀가 공부하던 내용을 적은 종이를 슬쩍 끼워 넣었다. 그녀는 정말 오로지 밤에만 기습으로부터 충분히 안전하다고 느끼며 정신을 최대한도로 집중할 수 있었다.

어쩌면 여성에게 어울리지 않는 과학의 특성으로 인해 그녀는 자신이 그것을 좋아한다는 것을 본능적으로 감추고 싶었을 것이다. 그러나 더 근본적인 이유는 그녀가 생각하기로 수학은 문학과 직접적으로 대립된다는 것이었다. 그녀는 가장 훌륭한 산문의 혼란스러움, 홍분, 막연함보다 숫자의 정확함과 별과 같은 비인격성을 얼마나 한량없이 더 좋아하는지를 고백하고 싶지 않았을 것이다. 그녀의 집안 전통에 이런 식으로 맞서는 것에는 어딘가 다소 어울리지 않았다. 그것은 그녀가 틀린 생각을 했다고 느끼게 했으며, 그리하여 보는 눈을 피하여 그녀의 욕구를 가두어 특별한 애정으로 마음속에 간직하도록 하는 성향이 점점 더해지도록 했다. 그녀가 할아버지에 대해 생각해야만 했을 때, 그녀는 계속해서 답을 찾아야 할 문제에 대해 생각하고 있었다. 이러한 몽환의 상태에서 깨어난 후, 그녀는 어머니 역시 그녀 자신만큼 몽상에 가까운 꿈속에 빠져 있는 것을 보곤 했다. 그 꿈속에서 역할을 맡았던 사람들은 오래 전에 죽은 자들 가운데 한 사람이었기 때문이다. 그러나 자신의 상태가 어머니의 얼굴에서 똑같이 나타난 것을 보자, 캐서린은 노여운 느낌으로 자신을 흔들어 깨우곤 했다. 비록 그녀의 어머니를 아주 높이 평가하긴 하지만, 어머니는 그녀가 가장 닮지 않고 싶은 사람이었다. 캐서린이 상식을 인정사정없이 내세우곤 하면, 힐버리 부인은 반쯤은 심술궂고 반쯤은 다정한 묘한 곁눈질로 그녀를 바라보면서 그녀를 피터 아저씨와 견주곤 했다. "네 고약하고 연로한 아저씨 피터 판사는 욕실에서 사형선고 내리는 소리를 밖에 들리게 하곤 했단다. 얼마나 감사한 일이니, 캐서린, 나에게는 조금도 **그와** 닮은 부분이 없잖니!"

제4장

격주로 수요일마다 밤 아홉 시 무렵이면, 메리 대치트 양은 어떤 목적으로든 결코 다시는 자신의 방을 빌려주지 않겠다는 똑같은 결심을 했다. 방은 약간 넓고 스트랜드 가[1]에서 떨어져 대부분 사무실로 이용되고 있는 거리에 편리하게 위치해 있었기 때문에 모임을 가지기를 원하는 사람들은 즐거움을 위해서나 혹은 예술에 대해 토의하기 위해서나 국가를 개혁하기 위해서든, 메리에게 그녀의 방을 빌려주면 좋을 것이라고 넌지시 말하곤 했다. 그녀는 늘 화난 것처럼 보이는 변함없는 찡그린 얼굴로 그 요청에 응했다. 아이들에게 괴롭힘을 당하는 귀를 흔들어 대는 커다란 개처럼 이 찡그린 얼굴은 곧 사라지고 반쯤 익살스럽게, 반쯤은 퉁명스럽게 어깨를 으쓱하고 말았다. 그녀는 방을 빌려줄 것이다. 그러나 오직 그녀가 모든 준비를 한다는 조건으로만 말이다. 모든 것에 대해 자유롭게 토론할 목적을 가진 집단이 이처럼 이 주일마다 모임을 갖게 된다는 것은 벽 쪽에 있는 가구를 이동하여 끌어내고 정리하는 일과 깨지기 쉽고 귀중한 물건들을 안

1 런던의 번화한 거리.

전한 곳에 두는 일을 아주 빈번하게 필요로 했다. 대치트 양은 필요하다면 정말 부엌의 탁자를 등에 짊어질 수도 있었다. 비록 균형 잡힌 몸매에, 어울리는 옷을 입었지만 그녀는 보기 드문 힘과 결단력이 있는 외양을 가졌기 때문이다.

그녀는 스물다섯 살쯤 되었지만, 생활비를 손수 벌거나 혹은 벌려고 했기 때문에 더 나이 들어 보였다. 그래서 이미 책임 없는 방관자의 표정은 사라지고, 노동자 군대의 졸병의 표정을 하고 있었다. 마치 감각이 훈련을 받아 이미 그것에 대한 호명에 준비되어 있는 것처럼, 그녀의 몸짓은 특정한 목적을 가진 듯했고 눈과 입술 주위의 근육들은 다소 굳어져 있었다. 그녀는 걱정이 되어서가 아니라 생각하느라 양미간에 두 개의 엷은 주름이 생겼다. 그리고 기쁘게 하고 위안을 주며 매력적인 모든 여성적인 본능들은 전혀 여성스럽지 않은 다른 것들에 의해 방해받았다는 것이 아주 분명했다. 그 밖에 그녀는 갈색 눈을 가졌고 동작이 다소 어설펐고, 그래서 시골 태생에 회의론자나 광신자라기보다 오히려 믿음과 성실성이 있는 근면하고 존경할 만한 조상들의 자손임을 드러냈다.

아주 힘든 하루의 일을 끝낸 뒤 방을 청소하고, 침대의 매트리스를 끌어내서 마루 위에 놓고, 주전자를 차가운 커피로 채우고, 접시와 컵과 받침 접시를 놓기 위해 조그만 핑크색 비스킷들이 피라미드 모양으로 쌓여 있는 긴 탁자를 깨끗이 닦는 것은 분명히 고생스런 일이었다. 그러나 이렇게 바꾸고 나면, 마치 자신이 근무 시간에 입는 억센 모직물을 벗어버리고 그녀의 온 존재 위로 얇고 번쩍이는 실크로 된 옷을 얼른 입게 된 것처럼, 메리는 영혼의 가벼움이 자신에게 싹트는 것을 느꼈다. 그녀는 난로 앞에 무릎을 꿇고 방 안을 유심히 바라보았다. 불빛이 노란색과 파란색 종이 갓을 통해 부드럽지만 밝게 빛을 발하며 아래로 비쳤다. 그리고 뚜렷한 형태가 없이 풀이 뒤덮인 언덕처럼 보이는 소파가 한두 개 놓여 있는 방은 특별히 넓고 조용해 보였다. 메리는 서식스 목초지의 고지대와 고대 전사들의 야영 천막의 부풀어 오른 녹색의 원형 구조물에 생각이 이끌렸다. 지금쯤 거기에는 달빛이 아주 평화롭게 아래로 비치고 있을 것이다. 그리고 그녀는 바다의 울퉁불퉁한 표면 위로 난 은빛의 거친 진로를 상상할 수 있었다.

"그리고 우리는 여기에 있지," 그녀는 반쯤은 크게, 반쯤은 풍자적으로, 그러나 분명한 자부심을 가지고 말했다. "예술에 관해 이야기하면서 말이야."

그녀는 여러 가지 색깔로 된 동그란 털실 뭉치들이 있는 바구니와 꿰매야 할 스타킹을 그녀 쪽으로 끌어당겨서 손가락으로 작업하기 시작했다. 반면 그녀의 마음은, 자신의 몸의 나른함을 반영하며, 고집스럽게 계속 한적하고 조용한 광경을 떠올렸다. 그리하여 그녀는 뜨개질감을 치워두고 목초지 구릉지대로 걸어나가 양들이 뿌리 근처까지 풀을 뜯고 있는 소리만 듣고 있는 자신을 상상해보았다. 그러는 동안 미풍이 작은 나무들 사이로 지나가자 달빛 속에 그 나무들의 그림자가 이리저리 아주 약하게 움직였다. 그러나 그녀는 자신의 현재 상황에 대해 정확히 의식했고, 그녀가 홀로 있을 때나, 그리고 지금쯤 런던을 가로질러 여러 길을 지나 그녀가 앉아 있는 장소로 오고 있는 많은 아주 다양한 사람들과 함께 있을 때도 똑같이 즐거울 수 있다고 곰곰이 생각하니 약간 즐거워졌다.

털실 안팎으로 바늘을 움직이면서, 그녀는 자신의 인생의 여러 단계에 대해 생각했는데, 그 단계에서 현재 그녀의 위치는 잇따른 기적의 절정처럼 보였다. 그녀는 시골 교구 목사관에 계시는 목사 아버지와 어머니의 죽음에 대해, 그리고 대학 교육을 받기로 한 자신의 결정과 대학 생활에 대해 생각했다. 아주 오래전 일이 아닌 그녀의 대학 생활은 점차 런던의 놀랄 만한 미로 속에 흡수되었다. 그녀의 타고난 침착함에도 불구하고, 그녀에게 런던의 미로는 여전히 그 주위로 떼 지어 모여 있는 무수한 남녀들에게 빛을 발하는 거대한 전깃불처럼 보였다. 그리고 여기에서 그녀는 바로 그 모든 것의 중심에 있었다. 멀리 떨어져 있는 캐나다의 숲과 인도의 평원에 있는 사람들이 영국을 떠올릴 때, 그들의 마음속에서 늘 자리하고 있는 그런 중심이었다. 그녀에게 지금 막 시간을 알려준 아홉 번의 부드러운 종치는 소리는 바로 웨스트민스터에 있는 커다란 시계로부터 온 알림이었다. 마지막 시계 소리가 사라졌을 때, 문을 세게 두드리는 소리가 났고, 그녀는 일어나 문을 열었다. 그녀는 차분하고 기쁜 눈빛을 띠고 방으로 돌아와서 그녀를 따라 들어온 랠프 데넘에게 말하려 했다.

"혼자예요?" 그는 마치 그 사실에 기분 좋게 놀란 것처럼 말했다.

"가끔은 혼자 있어요," 그녀가 대답했다.

"하지만 당신은 아주 많은 사람들을 기다리고 있죠," 그는 주변을 둘러보며 덧붙였다. "무대 위에 있는 방 같군요. 오늘 밤은 누구인가요?"

"윌리엄 로드니, 엘리자베스 시대의 은유의 사용법에 대해서죠. 고전에서 많이 인용한 충실하고 훌륭한 논문을 기대하고 있어요."

랠프는 벽난로에서 늠름하게 펄럭이고 있는 불에 손을 따뜻하게 했다. 그러는 동안 메리는 다시 그녀의 스타킹을 집어 들었다.

"당신은 런던에서 자신의 스타킹을 꿰매는 유일한 여성일 겁니다."

"정말 대단히 많은 사람들 중 유일한 한 명일 뿐이죠," 그녀가 대답했다. "당신이 들어왔을 때 나는 스스로 특별하다고 생각하고 있었다고 인정해야 하지만요. 그리고 이제 당신이 여기에 있으니 나 자신이 전혀 대단하다고 느껴지지 않아요. 당신은 너무 고약해요! 당신이 나보다 훨씬 더 뛰어난 것 같아요. 당신은 나보다 훨씬 더 많은 것을 했잖아요."

"그것이 당신의 기준이라면, 당신은 자랑스러워할 게 아무것도 없군요," 랠프가 냉혹하게 말했다.

"그렇다면 나는 에머슨[2]의 견해에 따라 중요한 것은 행위가 아니라 존재라는 것을 곰곰이 생각해야겠어요," 그녀가 계속했다.

"에머슨?" 랠프는 비웃으며 소리쳤다. "에머슨을 읽었다고 말하려는 것은 아니죠?"

"어쩌면 에머슨이 아니었을지도 몰라요. 그런데 왜 내가 에머슨을 읽으면 안 되나요?" 그녀는 약간 불안한 듯 말했다.

"내가 그렇게 생각하는 이유는 없어요. 기묘한 결합이죠 — 책과 스타킹. 그 결합은 매우 이상해요." 그러나 그것이 그의 마음에 든 것 같았다. 메리는 만족함을 나타내는 가벼운 웃음을 지었고, 그녀가 지금 놓고 있는 특별한 바늘땀들은 그녀에게 굉장한 은총과 더없는 행복으로 이뤄지고 있는 것처럼 보였다. 그녀는 스타킹을 내밀면서 만족스럽게 그것을 바라보았다.

"당신은 항상 그렇게 말해요," 그녀가 말했다. "당신이 말한 대로 목사의 집에서 그것은 틀림없이 흔한 '결합'이지요. 내가 이상해 보이는 유일한 점은 내가 둘 다 즐긴다는 것이에요 — 에머슨과 스타킹을 말예요."

2   랄프 왈도 에머슨(Ralf Waldo Emerson, 1803~1882), 미국의 철학자.

문 두드리는 소리가 들렸고 랠프가 소리쳤다.

"젠장 저 사람들! 오지 않았으면 했는데!"

"아래층에 사는 터너 씨예요," 메리가 말했다. 그리고 그녀는 랠프를 깜짝 놀라게 한, 게다가 잘못 놀라게 한 터너 씨에게 감사하다고 느꼈다.

"사람들이 많이 올까요?" 한숨 돌린 후 랠프가 물었다.

"모리스 가족과 크래쇼 가족, 그리고 딕 오즈본, 셉티머스, 뭐 그런 사람들이죠. 한데 캐서린 힐버리가 올 거예요. 윌리엄 로드니가 그렇게 말했어요."

"캐서린 힐버리!" 랠프가 외쳤다.

"그녀를 알아요?" 약간 놀라며 메리가 물었다.

"그녀의 집에서 있었던 다과회에 갔었어요."

메리는 그 일에 관해 모두 말해달라고 졸라댔다. 그리고 랠프는 그가 알고 있는 정도를 증명해 보이는 데에 조금도 꺼리지 않았다. 그는 약간의 과장과 덧붙임으로 메리를 몹시 흥미롭게 하면서 그 장면을 묘사했다.

"그렇지만, 당신이 말한 것에도 불구하고 나는 그녀를 정말 높이 평가해요," 그녀가 말했다. "단지 한두 번 그녀를 보았을 뿐이지만, 그녀는 이른바 '개성 있는 사람'인 것 같았어요."

"그녀를 비방하려는 의도는 아닙니다. 단지 그녀가 내게 그리 호의적이지 않다고 느꼈어요."

"사람들은 그녀가 그 별난 로드니와 결혼할 거라고들 해요."

"로드니와 결혼한다고요? 그렇다면 그녀는 분명히 내가 생각했던 것보다 더 속고 있군요."

"헌데 저건 우리 집 문인데, 확실해요," 사람들이 쿵쿵 소리내며 걷는 발소리와 웃음소리와 더불어 불필요하게 연달아 문 두드리는 소리가 울리자, 메리가 털실 뭉치들을 조심스럽게 치우면서 외쳤다. 잠시 후 그 방은 젊은 남녀들로 꽉 찼는데, 그들은 특별히 기대 어린 모습으로 들어왔고, 데넘을 보자 "와!" 하고 소리쳤다. 그런 뒤 다소 바보처럼 입을 크게 벌리고 여전히 서 있었다.

그 방은 아주 빠르게 이삼십 명 정도의 사람들로 채워졌다. 그들은 대부분 마루에 자리를 잡았는데, 매트리스들을 차지하여 다 같이 삼각형 모양으로 웅크리고 앉았다. 그들은 모두 젊었고, 그 중 몇몇은 머리와 옷차림, 그리고 표정에서 어딘지 우울하고 공격적인 무언가로 버스나 지하철에서 눈에 띄지 않고 지나갈 더 평범한 유형의 사람에 항의하는 듯했다. 대화가 각 집단끼리만 이뤄지고, 처음에는 아주 돌발적으로 흘러가다, 이야기하는 사람들이 마치 다른 방문객들을 의심하는 것처럼 작은 목소리로 중얼거리는 것이 눈에 띄었다.

캐서린 힐버리는 좀 늦게 와서 벽에 등을 기대고 마루에 자리를 잡았다. 그녀는 재빠르게 주위를 둘러보았고 대략 여섯 명 정도의 사람들을 알아보고 그들에게 고개를 끄덕이며 인사했다. 그러나 랠프를 보지 못했다. 혹은 만약 그를 보았다면 그에게 어떤 이름이든 붙여줘야 한다는 것을 이미 잊어버렸다. 그러나 곧 이러한 이질적인 요소들은 로드니 씨의 목소리에 의해 모두 하나로 합쳐졌다. 그는 갑자기 탁자로 성큼성큼 걸어와서 고상하게 꾸민 듯한 어조로 아주 빠르게 말하기 시작했다.

"엘리자베스 시대 시에서의 은유 사용법에 대해 발표를 맡으면서 —"

여러 사람들의 고개가 모두 약간 움직였다. 혹은 화자의 얼굴을 똑바로 응시할 수 있는 위치로 고정되었다. 그리고 동일한, 다소 진지한 표정이 그들 모두에게서 두드러졌다. 하지만 동시에 눈에 잘 띄어서 딱딱하게 긴장한 얼굴들조차 갑작스런 충동적인 떨림을 드러내었다. 이 떨림을 바로 멈추지 않았다면 웃음이 터져 나왔을 것이다. 첫눈에 본 로드니 씨의 모습은 더할 나위 없이 우스꽝스러웠다. 서늘한 십일월 밤 탓인지 혹은 긴장해서인지, 그는 얼굴이 매우 불그레했다. 그리고 그는 손을 비트는 버릇에서부터 마치 어떤 환상이 가끔씩 그를 문 쪽으로 끌어당기는가 하면 또 어떤 때는 창문 쪽으로 끌어당기는 것처럼 자신의 머리를 오른쪽과 왼쪽으로 급히 움직이는 버릇에 이르기까지, 모든 움직임은 그렇게 많은 시선이 빤히 보고 있는 상황을 그가 몹시 불편해 한다는 것을 나타냈다. 그는 신중하게 잘 차려입었으며, 넥타이 한가운데 있는 진주 때문에 약간 귀족처럼 부유한 인상을 풍기는 듯했다. 그러나 조금 튀어나온 눈과 이따금씩 말로 표현하고자 하지만 초조함에 사로잡혀 늘 억제된 생각의 분출을 암시하는 듯한 충동적이며 말을 더듬는 태도는 좀 더 당당한 인물의 경우처럼 동정을 끌어내지 못했고, 대신 악의는 전혀 없지만 웃고 싶은 욕망을 이끌어냈다. 로드니 씨는 분명히 자신의 외모가 기이하다는 것에 대해 아주 고통스럽게 의식하고 있었고, 그의 몸이 저항할 수 없는 바로 그 불그레함과 흠칫 놀라는 행동은 그 자신이 불안하다는 것을 그렇게 지독히 증명했다. 그리하여 이러한 우스꽝스러운 민감함에는 뭔가 마음을 끄는 것이 있었다. 비록 대부분의 사람들은 아마 데넘이 혼잣말로 외치는 것을 그대로 동조할 테지만 말이다. "이런 인물과 결혼하는 것을 상상해봐요!"

그의 논문은 꼼꼼하게 작성되었다. 그러나 이러한 사전 준비에도 불구하고 로드니 씨는 본의 아니게 한 장 대신 두 장을 넘겼고, 두 문장이 함께 쓰인 곳에서 잘못된 문장을 선택했으며, 그리고는 갑자기 자신의 필적을 읽기 어려워했다. 그는 논리 정연한 한 구절에 마음이 끌리면 그것을 청중들에게 거의 공격적으로 어지럽게 내뱉었고, 그런 뒤 다시 다른 구절을 서투르게 찾았다. 고통스러운 탐색 후에 새로운 구절을 발견하고 같은 방식으로 제시하곤 했는데, 마침내 거듭된 공격적인 방식으로 이러한 모임에서 꽤 놀랄 만한 활기를 줄 만큼 청중들을 흥분시켰다. 그들이 시에 대한 열의에 의해서 흥분됐는지 혹은 한 인간이 그들을 위해 겪고 있는 일그러짐에 의해서 흥분됐는지 알기 어려울 것이다. 드디어 로드니 씨는 한 문장을 읽던 중에 충동적으로 자리에 앉았다. 그러자 당황스러운 정적이 흐른 뒤 청중은 결연한 박수갈채를 터뜨리며 크게 웃을 수 있다는 것에 안도했다.

로드니 씨는 거칠게 주변을 흘낏 둘러보며 이를 인식했다. 그리고 질문에 대답을 기다리는 대신 벌떡 일어나서 앉아 있는 사람을 헤치고 캐서린이 앉아 있는 구석으로 나아가서 사람들에게 들릴 만큼 아주 크게 외쳤다.

"그런데, 캐서린, 바로 당신을 위해서 나 자신이 대단한 웃음거리가 되고자 했어요! 이건 끔찍했어요! 끔찍해! 끔찍해요!"

"쉿! 당신은 그들의 질문에 대답해야 해요." 캐서린은 무슨 수를 써서라도 그를 진정시키려고 속삭였다. 아주 이상하게도, 연설자가 그들 앞에 사라지자 그가 했던 말에 시사하는 바가 많이 있는 듯했다. 어쨌든, 슬픈 눈을 가진 창백한 얼굴의 한 젊은 남성이 이미 더할 나위 없이 침착하고 정확하게 표현된 말로 이야기하면서 서 있었다. 윌리엄 로드니는 비록 얼굴은 여전히 흥분하여 가볍게 떨리고 있었지만, 윗입술을 기이하게 들어 올리면서 경청했다.

"멍청이!" 그가 속삭였다. "그는 내가 말한 모든 것을 잘못 이해했어."

"글쎄 그러면, 그에게 대답해줘요," 캐서린이 속삭이며 대답했다.

"아니, 난 하지 않을 겁니다! 그들은 단지 나를 비웃기만 했어요. 왜 나는 이런 부류의 사람들이 문학에 관심이 있다는 당신의 설득을 내버려뒀을까요?" 그가 계속 말했다.

로드니 씨의 논문에 대해 찬반의견이 모두 많이 있었다. 많은 의견은 영어, 프랑스어, 이탈리아어에서 자유롭게 인용하여 이러이러한 구절들이 문학의 으뜸가는 정수라는 주장들로 채워졌다. 게다가, 그는 은유를 사용하기 좋아했는데, 그러한 표현은 그의 연구 논문에 섞여 있었고, 단편적으로 나열하자, 표현들이 답답하거나 혹은 부적절하게 들리는 경향이 있었다. 그는 문학이 봄꽃들로 만들어진 신선한 화환이라고 말했다. 그리고 그 속에는 주목 열매들과 자주색 가지가 여러 가지 색조의 아네모네와 섞여 있었다. 그리고 어떻게든지 이 화환은 대리석같이 흰 이마를 둘러쌌다. 그는 몇몇 매우 아름다운 인용들을 아주 서투르게 읽었다. 그러나 그의 태도와 혼란스러운 언어 사용으로 인해 어떤 감정의 격정이 일어났다. 그리고 그가 말했을 때 그 격정은 대다수의 청중들 속에서 이제 제각각 간절히 표현하기를 원하는 작은 심상이나 착상을 만들어냈다. 거기에 있는 대부분의 사람들은 그들의 인생을 글을 쓰거나 그림을 그리면서 보내고자 했다. 그리고 그저 그들을 바라보기만 해도 그들이 우선 퍼비스 씨가 하는 말을 듣고, 다음으로 그린헬프 씨의 말을 들었을 때, 그들은 자신의 소유물로 생각했던 것을 이 신사들이 다루고 있다고 생각하고 있음을 알아챌 수 있었다. 한 사람씩 차례로 일어나, 균형 잡히지 않은 도끼를 사용하듯 예술에 대한 관념을 좀 더 정확하게 잘라내려고 애썼고, 이해할 수 없는 어떤 이유로 자신의 일격이 잘못되었다고 느끼며 자리에 앉았다. 그들이 앉을 때면 예외 없이 그들 옆에 앉은 사람을 향했고, 방금 사람들 앞에서 막 말했던 것을 바로잡으며 계속 말을 이어갔다. 그리하여 곧 매트리스 위에 있던 집단과 의자에 앉아 있던 집단은 모두 제각각 대화하게 되었다. 그리고 다시 스타킹을 기우기 시작한 메리 대치트는 랠프에게 몸을 굽히면서 말했다.

"저것이 내가 말한 일급 논문이었어요."

그들은 둘 다 본능적으로 그 논문의 낭독자를 향해 시선을 돌렸다. 그는 눈을 감고 턱을 칼라 위로 숙인 채 벽에 기대고 있었다. 캐서린은 마치 자신에게 특별히 감명을 주는 어떤 구절을 찾고 있지만 그것을 찾아내는 데 어려움이 있는 것처럼 그의 원고를 넘기고 있었다.

"가서 우리가 얼마나 그 원고를 마음에 들어 하는지 말하죠," 그리하여 메리는 랠프가 몹시 하고 싶었던 행동을 제안하면서 말했다. 그래도 그녀가 없었다면 그는 너무 자존심이 강해서 그렇게 할 수 없었을 테지만. 그는 캐서린이 자신에게 가진 관심보다 자신이 캐서린에게 더 많이 관심이 있다고 생각했기 때문이다.

"그것은 아주 흥미로운 논문이었어요," 스스럼 없이 메리가 로드니와 캐서린의 맞은편에 앉으면서 말하기 시작했다. "편하게 읽을 수 있게 그 원고를 빌려주시겠어요?"

그들이 다가오자 눈을 뜬 로드니는 잠시 동안 의심스럽게 침묵하며 그녀를 가만히 지켜보았다.

"당신은 저의 어이없는 실패를 다만 덮어주기 위해 그렇게 말하는 건가요?" 그가 물었다.

캐서린은 미소 지으며 원고를 읽다 말고 올려다보았다.

"그는 우리가 그에 대해 어떻게 생각하든 신경 쓰지 않는다고 해요," 그녀가 말했다. "그는 우리가 어떤 예술이든 조금도 관심이 없다고 말하죠."

"그녀에게 나를 불쌍히 여겨달라고 부탁했는데, 나를 놀리는 군요!" 로드니가 소리쳤다.

"당신을 동정할 의도는 없어요, 로드니 씨," 메리가 친절하지만 단호하게 말했다. "논문이 부실할 경우 누구도 아무 말 하지 않아요. 반면 지금은, 다만 그들의 말에 귀 기울여보세요!"

급하게 내는 몇 마디 말들과 갑작스러운 멈춤, 또 갑작스러운 공격으로 방을 채운 소리는 미처 날뛰는 발음이 분명하지 않은 어떤 동물의 왁자지껄한 소리에 비유될 수도 있을 것이다.

"당신은 저게 모두 내 논문에 관한 이야기라고 생각하시나요?" 로드니는 잠시 지켜본 후 표정이 두드러지게 밝아지면서 물었다.

"물론이죠," 메리가 말했다. "아주 시사하는 바가 많은 논문이에요."

그녀는 확증을 구하기 위해 데넘을 향해 몸을 돌렸고 그는 그녀의 말을 뒷받침해주었다.

"논문이 성공했는지 아닌지를 증명해주는 것은 그것을 읽은 후 십 분이지요," 그가 말했다. "만약 제가 당신이라면 저는 매우 기뻐할 겁니다."

이러한 칭찬은 로드니 씨를 완벽하게 위로해주는 듯했고, 그는 그의 논문에서 '시사적'이라 할 만한 가치가 있는 모든 구절들을 생각해내기 시작했다.

"데넘, 당신은 셰익스피어가 후기에 사용한 이미지에 관해 제가 했던 말에 조금이라도 동의하시나요? 제가 의미하는 바를 아주 명확하게 전달하지 못했을까 봐 우려돼요."

여기에서 그는 용기를 내어 연달아 개구리처럼 갑작스럽게 움직이며 데넘에게 가까이 가는 데 성공했다.

데넘은 마음속으로 다른 사람에게 말할 의견을 생각한 탓에 그에게는 간결하게 대답했다. 그는 캐서린에게 "당신 고모가 저녁 식사하러 오시기 전에 그 그림에 유리를 끼워야 하는 것을 기억하셨습니까?" 하고 묻고 싶었다. 하지만 로드니에게 대답해야 하는 것 이외에도, 그는 친밀감을 과시하는 그 말이 캐서린에게 무례하다는 인상을 주지는 않을지 확신하지 못했다. 그녀는 다른 무리의 누군가가 말하는 것을 듣고 있었다. 그 사이에 로드니는 엘리자베스 시대의 극작가들에 대해 이야기하고 있었다.

그는 별나게 생긴 사람이었다. 첫눈에도, 특히 그가 때마침 활기 차게 말할 때 어딘가 우습게 보였기 때문이다. 그러나 다음 순간 휴식을 취하고 있을 때면 커다란 코와 야윈 뺨, 그리고 상당한 감수성을 보여주는 입술을 가진 그의 얼굴은 어딘지 반투명의 불그스름한 원형 돌 위에 조각된 월계관을 두른 로마인의 두상을 떠올리게 했다. 그 두상에는 위엄과 개성이 있었다. 그는 정부 관청의 공무원으로 일하면서 문학은 신성한 즐거움의 원천이며 동시에 거의 참을 수 없는 노여움의 원천이라서 괴로움을 겪는 영혼들 중 한 명이었다. 그들은 문학에 대한 사랑만으로 편안히 만족하지 못한 채, 몸소 그것을 실천하기 위한 시도를 해야만 했다. 그렇지만 일반적으로 창작에 아주 적은 재능만 부여받았다. 그들은 자신들이 쓴 글은 무엇이든 비난했다. 더욱이, 그들의 감정의 격렬함은 그들이 좀처럼 적절한 공감을 받을 수 없게 하였고, 그들의 세련된 지각에 의해 매우 민감하게 표현됨으로써, 본인들의 인격뿐 아니라 그들이 숭배하는 대상에 대한 끊임없는 경멸로 고통받았다. 그러나 로드니는 자신에게 호의적으로 보이는 누군가의 공감을 얻는 일을 시험하지 않을 수 없었다. 그리고 데넘의 칭찬이 매우 민감한 그의 허영심을 자극했다.

"당신은 공작부인의 죽음 바로 직전의 구절을 기억하시나요?" 그는 여전히 데넘에게로 조금씩 움직이며, 그리고 그의 팔꿈치와 무릎을 믿을 수 없이 각지게 짜맞추면서 계속 말했다. 이러한 교묘한 행동 때문에 외부 세계와의 모든 소통에서 단절된 캐서린은 자리에서 일어나 창문턱 위에 앉았다. 그리고 거기에서 그녀는 메리 대치트와 함께했다. 그리하여 젊은 두 여성은 모임 전체를 훑어볼 수 있었다. 데넘은 그들에게 주의를 기울였으며, 양탄자에서 몇 움큼의 풀을 뿌리째 뜯고 있는 것처럼 행동했다. 그러나 상황이 모든 사람들의 욕망은 좌절당하게 되어 있다는 삶에 대한 그의 생각과 정확하게 일치했기 때문에, 그는 문학에 정신을 집중했고 그것에서 얻을 수 있는 것을 철학적으로 이해하기로 결심했다.

캐서린은 기분 좋게 들떠 있었다. 다양한 길이 그녀에게 펼쳐졌다. 그녀는 몇몇의 사람들과 안면이 있었고 언제라도 그들 중 한 명이 마루에서 일어나 그녀에게 말하러 올 수 있었을지도 몰랐다. 다른 한편, 그녀는 직접 누군가를 선택하거나 그녀가 간간이 경청했던 로드니의 논문에 갑자기 끼어들 수도 있었을 것이다. 그녀는 옆에 있는 메리의 몸을 의식했다. 그러나 그와 동시에 두 사람이 모두 여성이라는 것을 의식하게 되자, 그녀에게 말을 거는 것이 불필요하게 느껴졌다. 하지만 메리는 자신이 말했던 것처럼 캐서린이 "개성 있는 인물"이라고 생각했기 때문에 그녀에게 아주 많이 이야기하고 싶었으므로 잠시 후 그렇게 말을 걸었다.

"그들은 꼭 양 떼들 같아요, 그렇지 않아요?" 그녀는 아래쪽에 흩어져 있는 사람들의 말소리를 언급하며 말했다.

캐서린은 몸을 돌려 미소 지었다.

"그들이 무엇 때문에 저렇게 이야기하는지 궁금한데요," 그녀가 말했다.

"엘리자베스 시대의 사람들 때문이겠지요."

"아니에요, 엘리자베스 시대의 사람들과 관련이 있다고 생각하지 않아요. 저기! 사람들이 '보험 법안'이라고 말하는 것이 들리지 않나요?"

"남자들은 왜 항상 정치에 대해 이야기하는지 궁금해요," 메리가 깊이 생각했다. "만약 우리가 선거권을 갖는다면 우리 역시 그럴 거라고 생각해요."

"아마 우리도 그럴 거예요. 그래서 당신은 우리가 선거권을 갖도록 하는데 당신의 일생을 보내고 있죠. 그렇지 않나요?"

"그래요," 메리가 단호하게 말했다. "매일 열 시부터 여섯 시까지 그 일을 하고 있어요."

캐서린은 랠프 데님을 쳐다보았는데, 그는 지금 로드니와 함께 은유의 형이상학을 쉬지 않고 헤쳐나가고 있었다. 그러고는 그 일요일 오후 그가 했던 말을 떠올렸다. 그녀는 그를 메리와 막연하게 연결 지었다.

"당신은 우리가 모두 직업을 가져야 한다고 생각하는 사람들 중 한 명이라는 생각이 드는데요," 그녀는 마치 미지 세계의 환영들 사이에서 더듬거리며 나아가고 있는 것처럼 약간 거리를 두고 말했다.

"오, 아니에요," 메리가 즉시 말했다.

"글쎄요, 저는 그렇게 생각해요," 캐서린이 반쯤 한숨지으며 말했다. "당신은 항상 당신이 무엇인가를 했다고 말할 수 있을 테지만, 반면에 이처럼 많은 사람들 속에서 저는 오히려 우울함을 느껴요."

"많은 사람들 속에서요? 왜 많은 사람들 속에서 그런가요?" 메리는 미간에 두 개의 주름이 지게 하면서, 그리고 일어서서 창턱에 기대고 있는 캐서린에게 더 가까이 다가가며 물었다.

"당신은 이 사람들이 얼마나 많은 다양한 일들에 대해 관심이 있는지 알지 못하시나요? 그리고 저는 그들을 이기고 싶어요─저는 다만," 그녀는 자신의 말을 정정했다. "제 주장을 하고 싶다는 뜻이에요. 그리고 어떤 사람이 직업이 없다면 힘들다는 뜻으로 말한 거예요."

메리는 사람들을 이기는 것이 캐서린 힐버리 양에게 힘들지 않을 일이라고 생각하며 미소 지었다. 그들은 서로 안면만 있었기 때문에 캐서린이 자신에 관해 말하면서 시작된 듯한 친밀함의 시작에는 어딘지 엄숙한 면이 있었다. 그리고 그들은 계속 말을 이어가야 할지를 생각하는 것처럼 침묵했다. 그들은 마루 쪽을 살펴보았다.

"아, 저는 엎드려 있는 저들의 몸을 짓밟고 싶어요!"

캐서린은 이러한 결론으로 이끈 잇따른 생각을 하고 있었던 것처럼 잠시 후 웃으면서 큰 소리로 말했다.

"사무실을 운영한다고 해서 반드시 사람들의 몸을 짓밟아야 할 필요는 없어요," 메리가 말했다.

"그래요, 아마 그렇지 않겠지요," 캐서린이 대답했다. 대화가 끊겼고 메리는 캐서린이 입을 다문 채 약간 우울하게 방 안쪽을 쳐다보고 있는 것을 보았다. 자신에 대해 말하거나 혹은 겉으로 보기에 우호적 관계를 시작하려던 바람은 사라졌다. 메리는 그렇게 쉽게 침묵하고 자신의 생각에 몰두할 수 있는 그녀의 능력에 깊은 인상을 받았다. 그것은 고독에 대해 말해주는 기질이었고 독자적으로 생각하는 정신이었다. 캐서린이 여전히 말없이 있자, 메리는 약간 당황했다.

"그래요, 그들은 아주 양 떼 같아요." 그녀가 바보같이 반복해서 말했다.

"그런데도 그들은 매우 총명해요―어쨌든," 캐서린이 덧붙였다. "그들은 모두 웹스터[3]를 읽었을 거라고 생각해요."

"설마 당신은 그것이 총명함을 증명하는 것이라 생각하지는 않지요? 저는 웹스터를 읽었고, 벤 존슨[4]을 읽었지만 저 자신을 총명하다고 생각하지는 않아요―적어도, 꼭 그렇지는 않아요."

"저는 당신이 분명히 아주 똑똑하다고 생각해요." 캐서린이 말했다.

"왜죠? 제가 사무실을 관리하고 있기 때문인가요?"

"그렇게 생각하지 않았어요. 당신이 어떻게 이 방에서 혼자 살며 모임을 여는지에 대해 생각하고 있었어요."

메리는 잠시 깊이 생각했다.

"제 생각에 그것은 주로 자신의 가족을 불쾌하게 하는 능력을 의미해요. 저는 어쩌면 그 능력이 있는 것 같아요. 저는 집에서 살고 싶지 않았고, 그래서 아버지께 말씀드렸어요. 아버지는 좋아하지 않으셨죠……. 그렇지만 저는 자매가 있으니까요. 당신은 없죠, 그렇죠?"

"네, 아무도 없어요."

"당신은 당신 할아버지의 생애에 대해 쓰고 있죠?" 메리가 계속했다.

---

3 존 웹스터(John Webster, 1580?~1634?), 영국 극작가.
4 벤 존슨(Ben Jonson, 1572~1637), 영국 극작가.

캐서린은 순간적으로 그녀가 피하고 싶은 어떤 익숙한 생각에 마주치게 된 듯했다. "네, 저는 어머니를 돕고 있어요," 그녀는 메리를 당황하게 하는 그런 방식으로 대답했다. 그리고 그들이 처음 대화를 시작할 때의 태도로 다시 돌아갔다. 메리에게 캐서린은 가까이 다가오다 물러나는 묘한 재능을 가지고 있는 것처럼 보였다. 그리고 이 재능은 평소보다 훨씬 더 빨리 번갈아 감정을 내보내어, 그녀를 묘하게 경계 상태에 두었다. 그녀를 분류하고 싶어 하던 메리는 '이기주의자'라는 알맞은 용어를 생각해냈다.

"그녀는 이기주의자야," 그녀는 혼잣말했다. 그리고 언젠가 랠프와 힐버리 양에 대해 의견을 나누게 될 때, 그에게 전하기 위해 그 말을 기억해두었다. 그 말은 분명히 기억 속에서 빠져나가겠지만 말이다.

"저런, 내일 아침이면 정말 어지럽겠네요!" 캐서린이 소리쳤다. "당신이 이 방에서 잠자지 않으면 해요, 대치트 양?"

메리가 웃었다.

"무엇 때문에 웃고 계신가요?" 캐서린이 추궁했다.

"말하지 않겠어요."

"알아맞혀보지요. 당신은 제가 화제를 바꿨다고 생각하기 때문에 웃고 있는 거지요?"

"아니에요."

"왜냐하면 당신이 생각하기에 —" 그녀가 멈추었다.

"알고 싶으시다면요. 당신이 대치트 양이라고 말한 것 때문에 웃고 있는 거예요."

"그러면 메리라고 하죠. 메리, 메리, 메리."

그렇게 말하면서, 캐서린은 어쩌면 눈에 띄게 다른 사람에게 더 다가감으로써 생긴 순간적인 기쁨의 홍조를 숨기려고 커튼을 끌어당겨졌다.

"메리 대치트," 메리가 말했다. "유감스럽게도 캐서린 힐버리만큼 그렇게 인상적인 이름은 아니에요."

그들은 둘 다 창문 밖을 바라보았다. 우선 위쪽으로 빠르게 지나가는 청회색빛이 감도는 작은 푸른 구름 사이에서 정지한 선명한 은빛 달을 쳐다보았다. 그 뒤 수직으로 서 있는 굴뚝들이 있는 런던의 지붕 위를 내려다보았다. 그러고 나서 그들 아래로 달빛이 비친 텅 빈 거리의 보도를 보았다. 포석의 이음매가 분명하게 두드러졌다. 그런 뒤 메리는 캐서린이 마치 기억 속에 간직된 다른 날 밤의 달과 비교하려는 것처럼 다시 달 쪽을 향해 사색적인 눈빛으로 시선을 들어 올리는 것을 보았다. 방에 있는 그들 뒤의 누군가가 공상에 잠기는 것에 대한 농담을 해서 그들이 공상에 빠지는 즐거움을 망쳤다. 그래서 그들은 다시 방 안을 돌아보았다.

랠프가 그 순간 지켜보고 있었다. 그리고 그는 곧 문장을 만들어냈다.

"힐버리 양, 당신이 그 그림에 유리를 끼워야 하는 것을 기억하셨는지 궁금한데요?" 그의 목소리는 그 질문이 준비되었던 것이라는 것을 드러냈다.

"오, 멍청이같이!" 메리는 랠프가 아주 어리석은 이야기를 한다고 느껴서 거의 큰 소리로 외칠 뻔했다. 그래, 라틴어 문법 수업을 세 번 들으면, 누구든 라틴어로 제단 머리[5]의 탈격[6]을 모르는 동료 학생의 잘못을 지적할 수도 있을 것이다.

"그림이라니요—무슨 그림 말씀이세요?" 캐서린이 물었다. "아

5　mensa. 로마 가톨릭 교회의 제단 윗부분을 이루고 있는 편평한 돌.
6　'~에서'의 뜻을 나타내는 격格형식.

아, 집에 있는 것 말씀이시군요 ― 그 일요일 오후에. 포티스큐 씨가 오셨던 날이지요? 네, 기억했어요."

그들 세 명은 잠시 동안 어색하게 말없이 서 있었다. 그 뒤 메리는 커다란 커피 주전자가 적절히 사용되고 있는지 보기 위해 자리를 떠났다. 그토록 많은 교육을 받은 사람답지 않게 그녀는 도자기를 소유한 사람의 불안을 가지고 있었기 때문이다.

랠프는 더 이상 할 말을 생각해낼 수 없었다. 그러나 누군가 그의 육체의 가면을 벗길 수 있다면, 그의 의지력이 하나의 목표에 단단히 고정되었다는 것을 알 수 있을 것이다 ― 힐버리 양이 그에게 순응해야 한다는 것이다. 어떤 수단을 쓸 건지 아직 분명하게 떠오르지 않았지만, 그녀의 관심을 얻을 때까지 그는 그녀가 거기에 머물기를 원했다. 이러한 마음은 말을 하지 않아도 아주 흔히 전달된다. 그래서 캐서린에게는 이 젊은이가 그의 마음을 자신에게 고정시키고 있다는 것이 분명해 보였다. 그녀는 곧 그의 첫인상을 회상했고, 자신이 다시 한 번 가족의 유품을 내보이고 있는 것을 떠올렸다. 그녀는 그 일요일 오후 그가 그녀의 집을 떠났을 때 자신의 마음 상태를 돌이켜 보았다. 그녀는 그가 자신을 아주 엄격하게 비판했다고 생각했다. 그렇다면, 그녀는 대화의 부담이 그에게 있을 것이라고 자연스럽게 판단했다. 하지만 그녀는 완전히 가만히 서 있으려 했다. 맞은편 벽에 시선을 던지며 입술을 거의 다문 채, 비록 웃고 싶은 욕망이 눈과 입술을 약간 움직이게 했지만.

"짐작컨대 당신은 별들의 이름을 아실 테지요?" 데넘이 말했다. 그리고 누구든 그의 어조로 미루어 그가 캐서린에게 있다고 생각한 식견을 인정하기 싫어한다고 생각할 수 있을 것이다.

그녀는 다소 어렵게 목소리를 차분하게 유지했다.

"길을 잃었을 때 북극성을 찾는 법을 알고 있어요."

"아마 그런 일이 당신에게 자주 일어날 거라고 생각지는 않는데요."

"네, 어떤 재미있는 일도 일어난 적이 없어요." 그녀가 말했다.

"당신은 말하는 방식이 유쾌하지 않은 것 같다는 생각이 드는군요, 힐버리 양." 그는 다시 자신이 의도한 것보다 더 나아가면서 갑자기 말했다. "그것이 당신 계층의 특성들 중 하나일 것이라고 생각해요. 그들은 자신보다 신분이 낮은 사람들에게 결코 진지하게 말하지 않죠."

오늘 밤 그들이 중립적인 지역에서 만나고 있든, 혹은 데넘이 되는 대로 입고 있는 낡은 회색 양복 상의 때문에 그가 격식 있는 옷을 차려입었을 때 없었던 느긋한 태도를 갖게 되었든, 캐서린은 분명히 그녀가 살고 있는 특정한 집단 바깥에 그를 두고 생각하고 싶은 어떤 충동도 느끼지 않았다.

"어떤 의미에서 당신이 저보다 신분이 낮은가요?" 그녀는 정말로 그가 말한 의미를 찾으려는 듯이 그를 심각하게 바라보면서 물었다. 그 표정이 그에게 상당한 즐거움을 주었다. 처음으로 그는 자신에게 호의적이기를 바라는 여성과 완전히 대등한 관계에 있다고 느꼈다. 비록 그는 왜 자신에 대한 그녀의 견해가 중요한지 어떤 식으로든 설명할 수 없었을 테지만. 어쩌면 결국 그는 단지 집에 가서 그녀에 대해 생각해볼 무언가를 얻고 싶었다. 그러나 그는 자신의 유리한 입장으로부터 득을 볼 운명이 아니었다.

"전 당신이 말한 뜻을 이해하지 못하겠어요." 캐서린이 반복했다. 그런 뒤 할인된 오페라 입장권을 그녀가 한 장 살 것인지를 알고 싶어 하는 누군가에게 그녀는 어쩔 수 없이 멈추고 대답하지 않을 수 없었다. 실로, 그 모임의 분위기는 이제 따로 대화하기에 적합하지가 않았다. 좀 더 정확히 말하면 술에 취해 들떠서 법석대는 분위기였다. 그리고 서로 거의 알지 못하는 사람들이 진심에서 우러난 것처럼 이름만 사용하고 있었고, 영국에서 사람들이 대략 세 시간 동안 함께 앉아 있은 뒤에야 도달하게 되는 그런 쾌활한 관용적 태도와 일반적인 친밀함을 갖게 되었다. 그리고 거리의 대기에서 밀려든 차가운 첫 강풍이 그들을 얼 것처럼 추위를 느끼게 하여 한 번 더 떨어뜨렸다. 그들은 망토를 어깨 위로 급히 던지듯이 입었고, 모자를 재빨리 머리에 핀으로 고정시켰다. 그리고 데넘은 캐서린이 나갈 채비를 할 때 우스꽝스런 로드니에게 도움받는 것을 보고서 굴욕스러워했다. 얘기를 나누고 있던 사람에게 작별 인사를 하거나 고개를 끄덕여 인사하는 것조차 모임의 관례가 아니었다. 하지만, 그럼에도 불구하고 데넘은 캐서린이 그녀의 의견을 마무리 지으려는 어떤 시도도 하지 않고 그와 헤어지는 완벽함에 실망했다. 그녀는 로드니와 함께 떠났다.

제5장

데넘은 캐서린을 뒤따를 고의적인 의도는 없었지만, 그녀가 떠나는 것을 보자 모자를 쓰고 캐서린이 그를 앞서지 않았더라면 취했을 걸음보다 다소 더 빨리 계단 아래로 달려갔다. 그는 같은 방향으로 가고 있던 해리 샌드즈라는 이름의 친구를 따라잡았다. 그리고 그들은 캐서린과 로드니의 뒤에서 몇 걸음 떨어져 함께 걸었다.

밤은 매우 고요했고, 차량 통행이 줄어든 그런 밤에는 시골에서 그렇듯 하늘의 커튼이 걷히고 천공이 그대로 드러난 것처럼 보행자는 거리에서 달을 의식하게 된다. 대기는 감미롭게 시원했다. 그래서 무리들 속에 이야기하면서 앉아 있었던 사람들은 버스를 세우거나 지하철에서 다시 불빛을 마주하기로 결정하기에 앞서 약간 걷는 것이 유쾌하다는 것을 깨달았다. 철학적 성향을 가진 법정 변호사인 샌드즈는 파이프를 꺼내 불을 붙이고 "흐음", "하" 하고 중얼거리다 조용해졌다. 그들 앞에 있는 한 쌍은 그들과 정확하게 거리를 유지했고, 그들이 서로를 향한 태도로 보아 데넘이 판단할 수 있는 한 아주 끊임없이 이야기하고 있는 것처럼 보였다. 마주 보며 걷고 있던 한 보행자가 그들을 억지로 갈라놓자, 그들이 그 후 곧 다시 함께 가는 것을 랠프는 지켜보았다. 그들을 지켜보려는 의도는 없었지만, 그는 캐서린의 머리에 감긴 노란 스카프나 붐비는 사람들 속에서 로드니를 멋지게 보이게 하는 밝은 색 외투를 결코 시야에서 놓치지 않았다. 그는 그들이 스트랜드 가에서 헤어질 것이라고 예상했지만, 그 대신 그들은 길을 건너 오래된 저택들을 통과하여 강으로 이르는 좁은 도로들 중 하나를 향해 아래로 내려갔다. 대로의 군중 속에서 로드니는 단지 캐서린을 파트너로서 데려다주고 있는 것으로 보였다. 그러나 이제 보행자들이 적어지고 그 한 쌍의 발걸음 소리가 정적 속에서 분명히 들리자, 데넘은 그들의 대화에서 어떤 변화를 몸소 상상해보지 않을 수 없었다. 그들의 키를 크게 보이게 하는 빛과 그림자의 효과는 그들을 신비하고 의미심장하게 만들었다. 그리하여 데넘은 캐서린에 대한 화나는 감정이 사라졌고, 오히려 반쯤 꿈꾸듯이 세상의 흐름을 묵묵히 따랐다. 그랬다. 그녀는 공상하기에 아주 좋은 대상이었다 — 그러나 샌드즈가 갑자기 말하기 시작했다. 그는 혼자 있기를 즐기는 사람이었는데, 대학에서 친구를 사귀어 마치 그들이 아직도 그의 방에서 논쟁하고 있는 학부생인 듯이 늘 그렇게 그들에게 말을 거는 사람이었다. 비록 어떤 경우에는 마지막 의견과 현재 의견 사이에 몇 달 혹은 심지어 몇 년이 지나가기도 했다. 그 방법은 약간 독특했지만 매우 편안했다. 왜냐하면 그것은 인생의 모든 우연한 일들을 완전히 무시하는 듯했고 몇 마디 간단한 말로 아주 깊은 심연에 미칠 수 있는 듯했기 때문이다.

이 기회에 그는 그들이 스트랜드 가의 끝자락에서 잠시 걸음을 멈춘 동안 말하기 시작했다.

"베네트가 진실에 대한 자신의 이론을 포기했다고 들었어."

데넘은 적당히 대꾸했다. 그리고 그는 어떻게 이러한 결정에 이르게 되었는지, 그리고 그들 모두 받아들였던 철학에 어떤 변화가 수반되었는지를 설명하기 시작했다. 그사이 캐서린과 로드니는 더 앞서갔고, 데넘의 마음 한 가닥은 그들에게 계속 향했다. 이것이 무심결에 한 행동에 대한 적절한 표현이라면 말이다. 반면 지성의 나머지 부분으로 샌드즈가 하는 말을 이해하려고 애썼다.

그들이 그렇게 얘기를 나누면서 저택들을 통과하여 지나가고 있었을 때, 샌드즈는 오래되고 낡은 아치문을 이루는 돌 가운데 하나에 자신의 지팡이 끝을 대었고 명상에 잠기어 두세 번 그것을 두드렸다. 그렇게 해서 그는 사실을 이해하는 사람들의 복잡한 본성에 관해 매우 모호한 무언가를 실례로 들어 설명하고자 했다. 이 때문에 어쩔 수 없이 그들이 걷기를 멈춘 동안 캐서린과 로드니는 모퉁이를 돌아 사라져버렸다. 잠시 동안 데넘은 무심결에 그의 의견을 멈추었고 그러고는 무엇인가를 잃어버렸다는 느낌으로 계속 말했다.

관찰되고 있다는 것을 의식하지 못한 채, 캐서린과 로드니는 강변로에 모습을 드러냈다. 그들이 길을 건너자 로드니는 손바닥으로 강 위쪽에 돌로 된 난간을 두드리며 외쳤다.

"그것에 대해 다른 말은 하지 않을 거라고 약속해요, 캐서린! 그런데 잠시 멈추고 물 위에 비친 달을 봐요"

캐서린은 멈추고 강 아래 위를 바라보았다. 그리고 공기를 들이마셨다.

"이런 식으로 바람이 불면 분명히 바다 냄새도 맡을 수 있을 거예요," 그녀가 말했다.

강물은 강바닥에서 움직였고, 강물 위에 비친 은빛과 붉은빛들이 물의 흐름에 의해 갈라졌다 다시 합쳐졌다 하는 동안, 그들은 잠시 동안 말없이 서 있었다. 강 위쪽 저 멀리서 증기선이 마치 안개로 뒤덮인 외로운 항해 한가운데서 오는 것처럼 말로 표현할 수 없이 우울하고 낮은 소리로 뚜우뚜우 울렸다.

"아!" 로드니는 다시 한 번 난간을 손으로 치면서 소리쳤다. "왜 사람들은 이 모든 것이 얼마나 아름다운지 말할 수 없을까요? 캐서린, 왜 나는 내가 표현할 수 없는 것을 영원히 느껴야만 할까요? 그리고 내가 묘사할 수 있는 것을 묘사해봐야 아무 소용도 없어요. 나를 믿어요, 캐서린," 그는 서둘러 덧붙였다. "더 이상 이런 말하지 않을 겁니다. 그러나 아름다움 앞에서는 ─ 달을 에워싸고 있는 형형색색의 빛깔들을 봐요! ─ 누구든 느껴요 ─ 누구든 느끼지요 ─ 아마 당신이 나와 결혼한다면 ─ 당신도 알다시피 난 반쯤 시인입니다. 그리고 내가 느끼는 것을 느끼지 않는 척 할 수는 없어요. 만약 내가 글로 쓸 수 있다면 ─ 아, 그것은 다른 문제일 것이오. 그러면 나와 결혼해달라고 당신을 성가시게 하지 않을 텐데요, 캐서린."

그는 시선을 달과 강물 위에 번갈아 던지면서 이렇게 연결되지 않는 문장들을 다소 불쑥 말했다.

"하지만 저에게 결혼을 권한다는 생각이 드는데요?" 캐서린은 시선을 달에 고정시킨 채 말했다.

"물론 그래요. 당신에게만이 아니라 모든 여성들에게요. 그야 물론 결혼하지 않는다면 당신은 아무것도 아닌 겁니다. 당신은 반만 살아 있는 것이죠. 당신 능력을 단지 반만 사용하면서. 당신은 스스로 그것을 느껴야만 해요. 그런 이유로 ─" 여기서 그는 멈췄다. 그리고 그들은 다시 달이 그들을 마주 향하고 있는 강변로를 따라 천천히 걷기 시작했다.

> "얼마나 슬픈 발걸음으로 그녀는 하늘로 오르고 있는가,
> 얼마나 조용히 그리고 얼마나 창백한 얼굴로,"[1]

로드니가 인용했다.

"오늘 밤 나에 대한 불쾌한 말을 아주 많이 들었어요," 캐서린은 로드니에게 신경 쓰지 않고 말했다. "데넘 씨는 나에게 훈계하는 게 그의 임무라고 생각하는 듯해요. 비록 그에 대해 잘 모르지만요. 그런데, 윌리엄 당신은 그를 알죠. 그는 어떤 사람인가요? 말해주세요."

윌리엄은 깊은 한숨을 쉬었다.

"우리는 지쳐서 창백해질 때까지 당신을 훈계할 수도 있어요 —"

"네 — 그런데 그는 어떤 사람이지요?"

"그리고 우리는 당신 눈썹에 대해 소네트를 쓸 수도 있어요. 가혹하고 실리적인 피조물인 당신. 데넘은?" 캐서린이 말없이 있자 그가 덧붙였다. "아마 좋은 사람일거라고 생각합니다. 내가 추측하기로 그는 물론 올바른 일에 관심이 있어요. 하지만 그래도 당신은 그와 결혼해서는 안 돼요. 그가 당신을 꾸짖었다고요 — 그가 뭐라고 말했나요?"

"데넘 씨와 함께할 때 이런 일이 있었어요. 그가 차를 마시러 오죠. 나는 그를 편하게 할 수 있는 일은 다 해요. 그는 다만 앉아서 나를 노려보지요. 그 뒤 나는 그에게 우리의 원고를 보여줘요. 이것에 그는 정말 화가 나서 내가 나 자신을 중산층 여성이라고

---

1 시드니 경Sir Philip Sidney의 소네트집 『애스트로필과 스텔라Astrophil and Stella』 (1582)가운데 소네트 31의 도입부. 로드니는 약간 잘못 기억하고 있다. 원문의 1행은 "얼마나 슬픈 발걸음으로, 오 달님이여, 당신은 하늘로 오르고 있는가,"이다.

부를 권리가 없다고 말하죠. 그래서 우리는 화내며 헤어져요. 그리고 그다음 우리가 만날 때, 그게 오늘 밤이었죠. 그는 내게 곧바로 걸어와서 말해요. '꺼져버리시오!' 어머니가 불평하는 그런 행동이에요. 그게 무슨 뜻인지 알고 싶어요."

그녀는 멈췄다가 발걸음을 늦추면서 헝거포드 다리 위로 미끄러지듯이 다가오고 있는 불이 밝혀진 기차를 바라보았다.

"아마 그것은 당신이 차갑고 인정 없다는 걸 그가 알게 되었다는 뜻일 겁니다."

캐서린은 진심으로 즐거워하며 낭랑하고 특이한 소리로 웃었다.

"택시 안으로 뛰어올라 집으로 숨을 시간이네요." 그녀가 외쳤다.

"내가 당신과 함께 있는 걸 사람들이 보는 게 당신 어머니께서는 싫으실까요? 아마 아무도 우리를 알아볼 수 없을 텐데, 그렇죠?" 로드니는 약간 염려하며 물었다.

캐서린이 그를 쳐다봤다. 그리고 그의 근심이 솔직하다고 생각하고 그녀는 다시 웃었다. 하지만 그녀의 웃음소리는 비꼬는 어조를 띠었다.

"당신은 웃을 수 있어요, 캐서린. 그러나 분명히 말해두지만, 당신 친구들 중 누구든 이런 밤 시간에 우리를 함께 본다면 그들이 우리를 본 이야기를 할 거요. 그리고 아마 그건 매우 불쾌할 겁니다. 그런데 당신은 왜 웃는 거죠?"

"나도 모르겠어요. 당신은 매우 기이한 혼합체라는 생각이 들어요. 당신은 반쯤은 시인이고 반쯤은 깐깐하고 잔소리 많은 노처녀이기 때문이에요."

"당신 눈에 내가 항상 아주 어리석어 보인다는 걸 알아요. 그러나 나는 전통을 이어받아 그것을 실천하지 않을 수 없어요."

"터무니없는 생각이에요, 윌리엄. 당신은 데본셔[2]의 가장 오래된 가문 출신일지도 몰라요. 하지만 그것이 나와 단둘이 강변로에 있는 모습을 누군가 보는 걸 꺼려야 할 이유는 아녜요."

"나는 당신보다 열 살 위예요, 캐서린. 그리고 당신보다는 세상을 더 많이 알아요."

"썩 잘 알죠. 나를 내버려두고 집으로 가세요."

로드니는 뒤돌아 그의 어깨 너머를 보았고, 가까운 거리에 분명히 그의 부름을 기다리고 있는 택시가 그들을 따라오고 있는 것을 인식했다.

"나 때문에 저 택시를 부르지 말아요, 윌리엄. 나는 걸을 거예요."

"허튼 생각이오, 캐서린. 당신은 그러지 않을 거요. 지금 거의 열두 시이고, 우리는 사실 너무 멀리 걸어왔어요."

캐서린은 웃었다. 그리고 계속 너무 빨리 걸어서 로드니와 택시는 그녀를 따라가기 위해 속도를 내야 했다.

"자, 윌리엄," 그녀가 말했다. "사람들이 이처럼 내가 강변로를 따라 질주하는 것을 본다면 **수군거릴** 거예요. 사람들이 쓸데없는 말은 하기를 원하지 않는다면 당신은 작별 인사를 하는 편이 훨씬 좋을 거예요."

이 말에 로드니는 독재자 같은 태도로 한 손으로 택시를 손짓해 불렀다. 그리고 다른 손으로 캐서린을 정지시켰다.

"이 사람이 우리가 다투는 것을 보게 하지 말아요, 제발!" 그가 중얼거렸다. 캐서린은 잠시 아주 꼼짝하지 않고 서 있었다.

"당신 속엔 시인보다는 오히려 깐깐하고 잔소리 많은 노처녀의 성향이 더 있어요," 그녀가 짧게 소견을 말했다.

2 데본셔Devonshire. 영국, 잉글랜드 남서부의 주. 콘월반도 중부를 차지함.

윌리엄은 문을 세게 닫고 운전사에게 주소를 말했다. 그리고 보이지 않는 숙녀에게 작별 인사로 격식을 차려 모자를 들어 올리고는 몸을 돌렸다.

그는 그녀가 택시를 멈추고 내리기를 반쯤 기대하면서, 택시 뒤를 쫓아 의심스럽게 두 차례 뒤돌아보았다. 그러나 택시는 재빠르게 그녀를 싣고 나아가 곧 시야에서 사라졌다. 윌리엄은 분함을 토로하는 짧은 독백을 쏟고 싶은 기분을 느꼈다. 캐서린이 일부러 그를 여러모로 화나게 했기 때문이다.

"내가 아는 비이성적이고 배려 없는 모든 사람들 가운데 그녀가 최악이야!" 그는 강변로를 따라 성큼성큼 뒤돌아 걸어가면서 혼자 소리쳤다. "그녀와 있으면서 결코 다시는 나 자신을 웃음거리로 만들지 않을 거야. 물론, 캐서린 힐버리하고 결혼하느니 차라리 하숙집 여주인 딸과 결혼하겠어! 그녀는 나를 잠시도 평화롭게 내버려두지 않아―그리고 그녀는 결코 나를 이해하지 못할 거야―절대로, 절대로, 절대로!"

주변에 아무도 없었기 때문에 그는 하늘의 별들이 들을 수 있을 정도로 크고 격하게 말했는데, 이러한 감정은 만족스럽게도 반박할 수 없는 것 같았다. 로드니는 진정했고, 누군가가 그에게 다가오고 있는 것을 알아챌 때까지 말없이 걸었다. 그가 누구인지 짐작하기에 앞서, 걸음걸이나 옷에서 드러난 무언가가 그가 윌리엄이 알고 있는 사람들 가운데 한 사람이라는 것을 분명히 보여주었다. 그는 샌드즈와 그의 집 계단 아래에서 헤어진 후, 자신이 샌드즈와 함께 나눴던 대화를 곱씹으며 이제 채링 크로스에서 지하철을 향해 걸어가고 있었던 데넘이었다. 그는 메리 대치트의 방에서 열린 모임을 잊고 있었다. 또한 로드니와 은유와 엘리자베스 시대의 연극도 잊고 있었다. 그리고 비록 더 논란의 여지가 있기는 하지만. 그는 캐서린 힐버리 역시 잊고 있었다고 맹세할 수 있었다. 그의 마음은 마음속 높은 산들의 정상을 오르고 있었다. 거기에는 단지 별빛과 아무도 밟지 않은 눈만이 있었다. 그들이 가로등 아래에서 서로 마주치게 되자, 그는 로드니에게 묘한 시선을 던졌다.

"아!" 로드니가 소리쳤다.

만약 데넘이 정신을 잘 챙기고 있었더라면 그는 아마 인사를 하고 지나쳤을 것이었다. 그러나 생각을 방해받자 놀라서 그는 가만히 서 있었고, 자신이 무엇을 하고 있었는지 깨닫기도 전에 그는 로드니가 그의 방에 가서 한잔하자는 초대에 응하여 방향을 돌려 로드니와 함께 걷고 있었다. 데넘은 로드니와 함께 마시고 싶지 않았지만, 아주 수동적으로 그를 따라갔다. 로드니는 이렇게 응하는 모습에 흡족해했다. 로드니는 이 조용한 남자와 터놓고 이야기하고 싶었는데, 그는 아주 분명히 훌륭한 남성적인 자질을 모두 가지고 있었고, 유감스럽게도 현재 캐서린에게는 찾아볼 수 없는 자질이었다.

"당신은 잘하고 있어요, 데넘," 그는 충동적으로 말하기 시작했다. "젊은 여성들과 전혀 관계 없이 지내는 것 말입니다. 당신에게 제 경험을 말해주지요―누군가 여성들을 신뢰한다면 그 사람은 반드시 후회하게 되죠. 지금 제가 어떤 이유가 있어서가 아닙니다," 로드니는 급하게 덧붙였다. "그들에 대해 불평할 만한 이유 말입니다. 그것은 특별한 이유 없이 이따금 불쑥 나타나는 문제입니다. 대치트 양은 아마도 그 예외들 가운데 한 명일 것 같습니다. 당신은 대치트 양을 좋아하시나요?"

이러한 발언은 로드니의 신경이 흥분 상태에 있다는 것을 아주 분명하게 보여주었다. 그리고 데넘은 서둘러 한 시간 전의 세상의 상황에 눈을 떴다. 그는 마지막으로 로드니가 캐서린과 함께 걷고 있는 것을 보았다. 그는 자신의 마음을 이러한 관심사로 되돌려 오래된 사소한 걱정들로 초조하게 하는 열망이 유감스럽지 않을 수 없었다. 그는 자신의 생각 속으로 가라앉았다. 그가 고등 철학의 문제를 완전히 잊어버리기 전에, 그의 이성은 자신에게 틀림없이 속마음을 터놓게 될 로드니에게서 벗어나도록 명령했다. 그는 길을 따라 어딘가를 바라보았다. 그리고 약 백 야드 쯤 떨어져 있는 가로등 하나를 주목했고, 그들이 그 지점에 도착하면 그는 로드니와 헤어져야겠다고 결심했다.

"네, 전 메리를 좋아합니다. 어떻게 사람들이 그녀를 좋아하지 않을 수 있는지 모르겠어요," 그는 눈길을 가로등에 고정시키고 조심스럽게 말했다.

"아, 데넘, 당신은 나와 아주 다르군요. 당신은 결코 자신을 드러내지 않는군요. 저는 당신이 오늘 밤 캐서린 힐버리와 함께 있는 것을 지켜보았어요. 저는 본능적으로 제가 대화하고 있는 사람을 신뢰합니다. 그것이 제가 항상 속게 되는 이유라고 생각합니다."

데넘은 로드니의 이 말을 곰곰이 생각하는 듯했다. 그러나 데넘은 사실 로드니와 그가 들추어낸 이야기를 거의 의식하지 않았고, 그들이 가로등에 도착하기 전에 그에게 캐서린의 얘기를 다시 하게 하는 것에만 관심이 있었다.

"지금은 누가 당신을 속였나요?" 그가 물었다. "캐서린 힐버리인가요?"

로드니는 멈춰 서서 마치 교향곡에서 한 악구를 주의 깊게 듣는듯이, 강변로의 매끄러운 돌난간 위에서 다시 한 번 일종의 장단을 맞추기 시작했다.

"캐서린 힐버리," 그는 묘하게 혼자 웃으며 되풀이했다. "아닙니다, 데넘, 저는 그 젊은 여성에 대해 환상을 가지고 있지 않아요. 저는 오늘 밤 그녀에게 그 사실을 분명히 했어요. 하지만 잘 못 생각하고 떠나지는 마시지요," 그는 마치 데넘이 도망가는 것을 막으려는 듯이 팔을 돌려 그와 팔짱을 끼며 열렬하게 계속 말했다. 그리하여 데넘은 어쩔 수 없이 이끌려 봐두었던 가로등을 지나쳤고, 지나친 것에 대해 변명을 토로했다. 로드니의 팔이 실제로 그와 팔짱을 끼었는데, 어떻게 그가 벗어날 수 있을 것인가? "당신은 내가 그녀 때문에 슬퍼한다고 조금도 생각하지 마세요—그렇지 않아요. 전적으로 그녀의 잘못만은 아니에요, 가엾은 여인. 그녀는, 당신도 알다시피, 그 불쾌하고 자기중심적인 삶들 가운데 하나의 삶을 살고 있어요—적어도, 저는 그런 삶이 여성에게는 아주 끔찍하다고 생각해요—모든 것으로부터 지혜의 자양분을 얻으며, 모든 것을 관리하고, 집에서는 지나치게 자기 멋대로 하면서—어떤 의미에서, 모든 사람들이 그녀의 발아래 있다고 느끼면서, 제멋대로가 되었고, 그리하여 그녀가 얼마나 상처를 주는지 깨닫지 못하면서—즉, 그녀는 자신이 가진 온갖 장점을 가지지 않은 사람들에게 얼마나 무례하게 행동하는지를 깨닫지 못하죠. 그럼에도 불구하고 제대로 말하자면 그녀가 멍청이는 아니죠," 그는 데넘이 무례하게 굴지 않도록 주의를 주기 위해서인 양 덧붙였다. "그녀는 고상한 취미도 있고, 감각도 있지요. 당신이 그녀에게 이야기할 때, 그녀는 당신을 이해할 수 있어요. 하지만 그녀는 여성이고, 한계가 있어요," 그가 또다시 가볍게 싱긋 웃으며 덧붙였고, 데넘의 팔을 놓았다.

"그래서 당신은 이 모든 이야기를 오늘 밤 그녀에게 했나요?" 데넘이 물었다.

"오 당치도 않아요, 아닙니다. 저는 캐서린에게 자신에 관한 진실을 말해줄 생각이 전혀 없습니다. 그건 전혀 도움이 되지 않을 겁니다. 캐서린과 잘 지내려면 숭배하는 태도를 취해야만 합니다."

'그녀가 그와 결혼하기를 거절했다는 것을 알게 되었으니 집으로 가는 게 어떨까?' 데넘은 속으로 생각했다. 그러나 그는 로드니 곁에서 계속 걷고 있었고, 로드니가 모차르트 오페라의 단편적인 선율들을 흥얼거리긴 했지만 잠시 그들은 말이 없었다. 어떤 사람이 자신이 생각한 것보다 더 사적인 감정을 드러내며 계획 없이 마구 이야기할 때, 그것을 듣는 사람의 마음속에는 경멸과 호감의 감정이 아주 자연스럽게 결합한다. 데넘은 로드니가 어떤 부류의 사람일까 궁금해지기 시작했고, 동시에 로드니는 데넘에 관해 생각하기 시작했다.

"당신은 나처럼 노예같이 일하는 사람인 것 같은데요?"

"네, 변호사죠."

"저는 때때로 왜 우리가 자리를 던져버리지 않는지 궁금해요. 당신은 왜 이민 가지 않으십니까, 데넘? 당신에게 어울리지 않을까 싶은데 말입니다."

"저는 가족이 있습니다."

"저는 자주 떠나버리려고 합니다. 그러고 나면 이것 없이는 살수 없겠다는 걸 알게 됩니다"―그리고 그는 런던 시가지를 향해 손을 흔들었다. 그 순간 도시는 회색-청색 보드지에서 잘려 나와, 더 짙은 청색의 하늘을 배경으로 평평하게 붙여진 모습이었다.

"이곳에는 제가 좋아하는 사람이 한두 명 있고, 때로는 약간의 좋은 음악과 그림이 몇 점 있어요―사람들이 이곳 주변을 계속 맴돌게 하기에 아주 충분하지요. 아, 하지만 저는 야만인들과는 살 수가 없어요! 당신은 책을 좋아하시나요? 음악을? 그림을? 초판에 조금이라도 관심이 있으신가요? 저는 여기서 좋은 것을 몇 권을 구했어요. 싸게 구한 것이죠. 저는 그들이 부르는 가격을 치를 여유가 없기 때문입니다."

그들은 십팔 세기 번성기 저택들 사이에 있는 작은 뜰에 이르렀고, 이 저택들 중 한 곳에 로드니의 하숙방이 있었다. 그들은 아주 가파른 계단을 올라갔다. 커튼이 드리워져 있지 않은 계단 창문을 통해 달빛이 내리 비쳤고, 그 빛은 나선 모양의 기둥이 있는 난간과 창턱에 얹어둔 쌓아놓은 접시와 우유로 반쯤 채워진 항아리들을 밝게 비추고 있었다. 로드니의 방들은 작았다. 하지만 거실 창문은 안뜰 쪽으로 향해 있었는데, 그 안뜰에는 돌로 포장된 바닥과 나무 한 그루가 있었다. 그리고 길 건너 맞은편 집들의 평평한 붉은 벽돌로 된 정면을 바라보고 있었는데, 이 정경은 만약 존슨 박사[3]가 달빛 속에서 산책 한번 하러 무덤에서 나왔더라도 전혀 그를 놀라게 하지 않았을 것이었다. 로드니는 등을 밝히고, 커튼을 치고, 데넘에게 의자를 권했다. 그리고 엘리자베스 시대의 은유 사용법에 대한 그의 논문을 탁자 위에 내던지면서 소리쳤다.

"오 저런, 이 무슨 시간 낭비였던가요! 하지만 그건 이제 끝났고, 그래서 우리는 더 이상 그것에 관해 생각하지 않아도 될 겁니다."

그러고 나서 그는 불을 피우고, 유리잔, 위스키, 케이크, 그리고 컵과 그 받침을 꺼내놓느라 매우 능숙하게 바삐 움직였다. 그는 빛바랜 진홍색 실내복을 입고 붉은 슬리퍼를 신고서 한 손에 텀블러 잔을 쥐고 다른 손에 윤이 나게 잘 닦은 책을 들고 데넘에게

---

3 새뮤얼 존슨(Samuel Johnson, 1709~1784), 18세기의 대문호.

다가갔다.

"배스크빌 콩그리브[4]," 그것을 손님에게 권하며 로드니가 말했다. "저는 값싼 판본으로 읽을 수 없었습니다."

그가 방문객을 편안하게 해주려고 친절하게 챙겨주며 페르시아고양이 같은 기민함과 우아함을 지닌 채, 이런 식으로 그의 책과 그가 아끼는 물건들 사이로 모습을 보이자, 데넘은 비판적인 태도에서 벗어나 그가 잘 아는 많은 사람들과 함께하곤 했을 때보다 로드니와 있는 것에서 더 편안함을 느꼈다. 로드니의 방은 아주 다양한 개인적인 취향을 소중히 여기는 사람의 방이었다. 이 취향은 세심하게 주의를 기울여 대중의 거친 비평으로부터 보호된 것이었다. 그의 논문과 책이 탁자와 마루 위에 고르지 못하게 들쑥날쑥 무더기로 쌓여 있었고, 그의 실내복이 아주 조금이라도 그것들을 어지럽히지 않도록 예민하게 신경써서 그 주변을 비켜갔다. 한 의자 위에 조각과 그림을 찍은 사진이 한 무더기로 놓여 있었다. 그리고 그것들을 하루나 이틀 간격으로 하나씩 차례로 전시하는 것이 그의 습관이었다. 그의 책장에 있는 책들은 군대의 연대같이 잘 정돈되어 있었고, 책들은 아주 많은 청동색 풍뎅이의 날개들처럼 빛났다. 그래도 당신이 그 자리에서 책 한 권을 꺼낸다면, 공간이 한정되었기 때문에 그 뒤에 좀 더 허름한 책을 보게 될 것이지만 말이다. 베니스풍의 타원형 거울이 벽난로 위로 걸려 있었고, 그 거울은 얼룩진 깊은 곳에서 벽난로 선반 위의 편지들, 파이프와 궐련들 사이에 놓여 있는 화병에 가득한 엷은 노랑과 진홍색 튤립을 희미하게 비춰내고 있었다. 작은 피아노가 방의 한 모퉁이를 차지하고 있었는데, 선반 위에는 「돈

---

4   극작가 윌리엄 콩그리브(William Congreve, 1670~1729)의 드문 판본으로, 배스크빌 Baskeville 출판사에서 1761년 출간한 것을 지칭한다.

조반니」의 악보가 펼쳐져 있었다.

"그런데, 로드니," 그가 파이프를 채우고 주위를 쳐다보자, 데넘이 말했다. "이곳은 아주 멋지고 편안합니다."

로드니는 집주인의 자부심을 가지고 머리를 반쯤 돌려 미소 지었고, 그런 뒤 미소 짓기를 멈추었다.

"괜찮지요," 그가 중얼거렸다.

"하지만 당신이 스스로 생활비를 벌어야 하는 게 아마 다행일 겁니다."

"제가 여가가 있다고 해도, 대단한 일을 하지 않을 것이라고 말씀하신다면 아마 당신이 옳을 겁니다. 그러나 저는 제가 하고 싶은 대로 온종일 시간을 보내는 것이 열 배는 행복할 겁니다."

"저는 의심스러운데요," 데넘이 대답했다.

그들은 조용히 앉아 있었다. 그리고 그들의 파이프에서 나오는 연기가 그들 머리 위 푸른 연기로 사이좋게 연결되었다.

"저는 매일 세 시간을 셰익스피어를 읽으면서 보낼 수 있어요," 로드니가 말했다. "그리고 좋아하는 사람들과의 교제는 말할 것도 없고 음악과 그림이 있습니다."

"당신은 일 년 안에 죽을 정도로 지루해질 겁니다."

"오, 제가 아무것도 하지 않는다면 지루할 것이라는 것은 인정합니다. 그러나 저는 희곡을 쓸 겁니다."

"흠!"

"희곡을 쓸 겁니다," 그가 반복해서 말했다. "이미 한 작품의 사분의 삼을 썼어요. 그리고 작품을 끝내기 위해 오로지 휴일만 기다리고 있습니다. 그리고 제 작품은 나쁘지 않아요 ─아니, 어떤 부분은 정말 꽤 좋아요."

데넘의 마음속에서 자신이 이 희곡을 보고 싶다고 해야 할지

의문이 생겼는데, 분명히 그가 그렇게 요청하기를 원하는 듯했다. 그는 다소 훔쳐보듯이 로드니를 보았다. 그는 부지깽이로 신경질적으로 석탄을 두드리고 있었고, 데넘이 생각하기에 그는 이 희곡에 대해 이야기하고 싶은 욕망과 채워지지 않는 절박한 허영심으로 거의 몸을 떨고 있었다. 그는 아주 많이 데넘에게 휘둘리는 듯했고, 데넘은 어느 정도는 이러한 이유 때문에 그를 좋아하지 않을 수 없었다.

"그렇다면, ……제게 그 희곡을 보여주시겠습니까?" 데넘이 물었다. 그리고 로드니는 곧바로 진정돼 보였다. 하지만 그럼에도 불구하고 그는 부지깽이를 공중에 완벽하게 수직으로 들고, 그것을 그의 다소 튀어나온 눈으로 지켜보면서, 그리고 그 입술을 벌렸다 다시 오므리면서 잠시 말없이 앉아 있었다.

"당신은 정말 이런 것에 관심이 있으신가요?" 그는 드디어 그가 말해왔던 목소리의 어조와는 다르게 물었다. 그리고 대답을 기다리지 않고 약간 불평하면서 계속 말했다. "아주 몇몇 사람들만 시에 관심이 있지요. 당신이 지루해할지도 몰라요."

"어쩌면," 데넘이 말했다.

"그렇다면, 당신에게 빌려주지요," 로드니는 부지깽이를 아래로 내려놓으면서 큰 소리로 말했다.

그가 그 희곡을 가져오려고 움직였을 때, 데넘은 옆에 있는 책장으로 손을 뻗어, 그의 손에 첫 번째로 닿는 책을 꺼냈다. 그것은 마침 「항아리 매장」, 「항아리 매장론」, 그리고 「사이러스의 정원」이 실린 토머스 브라운 경[5]의 작고 아주 사랑스러운 판본이었다. 그리고 데넘은 거의 암기하고 있던 구절을 펼쳐서 읽기 시작했고 한동안 계속 읽었다.

5   토머스 브라운(Thomas Browne, 1605~1682), 영국의 의사, 저술가.

로드니는 무릎 위에 자신의 원고를 둔 채, 자리에 다시 앉아서 이따금 데넘을 힐끗 보았다. 그러고 나서 대단한 즐거움을 경험한 것처럼 손가락 끝을 붙이고 벽난로 망 위로 여윈 그의 다리를 교차시켰다. 드디어 데넘이 책을 덮고, 가끔씩 토머스 브라운 경을 언급하는 듯한 분명하지 않은 흥얼거리는 소리를 내면서 벽난로를 등지고 섰다. 그는 모자를 썼다. 그리고 여전히 의자 깊숙이 기대어 몸을 죽 뻗고 발끝을 난로망 사이에 둔 로드니를 옆에서 지켜보았다.

"언젠가 다시 잠깐 들르겠습니다." 데넘이 말했고, 로드니는 이 말에 원고를 든 손을 들어 올렸고, "당신이 좋으시다면"—이 말 외에 아무 말도 하지 않았다.

데넘은 원고를 받고 나갔다. 이틀 후 그는 아침 식사 접시 위에 얇은 소포를 발견하고 아주 놀랐는데, 그것을 열어보니 그가 로드니의 방에서 아주 열심히 읽었던 토머스 브라운 경의 바로 그 책이 있었다. 단순히 게으름 탓으로 그는 감사의 말을 전하지 않았지만, 그는 때때로 캐서린과 연관 짓지 않고 흥미롭게 로드니에 대해 생각했다. 그리고 어느날 밤 잠시 들러 그와 파이프 담배를 피워야겠다고 생각했다. 로드니는 이런 식으로 그의 지인들이 진심으로 감탄하는 것이면 무엇이나 주기를 좋아했다. 그의 서고는 계속 줄어들고 있었다.

제6장

일반적인 주중의 근무시간들 가운데, 기다려지고 돌이켜 보기에 가장 즐거운 시간은 언제일까? 한 가지 예가 이론을 만드는 데 도움이 된다면, 아침 아홉 시 이십오 분에서 아홉 시 삼십 분 사이의 몇 분 간이 메리 대치트에게 색다른 마력이 있다고 말할 수 있을 것이다. 그녀는 그 시간을 아주 부러워할 만한 기분으로 보내고 있었다. 그녀의 만족감은 거의 완전하다고 할 만했다. 그녀는 높은 층의 아파트에 살아서, 십일월에도 아침 햇살이 그녀에게 와 닿았다. 그리고 이 햇살은 커튼, 의자, 양탄자에 곧게 내리비치면서 그곳을 초록, 파랑, 보라의 세 개의 밝고 순수한 공간으로 채색하였다. 즐거움을 지닌 채 시선이 그곳에 머물렀고 실제로 햇살이 몸에 온기를 주었다.

그녀가 구두끈을 매려고 몸을 구부릴 때, 위를 바라보지 않은 아침이 거의 없었다. 그리고 그녀가 커튼에서 아침 식탁으로 비치는 노란 햇살을 바라보며, 자신의 삶이 자신에게 그런 순수한 즐거움의 순간을 주는 것에 대해 대개 감사의 인사를 나직이 말했다. 그녀는 누군가로부터 아무것도 빼앗지 않았다. 그런데 천장의 네 귀퉁이에 판자를 두른 깨끗하고 멋진 색으로 꾸며진 방에서 홀로 아침 식사를 하는 것과 같은 단순한 일에서 그렇게 많은 즐거움을 얻는다는 게 그녀에게 너무 완벽하게 만족스러운 듯해서, 그녀는 처음에는 사과할 누군가를 찾아다니거나 그 상황에서 어떤 흠을 찾고자 하곤 했다. 그녀는 이제 런던에서 육 개월을 지냈고, 어떤 결점도 찾을 수 없었다. 그러나 그녀가 구두끈을 맬 무렵이면 변함없이 결론짓는 것처럼 그것은 오직 그리고 전적으로 그녀에게 자신의 일이 있다는 사실에 기인했다. 매일 그녀의 아파트 문앞에서 손에 서류 가방을 들고 서서, 떠나기 전 모든 것이 제대로 정리되어 있는지 보기 위해 방 안을 한번 뒤돌아보았을 때, 그녀는 그 모든 것을 두고 가게 돼서 기뻤고, 여가를 즐기면서 온종일 거기에 앉아 있는다면 견딜 수 없었을 것이라고 혼잣말했다.

바깥의 거리에서 그녀는 자신을 이 시간에 도시의 모든 넓은 보도를 따라 머리를 약간 숙인 채, 마치 노력을 다해 가능한 가깝게 서로를 따라가려는 것처럼 빠르게 일렬종대로 걸어가는 근로자들 중 한 명이라고 생각하고 싶어 했다. 그리하여 보도에서 메리는 꾸준히 발로 밟아 닳은, 곧게 뻗은 토끼 통로를 마음에 그리곤 했다. 그러나 그녀는 자신을 나머지 사람들과 구별할 수 없다고 상상하기를 좋아했다. 그리고 비 오는 날 어쩔 수 없이 지하철이나 버스를 탔을 때, 그녀는 사무원과 타이피스트, 외판원과 함께 붐빔과 축축함을 주고받으며 그들과 또 다른 스물네 시간 동안 똑딱거릴 세상의 태엽을 감는 중대한 일을 함께하고 있다고 상상하기를 좋아했다.

이렇게 생각하면서 문제의 그날 그녀는 링컨즈 인 필즈[1]를 가로질러 킹즈웨이로 올라가 사우스앰턴 거리를 통과하여 러셀 광장에 있는 그녀의 사무실에 도착할 때까지 꾸준히 걸어갔다. 가끔 그녀는 멈춰 서서 어떤 서점이나 꽃가게의 진열창 안쪽을 들여다보곤 했는데, 그곳에는 이렇게 이른 시간에 상품이 정리되어 있었고 두꺼운 판유리 뒤에 텅 빈 공간은 벌거숭이 상태를 드러내고 있었다. 메리는 가게 주인에 대해 호의적인 마음이 생기는 것을 느꼈고, 그들이 한낮에 손님을 끌어들여 구매하게 만들기를 바랐다. 이와 같은 아침 시간에 그녀는 전적으로 가게 주인과 은행의 사무원들 편을 들었고, 늦게까지 자고 쓸 돈이 많은 사람들 모두를 그녀의 적이며 당연한 희생물로 여겼기 때문이다. 그리고 홀본에서 길을 건너자마자 그녀의 생각은 자연스럽게 그리고 어김없이 오직 자신의 일에만 머물렀다. 그리고 정확히 말하면 그녀는 자신이 급료를 받지 않고 일하는 아마추어 근로자라는 것을 잊었고, 일상적인 업무로 세상의 태엽을 감는다고 할 수 있을 것 같지 않았다. 왜냐하면 세상은 지금까지 여성 참정권을 위해 메리의 단체가 제공하는 혜택을 받으려는 열망을 거의 보여주지 않았기 때문이다.

그녀는 사우스앰턴 거리를 따라가면서 줄곧 편지지와 사무용지에 대해, 그리고 어떻게 하면 종이 사용 절약의 효과를 가져올 수 있을지에 대해 생각하고 있었다(물론 실 부인의 감정을 상하게 하지 않고서). 탁월한 조직자들은 항상 우선적으로 이와 같이 사소한 것들에 뛰어들어, 완벽히 견고한 토대 위에서 성공적으로 개혁을 확립한다는 그녀의 확신 때문이었다. 그리고 조금도 이

---

1   런던의 큰 광장. 법정이 근처에 있어 변호사 사무실이 밀집해 있으며, 랠프가 다니는 사무실도 이곳에 있다.

사실을 인정하지 못한 채, 메리 대치트는 위대한 조직자가 되기로 결심했고, 이미 그녀의 단체를 가장 급진적으로 재건하는 방향으로 이끌고자 했다. 사실 최근에 한두 번 그녀는 러셀 광장으로 방향을 돌리기 전에 완전히 잠에서 깬 채 움찔 놀랐다. 그리고 매일 아침 같은 시간에 같은 생각을 할 수 있게 된 것에, 말하자면 타성에 이미 젖어 있다는 것에 대해 자신을 다소 신랄하게 비난했다. 러셀 광장에 있는 집들의 밤색 벽돌은 사무실 절약에 관한 그녀의 생각과 어느 정도 기묘하게 연결되었고, 게다가 그녀가 사무실에서 크랙턴 씨나 실 부인 혹은 누구든지 그녀보다 앞서 와 있을 사람과 만나기 위한 상태가 되어야 함을 알리는 신호 역할을 했던 것이다. 종교적인 믿음은 없었지만, 이따금 자신의 역할을 아주 진지하게 검토하면서 그녀는 자신의 삶에 대해 더욱더 성실하게 되었다. 그리고 이러한 나쁜 습관들 중 하나가 자신도 모르는 사이에 중요한 본질을 조금씩 갉아먹어치우는 것을 발견하는 것보다 더 그녀를 화나게 하는 것은 없었다. 참신함을 유지하며 자신의 삶을 온갖 종류의 계획과 시도로 채워 넣지 않는다면, 결국 여자인 것이 무슨 소용이 있는가? 그리하여 그녀는 모퉁이를 돌 때, 항상 자신에게 가벼운 충격을 주었다. 그리고 종종 서머셋셔 지방의 민요 한 구절을 휘파람으로 불며 현관에 도착했다.

참정권협회 사무실은 러셀 광장에 있는 큰 건물들 중 하나의 맨 위층에 있었다. 그 건물은 한때 도시의 거상과 그의 가족이 살던 곳으로, 지금은 여러 단체들에게 나누어 임대되었다. 이 단체들은 불투명 유리문 위에 여러 종류로 된 머리글자들을 표시했고, 제각기 온종일 바쁘게 찰칵 소리를 내는 타자기를 한 대씩 가지고 있었다. 큰 돌계단이 있는 그 오래된 건물은 열 시부터 여섯 시까지 타자기와 심부름하는 소년들의 소리가 낮게 울렸다. 원주민 보호나 식량으로서 곡물의 가치에 대한 그들의 견해를 전파하기 위해 이미 작업 중인 여러 가지의 타자기의 소음으로 메리의 발걸음이 빨라졌다. 그리고 그녀는 몇 시에 도착하건 자신의 타자기로 다른 타자기들과 경쟁하기 위해 자신의 층계참으로 이어지는 마지막 계단을 항상 뛰어올라 갔다.

그녀는 자신의 편지를 향해 앉았다. 그리고 아주 빨리 이런 생각들은 모두 잊혀졌고, 편지들의 내용과 사무실 비품, 그리고 옆방에서 움직이는 소리가 점차 그 영향력을 내세울 때, 그녀의 미간에 두 줄이 그려졌다. 열한 시쯤에는 집중의 분위기가 한 방향으로 매우 강하게 나아가고 있어서, 다른 지시에 대한 어떤 생각도 거의 잠시도 살아남지 못했다. 그녀에게 주어진 업무는 일련의 연회를 조직하는 것이었고, 그 연회의 수익은 자금 부족으로 의기소침해진 단체에 도움이 될 것이었다. 그것은 그녀가 처음으로 시작한 대규모 모임이었고, 그녀는 주목할 만한 성과를 내고자 했다. 그녀는 크고 육중한 기계를 이용하여 혼란스러운 세상으로부터 이런저런, 그리고 다른 흥미로운 사람을 선발하고자 했으며, 그리하여 그들을 각료들의 시선을 틀림없이 사로잡을 모범이 되도록 일주일 동안 배치하고자 했다. 그래서 일단 그들의 눈을 사로잡으면 오래된 논의들이 전례가 없는 독보적인 방식으로 전달될 예정이었다. 그것이 전체적인 계획이었다. 그리고 그것에 대해 숙고하면서 그녀는 꽤 상기되어 얼굴이 붉어지고 들뜨곤 했으며, 그녀와 성공 사이에 끼어든 모든 세부적인 것들을 다시 기억하며 떠올려야 했다.

문이 열리고 크랙턴 씨가 피라미드 모양으로 쌓인 전단들 더미 아래에 묻힌 어떤 전단 하나를 찾기 위해 들어오곤 했다. 그는 마르고 엷은 갈색 머리에, 런던 사투리를 쓰는 대략 서른다섯 살의 남성이었다. 그리고 마치 자연이 어떤 식으로든 그에게 관대하게 대하지 않았던 것처럼 그는 인색한 인상을 풍겼는데, 자연스럽게 다른 사람에게도 관대하게 대하지 못했다. 그가 전단을 찾고, 문서 정렬법에 대해 몇 가지 익살스런 요령을 제공하면, 돌연히 타자치는 소리가 멈추고 실 부인이 설명이 필요한 편지를 손에 들고 방으로 불쑥 들어오곤 했다. 이것은 다른 것보다 좀 더 심각한 방해였다. 왜냐하면 그녀는 정확하게 자신이 무엇을 원하는지 전혀 몰랐고, 느닷없이 대여섯 가지의 요구사항을 말하곤 했는데, 그중 어느 것도 명확하게 설명하지 않았다. 자두색 면벨벳을 입고, 짧은 회색 머리에 박애적인 열정으로 변함없이 늘 홍조를 띤 얼굴로, 그녀는 항상 서둘렀고, 항상 약간 어수선했다. 그녀는 가슴 위에 무거운 금색 줄에 뒤엉킨 두 개의 십자가상을 걸고 있었고, 메리는 그것이 그녀의 정신적 모호함을 보여준다고 생각했다. 다만 그녀는 대단한 열정과 그 단체의 설립자들 가운데 한 명인 마크햄 양에 대한 숭배만으로 계속 자신의 직무를 유지했지만, 그 직무에 대한 충분한 자질은 없었다.

그리하여 아침이 지나고 편지더미가 늘어나자, 메리는 드디어 자신이 영국 위로 내려앉은 매우 미세한 신경망의 중추신경이라고 느꼈다. 그리고 조만간 그녀가 그 조직망의 핵심에 닿게 되면, 그녀는 혁명적 불꽃놀이의 화려하고 눈부신 불꽃을 느끼고 그와 동시에 서둘러 타오르게 하여 내뿜기 시작할 것이다—그녀의 두뇌가 세 시간 동안 열심히 일하여 흥분되었을 때, 그런 은유는 그녀가 자신의 일에 대해 느꼈던 것을 대변해주었기 때문이다.

한 시가 채 되기 전에 크랙턴 씨와 실 부인은 일을 멈추었다. 그리고 이 시간이면 어김없이 등장하는 점심 식사에 관한 오래된 농담이 거의 조금도 바뀌지 않고 되풀이되었다. 크랙턴 씨는 채식주의자를 위한 레스토랑의 단골손님이었다. 실 부인은 샌드위치를 가져와서 러셀 광장의 플라타너스 나무 아래에서 먹었다. 반면 메리는 주로 근처에 있는 붉은 플러시 천으로 내부가 장식된 요란한 가게로 갔는데, 채식주의자들은 아주 못마땅하겠지만 그곳에서 이 인치 두께의 스테이크나 백랍 접시 위에 가득한 닭이나 오리구이 조각을 살 수 있었다.

"하늘을 배경으로 뻗은 앙상한 나뭇가지들은 사람들에게 아주 많이 **도움**이 되죠." 실 부인이 광장 안쪽을 내다보며 말했다.

"하지만 누구도 나무를 잘라 점심으로 먹을 수는 없죠, 샐리." 메리가 말했다.

"사실을 말하면 당신이 그것을 어떻게 먹는지 난 알 수 없어요, 대치트 양." 크랙턴 씨가 말했다. "만약 내가 한낮에 소화에 부담스러운 음식을 먹는다면 오후 내내 잘 겁니다."

"최근의 문학작품으로 어떤 것이 있나요?" 메리는 크랙턴 씨가 겨드랑이에 끼고 있는 노란 표지의 책을 썩 기분 좋게 가리키면서 물었다. 메리가 아주 일찌감치 눈치챘던 것처럼, 점심 시간이면 자신의 사회적 업무와 그가 남모르게 자랑스러워하는 열정적인 문화생활의 균형을 맞추기 위해 그는 늘 어떤 새로운 프랑스 작가의 저서를 읽거나, 짬을 내어 미술관을 방문했기 때문이다.

그리하여 그들은 헤어졌고, 메리는 정말 자신이 그들에게서 벗어나고 싶어 했던 것을 그들이 알아챘는지 궁금해하다 사실상 그들이 그 정도로 예민하지 않다고 생각하면서 저쪽으로 걸어갔다. 그녀는 석간신문을 사서 식사할 때 읽었는데, 그녀가 아는 어떤 젊은 여성이 들어올 때까지, 신문 상단 너머로 케이크를 사거나 혹은 은밀한 이야기를 나누는 동성애자들을 몇 번이고 쳐다보고 있었다. 그리고 그녀는 큰 소리로 외쳤다. "엘리너, 와서 내 옆에 앉아." 그리하여 그들은 함께 점심 식사를 마쳤고, 다양한 차량 행렬들 사이에 있는 좁고 긴 보도에서 헤어지면서 거대하고 끊임없이 바뀌는 인생의 유형 속에 있는 각자의 자리로 한 번 더 걸어 들어가고 있음에 기쁨을 느꼈다.

그러나 오늘 메리는 사무실로 곧바로 돌아가는 대신, 대영 박물관으로 향했다. 그리고 석상들이 있는 진열실로 한가롭게 걸어 내려가다 이윽고 고대 그리스 대리석 조각상들이 바로 아래로 응시하고 있는 빈 의자를 발견했다. 그녀는 그 조각상들을 바라보았다. 그리고 늘 그랬듯이 아주 대단히 행복한 느낌과 감동의 물결이 솟는 듯했고, 그로 인해 그녀의 삶이 단번에 숭고하고 아름다워졌다—어쩌면 조각상들의 실제 아름다움 못지않게 진열실의 한적함, 냉기, 그리고 정적에서 기인하는 감명이었다. 사람들은 적어도 그녀의 감동이 순수하게 심미적인 것이 아니라고 생각해야 한다. 왜냐하면 그녀는 율리시스를 일이 분 동안 응시한 뒤 랠프 데넘에 대해 생각하기 시작했기 때문이다. 그녀는 이러한 고요한 형상들과 함께 있으면서 너무나 안심이 되어, 하마터면 "나는 당신을 사랑해요"라고 크게 말하고 싶은 충동에 굴복할 뻔했다. 이 거대하고 영원한 아름다움이 바로 곁에 있다는 사실 때문에 그녀는 자신의 욕망을 거의 놀랄 만큼 의식했고, 동시에 일상적인 일을 할 때는, 그 정도로 감정을 드러내지 않는 것에 대해 자랑스러워졌다.

그녀는 크게 말하고 싶은 충동을 억누르고 일어서서, 장식이 새겨진 오벨리스크들과 날개 달린 아시리아의 황소들로 채워진 다른 진열실에서 자신을 발견할 때까지 조각상들 사이를 다소 목적 없이 배회했다. 그리고 그녀의 감정은 또 다른 전환점을 맞았다. 그녀는 이 괴물들이 모래 속에 웅크리고 있는 지역을 랠프와 함께 여행하고 있는 자신을 마음속에 그려보기 시작했다. "왜냐하면," 유리 뒤에 표시된 어떤 안내문에 시선을 고정하여 응시했을 때, 그녀는 마음속으로 말했다. "당신의 멋진 점은 무엇이든 할 준비되어 있다는 것이죠. 대부분의 영리한 남성들과는 다르게 당신은 조금도 인습적이지 않아요."

그리고 랠프가 원주민 부족 전체에게 명령하고 있는 동안, 자신이 사막에서 낙타의 등 위에 있는 광경을 그려냈다.

"그것은 당신이 할 수 있는 것이죠," 그녀는 다음 조각상을 향해 이동하면서 계속 말했다. "당신은 항상 사람들이 당신이 원하는 것을 하게끔 해요."

그녀의 마음이 온통 격앙되고 상기되어서 그녀의 눈을 광휘로 채웠다. 그럼에도 불구하고, 박물관을 떠나기 전에 그녀는 비록 마음속 은밀한 곳에서조차 "나는 당신을 사랑해요"라고 결코 말하지 않았으며 당연히 결코 그런 말로 표현하지 않을 것이었다. 그녀는 그런식으로 경솔하게 마음을 터놓는 것을 허락한 것에 대해 정말 자신에게 꽤 화났다. 그녀는 자신의 인내심이 약해진다면 이러한 충동이 다시 되돌아올 것이라고 느꼈다. 그녀가 사무실로 향하는 거리를 따라 걷고 있을 때, 누군가를 사랑하고 있다는 사실에 대한 습관적인 반발심이 그녀를 압도했기 때문이다. 그녀는 전혀 결혼하고 싶지 않았다. 그녀는 그 자신과 랠프의 사이처럼 완전히 솔직한 우정에 사랑을 끌어들여 연결하는 데는 미숙한 것이 있다는 생각이 들었다. 현재 이 년이 된 그들의 우정은 빈곤층의 주거문제나 토지세와 같은 개인적이지 않은 주제들에 관한 공통적인 관심에 바탕을 두고 있었다.

그러나 오후의 마음은 본질적으로 아침과 달랐다. 메리는 새가 비상하는 것을 바라보고 있거나 압지 위에 플라타너스 나뭇가지들을 데생을 하고 있는 자신을 발견했다. 사람들이 업무차 크랙턴 씨를 보러 들어왔고, 유혹적인 담배 연기 냄새가 그의 방에서 새어나왔다. 실 부인은 '꽤 멋진' 혹은 '단어들이 정말 너무 형편없어' 보이는 신문 조각들을 들고 주위를 어슬렁거렸다. 그녀는 이 조각들을 책 속에 붙이거나, 혹은 그녀의 친구들에게 보내곤 했는데, 우선 그 기사조각의 여백 아래에 파란색 연필로 분명한 선을 그었다. 이것은 그 기사에 대한 반대나 찬성의 의견을 구분하지 않고 똑같이 표시하는 처리 방식이었다.

같은 날 오후 네 시쯤, 캐서린 힐버리는 킹즈웨이를 걷고 있었다. 차 마시고 싶다는 생각이 떠올랐다. 가로등들은 이미 켜져 있었고, 그중 한 가로등 아래에서 잠시 동안 가만히 서 있었을 때, 그녀는 벽난로 불빛이 있고 그녀의 기분에 어울리는 대화가 오가는 주변의 응접실을 떠올리려고 했다. 그녀의 기분은, 빠른 속도로 지나가는 차들과 비현실적인 저녁의 장막 탓에, 그녀의 집 주변 환경과 잘 어울리지 않았다. 어쩌면 전반적으로 보면 가게는 고조된 이런 기묘한 존재감을 유지하기에 가장 좋은 장소였다. 동시에 그녀는 이야기를 하고 싶었다. 메리 대치트와 그녀의 거듭된 초대를 기억하면서, 캐서린은 길을 건너 러셀 광장으로 향했다. 그리고 행동과 전혀 어울리지 않는 모험심으로 번지수를 탐색하면서 주위를 뚫어지게 보았다. 그녀는 수위가 지키지 않는 희미하게 불이 켜진 현관에 자신이 있는 것을 깨달았고, 첫 번째 문을 밀어서 열었다. 그러나 사환은 대치트 양에 대해 들어본 적이 없었다. 그녀는 S.R.F.R.에 소속해 있었나? 캐서린은 당황스런 미소를 띠며 머리를 흔들었다. 누군가가 안에서 소리쳤다. "아니에요. S.G.S.[2] — 맨 위층이에요."

캐서린은 수없이 많은 머리글자가 있는 유리문들을 지나쳐 올라갔다. 그리고 이 모험이 현명한 행동인지 끊임없이 점점 더 의심스러워졌다. 맨 위층에서 그녀는 숨을 돌리고 자신을 가다듬기 위해 잠시 동안 멈추었다. 그녀는 안에서 타자기 소리와 격식을 차린 사무적인 목소리를 들었다. 그녀가 생각하기에, 그 목소리는 자신이 말해본 적이 있는 사람의 목소리가 아니었다. 그녀는 벨을 눌렀다. 그러자 다름 아닌 메리가 거의 곧바로 문을 열었다. 캐서린을 보자, 그녀는 얼굴 표정을 완전히 바꾸어야 했다.

"당신이!" 그녀가 외쳤다. "우리는 인쇄업자일거라고 생각했어요." 여전히 문을 잡고 열어둔 채, 그녀는 뒤돌아서 소리쳤다. "아니에요, 크랙턴 씨, 페닝턴 사람이 아니에요. 다시 전화해야겠어요 — 교환원 3388. 아무튼 뜻밖이에요. 들어오세요." 그녀가 덧붙였다. "당신은 바로 차 마실 시간에 왔어요."

안도의 빛이 메리의 눈에서 빛났다. 오후의 지루함이 즉시 사라졌고, 그녀는 인쇄업자가 교정쇄들을 보내주지 못해서 그들이 잠시 바쁘게 움직이는 것을 캐서린이 우연히 보게 되어 기뻤다.

종이로 뒤덮인 탁자 위로 빛을 발하는 갓을 씌우지 않은 전등 때문에 캐서린은 잠시 눈이 부셨다. 그녀는 해질녘에 산책하고 되는 대로 생각하며 혼란스러움을 겪은 뒤라 이 작은 방에서의 삶이 대단히 집중되고 명랑해 보였다. 그녀는 커튼이 쳐져 있지 않은 창밖을 내다보기 위해 본능적으로 몸을 돌렸지만, 메리가 곧바로 그녀를 되불렀다.

"길을 찾아오시다니 대단하시네요." 그녀가 말했고, 캐서린은

---

2 건물 안에 있는 여러 협회의 약자. S.R.F.R.(Society for the Reform of Fiscal Revenue), S.G.S.(Society for General Suffrage).

거기에 서서 잠시 완전히 동떨어진 기분을 느끼면서, 자신이 왜 왔는지 의아해했다. 메리의 눈에 그녀는 정말 사무실에 이상하게 어울리지 않아 보였다. 깊이 주름이 잡힌 긴 망토를 걸친 그녀의 자태와 예민한 불안감의 가면 속에 차분하게 있는 그녀의 표정이 자신의 세계를 파괴시키려고 다른 세계에서 온 누군가가 존재한다는 느낌을 주면서 잠시 메리를 불안하게 했다. 그녀는 즉시 캐서린이 그녀의 세계의 중요성에 깊은 인상을 받았으면 하고 바랐다. 그리고 그때까지 실 부인도 크랙턴 씨도 나타나지 않았으면 하고 바랐다. 그러나 여기서 그녀는 실망했다. 실 부인이 난로 위에 있던 주전자를 손에 들고 갑자기 방으로 들어와서는, 미숙하고 성급하게 가스 불을 붙였는데, 난로는 불꽃이 일어 폭발하면서 꺼졌다.

"늘 그런 식이야, 늘 그런 식이지," 그녀가 중얼거렸다. "이걸 어떻게 하는지 아는 유일한 사람은 키트 마컴뿐이지."

메리는 그녀를 도우러 가야 했다. 그리고 그들은 함께 상을 차렸고, 컵이 제각각이고 음식이 변변치 못해서 미안해했다.

"힐버리 양이 올 거라는 걸 알았더라면 우리는 케이크를 샀을 거예요," 메리가 말했다. 그리고 이 말에 실 부인은 처음으로 캐서린을 의심스럽게 쳐다보았는데, 그녀는 케이크가 필요한 사람이었기 때문이다.

여기서 크랙턴 씨가 타자기로 친 편지를 손에 든 채 문을 열고 들어와서 그것을 큰 소리로 읽었다.

"살포드가 가입했어요," 그가 말했다.

"잘했어요, 살포드!" 실 부인이 칭찬의 표시로 탁자 위에 둔 찻주전자를 치면서 열광적으로 외쳤다.

"그래요, 지방의 대도시들도 드디어 협력하고 있는 것 같군요,"

크랙턴 씨가 말했고, 그 뒤 메리가 그를 힐버리 양에게 소개했다. 그리고 그는 매우 정중한 태도로 그녀에게 '우리들의 일'에 관심이 있는지 물었다.

"그런데 교정쇄가 아직도 안 왔어요?" 메리가 차를 따르기 시작하자, 실 부인이 두 팔꿈치를 탁자 위에 올려놓고 턱을 손으로 괴면서 물었다. "너무 형편없어 ─ 너무 형편없다니까. 이런 식으로는 우리는 지방 부서를 놓치게 될 거예요. 이것 때문에 생각난 건데, 크랙턴 씨, 파트리지의 마지막 연설로 지방을 순회해야 한다고 생각하지 않으세요? 뭐라고요? 그걸 읽지 않았다고요? 오, 그것은 이번 회기 의회의 최고의 연설이에요. 수상조차도 ─"

그러나 메리는 그녀의 말을 가로막았다.

"우리는 차 마시는 시간에 일 이야기는 허락하지 않아요," 그녀가 단호하게 말했다. "매번 그녀가 잊어버릴 때마다 일 페니의 벌금을 부과해요. 그리고 그 벌금은 건포도가 든 케이크를 사는 데 쓰이죠," 그녀는 캐서린을 그 공동체에 끌어들이고자 하면서 설명했다. 그녀는 캐서린에게 인상을 심어주려는 모든 희망을 포기했다.

"미안해요, 미안해," 실 부인이 사과했다. "제가 열정적인 것이 불행한 일이지요," 그녀가 캐서린을 향해 말했다. "제 아버지의 딸이니 어쩔 수가 없어요. 대부분의 사람들만큼 많은 단체에서 활동했다고 생각해요. 부랑아 단체, 구제 사업, 교회 활동, 자치주 ─ 지방지부 ─ 세대주로서 사람들에게 부과되는 일반적인 시민의 의무를 제외하고도요. 하지만 여기 우리의 일을 위해서 그 모든 것을 포기했어요. 그리고 조금도 후회하지 않아요," 그녀가 덧붙였다. "이것이 근본적인 문제라고 생각해요. 여성들이 선거권을 가지게 될 때까지 ─"

"적어도 육 펜스는 될 거예요, 샐리," 메리는 탁자 위에 주먹을 내려놓으며 말했다. "그리고 우리는 여성들과 그들의 선거권에 대해서 몹시 진저리 나요."

실 부인은 자신이 들은 것을 거의 믿을 수 없다는 듯이 잠시 바라보았다. 그리고 캐서린과 메리를 번갈아 보며 그녀의 목에서 비난조로 "쯧-쯧-쯧" 혀 차는 소리를 내었고, 그렇게 하면서 고개를 흔들었다. 그러고 나서 그녀는 메리 쪽으로 가볍게 고개를 끄덕이며 캐서린에게 다소 친근하게 소견을 말했다.

"그녀는 그런 대우를 위해 우리들 중 누구보다 더 열심히 일하고 있어요. 그녀는 자신의 젊음을 바치고 있죠―아아! 제가 젊었을 때는 집안 사정이 있었어요―" 그녀는 한숨 쉬다 갑자기 멈추었다.

크랙턴 씨는 점심에 관한 농담으로 급히 되돌아가서, 날씨에 상관없이 어떤 식으로 실 부인이 나무 아래에서 비스킷 한 봉지를 먹는지에 대해 설명했는데, 캐서린이 듣기에 실 부인이 요긴한 재주를 가진 애완견인 것 같았다.

"그래요, 저는 작은 봉지를 광장으로 가져갔어요," 실 부인은 어른들에게 어떤 잘못을 인정하는 아이처럼 눈치를 보며 죄책감을 갖고 말했다. "그걸로 충분히 든든하고, 하늘을 배경으로 뻗은 앙상한 나뭇가지들은 사람들에게 아주 많이 **좋아요**. 그렇지만 저는 광장 가는 것을 그만해야겠어요," 그녀는 이마를 찌푸리며 말을 이었다. "그건 불공평해요! 휴식이 필요한 가난한 여성들이 앉을 곳이 전혀 없는데, 왜 아름다운 광장을 오로지 나 혼자만 차지해야만 하나요?" 그녀는 짧은 머리를 가볍게 흔들며 사납게 캐서린을 보았다. "모든 사람들의 노력에도 불구하고 여전히 독재자가 존재한다는 것이 끔찍해요. 누구나 품위 있는 삶을 영위하려고 노력하지만 그럴 수 없어요. 물론 사람들은 그것에 대해 생각하는 즉시 **모든** 광장이 **모든 사람**에게 개방되어야 한다고 깨닫죠. 그런 목적을 가진 단체가 있나요, 크랙턴 씨? 없다면 틀림없이 있어야 해요."

"아주 뛰어난 목표군요." 직업적인 태도로 크랙턴 씨가 말했다. "동시에 조직들의 파급력을 개탄해야 해요, 실 부인. 너무나 많은 노력이 허비되었어요, 파운드, 실링, 펜스는 말할 것도 없이 말이죠. 현재 박애적인 특성을 가진 조직들이 런던 시에만 얼마나 많이 있다고 생각하세요, 힐버리 양?" 그는 그 질문이 시시한 면이 있다는 것을 보여주듯 입을 기묘한 엷은 미소로 뒤틀면서 덧붙였다.

캐서린 역시 미소 지었다. 이 무렵 그녀가 그들과 다르다는 점이 천성적으로 관찰력이 없는 크랙턴 씨에게도 간파되었다. 그리고 그는 그녀가 누구인지 궁금해하고 있었다. 마찬가지로 이런 차이가 그녀를 끌어들이고자 하는 실 부인을 미묘하게 자극했다. 메리 또한 편한 상황을 만들어달라고 부탁하는 것처럼 그녀를 쳐다보았다. 캐서린이 주변을 편안하게 하는 성향을 보여주지 않았기 때문이다. 그녀는 거의 말이 없었고 그녀의 침묵은, 비록 침착하고 사려 깊기까지 했지만, 메리에게는 비판하는 사람의 침묵처럼 보였다.

"그런데, 이 건물에는 제가 생각했던 것보다 더 많은 단체가 있어요." 그녀가 말했다. "일 층에서 당신들은 원주민을 보호하고, 다음 층에서 당신들은 여성들을 이민 보내고 사람들에게 견과를 먹으라고 하며 —"

"당신은 왜 '**우리**'가 이런 일들을 한다고 말하지요?" 메리가 다소 날카롭게 끼어들었다. "우리는 같은 건물에 있는 모든 괴짜들에 대해 책임이 없어요."

크랙턴 씨는 그의 목을 가다듬고 이 젊은 여성들을 번갈아 바라보았다. 그는 힐버리 양의 모습과 태도에 아주 강한 인상을 받았는데, 그 모습과 태도로 인해 그가 꿈꾸곤 했던 교양 있고 호화로운 사람들 사이에 그녀를 자리잡게 한 것 같았다. 다른 한편, 메리는 보다 더 그와 비슷한 부류였고, 약간 더 그에게 이래라저래라 하는 경향이 있었다. 그는 비스킷 부스러기들을 집어서 믿을 수 없이 빠르게 입속으로 넣었다.

"그러면 당신은 우리 단체의 일원이 아닌가요?" 실 부인이 물었다.

"아니에요, 유감스럽게도 아닙니다," 캐서린은 그와 같이 즉각적인 솔직함으로 대답했기 때문에 실 부인은 어찌할 바를 몰랐고, 또한 실 부인은 마치 그녀가 알고 있는 각양각색의 인간 가운데 한 사람으로 캐서린을 분류할 수 없는 것처럼 당황스런 표정으로 그녀를 바라보았다.

"하지만 분명히 —" 실 부인이 말하기 시작했다.

"실 부인은 이런 문제에 열광하는 사람이에요," 거의 사과하듯이 크랙턴 씨가 말했다. "우리는 그녀에게 때때로 다른 사람들이 비록 우리와는 다르지만 그들의 관점을 가질 권리가 있다는 것을 알려줘야만 해요…… 이번 주 『펀치』[3]에 농업 노동자와 참정권자들에 관한 아주 재미있는 그림이 실렸어요. 당신은 이번 주 『펀치』를 본 적이 있나요, 대치트 양?"

메리가 웃으며 말했다. "아뇨."

크랙턴 씨는 그런 뒤 그들에게 그 농담의 취지에 대해 말했다. 그렇지만 그것의 성공은 많은 부분이 화가가 사람들의 얼굴에

3 유머 잡지.

표현한 표정에 달려 있었다. 실 부인은 내내 완전히 근엄하게 앉아 있었다. 그가 말을 마치자 곧바로 그녀는 말문을 터트렸다.

"하지만 분명히 당신이 당신 성별의 복지에 대해 조금이나마 관심이 있다면 그들이 투표권을 가지기를 원해야만 할 텐데요?"

"저는 그들이 투표권을 가지기를 원하지 않는다고 말씀드린 적이 결코 없는데요." 캐서린이 항의했다.

"그러면 당신은 왜 우리 단체의 일원이 아니신가요?" 실 부인이 다그쳤다.

캐서린은 그녀의 찻숟가락을 빙글빙글 휘저으며 차의 작은 소용돌이를 응시하고서는 침묵을 지켰다. 그 사이 크랙턴 씨는 잠시 주저한 후 캐서린에게 물을 질문을 생각해냈다.

"궁금한 게 있는데, 아무튼 당신은 앨러다이스 시인과 친척이지요? 그의 딸이, 제가 알기로는, 힐버리 씨와 결혼했지요."

"네, 제가 그 시인의 손녀딸이에요." 캐서린이 잠시 후 가볍게 한숨지으며 말했다. 그리고 잠시 동안 그들은 모두 말이 없었다.

"그 시인의 손녀딸!" 실 부인이 마치 그렇지 않았더라면 이해할 수 없었던 것을 설명한 것처럼 그녀의 머리를 흔들며 반쯤 자신에게 되풀이해서 말했다.

크랙턴 씨의 눈에 빛이 일었다.

"아, 정말요. 아주 대단히 흥미롭군요." 그가 말했다. "저는 당신 할아버지에게 대단히 신세를 많이 졌어요, 힐버리 양. 한때는 그의 작품의 대부분을 암송할 수 있었어요. 하지만 불행하게도 사람들은 더 이상 시를 외우지 않아요. 당신은 할아버지를 기억하지 못할 거라고 생각하는데요?"

격렬하게 문 두드리는 소리 때문에 캐서린의 대답이 들리지 않았다. 실 부인은 그녀의 눈에 새로이 희망을 담고 올려다보면서 외쳤다.

"드디어 교정쇄예요!" 달려가서 문을 열었다. "오, 데넘 씨네요!" 그녀는 실망을 감추려는 어떤 시도도 하지 않고 소리쳤다. 캐서린은 랠프가 자주 오는 방문객이라고 생각했다. 그가 생각하기에 따로 인사할 필요가 있는 유일한 사람이 그녀였고, 메리가 즉시 캐서린이 그곳에 있는 기묘한 사실에 대해 다음과 같이 설명했기 때문이다.

"캐서린이 사무실을 어떻게 운영하는지 보기 위해 왔어요."

랠프는 말할 때 불편하게 뻣뻣해지는 것을 느꼈다.

"메리가 사무실을 운영하는 법을 알고 있다고 당신을 믿게 하지 않았기를 바라는데요?"

"뭐라고요, 그녀가 모른다고요?" 캐서린은 두 사람을 번갈아 보며 말했다.

이 의견에 실 부인은 불안한 몸짓을 보이기 시작했는데, 그녀는 머리를 몹시 흔들며 이 불안을 나타내 보였다. 그리고 랠프가 그의 호주머니에서 편지 한 통을 꺼내어 어떤 문장 위에 손가락을 놓자, 그녀는 혼란스럽게 소리치며 그를 막았다.

"그래요, 당신이 무엇을 말하려는지 알아요, 데넘 씨! 그런데 키트 마컴이 여기에 있었던 날이었죠. 그리고 그녀는 그렇게 사람을 당황시키죠—그녀의 놀랄 만한 활기로, 우리가 해야 하는데 하지 못한 새로운 일에 대해 늘 생각하면서 말이죠—그리고 그때 제 일정이 뒤섞였다는 것을 깨달았어요. 그것은 메리와는 아무런 상관도 없었다고 확신해요."

"이봐요 샐리, 사과하지 말아요," 메리가 웃으면서 말했다. "남자들은 그런 현학자들이에요—그들은 무엇이 문제이고 문제가 아닌지 알지 못해요."

"그러면, 데님, 우리 남성을 위해 거리낌없이 이야기해보세요." 크랙턴 씨가 실로 익살맞은 태도로 말했다. 그렇지만 대부분 시시한 남성들처럼 그는 여성이 잘못을 지적하는 것에 아주 빨리 분개했는데, 그는 여성과 논쟁할 때 자신을 "다만 한 남성"이라고 부르는 버릇이 있었다. 그럼에도 불구하고 그는 힐버리 양과 문학적인 대화를 시작하고 싶었다. 그래서 그 문제에 대한 논쟁을 중단했다.

"이상하지 않나요, 힐버리 양," 그가 말했다. "프랑스인 중에 유명 인사가 아주 많음에도 불구하고, 당신의 조부님과 견줄 수 있을 만한 시인이 없다는 게요. 보세요. 셰니에 그리고 위고 그리고 알프레드 드 뮈세[4] ─ 대단한 사람들이지만, 그래도 앨러다이스에게는 풍부함과 신선함이 있어요 ─"

이때 전화벨이 울렸고, 그는 미소와 목례를 보내며 떠나야 했는데, 이것은 비록 문학이 멋진 것이지만 일이 아니라는 것을 의미했다. 실 부인은 동시에 일어났지만, 정당 정치에 대한 장광설을 늘어놓으며 탁자 저편에서 어슬렁거리며 있었다. "왜냐하면 만약 부정한 음모와 지갑의 힘으로 무엇을 할 수 있는지에 대해 내가 아는 것을 당신에게 말한다면, 아마 믿지 못할 거예요. 데님 씨, 정말 못 믿을 겁니다. 그리고 이것이 제가 이런 생각을 하고 있는 이유인데, 제 아버지의 딸로서 했던 유일한 일은 ─ 아버지는 개척자들 중 한 명이기 때문이죠, 데님 씨. 그리고 저는 아버지의 묘비에 시편에서 따온 씨 뿌리는 자와 씨에 관한 시를 새겨 두었어요……. 그리고 아버지가 살아계셔서 우리가 보게 될 것을 함께 본다면 더 이상 바랄 게 없을 텐데요 ─" 그러나 미래의 영광이 부

---

4 앙드레 셰니에(Andre Chénier, 1762~1794), 프랑스의 시인. 빅토르 위고(Victor Hugo, 1802~1885), 프랑스의 시인, 소설가, 극작가. 알프레드 드 뮈세(Alfred de Musset, 1810~1857), 프랑스의 시인, 소설가, 극작가.

분적으로 그녀의 타자기의 활동에 달려 있다는 것을 곰곰이 생각하면서 그녀는 머리를 끄덕이며 인사한 뒤, 자신의 작은 방에 은둔하기 위해 서둘러 돌아갔다. 그리고 그 방에서 곧바로 열광적이지만 두드러지게 별난 작문을 하는 소리가 흘러나왔다.

메리는 일반적인 관심을 끌 만한 새로운 주제로 전환함으로써 비록 자신이 동료의 우스운 점을 알지만 그 동료가 웃음거리가 되도록 의도하지 않았다는 것을 즉시 분명히 했다.

"도덕성의 기준이 대단히 낮은 것 같아요," 그녀는 두 잔째 차를 따르며 생각에 잠겨 말했다. "특히 잘 교육받지 못한 여성들 사이에서는요. 그들은 작은 일은 상관하지 않아요. 그리고 바로 여기에서 문제가 시작되죠. 그런 다음 어려움에 처한 걸 알게 되죠— 저는 어제 거의 평정을 잃을 뻔 했어요," 그녀는 마치 자신이 평정을 잃으면 무슨 일이 생기는지 그가 아는 것처럼, 엷게 미소 지으며 랠프를 보면서 계속 말했다. "사람들이 저에게 거짓말할 때 굉장히 화가 나요—거짓말 때문에 당신은 화나지 않나요?" 그녀는 캐서린에게 물었다.

"하지만 모든 사람들이 거짓말을 한다는 것을 생각해보면," 캐서린은 우산과 꾸러미를 어디에 내려놓았는지 보기 위해 방을 둘러보며 자신의 생각을 말했다. 메리와 랠프가 서로 이야기하는 태도에 친밀함이 있었고, 그래서 그녀는 그들을 떠나고 싶었기 때문이다. 다른 한편, 메리는 적어도 표면적으로는 캐서린이 머물러서 랠프를 사랑하지 않겠다는 자신의 결심을 굳건히 해주기를 간절히 원했다.

랠프는 입술에서 찻잔을 떼어 탁자 위에 올려두면서, 힐버리 양이 떠나면 함께 가야겠다고 결심했다.

"저는 제가 거짓말을 한다고 생각하지 않아요. 그리고 랠프도 거짓말을 한다고 생각하지 않는데, 그렇죠, 랠프?" 메리가 계속해서 말했다.

캐서린은 메리가 보기에 자신이 적절히 설명할 수 있는 것보다 더 유쾌하게 웃었다. 그녀는 무엇에 대해 웃고 있는 것일까? 아마 그들에 대해서일 것이다. 캐서린은 일어서서 그 모든 것들을 그녀의 다소 악의적인 즐거움 속에 합류시키려는 듯이 여기저기 인쇄기, 찬장, 사무실의 기계류를 슬쩍 보고 있었는데, 마치 그녀가 어떤 예고도 없이 가지 끝에 내려와 앉아 가장 붉은 체리를 쪼아 먹는, 화려한 깃털을 가진 짓궂은 새인 양 그녀의 이러한 태도 때문에 메리는 그녀에게 똑바로 그리고 다소 거칠게 시선을 두었다. 두 사람을 번갈아 보면서 랠프는 이보다 서로 닮지 않은 여성들을 거의 상상할 수 없을 것이라고 생각했다. 다음 순간 캐서린이 작별 인사를 했을 때, 그 역시 일어서서 메리에게 고개 숙여 인사하고서 그녀를 위해 문을 연 뒤, 그녀를 따라 나갔다.

메리는 여전히 앉아 있었고, 그들이 가는 것을 말리려는 시도도 하지 않았다. 그들이 나가고 문이 닫힌 뒤 일 초 동안 그녀의 시선은 노골적으로 험악하게 문 위에 머물렀는데, 잠시 동안 그 험악함 속에 어느 정도 당황스러움이 서려 있는 듯했다. 그러나 잠시 주저한 뒤, 그녀는 찻잔을 내려놓고 계속해서 다기들을 치웠다.

랠프가 이러한 행동을 하도록 이끈 충동은 아주 잠깐 동안의 판단에서 기인했다. 그래서 어쩌면 그것은 겉보기와 달리 꽤 대단한 충동은 아니었다. 만약 그가 이번에 캐서린에게 말할 기회를 놓친다면, 다시 혼자 그의 방에 있게 되었을 때 겁쟁이 같은 자신의 우유부단함에 대한 설명을 요구하는 분노한 유령을 마주해야 했을 것이라는 생각이 그의 마음속을 스치고 지나갔다. 이러한 자신의 타협할 줄 모르는 면 탓에, 변명을 해대고 견딜 수 없는 장면을 만들면서 밤을 허비하는 것보다 현재의 당황스러움을 무릅쓰는 것이 더 나았다. 왜냐하면 힐버리가를 방문한 이래 줄곧 그는 캐서린의 환영에 계속 휘둘려왔기 때문이다. 그녀의 환영은 그가 홀로 앉아 있을 때 그에게 왔다. 그리하여 그 환영은 그의 질문에 대답을 했고, 그가 사무실에서 나와 불 밝혀진 거리를 지나서 집으로 걸어갈 때, 상상 속의 장면에서 거의 매일 밤 행해진 다양한 승리의 최후를 장식하기 위해 항상 그의 옆에 있었다. 실제의 캐서린과 함께 걷는 것은 그런 환영에게 신선한 음식으로 영양을 공급하는 것일 텐데, 이것은 꿈을 키우는 모든 사람들이 깨닫고 있듯이 때때로 필요한 과정이다. 혹은 그녀의 환영을 더 이상 거의 도움이 되지 않는 그런 빈약한 정도로 다듬는 과정이다. 그리고 또한 그것은 가끔은 꿈꾸는 자에게 반가운 변화이다. 그리하여 랠프는 항상 캐서린의 전체적인 모습이 그의 꿈속에서 전혀 나타나지 않았다는 것을 잘 알고 있었기 때문에, 그녀를 만났을 때 그녀가 꿈속의 그녀와 전혀 상관이 없다는 사실로 인해 당혹스러웠다.

큰 길에 이르러 데넘이 자신의 옆에서 계속 보조를 맞춰 나가고 있는 것을 알아차렸을 때, 캐서린은 놀랐고 어쩌면 약간 언짢았을 것이다. 그녀 역시 상상력을 발휘할 여지가 있었고, 오늘 밤 정신의 이 외딴 영역에서 활동하기 위해 그녀는 혼자만의 시간이 필요했다. 만약 그녀가 생각대로 했다면, 그녀는 아주 빨리 토턴햄 코트가 아래로 걸어가서, 그 뒤 택시 안으로 뛰어들어 재빨리 집으로 달려갔을 것이다. 그녀가 본 사무실 내부의 모습은 꿈과 같은 특성이 있었다. 그곳에서 멈춰서, 그녀는 실 부인과 메리 대치트, 그리고 크랙턴 씨를 마법의 탑 속에 있는 마법에 걸린 사람들에 비유했다. 거기에는 거미줄이 방구석들을 가로질러 고리 모양을 이루고 있으며, 마술사가 쓰는 모든 도구들이 가까이에 있었다. 그들은 그녀에게는 보통 세계와 아주 동떨어지고 비현실적이며 분리되어 있는 것처럼 보였기 때문이다. 셀 수 없는 타자기들이 있는 건물에서, 그들은 마법을 중얼거리고 약품을 조제하며 바깥의 거리 아래로 힘차게 달리는 삶의 급류 위로 망가지기 쉬운 거미줄을 내던지고 있었다.

그녀는 이 공상 속에 약간의 과장이 있다는 것을 아마 의식했을지도 모른다. 그녀는 분명히 그 공상을 랠프와 함께 나누고 싶지 않았던 것이다. 그녀는 타자기들 사이에서 내각의 각료들을 위해 전단을 만들고 있는 메리 대치트가 그에게 모든 흥미롭고 성실한 인물의 전형으로 보일 것이라고 추측했다. 따라서 그녀는 전등의 늘어뜨린 장식과 불 켜진 창문, 또한 남녀의 인파로 붐비는 거리에서 그들 두 사람을 배제했다. 이렇게 붐비는 거리는 자신에게 동행자가 있다는 사실을 거의 잊어버릴 정도로 그녀를 유쾌하게 했다. 그녀는 매우 빠르게 걸었다. 그리고 맞은편에서 지나가는 사람들로 인해 그녀와 랠프, 두 사람 모두의 머릿속에 현기증 나는 어지러움이 일었고, 이 때문에 그들은 꽤 멀리 떨어졌다. 그러나 그녀는 거의 무의식적으로 동행자 옆에서 의무를 다했다.

"메리 대치트는 그런 일을 아주 잘해요……. 그녀는 그 일에서 책임자를 맡고 있다는 생각이 드는데요?"

"네, 다른 사람들은 전혀 도움이 되지 않죠……. 그녀가 당신을 끌어들였나요?"

"오 아니에요. 말하자면 저는 이미 전향했어요."

"하지만 당신에게 그들과 일하자고 설득하지는 않았지요?"

"오 저런, 아니에요─그런 일은 결코 일어나지 않을 거예요."

그리하여 그들은 떨어져 걷다 다시 함께 걷다 하면서 토턴햄 코트 거리 아래쪽으로 계속 걸어갔다. 그리고 랠프는 아주 강한 바람 속에서 포플러 나무 꼭대기에 대고 이야기하고 있는 것처럼 느꼈다.

"저 버스를 타면 어떨까요?" 그가 제의했다.

캐서린은 잠자코 받아들였고, 그들은 버스에 올라 위층에서 그들만 있는 것을 알아차렸다.

"그런데 당신은 어느 쪽으로 가시나요?" 캐서린은 움직이는 사물들 사이에서 이동하면서 정신이 딴 데 팔려 있다가 약간 깨어나서 물었다.

"저는 템플 법학원으로 가려합니다." 랠프는 얼떨결에 목적지를 만들어내면서 대답했다. 그들이 앉고 버스가 앞으로 나아가기 시작했을 때 그는 그녀에게 변화가 일어난 것을 느꼈다. 그는 그녀가 그들 앞에 놓인 가로수 길을 그와 거리를 두고 있는 듯한 정직하고 슬픔에 젖은 시선으로 찬찬히 보고 있다고 짐작했다. 그런데 미풍이 그들의 얼굴에 불어서 잠시 동안 그녀의 모자를 들어 올렸고 그녀는 핀을 빼고 모자를 다시 고정시켰다. ─어떤 이유로 그녀에게 다소 더 실수를 할 수 있도록 할 만한 소소한 행동이었다. 아, 만약 그녀의 모자를 바람에 날려가고, 그가 모자를 자신의 손으로 받은 채 그녀의 머리가 완전히 헝클어지게 내버려 뒀더라면!

"이곳은 베니스 같아요." 그녀가 손을 올리면서 말했다. "등을 밝힌 채 그렇게 쏜살같이 여기저기 내달리는 자동차들 말이에요."

"저는 베니스를 가본 적이 없어요." 그가 대답했다. "그것과 다른 몇 가지 일들을 노년을 위해 남겨두었어요."

"다른 것들은 무엇인가요?" 그녀가 물었다.

"베니스와 인도가 있고, 그리고 또 단테[5]도 있습니다."

그녀가 웃었다.

"노년을 위해 대비한다는 생각을 하다니요! 그러면 당신은 기회가 있어도 베니스에 안 가실 건가요?"

그녀에게 대답을 하는 대신 그는 자신에 대해 꽤 진실한 이야기를 해야 하지 않을까 하고 생각했다. 그리고 그는 생각하면서 그녀에게 말했다.

"저는 어린 시절부터 죽 제 삶을 더 길게 지속시키기 위해 삶을 부분으로 나누어 계획했어요. 실은 저는 항상 무엇인가를 놓치고 있다고 염려하고 있거든요 ―"

"저도 그래요!" 캐서린이 소리쳤다. "하지만, 결국," 그녀가 덧붙였다. "왜 당신은 그 무엇인가를 놓쳐야 하나요?"

"왜냐고요? 한 가지 이유는 제가 가난하기 때문이지요," 랠프가 대답했다. "당신은 당신 인생에서 매일 베니스와 인도, 그리고 단테를 즐길 수 있겠지요."

그녀는 한순간 아무 말도 하지 않았지만 장갑을 벗은 한 손을 자신 앞에 있는 난간에 두고서 여러 가지에 대해서 생각했다. 그 중 하나는 이 묘한 청년이 단테를 그녀가 익숙하게 듣던 식으로 발음하고 있다는 것이다. 다른 하나는 아주 예상치 못하게도, 그의 삶에 대한 태도가 그녀에게 익숙했다는 것이다. 그래서 어쩌면 그를 좀 더 잘 알게 된다면, 그는 그녀가 관심을 가질 만한 그런 부류의 사람일지도 몰랐다. 그런데도 그녀는 그를 결코 더 잘 알고 싶지 않을 사람들 사이에 두었기 때문에, 이것으로도 그녀를 침묵하게 하기에 충분했다. 그녀는 황급히 유물이 보관된 작

5   단테 알리기에리(Dante Alighieri, 1265~1321), 이탈리아 시인.

은 방에서 경험한 그의 첫인상을 회상했고, 제대로 된 문장을 찾았을 때, 잘못 쓰여진 것을 지우듯이 그녀가 받은 인상의 절반쯤 줄을 그었다.

"하지만 누군가 어떤 것을 가질 수 있다는 것을 아는 것이 그 사람이 지금 그것을 가지지 않았다는 사실을 바꾸지는 못해요," 그녀는 약간 혼란스러워하며 말했다. "게다가, 예를 들자면, 제가 어떻게 인도로 갈 수 있겠어요?" 그녀는 충동적으로 말하기 시작하다 그만두었다. 이때 차장이 와서 그들의 대화를 중단시켰다. 랠프는 그녀가 다시 의견을 말하기를 원했지만 그녀는 더 이상 말이 없었다.

"당신 아버님께 드릴 전갈이 있습니다," 그가 말했다. "혹시 당신이 이것을 아버님께 전해주시거나, 아니면 제가 갈 수도—"

"네, 오세요," 캐서린이 대답했다.

"저는 아직도 왜 당신이 인도에 갈 수 없는지 모르겠어요," 그녀가 일어설 조짐을 보이자 랠프는 그것을 막으려고 말하기 시작했다.

그러나 그녀는 그에게 굴하지 않고 일어나서 평소 그녀의 결단력 있는 태도로 작별 인사를 하고 민첩하게 그를 떠났다. 그리하여 랠프는 이제 이 민첩함을 그녀의 모든 행동과 연결시켰다. 그는 아래로 쳐다보았다. 그리고 그녀가 보도 가장자리에 서 있는 것을 보았는데, 길을 건널 때를 기다리고 있다 건너편으로 대담하고 신속하게 걸어가는 빈틈없고, 위엄 있는 모습이었다. 그 동작과 행동은 그녀에 대해 가진 그의 심상에 덧붙여졌을 것이다. 그러나 지금은 현실의 여성이 상상의 여성을 완전히 참패시켰다.

제7장

"그러자 리틀 어거스터스 펠럼이 저에게 말했어요. '문을 두드리는 것은 더 젊은 세대입니다.' 그래서 그에게 말했지요. '오, 하지만 더 젊은 세대는 문을 두드리지 않고 들어오지요, 펠럼 씨.' 그렇게 빈약한 보잘것없는 농담이죠, 그렇지 않나요, 하지만 그 농담은 항상 그의 공책에 쓰였어요."

"그 작품이 출판되기 전에 우리가 무덤 속에 있게 될 것을 기뻐합시다," 힐버리 씨가 말했다.

노부부는 식사를 알리는 종이 울리자, 그들의 딸이 방으로 들어오기를 기다리고 있었다. 안락의자는 벽난로 양쪽으로 바짝 붙어 있었고, 각자 똑같이 몸을 약간 구부린 자세로 앉아 있었는데, 지금까지 많은 경험을 함께 해와서 다소 수동적으로 뭔가 일어날 것을 기다리는 사람의 표정으로 석탄을 바라보고 있었다. 힐버리 씨는 지금 쇠살대에서 떨어진 석탄 한 덩어리를 놓을 이미 타고 있는 덩어리들 가운데 알맞은 위치를 고르는 데 모든 주의력을 집중했다. 힐버리 부인은 그를 조용히 바라보았고, 그녀의 마음은 아직도 오후에 일어난 일을 즐기고 있는 것처럼 입가의 미소가 달라졌다.

힐버리 씨는 일을 끝내자 다시 몸을 숙인 자세로 되돌아와서, 자신의 시곗줄에 붙어 있는 녹색의 작은 돌을 가지고 장난하기 시작했다. 그의 깊은 타원형의 눈은 불꽃에 고정되었지만 표면의 광채 뒤에 주의 깊고 기발한 정신을 품고 있는 것처럼 보였는데, 이것이 눈의 갈색빛을 계속 몹시 선명한 상태로 유지시켰다. 그러나 회의주의 때문인지 혹은 아주 쉽게 손에 넣을 수 있는 목표물이나 성과에 만족하기에는 꽤 까다로운 취향 때문인지 나태한 표정은 그에게 약간 우울한 인상을 주었다. 그리하여 한동안 앉아 있다가, 그것이 쓸데없다는 것을 논증하는 생각의 어떤 지점에 도달한 듯이 보였다. 그리고 이런 사실에 대해 한숨지었고 옆탁자 위에 놓인 책 한 권을 잡으려고 손을 뻗었다.

문이 열리자 바로 그는 책을 덮었다. 그리고 캐서린이 다가오자 아버지와 어머니의 시선은 모두 그녀에게 머물렀다. 그 모습은 즉시 그들에게 전에 없었던 동기를 부여했다. 캐서린이 밝은 야회복을 입고 그들을 향해 걸어오자, 그녀는 아주 젊어 보였고, 그 모습은 그들에게 생기를 주었다. 그것은 다만 그녀의 젊음과 세상물정에 대한 무지가 그들의 세상에 대한 지식을 다소 가치 있게 만들었기 때문이었다.

"네가 말할 수 있는 유일한 핑곗거리는, 캐서린, 네가 늦게 온 것보다 저녁 식사가 훨씬 더 늦다는 거구나," 힐버리 씨가 안경을 내려놓으며 말했다.

"결과가 아주 멋지다면 그 애가 늦어도 괜찮아요," 힐버리 부인이 딸을 자랑스럽게 바라보며 말했다. "그래도, 네가 그렇게 늦게까지 나가 있는 게 **좋은지** 모르겠구나, 캐서린," 그녀가 계속 말했다. "네가 택시를 탔기를 바라는데?"

이때 저녁 식사 준비가 다 되었다고 알려왔다. 그래서 힐버리 씨는 아내를 팔짱을 끼게 하여 아래층으로 격식 있게 인도했다. 그들은 모두 저녁 만찬에 어울리는 옷을 차려입었다. 그리고 실로 식탁의 아름다움은 찬사를 받을 만했다. 탁자 위에 아무런 탁자보도 씌워지지 않았고, 도자기는 광이 나는 갈색 나무 위에 짙은 푸른색의 일정한 원들을 만들었다. 한가운데에 황갈색 빛이 도는 붉은색과 노란색 국화가 담긴 수반이 있었고, 순백의 국화 하나가 아주 신선하게 갓 피어서 폭이 좁은 꽃잎들이 단단한 하얀색 공 모양을 하고 뒤쪽으로 구부러져 있었다. 주변 벽에서 세 명의 유명한 빅토리아 시대 작가들의 두상이 이 연회를 내려다보았다. 그리고 그 두상 아래에 붙어 있는 종이는 그 위대한 사람이 자필로 자신이 '당신의 진실한 벗' 혹은 '당신의 친애하는 이'나 혹은 '언제까지나 당신의 벗'이라는 사실을 공언했다. 저녁 식사를 정숙하게 했거나, 혹은 하인들이 이해할 수 없는 짧은 말로 몇 마디 은밀한 말을 하면서 식사를 했더라면 아버지와 딸은 분명히 아주 만족했을 것이다. 그러나 침묵은 힐버리 부인을 의기소침하게 했고, 하녀들이 있는 것을 전혀 개의치 않았기 때문에 그녀는 자주 그들에게 말을 걸곤 했으며, 그녀가 언급한 것에 대해 그들이 찬성을 하는지 아닌지에 대해 전혀 무심하지는 않았다. 우선 그녀는 방이 보통 때보다 더 어둡다는 사실을 보여주기 위해 그들을 불러서 모든 전등을 켜도록 했다.

"그게 좀 더 기분이 좋네요," 그녀가 큰 소리로 말했다. "캐서린, 어리석은 얼간이가 나와 차를 마시러 온 걸 알고 있니? 오, 얼마나 네가 필요했는데! 그는 내내 경구만 지으려고 했고 나는 너무 신경이 예민해져서, 그런 걸 알면서도, 알다시피, 차를 엎질렀단다—그리고 그는 그 일에 대해 경구를 만들었어!"

"어떤 어리석은 얼간이죠?" 캐서린이 아버지께 물었다.

"나의 얼간이들 중 다행히도 한 명만이 경구를 짓지 ─ 어거스터스 펠럼이지, 물론," 힐버리 부인이 말했다.

"제가 나가 있었다는 게 죄송하지가 않네요," 캐서린이 말했다.

"가엾은 어거스터스!" 힐버리 부인이 소리쳤다. "하지만 우리는 모두 그에게 너무 심하게 대해. 그가 성가신 노모에게 얼마나 극진한지 떠올려봐."

"그건 다만 그녀가 자기 어머니이기 때문이죠. 그와 관련된 누구든지 ─"

"아니, 아니, 캐서린 ─ 너무 부당해. 그건 ─ 내가 말하려고 하는 것은, 트레버, 뭔가 긴 라틴어인데 ─ 당신과 캐서린이 아는 단어인데 ─"

힐버리 씨가 말을 꺼냈다, "냉소적인."

"그래, 그게 적당하겠네요. 젊은 여성들을 대학에 보내는 것이 좋다고 생각하지는 않지만, 그들에게 그런 것을 가르쳐야 한다고 생각해. 이렇게 약간의 암시를 끌어내고 우아하게 다음 주제로 넘어가면 누구든 아주 위엄 있게 느껴지지. 하지만 나는 어떤 기분인지 모르겠어 ─ 네가 외출했을 때, 실은 어거스터스에게 햄릿이 사랑한 숙녀의 이름을 물어야만 했어, 캐서린. 그리고 그가 비망록에 나에 대해 뭐라고 적어두었을지 누가 알겠어."

"제가 바라는 것은," 캐서린이 몹시 성급하게 말하기 시작하다 급히 멈추었다. 그녀의 어머니는 항상 그녀가 빨리 느끼고 생각하도록 자극했다. 그러고는 그녀는 아버지가 거기에서 주의 깊게 듣고 있다는 것을 기억했다.

"네가 바라는 게 무엇이니?" 그녀가 멈추자, 아버지가 물었다.

그는 자주 그녀를 불시에 기습하여, 그녀가 말하고자 의도하지 않은 것을 털어놓게 했다. 그리고 힐버리 부인이 자신의 생각에 계속 빠져 있는 동안 그들은 논쟁을 했다.

"저는 어머니가 유명하지 않았으면 해요. 차를 마시러 나가면 사람들이 저에게 시에 대해 말하곤 해요."

"네가 분명히 시적이라고 생각하는 듯한데 — 그렇지 않니?"

"누가 너에게 시에 대해 이야기했니, 캐서린?" 힐버리 부인이 캐물었고, 캐서린은 꼼짝없이 그녀가 참정권협회 사무실을 방문한 것을 부모님에게 설명하게 되었다.

"그들은 러셀 광장에 있는 오래된 건물들 가운데 한 건물 꼭대기 층에 사무실이 있어요. 저는 그렇게 이상해 보이는 사람들을 결코 보지 못했어요. 그리고 그 남자는 제가 시인과 친척이라는 것을 알게 되자, 저에게 시에 대해 말했어요. 메리 대치트조차 그 분위기에서는 다르게 보였어요."

"그래, 사무실 분위기는 영혼에 아주 나쁘지," 힐버리 씨가 말했다.

"예전에 우리 어머니가 거기에 사셨을 때, 러셀 광장에 사무실이 있었다는 기억이 없구나," 힐버리 부인은 깊이 생각에 잠겼다. "그리고 그 멋진 큰 방들 중 하나가 숨 막히는 작은 참정권협회 사무실로 바뀌었다고는 상상할 수 없구나. 그래도 사무원들이 시를 읽는다니 그들에게 괜찮은 뭔가가 틀림없이 있을 거다."

"아니에요, 그들은 우리가 읽는 것처럼 시를 읽지 않기 때문이죠," 캐서린이 주장했다.

"그렇지만 그들이 네 할아버지의 글을 읽는다고 생각하니 기쁘구나. 온종일 저 끔찍하고 하찮은 서식들만 채우지 않고 말이다." 힐버리 부인이 끝까지 주장했다. 사무실 생활에 대한 그녀의 생각은 그녀가 지갑에 일 파운드 금화들을 넣으면서 우연하게 본 은행 창구 뒤의 광경에서 비롯된 것이었다.

"어쨌든, 그들은 캐서린을 자기들 편으로 만들지 못했어요. 그게 내가 염려하던 것이었소," 힐버리 씨가 지적했다.

"오, 아니에요," 캐서린이 아주 단호하게 말했다. "저는 그들과 어떤 일도 같이 하지 않을 거예요."

"이상하지," 힐버리 씨가 딸의 의견에 동의하면서 계속 말했다. "언제나 동료 지지자들을 보는 것이 얼마나 사람을 숨 막히게 하는지 말이다. 그들은 반대자들보다 훨씬 더 분명하게 그들의 대의의 결함을 폭로해. 누구나 자신의 사무실에서는 열광적일 수 있어. 그러나 그와 의견을 같이 하는 사람과 접촉하게 되자마자 모든 마법이 사라지지. 나는 항상 그렇게 깨닫게 되었어." 그리고 그는 사과 껍질을 벗기면서 그가 젊은 시절 한때 정치적 모임에서 연설을 했었고, 거기에서 그의 당파의 이상을 위해 열광적으로 타올랐던 이야기를 계속 이어 나갔다. 그러나 그의 지도자들이 연설하는 동안 그는 점차 반대쪽의 사상으로 바뀌게 되었다. 그것을 사상이라고 부를 수 있다면. 그리하여 자신이 웃음거리가 되지 않기 위해 아픈 체 해야 했다고 말했다─그가 대중 모임에 넌더리가 난 경험이라고.

캐서린은 부모님의 얘기를 듣고서 그녀의 아버지가, 그리고 어느 정도 어머니도 그들의 느낌을 묘사했을 때, 그녀가 대개 그랬던 것처럼 자신은 그들을 잘 이해하고 그들의 의견에 동의한다고 느꼈다. 그러나 동시에 캐서린은 부모님이 보지 못하는 것을 보았고, 그들이 항상 그랬던 것처럼 그들이 그녀의 선견에 미치지 못했을 때 항상 약간의 실망을 느꼈다. 여러 접시가 그녀 앞에서 빠르고 소란스럽게 잇따라 나왔고, 식탁은 후식으로 꾸며졌다. 그리고 늘 하던 습관대로 작은 소리로 대화가 이뤄지고 있을 때, 그녀는 거기에 다소 재판관처럼 앉아서 부모님의 이야기를 듣고 있었고, 그들은 그녀를 웃게 했을 때 그 사실에 정말 아주 즐거워했다.

노인과 젊은이가 함께 있는 집에서의 일상의 삶은 기묘한 작은 의식들과 경건한 언동으로 충만한데, 이러한 것들은 꽤 규칙적으로 이루어진다. 비록 의미는 모호했지만, 그들의 행위에 미신적인 마력마저 부여하는 이 의식들과 경건한 언동들 위로 어떤 신비함이 나직이 서리게 되었다. 밤마다 행해지는 시가와 적포도주에 대한 의식이 그러한 것이었는데, 이것들은 힐버리 씨의 오른편과 왼편에 놓였으며, 그와 동시에 힐버리 부인과 캐서린은 방을 나갔다. 그들이 함께 산 세월 동안 그들은 힐버리 씨가 시가를 피우거나 적포도주를 마시는 것을 결코 본 적이 없었고, 그가 앉아 있을 때 우연히 그를 놀라게 했더라면 그들이 부적절한 행동을 했다고 느꼈을 것이다. 이러한 짧지만 분명하게 두드러지는 성별 간에 선이 그어지는 시간에 그들은 저녁 만찬에서 오갔던 주제들에 대해 항상 밀접한 이야기를 덧붙였다. 여성들이 함께 있다는 유대감은, 마치 어떤 종교적 의식처럼 남성이 여성으로부터 격리되었을 때 훨씬 강하게 드러난다. 캐서린은 어머니와 팔짱을 끼고 응접실을 향해 위층으로 걸어갈 때 그녀를 사로잡았던 그런 기분에 대해 기억했다. 그리고 그녀는 등을 켜고 응접실을 가만히 지켜볼 때의 즐거움을 예측할 수 있었다. 응접실은 모두 그날의 마지막을 위해 산뜻하게 정리되고 배치되었고, 화려한 무늬의 사라사 무명 커튼 위에 매달려 있는 붉은 앵무새들과 난로의 기운으로 따뜻해진 안락의자가 있었다. 힐버리 부인은 난로망 위에 한쪽 발을 올려두고 치맛자락을 가볍게 걷은 채 난로 위쪽으로 서 있었다.

"오, 캐서린," 그녀가 소리쳤다. "네가 어머니와 러셀 광장에서 보냈던 시절을 생각나게 하는구나! 샹들리에와 피아노를 덮은 녹색 비단이 떠올라. 그리고 창문 옆에서 캐시미어 숄을 걸치고 앉아 계신 어머니가 노래를 하시지. 작은 부랑 소년들이 밖에서 그 노래를 들으려고 멈출 때까지 말이다. 아빠는 내게 제비꽃을 한 다발을 가지고 들어오게 하셨어. 그동안 그는 모퉁이를 돌아 기다리셨지. 분명히 여름 밤이었을 거야. 그때는 상황이 절망적이기 전이었지……"

그녀가 애통해하는 표현을 했고, 이러한 표현은 분명히 입술과 눈 주변으로 이제 깊은 주름을 자주 생기게 했을 것이다. 이제 이런 주름이 지금 그녀의 얼굴에 깊게 자리 잡았다. 그 시인의 결혼 생활은 행복하지 않았다. 그는 아내를 떠났고, 아내는 다소 무모한 몇 년 간의 세월을 보낸 뒤 천명을 다하지 못하고 죽었다. 이러한 불행으로 힐버리 부인은 꾸준한 교육을 받지 못했는데, 사실 제대로 교육을 받지 못했다고 말할 수도 있을 것이다. 하지만 그녀는 아버지가 그의 시 가운데 가장 훌륭한 시를 쓴 시기에 함께 있었다. 그녀는 선술집과 술 취한 시인들이 자주 드나드는 곳에서 그의 무릎 위에 앉아 있었다. 그리고 그가 자신의 무절제에서 벗어나 세상 사람들이 알고 있는 나무랄 데 없는 문필인이 된 것은 그녀를 위해서라고 사람들이 말했다. 그러나 그의 영감은 사라져버렸다. 힐버리 부인은 나이가 들면서 과거를 더욱더 생각하게 되었고, 마치 그녀가 부모님의 슬픔을 지닌 유령을 편히 쉬게 하지 않고서는 자신의 삶을 나아가게 할 수 없는 것처럼, 이 오래된 불행이 이따금 그녀의 마음을 거의 먹어치울 듯했다.

캐서린은 어머니를 위로하고 싶었지만, 사실 자체가 아주 대단한 전설이 된 상황에서 만족스럽게 위로하기는 어려웠다. 예를 들어 러셀 광장의 그 집, 품위 있는 방이 있고, 정원에 목련이 있으며, 듣기 좋은 소리가 나는 피아노와 복도를 따라 오는 발소리, 그리고 규모 있고 낭만적인 소유물들이 있는 그 집—그런 것들이 존재했을까? 그러나 왜 앨러다이스 부인은 이렇게 큰 저택에서 내내 홀로 살아야 했을까? 그리고 그녀가 홀로 살지 않았다면 누구와 살았을까? 캐서린은 이 비극적 이야기를 그 자체로 꽤 좋아했고, 상세한 내용을 듣고 솔직하게 그것에 대해 토론할 수 있게 되었더라면 기뻐했을 것이다. 그러나 그것은 점점 더 불가능해졌다. 비록 힐버리 부인이 그 이야기를 끊임없이 회상하고 있긴 하지만, 이렇게 육십 년 동안 비뚤어져 있었던 것을 그녀가 여기저기 건드리기만 하면 똑바르게 할 수 있는 것처럼, 항상 이렇게 잠정적이고 불안정한 방식으로 있었기 때문이다. 어쩌면, 정말, 그녀는 진실이 무엇인지 더 이상 알지 못했는지도 모른다.

"만약 그들이 지금 살아계신다면," 그녀가 결론을 내렸다. "그런 사태는 일어나지 않았을 거라고 생각해. 사람들은 그때만큼 그렇게 비극적 사건을 원하지 않아. 만약 아버지가 세상을 돌아다닐 수 있으셨더라면, 혹은 그녀가 안정 요법을 받을 수 있었다면 모든 것이 괜찮았을 거야. 하지만 내가 무엇을 할 수 있었겠니? 그리고 그때 그들 두 사람 모두에게는 해를 끼친 나쁜 친구들이 있었어. 아, 캐서린, 결혼할 때, 너는 네 남편을 사랑한다고 절대적으로, 절대적으로 확신해야 해!"

힐버리 부인의 눈에 눈물이 맺혔다.

그녀를 위로하는 동안 캐서린은 스스로에 대해 생각했다. '그래, 메리 대치트와 데넘 씨가 이해하지 못하는 거야. 내가 항상 처해 있는 그런 입장이지. 그들처럼 산다면 분명 얼마나 단순할까!' 그날 저녁 내내 그녀는 자신의 집과 부모님을 참정권협회 사무실과 또한 그곳의 사람들과 비교해왔던 것이다.

"그러나, 캐서린," 힐버리 부인이 그녀의 갑작스런 감정 변화를 보이며 계속 말했다. "그래도, 맹세코, 나는 네가 결혼한 것을 보고싶지 않아. 만약 분명히 어떤 남자가 어떤 여자를 사랑한다면, 윌리엄은 너를 사랑하고 있어. 이름 또한 멋지고 부유하게 들려—캐서린 로드니. 불행하게도 그가 돈이 있다는 뜻은 아니지만. 왜냐하면 그는 돈이 없거든."

자신의 이름을 바꿔서 캐서린은 화가 났고 꽤 확실하게 자신이 누구와도 결혼하고 싶지 않다는 것을 깨달았다.

"네가 오직 한 명과 결혼할 수 있다는 건 확실히 아주 재미없어," 힐버리 부인은 곰곰이 생각했다. "네가 항상 너와 결혼하고 싶어 하는 모든 사람과 결혼할 수 있다면 좋겠어. 어쩌면 때가 되면 사람들은 그렇게 될지도 몰라. 하지만 그사이 고백하자면 윌리엄이—" 그러나 여기서 힐버리 씨가 들어왔고, 좀 더 알찬 저녁이 시작되었다. 캐서린의 어머니가 작은 원형의 틀 위에 놓인 목도리를 쉬엄쉬엄 뜨개질하고, 그녀의 아버지가 신문을 읽는 동안, 캐서린이 어떤 산문 작품을 크게 낭독하며 저녁 시간을 보냈다. 그녀의 아버지는 신문을 아주 주의 깊게 읽지는 않아서 주인공과 여주인공의 운명에 대해 이따금 익살스럽게 논평할 수 있었다. 힐버리 가족은 도서관에 구독 신청을 해서 매주 목요일과 금요일에 책을 배달받았다. 그리고 캐서린은 생존해 있는 명성이 높은 작가들의 작품에 대해 그녀의 부모님이 흥미를 가지도록 최선을 다했다. 그러나 힐버리 부인은 밝은 금색으로 테두리가 장식된 책들 모양에 당황했고, 낭독이 계속되는 동안 그녀는 뭔가 쓴 맛을 본 것처럼 약간 찡그린 얼굴을 하곤 했다. 반면에 힐버리 씨는 사람들이 전도유망한 아이의 익살맞은 행동에 할 만한 그러한 묘한 공들인 농담으로 그 현대 작가들을 대했다. 그리하여 이날 저녁, 이 작가들 중 한 명의 작품이 약 다섯 쪽 가량 낭독되자, 힐버리 부인은 작품이 형언할 수 없을 만큼 너무 교묘하고 천박하며 음란하다고 비판했다.

"제발, 캐서린, 우리에게 뭔가 **진짜**를 읽어다오."

캐서린은 책장으로 가서 매끄럽고 노란 송아지 가죽으로 싸인 두꺼운 책 한 권을 골라야만 했는데, 이것은 그녀의 부모님 모두를 즉각 진정시키는 효과를 가져왔다. 그러나 저녁 우편 배달물이 헨리 필딩[1]의 훌륭한 문장에 끼어들었고, 캐서린은 자신의 편지들이 대단한 집중을 필요로 하는 것임을 알아차렸다.

---

1   헨리 필딩(Henry Fielding, 1707~1754), 18세기 영국 소설가.

제8장

힐버리 씨가 떠나자 어머니에게 바로 잠자리에 들 것을 권하면서, 그녀는 편지들을 방으로 가지고 올라갔다. 어머니와 같은 방에 앉아 있는 한, 힐버리 부인이 언제라도 그 우편물을 보여달라고 할 수도 있기 때문이었다. 여러 장의 편지를 아주 급하게 훑어 보면서, 캐서린은 어떤 우연의 일치에 의해 자신의 주의력을 다른 여러 걱정거리에 동시에 쏟아야 한다는 것을 깨달았다. 우선, 로드니는 그의 마음 상태를 소네트로 예를 들어 설명하면서 아주 상세하게 적었고, 그들의 입장을 다시 생각해주기를 요구했다. 그리고 이것은 캐서린의 마음에 든 것 이상으로 그녀를 동요시켰다. 그 밖에 그녀가 이야기의 진실을 알아낼 수 있기에 앞서 나란히 놓고 비교해야 하는 두 통의 편지가 있었다. 그리고 그녀가 사실을 알게 되었을 때, 그것을 어떻게 받아들여야 할지 결정할 수 없었다. 그리고 마지막으로 그녀는 재정적인 어려움에 처한 사실을 알게 된 사촌으로부터 온 여러 장의 편지를 곰곰이 생각해봐야 했다. 그는 재정적 어려움 때문에 번게이에 사는 젊은 숙녀에게 어쩔 수 없이 바이올린 연주를 가르치는 마음에 들지 않는 일을 하게 되었다는 것이다.

　그러나 같은 이야기를 각각 다르게 말한 그 두 편지는 그녀를 당혹하게 한 주된 원인이었다. 그녀는 육촌인 시릴 앨러다이스가 지난 사 년 동안 그의 아내가 아닌 다른 여성과 살았고, 그 여성이 그의 두 아이를 출산했으며, 이제 그에게 또 다른 아이를 낳아줄 것이라는 사실이 명확해졌다는 것을 알고서 정말 꽤 놀랐다. 이러한 사정은 그러한 문제에 대해 열성적으로 탐문하는 실리어 고모인 밀베인 부인에 의해 밝혀졌는데, 이 편지 또한 심사숙고 중에 있었다. 그녀의 말에 따르면, 시릴은 즉시 그 여성과 결혼해야 했다. 그리고 시릴은, 옳건 그르건 간에, 그의 일에 그렇게 간섭하는 것에 분개했고, 자신이 부끄러워해야 할 이유가 있다고 인정하지 않으려 했다. 캐서린은 그가 자신을 부끄러워할 이유가 있을지 궁금했다. 그래서 그녀는 다시 고모의 편지로 향했다.

　"기억하렴," 그녀는 풍부하고 감정이 이입된 말로 썼다. "그 애는 네 할아버지의 이름을 가졌고, 또 태어나게 될 아기도 그럴 거야. 그 가엾은 녀석보다는 그를 현혹한 그 여성에게 잘못이 있어. 그가 신사라고 생각하면서, 그는 **신사이기는 하지**. 그리고 돈이 있다고 생각했지만, 그는 돈은 **없었어**."

　'랠프 데넘은 이 일에 대해 어떻게 말할까?' 캐서린은 침실을 이리저리 천천히 걷기 시작하면서 생각했다. 그녀는 커튼을 옆으로 휙 잡아 당겼다. 그리하여 돌아서면서 어둠을 마주대했고, 밖을 내다보았는데 플라타너스의 가지와 누군가의 창문에서 나오는 노란빛만을 겨우 구별할 수 있었다.

　'메리 대치트와 랠프 데넘은 뭐라고 말할까?' 그녀는 창문 옆에 한동안 멈춰 서서 깊이 생각했다. 그리고 따뜻한 밤이어서 밤공기를 얼굴로 느끼며 밤의 공허 속에 몰입하기 위해 그녀는 창문을 들어올렸다. 그러나 밤공기와 함께 저 멀리 붐비는 도로에서의 윙윙거리는 소음이 방으로 들어왔다. 그녀가 거기에 서 있자, 멀리서 통행하는 쉴 새 없고 시끄러운 윙윙거리는 소리는 그녀의 삶의 빽빽한 구조를 나타내는 것처럼 보였다. 그녀의 삶은 다른 삶이 나아가는 데에 지나치게 에워싸여서 그녀의 삶이 전진하는 소리가 들리지 않았기 때문이다. 그녀가 생각하기에 랠프와 메리 같은 사람들은 자기 마음대로 행동했고, 그들 앞에 빈 공간을 두었다. 그리고 그녀는 그들이 부러웠기 때문에 이 모든 대단찮은 남녀간의 친교와 남녀가 서로 빽빽이 엇갈리고 뒤엉켜 구성된 이런 식의 삶이 조금도 존재하지 않는 텅 빈 지역을 상상하기 위해 자신의 마음을 쏟았다. 심지어 지금, 밤에 홀로 일정한 형태 없는 런던의 모습을 바라보면서, 그녀는 자신이 연결해왔던 한 지점과 여기 또 다른 지점이 있었다는 것을 기억하지 않을 수 없었다. 바로 이 순간, 윌리엄 로드니는 그녀의 동쪽에 있는 밝은 어딘가에서 작은 반점으로 자리잡고 있었고, 그의 마음은 책이 아니라 그녀에 대해 사로잡혀 있었다. 그녀는 온 세상에서 누구도 그녀에 대해 생각하지 않기를 바랐다. 그렇지만 인간들로부터 피할 방법은 없다고 그녀는 결론지었다. 그리고 한숨지으며 창문을 닫고, 한 번 더 편지로 돌아왔다.

그녀는 윌리엄의 편지가 그에게 지금까지 받았던 것 중 가장 솔직하다고 생각하지 않을 수 없었다. 그는 그녀 없이 살 수 없을 것이라는 결론에 이르렀다고 썼다. 그는 그녀를 안다고 믿었고, 그녀에게 행복을 줄 수 있을 것이며, 그들의 결혼이 다른 결혼과 같지 않을 것이라고 믿었다. 또한 소네트는 서투른 기량에도 불구하고 열정이 모자라지 않았다. 그리하여 캐서린은 다시 그 편지를 다 읽었을 때, 만일 감정이 드러난다면 자신의 감정이 어떤 방향으로 흘러갈지 알 수 있었다. 그녀는 그에게 유머가 넘치는 일종의 다정함을 느끼게 될 것이고, 그의 민감함에 대해서는 열성적인 관심을 느끼게 될 것이다. 그리하여 결국 그녀는 아버지와 어머니를 생각하면서 사랑이 무엇인가를 곰곰이 생각했다.

물론, 그녀의 외모, 지위와 배경 덕택에, 그녀는 자신과 결혼하기를 원하고 사랑을 맹세하는 젊은 남성들을 봐왔다. 그러나 어쩌면 그녀는 그 감정에 회답하지 않았기 때문에 그것은 그녀에게 어떤 허식으로 남아 있었다. 그녀 스스로 그것을 경험해보지 않았기 때문에, 그녀의 마음은 몇 년 동안 사랑의 이미지와 사랑의 결과물인 결혼, 그리고 사랑의 감정을 불러일으키는 남성에 대해 상상하는 일에 무의식적으로 몰두해왔는데, 이 일은 자연스럽게 그녀에게 실제로 일어난 사례들을 어느 것이나 초라해 보이게 했다. 수월하게, 이성적 판단으로 바로잡지 않은 채, 그녀의 상상력은 심상을 만들었는데, 웅대한 배경은 환상이긴 하지만 풍부한 빛을 전면에 있는 사실에 보냈다. 암벽의 높은 돌출부로부터 우레같이 울리며 떨어져 밤의 푸른 심연 속으로 돌진하는 폭포수처럼 장려한 것이 그녀가 꿈꾸는 사랑의 현존이었다. 그리고 이 현존 속으로 마지막 한 방울의 생명력까지 끌어들여, 모든 것이 굴복하는 웅대한 파국에서 그들을 모두 산산이 부서지게 해서 어떤 것도 재생될 수 없을지도 몰랐다. 마음속의 남성 역시 해안을 따라 훌륭한 말을 타고 달리는 고결한 영웅이었다. 그들은 숲을 통과하여 함께 달렸고, 바닷가를 질주했다. 그러나 몽상에서 깨어나서, 그녀는 사람들이 실생활에서 정말로 하는, 완벽하게 사랑 없는 결혼에 대해 생각할 수 있었다. 아마 그렇게 꿈꾸는 사람들은 가장 따분한 일을 하는 사람들일 것이기 때문이다.

그 순간 그녀는 생각의 부질없음에 싫증이 나서 수학을 공부하러 갈 때까지 이 생각의 가벼운 직물을 짜면서 밤늦도록 계속 앉아 있고 싶어졌다. 그러나 그녀가 아주 잘 알고 있듯이, 그녀는 아버지가 잠자리에 들기 전에 반드시 그를 보러 가야 했다. 시릴 앨러다이스의 문제를 논의해야 하고, 어머니의 환상과 가족의 권리에도 주의를 기울여야 했다. 이 모든 일을 결국 어떻게 할지 그녀 혼자서는 막연했기 때문에 아버지와 상의해야만 했다. 그녀는 편지를 손에 들고 아래층으로 내려갔다. 열한 시가 넘었고 현관의 넓은 방에 있는 할아버지의 시계가 층계참에 있는 작은 시계와 경쟁하며 째깍거리면서 시계들이 지배력을 발휘했다. 힐버리 씨의 서재는 일 층에 위치하여, 집의 다른 곳보다 뒤쪽에 있었는데, 대낮의 태양이 채광창을 통해 겨우 투과된 빛을 그의 책과 하얀 종이들이 흩어져 있는 큰 책상 위로 던지고 지금은 녹색의 독서등으로 밝혀진 아주 조용하고 은밀한 장소였다. 여기에서 힐버리 씨는 논평을 수정하거나 혹은 문서를 함께 배열하면서 앉아 있었는데, 그 문서를 통해 셸리가 "그리고" 대신 "대해서"를 썼다거나, 혹은 바이런[1]이 잠잤던 여관이 "터키의 기사"가 아니라 "조랑말의 머리"라 불렸으며, 혹은 키츠[2]의 아저씨의 세례명이 리처드라기보다 존이었다는 것이 증명될 수 있었다. 그는 아마도 영국의 어떤 사람보다 이 시인들에 대해 더 자세히 알았을 것인데, 시인의 구두법 체계를 면밀하게 따른 셸리의 간행본을 준비하고 있었기 때문이다. 그는 이러한 연구의 익살스러운 점을 알았지만, 그럼에도 불구하고 그는 그 연구를 아주 신중하게 실행에 옮겼다.

그는 시가를 피우면서 팔걸이의자에 깊숙이 편안하게 등을 기

---

1   조지 고든 바이런(George Gordon Byron, 1788~1824), 영국 낭만파 시인.
2   존 키츠(John Keats, 1795~1821), 영국 낭만주의 시인. 셸리, 바이런, 키츠는 2세대 영국 낭만주의 시인이다.

대고 앉아, 콜리지[3]가 도로시 워즈워스[4]와 결혼하기를 원했는지에 관한 생산적인 질문에 대해 깊이 생각하고 있었다. 그리고 만약 그러했다면 특별히 자신에게, 그리고 문학 전반에 어떤 결과가 일어났을 것인가에 대해 곰곰이 생각했다. 캐서린이 들어왔을 때, 그는 그녀가 무엇 때문에 왔는지 알 것 같았다. 그래서 그는 캐서린에게 말을 걸기 전에 연필로 메모를 했다. 이것을 끝내자 그는 그녀가 읽고 있는 것을 보고서, 잠시 동안 아무 말 없이 그녀를 쳐다보았다. 그녀는 「이자벨라와 바질 항아리」[5]를 읽고 있었다. 그리고 그녀의 마음은 이탈리아의 언덕과 푸른 대낮의 햇빛, 그리고 붉고 흰 장미들로 작게 장식된 울타리로 충만해 있었다. 아버지가 자신을 기다리고 있다는 것을 알아채고서, 그녀는 책을 덮고 한숨지으며 말했다.

"시릴에 대해서 실리어 고모의 편지를 받았어요, 아버지……. 그것이 사실인 듯한데 — 그의 결혼에 관해서예요. 우리가 무엇을 할 수 있을까요?"

"시릴이 아주 어리석은 행동을 했나 보구나," 힐버리 씨가 유쾌하고 신중한 어조로 말했다.

캐서린은 아버지가 손끝을 매우 명민하게 균형을 잡고 아주 많은 생각을 미뤄두고 있는 듯이 보이는 동안, 대화를 계속해나가기가 다소 어렵다고 느꼈다.

"그는 거의 자신을 파멸시킨 것 같더구나," 그가 계속 말했다. 아무 말 없이 그는 편지를 그녀의 손에서 넘겨받아, 안경을 조절하며 그것을 죽 읽었다.

---

3 새뮤얼 테일러 콜리지(Samuel Taylor Coleridge, 1772~1834), 영국 낭만주의 시인.
4 도로시 워즈워스(Dorothy Wordsworth, 1771~1855), 영국의 낭만주의 시인 윌리엄 워즈워스의 여동생이다. 콜리지와 워즈워스는 1세대 영국 낭만주의 시인이다.
5 키츠의 시. 실제 제목은 「이자벨라 혹은 바질의 항아리」이다.

드디어 그는 "흠!" 하고 말하며 그 편지를 다시 그녀에게 주었다.

"어머니는 이 편지에 대해 아무것도 모르세요," 캐서린이 말했다. "어머니께 말씀하실 거예요?"

"네 어머니에게 말할 거란다. 하지만 무엇이든 우리가 할 수 있는 게 아무것도 없다고 말할 거야."

"그렇지만 결혼은요?" 캐서린이 다소 주저하며 물었다.

힐버리 씨는 아무 말도 하지 않고 난로를 뚫어지게 응시했다.

"도대체 그는 왜 그런 일을 한 거야?" 드디어 그가 추측해보았는데, 그녀가 아니라 자신에게 말한 것이었다.

캐서린은 고모의 편지를 다시 죽 읽기 시작했고, 막 한 문장을 인용했다. "입센과 버틀러[6]……. 그는 내게 인용으로 가득 찬 편지를 보냈어 ─ 허튼 짓이지. 영리한 허튼 짓이긴 하지만."

"글쎄, 더 젊은 세대가 그런 식으로 삶을 영위해가기를 원한다면, 그건 조금도 우리가 상관할 일이 아니야," 그가 말했다.

"하지만 그들을 결혼시키는 것이 어쩌면 우리 일이 아닐까요?" 캐서린은 다소 지쳐서 물었다.

"도대체 왜 나에게 물어보는 거냐?" 그녀의 아버지가 갑자기 화를 내며 다그쳤다.

"다만 가문의 제일 어른으로서 ─"

"그렇지만 나는 가문의 제일 어른이 아니란다. 알프레드가 집안의 제일 어른이지. 알프레드에게 물어보도록 해," 힐버리 씨가 다시 안락의자 속으로 되돌아가면서 말했다. 그렇지만 캐서린은 그녀가 가문을 언급하면서 민감한 점을 건드렸다는 것을 깨달았다.

---

6 헨릭 입센(Henrik Ibsen, 1828~1906), 노르웨이 극작가. 새뮤얼 버틀러(Samuel Butler, 1835~1902), 영국 빅토리아 시대 소설가. 이들은 위선적인 19세기 사회에 대해 비난했다.

"아마도 제가 가서 그들을 만나보는 게 제일 좋을 것 같아요," 그녀가 말했다.

"나는 네가 어디든 그들 가까이 가지 않았으면 한다," 힐버리 씨가 전에 없이 단호하고 권위 있게 대답했다. "정말 그들이 왜 너를 그 일에 끌어들이는지 전혀 이해하지 못하겠구나―그것이 너와 어떤 관련이 있는지 모르겠다."

"저는 언제나 시릴과 친하게 지내왔어요," 캐서린이 말했다.

"하지만 그가 늘 이런 일에 대해 네게 무엇이든 말했니?" 힐버리 씨가 다소 날카롭게 물었다.

캐서린은 고개를 저었다. 그녀는 사실 시릴이 그녀에게 사실을 털어놓지 않은 것에 마음이 상했다―그는 랠프 데넘이나 메리 대치트가 생각하듯이 그녀가 어떤 이유에서인지 냉담하다고―심지어 적대적이라고 생각했을까?

"네 어머니에 관해서라면," 힐버리 씨는 잠시 한숨 돌린 후 말했다. 그 사이 불꽃의 색에 주의를 기울이는 듯했다. "너는 어머니에게 사실을 말하는 게 좋을 거다. 모든 사람이 그 이야기를 하기 전에 그녀가 그 사실을 아는 게 좋아. 실리어 고모가 왜 꼭 와야 한다고 생각하는지 분명히 알지 못하겠지만. 그리고 말은 적을수록 더 좋은 거야."

매우 교양 있고 삶의 경험이 많은 육십의 신사가 아마도 그들이 이야기하지 않은 많은 것들에 대해 생각해볼 것이라는 가정을 받아들이더라도, 캐서린은 자신의 방으로 돌아가면서 아버지의 태도에 다소 당황스러움을 느끼지 않을 수 없었다. 그는 그 모든 것에 얼마나 거리를 두고 있는가! 그는 이 사건들을 아주 피상적으로 수월하게 다루어 얼마나 자신의 인생관과 잘 어울리는 품위 있는 외양을 만들어내는가! 그는 시릴이 어떻게 느끼고 있는지 또한 그를 조사하도록 부추겼던 그 문제의 숨겨진 면에 대해서 결코 궁금해하지 않았다. 그는 다른 사람들은 그런 식으로 행동하지 않는다는 이유로 시릴이 어리석게 행동했다는 것을 다만 다소 흥미 없이 깨달은 듯이 보였을 뿐이다. 그는 수백 마일 떨어진 거리에서 망원경으로 작은 형태들을 바라보고 있는 듯했다.

어떤 일이 일어났는지 힐버리 부인에게 말하지 말아야 한다는 그녀의 이기적인 염려 때문에 그녀는 다음날 아침 식사 후 아버지에게 질문하기 위해 그를 따라 현관의 넓은 방으로 들어갔다.

"어머니께 말씀하셨어요?" 그녀가 물었다. 아버지에 대한 그녀의 태도는 거의 굳어 있었고, 그녀의 음영 짙은 눈은 끝없는 성찰의 깊이를 간직한 듯했다.

힐버리 씨는 한숨지었다.

"애야, 내가 잊어버렸구나." 그는 실크 모자를 힘주어 평평하게 매만졌다. 그리고 즉시 서두르는 척했다. "사무실에서 메모를 보내마…… 오늘 아침에는 늦었어. 그리고 끝내야 할 교정쇄도 많이 있어."

"그건 전혀 도움이 되지 않아요," 캐서린이 단호하게 말했다. "어머니께서 들으셔야만 해요—아버지나 제가 어머니께 말씀드려야 해요. 우리가 처음부터 어머니께 말씀드려야 했어요."

힐버리 씨는 이제 자신의 모자를 손에 들었고, 그 손은 문의 손잡이 위에 있었다. 그가 의무를 소홀히 하고는 그녀에게 자신을 감싸달라고 할 때, 캐서린이 어린 시절부터 잘 알고 있던 표정이 그의 눈에서 나타났다. 악의, 익살, 그리고 무책임이 그 속에 뒤섞여 있었다. 그는 의미 있게 그의 머리를 앞뒤로 끄덕이고, 능숙한 동작으로 문을 열었다, 그리고 그 나이에 어울리지 않는 가벼운 발걸음으로 나갔다. 그는 딸에게 손을 한 번 흔들고 사라졌다. 홀로 남겨진 캐서린은 아버지와 집안일을 협의하면서 여느 때처럼 자신이 속아서, 당연히 그가 해야 하는 마음에 들지 않는 일을 자신이 떠맡게 된 것을 깨닫고는 웃지 않을 수 없었다.

제9장

캐서린은 아버지에게만큼이나 어머니에게 시릴의 그릇된 행위에 대해 말하기가 싫었다. 그리고 같은 이유로 그랬다. 사람들이 무대에서 총성을 두려워하는 것처럼, 그들은 모두 이 문제에 대해 설명해야 할 모든 것으로부터 신경질적으로 물러섰다. 더욱이 캐서린은 시릴의 비행에 대해 어떻게 생각해야 할지 결정할 수 없었다. 평소처럼 그녀는 아버지와 어머니가 보지 못한 무언가를 보았다. 그리고 그 무언가의 결과는 아무런 조건 없이 시릴의 행동을 판단하길 보류하여 그녀의 마음속에 두는 것이었다. 그들은 그것이 잘못인지 아닌지에 대해 생각할 것이다. 그녀에게 그것은 다만 이미 일어난 일에 불과했다.

캐서린이 서재에 이르렀을 때, 힐버리 부인은 이미 펜을 잉크에 담그고 있었다.

"캐서린," 그녀는 펜을 공중에 들어 올리며 말했다. "나는 막 네 할아버지에 관한 아주 별나고 이상한 것을 발견했어. 나는 지금 그분이 돌아가셨을 때의 나이보다 삼 년 육 개월이 더 많아. 나는 분명히 그의 어머니가 될 수는 없었어도 누나는 될 수 있었을지도 몰라. 그건 내게 아주 유쾌한 상상인 것 같아. 나는 오늘 아침에 꽤 산뜻하게 시작하려고 한단다. 그리고 작업을 많이 해야겠어."

그녀는 어쨌든 문장을 시작했다. 그리고 캐서린은 자신의 책상에 앉아서 그녀가 작업하고 있던 오래된 편지 묶음을 풀고 멍하니 펼쳐놓고는 희미해진 필적을 해석하기 시작했다. 곧 그녀는 어머니의 기분을 살피기 위해 그녀를 건너다보았다. 평화와 행복이 어머니의 얼굴의 모든 근육을 편안하게 이완시켰다. 그녀의 입술은 아주 조금 벌어져 있었고 부드럽게 숨을 들이쉬었는데, 장난감 벽돌 구조물에 둘러싸여 각각의 벽돌이 알맞은 위치에 놓일 때 황홀함이 커지는 아이처럼 들숨을 조절했다. 그리하여 힐버리 부인은 매번 펜을 휘두를 때마다 과거의 하늘과 나무들을 그녀 주위로 불러내었고, 죽은 자들의 목소리를 회상하였다. 그 방은 조용했고, 지금 이 순간의 소리로 방해받지 않았으므로, 캐서린은 여기가 지나간 시간의 깊은 웅덩이이며, 그녀와 어머니는 육십 년 전의 빛 속에 흠뻑 젖어 있다고 상상할 수 있었다. 그녀는 궁금했다. 과거가 부여한 대단히 풍부한 선물과 비교하여 현재는 무엇을 줄 수 있을 것인가? 지금은 전기를 집필하고 있는 목요일 아침이었다. 벽난로 선반에 있는 시계에 의해 매 초가 새롭게 만들어지고 있었다. 그녀는 귀를 쫑긋하여 멀리 떨어진 자동차의 경적 소리와 차들이 가까이 다가오며 돌진하다 다시 사라져가는 소리를 간신히 들을 수 있었다. 그리고 집 뒤에 있는 더 초라한 거리들 가운데 한 곳에서 고철과 채소라고 외치는 남자의 목소리를 겨우 들을 수 있었다. 물론 방들은 그 방들이 연상시키는 것들을 축적해두고 있었다. 그래서 누군가 특별한 일을 수행하곤 했던 어떤 방이든 그 안에서 경험된 기분, 생각, 태도에 대한 기억들을 뿜어냈다. 그리하여 거기에서 다른 종류의 일을 하는 것이 거의 불가능했다.

  캐서린은 어머니의 방으로 들어갈 때마다 무의식적으로 이 모든 효과에 영향을 받았다. 이러한 영향력은 여러 해 전에 생긴 것으로 그녀가 아이였을 때였다. 그리고 그 영향력 안에는 뭔가 감미롭고 엄숙한 것이 있었고, 그것은 그녀의 할아버지가 묻혀 있는 사원[1]의 동굴같이 어두운 곳과 잘 울려 퍼지는 메아리에 대한 어린 시절의 기억과 연결되어 있었다. 모든 책과 그림, 심지어 의자와 탁자까지도 그의 것이거나 그와 관련된 것이었다. 벽난로 선반 위에 있는 도자기로 만든 개들과 캐서린이 자주 어머니에게 들었던 것처럼 켄싱턴의 번화가에서 장난감 상자를 들고 서 있곤 했던 한 남자에게서 그가 일 페니를 주고 샀던 양들을 데리고 있는 양치기 어린 소녀들 인형조차도 그러했다. 그녀는 자주 이 방에 앉아 있었는데, 자신의 마음을 사라져간 인물들에게 단단히 쏟고 있어서 그녀는 거의 그들의 눈과 입술 주위의 근육들을 볼 수 있었고, 각자에게 특별한 억양이 있는 고유한 목소리와 또한 외투와 넥타이를 주었다. 그녀는 자주 자신이 친구들보다 그들을 더 잘 알고, 살아 있는 사람들 사이에 있는 보이지 않는 유령으로 그들 사이에서 움직이고 있는 것 같았다. 그녀는 그들의 비밀들을 알고 그들의 운명에 대한 신성한 선견을 가지고 있었기 때문이다. 그들은 아주 불행했고, 몹시 혼란스러운 행동을 하는 사람들이었으며, 아주 비뚤어진 생각을 했던 것 같았다. 그녀는 그들에게 무엇을 해야 하고 무엇을 하지 말아야 한다고 말할 수 있었을 것이다. 그들이 그녀에게 전혀 주의를 기울이지 않고 그들 자신에게 익숙한 방식에서 어쩔 수 없이 불행을 당하게 된 것은 우울한 사실이었다. 그들의 행동은 종종 기이하게 비합리적

1 웨스트민스터 사원.

이었다. 그들의 인습은 말도 안되게 부조리했다. 그러나 그녀가 그들에 대해 깊이 생각을 품을 때면, 그녀는 그들에게 아주 친밀한 애정을 가지고 있어서 그들에 대해 판결을 내리려고 하는 것은 소용없는 것이었다. 그녀는 자신이 자신만의 고유한 미래를 가진 분리된 존재라는 것을 거의 의식하지 못할 뻔 했다. 이와 같이 약간 우울한 아침에 그녀는 그들의 오래된 편지가 제공하는 혼란에 대해 실마리를 찾고자 노력하곤 했다. 그리고 그 실마리를 그들에게 가치 있게 해주는 듯한 이유와, 그들이 한결같이 마음속에 간직한 목표를 찾고자 하곤 했다—그러나 그녀는 방해받았다.

힐버리 부인이 책상에서 일어나 창밖을 통해 강 위쪽으로 미끄러져가는 한줄로 늘어선 바지선들을 바라보며 서 있었다.

캐서린이 그녀를 지켜보았다. 갑자기 힐버리 부인이 돌아서며 외쳤다.

"나는 정말 마법에 걸린 것 같아! 나는 단지 세 문장만을 원할 뿐이야, 알겠지. 아주 솔직하고 평범한 문장 말이다. 그런데 찾을 수가 없구나."

그녀는 먼지 터는 솔을 움켜쥐고 방 안을 이리저리 천천히 걷기 시작했다. 하지만 그녀는 너무 많이 화나 있어서 책 뒷면을 닦으면서 아직 어떤 위안도 찾을 수 없었다.

"게다가," 그녀는 글을 썼던 종이를 캐서린에게 주면서 말했다. "이것이 쓸모 있는 것 같지 않아. 네 할아버지가 헤브러디스 제도[2]를 방문한 적이 있었니, 캐서린?" 그녀는 묘하게 간청하듯이 딸을 쳐다보았다. "내 마음은 헤브러디스로 달려가고 있어. 그리고 나는 그 섬들에 대한 약간의 묘사를 적지 않을 수 없구나. 어쩌면

2   the Hebrides. 스코틀랜드 서쪽의 열도.

그것이 하나의 장의 시작에서 이뤄질 것 같아. 알다시피 장의 시작은 종종 그것이 진행해가는 방식과 아주 다르기도 하니까." 캐서린은 어머니가 쓴 것을 읽었다. 그녀는 아이의 에세이를 평가하는 교사였을지도 몰랐다. 그녀의 얼굴은 걱정스럽게 지켜보고 있는 힐버리 부인에게 어떤 희망의 여지도 주지 않았다.

"매우 아름다워요," 그녀가 말했다. "하지만, 저, 어머니, 우리는 순서를 따라가야 해요—"

"오, 알고 있어," 힐버리 부인이 외쳤다. "그런데 그것이 내가 바로 할 수 없는 것이야. 상황들이 내 머릿속으로 계속 들어와. 내가 모든 것을 알지 못하고 느끼지 못한다는 것은 아니란다(내가 모른다면 누가 그를 알겠니?). 그러나 나는 그것을 적을 수 없어, 알겠지. 일종의 맹점이 있어," 그녀는 이마를 만지면서 말했다. "거기에. 그래서 밤에 잠이 안 올 때, 내가 이 일을 다 마치지 못하고 죽을 거라는 생각이 든단다."

그녀는 환희에서 자신의 죽음에 대한 상상이 불러일으킨 우울함의 심연으로 나아갔다. 그 우울함은 캐서린에게 전해졌다. 거의 하루 종일 종이를 만지작거리는 그들은 얼마나 무기력한가! 시계는 열한 시를 알리고 있었고, 아무것도 한 게 없다니! 그녀는 지금 큰 놋쇠로 테두리가 쳐진 상자 안을 뒤지고 있는 어머니를 보았지만 도우러 갈 수 없었다. 물론 캐서린은 어머니가 지금 어떤 종이를 잃어버렸다고 생각했다. 그리고 그들은 그 종이를 찾으면서 오전의 남은 시간을 허비할 것이었다. 그녀는 화가 나서 시선을 아래로 던졌다. 그리고 은빛 갈매기들과 수정처럼 맑은 시냇물로 씻겨진 작은 분홍꽃들의 뿌리, 그리고 푸른 안개 같은 히아신스에 대해 어머니가 쓴 음악적 문장들을 다시 읽었다. 그녀가 어머니의 침묵을 강하게 느끼게 될 때까지 그랬다. 그녀는 시선을 들었다. 힐버리 부인은 책상 위에서 오래된 사진을 담고 있는 서류 가방을 비우고 이것저것 살펴보고 있었다.

"확실히, 캐서린," 그녀가 말했다. "남자들은 지금보다 그 당시에 훨씬 더 멋졌지? 미운 구레나룻에도 불구하고 말이다. 하얀 조끼를 입은 연로한 존 그레이엄을 봐ㅡ할리 아저씨를 봐. 저건 남자 하인인 피터인 것 같아. 존 아저씨는 그 하인을 인도에서 데리고 왔어."

캐서린은 어머니를 쳐다봤다. 그러나 그녀는 감정을 드러내거나 대답하지 않았다. 그녀는 갑자기 그들의 관계 때문에 표현되지 않은 분노, 그래서 두 배로 강력하고 위험한 분노를 느끼면서 몹시 화가 났다. 그녀는 어머니가 말없이 그녀의 시간과 공감을 요구하는 것에 대해 아주 불공평함을 느꼈다. 그리고 캐서린은 어머니가 자신에게서 가져간 것을 허비했다고 비통하게 생각했다. 그때, 순간적으로 그녀는 그럼에도 시릴의 그릇된 행동에 대해 어머니에게 말해야 한다는 사실이 떠올랐다. 그녀의 화는 바로 사라졌다. 그것은 다른 파도 위로 높이 솟아오른 파도처럼 부서졌다. 그 흐름은 다시 바다로 돌아갔고, 캐서린은 한 번 더 평화와 고독으로 충만함을 느꼈다. 그리고 다만 어머니가 고통에서 보호되어야 한다고 염려했다. 그녀는 본능적으로 방을 가로질러, 어머니의 의자 팔걸이에 앉았다. 힐버리 부인은 딸의 몸에 머리를 기댔다.

"슬프거나 어려울 때 모든 사람이 의존하는 여성보다 더 고귀한 게 무엇이니?" 그녀는 사진을 넘기며 명상에 잠겼다. "네 세대의 젊은 여성들은 어떻게 개선해왔니, 캐서린? 나는 지금 그들이 멜버리 하우스[3]에 있는 잔디밭 위로 주름장식과 옷단 장식을 살짝 끌며

---

3   현재의 멜버리 가에 있는 켄싱턴의 홀랜드 파크 남쪽에 위치한 리틀 홀랜드 하우스를 연상시킨다. 울프의 대고모인 프린세프 부인Mrs. Prinsep이 이곳에서 1850년부터 1871년까지 살면서 당대의 유명한 화가, 작가, 정치가들을 티파티에 초대했다.

지나가는 모습을 볼 수 있어. 아주 조용하고 위엄 있고 당당하게 (원숭이와 작은 검은 동물을 뒤에 뒤따르게 하면서), 마치 아름답고 친절한 것 외에는 세상에서 아무것도 중요하지 않다는 것처럼 말이다. 하지만 그들이 우리보다 더 많은 것을 해냈다는 생각이 때때로 들어. 그들은 **존재했어**. 그것이 행동하는 것보다 더 나아. 그들은 내게 선박처럼, 위엄 있는 선박처럼 보여. 자신의 길을 유지하면서, 밀치고 나가거나 몰아대지 않고, 우리들처럼 사소한 일에 초조해하지 않은 채, 대신 하얀 돛을 단 선박들처럼 자신들의 길을 가지."

캐서린은 이 이야기를 가로막고자 했지만, 기회가 오지 않았다. 그리고 그녀는 옛 사진이 보관된 사진첩을 넘기지 않을 수 없었다. 사진첩에 담긴 남자들과 여자들의 얼굴은 살아 있는 얼굴의 왁자지껄한 소리 뒤에서 놀라우리만치 환하게 빛났다. 그리고 그녀의 어머니가 말한 대로, 마치 그들은 올바르게 왕국을 통치하여 대단한 사랑을 받을 만한 것처럼, 놀라운 위엄과 침착함을 지니고 있는 듯 보였다. 어떤 사람들은 믿을 수 없이 아름다웠고, 또 다른 사람들은 대단히 못생겼다. 그러나 누구도 둔하거나 지루해 보이거나 시시하지 않았다. 부푼 페티코트의 화려하고 뻣뻣한 주름이 여성들에게 어울렸다. 신사들의 망토와 모자도 아주 개성이 풍부해 보였다. 한 번 더 캐서린은 자신의 주위 모두에서 평온함을 느꼈고, 아주 멀리 떨어진 해안에서 파도가 엄숙하게 부딪히는 소리를 듣는 듯했다. 그러나 그녀는 현재를 이 과거 쪽으로 연결해야 한다는 것을 알았다.

힐버리 부인은 이런저런 이야기를 계속 장황하게 늘어놓았다. "저 사람이 제니 매너링이야," 그녀는 멋진, 흰색 머리의 부인을 가리키며 말했는데, 그녀의 공단으로 된 긴 옷이 진주를 달아 장식된 듯했다. "여왕이 저녁 만찬을 하러 왔을 때 그녀는 자신의 요리사가 부엌 탁자 아래에 술에 취해 늘어져 있는 것을 발견하고는, 벨벳으로 된 소매를 걷어 올리고 (그녀는 항상 여왕처럼 옷을 차려입었어), 모든 식사를 요리하고, 온종일 장미를 쌓아 올린 침대에서 자고 일어난 것처럼 응접실에 나타났다고 네게 분명히 말했을 거야. 그녀는 자신의 손으로 무엇이든 할 수 있었어 — 그들은 모두 할 수 있었어 — 시골집을 짓거나 페티코트에 수놓거나."

"그리고 저 사람은 퀴니 커훈이야," 힐버리 부인은 페이지를 넘기면서 계속 말했다. "그녀는 아름다운 숄과 보닛을 함께 넣어 짐을 꾸려서 자신의 관을 자메이카로 가져갔어. 자메이카에서는 관을 구할 수 없었고, 그녀는 거기서 죽는다는 공포와 (실제로 그녀가 그랬던 것처럼), 흰개미들에게 먹힌다는 공포가 있었기 때문이었지. 그리고 그들 가운데 가장 아름다운 새바인이 있어. 아! 그녀가 방 안으로 들어올 때면 별이 뜨는 것 같았어. 그리고 자기마부의 망토를 입고 있는 저 사람이 미리엄이야. 그토록 많은 작은 망토들을 가지고 있었지만 말이다. 그리고 그 밑에 큰 승마 구두를 신고 있었어. 너희들 젊은 사람들은 관습을 따르지 않는다고 말할지도 몰라. 하지만 너희들은 그녀와 전혀 비교도 안 돼."

페이지를 넘기면서 그녀는 아주 건장하고 멋있는 귀부인의 사진과 우연히 마주쳤는데, 사진사는 그녀의 머리를 황제의 관으로 장식했다.

"아, 가엾은 사람!" 힐버리 부인이 소리쳤다. "당신은 얼마나 연로한 폭군이었는지, 그 한창때! 우리는 모두 당신 앞에서 얼마나 머리를 조아렸는지요! '매기,' 그녀가 말하곤 했어. '만약 내가 없었다면 여러분들은 지금 어디에 있을까요?' 그런데, 그건 사실이야. 알다시피 그녀가 그들을 함께하게 했어. 그녀는 아버지에게 말했어. '그녀와 결혼하거라,' 그래서 그는 그렇게 했어. 그리고 그녀는 가엾은 작은 클라라에게 말했어. '엎드려서 그를 숭배하거라,' 그래서 그녀는 그렇게 했단다. 하지만 물론 그녀는 다시 일어났어. 달리 무엇을 기대할 수 있었겠니? 그녀는 단지 아이였어 ─ 십팔 세의 ─ 그리고 또한 공포로 반쯤 죽은 상태였어. 하지만 그 고령의 폭군은 결코 후회하지 않았어. 그녀는 그들에게 완벽한 석 달을 주었다고 말하곤 했어. 그리고 그들은 더 이상의 권리를 가지지 못했지. 그래서 나는 가끔 생각해, 캐서린. 알다시피 그게 사실이라고. 그건 대부분 우리들이 가진 것 이상이었어. 다만 우리는 그런 척하겠지만. 그건 그들 중 누구도 여하튼 할 수 없는 것이었어. 내가 생각하기에," 힐버리 부인이 생각에 잠겼다. "그 당시에는 남녀 사이에 일종의 성실함이 있었어. 네가 거리낌 없이 말하지만, 네가 갖지 못한 것이지."

캐서린은 다시 가로막고자 했다. 그러나 힐버리 부인은 그녀의 회상으로부터 추진력을 얻어서, 이제 기분이 최고조에 달해 있었다.

"그들은 틀림없이 본심으로는 좋은 친구들이었을 거야," 그녀는 다시 계속했다. "왜냐하면 그녀는 그의 노래를 부르곤 했거든. 아, 그게 어떻더라?" 그리고 매우 감미로운 목소리를 가진 힐버리 부인이 아버지의 유명한 시를 낭랑하게 노래했다. 그 시는 어느 초기 빅토리아조 작곡가에 의해 터무니없이, 그리고 매혹적으로 감상적인 곡조로 작곡되었다.

"그것이 그들의 활력이었어!" 그녀는 탁자를 주먹으로 치면서 결론지었다. "그것은 우리들이 갖지 못한 것이야! 우리는 덕이 있고, 성실하며, 모임에 가고, 가난한 사람들에게 임금을 지불하지만, 우리는 그들이 살았던 것처럼 살지는 않아. 가끔 아버지는 칠

일 가운데 삼 일 밤을 주무시지 않았지만, 항상 아침에는 매우 생기 넘치셨어. 나는 지금 아버지가 육아실을 향해 노래하면서 계단을 올라오고 속에 칼이 든 지팡이로 아침 식사용 빵을 던져 올리는 소리가 생생해. 그리고 난 뒤 우리는 하루의 즐거움을 위해서 밖으로 나갔지 — 리치먼드, 햄턴 코트, 서리 언덕으로. 나가지 않을래, 캐서린? 날씨가 좋을 거야."

이 순간, 힐버리 부인이 막 창을 통해 날씨를 살피고 있었을 때, 문을 두드리는 소리가 났다. 호리호리하고 나이 든 부인이 들어왔고 캐서린이 아주 분명하게 당황해하며 "실리어 고모!" 하고 인사했다. 그녀는 실리어 고모가 왜 왔는지 짐작했기 때문에 당황했다. 분명히 시릴과 그의 아내가 아닌 여성의 문제에 대해 의논하기 위해서였다. 그리고 캐서린이 지체한 덕분에 힐버리 부인은 전혀 준비되지 않았다. 도대체 누가 더 준비되지 않을 수 있었을까? 그녀가 여기에 있었다. 그들 세 사람이 함께 셰익스피어의 극장 유적을 조사하러 블랙프라이어스[4]로 산책나갈 것을 제의하면서. 교외로 갈 만큼 충분히 날씨가 안정적이지 않았기 때문이었다.

이 제안을 밀베인 부인은 참을성 있는 미소를 띠며 들었고, 이것은 몇 년 동안 그녀가 올케의 이러한 특이함에 부드럽게 달관한 태도로 응대했음을 보여주었다. 캐서린은 발을 난로 망 위에 두고 선 채 약간 거리를 두고 자리를 잡았다. 그렇게 함으로써 그 문제에 대해 더 나은 견해를 얻을 수 있는 것처럼. 그러나 고모가 찾아왔음에도 불구하고 시릴과 그의 도덕성에 대한 모든 문제가 얼마나 비현실적으로 보였는가! 이제 어려움은 그 소식을 힐버리 부인에게 차분하게 알리는 것이 아니라 그녀에게 그것을 이해시키

4 런던의 중심부에 위치한 지역.

는 것이었다. 그녀의 마음을 어떻게 올가미 밧줄로 잡아 이 사소하고 중요하지 않은 문제에 매어둘 수 있을까? 사실 진상을 말하는 것이 최선이었다.

"실리어 고모가 시릴에 대해 말씀하시러 오신 것 같아요, 어머니," 그녀가 다소 거칠게 말했다. "실리어 고모는 시릴이 결혼했다는 것을 아셨어요. 그는 아내와 아이들이 있어요."

"아니야, 그는 결혼하지 **않았어**," 밀베인 부인이 낮은 어조로 힐버리 부인에게 말하면서 끼어들었다. "그는 두 아이가 있고 또 한 아이가 태어나려고 해."

힐버리 부인은 당황하여 번갈아 쳐다보았다.

"우리는 어머니께 말씀드리기 전에 그 사실이 확인될 때까지 기다리는 게 더 좋겠다고 생각했어요," 캐서린이 덧붙였다.

"그런데 시릴을 겨우 이 주 전에 국립 미술관에서 만났었는데!" 힐버리 부인이 외쳤다. "나는 그 이야기를 한마디도 믿을 수 없구나," 그리고 그녀는 입가에 미소를 지으며 그녀의 실수를 전적으로 이해할 수 있으며 남편이 상무부에서 꽤 둔감한 인물인데다 아이가 없는 여성이 저지르는 아주 당연한 실수라는 듯이, 밀베인 부인을 향해 갑자기 머리를 들어올렸다.

"그 사실을 믿고 **싶지** 않았어요, 매기," 밀베인 부인이 말했다. "오랫동안 믿을 수 **없었어요**. 하지만 이제 내가 직접 보았으니 믿어야만 해요."

"캐서린," 힐버리 부인이 다그쳤다. "네 아버지는 이 일에 대해 아시니?"

캐서린이 고개를 끄덕였다.

"시릴이 결혼했다니!" 힐버리 부인이 거듭 반복했다. "그리고 우리에게 전혀 한마디 말도 없이. 그가 아이일 때부터 우리 집에

서 자랐는데도 — 품위 있는 윌리엄의 아들이! 내 귀를 믿을 수가
없어."

자신에게 지워진 증거의 부담을 느끼면서 밀베인 부인은 이제
이야기를 계속 이어갔다. 그녀는 나이가 지긋하고 연약했지만,
아이가 없다는 사실 때문에 그녀는 항상 이런 힘든 의무를 떠맡
게 되는 것 같았다. 그리고 가문을 공경하고, 좋지 않은 상황이 개
선되도록 관리하는 것이 이제 그녀의 삶의 주된 목적이 되었다.
그녀는 낮고, 경련이 일고, 약간 끊어지는 목소리로 이야기했다.

"얼마 동안 시릴이 행복하지 않다고 의심했어. 그의 얼굴에 새
로운 주름이 있었어. 그래서 나는 그가 빈민 대학에서 일하고 있
다는 것을 알았을 때, 그의 하숙집으로 갔어. 그는 거기서 강의를
해 — 알다시피, 로마법, 아니면 그리스어일 수도 있어. 여주인이
앨러다이스 씨는 현재 대략 이 주에 한 번 정도만 거기에서 잔다
고 말했어. 그녀는 그가 무척 아파보인다고 했어. 그녀는 그를 한
젊은 여성과 함께 본 적이 있다고 해. 나는 즉각 뭔가 의심이 들었
어. 나는 그의 방으로 갔지. 벽난로 선반에 봉투와 켄싱턴 가에서
떨어져 있는 시턴 가의 주소가 적힌 편지가 있었어."

힐버리 부인은 다소 불안하게 안절부절못했다. 그리고 말을 가
로막으려는 것처럼 선율의 단편을 흥얼거렸다.

"나는 시턴 가로 갔어," 실리어 고모가 단호하게 계속했다. "매
우 낙후된 지역이었어 — 그러니까 창가에 카나리아가 있는 하숙
집들 말이야. 7번지도 다른 모든 집들과 마찬가지였어. 나는 벨
을 누르고 문을 두드렸어. 아무도 나오지 않았지. 나는 그 구역 아
래쪽으로 갔어. 나는 안쪽에서 누군가를 분명히 보았다고 확신
해 — 아이들 — 요람. 그러나 아무런 대답이 없었어 — 전혀 대답
이 없었어." 그녀는 한숨지었고, 얼마간 베일에 싸인 듯한 푸른 눈

에 흐릿한 표정으로 앞을 똑바로 바라보았다.

"나는 그 거리에 서 있었어," 그녀가 다시 계속했다. "그들 중 한 명의 모습을 발견할 것을 대비하여. 아주 긴 시간처럼 느껴졌어. 모퉁이를 돌아 선술집에서 거친 남자가 노래를 부르고 있었어. 드디어 문이 열렸고, 누군가 ― 틀림없이 바로 그 여자였을 거야 ― 바로 나를 지나쳐 갔어. 우리 사이에는 겨우 우편함만 있었지."

"그런데 그녀는 어떻게 생겼어요?" 힐버리 부인이 물었다.

"사람들은 그 가엾은 아이가 어떻게 속았는지 알 수 있을 거야," 밀베인 부인이 특징을 설명하는 대신 말한 전부였다.

"가엾은 것!" 힐버리 부인이 소리쳤다.

"가엾은 **시릴**!" 시릴에 다소 강세를 주며 밀베인 부인이 말했다.

"하지만 그들은 생계를 이어갈 수단이 아무것도 없어," 힐버리 부인이 계속했다. "만약 그가 사나이답게 우리에게 왔더라면," 그녀는 계속했다. "그리고 '제가 바보였어요'라고 말했다면 그를 불쌍히 여겼을 거야. 결국 그렇게 남부끄러운 일은 없었을 거야 ― 하지만 그는 이 몇 년 동안 자신이 미혼인 것처럼 보이게 하고, 그것을 당연하게 받아들이게 하려고 애썼어. 그리고 그 가엾게도 버림받은 보잘것없는 아내는 ―"

"그녀는 시릴의 아내가 **아니야**," 실리어 고모가 가로막았다.

"그렇게 혐오스러운 이야기는 도무지 들어본 적이 없어!" 힐버리 부인은 의자의 팔걸이 위를 주먹으로 치면서 말을 마쳤다. 그녀는 그 사실을 알게 되었을 때 심하게 분개했다. 비록 어쩌면 그녀는 과실 그 자체보다 과실을 숨긴 것으로 더 상처받았지만. 그녀는 몹시 화나고 격분해 보였고 캐서린은 크게 안도하며 어머니를 자랑스럽게 느꼈다. 그녀의 분노는 아주 진실했고, 그녀의 생각은 누구나 바랄 수 있는 만큼 완벽하게 사실에 초점을 맞추었다는 것이 분명했다―실리어 고모의 생각보다 훨씬 더 그러했다. 고모의 마음은 이 유쾌하지 않은 그늘진 곳을 병적인 즐거움으로 소심하게 돌고 있는 듯했다. 그녀와 어머니는 함께 이 상황 처리에 착수할 것이며, 시릴을 방문해서 일 전체를 철저하게 알아볼 것이다.

"우리는 먼저 시릴의 견해를 확실히 이해해야만 해요," 그녀는 어머니에게 마치 동년배에게 하듯이 입바른 소리로 말했다. 하지만 말이 입에서 나오기도 전에 밖에서 더 큰 소란이 있었다. 그러고는 힐버리 부인의 미혼의 조카인, 사촌 캐럴라인이 방으로 들어왔다. 비록 그녀는 앨러다이스 가문 출신이고, 실리어 고모는 힐버리가 사람이지만, 가족 관계가 복잡하여 각자 서로에게 동시에 사촌이며 육촌이었고, 그래서 죄인인 시릴에게 아주머니이면서 동시에 사촌이었다. 그리하여 그의 그릇된 행위는 거의 실리어 고모만큼 사촌 캐럴라인의 문제이기도 했다. 사촌 캐럴라인은 아주 당당한 키와 체격을 가진 숙녀였다. 하지만 그녀의 몸집과 멋진 옷차림에도 불구하고 그녀의 표정에는 감춰지지 않은 뭔가가 있었다. 그녀의 얇고 붉은 피부, 앵무새의 옆모습을 아주 많이 닮은 매부리코와 겹쳐지는 턱은 여러 해 여름 동안 거친 날씨에 노출되어왔던 것 같았다. 그녀는 진정 독신 여성이었다. 하지만 그녀의 습관적인 말처럼, 그녀는 "혼자 힘으로 살아" 왔고, 그래서 그녀의 말은 공손히 들어줄 만한 자격이 있었다.

"이 불행한 일은," 그녀가 늘 그랬듯이 숨이 차서 말하기 시작했다. "제가 막 도착했을 때 기차가 역에서 떠나지 않았더라면 저는 아주머니를 일찍 만날 수 있었을 거예요. 실리어가 분명히 아주머니에게 말했어요. 아주머니는 제 의견에 동의할 테지요, 매기 아주머니. 시릴은 즉시 그녀와 결혼해야 해요―그 아이들을 위해서라도 말이죠—"

"아니 그가 그 여자와 결혼하기를 거부하나요?" 힐버리 부인은 다시 당황스러워하며 물었다.

"그는 온통 인용뿐인, 부조리하고 정도를 벗어난 편지를 썼어요," 사촌 캐럴라인이 숨을 헐떡였다. "그는 자신이 아주 좋은 일을 하고 있다고 생각해요. 우리에게는 다만 그 일의 우매함만 보이는데요…… 그 여자는 그 애만큼 판단력이 흐려져 있어요— 그건 시력 탓이죠."

"**그녀가 그를** 말려들게 했어," 아주 묘하게 부드러운 억양으로 실리어 고모가 끼어들었다. 이 억양은 실이 그들의 희생자 주위로 촘촘하고 하얀 그물망을 짜고 또 뒤섞어 짜는 광경을 보여주는 것 같았다.

"이제 와서 그 일에 대해 옳고 그름을 따지는 것은 소용없어요, 실리어," 사촌 캐럴라인이 다소 엄하게 말했다. 그녀는 자신이 그 가문에서 유일하게 현실적이라고 믿었기 때문이다. 그리고 부엌의 시계가 느렸던 탓에 밀베인 부인은 그 사실에 대한 자신의 불완전한 해석으로 가엾은 매기를 이미 혼란스럽게 한 것에 대해 유감스러워 했다. "난처한 일은 벌어졌어, 게다가 아주 꼴사나운 난처한 일이. 세 번째 아이가 사생아가 되도록 내버려둘 거야? (네 앞에서 이런 일들을 말해야 하니 미안하구나, 캐서린.) 그 아이는 네 성을 가질 거야, 매기—네 아버지의 성을, 기억해둬."

"하지만 그 아이가 여자애이기를 기대하자," 힐버리 부인이 말했다.

어머니를 계속 보고 있었던 캐서린은 수다가 위력을 발휘하는 동안 어머니에게 직접적인 분노의 모습이 이미 사라진 것을 알아챘다. 그녀의 어머니는 분명히 마음속으로 모면할 방법, 혹은 희망적인 지점이나 갑작스러운 해명을 궁리하고 있었는데, 이 것은 모두가 만족스럽게도 모든 일이 기적적으로 그러나 논쟁의 여지없이 최선의 결과가 되도록 일어났다는 것을 보여줘야 했다.

"혐오스러워 — 너무 혐오스러워!" 그녀가 되풀이했다. 하지만 강하게 확신 있는 어조는 아니었다. 그러고 나서 그녀의 얼굴은 미소로 빛났는데, 처음에는 망설이다 곧 거의 확신에 찼다. "요즈음, 사람들은 이런 일들을 예전만큼 나쁘게 생각하지 않아," 그녀가 말하기 시작했다. "가끔 끔찍하게 기분 나쁘겠지만, 그 아이들이 용감하고 영리하다면, 그럴 테지만, 그 일로 인해 어쩌면 그 아이들은 결국 주목할 만하게 성장할 거야. 로버트 브라우닝[5]이 모든 위대한 사람은 유태인의 피가 흐른다고 말하곤 했어. 그러니 우리는 그런 시각에서 보려고 노력해야 해. 그리고 결국 시릴은 원칙에 따라 행동했어. 사람들은 그의 원칙에 동의하지 않을지도 모르지만, 적어도 사람들은 그 원칙을 존중해줄 수는 있어 — 프랑스 혁명이나 왕의 목을 벤 크롬웰처럼. 역사에서 가장 끔찍한 일들 중 어떤 것들은 원칙에 따라 행해졌어," 그녀가 결론을 내렸다.

"유감스럽게도 저는 원칙에 대해 아주 다른 관점을 가졌어요," 사촌 캐럴라인이 신랄하게 말했다.

"원칙!" 실리어 고모는 그런 말을 그렇게 연결하는 것에 반대하는 분위기로 반복해서 말했다. "내일 가서 그를 볼 거야," 그녀가 덧붙였다.

"그런데 왜 이렇게 불쾌한 일을 네가 떠맡아야 하니, 실리어?" 힐버리 부인이 참견했다. 그러자 사촌 캐럴라인은 자신의 희생이 필요한 몇 가지 추가 계획으로 그 말에 대해 이의를 제기했다.

그 모든 것이 지겨워지게 되자, 캐서린은 창문으로 향해 커튼

---

5   로버트 브라우닝(Robert Browning, 1812~1889), 영국의 시인, 극작가.

의 주름 사이에 섰다. 그리고 창유리 쪽으로 가까이 몸을 밀착시켜 어른들의 의미 없는 대화 때문에 몹시 울적해진 아이의 태도로 수심에 잠겨 강을 응시하고 있었다. 그녀는 어머니에게 아주 실망했다─그리고 또한 자신에게도. 찰칵하며 블라인드를 가볍게 잡아당겨서 힘차게 꼭대기까지 올라가게 한 행동이 그녀가 화난 것을 나타내었다. 그녀는 몹시 화가 났지만, 화를 표현할 수 없거나, 혹은 누구에게 화가 났는지 알 수 없었다. 그들은 그 일에 대해 얼마나 이야기를 늘어놓으며, 또 얼마나 도덕적 관점에서 해석하고 자신만의 해석에 맞게 이야기를 만들어내고 있는가! 그리고 얼마나 그들 자신의 헌신과 솜씨를 은근히 칭찬하고 있는가! 아니, 그들이 안개 속에 머물러 있다고 그녀는 판단했다. 수백 마일 떨어진 곳에서─무엇에서 떨어져 있나? "어쩌면 윌리엄과 결혼한다면 더 좋을 거야." 그녀는 갑자기 생각했고, 그 생각이 안개를 통해 보이는 단단한 지면처럼 어렴풋이 나타나고 있는 것처럼 보였다. 그녀는 거기에 서서 자신의 운명에 대해 생각하고 있었다. 나이 든 숙녀들은 계속 이야기하여, 드디어 그 젊은 여성을 점심에 초대하여 그런 행동이 세상 물정에 밝은 그들과 같은 여성들에게 어떻게 보이는지 아주 다정하게 말하기로 결정했다. 그러고 나서 힐버리 부인은 더 좋은 생각에 매료되었다.

제10장

랠프 데넘이 사무원로 일하고 있는 그레이트리와 후퍼 변호사 사무실이 링컨즈 인 필즈에 있었고, 거기에서 그는 매일 아침 열 시에 아주 정확하게 모습을 드러내었다. 그의 정확성은 다른 자질들과 함께 사무원들 사이에서 그를 성공할 것으로 주목하게 했으며, 그리고 때때로 그에 관한 모든 것을 불확실하고 위험하게 하는 특이한 습관만 없었다면, 실제로 약 십 년 안에 그가 그의 직업에서 정상에 있는 것을 보게 될 것이라고 내기해도 안전할 것이었다. 그의 누나 조앤은 이미 그가 저축한 돈으로 도박하기를 좋아하는 것 때문에 불안해했다. 애정 어린 눈으로 항상 그를 면밀하게 살피면서, 그녀는 그의 기질 가운데 묘한 외고집을 감지하게 되었고, 그 때문에 그녀는 아주 걱정스러웠다. 그리고 그녀가 자신의 본성 가운데에서도 이 외고집의 싹을 인지하지 못했다면 더욱더 걱정스러웠을 것이다. 그녀는 랠프가 어떤 별난 상상 때문에 갑자기 그의 모든 경력을 희생하는 모습을 상상할 수 있었다. 어떤 대의나 생각, 혹은 심지어 (그녀의 상상은 그렇게 흘러갔다) 뒤뜰에서 옷을 널고 있는, 기차에서 본 어떤 여성을 위해서 말이다. 그가 이런 아름다움이나 대의를 발견했을 때, 어떤 힘도 그가 그것을 좇는 것을 막을 수 없다는 것을 그녀는 알고 있었다. 그녀는 또한 동양에 대해서도 의혹을 가지고 있었는데, 인도 여행에 대한 책을 손에 들고 마치 그 지면에서 전염병을 흡수하고 있는 듯한 그를 보았을 때, 그녀는 항상 마음을 졸였다. 다른 한편으로, 평범한 연애와 같은 일이 일어났더라면, 랠프와 관련해서 잠깐 동안이라도 그녀를 불안하게 하지 않았을 것이다. 그녀의 상상 속에서 그는 성공이나 실패의 길에서 대단한 뭔가를 할 운명이었는데, 그녀는 어느 쪽이 될지 알지 못했다.

그리고 청년의 삶에서 거치게 되는 모든 단계에서 아직 아무도 랠프가 했던 것보다 더 열심히 일하거나 혹은 더 훌륭한 성과를 거둘 수도 없었을 것이다. 그리하여 조앤은 남동생의 행동에서 다른 사람들의 눈에 띄지 않을 사소한 것으로부터 염려되는 요소를 찾아내야 했다. 그녀가 염려하는 것은 당연했다. 삶은 그들 모두에게 시작부터 아주 힘들어서 그녀는 그가 계속 붙잡고 있던 것을 갑작스럽게 놓아버릴까 봐 두렵지 않을 수 없었다. 비록, 그녀가 자신의 삶을 살펴보았을 때 규율과 고된 일에서 벗어나 도망가고 싶은 갑작스런 충동을 때때로 저항할 수 없었지만 말이다. 그러나 랠프에게 있어서는, 그가 놓아버린다면 그것은 단지 그를 더 가혹한 구속 아래에 둘 뿐이라는 것을 그녀는 알았다. 그녀는 그가 어떤 강의 수원지나 어떤 파리의 서식지를 찾기 위해 열대의 태양 아래에서 모래사막을 통과하여 애써 나아가고 있는 것을 상상했다. 그녀는 그 당시 유행하고 있는 옳고 그름에 관한 끔찍한 이론들 중 하나의 희생물이 되어, 어떤 도시의 빈민가에서 막노동을 하며 생활해가는 그를 상상했다. 그녀는 어떤 여인이 자신의 불행으로 그를 유혹하여 그 여인의 집에서 그가 삶의 수감자가 되는 모습을 상상했다. 그들이 랠프의 방에서 밤늦게 가스난로 위쪽에서 함께 이야기하며 앉아 있을 때, 그녀는 반쯤은 자랑스럽지만 대체로 걱정스럽게, 그러한 생각을 그려보았다.

랠프는 누나의 마음의 평화를 어지럽힌 예상 속에 있는 자신의 미래의 꿈을 인식하지 못했을 것이다. 분명히, 그중에 어느 하나가 그 앞에 제시되었다면, 매력적이지 않은 삶이라고 그는 웃으면서 거부했을 것이다. 그는 자신이 누나의 머릿속에 어떻게 이와 같이 터무니없는 생각이 들도록 했는지 알 수 없었을 것이다. 실제로 그는 자신이 어떤 환상도 품지 않고 힘겨운 일로 이루어진 삶 속으로 잘 뛰어드는 것에 대해 자랑스러워했다. 자신의 미래에 대한 그의 전망은 그러한 많은 예상들과 달리 부끄러움 없이 언제든지 공표될 수 있었을 것이다. 그 전망 속에서 그는 자신에게 높은 지력이 있다고 생각했고, 오십 세의 자신에게 하원의 의석을, 운이 좋을 경우 자유당 정부에서의 한직을 주었다. 그러한 예상에 과장은 없었고, 분명히 명예롭지 않은 것은 전혀 없었다. 그럼에도 불구하고, 그의 누나가 예상했던 것처럼, 그러한 방향으로 이끄는 길에서 계속 나아가려면 상황이 밀어주는 것과 더불어 랠프의 의지의 강인함이 필요했다. 특히, 그는 공통 운명을 함께하고, 그 길이 모든 길 가운데 최상이라는 것을 알고 다른 길은 원하지 않는다는 취지의 다짐을 계속 반복할 필요가 있었다. 그리하여 그러한 다짐들을 반복함으로써 그는 정확함과 일에 대한 습관을 익혔으며, 변호사 사무실의 사무원이 된다는 것이 가능한 모든 생활들 가운데 선이며 다른 야망은 헛되다는 것을 아주 그럴듯하게 설명할 수 있었다.

그러나, 진실하지 않은 모든 신념처럼, 이 신념은 다른 사람들로부터 인정받는 정도에 아주 많이 좌우되었다. 그리고 대중적 견해의 압력이 사라지고 사적인 상황이 되면, 랠프는 그의 실제 상황으로부터 아주 신속하게 벗어나서 미지의 항해로 방향을 돌렸는데, 그것은 실로 자신이 묘사하기 부끄러웠을 것이다. 물론 이 꿈속에서 그는 고귀하고 낭만적인 역할로 등장했다. 그러나 자기 미화가 유일한 목적은 아니었다. 그것은 실제 생활에서 할 일을 찾지 못한 정신에 출구를 만들어주었다. 운명이 그에게 강요한 비관주의 탓에 랠프는, 아주 오만하게도, 우리가 사는 세상에서 꿈이라고 부르는 것은 아무 소용이 없다고 결론을 내렸기 때문이다. 때때로 그는 이러한 정신이 그가 가진 가장 값진 소유물인 것처럼 생각했다. 그는 그것으로 자신이 황무지에 꽃을 피우고, 많은 병든 사람들을 치료하거나, 현재 아무것도 존재하지 않는 곳에서 아름다움이 피어나게 할 수 있을 것이라고 생각했다. 또한 그 정신은 만일 그가 압도당한다면 사무실 벽에 있는 먼지 묻은 책들과 양피지 문서들을 혀로 한번 핥아 삼키고 자신을 벌거벗고 일 분간 서 있도록 할 수 있을 만큼 사납고 강력한 것이었다. 그는 여러 해 동안의 노력으로 정신을 통제해왔다. 그리하여 스물아홉에 그는 일하는 시간과 꿈꾸는 시간으로 엄격하게 나누어진 삶에 대해 자랑스러워할 수 있다고 생각했다. 그 둘은 서로에게 해를 입히지 않고 나란히 존속했다. 사실 이렇게 규율에 노력을 기울이는 것은 어려운 전문직의 이해관계에 도움을 받았다. 그러나 랠프가 대학을 졸업했을 때 그가 내린 오래된 결론이 여전히 그의 마음을 지배하였다. 대부분의 사람들에게 삶은 열등한 자질들만 행사하도록 몰고 가며 소중한 자질들은 허비시켜 결국 한때 우리가 상속 받은 가장 고귀한 부분인 것처럼 여겨졌던 것에는 이익뿐 아니라 미덕도 거의 없다는 것에 우리가 어쩔 수 없이 동의하게 된다는 우울한 믿음이 그의 생각을 물들였다.

데넘은 사무실에서나 가족들 사이에서 아주 인기가 많지는 않았다. 그는 자신의 인생 단계에서 무엇이 옳고 그른지에 대해 지나치게 확신하고 있었으며, 자신의 자제력에 대해 필요 이상으로 자부심을 가졌다. 그리고 상황에 전적으로 행복해하지 않거나 혹은 만족스럽게 적응하지 못한 사람들의 경우에 당연한 일처럼 그런 약점을 고백하는 사람을 발견하면 그는 만족의 어리석음에 대해 지나치게 증명하려는 경향이 있었다. 사무실에서 그의 다소 과시하는 듯한 유능함이 자신의 일을 다소 대수롭지 않게 여기는 사람들을 짜증나게 했다. 그리고 그들은 그의 승진을 예상했지만, 그 예상은 완전히 호의적인 것만은 아니었다. 실로 그는 별난 기질과 타협없이 무뚝뚝한 태도를 지닌 꽤 근면하고 자만심이 강한 청년으로, 또한 출세하고자 하는 욕망에 사로잡힌 것처럼 보였는데, 이것은 비판자들이 보기에 재력가가 아닌 이상 자연스러운 일이지만 유쾌하지는 않은 것이었다.

사무실에 있는 청년들은 이와 같은 견해를 가질 완벽한 권리가 있었다. 왜냐하면 랠프는 그들과 친밀하게 지내려는 어떤 각별한 의욕도 보여주지 않았기 때문이었다. 그는 매우 진심으로 그들을 좋아했지만, 그들을 일에 할당된 삶의 구획 속에 가두어 두었다. 참으로 지금까지 그는 그의 지출을 계획하듯이 조직적으로 자신의 삶을 계획하는 데 어려움을 거의 발견하지 못했다. 그러나 이즈음 그는 구분하기 그렇게 쉽지 않은 경험과 마주치기 시작했다. 메리 대치트는 이 년 전, 그들이 거의 처음 만났을 때, 그가 한 어떤 말에 웃음을 터트리며 이러한 혼란이 시작되게 했다. 그녀는 그 이유를 설명할 수 없었다. 그녀는 그가 아주 놀랄 만큼 색다르다고 생각했다. 그가 그녀에게 자신이 월요일과 수요일 그리고 토요일을 어떻게 보내고 있는지 말할 정도로 충분히 그녀를 잘 알게 되었을 때, 그녀는 한층 더 재미있어 했다. 그역시 이유도 모른 채, 함께 웃을 때까지 그녀는 웃었다. 그가 영국에 있는 어떤 남성 못지않게 불독을 기르는 것에 대해 안다는 사실이 그녀에게는 매우 이상해 보였다. 그리고 런던 근교에서 발견된 야생화 수집품을 가졌다는 것도 그랬다. 그리고 그는 매주이링에 있는 문장학의 권위자인 연로한 트라터 양을 방문한다는 것도 그녀를 웃지 않을 수 없게 만들었다. 그녀는 모든 것을 알고 싶어 했다. 심지어 그 방문에서 그 나이 든 숙녀가 제공하는 케이크의 종류조차 알기를 원했다. 그리고 그들이 놋쇠 팻말을 탁본하기 위해 런던 근처에 있는 여러 교회로 여름 소풍을 가는 일은 그녀가 그 일에 흥미를 가지면서 가장 중요한 축제가 되었다. 육 개월 만에 그녀는 그의 특이한 친구들과 취미에 대해 평생 그와 함께 산 그의 형제자매들보다 더 많이 알게 되었다. 그리고 랠프는 이것이 매우 유쾌하다고 생각했다. 비록 자신을 혼란스럽게 하지만 말이다. 왜냐하면 그는 늘 스스로에 대한 관점이 아주 진지했기 때문이다.

확실히 메리 대치트와 함께한 뒤로 문이 닫히자마자 대부분의 사람들이 알고 있는 자신과 거의 어떤 유사함도 없는 기이하지만 사랑스러운, 완전히 다른 종류의 사람이 된다는 것은 아주 유쾌했다. 그는 덜 심각해졌고, 집에서는 상당히 덜 독재적이 되었다. 그는 메리가 자신을 비웃으면서, 그녀가 즐겨 말하듯 그가 무언가에 대해 아무것도 모른다고 하는 말이 들리는 것 같았기 때문이다. 그녀는 또한 그가 공공의 문제에 관심을 갖도록 했는데, 그녀는 그 부분에 타고난 취향을 가졌다. 그리고 여러 번의 공적집회에 참여한 뒤 그녀는 그를 보수당원에서 진보주의자로 전향시키는 중에 있었다. 그 집회는 시작할 때는 그를 아주 지루하게 했지만 끝날 때는 그녀를 흥분하게 한 것보다 한층 더 그를 흥분시켰다.

그러나 그는 절제하였다. 마음속에 생각이 떠올랐을 때, 그는 그 생각을 메리와 의논할 수 있는 것과 자신이 간직해야 할 것으로 자동적으로 나누었다. 그녀는 그 사실을 알았고, 그 점이 흥미로웠다. 그녀는 젊은 남성들이 언제라도 자신에 대해 아주 기꺼이 말하는 것을 보는 데 익숙했고, 그녀 자신에 대한 어떤 생각도 하지 않고 아이들이 말하는 것을 듣는 것처럼 그들의 말에 귀 기울이게 되었기 때문이다. 하지만 랠프와 있으면 그녀는 이러한 모성적인 감정이 거의 없었고, 그 결과 자기 자신의 개성에 대해 훨씬 더 예민하게 의식했다.

어느 날 오후 늦게 랠프가 업무상 어떤 변호사와 면담을 하기 위해 스트랜드 가를 따라 걸었다. 오후의 햇살이 거의 사라지고 녹색과 노란빛을 띤 인공조명의 흐름이 시골길에서는 지금쯤 장작불 연기로 아련해졌을 대기 속으로 이미 흘러들고 있었다. 그리고 길 양편의 가게 진열창에는 번쩍이는 목걸이와 아주 잘 닦인 가죽 상자들이 두꺼운 판유리로 된 선반 위에 가득 차 있었다. 이렇게 서로 다른 물건들 가운데 어느 것도 랠프에게 따로 떨어져 보이지 않았고 그는 그 모든 것으로부터 감동적이고 유쾌한 인상을 받았다. 그리하여 그는 캐서린 힐버리가 그를 향해 오고 있는 것을 보았고, 마치 그녀가 그의 마음속에 나타난 논쟁의 유일한 삽화인 것처럼 그녀를 똑바로 쳐다보게 되었다. 이러한 기분 속에서 그는 그녀의 눈에서 나타난 꽤 단호한 표정과 가볍고 반쯤 의식적인 입술의 움직임을 알아챘다. 그리고 이것은 그녀의 큰 키와 눈에 띄는 옷차림과 함께 그녀의 모습은 마치 서두르는 군중들이 그녀를 방해하고 있으며 그녀의 방향은 그들과 다른 것처럼 보이게 했다. 그는 그 모습을 차분하게 주목했다. 그러나 그가 그녀를 지나칠 때, 갑자기 그의 손과 무릎이 떨리기 시작했고 그의 심장이 고통스럽게 뛰기 시작했다. 그녀는 그를 보지 못하고 그녀의 기억 속에 떠오른 어떤 시구들을 계속 되풀이했다. "중요한 것은 삶이다. 삶 이외에 어떤 것도 아니다 ─ 발견의 과정 ─ 발견 그 자체가 아니라 끊임없이 영속하는 과정이다."[1] 이런 식으로 몰입하여 그녀는 데넘을 보지 못했고, 그는 그녀를 멈출 용기가 없었다. 하지만 곧 스트랜드 가의 전체 광경은 음악소리가 날 때 가장 이질적인 것들에 질서와 목적이 부여된 그런 기묘한 모습을 띠었다. 그리고 이러한 인상이 아주 유쾌해서 랠프는 결국 그녀를 멈추게 하지 않았던 것에 매우 기뻤다. 그 모습은 천천히 더 흐릿해졌지만, 그가 법정 변호사 사무실 밖에 서 있을 때까지 계속 남아 있었다.

그가 변호사와 면담이 끝났을 때, 사무실로 다시 돌아가기에는 늦은 시간이었다. 그는 캐서린을 보고 나서 이상하게도 집에서 저녁을 보낼 기분이 나지 않았다. 그는 어디로 가야 하나? 그는 캐서린의 집에 도착할 때까지 런던의 여러 거리를 지나쳐 걸어가면서, 창문을 올려다보며 안에 있는 그녀를 상상해볼까 잠시 생각했다가 곧 얼굴을 붉히며, 이상하게 의식이 분열된 채, 그러기를 포기했다. 누군가 감상적으로 꽃을 꺾다가 실제로 꺾었을 때 얼굴을 붉히며 그것을 던져버리는 것처럼 그랬다. 아니, 그는 가서 메리 대치트를 만날 것이다. 이 시간쯤에 그녀는 직장에서 돌아와 있을 것이다.

랠프가 뜻밖에 그녀의 방에 나타난 것을 보고 메리는 잠시 동안

1 　러시아 소설가인 도스토옙스키(Fyodor Dostoevsky, 1821~1881)의 『백치』의 한 부분을 인용하고 있다.

평정을 잃었다. 그녀는 작은 싱크대에서 칼을 닦고 있었다. 그를 안으로 들어오게 한 뒤 곧 그녀는 다시 돌아가서 찬물 수도꼭지를 최대한으로 틀었다 다시 잠갔다. "그래," 그녀는 수도꼭지를 단단하게 비틀어 죄었을 때 혼자 생각했다. '이런 어리석은 생각이 머릿속에 떠오르도록 하지 않을 거야⋯⋯. 당신은 애스퀴쓰 씨가 교수형 받아 마땅하다고 생각하지 않아요?' 그녀는 거실로 돌아왔다. 그리고 손을 말리며 그에게 여성 참정권 법안에 관해 정부 부처에서 최근에 회피한 일에 대해 말하기 시작했다. 랠프는 정치에 관해 말하고 싶지 않았지만, 공적 문제에 메리가 그렇게 관심을 갖는 것을 존경하지 않을 수 없었다. 그녀가 난롯불을 쑤셔 일으키며 완곡하게 연설조의 어구들로 분명하게 자신을 표현하면서 앞으로 몸을 기울였을 때 그는 그녀를 보면서 생각했다. '내가 캐서린의 창문을 보기 위해 첼시로 줄곧 걸어가려고 마음먹을 뻔 했다는 것을 그녀가 알았다면 메리는 내가 몹시 터무니없다고 생각할 거야. 그녀는 그것을 이해하지 못하겠지만, 나는 있는 그대로의 그녀가 아주 좋아.'

언젠가 그들은 여성들이 무엇을 하는 것이 더 나을지에 대해 토의했다. 그리고 랠프가 그 문제에 대해 진심으로 흥미를 가지게 되자 메리는 무의식적으로 주의를 기울이지 않게 되었고, 자신의 감정에 대해 랠프에게 말하고 싶다는 더 큰 욕망이 그녀를 엄습했다. 혹은 아무튼 그가 자신에 대해 어떻게 느끼는지 알 수 있도록 개인적인 것에 대해서 말하고 싶은 욕망이 엄습했다. 하지만 그녀는 이러한 욕망을 억제했다. 그러나 그녀는 그가 말하고 있는 것에 대해 관심이 별로 없다는 느낌을 그가 갖지 않도록 할 수 없었다. 그리하여 그들은 둘 다 점차 말이 없어졌다. 생각이 차례로 랠프의 마음속에 떠올랐지만 그것은 모두 어떤 점에서 캐서린과 관련되었거나 그녀가 영감을 준 그러한 로맨스와 모험에 대한 어렴풋한 느낌과 관련되어 있었다. 그러나 그는 메리에게 그러한 생각을 말할 수 없었다. 그리고 그는 자신이 느끼고 있는 것에 대해 그녀가 아무것도 모른다는 사실에 대해 애석해했다. '여기에,' 그가 생각했다. '우리가 여성들과 다른 점이 있어. 그들은 로맨스에 대한 감각이 없어.'

"그런데, 메리," 그가 드디어 말했다. "뭔가 유쾌한 일에 대해 얘기하는 게 어떨까요?"

그의 어조는 분명히 자극하는 것이었지만 대체로 메리는 쉽게 자극받지는 않았다. 그렇지만, 오늘 밤 그녀는 다소 신랄하게 대답했다.

"유쾌한 일에 대해 말할 게 아무것도 없기 때문이에요."

랠프는 잠시 동안 생각한 뒤 말했다.

"당신은 너무 열심히 일해요. 당신의 건강을 염려하는 것은 아니에요," 그녀가 비웃듯이 웃었을 때 그는 덧붙였다. "당신이 일에 몰두하고 있다는 것처럼 보인다는 뜻입니다."

"그래서 그것이 나쁜가요?" 그녀는 손으로 눈을 가리며 물었다.

"그렇다고 생각해요," 그가 무뚝뚝하게 대답했다.

"하지만 일주일 전만 해도 당신은 반대로 말하고 있었어요." 그녀의 어조는 도전적이었지만 그녀는 이상하게도 기가 죽었다. 랠프는 그것을 인식하지 못했다. 그래서 그는 그녀에게 훈계하고 삶에 대한 적절한 처신에 대해 최근의 자기 생각을 표현할 이 기회를 붙잡았다. 그녀는 귀를 기울였다. 그런데 그녀가 받은 주요한 인상은 그가 자신에게 영향을 준 어떤 사람을 만났다는 것이었다. 그는 그녀가 더 많이 읽어야 하고, 그녀 자신의 관점만큼이나 주의를 기울일 만한 다른 관점들이 있다는 것을 알아야 한다고 말하고 있었다. 그가 캐서린을 동반하여 사무실을 떠났을 때 그를 마지막으로 보았으므로, 자연스럽게 그녀는 그 변화를 그녀 탓으로 돌렸다. 캐서린은 아주 분명히 경멸했던 그 장소를 떠나면서 그와 같은 비판을 표명했거나 그녀의 태도로 그런 생각을 암시했을 것 같았다. 그러나 그녀는 랠프가 누구에게서든 영향을 받았다는 것을 결코 인정하지 않을 거라는 것을 알았다.

"당신은 책을 충분히 많이 읽지 않아요, 메리," 그가 말하고 있었다. "당신은 시를 더 읽어야 해요."

메리의 독서는 그녀가 검토하기 위해 알 필요가 있는 작품들에 다소 한정되어 있었다는 것은 사실이었다. 그리고 런던에서 그녀가 독서할 시간은 아주 적었다. 무슨 까닭인지, 누구든 시를 충분히 읽지 않는다는 말을 듣기를 좋아하지 않는다. 하지만 그녀의 노여움은 그녀가 손의 위치를 바꾸는 방식과 주시하는 눈의 표정에서만 두드러졌다. 그리고 난 뒤 그녀는 자신에 대해 생각했다. '나는 내가 그렇게 하지 않을 거라고 말했던 그대로 정확하게 행동하고 있어.' 그 결과 그녀는 모든 근육을 이완시키고 이성적인 태도로 말했다.

"그러면 내가 무엇을 읽어야 하는지 말해줘요."

랠프는 무의식적으로 메리에게 화가 나 있었다. 그래서 이제 그는 메리의 성격과 생활 방식이 불완전하다는 이야기를 나누기 위한 화제로 위대한 몇몇 시인들의 이름을 댔다.

"당신은 당신보다 열등한 사람들과 함께 지내고 있어요," 그는 자신도 알고 있듯이 비이성적으로 그의 화제에 열중하여 말했다. "그리고 당신은 틀에 박힌 생활을 하고 있어요. 왜냐하면 대체로 꽤 유쾌한 생활 습관이기 때문이지요. 그리고 당신은 당신이 왜 거기에 있는지 잊기 쉬워요. 당신은 매우 세세한 일들을 만들어내는 여성적인 습관을 지녔어요. 당신은 상황이 언제 문제가 되고 언제 그렇지 않은지 알지 못해요. 그리고 그것이 이러한 모든 조직의 파멸의 원인인 것이지요. 그것이 참정권주의자들이 여러 해 동안 내내 어떤 것도 결코 이루지 못했던 이유랍니다. 응접실의 모임과 바자회의 요점이 무엇인가요? 당신은 착상을 얻고 싶죠, 메리. 뭔가 큰 것을 붙잡고 싶죠. 실수하는 것을 신경쓰지 말아요. 안달하지도 말아요. 일 년 동안 그 모든 걸 다 던져버리고, 여행하는 건 어때요? —세상 사람들도 좀 만나세요. 평생 고인 물에 있는 몇몇 사람들과 지내는 데 만족하지 말아요. 당신은 그렇지 않겠지만요," 그가 결론을 내렸다.

"나도 상당히 그런 식으로 나를 생각하게 되었어요—나 자신에 대해서 말이에요," 메리는 묵인으로 그를 놀라게 하면서 말했다. "나는 더 멀리 어딘가로 가고 싶어요."

잠시 동안 그들은 모두 말이 없었다. 그러고 나서 랠프가 말했다.

"하지만 여기를 봐요, 메리. 당신은 내 말을 심각하게 받아들이지는 않겠죠, 그렇죠?" 그의 화는 가라앉았다. 그리고 그녀의 목소리에서 숨길 수 없었던 의기소침함이 갑자기 그로 하여금 자신이 그녀에게 상처를 주고 있었다는 가책을 느끼게 했다.

"당신은 멀리 가지 않을 거죠, 그렇죠?" 그가 물었다. 그리고 그녀가 아무 말도 하지 않자 그가 덧붙였다. "오, 안 됩니다. 멀리 가지 마세요."

"나는 내가 뭘 하려는지 정확하게 알지 못해요," 그녀가 대답했다. 그녀는 자신의 계획을 의논하려고 하기 직전에 망설였지만, 아무런 격려도 받지 못했다. 그는 묘한 침묵 속으로 빠져들었고, 그것은 메리가 아주 조심함에도 불구하고 그녀 역시 생각하기를 피할 수 없었던 것을 언급하는 것처럼 보였다—바로 서로에 대한 감정과 그들의 관계에 대해서. 그녀는 생각의 두 선이 정말 아주 가깝게 나란히 긴 터널 속을 조금씩 나아가고 있지만, 서로 결코 만나지 못한다고 느꼈다.

그가 나가고, 작별 인사하기 위해 필요로 하는 것 이상으로 침묵을 깨지 않고 그녀를 내버려두었을 때, 그녀는 잠시 동안 앉아서 그가 말한 것을 회상했다. 만약 사랑이 존재 전체를 거대한 격류 속에서 녹여버리는 파괴적인 열정이라면, 메리는 그녀의 부지깽이와 부젓가락에 애정을 느끼는 것보다 더 데님을 사랑하고 있지 않았다. 하지만 어쩌면 이러한 극도의 열정은 아주 드문 것이고, 그렇게 묘사된 마음 상태는 사랑의 바로 마지막 단계에 속하는 것일 것이다. 이때 저항하는 힘은 나날이 혹은 매주 침식되고 말 것이다. 대부분의 지적인 사람들처럼 메리는 다소 자기 본위적인 사람이었는데, 즉 그녀가 느끼는 것을 대단히 중요하게 생각하는 정도로 그러했다. 그리고 그녀는 천성적으로 이따금 그녀의 감정이 신뢰할 수 있는 것인지 확실히 하고 싶어 하는 상당한 도덕가였다. 랠프가 그녀를 떠났을 때, 그녀는 자신의 마음 상태에 대해 숙고했고 언어를 배우는 것이 좋은 일이 될 것이라고 결론지었다―즉 이탈리아어나 독일어. 그런 뒤 그녀는 자물쇠가 달린 서랍으로 가서, 그 안에서 짙게 줄이 그어진 어떤 원고를 꺼냈다. 그녀는 그것을 죽 읽어 내렸는데, 이따금 원고를 읽다 올려다보며 잠시 동안 랠프에 대해 아주 집중하여 생각하기도 했다. 그녀는 자신에게 강한 감정을 촉발시킨 그의 모든 자질을 검증하기 위해 최선을 다했다. 그리고 자신이 그 모든 것을 이성적으로 생각했다고 확신했다. 그리고 난 뒤 그녀는 다시 원고를 보고 문법에 맞는 영어 산문을 쓰는 것이 세상에서 가장 힘든 일이라고 결론 내렸다. 하지만 그녀는 문법에 맞는 영어 산문이나 랠프 데넘에 대해 생각하기보다 훨씬 더 자신에 대해 생각했다. 그래서 그녀가 사랑에 빠져 있는지, 혹은 만약 사랑에 빠져 있다면 그녀의 열정이 어떤 종류에 속하는지가 논란이 될 수 있을 것이다.

제11장

"중요한 것은 삶이다, 삶 이외에 어떤 것도 아니다 — 발견의 과정, 끊임없이 영속하는 과정이다." 캐서린이 아치 통로 아래를 지나쳐 킹스 벤치 워크의 넓은 장소로 들어가면서 그렇게 말했다. "발견 그 자체가 아니다." 그녀는 마지막 말을 로드니의 창문을 올려다보면서 말했는데, 그 창문은 그녀가 알고 있듯이 그녀에게 경의를 표하는 반투명의 붉은색이었다. 그는 그녀에게 차를 같이 마시자고 요청했었다. 하지만 그녀는 생각의 진행을 방해하면 육체적으로 불쾌한 기분이 드는 상태에 있었다. 그래서 그녀는 그의 집 계단에 이르기 전에 나무 아래에서 두세 번 오르락내리락 걸었다. 그녀는 아버지나 어머니가 읽지 않은 책을 손에 넣어서 자신이 보관하여 은밀히 그 내용을 파악하기를 좋아했다. 그리고 누군가와 생각을 공유하지 않고 혹은 그 책이 좋은지 혹은 나쁜지 판단하지 않고 그 의미를 곰곰이 생각하기를 좋아했다. 오늘 밤 그녀는 발견의 과정이 삶이며, 아마도 사람의 목표의 특성은 전혀 중요하지 않다는 것을 선언하기 위해 그녀의 기분에 — 숙명론적인 기분 — 어울리도록 도스토옙스키의 말을 억지로 갖다붙였다.

그녀는 잠시 동안 벤치에 앉아, 수많은 소용돌이 속에 휩쓸리고 있는 자신을 느꼈으며, 갑작스런 태도로 이 모든 생각을 떨쳐버릴 시간이라고 결정하고, 그녀 뒤쪽 벤치에 생선가게 바구니를 남겨둔 채 일어섰다. 이 분 뒤 그녀의 문 두드리는 소리가 로드니의 현관문에서 위엄 있게 울렸다.

"저, 윌리엄," 그녀가 말했다. "늦어서 미안해요."

그것은 사실이었지만, 그는 그녀를 보게 된 것이 너무 기뻐서 자신의 노여움을 잊어버렸다. 그는 한 시간 이상 동안 그녀를 위해 준비하는 일에 몰두해왔다. 그리고 비록 아무 말이 없었지만 그녀가 분명히 만족스럽게 어깨에서 망토를 얼른 벗었을 때, 이제 그녀의 모습을 어디서나 보게 되면서 보상받았다. 그는 불이 잘 타고 있는지, 잼 항아리는 탁자 위에 있는지, 주석 덮개가 난로망에서 빛나고 있는지, 그리고 그 방의 낡은 안락함이 최고의 상태인지 살펴보았었다. 그는 진홍색의 낡은 실내복을 입었다. 그것은 불규칙적으로 닳았고 그 위에 밝은 새로운 천 조각을 대었는데, 누군가 돌을 들어 올릴 때 발견하게 되는 더욱 희미해진 풀과 같았다. 그는 차를 만들었고, 캐서린은 장갑을 벗고 편안하게 다소 남성적인 자세로 다리를 꼬았다. 그리고 그들은 마루 위로 그들 사이에 찻잔을 놓고 벽난로 위쪽에서 담배를 피울 때까지 별말을 하지 않았다.

그들은 서로의 관계에 대해 편지를 교환한 이후 만나지 않았다. 그의 항의에 대한 캐서린의 대답은 짧고 재치가 있었다. 편지지의 절반에 모든 내용을 담았다. 그녀는 다만 자신이 그를 사랑하지 않기 때문에 그와 결혼할 수 없지만, 그들의 우정이 지속되고 변하지 않기를 희망한다고 말해야 했기 때문이었다. 그녀는 추신을 덧붙이면서 말했다. "나는 당신의 소네트를 무척 좋아해요."

윌리엄으로서는, 이와 같이 편안한 겉모습은 가장한 것이었다. 그날 오후 그는 연미복을 세 번 입었다 벗은 뒤 낡은 실내복을 입었다. 그는 세 번 넥타이핀을 적당한 곳에 꽂았다 다시 빼버렸다. 그의 방에 있는 거울이 이러한 마음의 변화의 목격자였다. 십이월의 이 특별한 오후에 캐서린은 어떤 것을 더 좋아할 것인가? 그것이 문제였다. 그는 그녀의 편지와 그 내용을 정리한 소네트에 관한 추신을 한 번 더 읽었다. 분명히 그녀는 자신 안의 시인을 아주 칭찬했다. 그리고 이것은 대체로 그 자신의 생각과 일치하므로, 그는 어느 쪽인가 하면 지나치다 싶을 정도로 초라해 보이기로 결정했다. 그의 행동 또한 미리 생각하여 통제되었다. 그는 적게 말했고 다만 비개인적인 문제에 대해서만 말했다. 그는 그녀가 처음으로 혼자 그를 방문하여 주목할 만한 아무런 일도 하지 않고 있다는 것을 깨닫기를 바랐다. 비록 그가 사실 전혀 확신하지 못하는 점이었지만 말이다.

　분명히 캐서린은 어떤 혼란스러운 생각으로 인해 꽤 냉정해 보였다. 그리고 그가 완전히 자제할 수 있었다면, 정말 그는 그녀가 약간 멍하니 있다고 불평했을 것이다. 찻잔과 촛불 사이에서 로드니와 단둘이 있는 상황의 편안함과 친숙함이 겉으로 드러난 것보다 더 그녀에게 효과가 있었다. 그녀는 그의 책을 본 뒤 그의 사진을 보기를 청했다. 상황에 어울리지 않게도, 그녀가 본능적으로 외친 시점은 그녀의 손에 그리스에서 온 사진을 들고 있을 때였다.

　"내 굴! 바구니가 있었는데," 그녀가 설명했다. "그런데 바구니를 어딘가에 두고 왔어요. 더드리 아저씨가 오늘 밤 우리와 식사를 해요. 도대체 내가 뭘 한 거죠?"

　그녀는 일어서서 방 주위를 어슬렁거리기 시작했다. 윌리엄도 일어서서 벽난로 앞에 서서 중얼거렸다. "굴, 굴—굴이 든 당신의 바구니!" 하지만 비록 그가 그 굴이 책장 맨 위에 있는 것처럼 막연히 여기저기 쳐다보았지만, 그의 시선은 항상 캐서린에게로 돌아왔다. 그녀는 커튼을 끌어당기고 플라타너스의 성긴 잎들 사이로 내다보았다.

"난 그걸 가지고 있었어요," 그녀가 추정했다. "스트랜드 가에서요. 벤치에 앉아 있었죠. 그런데, 신경 쓰지 마세요," 갑자기 방 안으로 몸을 돌리면서 그녀가 결론지었다. "어쩌면 노쇠한 어떤 동물이 지금쯤 그걸 먹고 있을 거예요."

"당신은 결코 어떤 것도 잊어버리지 않는다고 생각했었는데요," 그들이 다시 진정했을 때, 윌리엄이 말했다.

"그건 나에 관한 오해의 일부라는 걸 알아요," 캐서린이 대답했다.

"그리고 궁금한데," 윌리엄이 약간 신중하게 계속 말했다. "당신에 관한 진실은 무엇이죠? 하지만 이런 이야기는 당신을 흥미롭게 하지 않는다는 걸 알아요," 그가 약간 언짢아하며 급하게 덧붙였다.

"네, 꽤 재미없어요," 그녀가 솔직하게 대답했다.

"그러면 무엇에 대해 이야기할까요?" 그가 물었다.

그녀는 다소 종잡을 수 없이 방의 벽 주위를 보았다.

"그렇지만 우리는 같은 이야기로 시작하고 끝이 났어요—시에 대해 말하는 거예요. 윌리엄, 당신은 내가 셰익스피어조차 읽은 적이 없다는 것을 알고 있는지 궁금한데요? 내가 이 세월 내내 어떻게 계속 그런 식으로 지내왔는지 꽤 놀라워요."

"내 생각에는 당신은 그런 식으로 십 년 동안 아주 훌륭하게 지내왔어요," 그가 말했다.

"십 년이요? 그렇게 오래요?"

"그리고 그것이 항상 당신을 지루하게 하지는 않았을 거요," 그가 덧붙였다.

그녀는 벽난로 불을 조용히 바라보았다. 그녀는 자신의 감정의 표면이 윌리엄의 어떤 특성에 의해서도 전혀 물결이 일지 않았다는 것을 부인할 수 없었다. 오히려 그녀는 어떤 일이 일어나든 처리할 수 있을 것이라고 확실히 느꼈다. 그는 그녀에게 평화를 주었고, 그 속에서 그녀는 그들이 이야기했던 것과 아주 동떨어진 것에 대해 생각할 수 있었다. 지금, 그가 그녀의 일 야드 내에 앉아 있을 때조차, 그녀의 마음이 얼마나 쉽게 이리저리 돌아다니는지! 갑자기 그녀가 아무런 노력도 하지 않았는데 영상이 명령한 것처럼 바로 이 방 안에 있는 자신에 대한 영상이 그녀 앞에 나타났다. 그녀는 강의를 하고 돌아왔고, 손에 많은 책을 들고 있었는데, 그녀가 정통한 과학 책, 그리고 수학과 천문학에 관한 책이었다. 그녀는 그것들을 저쪽에 있는 탁자 위에 놓았다. 이것은 지금으로부터 이삼 년 뒤 그녀의 생활을 뽑아놓은 영상이었고, 이때 그녀는 윌리엄과 결혼해 있었다. 하지만 여기서 갑자기 그녀는 자신을 제어했다.

그녀는 윌리엄의 존재를 완전히 잊을 수 없었다. 왜냐하면 자신을 통제하려는 그의 노력에도 불구하고 그가 초조해하는 것이 분명히 드러났기 때문이다. 그런 경우 그의 눈은 점점 더 튀어나왔으며, 그의 얼굴은 더욱 더 얇고 푸석해진 피부로 덮인 모습을 보였고, 이 피부에서 쉼없이 변하는 혈액의 홍조가 곧바로 나타났다. 이때까지 그는 아주 많은 문장을 만들었다 버렸고, 아주 많은 충동을 느꼈다가 억눌렀기 때문에 그는 온통 주홍색이 되어 있었다.

"당신은 책을 읽지 않는다고 말할 수도 있어요," 그가 말했다. "하지만, 그래도 당신은 책에 대해 알고 있어요. 게다가 누가 당신이 학식 있기를 바라나요? 그것은 다른 할 일이 아무것도 없는 가엾은 사람에게나 맡겨요. 당신은ㅡ당신은ㅡ음!ㅡ"

"글쎄, 그러면, 내가 가기 전에 나에게 뭔가 읽어주는 건 어때요?", 캐서린이 시계를 보며 말했다.

"캐서린, 당신은 이제 막 왔어요! 자, 어디 봅시다. 내가 뭘 보여줘야 하나요?" 그는 일어서서, 의심스러운 듯이 망설이며 탁자 위에 있는 종이들을 뒤적거렸다. 그러고 나서 그는 원고 하나를 집어 들고 그의 무릎 위에 매끄럽게 편 뒤 의심스럽게 캐서린을 올려다봤다. 그는 그녀의 웃음을 포착했다.

"당신이 단지 친절한 마음에서 읽기를 요청한다는 생각이 들어요," 그가 갑자기 말문을 터트렸다. "이야기를 나눌 그 밖에 다른 주제를 찾아봅시다. 당신은 누구를 만나고 지냈나요?"

"나는 대체로 친절한 마음에서 뭔가를 부탁하지는 않아요," 캐서린이 말했다. "하지만 당신이 읽고 싶지 않다면 그럴 필요 없어요."

윌리엄은 격분하여 씩씩거렸다. 그리고 그의 원고를 한 번 더 펼쳤다. 비록 그의 시선은 그가 하던 대로 그녀의 얼굴에 머물렀지만. 어떤 얼굴도 더 심각하고 더 비판적일 수 없었을 것이다.

"사람들은 분명히 당신이 불쾌한 이야기를 하리라고 기대할 겁니다," 그가 지면을 매끄럽게 펼치고, 목을 가다듬고, 반절쯤 속으로 읽으며 말했다. "음! 공주는 숲에서 길을 잃는다. 그리고 그녀는 나팔 소리를 듣는다. (이것은 다만 무대에서 매우 멋질 것이다. 그러나 나는 여기서 효과를 낼 수 없다.) 어쨌든 실바노가 그래티언의 궁전에 남은 신사들과 함께 들어온다. 그가 독백하는 지점에서 시작합니다." 그는 머리를 휙 흔들고는 읽기 시작했다.

비록 캐서린은 이제 방금 문학에 대한 어떤 지식도 부인했지만, 주의 깊게 들었다. 적어도, 그녀는 처음 스물다섯 구절은 주의해서 들었다. 그리고 난 뒤 그녀는 인상을 찌푸렸다. 그녀는 로드니가 손가락을 들었을 때만—그녀는 운율이 막 바뀌었다는 표시라는 것을 알았다—단지 다시 주의력을 일깨웠다.

모든 동사의 어법은 운율을 가졌다는 게 그의 이론이었다. 운율에 대한 그의 전문적 지식은 대단했다. 그리고 드라마의 아름다움이 인물이 말하는 운율의 다양함에 놓여 있다면, 로드니의 극은 셰익스피어의 작품에 도전하고 있는 것이 분명했다. 캐서린이 셰익스피어에 대해 무지했지만 그녀가 연극이 관객들에게 냉담한 느낌을 일으키지 않아야 한다고 상당히 확신하는 것을 막지는 못했다. 예를 들어 시구가 흘러나옴에 따라 그녀를 압도하는 것과 같은 그러한 냉담함 말이다. 시구는 때로는 짧았고 때로는 길었다. 하지만 항상 동일하게 쾌활하고 가락이 좋은 소리로 전달되었는데, 그것은 청중의 머릿속의 같은 지점에 각 구절을 단단하게 고정시키는 듯했다. 여전히 이런 식의 기교는 예외적으로 남성적이라고 그녀는 생각했다. 여성들은 그런 기교를 행하지도 않고 또한 어떻게 평가하는지도 모른다. 그리고 그들의 남편이 이런 방면에서 뛰어나다면 그에 대한 존경심도 정당하게 커질 것이다. 신비화가 존경의 나쁜 토대는 아니기 때문이다. 아무도 윌리엄이 학자라는 것을 의심할 수는 없을 것이다. 읽기는 막이 종결되면서 끝이 났다. 캐서린은 할 말을 조금 준비해두었다.

"몹시 잘 쓴 것 같아요, 윌리엄. 물론 나는 세세하게 논평할 만큼 알지는 못하지만요."

"하지만 당신에게 감명을 준 건 기교죠—감정이 아니라?"

"물론 그와 같은 일부분에서는 기교가 사람들에게 가장 감명을 줘요."

"그런데 혹시 ― 당신은 더 짧은 한 편을 들을 시간이 있나요? 연인들 사이의 장면인데, 거기에는 어떤 진실한 감정이 있다고 생각해요. 데넘은 그것이 내가 쓴 최고의 것이라는 데 동의해요."

"당신은 그것을 랠프 데넘에게 읽어주었나요?" 캐서린이 놀라서 물었다. "그가 나보다는 더 나은 평가자죠. 그는 뭐라고 말했나요?"

"사랑하는 캐서린," 로드니가 소리쳤다. "내가 학자로서 물을 때처럼 당신에게 비평을 요구한 것은 아니에요. 내 작품에 대한 의견을 말하는 나에게 조금이라도 중요한 사람이 있다면 아마 영국에서 겨우 다섯 사람에 불과할 겁니다. 하지만 감정에 관한 한 나는 당신을 신뢰해요. 내가 그 장면들을 쓰고 있었을 때 종종 당신에 대해 생각했어요. 나는 나 자신에게 계속 질문했어요. '이제 이것은 캐서린이 좋아할 만한 것인가? 나는 글을 쓸 때 항상 당신을 생각해요, 캐서린. 그것이 당신이 알지 못하는 것일 때도 말이에요. 그리고 나는 차라리 ― 그래요, 나는 정말 차라리 ― 당신이 세상에서 어떤 사람보다 내 글에 대해 더 좋게 생각한다고 믿어요."

이것은 그가 그녀를 믿는다는 아주 진심 어린 찬사여서 그녀는 감동받았다.

"당신은 아주 지나치게 나에 대해 생각해요, 윌리엄," 그녀는 이런 식으로 말할 의도가 아니었다는 것을 잊고서 말했다.

"아니에요, 캐서린. 그렇지 않아요," 그는 자신의 원고를 서랍 속의 제자리에 다시 두며 말했다. "당신을 생각하는 것이 나에게 도움이 돼요."

아주 조용한 대답이 뒤를 이었다. 사실은 아무런 사랑의 표현도 없었고, 다만 그녀가 가야 한다면 그가 스트랜드 가로 데려다 줄 것이며, 그리고 그녀가 잠시 기다릴 수 있다면 실내복을 코트로 갈아입을 것이라는 말이 뒤를 이었다. 이러한 대답은 그녀의 마음을 움직여 그녀가 이제까지 경험하지 못했던 그에 대한 가장 따뜻한 애정의 느낌이 들도록 했다. 그가 옆방에서 옷을 갈아입는 동안, 그녀는 책장 옆에 서서 책을 꺼내 펼쳤지만 아무것도 읽지 못했다.

그녀는 로드니와 결혼할 것이라고 확실히 느꼈다. 어떻게 그것을 피할 수 있겠는가? 어떻게 그것을 비난할 수 있겠는가? 여기에서 그녀는 한숨을 쉬었다. 그리고 결혼에 대한 생각을 떨치고 꿈의 상태에 빠져들었는데, 그 속에서 그녀는 다른 사람이 되었고 온 세상이 변한 듯했다. 그 세상을 자주 방문했기 때문에 그녀는 거기에서 주저 없이 자신의 길을 찾을 수 있었다. 만약 그녀가 자신이 받은 인상을 분석하려 했다면, 그녀는 우리의 세상에 나타난 현상들의 실제들이 거기에 머물고 있다고 말했을 것이다. 실제 삶에서 초래된 것들과 비교하여 거기에서 그녀의 감각은 아주 직접적이고, 강력하며 방해받지 않았다. 동기만 있다면 사람들이 느꼈을 법한 것들이 있었다. 즉 단편적으로만 맛보는 완벽한 행복이, 또한 단지 섬광으로 사라지는 가운데 보이는 아름다움이 거기에서는 존재했다. 의심할 바 없이 이 세계의 많은 비품들은 과거로부터 직접 가져온 것인데, 심지어 엘리자베스 시대의 영국에서 온 것이기도 했다. 아무리 이 상상의 세계의 장식이 변한다 해도, 그 안에 두 가지 특질들은 변함없이 있었다. 그곳은 현실 세계가 가하는 억압으로부터 감정이 자유로워진 장소였다. 그리고 깨어남의 과정은 항상 체념과 일종의 현실을 냉정하게 받아들임으로 특징지어졌다. 그녀는 거기에서 데넘과는 달리 기적적으로 변한 지인을 전혀 만나지 못했다. 그녀는 영웅적인 역할을 맡지도 않았다. 그러나 그녀는 거기에서 분명히 어떤 고결한 영웅을 사랑했다. 그리고 그들이 미지 세계의 잎이 무성한 나무 사이로 함께 당당히 나아갔을 때, 그들은 해안에 부딪히는 파도처럼 신선하고 변치 않는 감정을 공유했다. 그러나 그녀에게 해방의 모래시계는 빨리 흘렀다. 심지어 숲의 나뭇가지들을 통과해서 화장대 위의 물건을 움직이는 로드니의 소리가 들려왔다. 그리고 캐서린은 들고 있던 책을 덮고 책장에 다시 꽂으면서 이 유람에서 깨어났다.

"윌리엄," 처음에 그녀는 누군가 수면상태에서 살아 있는 존재에게 목소리를 내는 것처럼 다소 힘없이 말했다. "윌리엄," 그녀가 단호하게 되풀이했다. "당신이 아직도 결혼하기를 원한다면, 난 할 거예요."

아마 어떤 남자도 자신의 가장 중요한 문제가 그렇게 밋밋하고, 그렇게 단조로우며, 그와 같이 기쁨이나 활력이 없는 목소리로 결정되리라 예상할 수는 없었을 것이다. 아무튼 윌리엄은 대답을 하지 않았다. 그녀는 냉정하게 기다렸다. 잠시 후 그는 옷방에서 활기차게 걸어 나와서, 그녀가 굴을 좀 더 사기를 원한다면 아직도 열려 있는 생선 가게를 안다고 말했다. 그녀는 깊이 안도의 한숨을 쉬었다.

며칠 후 힐버리 부인이 시누이 밀베인 부인에게 보낸 편지에서 발췌한 것이다.

"……전보에서 그 이름을 잊다니 내가 얼마나 어리석은지. 또한 그렇게 멋지고, 귀한 영국식 이름을. 게다가 그는 지성의 우아함을 모두 지녔어. 그는 말 그대로 **모든 것**을 읽었어. 나는 그를 저녁 식사에서 내 오른편에 앉게 할 거라고 캐서린에게 말했어. 사람들이 셰익스피어 작품의 인물들에 대해 말하기 시작할 때 그가 내 옆에 있게 하기 위해서 말이야. 그들은 풍요롭지는 않겠지만, 아주, 아주 행복할 거야. 어느 날 밤, 어떤 멋진 일도 내게 다시 일어나지 않을 것이라고 느끼면서 나는 내 방에 늦게 앉아 있었어. 그때 바깥 복도에서 캐서린이 있는 소리를 듣고 혼자 생각했지. '들어오게 할까?' 그러고 나서 생각했어(불이 꺼져가고 있고 생일이 막 끝났을 때 누군가 생각하게 되는 희망 없고, 서글픈 방식으로). '내 걱정거리로 왜 **그녀에게** 부담을 줘야 하나?' 하지만 나의 아주 보잘것없는 자제심이 보상을 받았어. 다음 순간 그녀가 문을 두드리고 들어와서 융단 위에 앉았기 때문이지. 그리고 비록 우리는 둘 다 아무 말도 하지 않았지만, 나는 그 순간 내내 아주 행복하다고 느껴서 소리치지 않을 수 없었어. '오, 캐서린, 네가 내 나이가 될 때, 너도 딸이 있기를 너무나 바라고 있단다!' 캐서린이 얼마나 말이 없는지 알지. 그녀는 그렇게 긴 시간 동안 너무 말이 없어서 어리석고 초조한 상태에서 나는 무엇인지 잘 모르지만 뭔가가 매우 걱정이 되었어. 그리고 난 뒤 그녀는 나에게 드디어 자신의 마음을 결정했다고 말했어. 그녀는 편지를 썼고 내일 그가 올 거라고 했어. 처음에 나는 전혀 기쁘지 않았어. 나는 그녀가 누구와도 결혼하기를 원치 않았거든. 하지만 그녀가 '달라지는 것은 아무것도 없을 거예요. 저는 항상 어머니와 아버지에게 가장 신경 쓸 거예요.'라고 말했을 때, 그때 나는 내가 얼마나 이기적인지를 알았어. 그리고 나는 그녀에게 말했어. 그에게 전부, 전부, 전부를 줘! 나는 두 번째가 되더라도 고마울 거라고 그녀에게 말했어. 하지만, 왜 사람들은 항상 결국 그렇게 되었으면 하고 희망한 대로 일이 되었을 때, 울기만 하고, 인생이 실패했고 이제 거의 끝나가며 나이 든 것에 아주 비참해 하는 버려진 늙은 여인처럼 느끼게만 될까? 그러나 캐서린이 나에게 말했어. '저는 행복해요. 저는 매우 행복해요.' 그리고 난 뒤 비록 그 당시 모든 것이 몹시 절망적으로 우울한 듯했지만, 캐서린은 자신이 행복하다고 말했던 것 같아. 그리고 나는 아들을 한 명 얻게 될 것이고 내가 가능한 상상할 수 있는 것보다 훨씬 더 멋진 일로 드러날 것이라고 생각했어. 비록 교회의 설교는 그렇게 말하지 않지만 세상은 우리가 그 속에서 행복하도록 의도되어 있다고 진짜 믿어. 그녀는 그들이 우리와 아주 가까이 살아서 매일 보러 올 거라고 말했어. 그리고 그녀는 전기 집필을 계속해나갈 것이고, 우리는 의도한 대로 전기를 끝마칠 거야. 그래서 결국 그녀가 결혼하지 않는다면 훨씬 더 끔찍할 거야 ─ 혹은 우리가 참을 수 없는 어떤 사람과 결혼한다고 생각해본다면? 그녀가 이미 결혼한 누군가와 사랑에 빠졌다고 가정한다면?"

"그리고 비록 누구나 자신이 좋아하는 사람들에게 어떤 사람이든 충분히 적당하다고 결코 생각하지 않지만, 그는 가장 친절하고, 가장 진실한 천성을 가졌다고 확신해. 그리고 그는 초조해 보이고 통솔력 있는 태도를 지니지 않았지만, 캐서린의 일이기 때문에 이러한 것들을 다만 생각해볼 뿐이야. 그리고 이제 이 편지를 쓰니까, 당연하게도, 언제나, 캐서린은 그가 가지지 못한 것을 가지고 있다는 생각이 들어. 그녀는 통솔력 있고 초조해하지도 않아. 다스리고 감독하는 것이 그녀에게는 자연스러워. 우리가 영혼으로서 말고는 그곳에 없을 때, 그녀를 필요로 할 어떤 사람에게 그녀가 이 모든 것을 주어야 할 시기야. 왜냐하면 사람들이 무엇이라 말하든 그렇게 행복했고 또 불행했던 이 멋진 세상으로 나는 다시 돌아올 거라고 확신하기 때문이지. 그리고 이 세상에서 지금도 나는 나뭇가지에 매혹적인 장난감이 아직도 달려 있는 거대한 요정의 나무에 또 다른 선물을 받으려고 손을 뻗고 있는 나 자신을 보는 것 같은 생각이 들어. 비록 그 장난감들이 지금은 어쩌면 더 희귀하고, 나뭇가지 사이로 별들과 산꼭대기들 외에 푸른 하늘은 더 이상 볼 수 없지만 말이야."

"더 이상은 알지 못하는 것 아닐까? 더 이상 아이들에게 어떤 충고도 하지 못 해. 다만 그들이 그것 없이는 삶이 아주 무의미하게 될, 신뢰할 수 있는 변함없는 비전과 힘을 가지기를 희망할 뿐이야. 그것이 내가 캐서린과 그녀의 남편에게 바라는 것이야."

제12장

"힐버리 씨나 힐버리 부인이 집에 계십니까?" 일주일 후 데넘이 첼시의 응접실에 있는 하녀에게 물었다.

"안 계십니다. 하지만 힐버리 양이 계십니다," 하녀가 대답했다.

랠프는 많은 대답을 예상했었지만, 이것은 아니었다. 그리고 이제 그녀의 아버지를 만난다는 핑계로 그를 첼시로 오게 했던 캐서린을 보게 될 기회라는 사실이 예기치 않게 명백해졌다.

그는 그 문제를 생각해보는 모습을 보였다. 그리고 응접실을 향해 위층으로 갔다. 몇 주 전, 처음으로 왔을 때처럼 그 문은 마치 세상을 조심스럽게 차단하는 천 개의 문처럼 닫혔다. 그리고 한 번 더 랠프는 방 한가운데 은쟁반과 도자기 찻잔 같은 부서지기 쉬운 짐을 올려놓은 둥근 탁자에 이르기 전에 그 방이 짙은 어둠, 벽난로 불빛, 흔들리지 않는 은색 초의 불꽃들, 그리고 가로지르게 될 빈 공간으로 가득 찬 듯한 인상을 받았다. 그러나 이번에 캐서린은 거기에 혼자 있었다. 그녀의 손에 있는 책은 그녀가 어떤 방문객들도 오리라고 예상하지 않았다는 것을 보여줬다.

랠프는 그녀의 아버지를 만나고 싶다고 말했다.

"아버지는 나가셨어요," 그녀가 대답했다. "하지만 기다리실 수 있다면 곧 오실 거예요."

그것은 단지 예의 탓이었을 테지만, 랠프는 그녀가 그를 꽤 진심으로 환대한다고 느꼈다. 어쩌면 그녀는 혼자 차를 마시고 책을 읽는 것에 지루해졌는지도 모른다. 어쨌든 그녀는 기분전환의 몸짓으로 책을 소파 위에 던졌다.

"그것은 당신이 경멸하는 현대 작가 가운데 한 명의 책인가요?" 그는 그녀의 소탈한 몸짓에 미소 지으며 물었다.

"네," 그녀가 대답했다. "당신마저도 경멸할 거라고 생각해요."

"저마저도?" 그가 반복했다. "왜 저마저도 인가요?"

"당신은 현대의 것들을 좋아한다고 말하셨죠. 저는 그것들을 싫어한다고 말했어요."

이것은 아마도 유품들 사이에서 이뤄진 그들의 대화의 아주 정확한 내용은 아니었지만, 랠프는 그녀가 그 대화에 대해 무엇이든 기억한다고 생각하니 기쁘고 우쭐해졌다.

"혹은 제가 모든 책을 싫어한다고 고백했나요?" 조사하는 태도로 그를 올려다보면서 그녀가 계속 말했다. "저는 잊어버렸어요 —"

"당신은 모든 책을 싫어하시나요?" 그가 물었다.

"어쩌면 겨우 열 권 읽었는데 제가 모든 책을 싫어한다고 말한다면 부당할 거예요. 하지만 —" 여기서 그녀는 갑자기 멈추었다.

"그런데요?"

"네, 저는 모든 책을 싫어해요," 그녀가 계속해서 말했다. "왜 당신은 당신의 감정에 대해 끊임없이 말하고 싶어 하세요? 그게 제가 이해할 수 없는 거예요. 그리고 시는 모두 감정에 대한 것이고 —소설도 모두 감정에 대한 것이지요."

그녀는 힘차게 케이크를 여러 조각으로 잘랐다. 그리고 감기 때문에 자신의 방에 있는 힐버리 부인을 위해 빵과 버터가 놓인 쟁반을 준비하면서 위층으로 가기 위해 일어섰다.

랠프는 그녀에게 문을 열어줬다. 그러고 나서 방 가운데에서 손을 꼭 쥔 채 서 있었다. 그의 눈은 빛났고, 실로 그는 그 눈이 꿈을 보는지 혹은 현실을 보는지 거의 알지 못했다. 거리를 따라 내려오는 동안 내내, 그리고 현관 계단에 이르러 그가 그 계단을 오르는 동안, 캐서린에 대한 꿈이 그를 사로잡았다. 방 입구에서 그는 자신이 꿈꾸었던 그녀와 실제 그녀 사이의 아주 괴로운 충돌을 막기 위해 그 꿈을 떨쳐버렸었다. 그리고 오 분 만에 그녀는 오래된 꿈의 외피를 살아 있는 몸으로 채웠다. 또한 그녀는 환영의 눈길에서 나온 광채를 지니고 바라보았다. 그는 그녀의 의자와 탁자 사이에 있는 자신을 발견하고 그의 주변을 당황해하며 훑어보았다. 그것들은 진짜였다. 왜냐하면 그는 캐서린이 앉았던 의자의 등받이를 세게 붙잡았기 때문이다. 그런데 아직 그것들은 비현실적이었고, 분위기는 꿈 속의 분위기였다. 그는 그 순간이 그에게 제공하는 것을 붙잡기 위해 그의 정신의 모든 능력을 동원했다. 그리고 그의 마음 깊은 곳에서 진실에 대한 억제되지 않는 즐거운 인식이 솟아났다. 즉 인간 본성은 그 아름다움으로 우리의 가장 무모한 꿈이 우리에게 암시하는 모든 것을 능가한다는 진실이었다.

캐서린이 잠시 후 방으로 왔다. 그는 그녀가 그를 향해 오는 것을 보면서 서 있었다. 그리고 그녀가 자신의 공상 속의 그녀보다 더 아름답고 낯설다고 생각했다. 실제의 캐서린은 이마 뒤와 눈 깊은 곳을 가득 채운 것 같은 말을 구사할 수 있었고, 가장 평범한 문장도 이러한 영원의 빛에 의해 번쩍이게 될 것이기 때문이었다. 그리고 그녀는 꿈의 가장자리에서 넘쳐흘렀다. 그는 그녀의 부드러움이 거대한 눈에 덮인 올빼미의 부드러움과 같다고 생각했다. 그녀는 손가락에 루비를 끼고 있었다.

"어머니께서는 제가 당신에게 말해주기를 원하세요," 그녀가 말했다. "당신이 시를 시작하기를 바라신다고요. 그녀는 모든 사람이 시를 써야 한다고 말씀하세요……. 저의 모든 친척들이 시를 써요," 그녀가 계속 말했다. "저는 때때로 그것을 생각하면 견딜 수가 없어요 — 왜냐하면, 당연히 그 어느 것도 훌륭하지가 않아요. 그러나 한편으로 누구든 그것을 읽을 필요는 없어요 —"

"당신은 제가 시를 쓰도록 격려하지는 않는군요," 랠프가 말했다.

"하지만 당신 역시 시인은 아니지 않나요, 그렇죠?" 그녀가 웃음을 띠고 그에게 향하면서 물었다.

"내가 시인이라면 당신에게 말해야 할까요?"

"네, 저는 당신이 진실을 말한다고 생각하기 때문이죠," 이제 거의 감정없이 솔직한 시선으로 그에게서 그 증거를 확실하게 찾으면서 그녀가 말했다. 랠프는 아주 다르고 게다가 아주 솔직한 기질을 가진 사람을 숭배하기란 쉬울 것이라고 생각했다. 앞으로 일어날 고통을 생각하지 않고, 무모하게 그녀에게 굴복하는 것은 쉬울 것이라고 생각했다.

"당신은 시인인가요?" 그녀가 물었다. 그는 그녀의 질문이 마치 그녀가 묻지 않은 질문에 대답을 찾고 있는 것처럼 그 배후에 설명되지 않는 의미에 무게가 있다고 느꼈다.

"아닙니다. 몇 년 동안 어떤 시도 쓰지 않았어요," 그가 대답했다. "하지만 언제나 당신의 생각에 동의하지는 않습니다. 저는 그것이 유일하게 할 만한 가치가 있는 것이라고 생각합니다."

"왜 그렇게 말씀하시죠?" 그녀는 자신의 찻잔의 옆면을 찻숟가락으로 두세 번 두드리면서 거의 초조하게 물었다.

"왜냐고요?" 랠프는 마음에 떠오른 첫 마디를 붙잡았다. "왜냐하면 그것은 그렇지 않으면 사라질 이상을 계속 살아 있게 해주기 때문입니다."

마치 마음의 불꽃이 가라앉는 것처럼 묘한 변화가 그녀의 얼굴에 나타났다. 그녀는 아이러니컬하게 그리고 이전에 그것에 대한 더 나은 표현이 없어서 그가 슬픈 듯하다고 생각한 표정으로 그를 보았다.

"저는 이상을 가지는 것이 대단히 의미 있는지 모르겠어요," 그녀가 말했다.

"하지만 당신은 이상을 가지고 있어요," 그가 힘차게 대답했다. "왜 우리는 그것을 이상이라고 부르지요? 그것은 시시한 말입니다. 꿈이라면, 무슨 말이냐 하면—"

그녀는 그가 말을 마치면 열의에 넘쳐 대답하려는 듯이 입을 벌린 채 그의 말에 귀를 기울였다. 그러나 그가 "꿈이라면, 무슨 말이냐 하면"이라고 말했을 때, 응접실 문이 획 열렸고, 알아차릴 수 있을 정도의 순간 동안 그렇게 열려 있었다. 그들은 둘 다 말이 없었고, 그녀의 입은 아직도 벌어져 있었다.

꽤 떨어진 곳에서 그들은 치맛자락이 스치는 소리를 들었다. 그 뒤 그 치마를 입은 주인공이 문간에 나타났다. 그녀는 자신과 함께 온 훨씬 더 작은 숙녀의 모습을 거의 가리면서 문간을 꽉 채웠다.

"고모들!" 캐서린이 조용히 작은 소리로 말했다. 그녀의 어조에는 비극적인 암시가 있었다. 하지만 그 상황에서 필요한 정도만큼이라고 랠프는 생각했다. 그녀는 체격이 더 큰 숙녀를 밀리선트 고모라고 불렀다. 더 작은 숙녀는 실리어 고모, 즉 밀베인 부인이었는데 그녀는 최근에 시릴을 그의 아내와 결혼시키는 임무를 떠맡았다. 두 숙녀 모두, 특히 캐섬 부인(밀리선트 고모)에게는 오후 다섯 시 경에 런던을 잠깐 방문하는 나이 든 숙녀들에게 어울리는 고상하고 부드러우며 진홍빛으로 물든 모습이 있었다. 유리를 통해 보이는 롬니[1]가 그린 초상화들에는 오후의 일광으로 물든 붉은 벽에 걸린 살구의 모습처럼 약간의 연분홍빛과, 온화한 표정, 그리고 한창 피어나는 부드러움이 있었다. 캐섬 부인은 늘어지는 모피 토시와 목걸이들, 그리고 흔들리는 느슨한 주름이 있는 옷으로 몹시 치장을 하여 안락의자를 가득 채운 갈색과 검은색의 덩어리에서 인간의 형상을 찾아내기란 불가능했다. 밀베인 부인은 훨씬 더 마른 모습이었다. 그러나 그가 그녀의 윤곽선을 주시했을 때, 그녀의 정확한 윤곽선에 대한 동일한 의혹이 랠프를 우울한 조짐으로 가득 채웠다. 도대체 그가 어떤 말을 하면 이러한 터무니없고 별난 인물들의 마음을 움직일 수 있을 것인가? ―캐섬 부인이 차려입은 복장에 커다란 철사 용수철이 들어 있는 것처럼, 그녀의 기묘한 흔들거림과 고개를 끄덕임에 뭔가 몽환적으로 비현실적인 것이 있었기 때문이다. 그녀의 목소리는 높은 가락에 구구 울리는 음색을 지녔는데, 이 음색은 단어들을 늘였다 짧게 줄였다 해서 결국 영어가 더 이상 일상적인 목적에 어울리지 않는 듯했다. 랠프가 그렇게 생각한 초조한 순간에, 캐서린은 수없이 많은 전등을 켰다. 그러나 캐섬 부인은 일련의 연설을 위한 추동력을 얻었다(어쩌면 그녀의 흔들리는 움직임이 그런 목적을 지녔는지도 모른다). 그리고 이제 그녀는 랠프에게 능숙하고 정성스럽게 말을 건넸다.

---

1   조지 롬니(George Romney, 1734~1802), 영국의 초상화가.

"나는 워킹[2]에서 오는 길이에요, 파펌 씨. 당연히 당신은 왜 워킹이냐고 물으시겠죠? 그리고 그것에 대해 나는 대답하죠, 일몰 때문이라고. 아마 백 번째일 겁니다. 우리는 일몰 때문에 거기에 갔어요. 하지만 그건 이십오 년 전이었어요. 이제 어디에 일몰이 있나요? 아아! 이제 사우스 코스터보다 더 가까운 곳에는 일몰이 없어요." 그녀의 풍부하고 낭만적인 음색과 함께 길고 하얀 손을 흔들었다. 그리고 이 손이 흔들릴 때 다이아몬드와 루비, 그리고 에메랄드들이 번쩍이는 빛을 발했다. 랠프는 그녀가 보석으로 꾸며진 머리장식을 쓴 코끼리나, 혹은 횃대 위에 불안정하게 균형을 잡은 채 설탕 덩어리를 변덕스럽게 쪼아 먹고 있는 화려한 앵무새와 더 많이 닮은 것이 아닐까 하고 생각했다.

"이제 일몰이 어디에 있나요?" 그녀가 반복했다. "당신은 요즘 일몰을 보시나요, 파펌 씨?"

"저는 하이게이트에 살고 있습니다," 그가 대답했다.

"하이게이트에? 네, 하이게이트는 매력이 있죠. 네 아저씨 존이 하이게이트에 살았단다," 그녀는 캐서린 쪽으로 몸을 휙 돌렸다. 잠시 깊이 생각하는 것처럼 고개를 가슴쪽으로 숙였다. 그런 뒤 그녀는 고개를 들고 말했다. "아마 하이게이트에는 아주 아름다운 골목길이 있을 겁니다. 네 어머니와 같이 야생 산사나무 꽃으로 만발한 골목길들을 통과하며 걸었던 걸 기억할 수 있단다, 캐서린. 하지만 이제 산사나무가 어디에 있니? 당신은 드 퀸시[3]의 그 정교한 묘사를 기억하시나요, 파펌 씨? ─ 그런데 나는 생각이 안 나요. 당신은, 몹시 활력 있고 깨어 있는 세대인데, 그것에 대해 나는 경탄만 할 수 있을 뿐이에요" ─ 여기서 그녀는 아름답고 하

2 런던으로부터 남서쪽에 위치한 도시.
3 토머스 드 퀸시(Thomas De Quincey, 1785~1859), 영국 소설가, 수필가.

밤과 낮 197

얀 두 손을 펼쳤다—"드 퀸시를 읽지 말아요. 벨록, 체스터턴, 버나드 쇼[4]가 있어요 — 왜 당신이 드 퀸시를 읽어야 하나요?"

"하지만 저는 드 퀸시를 읽습니다," 랠프가 이의를 제기했다. "어쨌든, 벨락과 체스터턴보다 많이 읽습니다."

"정말요!" 놀람과 안도의 몸짓이 뒤섞인 채 캐섬 부인이 소리쳤다. "그러면, 당신은 당신 세대에서 **드문 사람**이군요. 나는 드 퀸시를 읽는 사람을 만나서 기뻐요."

여기서 그녀는 손을 움푹하게 구부려 가리개를 만들었고, 캐서린을 향해 몸을 기울이면서 잘 들리게 속삭이면서 물었다.

"네 친구는 **글을 쓰니**?"

"데넘 씨는," 캐서린은 평소보다 더 분명하고 단호하게 말했다. "평론지에 글을 쓰고 있어요. 그는 변호사예요."

"입매를 보여주는 깨끗이 면도한 입술! 나는 그걸 즉시 알아보았어. 나는 변호사들과 있으면 항상 마음이 편안해요, 데넘 씨 —"

"예전에는 변호사들이 아주 많이 우리 주변으로 오곤 했어요," 연약하고 낭랑한 음색이 오래된 종의 부드러운 음조로 낮아지면서 밀베인 부인이 끼어들었다.

"당신은 하이게이트에 산다고 했지요," 그녀가 계속 말했다. "아직도 템페스트 로지라고 불리는 오래된 집이 있는지 당신이 혹시 알고 있나 궁금해요—정원 속에 있는 오래된 하얀 집인데요?"

랠프는 고개를 저었고, 그녀가 한숨을 쉬었다.

"아, 저런. 그것은 지금쯤은 다른 모든 오래된 집들과 함께 분명히 철거되었을 거예요. 그 당시에는 아주 아름다운 골목길이 있었어요. 그러니까 그런 곳에서 네 아저씨가 에밀리 아주머니와

4　힐레어 벨록(Hilaire Belloc, 1870~1953)과 체스터턴(G. K. Chesterton, 1874~1936)은 영국의 가톨릭계 수필가이며 경제학자이다. 이들은 영국의 극작가 조지 버나드 쇼(George Bernard Shaw, 1856~1950)를 함께 공격했다.

만났던 거란다," 그녀가 캐서린에게 말했다. "그들은 골목길을 따라서 집으로 걸어갔지."

"보닛을 쓴 오월의 풋내기였어," 캐섬 부인이 회상에 잠겨 갑자기 외쳤다.

"그리고 다음 일요일 그는 단춧구멍에 제비꽃을 꽂았어. 그리고 그것을 보고 우리는 추측하게 되었지."

캐서린은 웃었다. 그녀는 랠프를 보았다. 그의 눈은 생각에 잠겨 있었고, 그녀는 이 오래된 잡담에서 그가 아주 만족스럽게 숙고할 만한 무엇인가를 찾았는지 궁금했다. 그녀는 이유를 거의 알지 못했지만 그에게 묘한 동정심을 느꼈다.

"존 아저씨 —네, 고모는 항상 아저씨를 '가엾은 존'이라고 부르시죠 왜 그렇죠?" 그녀는 그들이 계속 이야기하도록 질문했는데, 실제로 그들이 이야기를 계속하는 데 질문이 거의 필요하지 않았다.

"그의 아버지인 연로한 리차드 경이 항상 그를 그렇게 불렀어. 가엾은 존, 혹은 가문의 멍청이라고," 밀베인 부인이 그들에게 서둘러 알려주었다. "다른 아들들은 아주 똑똑했어. 그리고 그는 시험을 결코 통과할 수 없었지. 그래서 그들은 그를 인도로 보냈어 —그 당시에는 긴 항해였어, 가엾은 사람. 너는 네 방이 있었지만, 알잖아, 방을 네가 꾸몄지. 하지만 그는 기사 작위와 연금을 받게 될 것 같아." 그녀는 랠프를 향해 몸을 돌리며 말했다. "그곳이 영국이 아니긴 하지만."

"아니지," 캐섬 부인이 그녀의 말을 확실히 했다. "그곳은 영국이 아니야. 그 당시 우리는 인도 판사의 직무가 영국의 지방법원의 판사 직무와 거의 비슷하다고 생각했어. 판사님 —기분 좋은 칭호지만 그래도 최고의 지위에 있는 것은 아니었어," 그녀가 한숨지었다. "너에게 아내와 일곱 명의 아이들이 있고, 오늘날 사람들이 네 아버지의 이름을 아주 빨리 잊어버린다면—글쎄, 너는 네가 얻을 수 있는 것을 손에 넣어야 해," 그녀가 결론지었다.

"그리고 나는," 밀베인 부인은 꽤 확신을 가지고 목소리를 낮추며 다시 이야기를 계속했다. "존은 아내인, 네 아주머니 에밀리가 없었다면 더 많은 일을 했을 거라고 생각해. 그녀는 물론 그에게 헌신적인 아주 좋은 여자였어. 하지만 그녀는 그를 위한 야망이 없었어. 아내가 남편을 위한 야망이 없다면, 특히 법률과 같은 전문직에서, 의뢰인들이 곧 알게 돼. 우리가 젊은 시절에는. 데넘 씨, 우리는 우리 친구들이 결혼하는 여성들을 보고서 어떤 친구들이 판사가 될 것인지 알 수 있다고 말하곤 했어요. 그리고 정말 그랬고, 그리고 항상 그럴 거라고 믿어요." 그녀는 이렇게 산만한 말들을 요약하면서 덧붙였다. "나는 어떤 남자도 자신의 직업에서 성공하지 못한다면 정말 행복하다고 생각하지 않아."

캐섬 부인은 차 탁자 측면에서 좀 더 무게 있고 명민하게 일단 그녀의 머리를 끄덕이고, 그 뒤 다음과 같이 말하면서 이러한 소감에 찬성했다. "아니, 남자들은 여자들과 같지 않아. 알프레드 테니슨[5]이 다른 많은 것들에 대해서 그랬던 것처럼 그것에 관한 진실을 말했다고 생각해. 그가—『공주』의 후속편인—『왕자』를 쓰기 위해 살아 있었으면 하고 내가 얼마나 바라고 있는데! 우리는 인간이 얼마나 훌륭할 수 있는지 누군가가 우리에게 보여주기를 원해. 우리에게는 로라와 베아트리체, 안티고네와 코델리아[6]가 있지만, 영웅적인 남성이 없어. 시인으로서 당신은 그것에 대해

5 알프레드 테니슨 경(Alfred, Lord Tennyson, 1809~1892), 영국의 계관시인.
6 로라Laura와 베아트리체Beatrice는 각각 이탈리아 시인인 페트라르카Petrarch와 단테Dante에게 영감을 준 여인이다. 안티고네Antigone는 그리스의 극작가 소포클레스 Sophocles의 『안티고네』의 여주인공이며, 코델리아Cordelia는 셰익스피어의 『리어 왕』의 여주인공이다.

어떻게 설명하시나요, 데넘 씨?"

"저는 시인이 아닙니다." 랠프는 쾌활하게 말했다. "저는 단지 변호사일 뿐입니다."

"그렇지만 당신은 글도 쓰지요?" 캐섬 부인은 자신이 진실로 문학에 열심인 젊은이라는 매우 귀중한 발견물을 놓치게 될까 염려하면서 캐물었다.

"여가 시간에요." 데넘이 그녀를 안심시켰다.

"여가 시간에요!" 캐섬 부인이 되풀이했다. "그게 정말 강한 애정의 증거예요." 그녀는 눈을 반쯤 감았다. 그리고 값싼 양초의 불빛 아래 불멸의 소설을 쓰면서, 다락방에 기거하는 소송 의뢰인이 없는 변호사에 대한 매혹적인 심상에 몰두했다. 그러나 위대한 작가들의 책을 빛나게 했던 그들이 창조한 인물들에게 일어난 로맨스는 그녀의 경우에 거짓된 빛을 발하지 않았다. 그녀는 호주머니에 셰익스피어의 작품을 가지고 다녔고 시인의 언어로 굳건해진 삶과 마주했다. 그녀가 얼마나 데넘을 알고 있는지, 그녀가 얼마나 그를 소설 속의 영웅과 혼동하고 있는지 말하기는 어려울 것이다. 문학은 그녀의 기억조차 지배해왔다. 아마도 그녀는 그를 오래된 소설 속의 어떤 인물과 비교하고 있었을 것이다. 그녀가 잠시 후 다음과 같이 말했기 때문이다.

"음―음―펜데니스―워링턴―나는 결코 로러를 용서할 수 없어," 그녀는 힘차게 단언했다. "모든 것에도 불구하고. 조지와 결혼하지 않은 것에 대해서. 조지 엘리엇[7]도 똑같은 일을 했어. 루이스는 댄스 교사처럼 행동하는 약간 개구리 같은 얼굴을 한 남자

---

7 윌리엄 메이크피스 새커리William Makepeace Thackeray의 소설 『펜데니스의 역사 The History of Pendennis』에 등장하는 주인공 아서 펜데니스와 그의 친구 조지 워링턴. 여주인공 로러 벨은 조지 대신 자신이 늘 사랑했던 아서와 결혼했다.

야.[8] 하지만 지금 워링턴은 그에게 유리한 모든 것을 가졌어. 지성, 열정, 로맨스, 명성. 그리고 그 관계는 다만 대학생의 어리석음의 한 가지 사례에 불과해. 아서는 항상 내게 약간 멋만 부리는 사람처럼 보였다고 인정해. 나는 로러가 어떻게 그와 결혼했는지 상상할 수 없어. 그러나 당신은 변호사라고 말했죠, 데넘 씨. 이제 당신에게 한두 가지 질문하고 싶은 것이 있어요—셰익스피어에 관해서요—" 그녀는 약간 힘들여 조그맣고 헤진 책을 꺼내 펼쳤고, 그것을 공중에 흔들었다. "요즘 사람들은 셰익스피어가 변호사였다고 말해요. 그것이 인간 본성에 대한 그의 지식을 설명해준다고들 하죠. 당신에게 좋은 본보기가 있어요, 데넘 씨. 당신의 의뢰인들을 연구하세요, 젊은이. 그리고 머지않아 세상은 더 풍요로울 거라는 데 의심하지 않아요. 지금 우리가 세상에서 어떻게 되어가고 있는지 말해봐요. 당신이 기대했던 것보다 더 좋은가요, 혹은 더 나쁜가요?" 그리하여 몇 마디 말로 인간 본성의 가치를 요약해달라는 요청을 받은 랠프는 주저 없이 대답했다.

"더 나쁩니다, 캐섬 부인, 훨씬 더 나빠졌어요. 저는 보통의 남성이 어느 정도는 악당이라는 게 염려됩니다—"

"그리고 보통 여자는요?"

"네, 저는 보통 여자도 역시 마음에 들지 않습니다—"

"아, 저런, 그게 아주 틀림없다고 확신해요, 아주 틀림없어요." 캐섬 부인이 한숨 쉬었다. "스위프트[9]는 당신에게 동의했을 겁니다, 어쨌든—" 그녀는 그를 보고, 그의 눈썹에 탁월한 능력을 보여주는 표시가 있다고 생각했다. 그녀는 그가 풍자에 전념하면 잘할

---

8 조지 엘리엇(George Eliot, 1819~1880), 영국 소설가. 조지 헨리 루이스(George Henry Lewes, 1817~1878)와 결혼했다.

9 조너선 스위프트(Jonathan Swift, 1667~1745), 영국 소설가, 풍자가, 성공회 성직자. 『걸리버 여행기』의 저자.

것이라고 생각했다.

"당신도 기억하다시피 찰스 래빙턴은 변호사였어요," 밀베인 부인이 실제 인물들에 대해 이야기할 수 있는데도, 허구적인 인물들에 대해 말하는 데 시간을 허비하는 것에 다소 화를 내면서 끼어들었다. "하지만 너는 그를 기억하지 못할 거야, 캐서린."

"래빙턴 씨요? 아, 네, 기억해요," 캐서린은 약간 놀라며 다른 생각에서 깨어나 말했다. "우리가 텐비 근처 집에 살았던 여름에요. 저는 들판과 올챙이들이 있는 연못과, 그리고 래빙턴 씨와 함께 큰 건초더미들을 만들었던 것을 기억해요."

"그녀가 맞아. 올챙이들이 있는 연못이 정말 **있었어**," 캐섬 부인이 확증해주었다. "밀레이는 '오필리아[10]' 때문에 그 연못에 대해 연구를 했어. 어떤 사람들은 그 그림이 그가 그린 가장 최고의 그림이라고 말해 —"

"그리고 저는 뜰에 묶여 있던 개와 공구실에 매달려 있던 죽은 뱀들을 기억해요."

"네가 황소에게 쫓겼던 게 바로 텐비에서지," 밀베인 부인이 계속 말했다. "하지만 너는 아마 기억할 수 없을 게다. 비록 네가 놀랄 만한 아이라는 것은 사실이지만. 캐서린은 저런 눈을 가졌어요, 데넘 씨! 나는 저 애의 아버지에게 말하곤 했어요. '캐서린이 우리를 지켜보며 어린 마음속으로 우리 모두를 빠르게 평가하고 있어요.' 그리고 그 당시 그들에게는 유모가 있었어," 그녀는 랠프에게 매력적인 엄숙함을 지닌 채 자신의 이야기를 계속 이어갔다. "그 유모는 좋은 여자였지만 선원과 약혼했지. 그녀가 아기를 돌보고 있어야만 했을 때, 그녀의 시선은 바다에 가 있었어. 그리고 힐버리 부인은 이 처녀에게 — 수전이 그녀의 이름이야 — 마

10 셰익스피어의 『햄릿』의 여주인공.

을에서 그 선원이 머물도록 허락했어. 그들은 그녀의 친절을 악용했어. 말하기 유감스럽지만. 그리고 그들이 샛길에서 걷고 있는 동안 유모차를 황소가 있는 들판에 홀로 세워두었단다. 그 동물은 유모차에 있는 붉은 담요를 보고 격분했어. 그리고 어떤 신사가 때마침 걸어가고 있지 않았더라면, 그래서 그의 두 팔로 캐서린을 구출하지 않았더라면 무슨 일이 일어났을지 아무도 모를 거다!"

"그 황소는 암소에 불과했어요, 실리어 고모," 캐서린이 말했다.

"애야, 그것은 크고 붉은 데번셔 황소였어. 그리고 오래지 않아서 그 소는 어떤 남자를 들이받아 죽였고. 그래서 도살당해야 했어. 그리고 네 어머니는 수전을 용서했어 — 나라면 절대 할 수 없었을 일이지."

"매기는 수전과 그 선원을 아주 가엾게 여겼다고 확신해," 캐섬 부인은 다소 신랄하게 말했다. "내 올케는," 그녀가 계속했다. "삶의 모든 위기 때마다 그녀의 짐을 신의 섭리에 맡겼어. 그리고 섭리는 고결하게 응답했다고 인정해야겠어, 지금까지는 —"

"그래요," 캐서린이 웃으며 말했다. 그녀는 나머지 가족들을 분개하게 했던 무모함을 좋아했기 때문이다. "어머니의 황소들은 결정적인 순간에 항상 암소들로 바뀌어요."

"그런데," 밀베인 부인이 말했다. "이제 황소로부터 너를 보호해줄 사람이 생겨서 기쁘구나."

"저는 윌리엄이 황소로부터 누군가를 보호하는 것을 상상할수 없어요," 캐서린이 말했다.

캐섬 부인은 한 번 더 셰익스피어의 책을 호주머니에서 꺼냈고, 『자에는 자로』에서 모호한 구절에 대해 랠프에게 조언을 구했다. 그는 캐서린과 그녀의 고모가 말하는 것의 의미를 즉시 파악하지 못했다. 그는 윌리엄이 어떤 어린 사촌을 뜻한다고 추정했다. 그가 지금 캐서린을 소매 없는 원피스를 입은 아이로 생각했기 때문이다. 하지만, 그럼에도 불구하고 정신이 아주 많이 산만해져서 그의 시선은 지면 위의 단어들을 거의 따라갈 수 없었다. 잠시 후 그는 그들이 약혼반지에 대해 분명하게 말하는 것을 들었다.

"저는 루비를 좋아해요," 그는 캐서린이 말하는 것을 들었다.

"보이지 않는 강풍 속에 갇혀서,
　멈추지 않는 맹렬함에 휩쓸려 날려 간다.
　공중에 매달려 있는 세계 주위로……"[11]

캐섬 부인이 읊조렸다. 같은 순간 랠프의 마음속에 "로드니"가 "윌리엄"과 꼭 맞춰졌다. 그는 캐서린이 로드니와 약혼했다고 확신이 들었다. 그의 첫 느낌은 그녀를 향한 격한 분노였는데, 줄곧 그녀는 완전히 타인이었고 로드니와 결혼하기 위해 약혼해 있으면서, 방문하는 동안 내내 그를 속였고, 노부인들의 유쾌한 이야기로 그를 즐겁게 했으며, 그녀의 어린 시절을 공유하며 그녀를 풀밭에서 놀고 있는 아이로 상상하게 했기 때문이다.

그러나 그것이 가능했는가? 분명히 그것은 가능하지 않았다. 그의 눈에 그녀는 아직도 아이였기 때문이다. 그는 아주 오래 책 위에 한동안 멈춰 있었기 때문에 캐섬 부인은 그의 어깨너머로 조카딸을 보고 질문할 기회가 있었다.

11　셰익스피어의 『자에는 자로』 3막 1장. 클로디오가 그의 여동생 이사벨라에게 죽음의 공포에 대해 묘사하고 있다. 바로 앞 장면에서 이사벨라는 안젤로에게 "날카로운 채찍의 인상을 루비처럼 간직하고 있을 것이다"라고 말하고 있다는 점에서 이 구문은 캐서린이 앞서 말한 "저는 루비를 좋아해요"와 관련되어 있다.

"그래서 넌 이미 집을 결정했니, 캐서린?"

이것은 그에게 그 끔찍한 생각의 진실에 확신을 주었다. 그는 즉시 위를 바라보며 말했다.

"맞아요, 어려운 구절입니다."

그의 목소리는 아주 많이 변했다. 캐섬 부인이 아주 당황하여 그를 바라볼 정도로 그는 퉁명스럽게, 그리고 심지어 멸시하는 듯이 말했다. 다행히 그녀는 남자들에게서 무뚝뚝함을 예상하는 세대에 속했다. 그리고 그녀는 단지 데념이 아주, 아주 똑똑하다고 확신을 느꼈을 뿐이다. 데념이 할 말이 없는 듯하자 그녀는 자신의 셰익스피어를 다시 돌려받아 노인의 매우 애처로운 체념을 보이면서 그 책을 다시 한 번 더 자신의 몸에 감춰 넣었다.

"캐서린은 윌리엄 로드니와 약혼했어요," 그녀가 한동안 중단된 대화를 채우려고 말했다. "우리의 아주 오랜 친구죠. 또한 그는 문학에 대해 훌륭한 지식을 가졌어요 — 훌륭하죠." 그녀는 다소 멍하니 머리를 끄덕였다. "당신들은 서로 만나야 해요."

데념의 한 가지 바람은 가능한 빨리 그 집을 떠나는 것이었다. 하지만 노부인들이 일어서서 침실에 있는 힐버리 부인을 찾아가기를 제안하고 있었다. 그래서 그의 편에서 어떤 이동도 할 수 없었다. 동시에 그는 무엇인지는 모르지만 캐서린에게만 뭔가 말하고 싶었다. 그녀는 고모들을 위층으로 모셔갔다. 그리고 놀랍도록 순수하고 다정한 태도로 다시 한 번 더 그를 향해 되돌아왔다.

"아버지께서 돌아오실 거예요," 그녀가 말했다. "앉으시겠어요?" 그리고 이제 그들이 다과회에서 완벽하게 다정한 웃음을 나눌 수 있는 것처럼 그녀는 웃었다.

그러나 랠프는 앉으려고 하지 않았다.

"당신을 축하해줘야겠군요," 그가 말했다. "그건 제게 새로운 사실이었습니다." 그는 그녀의 안색이 변하는 것을 보았다. 하지만 다만 전보다 더 진지해졌을 뿐이었다.

"제 약혼이요?" 그녀가 물었다. "네, 저는 윌리엄 로드니와 결혼하려고 해요."

랠프는 완전히 침묵한 채 의자 뒤에 손을 얹고 서 있었다. 심연이 그들 사이의 어둠 속으로 뛰어드는 듯했다. 그는 그녀를 보았다. 하지만 그녀의 표정은 그녀가 자신에 대해 생각하지 않고 있다는 것을 보여주었다. 어떤 후회나 잘못에 대한 자각도 그녀를 불안하게 하지 않았다.

"그러면, 가야겠습니다." 그가 드디어 말했다.

그녀는 무언가 막 말하려는 듯했다가 마음을 바꾸고 다만 이렇게 말했다.

"당신이 다시 오기를 바랍니다. 우리는 항상"—그녀가 주저했다—"방해받는 듯하군요."

그는 인사를 하고 그 방을 떠났다.

랠프는 강변로를 따라 아주 빠르게 성큼성큼 걸었다. 어떤 외부의 갑작스런 공격에 저항하려는 것처럼 모든 근육이 긴장하여 팽팽해져 있었다. 그 순간 막 그의 몸을 향해 공격이 행해진 것처럼 보였기 때문이다. 그래서 그의 두뇌는 납득하지 못한 채 경계를 했다. 잠시 후 자신이 더 이상 감시 아래 있지 않고 어떤 공격도 받지 않았다는 것을 알게 되자 그는 발걸음을 늦췄다. 고통이 그의 온몸 구석구석에 퍼져서 완전히 지배했고, 방어하려는 첫 분투에서 기진맥진하여 더 이상 힘의 저항에 거의 맞닥뜨리지 않았다. 그는 강변로를 따라 집으로 향하기는 커녕 집에서 멀어지며 힘없이 나아갔다. 그는 세상에 휘둘렸다. 그는 자신이 본 광경에서 아무런 일정한 규칙도 만들지 못했다. 그가 종종 다른 사람들에 대해 상상했던 것처럼, 그는 지금 자신이 강물 위에 표류하고 있으며 통제와는 아주 동떨어져 있고, 상황을 더 이상 통제하지 못하는 사람이라고 느꼈다. 선술집 문간에서 빈둥거리고 있는 노쇠한 남성들이 이제 그와 같은 처지의 사람들처럼 보였다. 그리고 그는, 그들이 느끼리라고 생각하면서, 자신의 목적지를 향해 빠르고 분명하게 지나쳐가는 사람들에게 질시와 미움이 섞인 감정을 느꼈다. 그들 역시 사물을 희미하게 그림자처럼 보았으며 바람의 가장 가벼운 산들거림에 의해 떠돌아다녔다. 캐서린이 약혼한 이후, 보이지 않는 먼 곳으로 계속 이어지는 길이 예상되자, 실제 세계는 그로부터 벗어났기 때문이었다. 이제 그의 모든 삶이 명확했으며, 곧고, 빈약한 길은 아주 빨리 끝에 이르렀다. 캐서린은 약혼고, 또한 그녀는 그를 속여 왔다. 그는 자신의 존재 속에서 재난이 닿지 않은 구석을 찾아 더듬었다. 그러나 넘쳐흐르는 피해는 한계가 없었다. 이제 그가 소유한 것들 중 어느 하나도 안전하지 않았다. 캐서린은 그를 속여 왔다. 그녀는 그의 모든 생각과 뒤섞여 있었는데, 그녀를 분리시켜서 다시 생각하면 얼굴이 붉어질 만큼 그릇된 생각인 것처럼 보였다. 그의 삶이 한없이 빈곤해진 것 같았다.

저 멀리 보이는 은행을 흐릿하게 하고 밋밋한 표면 위로 그 불빛을 떠돌게 하는 차가운 안개에도 불구하고, 그는 강가의 벤치에 앉았다. 그리고 환멸의 조류가 그를 휩쓸고 지나갔다. 잠시 동안 그의 삶에서 모든 밝은 지점들이 희미해졌다. 모든 돌출부가 평평해졌다. 처음에 그는 캐서린이 그를 부당하게 대한다고 생각하려고 했다. 그리고 홀로 남아 그녀가 이 일에 대해 회상하고, 그를 생각하며 어쨌든 조용히 그에게 사과할 것이라고 생각하며 위안을 얻었다. 그러나 이러한 약간의 위안은 얼마 후 그의 기대를 저버렸다. 숙고한 끝에 그는 캐서린이 그에게 아무것도 신세지지 않았다는 것을 인정해야 했기 때문이다. 캐서린은 아무것도 약속하지 않았고 아무것도 받아들이지 않았다. 그녀에게 그의 꿈은 어떤 의미도 없었다. 정말 이것이 그의 절망의 최저점이었다. 누군가의 감정에서 최상의 상태가 그 감정과 가장 크게 관련된 사람에게 아무 의미도 없다면, 어떤 진실성이 우리에게 남는가? 그의 나날을 활기 있게 했던 이전의 낭만적 감정인, 매 시간을 채색했던 캐서린에 대한 생각은 이제 어리석고 약해보이게 되었다. 그는 일어서서, 헛됨과 망각의 바로 그 정신인 것 같은 암갈색 강물의 빠른 흐름을 들여다보았다.

'그러면 무엇을 믿어야 하나?' 그는 거기에서 몸을 굽히며 생각했다. 그는 자신이 너무 약하고 실체가 없다고 느껴져 그 말을 크게 되풀이했다.

"무엇을 믿어야 하나? 남자도 여자도 아니고. 그들에 관한 꿈도 아니고. 아무것도 없어―아무것도, 남아 있는 것이 아무것도 없어."

이제 데넘은 자신이 원한다면 민감하게 화내고 또 계속 화낼 수 있다는 것을 알게 된 이유가 있었다. 로드니는 그러한 감정에 대해 좋은 과녁을 제공했다. 그러나 그 순간 로드니와 캐서린이 육체로부터 분리된 유령처럼 느껴졌다. 그는 그들의 모습을 거의 떠올릴 수 없었다. 그의 마음은 점점 더 낮게 잠겨들었다. 그들의 결혼이 그에게 전혀 중요하지 않은 것처럼 보였다. 모든 것들이 유령으로 변했다. 세상의 전체 덩어리가 그의 마음속에 있는 외로운 불꽃을 둘러싸면서 실체가 없는 증기가 되었다. 그는 이 불타는 지점을 기억할 수 있었는데, 그것이 더 이상 타지 않았기 때문이다. 그는 한때 믿음을 소중히 여겼고, 캐서린은 이 믿음을 구체화하였다. 하지만 그녀는 더 이상 그렇게 하지 않았다. 그는 그녀를 탓하지 않았다. 그는 아무것도, 누구도 탓하지 않았다. 그는 진실을 보았다. 그는 급히 흘러가는 황갈색의 강물과 황량한 강가를 보았다. 그러나 삶은 활력이 있다. 육체는 살아 있다. 그리고 육체는 지금 그에게 움직이라고 재촉하면서, 확실히 다음과 같은 생각을 받아쓰게 했다. 사람들은 인간의 관습적 형식들을 던져버릴 수 있겠지만 그러나 육신을 지닌 그들의 존재와 분리될 수 없어 보이는 열정을 간직하고 있다는 생각이었다. 겨울의 해가 서쪽에서 드문드문해지고 있는 구름들 사이로 비치면서 녹색빛이 도는 구획을 만드는 것처럼 이제 이 열정은 그의 지평선에서 타올랐다. 그의 시선은 무한히 멀고 아득한 무엇인가를 향했다. 그는 그 빛으로 자신이 걸을 수 있고 장차 자신의 길을 찾아야 할 것이라고 느꼈다. 그러나 그것이 사람들로 붐비고 넘쳐나는 세계에서 그에게 남겨진 전부였다.

제13장

데넘은 사무실에서 점심 시간의 일부만 음식을 먹는 데에 썼다. 날씨가 맑건 비가 오건 간에 그는 대부분의 시간을 링컨스 인 필즈에서 자갈길을 천천히 걸으며 보냈다. 아이들은 그의 모습을 기억하게 되었고, 참새들은 그가 매일 빵 부스러기들을 던져주기를 기대했다. 아마 그는 동전과 거의 언제나 한 움큼의 빵을 자주 주었기 때문에, 자신의 생각만큼 주변 환경에 무심하지 않았을 것이다.

그는 이번 겨울의 나날들을 전등 아래에서 빛나는 하얀 종이 앞에서, 그리고 안개로 흐릿해진 거리를 관통하는 짧은 길에서 오랜 시간을 보냈다고 생각했다. 점심 식사 후 직장으로 돌아왔을 때, 마치 그의 시선이 항상 바닥 위를 향해 있었던 것처럼 그의 머릿속에는 버스들이 드문드문 있는 스트랜드 가와 자갈 위에 납작하게 눌러 붙은 잎들의 생생한 자줏빛 형상이 담겨 있었다. 그의 머리는 간단없이 움직이고 있었지만, 그의 생각 속에 즐거움은 아주 작았기 때문에 그는 그것을 기꺼이 회상하려 하지 않았다. 그러나 그 생각은 때로는 이 방향으로 때로는 저 방향으로 움직이며 앞으로 나아갔다. 그리고 도서관에서 빌린 거무스름한 책들을 가지고 집으로 돌아왔다.

점심 시간에 스트랜드 가에서 오면서, 메리 대치트는 그가 단추를 단단히 잠근 코트를 입은 채 평소와 다름없이 산책하는 것을 보았다. 그리고 그는 생각에 몹시 몰두해 있어서 자신의 방에 앉아 있는 것 같았다.

그녀는 그의 모습을 보고 실로 경외감 같은 무언가에 의해 압도되었다. 그리하여 그녀의 맥박이 아주 빨리 뛰었지만 그녀는 몹시 웃고 싶었다. 그녀는 그를 지나쳤지만, 그는 그녀를 전혀 보지 못했다. 그녀가 다시 돌아와 그의 어깨를 건드렸다.

"이런, 메리!" 그가 외쳤다. "당신이 얼마나 나를 놀라게 했는지요!"

"그래요. 당신은 자면서 걷고 있는 것처럼 보였어요," 그녀가 말했다. "당신은 어떤 지독한 연애 사건을 수습하고 있나요? 절망적인 한 쌍을 화해시켜야 하나요?"

"내 일을 생각하고 있지 않았어요," 랠프는 다소 급하게 말했다. "그리고 더군다나 그런 일은 내 취향이 아니에요," 그는 약간 완강하게 덧붙였다.

오전의 날씨는 쾌청했고, 그들은 아직 몇 분의 여가 시간이 남아 있었다. 그들은 이삼 주 동안 만나지 않았다, 그래서 메리는 랠프에게 할 말이 많았다. 하지만 그가 얼마나 자신과 함께 있기를 원하는지 그녀는 확신하지 못했다. 그러나 한두 번 방향을 바꾸고 그동안 몇 가지 이야기를 나눈 뒤, 그는 앉자고 제안했고 그녀는 그의 옆에 자리를 잡았다. 참새들이 그들 주변으로 푸드덕거리며 왔고, 랠프는 그의 호주머니에서 점심식사에서 남겨둔 반 덩어리의 롤빵을 꺼냈다. 그는 약간의 부스러기들을 새들 사이로 던졌다.

"나는 이렇게 유순한 참새들을 결코 본 적이 없어요," 메리는 뭔가 이야기하기 위해서 말을 꺼냈다.

"그래요," 랠프가 말했다. "하이드 파크에 있는 참새들은 이 참새들만큼 순하지가 않아요. 우리가 완전히 움직이지 않으면, 한 마리를 내 팔에 앉게 할 수 있어요."

메리는 이렇게 동물의 얌전한 기질을 보여주는 것을 그만두게 할 수도 있을 것이라고 느꼈다. 하지만 랠프가 약간 이상스런 이유로 참새들에 대해 자부심을 가지는 것을 보고서, 그녀는 그가 성공할 수 없을 것이라는 데 육 펜스를 걸었다.

"해내죠!" 그가 말했다. 그리고 울적했던 그의 눈에 빛의 섬광이 보였다. 이제 그는 나머지 참새들보다 더 대담해 보이는 머리가 벗겨진 수컷 참새에게로 전적으로 향하며 대화를 시도했다. 그리고 메리는 그를 볼 기회를 포착했다. 그녀는 만족스럽지 않았다. 그의 얼굴은 수척했고, 그의 표정은 완고했다. 한 아이가 새들의 무리 사이를 지나 굴렁쇠를 굴리면서 다가왔고, 랠프는 조바심이 나서 씨근거리며 덤불 속으로 마지막 빵 조각들을 던졌다.

"늘 일어나는 일이죠―내가 거의 그 새를 갖게 되었을 때," 그가 말했다. "여기 당신의 육 펜스가 있어요, 메리. 하지만 당신은 다만 소년의 야만성 덕분에 갖게 되었어요. 여기에서 굴렁쇠를 굴리는 게 허락되어서는 안 돼요―"

"굴렁쇠를 굴리는 게 허락되어서는 안 되다니! 여봐요 랠프, 무슨 터무니없는 생각을!"

"당신은 항상 그렇게 말하죠," 그가 불평했다. "그런데 그건 터무니없는 생각이 아니죠. 사람들이 새들을 지켜볼 수 없다면 공원이 있는 목적이 무엇입니까? 거리에서 굴렁쇠는 괜찮아요. 그리고 만약 아이들이 거리에 있는 것을 안심할 수 없다면, 어머니들은 아이들을 집에 머물게 해야지요."

메리는 이 말에 대답하지 않았지만, 눈살을 찌푸렸다.

그녀는 의자에 등을 기대었고, 부드러운 회색빛이 도는 푸른 하늘을 굴뚝으로 어지럽히고 있는 주변의 저택들을 바라보았다.

"아, 그런데," 그녀가 말했다. "런던은 살기 좋은 곳이에요. 온종일 앉아서 사람들을 지켜볼 수 있을 것 같아요. 나는 사람들을 좋아해요……."

랠프는 초조하게 한숨 쉬었다.

"네, 그렇게 생각해요, 당신이 사람들을 이해하게 되면 말예요," 그녀는 그가 동의하지 않는 말을 한 것처럼 덧붙였다.

"그때가 바로 내가 그들을 좋아하지 않게 되는 때입니다," 그가 대답했다. "그래도, 환상이 당신을 기쁘게 한다면, 왜 당신이 그런 것을 소중히 여기지 않는 것인지 난 모르겠어요." 그는 찬성이나 반대의 대단한 격렬함이 없이 말했다. 그는 추워 보였다.

"깨어나요, 랠프! 당신은 반쯤 잠들어 있어요!" 메리가 그의 소매를 비틀고 꼬집으면서 소리쳤다. "당신은 무엇을 하고 있었던 거예요? 얼굴 찡그리기? 일? 평소처럼 세상 사람들 경멸하기?"

그가 다만 고개를 저으며 파이프를 채우자, 그녀는 계속 말했다. "그건 좀 척하는 거죠, 안 그래요?"

"대부분의 경우보다 더하지는 않아요," 그가 말했다.

"그러면," 메리가 말했다. "당신에게 말할 게 아주 많았어요. 하지만 가봐야 해요 ─ 우리는 위원회가 있어요." 그녀는 일어섰지만, 다소 진지하게 내려다보며 주저했다. "당신은 행복해 보이지 않아요, 랠프," 그녀가 말했다. "무슨 일이 있어요? 아니면 아무 일도 없어요?"

그는 그녀에게 곧바로 대답하지 않았다. 하지만 그도 일어서서 입구를 향해 그녀와 함께 걸었다. 그는 여느 때처럼 자신이 할 말이 그녀에게 말해도 되는 것인지에 대해 곰곰이 생각하지 않고서는 그녀에게 말하지 않았다.

"걱정거리가 있어요," 그가 드디어 말했다. "일부는 일 때문에, 그리고 일부는 가족 문제 때문이죠. 찰스가 바보처럼 행동하고 있어요. 그는 캐나다에 가서 농부가 되고 싶어 해요—"

"그러면, 그것에 대해 뭔가 들을 얘기가 있군요," 메리가 말했다. 그리고 그들은 입구를 지나쳤다. 그리고 사실 데넘 가족들에게 거의 언제나 있는 일이지만 다만 지금은 메리의 공감을 얻기 위해 꺼낸 어려운 문제에 대해 논의하면서 다시 필즈 주위를 천천히 걸었다. 그러나 이것은 그가 의식한 것보다 더 랠프에게 위안이 되었다. 그녀는 해결할 수 있도록 실제적인 문제에 대해 어쨌든 그가 곰곰이 생각해볼 수 있게 했다. 그런데 그의 우울함의 진정한 원인은 그런 식으로 해결될 여지가 없어서, 그것은 그의 마음의 그늘 속으로 약간 더 깊이 가라앉았다.

메리는 세심했고, 도움이 되었다. 랠프는 그녀에게 감사한 마음을 느끼지 않을 수 없었다. 어쩌면 그는 자신의 상태에 대한 진실을 그녀에게 말하지 않았기 때문에 더 그랬다. 그리고 그들이 다시 입구에 도착했을 때, 그는 그녀가 떠나는 것을 다정하게 막고 싶었다. 하지만 그의 애정은 그녀 일에 대한 충고라는 다소 거친 형태를 띠었다.

"당신은 왜 위원회에 앉아 있고 싶은 겁니까?" 랠프가 물었다. "그것은 시간 낭비예요, 메리."

"시골길을 걷는 것이 세상에 더 이익이 될 거라는 것에 당신과 생각이 같아요," 그녀가 말했다. "여봐요," 그녀가 갑자기 덧붙였다. "크리스마스에 우리에게 오는 게 어때요? 그때는 한 해의 가장 좋은 때라 할 수 있을 텐데요."

"디스햄에 가는 것 말인가요?" 랠프가 반복해서 말했다.

"그래요. 우리는 당신을 방해하지 않을 거예요. 하지만 나중에 말해줘도 돼요." 그녀가 다소 급하게 말했다. 그러고 나서 러셀 광장을 향해 출발했다. 그녀는 시골의 광경이 그녀 앞에 떠오르자, 순간적인 충동으로 그를 초대했다. 그리고 지금 그녀는 그렇게 말했던 것에 대해 자신에게 화가 났고, 다시 화가 난 것에 대해 화가 났다.

"만약 내가 랠프와 단둘이 들판에서 산책할 수 없다면," 그녀가 이성적으로 생각해보았다. "차라리 샐리 실처럼 고양이 한 마리 사서 이링에 있는 하숙집에서 사는 게 나을 거야―그런데 그는 오지 않을 거야. 아니면 그는 **오겠다는** 뜻으로 말했나?"

그녀는 고개를 저었다. 그녀는 그가 무엇을 의도했는지 정말 알지 못했다. 그녀는 결코 완전히 확신을 느끼지 못했다. 하지만 지금 그녀는 평소보다 더 당황스러웠다. 그는 그녀에게 뭔가 숨기고 있었나? 그의 태도는 이상했다. 그가 깊이 몰입하고 있는 것이 그녀의 마음을 흔들었다. 그에게는 그녀가 헤아리지 못한 뭔가가 있었다. 그리고 그의 성격의 불명확함은 호감 이상으로 그녀를 매혹했다. 더욱이 그녀가 종종 다른 여성들에게 비난했던 행동을 지금 자신이 하는 것을 막을 수 없었다―그녀의 벗에게 천상의 광휘 같은 것을 부여하고, 그의 인정을 받기 위해 그 광휘 앞에서 그녀의 일생을 살아가는 것을 말이다.

이러한 과정에서 위원회는 중요성이 약간 줄어들었고, 참정권 운동도 위축되었다. 그녀는 이탈리아어를 더 열심히 공부해야겠다고 다짐했다. 그녀는 새들에 관한 연구를 시작해야겠다고 생각했다. 하지만 완벽한 삶을 위한 이러한 계획은 몹시 비합리적으로 될 징후를 보였다. 그래서 그녀는 곧 나쁜 습관에서 정신을 차리고, 러셀 광장의 밤색 벽돌이 모습을 드러낼 무렵 위원회에서 하게 될 연설을 암송하려고 했다. 실제로 그녀는 그 벽돌을 전혀 인지하지 못했다. 그녀는 평소처럼 위층으로 뛰어갔고, 사무실 바깥 층계참에서 실 부인이 아주 큰 개에게 큰 컵으로 물을 먹이는 모습을 보고 완전히 현실에 눈을 떴다.

"마컴 양은 이미 도착했어요," 실 부인이 적당히 진지하게 말했다. "그리고 이건 그녀의 개예요."

"게다가 아주 좋은 개군요," 메리는 개의 머리를 쓰다듬으며 말했다.

"네. 훌륭한 녀석이죠," 실 부인이 동의했다. "세인트 버나드의 일종이라고 그녀가 말했어요─세인트 버나드를 키우는 키트와 마찬가지로. 그런데 넌 네 여주인을 잘 지키고 있겠지, 안 그래, 세일러? 너는 그녀가 일하러─길을 잃은 가엾은 영혼을 돕는 일─나갔을 때 나쁜 사람들이 식량 저장실로 침입하지 않는지 살펴봐야 해. 하지만 우리는 늦었어요─이제는 시작해야 해요!" 그리고 나머지 물을 마루 위에 부주의하게 뿌리고는 메리를 서둘러 위원회실로 들어가게 했다.

제14장

크랙턴 씨는 아주 만족해 있었다. 그가 개선하고 감독해왔던 조직이 두 달 마다 만들어내는 위원회 모임이라는 성과물이 이제 막 모습을 드러내려 했다. 그리고 이 모임의 완벽한 체계에 대한 그의 자부심은 대단했다. 그는 위원회실에서 쓰는 용어를 좋아했다. 시계가 시간을 알릴 때 한 장의 종위 위에 그가 펜을 몇 번 휘둘러 서명하는 것에 따라 문이 계속 열리는 방식을 좋아했다. 그리고 문이 충분히 자주 열릴 때, 그는 내각을 만나러 가는 수상에 어울릴지도 모르는 몰두한 표정을 지으며 눈에 띄게 중요한 서류들을 손에 들고 내실에서 나오는 것을 좋아했다. 그의 지시에 따라 여섯 장의 압지, 여섯 개의 펜. 여섯 개의 잉크병, 바닥이 넓은 큰 컵 하나와 물주전자 하나, 한 개의 종, 여성 구성원들에게 경의를 표하여 내한성이 강한 국화 화병 하나로 탁자는 미리 장식 되었다. 그는 잉크병과 함께 압지들을 이미 슬쩍 똑바르게 정리해놓았다. 그리고 이제 가스난로 앞에서 마컴 양과 대화를 나누며 서 있었다. 하지만 그의 시선은 문에 가 있었다. 그리고 메리와 실 부인이 들어오자 가볍게 웃으며 방 주변에 흩어져 있던 위원들에게 말했다.

"신사 숙녀 여러분, 우리는 시작할 준비가 된 것 같습니다."

그렇게 말하면서, 그는 탁자의 상석에 앉았다. 그리고 그의 오른편에 서류 한 묶음과 왼편에 다른 한 묶음을 정돈해놓으면서 대치트 양에게 이전 모임의 의사록을 읽도록 요청했다. 메리는 지시를 따랐다. 예리한 관찰자라면 왜 간사가 자기 앞에 있는 웬만한 사무적인 보고서 위로 그렇게 주의하여 눈살을 찌푸릴 수밖에 없었는지 궁금했을 것이다. 전단지 3호를 지방으로 돌리기로 결정했던 것이나 뉴질랜드에서 미혼여성 대 결혼한 여성의 비율을 보여주는 통계 도표를 발행하기로 결정했던 것에 대해 그녀의 마음속에 어떤 의혹이 들었을까? 혹은 힙슬리 부인의 바자회에서 남긴 순이익의 총액이 오 파운드 팔 실링 이 펜스 반 페니에 도달했다는 사실에 대해 의문이 들었을까?

이러한 보고서에 대한 정확한 의미와 타당성에 관해 어떤 의심이 그녀를 불안하게 했을까? 그녀의 표정에서 그녀가 조금이나마 불안해했는지 아무도 추측할 수 없었을 것이다. 위원회실에서 메리 대치트보다 더 유쾌하고 분별 있는 사람은 전혀 보이지 않았다. 그녀는 가을 잎사귀와 겨울 햇살의 조합처럼 보였다. 덜 시적으로 말하자면 그녀는 부드러움과 강인함을 모두 보여줬고, 그녀가 공정한 업무에 분명히 적합하며 그와 조화를 이루는 뭐라 말할 수 없는 모성의 징후를 보여줬다. 그럼에도 불구하고 그녀는 마음을 통제하기가 아주 어려웠다. 그래서 그녀는, 실제로 그러했는데, 자신이 읽는 것을 마음속에 떠올릴 힘을 잃은 것처럼, 그녀의 읽기는 확신이 부족했다. 그리고 명단이 완성되자마자 그녀의 마음은 링컨즈 인 필즈와 수많은 참새들의 푸드덕거리는 날개를 향해 떠돌았다. 랠프는 아직도 그 머리가 벗겨진 수컷 참새가 그의 손 위에 앉도록 유혹하고 있을까? 그는 성공했을까? 그가 성공한 적은 있었을까? 그녀는 그에게 왜 하이드 공원에 있는 참새들이 링컨즈 인 필즈에 있는 참새들보다 더 순한지 물어보려고 했었다 — 아마 지나가는 사람들이 더 드물어서, 참새들이 호의를 베푸는 사람들을 바로 알아보기 때문일 것이다. 위원회 모임의 처음 삼십 분 동안, 메리는 그렇게 제멋대로 하려고 드는 랠프 데넘의 회의적인 환영과 싸워야만 했다. 그녀는 그를 쫓아내기 위해 여러 방법들을 시도했다. 그녀는 목소리를 높였고, 분명하게 발음했으며, 크랙턴 씨의 벗겨진 머리를 단호하게 바라보았고, 메모를 적기 시작했다. 곤혹스럽게도, 그녀의 연필은 압지 위에 작고 둥근 모양을 그렸는데, 그것은 부인할 수 없게도 정말 머리가 벗겨진 수컷 참새였다. 그녀는 다시 크랙턴 씨를 보았다. 그래, 그는 대머리였어. 그리고 수컷 참새도 그래. 결코 어떤 간사도 그렇게 적합하지 않은 많은 연상들로 인해 괴롭지는 않았을 것이다. 그리고 애석하게도! 그 연상들은 모두 터무니없이 기이한 면을 지니고 나타났다. 그리하여 그것은 어느 순간 그녀를 자극하여 동료들에게 영원히 충격을 주게 될 그런 경솔함을 보일 수 있을지도 몰랐다. 그녀가 말로 표현할 수도 있을 생각은, 마치 입술이 그녀를 보호할 수 있는 것처럼, 자신의 입술을 깨물게 했다.

그러나 이 모든 연상은 좀 더 근본적인 마음의 동요에 의해 표면으로 내던져진 표류물이고 폐기물에 불과했다. 비록 그녀는 현재 이 동요에 대해 곰곰이 생각해볼 수 없었지만, 그것은 이러한 기이한 끄덕임과 몸짓으로 그 존재를 드러내었다. 위원회가 끝난 뒤에 그녀는 그것에 대해 깊이 생각해봐야 했다. 그동안 그녀는 적절치 못하게 행동하고 있었다. 그녀는 동료들을 안내하여 그들에게 당면한 문제를 명확하게 결정짓도록 해야 했을 때, 창밖을 내다보며 하늘색에 대해 생각하고 있었고, 임페리얼 호텔의 장식에 대해 생각하고 있었다. 그녀는 어떤 하나의 기획안을 골라 더 중요성을 부여할 수가 없었다. 랠프가 말했었다 — 그녀는 그가 말했던 것에 대해 곰곰이 생각하는 것을 멈출 수 없었다. 하지만 아무튼 그는 회의 진행에서 모든 현실성을 빼앗았다. 그러고 나서 의식적인 노력 없이, 습관적인 두뇌 활동으로 그녀는 자신이 신문 캠페인을 조직하는 계획에 흥미를 갖게 된 것을 깨달았다. 기사를 쓰고 편집자들을 접촉할 예정이었다. 어떤 방침을 취하는 것이 현명했을까? 그녀는 크랙턴 씨가 말하고 있는 것에 강하게 반발하고 있음을 깨달았다. 그녀는 이제 강하게 공격할 때라는 의견을 표명했다. 이 말을 한 뒤 곧 그녀는 자신이 랠프의 환영에 대항하고 있다는 것을 느꼈다. 그리하여 그녀는 점점 더 진지해졌고, 다른 사람들을 설득하여 자신의 견해로 끌어들이고자 했다. 다시 한 번, 그녀는 무엇이 옳고 그른지 정확하게 그리고 이론의 여지없이 알게 되었다. 안개에서 나타나듯이 오래된 공익의 적들이 그녀를 향해 어렴풋이 다가왔다 — 자본주의자, 신문사 사주, 반참정권주의자, 그리고 어떤 점에서 모든 것들 가운데 가장 유해한, 어떤 식이든 관심이 없는 대중들 — 그리고 그들 가운데서 우선은 랠프 데넘의 모습을 분명하게 식별할 수 있었다. 실로, 마컴 양이 그녀에게 몇몇 친구들의 이름을 넌지시 말해보라고 요청했을 때, 그녀는 여느 때와 다른 씁쓸함으로 자신의 의중을 털어놓았다.

"내 친구들은 이 모든 일들이 쓸모없다고 생각해요." 그녀는 정말 랠프에게 그것을 말하고 있다고 느꼈다.

"오, 친구들이 그런 사람들인가요?" 마컴 양이 약간 웃으며 말했다. 그리고 되찾은 활력으로 그들의 군단은 적을 비난했다.

　메리가 위원회실로 들어갔을 때, 그녀는 기운이 없었다. 하지만 이제 상당히 나아졌다. 그녀는 이 세상의 이치를 알았다. 세상은 균형 잡히고 질서 있는 공간이었다. 그녀는 세상의 옳고 그름에 대해 확신했다. 그리고 자신이 적들에게 격렬한 타격을 가할 수 있을 것 같다는 느낌은 그녀의 마음을 흥분시켰고 그녀의 눈을 빛나게 했다. 평소 그녀답지 않게 오늘 오후에 성가시게 자주 비약하는 공상을 하던 중에 그녀는 자신이 연단에서 썩은 계란 세례를 받고 있는 것을 상상했고, 그 연단에서 랠프가 그녀에게 내려오라고 간청했지만 헛된 일이었다. 그러나—

　"대의와 비교한다면 제가 무슨 상관이 있겠습니까?" 그런 식으로 그녀가 말했다. 어리석은 공상 때문에 애를 먹었지만, 대단히 명예롭게도 그녀는 겉으로 드러난 지성을 절제하고 방심하지 않도록 유지했다. 그리하여 실 부인이 자신의 아버지의 딸에 걸맞게 "행동을! —어디에서나! —즉시!" 하고 요구했을 때, 그녀를 두세 번 아주 재치 있게 절제시켰다.

　위원회의 다른 구성원들은 모두 연장자들이었는데, 그들은 메리에게 무척 감명을 받았고, 어느 정도 아마도 그녀의 젊음 때문에 그녀의 편을 들려는 경향이 있었으며 서로에게는 적대적이었다. 메리가 그들 모두를 제어하고 있다는 느낌은 그녀에게 힘에 대한 의식으로 충만하게 했다. 그리고 그녀는 어떤 일도 다른 사람들에게 자신이 원하는 것을 하도록 만드는 일만큼 중요하거나 그만큼 흥분시킬 수 없다고 느꼈다. 실제로, 그녀가 목적을 달성했을 때, 그녀는 자신을 따르게 된 사람들에 대해 약간의 경멸을 느꼈다.

　이제 위원들은 일어서서, 그들의 서류를 함께 모아, 수직으로 가지런히 정렬하여 서류 가방 속에 넣고, 일제히 찰깍하고 자물쇠를 채웠다. 그러고는 대부분 다른 위원들과의 약속을 지키기 위해 기차 시간에 맞춰 가려고 서둘러 나갔다. 그들은 모두 바쁜 사람들이었기 때문이다. 메리, 실 부인, 크랙턴 씨만이 남았다. 그 방은 덥고 어질러져 있었고, 분홍색 압지들이 탁자 위에 이리저리 놓여 있었다. 그리고 컵은 반쯤 물이 채워져 있었는데, 누군가 부어 놓았다 마시기를 잊어버린 것이었다.

크랙턴 씨가 새롭게 쌓인 기록을 정리하러 그의 방으로 돌아가는 동안, 실 부인은 차를 준비하기 시작했다. 메리는 찻잔과 그 받침을 준비하며 실 부인을 돕는 일에서조차 아주 흥분해 있었다. 그녀는 창문을 위로 열어젖히고 밖을 보면서 그 옆에 서 있었다. 가로등은 이미 불이 켜져 있었다. 그리고 광장의 안개 사이로 저 멀리 조그맣게 보이는 사람들이 길을 건너 포장도로를 따라 서둘러 가고 있는 것을 볼 수 있었다. 탐욕스럽게 오만하고, 허황된 기분이 들던 메리는 그 작은 모습들을 지켜보며 생각했다. '내가 원하면, 나는 당신들을 거기로 들어가게 하거나 잠깐 멈추게 할 수 있을 거야. 당신들을 한 줄이나 두 줄로 걷게 할 수 있을 거야. 당신들과 함께 내가 좋아하는 것을 할 수 있을 거야.' 그리고 나서 실 부인이 와서 그녀 옆에 섰다.

"어깨에 뭔가 둘러야 하지 않나요, 샐리?" 메리는 열성적이지만 무능한 작은 여인에 대해 일종의 연민을 느끼며 다소 공손한 어조의 목소리로 물었다. 그러나 실 부인은 그 제안에 주의를 기울이지 않았다.

"그런데, 당신은 즐거웠나요?" 메리는 약간 웃으며 물었다.

실 부인은 깊은 숨을 쉬고 자신을 억제한 뒤, 러셀 광장과 사우스앰턴 가를 내다보고, 지나가는 사람들을 쳐다보면서 갑자기 말문을 터트렸다. "아, 누군가 저 사람들 모두를 이 방으로 데려와서 오 분 동안 그들을 이해시킬 수만 있다면! 하지만 그들은 언젠가 진실을 **알아야 해요**……. 누군가 그들에게 그것을 **알게 할** 수만 있다면……."

메리는 자신이 실 부인보다 훨씬 더 총명하다는 것을 알았다. 그리고 실 부인이 어떤 말을 했을 때, 비록 메리 자신이 생각하고 있는 것이라 할지라도, 그녀는 자동적으로 그 말에 반대할 수 있는 모든 것에 대해 생각했다. 이번에 그녀는 모든 사람들을 통제할 수 있을 것 같던 오만한 감정이 차츰 줄어들었다.

"우리 차 마셔요," 그녀는 창에서 돌아서서 블라인드를 잡아당기면서 말했다. "훌륭한 회의였어요 — 그렇게 생각하지 않나요, 샐리?" 그녀는 탁자에 앉으면서 무심코 말을 흘렸다. 확실히 실 부인은 메리가 특별히 유능했다는 것을 확실히 깨달았을까?

"하지만 우리는 그렇게 느리게 나아가죠," 샐리는 조바심을 내며 머리를 흔들며 말했다.

이 말에 메리는 웃음을 터트렸고, 그녀의 모든 오만함이 사라졌다.

"당신은 웃을 수도 있겠죠," 샐리가 또 한 번 머리를 흔들며 말했다. "하지만 난 그럴 수 없어요. 나는 쉰다섯 살이고, 우리가 그걸 달성할 무렵이면 어쩌면 무덤 속에 있을 거예요 — 우리가 어떻든 도달하게 되면 말예요."

"오, 아니에요, 당신은 무덤 속에 있지 않을 거예요," 메리가 친절하게 말했다.

"아주 중대한 날이 될 겁니다," 실 부인은 고개를 쳐들고 말했다. "우리뿐만 아니라 문명을 위해서도 중대한 날일 거예요. 알다시피 그것이 내가 이 모임들을 하면서 느끼는 거죠. 각 모임이 거대한 행진에서 일보 전진하는 것이죠—인간애 말이죠. 우리는 다음 세대가 더 좋은 시간을 보냈으면 좋겠어요—그런데 아주 많은 사람들이 그것을 알지 못해요. 나는 어떻게 그들이 그것을 알지 못하는지 궁금해요."

그녀는 말하면서 찬장에서 접시와 컵을 나르고 있었다. 그래서 그녀의 문장은 평소보다 더 띄엄띄엄 끊겼다. 메리는 다소 감탄 비슷한 감정으로 묘하고 작은 인간애의 여사제를 바라보지 않을 수 없었다. 그녀가 자신에 대해 생각하고 있는 동안, 실 부인은 자신의 비전에 대해서만 생각했다.

"당신이 중대한 날을 보기를 원한다면, 자신을 지치게 해서는 안 돼요, 샐리," 그녀는 일어서서 실 부인에게 비스킷이 든 접시를 받으려고 하면서 말했다.

"오 메리, 내 늙은 몸이 그 밖에 무슨 도움이 되겠어요?" 그녀는 비스킷 접시를 전보다 더 단단히 잡으면서 소리쳤다. "대의를 위해 내가 가진 전부를 주는 걸 자랑스러워해서는 안 될까요?—나는 당신처럼 영리하지 않기 때문이죠. 집안 사정이 있었어요—조만간 당신에게 말하고 싶어요—그래서 내가 어리석은 말을 하는 거죠. 알다시피 나는 허둥대니까요. 당신은 그렇지 않죠. 크랙턴 씨도 안 그래요. 허둥대는 것은 커다란 잘못이죠. 하지만 내 마음은 올바른 곳에 있어요. 그리고 키트가 큰 개를 키워서 너무 기뻐요. 그녀가 좋아 보이지 않았거든요."

그들은 차를 마시고 위원회에서 제기된 여러 문제점들에 대해 회의 때보다 좀 더 상세하게 점검했다. 그리고 그들은 모두 어떤 면에서 무대 뒤에서 그들의 손을 끈에 대고 있다는 것에 대해 유쾌한 감정을 느꼈다. 그리하여 그들의 손으로 무대 뒤의 끈을 잡아당기면, 신문을 읽는 사람들에게 매일 보여지는 야외극을 완전히 변화시킬 것이다. 비록 그들의 견해는 매우 다르지만, 이러한 감정이 그들을 결합시켰고, 서로에 대한 그들의 태도가 거의 진심이 되도록 했다.

그렇지만 메리는 다소 일찍 다과회를 떠났다. 혼자 있고 싶었고, 게다가 퀸즈 홀에서 음악을 듣고 싶었다. 그녀는 랠프에 대한 자신의 입장을 생각해내기 위해 혼자 시간을 보내려고 굳게 마음먹었다. 하지만 이러한 목적을 마음속에 간직하고 스트랜드 가로 다시 걸어갔지만, 그녀는 불편하게도 마음속에 다른 생각이 연속적으로 떠오르는 것을 깨달았다. 그녀는 한 가지 생각을 시작하고 그 뒤 다른 생각을 시작했다. 그 생각들은 그녀가 우연히 있게 된 거리에서 바로 색채를 가져온 것처럼 보였다. 그리하여 인간애에 대한 전망은 어떤 면에서 브룸즈베리와 연결된 것처럼 보였고, 그녀가 간선 도로를 건널 무렵 완전히 사라졌다. 그 뒤 홀본에서 시대에 뒤떨어진 수동식 오르간 연주자는 그녀의 생각들을 서로 조화되지 않게 춤추게 했다. 그리고 링컨즈 인 필즈의 커다란 안개 낀 광장을 건널 무렵, 그녀는 다시 냉담하고 울적해졌으며, 끔찍하도록 명석해졌다. 어둠은 고무되던 동료애의 감정을 사라지게 했고, 그녀 마음속에서 자신은 랠프를 사랑하고 있지만, 그는 자신을 사랑하지 않는다는 갑작스런 확신이 더불어 나타나면서 실제로 눈물이 그녀의 뺨에서 흘러내렸다. 그날 아침 그들이 걸었던 길은 이제 온통 어둡고 텅 비어 있었으며, 참새들은 앙상한 나무에서 조용히 있었다. 그러나 그녀가 있는 건물의 불빛이 그녀에게 힘을 북돋아 주었다. 이 모든 서로 다른 마음의 상태는 극심하게 밀려든 욕망, 생각, 인식, 적대감 속에 깊이 감춰져 있었다. 그리고 이 욕망, 생각, 인식, 적대감은 그녀의 존재 기저에서 부단히 밀려왔는데, 위쪽 세계의 상황이 좋을 때 차례로 두드러지게 나타났다. 난로에 불을 켜며 런던에서 무언가를 생각해내는 것은 불가능하다고 혼잣말하면서, 그녀는 크리스마스까지 확실하게 생각해볼 시간을 미뤘다. 그런데 의심할 바 없이 랠프는 크리스마스에 오지 않을 것이고, 그녀는 시골의 중심부로 들어가 오래 산책하면서 그녀를 당황하게 하는 이 문제와 다른 모든 일들을 해결할 것이다. 그 사이에 그녀는 난로망 위로 발을 올려놓으면서 삶이 복잡한 것으로 가득 차 있다고 생각했다. 삶은 그 마지막 한 가닥까지 사랑해야 하는 것이라고 생각했다.

그녀는 대략 오 분 정도 거기에 앉아 있었다. 그리고 그녀의 생각이 희미해질 무렵 벨이 울렸다. 그녀의 눈이 빛났다. 그녀는 곧바로 랠프가 자신을 방문했다고 확신했다. 따라서 그녀는 문을 열기에 앞서 잠시 기다렸다. 그녀는 랠프를 만나면 분명히 야기될 골치 아픈 모든 감정의 고삐를 자신의 손으로 단단히 잡고 있다는 것을 느끼고 싶었다. 그러나 그녀는 쓸데없이 마음을 가다듬었다. 랠프가 아니라 캐서린과 윌리엄 로드니를 들어오게 해야 했기 때문이다. 그녀가 느낀 첫인상은 그들이 모두 아주 잘 차려 입었다는 것이었다. 그녀는 그들 옆에서 자신이 초라하고 단정하지 못하다고 느꼈다. 그리고 그들을 어떻게 환대해야 할지 알지 못했고, 왜 그들이 왔는지 추측할 수 없었다. 그녀는 그들의 약혼에 대해 아무것도 들은 적이 없었다. 하지만 처음에 실망했다가, 그녀는 유쾌해졌다. 그녀는 즉각 캐서린이 개성 있는 인물이라고 느꼈고, 더욱이 자신을 통제할 필요도 없었기 때문이다.

"우리는 지나가면서 당신의 창에서 불빛을 보았어요, 그래서 올라왔어요," 캐서린이 서서 설명했는데, 그녀는 키가 크고 기품 있으며 다소 멍해 보였다.

"우리는 그림을 보고 왔어요," 윌리엄이 말했다. "오, 저런," 그가 주위를 둘러보며 소리쳤다. "이 방은 내 인생에서 가장 최악의 시간들 가운데 하나를 생각나게 하는군요 — 내가 논문을 읽고, 여러분 모두가 주위에 둘러앉아 나를 조소할 때 말입니다. 캐서 린이 가장 심했어요. 내가 매번 실수할 때마다 그녀가 고소한 듯 이 바라보는 것을 느낄 수 있었어요. 대치트 양은 친절했지요. 대 치트 양 덕분에 간신히 내가 해낼 수 있었다고 기억합니다."

그는 앉으면서 밝은 노랑색 장갑을 벗어서, 그것으로 그의 무 릎을 치기 시작했다. 메리는 비록 그가 웃겼지만, 그의 활력이 유 쾌하다고 생각했다. 그의 바로 그 모습 때문에 그녀는 웃고 싶어 졌다. 그의 약간 튀어나온 눈이 한 젊은 여성으로부터 다른 여성 에게로 지나쳤고, 그의 입술은 입밖에 내지 않은 채 말을 끊임없 이 만들어냈다.

"우리는 그래프턴 화랑에서 오래된 명화를 보고 왔어요," 캐서 린은 윌리엄에게 주의를 기울이지 않는 것처럼, 메리가 주는 담 배를 받으면서 말했다. 그녀는 의자에 뒤로 기대었고, 그녀 주위 에 드리워진 연기가 그녀를 다른 사람들로부터 한층 더 물러나 게 하는 것처럼 보였다.

"당신은 믿을 수 있나요, 대치트 양," 윌리엄이 계속했다. "캐서 린은 티치아노[1]를 좋아하지 않아요. 그녀는 살구를 좋아하지 않 아요. 배를 좋아하지 않아요. 완두콩을 좋아하지 않아요. 그녀는 고대 그리스의 대리석 조각상들을 좋아해요. 그리고 햇빛이 전혀 없는 흐린 날들을 좋아해요. 그녀는 추운 북부지방 기질의 전형 적인 표본이에요. 나는 데본셔 출신이죠 —"

메리는 그들이 싸우고 있었던 것인지 궁금했다. 그리고 그런

---

1 베첼리오 티치아노(Vecellio Titiano, 1488?~1576), 베네치아파의 저명한 화가. 풍부한 색 채 특히 붉은색 사용으로 유명하다.

이유로 그들이 그녀의 방을 피난처로 찾았던 것이거나, 아니면 그들이 약혼했거나, 혹은 캐서린이 막 그를 거절했었다면? 그녀는 완전히 당황스러웠다.

캐서린이 이제 연기의 장막으로부터 다시 모습을 드러내어, 담뱃재를 벽난로 속으로 두드려 털었다. 그리고 묘하게 고독한 표정을 짓고 짜증내는 남자를 바라보았다.

"혹시, 메리," 그녀가 망설이며 말했다. "우리에게 차를 좀 주실 수 있나요? 우리는 마시려 했지만 가게가 너무 붐볐어요. 그래서 다음 가게에 갔는데 한 밴드가 연주를 하고 있었어요. 그런데 어쨌든 그림들 대부분이 아주 단조로웠어요. 당신이 뭐라고 말하든, 윌리엄." 그녀는 일종의 신중한 예의를 갖춰 말했다.

그 말에 메리는 준비하기 위해 식료품 저장실로 물러갔다.

'대체 그들은 무엇을 하겠다는 걸까?' 그녀는 그곳에 걸려 있는 작은 거울 속에 비친 자신에게 물었다. 그녀의 의문은 더 오래 가지 않았다. 다기를 가지고 거실로 돌아오자마자 캐서린이, 분명히 윌리엄이 그렇게 하라고 지시하여, 그들의 약혼에 대해 알렸기 때문이다.

"윌리엄은," 그녀가 말했다. "아마 당신이 모를 거라고 생각해요. 우리는 결혼하게 될 거예요."

메리는 마치 캐서린에게 접근하기 어려운 것처럼 자신이 윌리엄과 악수를 하면서 그에게 축하의 말을 전하고 있는 것을 깨달았다. 사실 캐서린은 찻주전자를 들고 있었다.

"어디 봐요," 캐서린이 말했다. "먼저 컵에 뜨거운 물을 붓죠, 그렇지 않아요? 당신은 차 만드는 것에 관해 자신만의 어떤 특별한 방법이 있죠, 안 그래요, 윌리엄?"

메리는 초조함을 숨기려고 이런 말을 한 것이라고 반쯤 의심이 들었다. 하지만 그렇다면 그 은폐는 대단히 완벽했다. 결혼에 대한 말은 사라졌다. 캐서린은 자신의 단련된 마음에 어떠한 곤란함도 주지 않는 상황을 계속 유지시키면서 자신의 집 응접실에 앉아 있었을지도 모른다. 약간 놀랍게도, 메리는 자신이 윌리엄과 오래된 이탈리아 그림에 대해 대화를 나누고 있다는 것을 알아차렸다. 반면 캐서린은 필요 이상으로 대화에 함께하지 않으면서 차를 따르고, 케이크를 자르며, 윌리엄의 접시를 계속 채우고 있었다. 그녀는 메리의 방을 차지한 것처럼 보였고, 찻잔이 그녀의 것인 양 다루고 있었다. 하지만 그 행동이 너무 자연스러워서 메리는 아무런 불쾌함도 품지 않았다. 반대로 메리는 자신의 손을 캐서린의 무릎에 잠시 다정하게 올려놓은 것을 알게 되었다. 이렇게 자제하는 척하는데 뭔가 모성적인 것이 있는가? 그리고 캐서린이 곧 결혼할 사람이라고 생각하게 되자, 이러한 모성적이고 점잔 빼는 태도는 메리의 마음을 새로운 다정함과 심지어 경외감으로 가득 채웠다. 캐서린은 그녀보다 훨씬 더 성숙하고 노련해 보였다.

그사이 로드니는 이야기를 했다. 그의 외모는 겉보기에는 그에게 불리했지만 그의 확실한 장점을 상당히 놀라운 것으로 만드는 이점을 지니고 있었다. 그는 비망록에 계속 기록했다. 그는 그림에 대해 아주 많이 알고 있었다. 그는 여러 화랑에 있는 다른 예들을 비교할 수 있었다. 그리고 그가 지적인 질문에 대해 권위 있게 대답하면서 석탄 덩어리를 잽싸게 두드렸을 때, 메리는 그 대답으로 그가 적지 않은 것을 얻었다고 느꼈다. 그녀는 감명을 받았다.

"차 드세요, 윌리엄," 캐서린이 부드럽게 말했다.

그는 잠시 멈추고 순순히 차를 훌쩍 마시고는 계속 말했다.

그러고 나서 전적으로 모성적인 마음에서가 아니라, 자신의 챙이 넓은 모자 그늘 속에서, 그리고 담배 연기 가운데서, 그리고 성격의 모호함 속에서, 캐서린이 아마도 자기 자신에게 미소 짓고 있을지도 모른다는 사실이 메리의 주의를 끌었다. 그녀가 말한 것은 아주 단순했지만 그녀의 말은, 심지어 "차 드세요, 윌리엄"이라는 말조차도 페르시아고양이의 발이 도자기 장식품들 사이로 걸음을 옮기고 있는 것만큼이나 부드럽고 조심스러우며 정확했다. 그날 메리는 자신이 아주 많이 끌리는 사람의 성격에서 가늠할 수 없는 무엇인가에 의해 두 번에 걸쳐 당황스러움을 느꼈다. 만약 그녀가 캐서린과 약혼한다면, 윌리엄처럼 분명 신부를 괴롭히는 것 같은 성마른 질문을 하는 자신의 모습을 보게 될 것이라고 생각했다. 그런데도 캐서린의 목소리는 겸손했다.

"책 이외에도 그림에 대해 모두 알기 위해 어떻게 시간을 내는지 궁금한데요?" 그녀가 물었다.

"어떻게 시간을 내냐고요?" 윌리엄은 메리가 짐작하기에 이 약간의 찬사에 기뻐하며 대답했다. "그야 물론, 저는 항상 비망록을 가지고 다니지요. 그리고 아침에 무엇보다 먼저 화랑에 가는 길을 묻죠. 그리고 나서 사람들을 만나 얘기를 합니다. 제 사무실에 플랑드르파에 관해 아주 잘 아는 사람이 있어요. 저는 대치트 양에게 플랑드르파에 대해 말하려 했어요. 그로부터 플랑드르파에 대해 많은 것을 얻어요 ─그것이 남자들의 방식이죠─ 그의 이름은 기번즈입니다. 당신은 그를 만나봐야 해요. 우리는 그를 점심 식사에 초대할 겁니다. 그리고 이렇게 예술에 대해 관심 없음은," 그는 메리에게 향하면서 설명했다. "그것은 캐서린이 일부러 꾸민 태도들 가운데 하나죠, 대치트 양. 당신은 그녀가 꾸며대는 것을 아시나요? 그녀는 셰익스피어를 전혀 읽은 적이 없는 척

해요. 그리고 왜 그녀가 셰익스피어를 읽어야 할까요? 그녀가 **바로 셰익스피어인데** 말이죠—로잘린드[2] 말입니다, 당신도 아시다시피," 그리고 그는 묘하게 싱긋이 가볍게 웃었다. 아무튼 이 찬사는 아주 구식이었고 나쁜 취향으로 보였다. 메리는 그가 마치 "성" 혹은 "여성용"이라고 말한 것처럼 실제로 얼굴이 붉어짐을 느꼈다. 아마 신경이 과민해져서인지 부자연스럽게 로드니는 같은 식으로 계속 말했다.

"그녀는 충분히 알고 있어요—품위 있는 모든 목적을 위해 충분히 말입니다. 당신들은 그 밖에 그렇게 많이 가지고 있으면서—아마 모든 것을요—모든 것을, 당신, 여성들은 배움을 통해 무엇을 원하나요? 우리에게도 뭔가를 남겨주세요. 그렇죠, 캐서린?"

"당신에게 뭔가를 남겨두라고요?" 캐서린은 깊은 생각에서 깨어난듯 말했다. "우리가 이제 가야 한다고 생각하고 있었어요—"

"페릴바이 부인이 우리와 함께 식사하기로 한 게 오늘 밤인가요? 그래요, 우리는 늦지 말아야 해요," 로드니가 일어서면서 말했다. "페릴바이 가를 아시나요, 대치트 양? 그들은 트랜텀 저택을 소유하고 있어요," 그녀가 미심쩍어하는 기색을 보이자 그는 그녀에게 정보를 주기 위해 덧붙였다. "그리고 캐서린이 오늘 밤 아주 호감가게 행동한다면, 어쩌면 우리는 허니문을 위해 그 저택을 빌릴 수도 있을 겁니다."

"그럴 만한 이유가 될 수 있다는 데 동의해요. 그렇지만 그녀는 재미없는 여성이죠," 캐서린이 말했다. "적어도," 그녀는 자신의 거친 태도를 부드럽게 하려는 듯이 덧붙였다. "그녀와 이야기를 나누는 것이 어려워요."

"당신은 누구든 다른 사람이 최대한 수고를 아끼지 않기를 기

2   셰익스피어의 『뜻대로 하세요 As You Like It』(1599)의 여주인공.

대하기 때문이죠. 나는 그녀가 어느 날 밤 내내 아무 말 없이 앉아 있는 걸 본 적이 있어요." 그는 이미 자주 그랬던 것처럼 메리에게로 방향을 돌리면서 말했다. "당신도 보지 못했나요? 때때로 우리 단둘이만 있을 때, 저는 제 시계로 시간을 재본 적이 있어요"—여기서 그는 커다란 금시계를 끄집어내서 유리를 두드렸다—"한 마디 말하고 나서 다음 말 사이까지의 시간을 말입니다. 그리고 즉시 저는 십 분 이십 초를 세었어요. 그러고 나서 당신이 저를 믿으신다면 그녀는 다만 '음!'이라고만 말했어요."

"정말 미안해요," 캐서린이 사과했다. "그게 나쁜 습관이라는 걸 알아요. 하지만 그때, 실은 집에서 —"

그녀의 나머지 변명은 문이 닫혀서 메리에게 갑자기 가로막혔다. 그녀는 윌리엄이 계단에서 캐서린의 새로운 단점을 찾아내는 소리를 들을 수 있을 것 같았다. 잠시 후 초인종이 다시 울리고, 의자 위에 지갑을 두고 갔던 캐서린이 다시 나타났다. 그녀는 곧 지갑을 찾았고, 문에서 잠시 동안 멈추고 그들만 있었기 때문에 다른 목소리로 말했다.

"저는 약혼하는 것이 그 특성 탓에 아주 나쁘다고 생각해요." 그녀는 마치 자신이 잘 잊어버리는 이러한 예를 암시하는 것처럼, 동전이 짤랑 소리가 날 때까지 손에 든 지갑을 흔들었다. 하지만 그 말은 메리를 난처하게 했다. 그 말은 뭔가 다른 것을 언급하는 것처럼 보였다. 그리고 윌리엄이 듣지 않는 데서 그녀의 태도가 아주 이상하게 변했기 때문에, 메리는 설명하고 있는 그녀를 바라보지 않을 수 없었다. 그녀가 진지해 보여서 메리는 그녀에게 미소지려고 노력하다가 말없이 질문하는 눈길로 빤히 쳐다보기만 했다.

문이 두 번째로 닫히자, 이제 그들이 그녀의 마음을 산란하게 하면서 거기에 있지 않았으므로, 그녀는 그들에 대한 인상을 전체적으로 종합해보려고 하면서 난로 앞 마루 위에 주저앉았다. 그리고 다른 남녀들의 성격을 확실히 파악하는 자신의 안목에 대한 자부심이 있었지만, 그녀는 삶에서 어떤 동기가 캐서린 힐버리에게 영감을 주는지 확실히 느낄 수 없었다. 그녀를 평온하게 나아가게 하는, 손에 닿지 않는 무엇인가가 있었다―무엇인가. 그래, 하지만 무엇이지?―랠프를 생각나게 하는 것이었다. 아주 기묘하게도, 그도 역시 그녀에게 같은 느낌을 주었고, 또한 그녀는 그에게서도 난처함을 느꼈다. 매우 이상했는데, 그들 두 사람보다 더 비슷한 사람은 없다고 메리는 성급하게 결론을 내렸기 때문이다. 하지만, 두 사람 모두 이러한 숨겨진 충동을, 이러한 예측할 수 없는 힘을 가졌다―이것은 그들이 가지고 있지만 말하지 않았던 것이다―오, 그것이 무엇이었던가?

제15장

디스햄[1]의 촌락은 링컨 부근에 있는 완만하게 경사진 경작지의 어디쯤에 있었다. 여름 밤이나 겨울에 폭풍으로 파도가 긴 해안으로 거칠게 몰아칠 때, 바다에서 오는 풍문을 전하는 소리를 들을 수 없을 정도로 아주 멀리 떨어진 내륙은 아니었다. 마을을 구성하는 시골집들이 있는 작은 거리와 비교하여 교회와 특히 교회의 탑이 아주 컸기 때문에, 여행자들은 대단한 경건함이 명맥을 이어갈 수 있었던 유일한 시대인 중세를 회상하곤 했다. 교회를 그렇게 대단하게 신뢰하는 것은 확실히 우리 시대에 있을 수 없는 일이고, 그래서 여행자는 마을 사람들 모두가 인간 삶의 극단에 도달했다고 짐작하게 된다. 그러한 것이 피상적인 이방인이 생각하는 것이다. 그리고 순무밭에서 호미질을 하는 두세 명의 남자, 항아리를 나르는 어린아이들, 오두막 문 밖에서 양탄자를 털고 있는 젊은 여성으로 대표되는 주민들을 보게 될 때, 그는 실제로 오늘날 디스햄 마을에서 중세와 아주 동떨어진 것을 찾아 볼 수 없을 것이다. 이 사람들은 비록 충분히 젊어 보이지

1 가상의 마을.

만, 매우 뼈가 앙상하고 투박해 보여서 수도승들이 쓴 원고의 대문자 속에 그려진 작은 그림을 떠오르게 한다. 그는 그들이 하는 말을 겨우 반만 이해해서, 실로 그의 목소리가 그들에게 도달하기까지 백 년이나 혹은 그 이상이 걸리는 것처럼 아주 크고 분명하게 말한다. 그는 런던 시에서 이백 마일도 떨어져 있지 않은 채, 지난 이천 년 동안 살아온 이러한 시골 사람들보다 파리나 로마, 베를린이나 마드리드의 거주민들을 이해할 수 있는 가능성이 훨씬 더 컸을 것이다.

교구 목사관은 마을에서 대략 반마일 너머에 있었다. 손님들이 도착한 첫날 밤에 교구 목사가 그들에게 언급하곤 했듯이, 그 집은 컸고, 좁고 붉은 타일이 있는 커다란 부엌을 중심으로 몇 세기 동안 꾸준히 커져왔다. 그리고 그는 놋쇠 촛대를 들고 손님들에게 계단을 조심히 오르내리라고 하였고, 벽의 거대한 두께, 천장을 가로지르는 오래된 들보, 사다리같이 가파른 계단과 그 아래에서 제비들이 번식했고 한때는 하얀 올빼미가 살았던 깊고 텐트 같은 지붕을 가진 다락을 주목하라고 했다. 그러나 여러 교구 목사들이 다양한 형태로 증축한 건물에서 매우 흥미 있거나 혹은 매우 아름다운 부분은 조금도 없었다.

그러나 그 집은 교구 목사가 상당히 자랑스러워하는 정원으로 둘러싸여 있었다. 응접실 창문 앞쪽에 있는 잔디는 한 떨기 데이지도 눈에 띄지 않는 선명하고 고른 녹색이었으며, 그 맞은편에 키 크고 꼿꼿이 서 있는 꽃들이 있는 화단을 지나 풀로 뒤덮인 매력적인 산책로에 이르는 두 개의 곧게 뻗은 오솔길이 있었다. 그곳에서 윈덤 대치트 목사는 시간을 확인하기 위해 해시계를 갖고서 매일 아침 같은 시간에 이리저리 천천히 걷곤 했다. 가끔 그는 손에 책을 들고 그 속을 대충 훑어보곤 했으며, 그러고 나서 그것을 덮고 그 시의 나머지를 기억하여 되풀이했다. 그는 호라티우스[2]의 시 대부분을 외우고 있었다. 그리고 이 특별한 산책을 자신이 시간에 맞춰 반복하는 송가들과 연결시키는 습관이 있었고, 동시에 꽃들의 상태에 주목하고, 가끔 시들었거나 한창 때가 지난 꽃들을 가려내기 위해 허리를 굽히는 습관이 있었다. 이와 같은 습관의 힘이 그를 지배했기 때문에, 비 오는 날에는 그는 같은 시간에 의자에서 일어나 같은 시간 동안 서재를 천천히 걸어 다녔다. 이따금 책장에 있는 몇 권의 책을 정리하거나 벽난로 선반 위에 있는 나선형의 돌무더기 위에 세워진 두 개의 놋쇠 십자가의 위치를 바꾸기 위해 멈춰서기도 했다. 그의 자녀들은 그를 대단히 존경했고, 그가 실제로 가진 것보다 훨씬 더 많은 학식을 가졌다고 생각했으며, 가능한 그의 습관이 방해받지 않도록 했다. 조직적으로 일을 처리하는 대부분의 사람들처럼 목사 자신은 지성이나 독창성보다는 결단력과 자기희생의 힘이 더 강했다. 춥고 바람 부는 밤에 그는 자신을 필요로 할 아픈 사람들을 방문하기 위해 불평을 토로하지 않고 말을 타고 나갔다. 그리고 단조로운 임무를 시간을 지켜 행한 덕분에 그는 위원회와 지역 이사회, 그리고 지방 의회에서 일을 했다. 그리고 이와 같은 삶의 시기에(그는 육십팔 세였다) 그는 다정한 나이 든 숙녀들에게 동정을 받기 시작했다. 그의 몸이 매우 심하게 야위었기 때문인데, 그 몸은 안락한 난로 앞에서 쉬고 있어야 마땅할 때, 길 위에서 녹초가 되었다고 숙녀들은 말했다. 그의 큰 딸, 엘리자베스는 그와 함께 살며 집을 관리했다. 그리고 감정을 드러내지 않는 성실함과 규칙적인 습관에 있어서 이미 그를 많이 닮았다. 아들 두 명 가운데 한 명인 리처드는 토지 중개인이었고, 다른 한 명인 크리스토퍼는 변호사

---

2 호라티우스(Horace, B.C. 65~8), 로마시인.

가 되기 위해 공부하고 있었다. 크리스마스에 그들은 자연스럽게 함께 모였다. 그리고 한 달 앞서 크리스마스 주간을 준비하는 것이 여주인과 하녀의 마음속에 중요한 일이었고, 그들은 준비가 아주 훌륭해지고 있다는 것에 매년 보다 더 자신만만하게 자랑스러워했다. 작고한 대치트 부인은 린넨을 넣어두는 훌륭한 식기장을 남겼는데, 엘리자베스는 어머니가 돌아가신 열아홉 살 때에 이 식기장을 물려받았고, 가족에 대한 임무가 큰 딸의 어깨 위에 지워졌다. 그녀는 건강한 노란 병아리 무리를 길렀고, 약간의 소묘를 했으며, 정원에 있는 몇 그루의 장미나무들을 특별히 보살폈다. 그리하여 집을 감독하는 일, 병아리들을 보살피는 일, 그리고 가난한 사람들을 돌보는 일을 하면서 그녀는 나태하게 시간을 보내는 것이 어떤 것인지 거의 알지 못했다. 다른 어떤 재능보다도 지극히 정직한 마음 덕분에 가정에서 그녀는 중요성을 부여받았다. 메리가 랠프 데넘에게 그들의 집에 머물기를 요청했다는 사실을 알리는 편지에서, 엘리자베스의 성격에 경의를 표하여 그가 약간 특이하지만 아주 좋은 사람이며 런던에서 과로해왔다는 사실을 덧붙였다. 의심할 바 없이 엘리자베스는 랠프가 그녀를 사랑하고 있다고 결론을 내렸을 것이다. 그러나 만약 정말 어떤 곤란함 때문에 부득이하게 그런 이야기를 하지 않는다면, 자매 중 어느 한 사람도 이것에 대해 한 마디도 하지 않을 것이라는 점 또한 의심의 여지가 있을 수 없었다.

메리는 랠프가 올 것인지 알지 못한 채 디스햄으로 내려갔다. 하지만 크리스마스 이삼 일 전에 그녀는 랠프로부터 마을에서 그의 방을 얻어 줄 것을 부탁하는 전보를 받았다. 이 전보에 이어 그가 그들과 함께 식사하고 싶다고 입장을 밝힌 편지가 뒤따랐다. 하지만 그가 일하는 데 필수적인 조용한 환경을 위해 다른 곳에서 자는 것이 불가피하다는 내용이었다.

메리는 엘리자베스와 정원에서 산책을 하고 있었고, 그 편지가 도착했을 때 장미를 살펴보고 있었다.

"하지만 그것은 말도 안 돼," 그 계획을 듣자 엘리자베스가 단호하게 말했다. "남자 애들이 여기에 있어도 여분의 방이 다섯이나 있는데. 게다가 그는 마을에서 방을 얻지 못할 거야. 그리고 그가 과로했다면 일을 해서는 안 돼,"

'하지만 아마 랠프는 우리를 자주 만나고 싶어 하지 않을 거야,' 비록 겉으로는 엘리자베스의 말에 동의했지만 메리는 속으로 혼자 생각했다. 그리고 물론 그녀가 바라는 것을 지지해주어서 엘리자베스에게 감사했다. 그들은 그때 장미를 잘라서 깊이가 얕은 바구니에 가지런히 놓고 있었다.

'만약 랠프가 여기 있다면 그는 이 일이 아주 지루하다고 생각할 거야,' 메리는 흥분하여 약간 몸을 떨면서 생각했다. 그리고 이 흥분으로 인해 그녀는 바구니에 장미를 다른 방향으로 놓았다. 그러는 동안 그들은 길의 끝에 이르렀다. 그리고 엘리자베스가 몇몇 화초를 바로잡아 끈으로 된 울타리 안에 곧게 세우는 동안 메리는 아버지를 바라보았다. 그는 명상에 잠겨 손을 등 뒤에 두고 고개를 숙인 채 이리저리 천천히 걷고 있었다. 이렇게 질서 있는 걷기를 방해하고 싶은 욕망에서 튀어나온 충동으로 메리는 풀로 덮힌 산책로로 걸어가서 그의 팔에 손을 얹었다.

"단춧구멍에 꽃을 꽂이에요, 아버지," 그녀는 장미를 건네며 말했다.

"뭐라고, 애야?" 대치트 씨는 꽃을 받아, 잘 보이지 않는 눈으로 보기 적합한 각도로 꽃을 잡고서, 걷기를 멈추지 않고 말했다.

"이 친구는 어디서 난 거냐? 엘리자베스의 장미구나—그 애에게 허락은 받았으면 해. 엘리자베스는 허락도 없이 자신의 장미를 꺾는 것을 좋아하지 않아. 그리고 지극히 당연하기도 하고"

그에게 한 가지 습관이 있다는 것을 메리는 알아챘다. 그리고 그녀는 전에는 그렇게 명확하게 눈치챈 적이 전혀 없었다. 그것은 문장을 계속 중얼거리다 차츰 말끝을 흐려서 멍한 상태가 되는 습관이었는데, 그래서 자녀들은 이 상태가 말로 표현하기에 너무 심오한 연속되는 생각을 나타낸다고 여기게 되었다.

"뭐라 하셨어요?" 그가 중얼거리기를 멈추었을 때, 어쩌면 메리가 난생 처음으로 가로막으면서 말했을 것이다. 그는 대답을 하지 않았다. 그녀는 그가 혼자 있기를 원한다는 것을 아주 잘 알고 있었다. 하지만 그녀는 어떤 몽유병자에게 달라붙었을 때만큼 그의 옆에 몹시 달라붙었다. 그리고 그녀는 그를 점차 깨워야겠다고 생각했다. 그녀는 다음과 같은 말을 제외하고는 그를 깨울 수 있는 아무것도 생각할 수 없었다.

"정원이 매우 아름다워요, 아버지."

"그래, 그래, 그래," 대치트 씨는 여전히 멍한 표정으로 그의 말이 한꺼번에 쏟아져 나오게 하고 고개를 여전히 가슴 위로 숙이면서 말했다. 그리고 갑자기 그들이 길을 되돌아가기 위해 발걸음을 돌리자, 그가 불쑥 말했다.

"그러니까 교통량이 아주 많이 늘어났지 않니. 이미 철도 차량들이 더 많이 필요했어. 어제 열두 시 십오 분까지 사십 대의 화물 열차가 내려갔어 ─내가 직접 세었지. 아홉 시 삼 분 열차를 빼고 그대신 여덟 시 삼십 분 열차를 배차했단다 ─알겠지만 사업가들에게 더 적당하니까. 어제 너는 오래된 세 시 십 분 열차로 내려온 것 같은데?"

그녀는 그가 대답을 기대하는 것처럼 보여서 "네" 하고 말했다.

그러고 나서 그는 시계를 본 뒤, 계속 같은 각도로 장미를 쥐고 집을 향해 길을 내려갔다. 엘리자베스는 집 옆을 둘러보러 갔는데, 거기에는 병아리들이 살았다. 그래서 메리는 자신이 랠프의 편지를 손에 든 채 홀로 있다는 것을 깨달았다. 그녀는 불안했다. 그녀는 상황을 신중히 고려해보는 시간을 아주 성공적으로 미뤘다. 그리고 그녀는 다만 랠프가 다음날 실제로 오면 자신의 가족이 그에게 어떤 인상을 줄 것인지 궁금했을 것이다. 그녀는 아버지가 그와 기차 편에 대해 논의할 것 같았고, 엘리자베스는 영리하고 분별 있어서 하인들에게 지시를 내리기 위해 항상 방을 떠나 있을 것 같다고 생각했다. 남자 형제들은 이미 그를 사냥에 초대할 것이라고 말했다. 그녀는 그들이 남성들의 의견일치로 어떤 공통사를 찾을 것이라고 믿으면서, 젊은 남성들과 랠프와의 관계에 대한 문제는 그냥 내버려두는 것으로 만족했다. 하지만 그는 그녀 **자신**에 대해 어떤 생각을 할 것인가? 그는 그녀가 나머지 가족들과 다르다는 것을 알게 될까? 그녀는 그를 자기 거실로 데려가서 현재 자신의 작은 책장에서 눈에 잘 띄는 곳을 차지하고 있는 영국 시인의 작품에 대해 교묘하게 대화를 이끌어갈 계획을 궁리했다. 더군다나 그녀는 자신도 가족들이 별난 사람들이라고 생각한다고 은근하게 그를 이해시킬 것이다―그래 별나지, 하지만 따분하지는 않았다. 그것은 그녀가 그를 열심히 이끌고 가는 데 스쳐가는 암초였다. 그리고 그녀는 에드워드의 자럭스[3]에 대한 열정과 비록 이제 스물두 살인데도 나방과 나비를 수집하는 크리스토퍼의 열의 쪽으로 어떻게 그의 주의를 끌 수 있을지에 대해 생각했다. 그런 성과가 보이지 않는다면, 아마도 엘리

---

3 존 자럭스John Jorrocks, 서티즈R. S. Surtees의 소설 『자럭스의 여행과 떠들며 놀기 Jorrocks' Jaunts and Jollities』(1838)에 나오는 사냥을 좋아하는 건어물상.

자베스의 스케치가 괴짜고 편향되었지만 어쩌면 지루하지 않을 가족에 대해 그녀가 보여주고 싶은 전반적인 인상에 생기를 더할 수 있을지도 모른다. 그녀는 에드워드가 운동을 하려고 잔디를 롤러로 고르게 하고 있는 것을 보았다. 그리고 분홍빛 뺨과 밝은 연갈색 눈을 지닌, 그리고 먼지투성이의 갈색 털로 된 겨울 외투를 입어서 대체로 이륜 짐마차를 끄는 서툰 망아지를 닮은 그의 모습을 보고 메리는 가족에 대한 자신의 야심찬 계획이 몹시 부끄러워졌다. 그녀는 정확히 있는 그대로의 그를 사랑했다. 그녀는 그들 모두를 사랑했다. 그리고 그녀가 그의 옆에서 오르락내리락하며 산책할 때, 그녀의 강한 도덕 관념은 단지 랠프를 생각하는 것만으로도 자신의 내면에서 불러일으켜진 헛되고 낭만적인 요소에 호된 충격을 가했다. 그녀는 좋건 나쁘건, 자신이 그녀의 나머지 가족들과 아주 닮았다고 확실히 느꼈다.

다음날 오후 객차의 삼등칸의 구석에 앉은 랠프는 맞은편 구석에 있는 외판원에게 몇 가지 질문을 했다. 그들은 그가 생각하기에 링컨에서 삼 마일도 떨어져 있지 않은 곳에 있는 램프셔로 불리는 마을에 대해 집중적으로 얘기했다. 그는 램프셔에 오트웨이라는 이름의 신사가 거주하는 대저택이 있는지 물었다.

그 외판원은 아무것도 알지 못했지만, 반사적으로 혀를 굴리며 오트웨이라는 이름을 발음했다. 그리고 그 소리는 랠프를 놀랄만큼 만족시켰다. 그것은 주소를 확인하기 위해 그의 주머니에서 편지를 가리킬 구실을 주었다.

"링컨, 램프셔, 스톡던 저택," 그가 큰 소리로 읽었다.

"링컨에서 당신에게 길 안내를 해줄 누군가를 찾게 될 겁니다," 그 남자가 말했다. 그리고 랠프는 바로 오늘 밤 거기에 가야 하는 것은 아니라고 고백해야 했다.

"저는 디스햄에서 쭉 걸어서 가야 합니다." 그가 말했다. 그리고 자신이 믿지 않는 것을 기차에서 한 세일즈맨에게 믿게 만든 즐거움에 마음속으로 놀라지 않을 수 없었다. 편지에 관해서라면, 비록 캐서린의 아버지가 사인한 것이지만 어떤 초대의 내용도 들어 있지 않았고, 캐서린 본인이 거기에 있다고 생각할 만한 근거도 들어 있지 않았다. 그 편지에서 알 수 있는 유일한 사실은 이주 동안 이 주소는 힐버리 씨의 주소가 되리라는 것이었다. 그러나 창밖을 내다보았을 때, 그가 생각하고 있는 사람은 그녀였다. 그녀도 또한 이 회색빛 들판을 보아왔다. 그리고 어쩌면 그녀는 경사면 위로 나무들이 자란 그곳에 있을지도 모른다. 언덕의 기슭에서 지금 노란빛 하나가 빛났다 다시 사라졌다. 그 빛은 오래된 회색 저택의 창문에서 빛났다고 그는 생각했다. 그는 구석에 기댔고 그 외판원을 완전히 잊었다. 캐서린을 마음속에 떠올리는 일은 그 오래된 회색 영주의 저택을 보고서 갑자기 멈췄다. 그가 계속 그녀를 마음속으로 떠올린다면 현실이 곧바로 밀고 들어올 것이라고 본능이 그에게 경고했다. 그는 윌리엄 로드니의 모습을 완전히 무시할 수 없었다. 캐서린의 입에서 약혼에 대해 들었던 그날 이후, 그는 실생활의 세세한 부분을 그녀에 대한 공상으로 치장하는 일을 삼갔다. 그러나 그 늦은 오후의 빛은 곧게 자란 나무들 뒤에서 초록빛으로 발했고 그 빛은 그녀에 대한 상징이 되었다. 그 빛은 그의 마음을 확장시키는 것 같았다. 그녀는 그 회색빛 들판에 대해 곰곰이 생각했고 지금 객차에 그와 함께 있었다. 그녀는 사려 깊고, 조용하며, 몹시 다정했다. 그러나 그 환상은 너무나 가까이에서 압박을 가했고 기차가 속도를 늦추고 있었기 때문에 이제 떨쳐버려야 했다. 기차의 갑작스런 급격한 움직임이 그를 충분히 깨어나게 했다. 그리고 기차가 승강구로 미끄러져 내려가자 그는 황갈색 옷을 걸친 붉은 기운이 도는 강건한 모습의 메리를 보았다. 그녀와 동행한 키 큰 청년이 그와 악수를 했고 그의 가방을 들고 분명한 말 한마디 하지 않고 길을 안내했다.

겨울 저녁 땅거미로 거의 몸이 보이지 않을 때만큼 목소리가 아름다운 시간은 없다. 그리고 낮에는 좀처럼 들을 수 없는 친밀한 어조를 띤 채 그것은 텅빈 곳으로부터 흘러나오는 것 같다. 그를 맞이하러 왔을 때 메리의 목소리에서 그러한 강렬함이 있었다. 그녀 주위로 겨울 산울타리의 안개와 검은 딸기 나뭇잎의 선명한 붉은색이 드리워져 있는 듯했다. 그는 자신이 완전히 다른 세상의 견고한 땅 위로 즉시 걸음을 옮기고 있다고 느꼈다. 하지만 그는 그 즐거움에 곧바로 굴복하지 않았다. 그들은 그에게 에드워드와 마차를 타거나 혹은 메리와 함께 들판을 가로질러 집으로 걸어오는 것 중 선택하라고 했다—메리와 함께하는 길이 더 짧은 길은 아니지만, 메리는 그것이 더 멋진 길이라고 생각한다고 설명했다. 그는 정말 그녀가 있음으로써 편안해진다고 느끼면서 메리와 함께 걷기로 결정했다. 조랑말이 끄는 마차가 힘차게 출발하여 떠났을 때, 그는 반쯤 빈정대며 그리고 반쯤은 부러워하며 무엇이 그녀를 쾌활하게 만들까 하고 생각했다. 그리고 그들의 눈길과 큰 키의 에드워드의 모습 사이에 땅거미가 흘러들었다. 그는 한 손에 고삐를 잡고 다른 한 손에 채찍을 쥔 채 마차를 몰기 위해 서 있었다. 장이 서는 소도시에 갔다 온 마을 사람들이 이륜마차에 오르고 있거나, 혹은 작은 무리를 이뤄 함께 길을 내려가면서 집으로 가고 있었다. 메리에게 많은 인사말이 건네졌고, 그녀는 말한 사람의 이름을 덧붙여서 그 인사에 답하여 소리쳤다. 하지만 곧 그녀는 울타리 계단을 넘어, 주위를 둘러싼 어둑한 초록색보다 약간 더 어두운, 사람들이 지나다니면서 생긴 좁은 길로 인도했다. 그들 앞의 하늘은 뒤쪽에서 등불이 비춰진 반투명의 얇은 돌조각처럼 이제 붉은색이 도는 노란빛을 보였다. 반면 눈에 두드러지는 나뭇가지가 달린 띠처럼 늘어선 검은 나무들은 빛을 등지고 서 있었다. 이 빛은 한 방향에서 융기한 언덕에 의해 희미해졌고, 그 나머지 모든 방향에서 대지는 하늘과 맞닿는 곳까지 평평하게 펼쳐져 있었다. 겨울밤의 날쌘 조용한 새가 그들의 몇 피트 앞에서 원을 그리며 사라졌다가 다시 나타나기를 거듭하면서 들판을 가로질러 그들을 따라오는 듯했다.

메리는 자신의 일생 동안 이 오솔길을 수백 번 지나갔었는데, 대체로 혼자였다. 그리고 특정한 각도에서 세 그루 나무의 모습을 보았을 때나 혹은 개천에서 꿩이 꼬꼬 울어대는 소리를 들었을 때, 삶의 각기 다른 시기에 침울했던 기억이 전체 장면으로 혹은 잇따른 생각으로 그녀의 마음을 가득 채우곤 했다. 그러나 오늘 밤 상황은 다른 모든 장면들을 내몰 만큼 충분히 강력했다. 그리고 그녀는 그것들이 그런 연상을 떠오르게 하지 않는 것처럼 무의식적으로 강렬하게 들판과 나무들을 바라보았다.

"그런데, 랠프" 그녀가 말했다. "이곳이 링컨즈 인 필즈보다 낫죠, 그렇지 않아요? 보세요, 당신을 위한 새가 있어요! 아, 당신은 안경을 가져왔죠, 그렇죠? 에드워드와 크리스토퍼는 당신에게 총을 쏘게 할 작정이에요. 총을 쏠 수 있나요? 그렇지 않은 것 같은데요 —"

"이것 봐요. 당신이 설명해야 해요," 랠프가 말했다. "그 청년들은 누구죠? 나는 어디에서 머물러야 하나요?"

"당신은 물론 우리와 함께 있을 거예요," 그녀가 대담하게 말했다. "물론이죠, 당신은 우리와 함께 있을 거예요. 싫지 않죠, 그렇죠?"

"그래야 한다면, 나는 오지 않았어야 했어요," 그가 강하게 말했다. 그들은 말없이 걸었다. 메리는 잠시 동안 침묵을 깨려고 애쓰지 않았다. 그녀는 그가 그럴 것이라고 생각한 것처럼, 랠프가 땅과 대기의 신선한 즐거움을 느끼기를 원했다. 그녀가 옳았다. 잠시 뒤 그는 기쁨을 표현했는데, 그녀에게 상당히 위안이 되었다.

"당신이 사는 곳이라고 내가 생각했던 그런 시골이군요, 메리," 그는 모자를 머리 뒤로 밀며, 주위를 둘러보면서 말했다. "진짜 시골입니다. 신사의 저택이 전혀 없는 시골 말입니다."

그는 공기를 코로 들이쉬었다. 그리고 육체를 가진 즐거움을 이전 몇 주 동안보다 더 예리하게 느꼈다.

"이제 우리는 산울타리를 통과하여 길을 찾아야 해요," 메리가 말했다. 랠프는 산울타리의 갈라진 틈에서 토끼를 잡기 위해 구멍을 가로질러 밀렵자가 설치한 철망을 뜯어냈다.

"그들이 밀렵 하는 것은 아주 정당해요," 그가 철망을 세게 끌어 당기고 있는 것을 보면서 메리가 말했다. "그걸 설치한 사람은 알프레드 더긴스 아니면 시드 랭킨일 거예요. 그들은 일주일에 십오 실링을 버는데, 어떻게 그들에게 밀렵을 하지 않기를 바랄 수 있겠어요?" 그녀는 산울타리의 반대편에서 나타나, 그녀에게 붙은 검은 딸기를 떼기 위해 손가락으로 머리카락을 쓸어내리면서 거듭 말했다. "나는 일주일에 십오 실링으로 살 수 있어요 — 마음 편하게요."

"당신이 할 수 있어요?" 랠프가 말했다. "그럴 수 있을 것 같지 않은데요," 그가 덧붙였다.

"오, 할 수 있어요. 그들에게 작은 시골집이 있고, 거기에 채소를 재배할 수 있는 정원이 있어요. 그것은 어느 정도 나쁘지 않을 거예요," 메리는 랠프에게 매우 강한 인상을 주는 진지함을 보이며 말했다.

"하지만 당신은 싫증이 날 겁니다," 그가 몰아세웠다.

"때로는 그것이 우리가 싫증낼 수 없는 유일한 일일 거라는 생각이 들어요," 그녀가 대답했다.

채소를 기를 수 있는 작은 집과 십오 실링으로 살아가는 것에 대한 생각이 랠프를 특별히 편안한 느낌과 만족감으로 채웠다.

"하지만 큰 길 쪽에 있는 집이거나 큰 소리로 떠드는 여섯 아이들을 키우는 여자가 사는 집의 이웃집이 아닐까요? 그녀는 당신의 정원 건너편에서 빨래를 항상 널어놓고 있을 겁니다."

"나는 작은 과수원 안에 동떨어져 있는 작은 집을 생각하고 있어요."

"그러면 참정권 운동은 어떻게 된 건가요?" 그가 야유를 보내고자 물었다.

"오, 세상에는 참정권 외에 다른 것들도 있어요," 그녀는 약간 설명할 수 없는 대수롭지 않은 태도로 대답했다.

랠프는 침묵에 빠져들었다. 그녀에게 그가 전혀 알지 못하는 계획이 있다는 것이 그를 화나게 했다. 하지만 그는 자신이 그녀를 더 압박할 권리가 없다고 생각했다. 그의 마음은 시골의 작은 집에서 생활하는 것에 대한 생각에 머물렀다. 그가 지금 그것에 대해 알아볼 수 없는 탓에, 생각건대 여기에는 엄청난 가능성이 놓여 있었다. 많은 문제에 대한 해결책이 있었다. 그는 지팡이를 땅위에 두드렸다. 그리고 시골의 모습을 어스름을 통해 응시했다.

"당신은 나침판의 방위를 아나요?" 그가 물었다.

"아, 물론이죠," 메리가 말했다. "나를 뭘로 보나요? — 당신 같은 런던내기인 줄 아나요?" 그리고 난 뒤 그녀는 어디가 북쪽이고 어디가 남쪽인지를 정확하게 그에게 말해주었다.

"내 고향이에요, 이곳은," 그녀가 말했다. "눈을 가리고도 주변의 길 냄새를 맡을 수 있어요."

이러한 허풍을 증명하려는 것처럼 그녀는 조금 더 빨리 걸었다. 그래서 랠프는 그녀와 보조를 맞추기가 어렵다고 생각했다. 동시에 그는 그녀에게 끌림을 느꼈는데, 이전에는 한 번도 그런 적이 없었다. 분명히 그녀가 런던에서보다 더 독립적이기도 했고, 그가 있을 데가 전혀 없는 세상에 확고하게 자리잡고 있는 것 같았기 때문이다. 이제 그가 그녀를 절대적으로 따라가야 할 정도로 땅거미가 내렸다. 그리고 그들이 둑을 넘어 아주 좁은 샛길로 들어가야 했을 때, 심지어 그가 그녀의 어깨 위에 손을 기대야 할 정도였다. 그리고 그녀가 가까이 있는 들판의 안개 위로 흔들리고 있는 빛을 향해 손짓하며 소리치기 시작했을 때, 그는 이상하게도 그녀에게 부끄러움을 느꼈다. 그도 역시 소리쳤고, 그 빛은 여전히 빛을 발하고 있었다.

"크리스토퍼예요. 벌써 들어와서 어린 닭들에게 모이를 주러 갔어요," 그녀가 말했다.

그녀는 그를 랠프에게 소개했다. 그는 각반을 한 키가 큰 형체밖에 볼 수 없었다. 그 인물은 부드러운 깃털이 있는 무리가 푸드덕거리는 원에서 몸을 일으키고 있었는데, 빛이 흔들리는 원반 속에 있는 그 무리 위로 쏟아졌다. 그리고 그는 때로는 밝은 노란 반점이 있는 한 마리를, 때로는 녹색빛이 도는 검은색과 주홍색이 섞인 한 마리를 불러내고 있었다. 메리는 그가 나른 들통 안에 손을 담았다. 그리고 곧 그녀도 원의 한가운데에 있게 되었다. 그리하여 그녀는 낟알을 던지면서 어린 닭들과 동생에게 번갈아가면서 얘기했다. 검은 코트를 입고 푸드덕거리는 깃털들의 가장자리에 서 있는 랠프에게 그 소리는 똑같이 꼬꼬 하고 우는 반쯤 불분명한 목소리로 들렸다.

그들이 식탁에 둘러앉을 무렵 그는 외투를 벗었다. 하지만 그는 다른 사람들 사이에서 매우 낯설어 보였다. 메리가 촛불로 부드럽게 밝혀진 타원형 식탁에 지금 둘러앉아 있는 그들을 비교했을 때, 시골에서 살고 자랐기 때문에 그들은 모두 순수하다거나 기운 차다고 그 어느 쪽으로도 부르기 주저했던 표정을 간직하고 있었다. 그렇다 하더라도 다름 아닌 교구목사의 경우에도 그런 표정이 있었다. 비록 엷게 주름이 잡혔지만 그의 얼굴은 선명한 분홍색이었고, 그의 푸른 눈은 원시였고, 길모퉁이나 빗속이나 겨울의 어둠을 뚫고 먼 곳의 빛을 찾는 평화로움을 담고 있었다. 그녀는 랠프를 쳐다보았다. 그보다 더 집중해 있고 의지로 가득 차 있는 그의 모습을 본 적이 결코 없었다. 마치 그의 이마 뒤에 아주 많은 경험이 모여 있어서 그가 그 가운데 어느 부분을 꺼내고 어느 부분을 둘지 선택할 수 있는 것 같았다. 그 어둡고 엄격한 표정에 비하면, 스프 접시 위로 낮게 고개를 숙이고 있는 그녀의 남자 형제들의 외모는 단지 연분홍빛의 특성 없는 둥근 살덩이에 불과했다.

"당신은 세 시 십 분 쯤에 도착했나요, 데넘 씨?" 윈덤 대치트 목사는 냅킨을 칼라 속에 끼워 넣으며 말했다. 그래서 거의 그의 몸 전체가 커다란 흰 마름모꼴에 가려졌다. "그들은 대체로 우리를 잘 대해줍니다. 교통량의 증가를 고려해볼 때, 그들은 정말 우리에게 잘 대해주지요. 나는 때때로 화물 열차 위의 트럭을 세고 싶은 호기심을 가지게 돼요. 그리고 트럭이 아마 오십 대가 넘을 겁니다─이런 철에 아마도 오십 대가 넘을 거요."

노신사는 이 주의 깊고 박식한 젊은이가 함께 있어서 기분 좋게 흥분되었다. 그것은 그가 문장을 끝낼 때 마지막 단어를 신경 쓰고 열차 위의 트럭 수를 약간 과장한 데서 분명히 드러났다. 실로 대화를 그가 이끌게 되었고, 오늘 밤 그의 아들들이 가끔씩 그를 감탄하여 바라보게 만들 만큼 그는 그 임무를 능숙히 해냈다.

그들은 데님에게 수줍음을 느꼈으며, 그들이 말할 필요가 없게 되어 기뻤기 때문이다. 나이 지긋한 대치트 씨가 링컨셔의 이 특별한 외딴 곳의 현재와 과거에 관해 꺼내놓은 풍부한 정보가 진실로 그의 자녀들을 놀라게 했다. 몇몇 드문 축하 행사에서 사용할 때까지 식기 수납함에 보관되어 있던 가문의 문양이 새겨진 금은 식기의 개수를 기억하지 못하는 것처럼, 비록 그들은 아버지에게 그런 정보가 많다는 것은 알고는 있었지만 어느 정도인지는 잊어버렸기 때문이다.

식사 후에 교구의 업무를 보러 교구 목사는 서재로 갔다. 그리고 메리는 함께 부엌에 앉아 있자고 제안했다.

"진짜 부엌은 아니에요," 엘리자베스가 손님에게 급히 설명했다. "하지만 우리는 그곳을 그렇게 불러요—"

"그곳은 집에서 가장 좋은 방이죠," 에드워드가 말했다.

"벽난로 옆쪽에 오래된 받침대가 있는데 거기에 남자들이 총을 진열했어요," 엘리자베스가 키 높은 청동 촛대를 손에 들고 복도 아래로 길을 안내하며 말했다. "데님 씨에게 그 계단을 보여드려, 크리스토퍼…… 이 년 전 교회의 감독관들이 여기에 와보고는 이곳이 집에서 가장 흥미로운 곳이라고 말했어요. 이 폭이 좁은 벽돌들은 이 집이 오백 년은 되었다는 사실을 입증하죠, 제 생각에 오백 년인데, 그들은 육백 년이라고 말했을지도 몰라요." 그녀의 아버지가 트럭 수를 과장했던 것처럼 그녀 또한 벽돌이 존재해온 햇수를 과장하고 싶은 충동을 느꼈다. 천장 가운데서 아래로 매달려 있는 큰 등이 질 좋은 통나무 장작불과 함께 크고 천장이 높은 방을 밝게 비췄는데, 이 방에는 벽과 벽을 가로지르는 서까래가 있고, 붉은 타일로 된 마루와 오백 년은 됐을 거라고 했던 폭이 좁은 그 붉은 벽돌로 만들어진 견고한 벽난로가 있었다.

몇 개의 깔개와 드문드문 흩어져 있는 안락의자가 이 오래된 부엌을 거실로 만들었다. 엘리자베스는 권총 선반과 햄을 훈제하는 걸이, 그리고 의심할 바 없이 오래된 다른 물건을 가리켰고, 메리가 그 방을 거실로 바꾸자는 의견을 내놓았다고 설명했다. 그렇지 않으면 그곳은 세탁물을 널어놓고 남자들이 사냥 후에 옷을 갈아입는 공간으로 사용되었을 것이었다. 그러고 나서 그녀는 자신이 여주인으로서 의무를 다했다고 생각했고, 등 바로 아래의, 그리고 아주 길고 좁은 오크 탁자 옆에 있는 수직의 의자에 자리를 잡았다. 그녀는 뿔테 안경을 코에 걸치고 바늘과 털실이 가득든 바구니를 그녀 쪽으로 당겼다. 몇 분 뒤 그녀의 얼굴에 미소가 피어났고, 그날 저녁 내내 그 얼굴에 미소가 변함없이 머물렀다.

"내일 저희들과 같이 사냥하러 나가시겠어요?" 누나의 친구에게 대체로 좋은 인상을 주었던 크리스토퍼가 말했다.

"저는 총을 쏘지 않을 겁니다. 하지만 같이 가겠습니다." 랠프가 말했다.

"총 쏘는 데 관심이 없으신가요?" 의혹이 아직 가시지 않은 에드워드가 물었다.

"지금까지 한 번도 총을 쏜 적이 없어요." 랠프는 이러한 고백이 어떻게 받아들여질지 확신이 없었기에 몸을 돌려 그의 얼굴을 보면서 말했다.

"아마 런던에서는 기회가 많지 않았을 겁니다." 크리스토퍼가 말했다. "하지만 다소 지루하지 않을까요? — 우리를 지켜보기만 하면 말이죠."

"저는 새를 볼 겁니다." 랠프가 미소를 띠고 대답했다.

"당신에게 새를 보기에 적합한 장소를 보여줄 수 있어요." 에드워드가 말했다. "그것이 당신이 하고 싶은 일이라면 말입니다. 해마다 이맘때면 새를 보기 위해 런던에서 오는 친구를 한 명 알고 있어요. 그곳은 야생 기러기와 오리를 보기에 아주 좋은 장소죠. 그곳이 이 땅에서 새를 구경하기에 가장 좋은 장소 가운데 한 곳이라고 그 친구가 말하는 걸 들은 적 있어요."

"그곳은 영국에서 가장 좋은 장소겠군요," 랠프가 대답했다. 그들은 모두 자신들의 고향에 대한 이와 같은 칭찬에 만족했다. 그리고 형제들에 관한 한, 이제 메리는 이러한 짧은 질문과 대답으로 의심하고 점검하는 저의가 사라지고 새들의 습관에 대한 진심 어린 대화로 발전해가는 것을 듣고 기뻤다. 이 대화는 그 후 그녀가 끼어들 필요가 거의 없는 사무 변호사들의 습관에 대한 토론으로 변했다. 그녀는 자신의 형제들이 랠프로부터 좋은 견해를 얻기를 원할 정도로 그들이 그를 좋아하는 것을 보고서 기뻤다. 친절하지만 노련한 그의 태도에서 그가 형제들을 좋아하는지 그렇지 않은지 알아채기란 불가능했다. 가끔 그녀는 난롯불에 새 장작을 더했다. 그리고 방이 불타는 나무의 쾌적하고 건조한 열기로 가득 차자 난롯불에서 멀리 있는 엘리자베스를 제외하고 모두 그들이 주는 인상에 대해 점점 덜 염려하게 되었고 점점 더 자고 싶어졌다. 이 순간 문에서 격렬하게 긁히는 소리가 들렸다.

"파이퍼! —어이쿠, 젠장! —일어나야겠어," 크리스토퍼가 중얼거렸다.

"그건 파이퍼가 아니라 피치야," 에드워드가 불평했다.

"아무래도 상관없어, 나는 일어나야겠어," 크리스토퍼가 투덜거렸다. 그는 개를 들어오게 하고, 어둡고 별이 빛나는 대기의 찬 공기를 한 모금 들이쉬며 기운을 차리기 위해 정원 쪽으로 열려 있는 문 옆에 잠시 섰다.

"들어와서 문 닫아!" 메리는 의자에서 반쯤 몸을 돌려 소리쳤다.

"내일은 날씨가 화창할 것 같네요," 크리스토퍼가 만족해하며 말했다. 그리고 그는 마루 위 그녀의 발치에 앉아 그녀의 무릎에 등을 기대고 긴 양말을 신은 다리를 난롯불 쪽으로 죽 뻗었다— 그가 낯선 사람 앞에서 더 이상 경계심을 느끼지 않는다는 전적인 표시였다. 그는 집안에서 가장 어렸고 메리가 가장 좋아했다. 부분적으로는 에드워드의 성격은 엘리자베스를 닮은 반면 크리스토퍼의 성격은 그녀와 닮았기 때문이었다. 그녀는 자신의 무릎을 그의 머리가 편히 기댈 수 있도록 하고, 그의 머리를 손으로 쓰다듬었다.

'메리가 내 머리를 저렇게 쓰다듬으면 좋겠는데,' 랠프는 별안간 마음속으로 생각하며, 누나의 애정 표시를 이끌어 낸 크리스토퍼를 애정이 넘치게 바라보았다. 즉시 그는 캐서린에 대해 생각했고, 그 생각은 밤의 공간과 탁 트인 대기에 에워싸였다. 그러자 그를 보고 있던 메리는 그의 이마에 갑자기 주름이 깊어지는 것을 보았다. 그는 팔을 뻗어 장작 하나를 벽난로 불 위에 놓았는데, 부서지기 쉬운 붉은 골조 안에 장작을 조심스럽게 맞춰 넣고 또한 자신의 생각을 이 방에만 두기 위해 자신을 제어했다.

메리는 남동생의 머리를 쓰다듬기를 멈췄다. 그는 그녀의 무릎 사이에서 조바심을 내며 마치 아이처럼 그렇게 머리를 움직였다. 그래서 그녀는 한 번 더 그 숱이 많고 붉은 기가 도는 머리를 이리저리 쓸어내리기 시작했다. 하지만 어떤 남자 형제가 그녀에게 느끼게 할 수 있는 것보다 훨씬 강력한 열정이 그녀의 영혼을 사로잡았다. 그리하여 랠프의 표정이 변하는 것을 보자 그녀의 손은 거의 자동적으로 그 움직임을 이어나간 반면 그녀의 마음은 미끄러운 둑 위에서 붙잡을 무언가를 찾아 절망적으로 뛰어들었다.

제16장

바로 같은 날 캄캄한 밤에, 별이 빛나는 거의 같은 대기층을 캐서린 힐버리는 지금 응시하고 있었다. 내일 오리 사냥하기에 적합한 좋은 날씨를 기대하여 그렇게 한 것은 아니었지만. 그녀는 스톡던 하우스의 정원에 있는 자갈길을 이리저리 걷고 있었는데, 가볍고 잎이 없는 퍼걸러의 버팀살대는 하늘을 부분적으로 가리고 있었다. 그래서 클레마티스의 작은 가지 하나가 카시오페이아를 완전히 감추었을 것이고, 혹은 그 가지의 일정한 까만 모양이 수만 마일의 은하수를 덮어 가렸을 것이다. 그렇지만 퍼걸러의 끝에는 돌의자가 있었고, 오른편을 제외하고 거기에서는 어떤 지상의 가로막음도 없이 온전히 하늘을 볼 수 있을 것이다. 사실 오른편에는 느릅나무 가로수가 아름답게 별빛의 세례를 받고 있었고, 낮은 마구간 건물은 굴뚝의 통기구에서 나오는 흔들리는 은빛 물방울로 가득했다. 달이 없는 밤이었지만 별빛은 젊은 여성의 몸의 윤곽과 심각하게, 정말 거의 단호하게 하늘을 응시하고 있는 그녀의 얼굴 형태를 보여주기에 충분했다. 그녀는 충분히 온화한 겨울밤 밖으로 나왔다. 과학적으로 별을 관찰하기 위해서라기보다 순전히 지상의 어떤 불만들을 떨쳐버리려고 나왔다. 비슷한 상황에서 문학적인 사람이 멍하니 계속해서 책들을 꺼내기 시작하듯이, 별들과 가까이 있기 위해 그녀는 정원으로 걸어 들어갔다. 비록 별을 바라보지는 않았지만 말이다. 그녀는 다시 경험하지 못할 만큼 더 행복해야 할 때에 행복하지 않았다 — 그녀가 생각하기에, 이 사실은 이틀 전 거의 그녀가 도착하자마자 나타나기 시작한 불만의 원인이었고 이제는 아주 참을 수 없는 것처럼 느껴져서 그녀가 가족 파티에서 물러나와 여기에서 그것에 대해 혼자 생각해보기 위해 나왔다. 그녀가 행복하지 않다고 생각한 것은 그녀가 아니라 그녀의 사촌들이었다. 그 집은 그녀와 나이가 같거나 더 어린 사촌들로 넘쳤고 그들 가운데 몹시 민첩한 관찰력을 지닌 사촌들이 있었다. 그들은 항상 그녀와 로드니 사이에서 뭔가를 찾으려고 하는 듯했고, 찾기를 기대한 것을 아직 발견하지 못했다. 그리고 그들이 탐색하고 있을 때, 캐서린은 자신이 런던에서 윌리엄과 부모님과만 있을 때에는 의식하지 못했던 결핍을 깨달았다. 혹은 그녀가 그것을 원하지는 않는다 하더라도 그래도 아쉬웠다. 그리하여 이러한 마음 상태가 그녀를 우울하게 했는데, 그녀는 항상 완벽한 만족을 주는 것에 익숙해 있었고, 자기애가 이제 약간 흐트러졌기 때문이다. 그녀는 자신이 존중하는 견해를 가진 누군가에게 그녀의 약혼을 정당화하기 위해서라면 습관적인 신중한 태도를 깨뜨리고 싶었을 것이다. 누구도 비판의 말을 하지 않았고, 그들은 그녀를 윌리엄과 단둘이 남겨 두었다. 그들이 그렇게 예의 바르게 그녀를 홀로 두지 않았더라면 그것이 문제가 되었을 것이라는 것이 아니다. 어쩌면 그들이 그녀 앞에서 거의 정중하게 그렇게 이상하게 침묵하는 듯하지 않았더라면, 문제가 되지 않았을 것이다. 그녀는 자신이 없는 곳에서 이러한 태도가 비판으로 바뀐다고 생각했다.

가끔 하늘을 쳐다보며 그녀는 사촌들의 이름을 되짚어보았다. 엘리너, 험프리, 마마 듀크, 실비어, 헨리, 카산드라, 길버트, 그리고 모스틴 — 번게이의 젊은 숙녀에게 바이올린 연주를 가르치는 사촌 헨리는 그녀가 마음을 털어놓을 수 있는 유일한 사람이었다. 그래서 그녀가 퍼걸러의 버팀대 아래에서 이리저리 걷고 있을 때, 그녀는 그에게 이야기를 조금 하기 시작했는데, 대화는 이같은 식으로 나아갔다.

"우선, 나는 윌리엄을 아주 좋아해. 너는 그걸 부정할 수 없어. 나는 누구보다 그를 더 잘 알아. 하지만 내가 그와 결혼하려는 이유 중 하나는, 내가 인정하는데 — 너에게 꽤 솔직하려고 해. 그러니 너는 누구에게도 말해서는 안 돼 — 어느 정도는 내가 결혼하기를 원하기 때문이야. 나는 내 가정을 가지고 싶어. 집에서는 불가능해. 너는 아주 좋겠어, 헨리. 너는 너의 길을 갈 수 있잖아. 나는 항상 거기에 있어야 해. 게다가 너도 우리집이 어떤지 알지. 만약 네가 뭔가 할 수 없다면 너도 역시 행복하지 않을 거야. 집에서는 시간이 없어서가 아니야 — 분위기 때문이지."

여기서, 추측컨대, 캐서린은 평소의 지성적인 공감을 지닌 채 듣고 있던 사촌이 눈썹을 약간 치켜들며 끼어드는 모습을 상상했다.

"그런데, 너는 뭘 하고 싶은 거야?"

이렇게 순전히 상상 속의 대화에서조차 캐서린은 가상의 상대에게 자신의 야망을 털어놓기 어렵다는 것을 알게 되었다.

"내가 하고 싶은 것은," 그녀가 말하기 시작했다. 그리고 제법 오래 주저한 뒤 목소리를 바꾸며 겨우 덧붙여 말했다. "수학 공부야 — 별에 대해서도 알고 싶어."

헨리는 분명히 놀랐다. 하지만 너무 마음이 너그러워서 자신의 의문점을 모두 겉으로 드러내지 못했다. 그는 다만 수학의 어려움에 대해 뭔가 말했고, 별에 대해서는 거의 아는 바가 없다고 말했다.

그러자 바로 캐서린은 자신의 입장에 대한 이야기를 계속했다. "여하튼 무엇을 알게 되든 나는 많이 신경 쓰지 않아─하지만 나는 계산을 해서 뭔가를 논하고 싶어─인간과 관련 없는 뭔가를 말이야. 나는 특별히 사람이 필요하지 않아. 어떤 면에서, 헨리, 나는 엉터리야─너희들 모두가 나를 잘못 알고 있다는 뜻이야. 나는 가정적이지도 않고, 혹은 아주 현실적이거나 분별 있지도 않아, 정말이야. 그리고 만약 내가 어떤 것을 계산하고 망원경을 사용할 수 있다면, 그래서 산술을 논해야 하고 내가 틀린 부분을 알게 된다면, 나는 완벽하게 행복할 거야. 그래서 나는 윌리엄에게 그가 원하는 것을 모두 줄 수 있을 거라고 생각해."

이 지점에 이르자 헨리의 충고가 도움이 될 수 있는 범위를 넘어섰다는 것을 그녀는 본능적으로 알았다. 그리하여 그녀는 표면상의 곤혹스러움을 떨쳐버리며, 돌의자에 앉아서 무의식적으로 시선을 들어 올리고 그녀가 스스로 결정해야겠다고 깨닫게 된 더 깊이 있는 문제들에 대해 생각했다. 정말 그녀는 윌리엄이 원하는 것을 모두 줄 수 있을까? 그 문제를 결정하기 위해 그녀는 지난 하루 이틀 동안 그들 두 사람 사이의 교제를 특징짓는 그녀가 조금이나마 골라 모은 중요한 말, 표정, 찬사, 몸짓에 대해 급하게 생각해보았다. 그가 특별히 그녀에게 입도록 골라준 몇 가지 옷이 든 상자가 주소표에 대한 그녀의 부주의 때문에 엉뚱한 역으로 보내져서 그는 화가 나 있었다. 상자는 마침 세때에 도착했고, 그녀가 첫날 밤 아래층에 내려왔을 때, 그는 그녀에게 지금

보다 더 아름다웠던 모습을 본 적이 없다고 말했다. 그녀는 모든 사촌들보다 더 뛰어났다. 그는 그녀가 추한 행동을 전혀 하지 않는다는 것을 깨달았다. 또한 그는 그녀의 두상이 예뻐서 대부분의 여성들과는 달리 머리를 짧게 해도 좋을 거라고도 말했다. 그는 저녁 만찬에서 그녀가 침묵하고 있는 것을 두 번 나무랐다. 그리고 그가 말한 것에 대해 전혀 주의를 기울이지 않는다고 한 번 비난했다. 그는 그녀의 프랑스어 악센트가 뛰어나서 놀라워했다. 하지만 그녀가 어머니와 함께 미들턴 가족들을 방문하지 않은 것은 이기적이라고 여겼다. 그들은 가족들의 오랜 친구들이며 아주 좋은 사람들이었기 때문이다. 전체적으로 거의 균형을 이루었다. 현재로서 계산을 끝낸 마음속에 일종의 결론을 기록해두고서, 그녀는 시선의 초점을 바꾸어 다만 별들만을 바라보았다.

오늘 밤 별들은 유난히 창공에 견고하게 박힌 듯이 보였다. 그리고 오늘 밤 별들이 행복하다고 생각하고 있는 그녀 자신을 알아챌 만큼 별들은 그녀의 눈 속에 빛의 잔물결을 반사했다. 그녀 또래의 대부분의 사람들보다 교회 의식에 대해 더 알고 있거나 더 관심이 있는 것은 아니지만, 크리스마스 시기의 창공을 볼 수 있을 때마다 캐서린은 별들이 동정심을 가지고 지상을 굽어보며, 영원한 광휘를 발하며 함께 지상의 축제에 참여하고 있다는 신호를 보내고 있다는 느낌이 들었다. 어쨌든 그녀는 별들이 지금도 지상의 멀리 떨어져 있는 지역에서 길 위를 오가는 왕들과 현자들의 행렬을 보고 있는 것처럼 보였다. 그럼에도 불구하고 또 한 번 잠시 동안 지켜본 후, 별들은 정신에 대해 늘 하던 일을 했고, 우리 인간의 짧은 역사 전체를 차갑게 식혀 재로 만들었고, 인간의 육체를 거친 진흙 덩어리 가운데 있는 덤불 사이에 웅크리고 있는 원숭이처럼 털로 덮인 형상으로 만들었다. 이어서 곧 다른 단계가 잇따랐고, 별들과 별빛을 제외하고는 우주에 아무것도 없었다. 그녀가 위를 쳐다보았을 때 그녀의 눈동자는 별빛으로 몹시 커져 그녀 전체가 은빛 속으로 용해되어 우주를 통과하여 무한한 별들의 광맥 위로 영구히 흘러넘친 듯했다. 비록 잘 어울리지는 않았지만, 아무튼 동시에 그녀는 고귀한 영웅과 함께 물가 혹은 숲의 나무 아래를 말을 타고 달리고 있었다. 그리하여 평범한 삶에 만족하여 그 상태를 바꾸기 위해 더 이상 정신적인 면에서 어떤 시도도 하지 않는 육체가 가하는 강한 비난이 없었더라면 그녀는 계속 그렇게 했을 것이다. 그녀는 추워서 몸을 떨며 일어서서 집을 향해 걸었다.

별빛으로 인해 스톡던 하우스는 희미하고 낭만적으로 보였고, 원래의 규모보다 약 두 배나 커 보였다. 십구 세기 초 퇴역한 장군에 의해 건축되었으며, 지금 붉은 기운이 도는 노란빛으로 가득한 정면의 휘어진 활 모양의 내닫이창은 오래된 지도의 가장자리에서 장난치며 노는 돌고래들과 일각고래들이 공정한 손에 의해 여기저기 흩어져 있는 바다를 항해하는 당당한 삼 층의 갑판이 있는 배를 연상시켰다. 반원형의 낮은 계단은 캐서린이 조금 열어둔 매우 큰 문으로 인도했다. 그녀는 주저하며 시선을 그 집의 정면 위로 던졌고, 위층에 있는 작은 창문에서 나오는 빛을 주목했다. 그리고 문을 밀어서 열었다. 잠시 동안 그녀는 사각형의 홀에 서 있었다. 뿔이 달린 여러 개의 두개골들, 누런빛의 지구본들, 금이 생긴 유화들, 그리고 박제된 올빼미들 사이에서, 틈새로 생명체의 움직이는 소리가 들려오는 듯한 오른쪽 문을 열어야 하는지 망설이며 서 있었다. 잠시 귀를 기울인 후 그녀는 분명히 자신이 들어가지 않기로 결정하게 하는 소리를 들었다. 그녀의 아저씨인 프랜시스 경이 밤마다 하는 휘스트 게임에서 아마도 지고 있는 것 같았다.

그녀는 곡선의 계단을 올라갔다. 모든 것이 다소 낡은 대저택에서 이 계단은 격식 있는 시도를 대표했다. 그녀는 좁은 복도를 내려가 정원에서 보았던 빛이 있는 방으로 들어갔다. 문을 두드린 후 그녀는 들어오라는 말을 들었다. 헨리 오트웨이라는 청년이 벽난로의 난로망 위에 발을 둔 채 책을 읽고 있었다. 그는 멋진 두상을 가졌고, 눈썹은 엘리자베스 시대 양식의 아치 모양이었다. 하지만 친절하고 정직한 눈은 엘리자베스 시대의 활력으로 빛을 발하기보다는 다소 회의적이었다. 그는 자신의 기질에 맞는 대의를 아직 발견하지 못한 인상을 주었다.

그는 몸을 돌려 책을 내려놓고 그녀를 보았다. 그는 그녀가 마음이 육체에 완전히 정착하지 않은 사람처럼 약간 창백하며 이슬로 흠뻑 젖었다는 것을 눈치챘다. 그는 종종 자신의 어려움을 그녀 앞에 토로했었다. 그리하여 그는 어쩌면 그녀가 지금 자신을 필요로 한다고 추측했고, 어떤 점에서는 그러기를 바랐다.

"그러면 너도 도망쳤니?" 그는 그녀의 망토를 보면서 말했다. 캐서린은 자신이 별을 바라보고 있었다는 증거를 치우는 것을 잊어버렸다.

"도망치다니?" 그녀가 물었다. "누구로부터 말이야? 아, 가족 모임. 그래, 아래층이 더워서 정원으로 나갔어."

"그러면 많이 춥지 않니?" 헨리는 석탄을 불 위에 얹고, 벽난로의 격자 쪽으로 의자를 끌어당겨 그녀의 망토를 옆으로 치워두면서 말했다. 그런 세세한 것에 대한 그녀의 무관심이 자주 헨리에게 그러한 때에 일반적으로 여성들이 담당하는 역할을 하게끔 내몰았다. 그것은 그들 사이를 결속시키는 것들 가운데 하나였다.

"고마워, 헨리," 그녀가 말했다. "내가 너를 방해하는 거 아냐?"

"난 여기에 머물지 않아. 번게이에서 살아," 그가 대답했다. "나는 해럴드와 줄리아에게 음악 교습을 해. 그게 내가 숙녀들과 동석한 사람들을 두고 일어나야 했던 이유야 ― 나는 밤을 거기에서 보낼 거야. 그리고 크리스마스 저녁 늦게까지는 돌아오지 않으려고 해."

"내가 얼마나 바라는데 ―" 캐서린이 말하기 시작했지만 도중에 멈췄다. "이러한 모임은 큰 실수라고 생각해," 그녀는 간략하게 덧붙이며 한숨을 쉬었다.

"오, 끔찍해!" 그가 동의했다. 그리고 그들은 모두 침묵에 빠졌다.

그녀의 한숨 탓에 그는 그녀를 쳐다보게 되었다. 그는 과감하게 왜 한숨짓느냐고 그녀에게 물어보아야 할까? 그녀가 자신의 일에 대해 말이 없는 것은 다소 이기적인 청년이 침묵하기로 작정하는 것이 종종 편했던 것처럼 그렇게 침범할 수 없는 것이었나? 그러나 그녀가 로드니와 약혼한 이후 그녀에 대한 헨리의 감정은 조금 복잡해져서 그녀에게 상처 주고 싶은 충동과 그녀에게 친절하고자 하는 충동이 같은 정도로 일어났다. 그리고 내내 그는 그녀가 그로부터 벗어나 미지의 바다 위를 영원히 떠돌고 있다는 느낌에 이상한 노여움이 들어 괴로워했다. 캐서린 편에서 보자면, 그의 앞으로 가서 별들에 대한 자신의 느낌이 사라지자 곧, 그녀는 사람들 사이의 어떤 교제도 아주 불완전하다는 것을 깨달았다. 헨리는 그녀의 전체 감정의 겨우 한두 부분만을 알아챌 수 있었다. 그래서 그녀는 한숨 쉬었다. 그러고 나서 그녀는 그를 보았다. 그리고 그들의 시선이 마주치자 생각했던 것보다 훨씬 더 많이 그들 사이에 공통점이 있는 것 같았다. 어쨌든 그들에게는 같은 할아버지가 있었다. 여하튼 그들에게는 두 사람처럼 때때로 서로 좋아하는 데 다른 이유를 가지지 않은 사이에서 발견디는 일종의 충성심이 있었다.

"그런데 결혼 날짜는 언제야?" 이제 심술궂은 기분이 지배적이 되면서 헨리가 말했다.

"삼월 언젠가 쯤일거라고 생각해," 그녀가 대답했다.

"그리고 그 후에는?" 그가 물었다.

"우리는 첼시 어딘가에 집을 얻으려고 생각하고 있어."

"그것 참 재미있네," 그녀를 다시 훔쳐보며 그가 말했다.

그녀는 벽난로 격자 측면에 발을 높이 올리고 안락의자에 기대고 앉았다. 그리고 아마도 시선을 가리기 위해 그녀는 자신 앞에 신문을 펼쳐들었고 가끔씩 한두 문장을 보았다. 이것을 지켜보면서 헨리가 말했다.

"어쩌면 결혼은 너를 더 인간적으로 만들지도 몰라."

이 말에 그녀는 신문을 일 인치 내렸지만, 아무 말도 하지 않았다. 정말 그녀는 일 분 이상 전혀 말없이 앉아 있었다.

"별과 같은 것을 생각하면, 우리들의 일은 그리 많이 대단치 않은 것 같지 않니?" 그녀가 갑자기 물었다.

"나는 별과 같은 것에 대해 생각해본 적이 없는 것 같아," 헨리가 대답했다. "그렇지만 그게 설명이 안되는지는 잘 모르겠어," 헨리는 그리고서 그녀를 꾸준히 관찰하면서 덧붙였다.

"나는 설명이라는 게 있는지 의심스러워," 그녀는 그가 말한 의미를 분명하게 이해하지 못한 채 다소 성급하게 대답했다.

"뭐라고? 어떤 일에 대해서도 설명할 이유가 없다고?" 그가 미소 지으며 물었다.

"아, 일들은 일어나. 그뿐이야," 그녀는 무심코 단호하게 내뱉었다.

'그게 분명히 너의 몇 가지 행동을 설명해주는 듯이 보여,' 헨리가 마음속으로 생각했다.

"이 일은 저 일과 거의 같아. 그리고 뭔가를 해야 해," 그는 거의 그녀의 말투로 그녀의 태도라고 생각되는 것을 표현하면서 크게 말했다. 아마도 그녀는 그 흉내를 간파한 듯했다. 그녀는 부드럽게 그를 바라보며, 아이러니컬한 침착함을 지닌 채 말했다.

"그래, 네 삶이 단순해야 한다고 생각한다면, 헨리."

"하지만 난 그렇지 않다고 생각해," 그가 무뚝뚝하게 대답했다.

"나도 그렇지 않아," 그녀가 대답했다.

"별은 어찌된 거니?" 그가 잠시 후 물었다. "네 생활이 별에 의해 좌우되는 것 같은데?"

그녀는 그 말을 무시했다. 그녀가 그 말에 주의를 기울이지 않았거나 혹은 그 어조가 그녀가 좋아하지 않는 것이었기 때문이다.

한 번 더 그녀는 멈췄다가 그러고 나서 질문했다.

"하지만 넌 항상 네가 하는 모든 행동에 대한 이유를 알고있니? 누구나 알아야만 하니? 내 어머니 같은 사람은 아실 거야," 그녀는 생각에 잠겼다. "이제 아래층으로 내려가 사람들에게 가서 무슨 일이 벌어지는지 봐야 할 것 같아."

"무슨 일이 일어나겠어?" 헨리가 이의를 제기했다.

"아, 뭔가 처리하기를 원할지도 몰라," 그녀는 발을 바닥에 두고, 턱을 손으로 괴면서, 그리고 큰 눈으로 생각에 잠겨 불을 바라보면서 모호하게 대답했다.

"그리고 게다가 윌리엄이 있잖아," 마치 뒤늦게 생각난 것처럼 그녀가 덧붙였다.

헨리는 거의 웃을 뻔 했지만 자제했다.

"그들은 석탄이 무엇으로 만들어지는지 알까, 헨리?" 잠시 후 그녀가 물었다.

"암말의 꼬리라고 생각해," 그가 과감하게 말해보았다.

"너는 탄광에 들어간 적이 있니?" 그녀가 계속 말했다.

"탄광에 대한 말은 하지 말자, 캐서린," 그가 거부했다. "우리는 어쩌면 다시는 서로 못 보게 될 지도 몰라. 네가 결혼하면 —"

굉장히 놀랍게도, 그는 그녀의 눈에 눈물이 고인 것을 보았다.

"왜 너는 내내 나를 짓궂게 조롱하니?" 그녀가 말했다. "친절하지 않구나."

비록 헨리는 확실히 그녀가 짓궂게 조롱하는 것을 싫어한다는 것을 전혀 예상하지 못했지만, 그녀의 말뜻을 완전히 모르는 척 할 수 없었다. 그러나 그가 무슨 말을 해야 할지 알기도 전에 그녀의 눈은 다시 맑아졌고, 표면의 갑작스런 균열은 거의 다 메워졌다.

"어쨌든 일이 쉽지 않아," 그녀가 말했다.

솔직한 애정의 충동을 따라 헨리가 말했다.

"캐서린, 만약 내가 너를 도울 일이 있다면, 그렇게 할 수 있도록 약속해줘."

그녀는 붉은색 불꽃을 다시 한 번 더 쳐다보면서 생각해보는 듯했다. 그리고 어떤 설명도 하지 않기로 결심했다.

"그래, 그렇게 약속할게," 그녀가 드디어 말했다. 그리고 헨리는 그녀의 진심어린 대답에 만족을 느꼈고, 그녀가 사실을 좋아했기 때문에 이제 탄광에 관해 그녀에게 말하기 시작했다.

그들은 실로 작은 승강기를 타고 탄광의 수직 통로를 내려가고 있었고, 그들 아래쪽의 땅속에서 쥐가 갉아먹는 소리 같은, 광부들의 곡괭이 소리를 들을 수 있었다. 그때 아무런 노크도 없이 문이 갑자기 열렸다.

"아하, 여기 있었군요!" 로드니가 소리쳤다. 캐서린과 헨리는 둘 다 아주 재빠르게 그리고 다소 죄의식을 느끼며 몸을 돌렸다. 로드니는 야회복을 입고 있었다. 그가 화난 게 분명했다.

"여기가 당신이 내내 있었던 곳이었군요," 그가 캐서린을 바라보면서 반복했다.

"겨우 십 분 정도만 있었어요," 그녀가 대답했다.

"캐서린, 당신은 한 시간도 더 전에 응접실을 떠났어요."

그녀는 아무 말도 하지 않았다.

"그게 아주 많이 문제가 되나요?" 헨리가 물었다.

로드니는 다른 남성 앞에서 분별없이 굴 수는 없다고 생각했다. 그래서 그에게 대답하지 않았다.

"사람들은 그런 행동을 좋아하지 않아요," 그가 말했다. "나이 든 사람들만 두고 떠나는 것은 그들에게 친절하지 않은 거죠―비록 여기 앉아서 헨리와 이야기를 나누는 것이 훨씬 더 즐거운 일이라는 것을 의심하지 않지만 말입니다."

"우리는 탄광에 대해 이야기하고 있었어요," 헨리가 예의 바르게 말했다.

"그래요. 하지만 우리는 그전에 훨씬 더 재미있는 이야기를 하고 있었어요," 캐서린이 말했다.

그녀가 그에게 상처를 주기 위해 분명히 작정하고 말했기 때문에, 헨리는 로드니 쪽에서 일종의 어떤 폭발이 곧 일어날 것이라고 생각했다.

"아주 잘 이해할 수 있어요," 로드니는 살며시 싱긋 웃으면서 의자 뒤로 몸을 기대고 손가락으로 나무로 된 부분을 가볍게 치면서 말했다. 그들은 모두 말이 없었다. 그리고 그 침묵은 적어도 헨리에게는 대단히 불편했다.

"몹시 지루하지 않아요, 윌리엄?" 캐서린이 어조를 완전히 바꾸고 가볍게 손동작을 하면서 갑자기 물었다.

"물론 지루해요," 윌리엄이 무뚝뚝하게 말했다.

"그러면, 당신은 여기 남아서 헨리와 이야기해요. 그리고 나는 내려갈게요." 그녀가 대답했다.

그녀는 말하면서 일어섰다. 그리고 문밖으로 나가기 위해 몸을 돌렸을 때, 그녀는 묘하게 달래는 동작으로 로드니의 어깨에 손을 올려놓았다. 즉시 로드니는 헨리를 화나게 하는 충동적인 감정으로 그녀의 손을 잡았고, 그래서 헨리는 다소 과장되게 책을 펼쳤다.

"당신과 함께 내려가겠어요," 그녀가 손을 뒤로 빼고 마치 그를 지나치려는 것처럼 하자 윌리엄이 말했다.

"오오, 안 돼요," 그녀가 급히 말했다. "당신은 여기 남아서 헨리와 얘기해요."

"네, 그렇게 해요," 책을 다시 닫으면서 헨리가 말했다. 그의 초대는 정확히 진심에서 우러나온 것은 아니었지만 예의 발랐다. 로드니는 그가 가야 할 방향에 대해 분명히 주저했다. 그렇지만 캐서린이 문간에 있는 것을 보자 소리쳤다.

"아니에요. 나는 당신과 함께 내려가고 싶어요."

그녀는 돌아보며 아주 위엄 있는 어조로, 그리고 얼굴에 권위 있는 표정을 띠고 말했다.

"당신이 와도 소용없어요. 나는 십 분 후면 자러 갈 거예요. 잘 자요."

그녀는 두 사람 모두에게 고개를 끄덕여 인사했지만, 헨리는 그녀의 마지막 끄덕임이 자신을 향한 것이라는 것을 눈치채지 않을 수 없었다. 로드니는 다소 힘겹게 앉았다.

그가 굴욕 당한 것이 너무 명백해서 헨리는 결코 문학에 관해 언급하며 대화를 시작하고 싶지 않았다. 다른 한편으로 그가 로드니를 제어할 수 없다면, 로드니는 자신의 감정에 대해 말하기 시작할지도 몰랐다. 그리고 어쨌든 말을 삼가는 것은 몹시 괴로울 것 같았다. 그래서 그는 중도의 노선을 채택했다. 즉, 그는 책의 면지에 메모를 했는데, "상황이 아주 거북하게 되어가고 있다"라고 적었다. 그는 그럴 때 저절로 나타나는 장식글자와 장식적인 테두리로 그것을 꾸몄다. 그리고 그는 그렇게 하면서 캐서린의 어려움이 무엇이든 간에 그녀의 행동을 정당화하지 못한다고 혼자 생각했다. 그녀는 약간 잔인하게 이야기했는데, 그것이 원래 그런 것이든 가장한 것이든 여성들은 도무지 남성의 감정에 대해 알려고 하지 않는다는 것을 암시했다.

이렇게 연필로 메모하는 동안 로드니는 스스로 기운차리게 되었다. 아마도 그는 아주 허영심이 강한 사람이었기 때문에 거절당했다는 사실 그 자체보다 거절당하는 것을 헨리가 보았다는 사실에 더 상처받았다. 그는 캐서린을 사랑했다. 그리고 허영심은 사랑으로 인해 줄어들기보다는 커졌다. 특히 사람들은 동성 앞에서는 모험을 할 수 있을지도 모른다. 하지만 로드니는 우습고 사랑스러운 결점에서 나온 용기를 즐겼다. 그리고 그가 어떻게든 바보짓을 하려는 첫 충동을 극복했을 때, 그는 자신의 야회복의 더할 나위 없는 매무새에서 영감을 얻었다. 그는 담배를 하나 골라 그것을 자신의 손등 위에 두드렸고, 벽난로 격자 가장자리에 그의 세련된 펌프스를 드러내 보이면서 자존심을 일으켜 세웠다.

"당신 가문은 여기 주변에 여러 군데의 넓은 사유지를 가지고 있지요, 오트웨이," 그가 말하기 시작했다. "사냥하기에 좋은 곳이 있나요? 그런데, 사냥개 무리가 얼마나 클까요? 누가 토지를 가장 많이 가지고 있나요?"

"설탕 왕인 윌리엄 버지 경이 가장 넓은 토지를 가지고 있어요. 그는 파산한 가엾은 스탠햄에게서 토지를 샀어요."

"어떤 스탠햄일까요? 베르니 아니면 알프레드?"

"알프레드⋯⋯. 저는 사냥을 하지 않아요. 당신은 대단한 사냥꾼이죠, 그렇지 않나요? 어쨌든 당신은 승마자로서 평판이 대단해요," 그는 로드니가 만족감을 회복하려 노력하는 것을 도와주기 위해 덧붙였다.

"오, 저는 승마를 좋아합니다," 로드니가 대답했다. "여기에서 말 한 필을 구할 수 있을까요? 어리석게도! 옷을 가져오는 것을 잊어버렸어요. 그렇지만 제가 조금이라도 승마를 한다고 누가 당신에게 말했는지 모르겠군요?"

사실 헨리도 똑같은 곤란함으로 힘들어했다. 그는 캐서린의 이름을 꺼내고 싶지 않았고, 그래서 그는 로드니가 뛰어난 승마자라는 것을 항상 들어왔다고 막연하게 대답했다. 사실 그는 그의 아주머니 댁에서 자주 등장하는 인물로 로드니를 받아들이고 있을 뿐, 그에 관해 어떤 식으로든 거의 들어본 적이 없었다. 그리고 설명할 수는 없지만 어떻게 해서 그의 사촌과 약혼한 인물로 받아들였다.

"저는 사냥에는 큰 관심이 없어요," 로드니가 계속 말했다. "그렇지만 아주 뒤처지지 않으려면 해야만 하죠. 어쩌면 이 주변에 아주 아름다운 곳이 있을 것 같습니다. 볼햄 홀에 한 번 머문 적이 있지요. 젊은 크랜소르프는 당신과 함께 대학에 다녔지요, 그렇죠? 그는 연로하신 볼햄 경의 딸과 결혼했어요. 아주 좋은 사람들이죠—나름대로 말이죠."

"저는 그 사람들과 어울리지 않습니다," 헨리가 무뚝뚝하게 말했다. 그러나 이제 회상하는 유쾌한 대화의 흐름에 자극받은 로드니는 그 주제로 좀 더 멀리 나아가고 싶은 유혹을 물리칠 수 없었다. 그는 자신이 상류 사회에 쉽게 출입하는 사람이고, 진실한 삶의 가치에 대해 충분히 아는 사람으로 그 집단보다 우월한 사람이라고 생각했다.

"오, 하지만 당신은 어울려야 합니다," 그가 계속 말했다. "어쨌든 일 년에 한 번은 그곳에서 머물 만한 가치가 있어요. 그들은 사람을 매우 편안하게 하고, 여성들도 매혹적이지요."

'여성들?' 헨리는 혐오감을 느끼며 마음속으로 중얼거렸다. '어떤 여성이든 뭘 보고 당신을 좋아할 수 있을까요?' 그의 관대함이 급속히 바닥나고 있었다. 하지만 그럼에도 불구하고 그는 로드니를 좋아하지 않을 수 없었고, 그 점이 이상했다. 왜냐하면 그는 까다로워서, 다른 사람의 입에서 그러한 말이 나왔다면 돌이킬 수 없이 그 사람을 비난했을 것이다. 요컨대 그는 자신의 사촌과 결혼하기로 한 이 사람이 어떤 사람인지 궁금해지기 시작했다. 다소 특이한 인물이 아니고서야 어떤 사람이 그렇게 터무니없이 우쭐할 수 있을까?

"저는 그 사람들 사이에서 잘 어울릴 거라고 생각하지 않아요," 그가 대답했다. "로즈 부인과 만난다면 무슨 말을 해야 할지 모를 것 같아요."

"어떤 어려움도 없어요," 로드니가 싱긋이 웃었다. "그들에게 아이들이 있다면 아이들에 관해 얘기하거나, 혹은 그들이 가진 재주에 대해 ─ 그림, 정원돌보기, 시 ─ 말하면 되죠. 그들은 아주 유쾌하고 호의적이지요. 그런데 진심으로 저는 누군가의 시에 대해서 항상 여성의 의견은 들을 가치가 있다고 생각합니다. 그들에게 이성적 판단을 요구하지 마세요. 다만 그들의 느낌에 대해 물어보세요. 예를 들어, 캐서린은—"

"캐서린은," 헨리는 로드니가 그 이름을 꺼낸 것에 대해 마치 화내듯이 그 이름을 강조하며 말했다. "캐서린은 대부분의 여성들과 아주 다르지요."

"완전히 다르죠," 로드니가 동의했다. "그녀는—" 그는 막 그녀에 대해 묘사하려 했지만 오랫동안 주저했다. "그녀는 아주 아름답지요," 그가 말했다. 혹은 오히려 그가 말해왔던 것과 전혀 다른 어조로 물어보았다. 헨리는 고개를 숙였다.

"하지만 한 가족으로서 당신들은 곧잘 침울함에 빠지죠, 그렇죠?"

"캐서린은 아니에요," 헨리가 단호하게 말했다.

"캐서린은 아니라고요," 로드니는 마치 그 말의 의미를 숙고하듯이 되풀이했다. "아니, 어쩌면 당신이 옳아요. 하지만 약혼 때문에 그녀가 달라졌어요. 당연히," 그가 덧붙였다. "사람들은 그럴 수 있다고 생각할 겁니다." 그는 헨리가 이 말을 더 분명히 해주기를 기다렸지만, 헨리는 말없이 있었다.

"캐서린은 힘든 삶을 살았어요, 어떤 의미에서는," 그가 계속 말했다. "저는 결혼이 그녀에게 도움이 되기를 바랍니다. 그녀는 대단한 능력을 가졌어요."

"대단하지요," 헨리가 단호하게 말했다.

"네—그렇지만 이제 그 능력이 어떤 방향을 택할 거라고 생각하시나요?"

로드니는 세정에 밝은 사람으로서의 태도를 완전히 버리고, 어려움에 처해 헨리의 도움을 요청하는 듯했다.

"모르겠어요," 헨리가 조심스럽게 주저했다.

"당신은 아이들—집안 일—그런 종류의 것들이—그녀를 만족스럽게 하리라고 생각하시나요? 생각해보세요. 저는 온종일 나가 있어요."

"그녀는 분명히 아주 유능해요," 헨리가 말했다.

"오, 그녀는 놀랄 만큼 유능하죠," 로드니가 말했다. "그러나— 저는 제가 쓴 시에 몰두해 있어요. 글쎄, 캐서린은 그런 것이 없어요. 알다시피, 그녀는 제 시에 감탄해요. 하지만 그것으로 충분하지 않겠죠?"

"그럴 겁니다," 헨리가 말했다. 그는 잠시 멈추었다. "저는 당신이 맞다고 생각해요," 그는 자신의 생각을 요약하듯 덧붙였다. "캐서린은 아직 자신을 찾지 못했어요. 삶이 아직 그녀에게 완전히 현실적이지 않아요—때때로 제가 생각하기에는—"

"네?" 로드니는 헨리가 계속해주기를 열망하는 것처럼 물었다. "그것이 제가 바로—" 헨리가 말이 없자 그가 계속 말했다. 그러나 문장은 끝나지 않았다. 문이 열렸기 때문이었다. 그런 뒤 그들은 헨리의 어린 동생인 길버트에 의해 방해받았는데, 헨리는 아주 다행스러워했다. 그는 이미 말하고 싶은 것보다 더 많이 말했기 때문이다.

제17장

크리스마스 주간에 특별히 그랬던 것처럼 눈부시게 빛나는 태양은 스톡턴 하우스에서 색이 바래고 온전히 잘 유지되지 못한 많은 것들과 뜰을 드러내 보였다. 사실 프랜시스 경은 인도 정부에서 일하다 은퇴하여 연금을 받았다. 그는 연금이 자신의 근무에 비하면 충분하지 않다고 생각했는데, 그것은 분명히 그의 야심에 비해 적당하지 않았기 때문이다. 그의 경력은 자신의 기대에 미치지 못했다. 그래서 비록 그가 하얀 구레나룻에 마호가니 빛이 도는 얼굴색을 한 아주 세련된 노인이고 재미있는 읽을거리와 가치 있는 소설을 엄선하여 쌓아두었지만, 어떤 심한 뇌우가 그것들을 상하게 했다는 사실을 오래 머물지 않아 알 수 있을 것이다. 그에게는 불만이 있었다. 이 불만은 지난 세기의 중반으로 거슬러 올라간다. 그 당시 어떤 직무상의 음모 때문에 그의 공훈이 불명예스러운 방식으로 그의 하급자에게 넘어갔다.

그 이야기에 대해 옳고 그른 부분이 있다고 추정되기는 하지만, 그의 아내와 자녀들에게 더 이상 명백히 알려지지 않았다. 하지만 이러한 실망은 그들의 삶에 아주 커다란 역할을 하게 되었고, 사랑에 대한 실망이 한 여인의 삶 전체를 망치는 이야기처럼 그 일은 프랜시스 경의 삶에 독소가 되었다. 실패에 대해 오래도록 숙고하고, 그의 공과와 버림받음에 대해 계속 정리하고 다시 정리하는 과정에서 프랜시스 경은 아주 이기적인 사람이 되었고, 은퇴한 후 그의 기질은 점점 더 까다롭고 엄해졌다.

그의 부인은 이제 그의 변덕스러운 기분에 거의 저항을 하지 않아서 그녀는 그에게 사실상 아무 소용이 없었다. 그는 딸 엘리너를 자신이 가장 신뢰하는 사람으로 삼았고, 그녀의 삶의 전성기는 아버지에 의해 급속히 소모되고 있었다. 그는 그녀에게 자신의 기억에 보복하기 위해 계획된 회고록을 받아쓰게 했고, 그녀는 그의 해결방법이 명예롭지 못하다는 것을 그에게 부단히 확신시켜야 했다. 서른다섯의 나이에 이미 그녀의 뺨은 그녀의 어머니만큼이나 창백해지고 있었다. 하지만 그녀에게 인도의 태양과 인도의 강, 그리고 육아실에서 아이들이 떠드는 소리에 대한 기억은 없었을 것이다. 오트웨이 부인이 하얀 털실로 뜨개질하면서 난로의 철망에 장식된 새에 시선을 거의 영구적으로 고정한 채 앉아 있는 것처럼, 지금 그녀가 똑같이 앉아 있을 때 생각해볼 실질적 내용이 거의 없었을 것이다. 그러나 그 무렵 오트웨이 부인은 영국 사교계에서 대단히 거짓된 책략을 꾸며내는 사람들 중 한 명이었다. 그녀는 대부분의 시간을 자기 자신과 이웃에게 자신이 상당한 사회적인 지위와 충분한 부를 지닌, 위엄 있고 중요하며, 많은 것을 소유한 사람인 척 하는 데 보냈다. 현실적인 관점에서 이 유희는 대단한 정도의 기술을 필요로 했다. 그리고 어쩌면 그녀의 나이에서 ─ 그녀는 예순이 넘었다 ─ 그녀는 그 밖의 어떤 누구보다 자신을 속이기 위해 더 많이 가장했다. 더욱이, 그 갑옷이 닳고 있었고 그녀는 점점 외관을 유지해야 한다는 것을 잊어버렸다.

양탄자에 덧댄 낡은 헝겊 조각들과 몇 년 동안 의자와 의자 커버를 새것으로 바꾸지 않은 활기 없는 응접실은 부족한 연금 뿐 아니라 아들만 여덟이나 되는 열두 아이들이 마모시킨 탓이기도 했다. 이런 대가족에서 흔히 일어나는 것처럼 잇따른 아이들의 거의 중간쯤에서 분명한 경계선을 발견할 수 있었다. 이 중간쯤에서 교육을 시킬 돈이 부족했고, 그래서 여섯 명의 더 어린아이들은 손위 형제들보다 훨씬 더 검소하게 자라났다. 똑똑한 아들들은 장학금을 받고 학교에 갔다. 똑똑하지 못한 아들들은 친척들의 도움을 받았다. 딸들은 때때로 상황에 순응했지만 언제나 한두 명은 병든 동물을 보살피고, 누에를 돌보거나 그들의 침실에서 플루트를 연주하면서 집에 있었다. 손위 형제들과 어린 형제들 사이의 차이는 거의 상류층과 하류층 사이의 차이와 비슷했다. 무계획적인 교육을 받고 충분치 않은 용돈만으로 자라온 더 어린 형제들은 공립학교나 관공서의 담 안에서는 얻을 수 없는 재주, 친구, 그리고 관점을 갖게 되었다. 둘로 나뉜 집단 사이에는 상당한 적대감이 있었는데, 더 연장자들은 더 어린 형제들을 가르치려 들었고, 더 어린 형제들은 손위 형제들을 존경하기를 거부했다. 하지만 하나의 정서가 그들을 결합시켜 어떤 불화의 위험도 즉각 봉쇄해버렸다—다른 가문에 비해 그들 자신의 가문이 더 우월하다는 공통된 믿음이 있었다. 헨리는 어린 형제들 집단의 최연장자이자 통솔자였다. 그는 별난 책을 샀고 특이한 모임에 가입했다. 그는 일 년 내내 넥타이 한 번 하지 않고 지냈으며, 검은 플란넬 천으로 만든 셔츠 여섯 장만 가졌다. 그는 오랫동안 해운업 사무실이나 차 무역 상인의 큰 상점에서 일하기를 거부했다. 그리고 여러 아주머니와 아저씨의 반대에도 불구하고 바이올린과 피아노를 고집스럽게 계속 연습했는데, 그 결과 그는 어느 하나도 전문적으로 연주할 수 없었다. 그가 실로 삼십이 년의 생애 동안 보여줄 만한 것은 절반 분량의 오페라 악보가 들어 있는 원고뿐이었다. 그가 이렇게 저항할 때, 캐서린은 항상 그를 지원했다. 그리고 그녀는 대단히 분별 있는 사람이었고 별나다고 하기에는 옷을 아주 잘 차려입었기 때문에, 그는 그녀의 지지가 어느 정도 도움이 된다는 것을 알았다. 사실, 그녀가 크리스마스에 내려 왔을 때, 그녀는 헨리와 누에를 담당하는 가장 어린 누이인 카산드라와 함께 사적인 상담을 하는 데 많은 시간을 할애했다. 어린 형제들 집단에서 그녀는 상식이 있다고 여겨졌고, 그들이 경멸하지만 속으로는 존경하는 세상에 대한 지식이라 부르는 것을 가졌다는 평판이 있었다―즉, 클럽에 다니며 목사들과 식사를 하는 품위 있는 노인들이 생각하고 행동하는 법에 대해 알고 있다는 것이다. 그녀는 몇 번이고 오트웨이 부인과 그녀의 자녀들 사이에서 중재자 역할을 했다. 예를 들어, 그 가엾은 부인이 어느 날 뭔가 살피려는 목적으로 카산드라의 침실 문을 열었다. 그러고는 천장에 뽕나무 잎이 매달려 있고 창문은 새장으로 막혀 있으며 탁자에 비단 옷을 만들기 위해 손수 만든 기계들이 쌓여 있는 것을 발견했을 때, 부인은 그녀에게 조언을 구했다.

"네가 그 아이에게 다른 사람들이 흥미 있어 하는 것에 관심을 갖도록 도와주었으면 해, 캐서린," 그녀는 자신의 불만을 열거하면서 다소 애처롭게 말했다. "그게 모두, 그러니까 그녀가 파티를 포기하고 이 불결한 벌레들을 선택한 것은 헨리의 소행이야. 남자가 어떤 일을 할 수 있다고 여자도 역시 그럴 거라고는 할 수 없지."

그날 아침은 오트웨이 부인의 개인 거실에 있는 의자와 소파를 평소보다 더 초라하게 보이게 하기에 충분히 눈부신 날이었다. 그리고 제국을 방어하고 여러 전선에 그들의 뼈를 남기고 세상을 떠난 그녀의 형제와 사촌인 늠름한 신사들은 아침 햇살이 그들의 사진 위에 그려 놓은 엷은 노란 막을 뚫고 세상을 바라보았다. 오트웨이 부인은 한숨 쉬었고, 아침 햇살은 희미한 유물 위에 머무르는 듯하다 포기하고 이상하고 특이하게 상아빛 도는 흰색이 아니라 다소 변색된 누런빛이 나는 흰색의 털실 뭉치로 향했다. 그녀는 가볍게 얘기를 나누기 위해 그녀의 질녀를 불렀다. 그녀는 항상 질녀를 신뢰했고, 이제 로드니와 약혼한 이후 더욱더 신뢰가 커졌다. 오트웨이 부인이 생각하기에 그 약혼은 상당히 적절한 듯했고, 누구나 자신의 딸을 위해 원하게 될 바로 그러한 약혼이었다. 캐서린은 또한 뜨개바늘을 달라고 요청함으로써 부지중에 지혜롭다는 평판을 드높였다.

"이건 아주 재미있어." 오트웨이 부인이 말했다. "얘기하면서 뜨개질하는 것 말이야. 그리고 이제, 사랑하는 캐서린, 네 계획에 대해 말해봐."

그녀를 새벽까지 깨어 있게 했던 억눌렀던 전날 밤의 감정으로 캐서린은 약간 지쳤고, 그래서 평소보다 사무적이 되었다. 그녀는 제법 자신의 계획에 대해 이야기할 준비가 되어 있었다ㅡ집과 임대료, 하인과 절약ㅡ이런 것이 그녀를 아주 걱정스럽게 한다고 생각하지 않고서. 캐서린이 꼼꼼히 뜨개질하면서 말하는 사이에, 오트웨이 부인은 질녀의 올바르고 책임감 있는 몸가짐을 인정하면서, 결혼하게 되면서 캐서린이 신부에게 아주 잘 어울리는 위엄을 갖게 되었다는 것을 알아챘다. 요즘에는 아주 보기 드문 일이지만 말이다.

"얼마나 완벽한 딸이야, 혹은 완벽한 며느리기도 하지!" 그녀가 마음속으로 생각했다. 그리고 그녀를 침실에서 셀 수 없이 많은 누에에 둘러싸여 있는 카산드라와 비교하지 않을 수 없었다.

"그래," 그녀는 축축한 구슬만큼 무표정한 둥근 녹색 눈으로 캐서린을 응시하면서 계속했다. "캐서린은 내 젊은 시절 처녀들 같아. 우리는 인생의 중대한 일들을 진지하게 받아들였지." 하지만 그녀가 한창 이러한 생각에 만족스러워하여, 자신의 딸들 중에는 슬프게도 아무도 이제 필요로 하지 않아 보이는 간직해둔 약간의 지혜를 일러두려고 하던 참에, 문이 열렸다. 그리고 힐버리 부인이 들어왔다, 아니 좀 더 정확히 말하자면 들어오지 않고 분명히 방을 잘못 찾아서 문간에 서서 미소 짓고 있었다.

"이 집 여기저기의 길은 결코 알 수 **없을 거야!**" 그녀가 소리쳤다. "서고로 가던 길이었어요. 그리고 방해하고 싶지 않아요. 당신과 캐서린은 가볍게 담소를 나누고 있었나요?"

올케가 앞에 있어서 오트웨이 부인은 약간 불편했다. 메기 앞에서 어떻게 그녀가 하던 말을 계속할 수 있겠는가? 왜냐하면 그녀는 요 몇 년간 내내 메기에게 결코 말하지 않았던 것에 대해 얘기하고 있었기 때문이다.

"캐서린에게 결혼에 관한 몇 가지 평범한 이야기를 하고 있었어요," 그녀는 엷게 웃으며 말했다. "내 아이들이 아무도 당신을 안내해주지 않았나 봐요, 메기?"

"결혼은," 힐버리 부인이 방으로 들어오며 머리를 한두 번 끄덕이면서 말했다. "저는 항상 결혼은 수업이라고 말해요. 그리고 만약 수업을 받으러 다니지 않으면 상을 받을 수 없죠. 샬로테는 모든 상을 다 받았죠." 그녀는 그녀의 시누이를 가볍게 치면서 덧붙였는데, 이 행동이 오트웨이 부인을 한층 더 불편하게 만들었다.

그녀는 반쯤 웃으며 뭔가를 중얼거리다 한숨 쉬며 그만두었다.

"샬로테 고모는 남편에게 복종하지 않는다면 결혼은 아무 소용이 없다고 말씀하셨어요," 캐서린은 실제보다 고모의 말을 훨씬 더 명확한 형태 속에 짜 맞추면서 말했다. 그리고 그녀가 그렇게 말했을 때, 그녀는 전혀 시대에 뒤떨어져 보이지 않았다. 오트웨이 부인은 그녀를 바라보고 잠시 이야기를 중단했다.

"글쎄, 자기 생각대로 행동하는 여성에게 난 정말로 결혼하라고 조언하지는 않아요," 그녀는 다소 공들여 새로운 줄로 뜨개질을 시작했다.

힐버리 부인은 이 말을 하게 만든 것 같은 뭔가를 감지했다. 한순간 그녀는 연민 때문에 어떻게 말해야 할지 전혀 몰라 얼굴이 어두워졌다.

"그건 정말 수치스러웠어!" 그녀는 자신의 이어지는 생각이 듣는 사람들에게 분명하게 전달되지 않을 것을 잊고서 소리쳤다. "하지만, 샬로테, 프랭크가 어떤 식으로든 불명예를 초래했다면 훨씬 더 나빴을 거예요. 중요한 것은 우리 남편들이 무엇을 **달성하는가**가 아니라 어떤 **사람인가** 하는 것이죠. 저 역시 하얀 말과 일인승 가마에 대해 꿈꾸곤 했어요. 하지만 아직도 저는 잉크병이 제일 좋아요. 그리고 누가 알아요?" 그녀는 캐서린을 보며 결론지었다. "장차 네 아버지가 준남작이 될지."

힐버리 씨의 누이인 오트웨이 부인은 개인적으로 힐버리 부부가 프랜시스 경을 "그 늙은 악당"이라고 부르는 것을 아주 잘 알았으며, 비록 그녀는 힐버리 부인의 말의 의미를 이해하지는 못했지만 무엇이 그런 말을 부추겼는지는 알고 있었다.

"하지만 네가 남편에게 양보할 수 있다면," 그녀는 마치 그들 사이에 독자적인 서로 간의 이해가 있는 것처럼 캐서린에게 말을 걸며 얘기했다. "행복한 결혼은 세상에서 가장 행복한 일이야."

"그래요," 캐서린이 말했다. "하지만一" 그녀는 말을 끝마칠 의도가 없었다. 그녀는 다만 그녀의 어머니와 고모가 결혼에 대해 계속 말하도록 유도하고 싶었다. 왜냐하면 그녀는 그들이 그렇게 한다면 자신을 도울 수 있을 것이라는 기분이 들었기 때문이다. 그녀는 계속 뜨개질하고 있었다. 하지만 그녀의 손가락은 결의를 지닌 채 작업하고 있었는데, 이것은 오트웨이 부인의 통통한 손이 부드럽고 생각에 잠겨 움직이는 것과 묘하게 달랐다. 이따금 그녀는 어머니를 재빨리 보고, 그 뒤 고모를 보았다. 힐버리 부인은 손에 책 한 권을 들고 있었고, 캐서린의 추측대로 서가로 가던 길이었다. 거기에서 리차드 앨러다이스의 생애를 다양하게 분류하는 단락들에 또 다른 단락들이 덧붙여지게 될 것이었다. 보통 때라면 캐서린은 그녀의 어머니를 서둘러 아래층으로 가게 했을 것이고, 집중을 방해한 것에 대해 변명도 듣지 않았을 것이다. 그러나 다른 변화와 더불어 시인의 전기를 향한 그녀의 태도도 바뀌었다. 그리고 그녀는 시간 계획에 대한 모든 것을 기꺼이 잊었다. 힐버리 부인은 남모르게 즐거워했다. 딸을 향해 장난스럽게 계속해서 곁눈질을 하면서 자신의 변명이 받아들여졌다는 것을 깨달은 안도감을 분명하게 보여주었다. 그리고 이 관용 덕택에 그녀의 기분은 최고조에 달했다. 그녀는 다만 앉아서 이야기만 하게 되는 것인가? 그녀가 일 년 동안 보지 못했던 온갖 종류의 재미있는 잡동사니로 가득 찬 멋진 방에 앉아 있는 일은 적어도 사전에서 한 시대와 상반되는 또 다른 시대를 찾아내는 일보다 한층 더 유쾌한 일이었다.

"우리는 모두 완벽한 남편을 가졌어요," 그녀는 한번에 프랜시스 경의 잘못을 모두 관대하게 용서하면서 결론을 내렸다. "못된 성미가 진정으로 남자의 결점이라고 생각하지는 않아요. 못된 성미라는 뜻이 아니에요." 그녀는 분명히 프랜시스 경 쪽을 힐끗 보며 자신의 말을 정정했다. "급하고 안달하는 성미라고 말해야겠죠. 대부분, 사실 **모든** 위대한 남성들은 나쁜 성미를 가졌어요—네 할아버지를 제외하고 말이야, 캐서린," 그리고 여기서 그녀는 한숨 쉬었는데, 어쩌면 그녀가 서가로 내려가야 한다는 것을 암시하는 것이었다.

"하지만 평범한 결혼 생활에서 남편에게 양보해야 하는 일이 반드시 필요할까요?" 캐서린은 어머니의 암시를 눈치채지 못한 채, 그리고 현재 어머니 자신도 피할 수 없는 죽음에 대한 상념으로 인해 그녀를 사로잡고 있던 우울함조차 의식하지 못한 채 말했다.

"그렇다고 생각해, 분명히," 오트웨이 부인은 그녀에게 아주 이례적으로 단호하게 말했다.

"그러면 결혼하기 전에 그러한 결심을 해야겠네요." 캐서린은 스스로에게 말하는 듯이 생각에 잠겼다.

힐버리 부인은 우울한 느낌이 드는 이러한 말에 별로 흥미가 없었다. 그리고 자신의 활력을 북돋기 위해 그녀는 확실한 치유책에 의지했다—그녀는 창밖을 내다보았다.

"저 사랑스러운 작은 파랑새를 봐!" 그녀가 소리쳤다. 그리고 그녀의 눈길은 아주 기쁨에 넘쳐 온화한 하늘, 수목들, 수목들 뒤에 보이는 녹색의 들판과 작고 파란 박새의 몸을 에워싸고 있는 잎이 없는 나뭇가지들을 바라보았다. 그녀의 자연에 대한 공감은 강렬했다.

"대부분 여성은 본능적으로 그렇게 할 수 있는지 아닌지 알아," 오트웨이 부인은 그녀의 시누이가 주의를 딴 데로 돌린 동안 이 말을 하고 싶었던 것처럼 재빨리 말했다. "그리고 만약 할 수 없다면 ― 글쎄 그러면, 내 충고는 결혼하지 말라는 걸 거야."

"오, 하지만 결혼 생활은 여성을 위한 가장 행복한 삶이야," 힐버리 부인이 시선을 다시 방 안으로 돌렸을 때 결혼이라는 말을 듣고서 말했다. 그 뒤 그녀는 자신이 한 말에 대해 생각했다.

"결혼은 가장 **재미있는** 생활이지," 그녀는 자신의 말을 정정했다. 그녀는 딸을 약간 놀란 표정으로 바라보았다. 그것은 딸을 보면서 어머니가 실제로는 자기 자신을 보고 있다는 것을 암시하는 일종의 어머니로서 면밀히 살피는 행동이었다. 그녀는 완전히 만족스럽지 않았다. 하지만 그녀는 일부러 캐서린이 신중한 태도를 멈추도록 하지 않았다. 사실 그것은 그녀가 딸에게서 특별히 감탄하고 의존하는 기질이었다. 그러나 어머니가 결혼이 가장 재미있는 생활이라고 말했을 때, 갑자기 그럴 때가 있었는데, 뚜렷한 이유 없이 캐서린은 그들이 가능한 모든 면에서 다르다 하더라도 서로를 이해하고 있다고 느꼈다. 하지만 노인의 지혜는 개인으로서의 감정보다도 우리가 그 밖의 인류와 공유하는 감정에 더 적합한 듯하다. 그래서 캐서린은 그녀와 또래인 사람만이 자신이 의미한 바를 이해할 수 있을 것이라고 생각했다. 그녀가 생각하기에 이들 연로한 여성들은 두 사람 모두 아주 약간의 행복에 만족할 수 있는 것처럼 보였다. 그렇지만 그 순간 그녀는 결혼에 대한 그들의 의견이 틀린 것이라고 확실히 느낄 만한 충분한 힘이 없었다. 틀림없이 런던에서는 자신의 결혼에 대한 이러한 절도 있는 태도가 그녀에게 지당해 보였다. 왜 그녀는 이제 변했는가? 왜 그것이 이제 그녀를 우울하게 했는가? 그녀 자신의 행동이 그녀의 어머니에게 당혹스러울 수 있다거나, 혹은 청년들이 노인들에게 영향을 받는 만큼 노인들도 청년들에게 영향을 받는

다는 생각이 그녀에게 결코 떠오르지 않았다. 그럼에도 불구하고 사랑은 ―정열― 그것을 무엇이라고 부르든 간에, 힐버리 부인의 삶에서, 그녀의 열광적이고 상상력이 풍부한 기질로 판단하건대, 예상할 수 있는 것보다 훨씬 더 작은 역할을 담당했던 것은 사실이었다. 그녀는 항상 다른 것들에 더 흥미를 보였다. 오트웨이 부인은, 비록 그것이 이상해 보였지만, 캐서린의 마음 상태를 그녀의 어머니보다 더 정확하게 추측했다.

"우리 모두 시골에서 사는 건 어때?" 힐버리 부인은 한 번 더 창밖을 내다보면서 말했다. "시골에서 살면 저렇게 아름다운 것들을 생각하게 될 거라고 확신해. 우리를 우울하게 하는 끔찍한 빈민굴의 집들도, 전차도, 자동차도 없어. 그리고 사람들은 모두 아주 솔직하고 즐거워. 샬로테, 당신 집 근처에 우리에게 적당한 어디 작은 시골집이 없어요? 어쩌면 친구들을 초청할 경우에 쓸 여분의 방이 있는 시골집 말예요. 그러면 우리는 여행을 할 수 있는 아주 많은 돈을 저축할 수 있을 텐데요 ―"

"그래요. 틀림없이 일이주 동안은 아주 멋지다고 생각할 거예요," 오트웨이 부인이 말했다. "그런데 오늘 아침 몇 시에 마차가 필요해요?" 그녀는 벨을 건드리면서 계속 말했다.

"캐서린이 결정할 거예요," 힐버리 부인은 어떤 시간이 다른 시간보다 더 좋을 것이 없다고 생각하며 말했다. "그리고 캐서린, 내가 오늘 아침 깨어났을 때, 모든 것이 내 머릿속에서 너무나 선명하게 보여서 만약 연필이 있었다면 아주 긴 장을 쓸 수 있었을 거라고 너에게 말하려고 했어. 우리가 마차를 몰고 밖으로 나가면, 난 집을 찾아볼 거야. 주변에 몇 그루의 나무가 있고 작은 정원과 중국 오리가 있는 연못이 있고, 네 아버지의 서재, 내 서재, 그리고 곧 결혼한 부인이 될 거니까 캐서린의 거실이 있는 집을 말이다."

이 말에 캐서린은 약간 몸을 떨었고, 불 쪽으로 다가가 석탄 더미의 위쪽으로 손을 펴면서 손을 따뜻하게 했다. 그녀는 샬로테 고모의 의견을 듣기 위해 다시 결혼으로 이야기를 되돌리고 싶었다. 하지만 그녀는 어떻게 해야 할지 몰랐다.

"약혼반지를 제게 보여주실래요, 샬로테 고모," 그녀는 자신의 반지를 보면서 말했다.

그녀는 여러 개의 녹색 보석이 박혀 있는 반지를 받아 이리저리 돌려보았다. 하지만 다음에 무엇을 말해야 할지 몰랐다.

"그 초라하고 오래된 반지를 내가 처음 받았을 때 형편없이 실망스러웠어," 오트웨이 부인이 혼잣말을 했다. "내 마음은 다이아몬드 반지에 쏠렸지만, 나는 당연히 프랭크에게 절대로 말하고 싶지 않았어. 그는 심라에서 반지를 샀어."

캐서린은 한 번 더 그 반지를 돌려보았다. 그리고 말없이 고모에게 돌려주었다. 그녀는 반지를 돌리는 동안 입술을 굳게 다물었는데, 그녀는 이 여인들이 그들의 남편을 만족시켰던 것처럼 자신도 윌리엄을 만족시킬 수 있을 것 같다는 생각이 들었다. 그녀는 다이아몬드를 더 좋아하면서도 에메랄드를 좋아하는 척 할 수 있을 것 같았다. 반지를 다시 돌려받은 후 오트웨이 부인은 이 맘때 예상할 수 있는 것보다 더하지는 않지만 그래도 춥다고 말했다. 정말, 조금이나마 해를 볼 수 있다는 것에 감사해야 했다. 그러고 나서 그녀는 두 사람에게 차를 타고 나갈 때 따뜻하게 옷을 입도록 충고했다. 캐서린은 때때로 고모가 침묵을 깨려고 거의 그녀의 사적인 생각과 별로 관련이 없는 상투적인 이야기를 늘어놓는다고 생각했다. 하지만 이 순간 그들은 지독히도 그녀의 결론을 따르는 것처럼 보였다. 그리하여 그녀는 다시 그녀의 뜨개질 거리를 집어 들고 귀를 기울였는데, 무엇보다 자신의 믿음을 확인하기 위해서였다. 즉 사랑하지 않는 누군가와 결혼하기로 약속하는 것은 열정이 존재한다는 사실이 깊은 숲 한가운데서 전해지는 여행자의 이야기에 불과한 그런 세계 속에서는 피할 수 없는 일이며, 그런 열정이 있다는 사실은 너무 드문 이야기라서 현명한 사람은 그 여행자의 이야기가 사실인지 의심한다는 믿음 말이다. 그녀는 어머니가 존에 대한 소식을 묻는 것과 고모가 인도 군대에 있는 어느 장교와 약혼한 힐다에 관한 믿을 만한 이야기로 대답하는 것을 들으려고 최선을 다했다. 하지만 그녀는 숲으로 난 길과 별처럼 빛나는 꽃들을 향해 그리고 수학 기호가 깔끔하게 적힌 지면으로 번갈아 마음을 쏟았다. 그녀의 마음이 이러할 때, 그녀에게 결혼은 자신이 바라는 것을 얻기 위해 반드시 통과해야 할 아치형 통로에 불과한 것처럼 보였다. 그럴 때 그녀의 본능의 흐름은 놀라울 정도로 다른 사람들의 감정을 고려하지 않고 그 좁고 깊은 수로에서 대단히 세차게 흘렀다. 두 노부인이 가족들의 장래에 대해 살펴보는 일을 끝내고 오트웨이 부인이 올케로부터 삶과 죽음에 관한 일반적인 이야기를 초조하게 기대하고 있을 때, 카산드라가 갑자기 방으로 들어와 마차가 문간에 있다는 소식을 전했다.

"왜 앤드류즈가 직접 나에게 말하지 않았을까?" 오트웨이 부인은 하인들이 그녀의 이상적 규칙에 따라 행동하지 않는 것을 탓하며 역정을 내며 말했다.

힐버리 부인과 캐서린이 마차 여행을 위해 옷을 미리 차려입고 홀에 이르렀을 때, 그들은 일상적 논의가 나머지 가족들에 대한 계획으로 나아가고 있다는 것을 알게 되었다. 이에 대한 표시로 아주 많은 문이 열리고 닫히면서 두세 명의 사람들이 때로는 계단을 올라가고 때로는 내려가면서 우유부단하게 계단에 서 있었다. 그리고 프랜시스 경은 『타임즈』를 팔에 끼고 몸소 서재에서 나와 문이 열려서 시끄럽고 바람이 들어온다고 불평했다. 이 불평은 마차를 타기를 원치 않는 사람들을 서둘러 몰아내고, 방으로 돌아가 머물고 싶어 하지 않는 사람들을 마차로 보내는 결과를 가져왔다. 힐버리 부인, 캐서린, 로드니, 그리고 헨리는 링컨으로 마차를 타고 가고, 그 밖에 가기를 원하는 다른 사람들은 자전거나 조랑말이 끄는 이륜마차를 타고 따라가기로 결정되었다. 스톡턴 하우스에 머물었던 모든 사람들은 손님을 적절한 방법으로 환대하려는 오트웨이 부인의 계획에 따라 링컨 여행을 해야만 했다. 이 계획은 그녀가 어느 사교계 잡지에서 공작의 저택에서 열리는 크리스마스 파티 행사에 관한 내용을 읽고 생각해낸 것이었다. 마차를 끄는 말들은 모두 살찌고 노쇠했지만, 그래도 잘 어울렸다. 마차는 흔들리고 불편했지만 마차의 판벽 위에 있는 오트웨이가의 문장은 두드러졌다. 오트웨이 부인은 하얀색 숄을 두르고 계단 맨 위에 서서 그들이 월계수 숲 아래 모퉁이를 돌 때까지 거의 기계적으로 손을 흔들었다. 그러고 나서 그녀는 자신의 역할을 다했다고 느끼며 집 안으로 물러갔는데, 자식들 가운데 아무도 그들의 역할을 꼭 해야 한다고 느끼지 않는다는 생각에 한숨을 쉬었다.

마차는 완만하게 휘어진 길을 따라 부드럽게 미끄러지듯이 달렸다. 힐버리 부인은 유쾌하고 무심한 마음 상태에 빠져들었다. 그런 상태에서 그녀는 연이은 녹색의 산울타리 선들과 융기한 경작지, 그리고 온화한 푸른 하늘을 느꼈다. 처음 오 분 후 그녀에게 이것들은 인간 삶이라는 드라마의 전원적 배경 역할을 했다. 그리고 난 뒤 그녀는 푸른 물을 배경으로 노란 수선화가 빛나는 시골집의 정원을 떠올렸다. 이렇게 각기 다른 조망들을 나열해

보고 또한 두세 개의 아름다운 구절들을 만들면서, 그녀는 마차에 있는 젊은이들이 거의 침묵하고 있다는 것을 눈치채지 못했다. 사실 헨리는 원치 않게 동행하게 되면서, 캐서린과 로드니를 환멸에 찬 시선으로 관찰하면서 앙갚음했다. 반면 캐서린은 우울하게 자신을 억제하고 있었는데, 그 결과 완전히 냉담해졌다. 로드니가 그녀에게 말을 걸자 그녀는 "음!" 하거나 혹은 무관심하게 동조해서 그가 다음 말을 그녀의 어머니에게 하게 될 정도였다. 경의를 표하는 예의 바른 그의 행동으로 힐버리 부인은 기분이 좋아졌다. 그리하여 마을에 있는 교회의 탑과 공장 굴뚝이 모습을 드러내자 그녀는 기운을 차려 1853년의 맑은 여름[1]의 기억을 회상했다. 이 기억은 그녀가 미래에 대해 꿈꾸고 있는 것과 조화를 이뤘다.

---

1 힐버리 부인이 일고여덟 살 쯤이 되는 때일 것이다.

제18장

그런데 그동안 다른 여행자들은 걸어서 다른 길로 링컨을 향해 가고 있었다. 군청 소재지는 모든 목사관, 농장, 시골 저택, 그리고 길가 작은 집에 사는 사람들을 거의 지름 십 마일 이내로 끌어 모아서, 일주일에 한두 번 그 거리로 나오게 했다. 그리하여 이번에는 그들 가운데 랠프 데넘과 메리 대치트가 있었다. 그들은 그 길이 싫어서 들판을 가로질러 난 길로 나아갔다. 그럼에도 불구하고 실제로 그 길에서 발을 헛디뎌 넘어지지 않는 한, 겉으로 보기에 그들은 어디를 걷고 있는지에 별로 주의를 기울이지 않는 듯했다. 그들은 목사관을 떠났을 때부터 논쟁하기 시작했고, 이 논쟁의 박자에 맞춰 그들의 걸음을 아주 리드미컬하게 움직여서 그들은 한 시간에 사 마일 이상을 걸었다. 그리하여 그들은 산울타리와 융기한 경작지 혹은 온화한 푸른 하늘을 전혀 보지 못했다. 그들이 본 것은 화이트홀에 있는 의회와 정부의 관청이었다. 그들은 모두 이 거대한 조직 속에서 타고난 권리를 잃었다고 생각하여 법과 통치에 대해 자신만의 생각으로 다른 종류의 거주지를 건설하고자 노력하는 계급에 속했다. 어쩌면 메리는 의도적으로 랠프의 의견에 동의하지 않았는지도 모른다. 그녀는 자신의 생각이 그와 충돌하고 있다는 것을 느끼고 싶었다. 그리고 그가 그녀의 여성적 판단에 그의 남성적 강력함을 조금도 아끼지 않는다고 확신하고 싶었다. 그는 그녀가 마치 그의 남자 형제인 것처럼 격렬하게 논쟁하는 듯했다. 그러나 그들은 영국의 구조를 개선하고 다시 건설하는 일을 맡는 것이 그들의 의무라고 믿는 점에서 서로 비슷했다. 자연은 우리의 평의원에게 재능을 후하게 내려주지 않았다고 생각하는 데서 의견이 같았다. 그들은 마음을 집중한 상태에서 눈을 아주 가늘게 뜬 채 무의식적으로 그들이 가로질러 걸어가고 있는 진흙투성이의 들판을 말없이 사랑하고 있다는 점에서 의견이 일치했다. 드디어 그들은 숨을 들이쉬었고, 그 논쟁을 불확실한 상태의 다른 훌륭한 논쟁들이 있는 곳으로 멀리 날려 보냈다. 그리하여 문에 기댄 채 처음으로 눈을 크게 뜨고 주위를 살펴보았다. 발은 달아오른 피로 따끔거렸고, 입김은 그들을 둘러싼 안개 속에 피어올랐다. 몸을 움직이니 두 사람 모두 평소보다 더 솔직해졌고 덜 자의식적이 되었다. 그리하여 메리는 경솔함에 압도되어서 다음에 무슨 일이 일어날지 그녀에게 거의 중요하지 않은 것처럼 느껴졌다. 사실 그녀가 랠프에게 다음과 같이 말하고자 하려던 것은 그녀에게 별로 중요하지 않았다.

"당신을 사랑해요. 나는 결코 다른 사람을 사랑하지 않을 거예요. 나와 결혼하든지 아니면 나를 떠나요. 나에 대해 당신이 좋을 대로 생각해요 — 나는 조금도 개의치 않아요." 하지만 그 순간 말하거나 침묵하는 것은 대수롭지 않게 느껴졌다. 그래서 그녀는 다만 두 손을 가볍게 치면서 그녀의 호흡에서 나온 입김을 뚫고 녹슨 듯한 갈색 꽃이 만발한 먼 숲과 녹색과 푸른색의 경치를 보왔다. 그것은 그녀가 "당신을 사랑해요"라고 말하거나 혹은 "너도밤나무 숲을 사랑해요"나 또는 다만 "사랑해요 — 사랑해요"라고 말하든 단지 동전 던지기를 하는 것 같았다.

"알고 있나요, 메리," 랠프가 갑자기 그녀의 생각을 중단시키며 말했다. "내가 마음을 정했다는 걸요."

그녀의 태연함은 분명 피상적인 것이었다. 그것은 즉시 사라졌기 때문이다. 그가 계속 이야기하는 동안 실제로 그녀는 숲을 주의해서 보지 못했고, 자신의 손이 문의 맨 위 빗장에 있는 것을 아주 분명하게 보았다.

"일을 그만두고 여기에 내려와 살기로 결심했어요. 당신이 말했던 그 시골집에 대해 말해주기를 바라요. 그렇지만 시골집을 구하는 일이 어렵지는 않을 거라 생각하는데, 그렇겠죠?" 그는 마치 그녀가 그를 말릴 거라고 기대하는 것처럼 무관심한 체하며 말했다.

그녀는 그가 계속 말하기를 바라는 것처럼 여전히 기다렸다. 그녀는 그가 얼마간 에둘러 그들의 결혼에 대한 주제에 접근하고 있다고 확신했다.

"나는 사무실을 더 이상 견딜 수가 없어요," 그가 계속 말했다. "내 가족들이 뭐라고 말할지 모르겠어요. 하지만 내가 옳다고 확신합니다. 그렇게 생각하지 않나요?"

"당신 혼자 여기 내려와서 살 건가요?" 그녀가 물었다.

"노부인이 있으면 내게 도움이 될 거라고 생각해요," 그가 대답했다. "나는 모든 것이 지긋지긋해요," 그가 계속했다. 그리고 갑자기 힘껏 당겨 문을 열었다. 그들은 나란히 걸으며 다음 들판을 가로질러 걷기 시작했다.

"분명히 말하지만, 메리, 매일 누군가에게 조금도 중요하지 않은 일을 계속해간다는 것은 완전한 파멸입니다. 나는 그 일을 팔 년이나 견뎠어요. 그리고 이제 더 이상 참아내지 않을 겁니다. 그렇지만 이 모든 것이 당신을 화나게 할 것 같다는 생각이 드는데요?"

이 무렵 메리는 다시 자신을 통제하게 되었다.

"아뇨. 당신이 행복하지 않다고 생각해요," 그녀가 말했다.

"왜 그렇게 생각하죠?" 그가 약간 놀라며 물었다.

"당신은 링컨스 인 필즈에서의 그날 아침을 기억하지 못하나요?" 그녀가 물었다.

"네," 랠프는 발걸음을 늦추고 캐서린과 그녀의 약혼에 대해, 보도 안쪽에 짓눌려 있는 자주색 잎사귀들 그리고 전등 아래에서 빛나는 하얀 종이와 이 모든 것들을 둘러싸는 듯한 절망에 대해 떠올리면서 대답했다.

"당신이 맞아요, 메리," 그가 약간 힘들여 말했다. "당신이 어떻게 그렇게 생각했는지 알지 못하지만 말입니다."

그녀는 그가 불행한 이유를 말해주기를 바라면서 침묵했다. 그의 변명이 그녀를 속이지 못했기 때문이다.

"나는 불행해요—아주 불행하답니다," 그가 되풀이해서 말했다. 강물이 미끄러져 흘러갈 때 그가 상상하던 것들이 안개 속에서 사라져버리는 것을 지켜보면서 그가 강둑 위에 앉아 있었던 그날 오후로부터 약 육 주가량의 시간이 지났지만, 쓸쓸하다는 느낌이 여전히 그를 몸서리치게 했다. 그는 그때의 우울함에서 조금도 회복되지 않았다. 그는 그래야 한다고 느끼고 있었고, 지금이 그것을 직면해야 할 기회였다. 왜냐하면 지금까지 그것은 의심할 바 없이 단지 감상적인 유령에 지나지 않았고, 그가 차를 따르고 있는 캐서린 힐버리를 처음 본 이후 그러했던 것처럼, 이

유령을 그의 모든 행동과 생각의 저변에 있도록 내버려두는 것보다 메리와 같은 그런 눈길에 가혹하게 노출시켜 몰아내는 것이 더 나았기 때문이다. 그러나 그는 그녀의 이름을 언급해야만 했고, 이렇게 하는 것이 불가능하다는 것을 알았다. 그는 그녀의 이름을 말하지 않고서도 솔직하게 말할 수 있고 자신의 감정이 그녀와 아주 거의 상관없다고 자신을 설득했다.

"불행은 마음의 상태이죠," 그가 말했다. "내 말은 반드시 어떤 특별한 이유가 있어서 생긴 결과는 아니라는 것이죠."

이렇게 다소 거드름 피우는 시작이 그의 마음에 들지 않았다. 그리고 그가 어떤 말을 하든 그의 불행의 원인이 직접적으로 캐서린 때문이라는 것이 점점 더 분명해졌다.

"나는 삶이 불만족스럽다는 것을 알아차리기 시작했어요," 그는 새롭게 다시 말하기 시작했다. "삶이 무의미한 것 같다는 생각이 들었어요." 그는 다시 말을 중단했지만 어쨌든 이 말이 사실이라는 것을 느꼈고, 이러한 선에서 이야기를 계속할 수 있었다.

"돈을 벌고 사무실에서 하루에 열 시간씩 일하는 이 모든 것이 도대체 **무엇 때문**인가요? 당신도 알겠지만, 소년일 때 누군가의 머릿속은 꿈으로 아주 가득 차서 자신이 무엇을 하든 상관없는 듯 생각하죠. 그리고 야망이 있으면 모든 것이 괜찮아요. 계속해 나갈 이유를 갖는 것이죠. 이제 나의 이유가 나를 만족시키지 못해요. 어쩌면 나에게는 전혀 아무 이유도 없는 것 같아요. 그래서 이제 내가 이유에 대해 생각하게 된 것일 겁니다. (그래도 무엇이든 어떤 이유가 있나요?) 일정한 나이가 지났지만, 아직도 자신을 만족스럽게 받아들이기 힘들어요. 그래도 무엇이 나를 꾸준히 일하도록 하는지 알죠." —이제 그에게 적당한 이유가 떠올랐기 때문이다— "나는 가족의 구원자가 되어서 그런 온갖 일을 하기를 원했어요. 나는 가족들이 성공하기를 원했어요. 물론 그것은 거짓이었어요―또한 일종의 자기 미화이기도 했죠. 대부분의 사람들처럼 나도 거의 완전히 기만 가운데서 살아왔다고 생각해요. 그리고 이제 그것을 알게 된 불편한 단계에 있는 거죠. 나를 계속 행동하게 할 다른 기만을 원해요. 내 불행은 결국 그런 것입니다, 메리."

이 말을 하는 동안 메리를 침묵하게 만들고 그녀의 얼굴에 기묘하게 곧은 선을 그린 두 가지 이유가 있었다. 우선 랠프는 결혼에 대해 언급하지 않았다. 다음으로 그는 진실을 말하지 않았다.

"시골집을 찾는 일이 어려울 거라고 생각하지 않아요." 그녀는 그의 모든 말을 무시하면서 명랑한 어조로 분명히 말했다. "당신은 돈을 좀 벌었지요, 안 그래요? 그래요." 그녀는 결론을 내렸다. "왜 그것이 아주 좋은 계획이 아닌지 모르겠어요."

그들은 완전히 침묵한 채 들판을 가로질러 갔다. 랠프는 그녀의 말에 놀랐고 약간 상처받았다. 그래도 대체로 즐거웠다. 그는 자신의 상태를 메리에게 솔직하게 설명하는 것이 불가능하다고 확신했었다. 그리고 그는 그녀에게 자신의 꿈에 대해 말하지 않았던 사실을 깨닫고는 내심 안도했다. 그녀는 그가 늘 알아왔던 대로 분별 있고 성실한 친구이자 그가 신뢰하는 여성이었다. 그가 일정한 한계를 유지한다면 그녀의 동정심에 의지할 수 있었다. 그는 그러한 한계가 아주 분명하게 그어졌다는 것을 알고서 불쾌하지 않았다. 그들이 다음 산울타리를 건너갔을 때, 그녀가 그에게 말했다.

"그래요, 랠프, 당신은 쉬어야 할 시기예요. 나도 같은 결론에 이르렀어요. 다만 내 경우 시골집은 아닐 거예요. 미국이 될 거예요. 미국이요!" 그녀가 소리쳤다. "그곳은 나를 위한 곳이에요! 그들은 나에게 거기에서 어떤 운동을 조직하는 일에 대해 뭔가 가르쳐줄 거예요. 그리고 다시 돌아와 어떻게 할 수 있는지 당신에게 보여주겠어요."

만약 그녀가 의식적으로든 혹은 무의식적으로든 시골집의 안전과 은둔에 대해 과소평가하려 했다면 그녀는 성공하지 못했다. 왜냐하면 랠프의 결심은 진심이었기 때문이다. 하지만 그녀는 그에게 그녀 자신의 성격을 생생하게 마음에 그려보도록 했다. 그리하여 그는 그녀가 경작지를 가로질러 약간 앞서 걸어갈 때, 그녀를 재빨리 보았다. 그날 아침 처음으로 그는 자신이나 혹은 캐서린에 대해 몰입하는 것과 별개로 그녀를 보았다. 그녀는 다소 서투르지만 힘차고 독립적인 모습으로 앞서서 당당히 걸어가고 있는 것처럼 보였다. 그리고 그는 그녀의 용기에 대단한 존경심을 느꼈다.

"멀리 가지 말아요, 메리!" 그가 외친 후 멈추었다.

"당신이 전에도 했던 말이에요, 랠프," 그녀는 그를 쳐다보지 않고 대답했다. "당신은 멀리 떠나기를 원하면서 내가 멀리 가기를 원치 않는군요. 그건 아주 적절치 않아요, 그렇죠?"

"메리," 그는 자신이 강요하고 훈계하는 태도로 그녀를 대했던 기억으로 괴로워하며 소리쳤다. "내가 당신에게 너무 잔인했어요!"

온 힘을 다하여 그녀는 눈물을 흘리지 않으려 했고, 그가 원한다면 운명의 날까지 그를 용서하겠다는 확신을 뒤로 밀쳐내려고 애썼다. 그녀는 오직 일종의 완고한 자존심으로 자신의 행동을 자제했다. 이러한 자존심은 그녀의 본성의 근저에 있었으며 거의 압도적인 정열의 순간에조차도 굴복하기를 허락하지 않았다. 이제 모든 것이 폭풍이고 높이 치솟아 흐르는 파도일 때, 그녀는 이탈리아 문법과 적요서가 첨부된 서류 위로 태양이 밝게 빛나는 지역에 대해 생각했다. 그럼에도 불구하고 그 지역의 유령과 같은 해쓱함과 표면 위를 부수고 나오는 바위들로 인해, 그녀는 그곳에서 자신의 삶이 인내할 수 없을 정도로 가혹하고 외로울 것이라고 생각했다. 그녀는 경작지를 가로질러 꾸준히 약간 그를 앞서 걸어갔다. 그들이 가는 길은 그 지역의 가파른 습곡 가장자리에 있는 가느다란 나무들이 있는 숲의 경계 주변으로 그들을 인도했다. 나무줄기 사이로 랠프는 언덕의 기슭에 더할 나위 없이 평평하고 풍성한 초록의 목초지 위에 있는 장원 영주의 작은 회색 저택을 보았다. 그 저택에는 연못과 테라스가 있었고, 저택 앞에는 다듬어진 산울타리가 있었으며 측면에는 농장 가옥 비슷한 것이 있었다. 그리고 그 뒤편으로 솟아오른 전나무들로 막아져서 모든 것이 완벽하게 감춰졌고 자족할 수 있었다. 저택 뒤편으로 다시 언덕이 솟아올라 있었고 더 먼 정상 위에 나무들이 하늘을 향해 수직으로 서 있었다. 이 하늘은 나무줄기 사이로 더욱 푸르러 보였다. 그의 마음은 지금 캐서린이 실제로 같이 있는 것 같은 느낌으로 가득했다. 회색 저택과 짙은 푸른 하늘은 그에게 그녀의 존재를 가까이서 느낄 수 있게 해주었다. 그는 목소리를 낮춰 그녀의 이름을 또렷하게 부르면서 나무에 기대고 섰다.

"캐서린, 캐서린," 그가 크게 말했다. 그러고 나서 주위를 둘러보며 메리가 그에게서 멀리 떨어져 걷고 있는 것을 보았다. 그녀는 나무들을 지나치면서 나무에서 담쟁이덩굴의 긴 가지를 떼어내며 걷고 있었다. 그녀는 그가 마음속에 간직한 상상과 아주 명확하게 대비되어 보여서 그는 초조하게 그 상상으로 돌아갔다.

"캐서린, 캐서린," 그는 되풀이해서 말했고, 자신이 그녀와 함께 있는 것 같은 생각이 들었다. 그는 그를 둘러싼 모든 감각을 잃었다. 모든 실질적인 것들—하루의 시간, 우리가 했던 일과 이제 하려고 한 것, 다른 사람들의 존재와 그들이 일상적인 진실을 믿는 것을 보고서 우리가 얻게 되는 마음의 의지와 같은 것들—이 모든 것들이 미끄러져 나갔다. 그리하여 그는 대지가 그의 발에서 떨어져 내려앉고, 텅 빈 창공이 그의 주위를 뒤덮고 있으며, 대기가 한 여성의 존재로 충만해 있는 것처럼 느꼈다. 그의 머리 위 나뭇가지에서 울새의 울음소리가 그를 깨어나게 했고, 그가 깨어나면서 한숨이 따라 나왔다. 여기가 그가 살아왔던 세상이었다. 여기는 경작된 들판, 저쪽은 큰 길이고, 나무에서 담쟁이덩굴을 떼어내고 있는 메리가 있다. 그가 그녀를 따라잡자, 그녀와 팔짱을 끼고 말했다.

"자, 메리, 대체 미국 얘기는 다 무엇인가요?"

그의 목소리에는 관대하게 느껴지는 형제의 다정함이 있었다. 이때 그녀는 자신이 그의 설명을 갑자기 중단시키고 그가 계획을 바꾼 것에 거의 관심을 보이지 않았었다는 것에 대해 곰곰이 생각해보았다. 그녀는 나머지 모든 것을 추동했던 하나의 이유는 말하지 않으면서, 그러한 여행이 그녀에게 도움이 될 수도 있다고 생각하는 이유를 그에게 제시했다. 그는 주의 깊게 듣고서 그녀를 단념시키려는 시도를 하지 않았다. 사실 그는 이상하게도 자신이 그녀의 분별력을 몹시 확인하고 싶어 한다는 것을 깨달았다. 그리고 마치 그녀의 분별력이 어떤 일에 대해 그가 결심하는 것을 도와주기라도 하는 것처럼, 그녀의 분별력이 보여주는 새로운 증거를 하나하나 만족스럽게 받아들였다. 그녀는 그가 준 고통을 잊었다. 그리고 그 대신 그녀는 견고한 행복의 물결을 의식하게 되었는데, 그 물결은 건조한 길 위에서 그들의 발이 터벅터벅 걷는 소리와 그리고 버팀목이 되어주는 그의 팔과 아주 적절하게 조화를 이뤘다. 이 편안함은 그에게 단순하게 행동하고 자신이 아닌 다른 사람이 되려고 하지 않겠다는 결심에 대한 보상인 것처럼 여겨져 편안함이 점점 더해졌다. 시인에 대해 관심 있는 체하는 대신 그녀는 본능적으로 시인을 피했고, 그녀가 가진 재능의 실용적인 성질에 다소 끈덕지게 머물렀다.

현실적인 태도로 그녀는 그의 마음속에 거의 존재하지 않은 시골집에 대해 구체적인 질문을 했고, 그의 애매함을 지적했다.

"당신은 호수가 있다는 것을 알아야 해요." 그녀는 관심을 과장하면서 주장했다. 그녀는 그에게 이 시골집에서 무엇을 할 의도인지 묻는 질문을 피했다. 그리고 드디어 실용적이고 세부적인 것들이 충분히 논의되었을 때, 그는 좀 더 친근한 말로 그녀에게 보답했다.

"방 가운데 하나는," 그가 말했다. "분명히 서재일 것이고, 왜냐하면, 실은, 메리, 나는 책을 쓰려고 하고 있어요." 이때 그는 그녀로부터 자신의 팔을 뺐고, 파이프에 불을 붙였다. 그리고 그들은 그들의 우정이 도달할 수 있는 가장 완벽한 상태인 일종의 현명한 동지애 속에서 터벅터벅 걸었다.

"그러면 당신의 책은 무엇에 관한 것인가요?" 그녀는 책에 대해 말하면서 마치 랠프로 인해 전혀 슬픔에 빠지지 않았던 것처럼 대담하게 말했다. 그는 색슨 시대부터 현재에 이르기까지 영국 마을의 역사에 대해 쓰려 한다고 주저 없이 그녀에게 말했다. 여러 해 동안 그런 계획이 그의 마음속에 씨앗으로 자리 잡고 있었다. 그리고 이제 그가 자신의 직업을 포기하려고 바로 결심했으므로, 그 씨앗은 이십 분 사이에 높고도 강건하게 자랐다. 그는 자신의 적극적인 방식에 스스로 놀랐다. 그것은 시골집에 대한 물음에도 동일했다. 그것은 또한 낭만적이지 않은 형태로 나타났다—의심할 바 없이 돼지 한 마리와 큰 소리로 비명을 지르는 열두 명의 아이들을 둔 이웃이 있는, 큰 길에서 아주 떨어져 있는 사각형의 하얀 집이었다. 그의 마음속에서 이 계획은 일체의 낭만적인 성질이 다 배제된 것이었고, 그것을 생각하면서 얻은 기쁨은 침착함의 경계를 넘는 순간 즉시 저지당했기 때문이다. 그리하여 어떤 대단한 유산을 가질 기회를 잃은 현명한 사람은 실제로 살고 있는 좁은 구역을 밟아 다져서, 멜론과 석류가 아니라 순무와 양배추만을 재배해야만 그의 소유지 내에서 삶이 견딜만한 것이라고 스스로에게 확신할 수 있을지도 모른다. 분명히 랠프는 자신의 정신의 자산에 대해 어느 정도 자부심을 느꼈고, 메리가 그를 신뢰한다는 사실이 스스로를 바로잡는 데 조금씩 도움이 되었다. 그녀는 담쟁이덩굴의 잔가지를 잿빛 식물 주위로 감았고, 랠프와 단둘이 있는 여러 날 동안 처음으로 그녀의 동기, 말, 그리고 감정에 대해 전혀 주의 깊게 살피지 않았고, 대신 완벽한 행복에 굴복했다.

그리하여 산울타리 너머로 보이는 경관을 보기 위해, 그리고 나뭇가지 사이에서 미끄러지듯 지나가는 회색빛 도는 갈색의 작은 새가 무슨 종인지 맞추기 위해 편안하게 침묵하고 잠시 멈추다 이야기하면서, 그들은 링컨으로 걸어갔고, 중심가를 위 아래로 한가롭게 거닌 후 식당을 결정했는데, 그곳의 둥근 창문은 상당한 식사를 제공할 것을 암시했고, 그들의 생각이 틀리지 않았다. 뜨겁게 구운 고기 조각, 감자, 야채, 그리고 사과 푸딩이 백오십 년을 넘는 세월 동안 여러 세대에 걸쳐 시골의 신사들에게 제공되었는데, 이제 우묵하게 들어간 곳에 있는 내닫이 창가의 탁자에 앉은 채, 랠프와 메리는 이렇게 끝없는 성찬을 함께 나누었다. 식사 중간에 고기 조각 건너편을 바라보면서 메리는 랠프가 방에 있는 다른 사람들과 아주 비슷하게 보일지 어떨지 궁금해졌다. 그는 같은 방에 흩어져 있는 하얀색의 작고 억센 수염으로 따끔거리는 둥그런 핑크빛 얼굴들, 윤이 나는 갈색 가죽에 꼭 맞는 장딴지, 희고 검은 체크무늬 정장 속에 흡수될 것인가? 그녀는 반쯤 그러길 바랐다. 그녀는 그가 다른 것은 오로지 정신뿐이라고 생각했다. 그녀는 그가 다른 사람들과 아주 다르기를 원하지 않았다. 게다가 그는 걸어서 얼굴이 발그레해졌고, 그의 눈은 성실하고 정직한 빛을 발해서 아주 단순한 농부도 불안하게 만들 수 없었을 것이며, 혹은 가장 독실한 목사도 믿음을 조롱당할 염려를 할 수 없었을 것이다. 그녀는 그의 높은 이마를 좋아했고, 그 이마를 아주 급하게 말을 세워서 말이 엉덩이를 바닥에 대고 반쯤 쓰러지게 하는 젊은 그리스의 승마자의 이마에 비유했다. 그는 그녀에게 언제나 기운찬 말을 타는 기수처럼 느껴졌다. 그리고 그녀는 그와 함께 있으면 흥분되었다. 왜냐하면 그가 다른 사람들 사이에서 적절한 속도를 유지할 수 없을 것 같은 위험이 있었기 때문이다. 창가의 작은 탁자에서 그의 맞은편에 앉은 채, 그녀는 그들이 들판의 문 옆에 멈춰 섰을 때 그녀를 압도했던 그런 무심히 고양된 상태로 되돌아갔다. 하지만 이제 그 상태는 분별의식과 안정감을 동반했다. 그녀는 그들이 거의 말로 표현할 필요가 없는 감정을 공유하고 있다고 느꼈기 때문이다. 그는 얼마나 말이 없는가! 그는 손에 이마를 기댄 채, 이따금, 옆 탁자에 있는 두 남성의 등을 꾸준하고 진지하게 바라보면서 거의 자의식이 없는 상태라서, 그녀는 어떤 생각을 다른 생각 위에 견고하게 놓으면서 그의 마음을 대부분 살펴볼 수 있었다. 그녀는 자신의 손가락의 그림자를 통해, 그가 생각하는 것을 느낄 수 있다고 생각했다. 또한 그녀는 그가 생각을 끝내고 의자를 약간 돌리면서 말하게 되는 정확한 순간을 예측할 수 있다고 생각했다.

"저, 메리 — ?" 그는 그만두게 된 생각의 실을 그녀가 집어 들기를 권하면서 말했다.

그리고 바로 그 순간 그는 그렇게 바로 몸을 돌리면서 말했다.

"저, 메리?" 기묘하게 약간 주저하며 말했는데, 그녀는 그의 이러한 면을 좋아했다.

그녀는 웃었다. 그리고 아래의 거리에 있는 사람들을 보면서 그 순간 갑자기 떠오른 웃음에 대해 설명했다. 푸른색 베일로 몸을 감싼 노부인과 맞은편 자리에 흑갈색의 스패니얼을 붙들고 있는 하녀가 탄 자동차가 있었다. 길 중앙에 나무토막이 가득 실린 유모차를 아래로 밀고 있는 시골 여인이 있었다. 목사와 의견을 달리하면서 가축 시장의 상태에 대해 토의하고 있는 각반을 두른 행정관이 있었다 — 그녀는 그렇게 그들을 규정했다.

그녀는 자신의 동행이 자신을 대단치 않게 생각할 것이라는 두려움 없이 거리의 사람들을 재빨리 훑어보았다. 사실, 방의 온기 때문이건, 혹은 잘 구운 쇠고기 때문이건, 혹은 랠프가 마음을 결정했다고 하는 과정에 도달했기 때문이건, 그는 분명히 그녀의 말에서 드러나는 분별력과 독립적인 성격, 지성에 대해 판단하는 일을 그만두었다. 그는 그런 생각의 더미 가운데 다른 생각을 만들고 있었다. 반쯤은 각반을 두른 신사에게 나온 말로부터, 반쯤은 자신의 마음속에 흩어져 있던 오리 사냥과 법의 역사에 대한, 링컨을 로마인들이 지배한 것과 시골 신사들과 그들의 아내와의 관계에 대한 중국의 탑만큼 곧 쓰러질 듯 쌓인 환상적인 이 모든 산만한 생각으로부터 그의 마음속에서 갑자기 메리에게 청혼해야겠다는 생각이 떠올랐다. 그 생각은 너무 자연스럽게 일어나서 그의 눈앞에서 저절로 생겨난 것처럼 느껴졌다. 바로 그때 그는 몸을 돌려 오랫동안 본능적으로 쓴 문구를 꺼냈다.

"저, 메리 —?"

그 생각이 처음 떠올랐을 때, 그것은 너무 새롭고 흥미로워서 그는 더 이상 수고하지 않고 메리에게 말해볼까 하는 생각이 들었다. 그녀에게 표현하기 전에 그의 생각을 조심스럽게 두 분류로 나누고자 하는 자연스러운 본능이 압도했다. 하지만 그는 그녀가 창밖을 보면서 노부인과 유모차를 미는 여인, 행정관과 의견이 다른 목사에 대해 묘사하는 것을 보자 무심결에 그의 눈은 눈물로 가득 찼다. 그녀가 그의 머리를 손가락으로 쓸어주며 그를 위로하면서 다음과 같이 말하는 동안 그는 머리를 그녀의 어깨에 기대어 흐느껴 울고 싶었다.

"자, 자, 울지 말아요! 왜 우는지 말해봐요 —." 그리고 그들은 서로 꽉 껴안을 것이고, 그녀의 팔은 그의 어머니처럼 그를 껴안을 것이다. 그는 자신이 매우 외롭다고 느꼈고, 방에 있는 다른 사람들이 두렵다고 생각했다.

"이 모든 것이 지긋지긋해요!" 그가 갑자기 소리쳤다.

"무슨 얘기를 하고 있는 거죠?" 다소 멍하니 그녀는 여전히 창밖을 보면서 말했다.

그는 이렇게 그녀의 주의력이 분산된 것에 어쩌면 생각했던 것보다 더 화가 났다. 그리고 그는 메리가 얼마나 빨리 미국으로 가게 될 건지에 대해 생각했다.

"메리," 그가 말했다. "당신과 말하고 싶어요. 우리는 식사를 거의 끝내지 않았나요? 종업원은 왜 이 접시들을 치우지 않죠?"

메리는 그를 보지 않고서도 그가 흥분한 것을 느꼈다. 그녀는 그가 자신에게 말하고 싶은 것이 무엇인지 알고 있다는 확신이 들었다.

"적당한 시간에 올 거예요." 그녀가 말했다. 그리고 소금 그릇을 집어 들고 약간 쌓인 빵부스러기를 깨끗이 쓸어내며 대단히 침착함을 보여주는 것이 필요하다고 생각했다.

"사과하고 싶어요," 랠프는 자신이 무슨 말을 하려는지 전혀 알지 못한 채, 하지만 돌이킬 수 없는 입장으로 몰고 가 친밀한 순간을 지나치지 않도록 재촉하는 기묘한 본능을 느끼면서 계속 말했다.

"내가 당신에게 몹시 부당하게 대해 왔다고 생각해요. 다시 말하자면, 당신에게 거짓말을 했어요. 내가 당신에게 거짓말을 하고 있다는 것을 당신도 짐작했지요? 한 번은 링컨즈 인 필즈에서이고 다시 당신과 오늘 걸으면서 그랬어요. 난 거짓말쟁이입니다, 메리. 당신은 알았나요? 나를 알고 있다고 생각하나요?"

"그렇다고 생각해요," 그녀가 말했다.

그 순간, 웨이터가 접시를 바꾸었다.

"사실 난 당신이 미국으로 가기를 바라지 않아요," 그는 테이블보에 시선을 고정하면서 말했다. "정말 당신을 향한 내 감정은 완전히 그리고 끔찍하게도 부당한 것처럼 보입니다," 비록 목소리를 억지로 낮게 유지하도록 했지만, 그는 힘 있게 말했다.

"내가 이기적인 짐승이 아니라면, 당신은 나와 더 이상 상관없다고 말했을 겁니다. 하지만 메리, 내가 하는 말을 믿고 있음에도 불구하고, 또한 우리가 서로에 대해 알게 되는 것이 좋다고 믿어요―알다시피 지금과 같은 세상에서요―" 그리고 머리를 끄덕임으로써 그는 그 공간에 있는 다른 사람들을 가리켰다. "물론, 상황이 이상적인 상태에서, 더욱이 품위 있는 집단에서는 당신은 나와 아무런 관계도 없었을 것이라는 점이 분명하기 때문이죠―진정으로 그래요."

"나 또한 이상적인 성격이 아니라는 걸 당신은 잊었어요," 메리는 동일하게 낮은 어조로, 그리고 아주 진지한 어조로 말했다. 거의 들리지 않았지만, 그 어조는 식사하는 다른 사람들이 잘 알아챌 수 있을 정도로 집중하는 분위기를 지닌 채, 그들의 식탁 주변을 에워쌌다. 그 사람들은 이따금 친절함과 유쾌함과 호기심이 묘하게 섞인 눈빛으로 그들을 힐끗 보았다.

"나는 내가 인정하는 것보다 한층 더 이기적이에요. 그리고 약간 세속적이죠 — 어쨌든 당신이 생각하는 것보다 더 말입니다. 나는 어떤 일을 마음대로 처리하는 것을 좋아해요 — 어쩌면 그것이 나의 가장 큰 단점일 겁니다. 나는 당신이 가진 열정을 조금도 갖지 못했어요 —" 여기서 그녀는 주저했다. 그리고 그가 무엇에 대해 열정을 가졌는지 확인하려는 것처럼 그를 흘끗 보았다 — "진실에 대한 열정을요," 그녀는 자신이 명백히 찾고 있던 것을 발견한 것처럼 덧붙였다.

"난 거짓말쟁이라고 당신에게 말했어요," 랠프는 완강하게 거듭 말했다.

"오, 아마 사소한 일에서는 그럴 테죠," 그녀가 조급하게 말했다. "하지만 진실한 일에서는 그렇지 않아요. 그리고 그것이 중요하지요. 사소한 면에서는 어쩌면 내가 당신보다 더 진실할 거예요. 그렇지만 나는 조금도 상관하지 않아요" — 그녀는 자신이 그 말을 하고 있는 것을 깨닫고는 놀랐다. 그리고 솔직하게 말하도록 스스로를 재촉해야 했다 — "그런 식으로 거짓말쟁이인 누군가에게 말이죠. 나는 어느 정도 진실을 사랑해요 — 상당히요 — 그렇지만 당신과 같은 방식은 아니에요." 그녀의 목소리는 가라앉아 들을 수 없게 되었고, 거의 눈물을 억누를 수 없는 것처럼 그녀의 목소리는 떨렸다.

"저런!" 랠프는 스스로에게 소리쳤다. "그녀가 나를 사랑해! 이전에는 왜 그것을 전혀 알지 못했을까? 그녀가 울려고 하고 있어. 설마, 하지만 그녀는 말을 할 수가 없어."

그 확실함이 그를 압도했고 그래서 그는 자신이 무엇을 하고 있는지 거의 알 수 없었다. 갑자기 피가 그의 얼굴로 솟구쳤다. 그리고 비록 그는 그녀에게 청혼하려고 사실상 결심했지만, 그녀가 그를 사랑한다는 확신이 그 상황을 완전히 바꾸어 버린 듯했고, 그래서 그는 청혼할 수 없었다. 그는 감히 그녀를 바라보지 못했다. 만약 그녀가 운다면, 그는 어떻게 해야 할지 몰랐다. 뭔가 끔찍하고 무서운 일이 일어난 것만 같았다. 웨이터가 한 번 더 접시들을 바꾸었다.

흥분한 상태에서 랠프는 일어서서 메리에게 등을 돌리고 창밖을 바라보았다. 거리의 사람들은 그에게 단지 분리되고 결합하는 까만 작은 조각들의 무늬로 보였다. 그 순간 그 무늬는 그의 마음속에서 빠르게 잇달아 형성되었다 해체되었다 하는 무의식적인 감정과 생각의 연속을 잘 재현했다. 한순간 그는 메리가 자신을 사랑한다는 생각에 크게 기뻤다. 다음 순간 그는 그녀에 대해 감정이 없는 것 같은 생각이 들었다. 그녀의 사랑이 그에게 불쾌했다. 때로는 메리에게 즉시 결혼을 재촉당하는 느낌이었다. 또 때로는 사라져서 결코 그녀를 다시는 보지 말라고 몰아대는 느낌이었다. 이렇게 무질서하게 달려드는 생각을 제어하기 위해 그는 바로 맞은편에 있는 약국의 이름을 억지로 읽었다. 그러고 나서 가게 진열장에 있는 물건들을 살펴보았고, 그리고 그 뒤 그의 시선을 큰 포목상의 커다란 창문에서 안을 들여다보고 있는 여성들 무리에 정확하게 고정했다. 이러한 행동은 적어도 그가 피상적으로 자신을 제어하도록 해주었기 때문에, 그는 웨이터를 향해 몸을 돌려 계산서를 막 요구하려던 참이었다. 이때 그의 시선은 맞은편 보도를 따라 빠르게 걷고 있는 키가 큰 인물에 사로잡혔다—키가 크며, 곧고, 다갈색 머리, 그리고 위엄 있으며, 주변 환경으로부터 아주 벗어나 있는 인물. 그녀는 왼손에 장갑을 쥐어서, 왼손은 맨손이었다. 랠프는 이 모든 것을 주의해서 보고 열거했는데, 그것들을 통합한 전체에 하나의 이름을 붙이기 전이었다—캐서린 힐버리라는 이름을. 그녀는 누군가를 찾고 있는 듯했다. 그녀의 시선은, 사실, 거리 양쪽을 훑었다. 그리고 잠시 동안 랠프가 서 있는 내닫이창을 향해 곧바로 시선을 들어 올렸다. 하지만 그녀는 그를 보았다는 어떤 표시도 보이지 않고 곧바로 다시 시선을 돌렸다. 이 갑작스러운 환영이 그에게 특별한 영향을 주었다. 그가 거리에 있는 실제 그녀를 보았다기보다 차라리 마치 그가 그녀에 대해 아주 집중하여 생각해서 그의 마음이 그녀의 모습을 만들어낸 것 같았다. 그런데도 그는 그녀에 대해 전혀 생각하고 있지 않았다. 그 인상이 너무 강렬해서 그는 그 인상을 지울 수 없었고, 또한 그가 그녀를 보았는지 혹은 단지 그녀를 상상했는지에 대한 생각조차 할 수 없었다. 그는 즉시 앉아서 메리에게라기보다 스스로에게 짧고 이상하게 말했다.

"그건 캐서린 힐버리였어."

"캐서린 힐버리요? 무슨 뜻이에요?" 그가 그녀를 보고 있는지 아닌지 그의 태도를 통해 거의 알지 못한 채, 그녀가 물었다.

"캐서린 힐버리," 그가 반복했다. "하지만 이제 가버렸어."

"캐서린 힐버리!" 메리는 갑작스런 계시의 순간에 이렇게 생각했다. '난 항상 그것이 캐서린 힐버리라는 것을 알고 있었어!' 그녀는 이제 그 모든 것을 알았다.

멍하니 아래쪽을 바라보는 순간이 지나자, 그녀는 눈을 들어 랠프를 침착하게 바라보았다. 그리고 그들 주변을 넘어 먼 지점을 향해 있는, 뚫어지게 바라보면서 공상에 잠긴 그의 시선을 포착했다. 그를 알아왔던 모든 시간 동안 그녀가 한 번도 도달하지 못한 지점이었다. 그녀는 막 벌어진 입술, 느슨하게 움켜쥔 손가락과 몰두하여 상념에 잠긴 모든 태도를 알아차렸다. 그리고 그런 태도는 그들 사이에 장막처럼 드리워졌다. 그녀는 그에 관한 모든 것을 알아차렸다. 그가 완전히 소원해진 다른 표시가 있었다면, 그녀는 그것 또한 찾아냈을 것이다. 왜냐하면 오직 하나의 진실 위에 또 다른 진실을 쌓는 것을 통해서만 그녀는 자신을 꼿꼿하게 거기에 앉아 있을 수 있도록 한다고 느꼈기 때문이다. 그 진실이 그녀를 지탱해주는 것 같았다. 그녀가 그의 얼굴을 본 바로 그 순간, 진실의 빛은 그의 너머 꽤 멀리서 빛나고 있다는 생각이 떠올랐다. 진실의 빛은, 그녀가 나가려고 일어나면서 이 말을 만들어낸 것 같았는데, 우리의 사사로운 불행에 의해 약해지지 않고 세상을 비춘다.

랠프는 그녀에게 코트와 지팡이를 건네주었다. 그녀는 그것들을 받아 코트를 확실히 여미고 지팡이를 단단하게 쥐었다. 담쟁이덩굴의 가지가 손잡이 주위에 아직도 휘감겨 있었다. 그녀는 감상적인 마음과 인격을 위해 이런 희생을 할 수 있을 것이라고 생각했다. 그리하여 그녀가 지팡이에서 담쟁이덩굴을 떼어내기 전에 잎 두 개를 뜯어내어 호주머니에 넣었다. 그녀는 지팡이 한 가운데를 움켜잡았다. 그리고 마치 사나운 날씨 속에 먼 길로 산책을 하러 가기 위해 정돈하는 것처럼 털모자를 머리 위에 단단히 썼다. 다음으로, 길 가운데 서서, 그녀는 지갑에서 종이 한 장을 꺼내 부탁받은 물품의 목록을 크게 읽었다 ─ 과일, 버터, 끈, 기타 등등. 그리고 내내 그녀는 랠프에게 결코 말을 걸거나 쳐다보지 않았다.

랠프는 그녀가 친절하고, 붉은 뺨을 한 앞치마를 두른 남성들에게 지시하는 것을 들었다. 그리고 비록 자신의 생각에 몰두하고 있었지만, 소망을 드러낸 그녀의 결심에 대해 의견을 제시했다. 그는 한 번 더 무의식적으로 그녀의 특성들을 찬찬히 살펴보기 시작했다. 그리하여 표면상으로만 주의 깊은 태도를 취하며 마루에 있는 톱밥을 목이 긴 구두 끝으로 휘젓고 있다가, 그는 자신의 뒤에서 들리는 듣기 좋고 익숙한 목소리를 듣고 정신을 차렸는데, 그 목소리와 함께 그의 어깨에 가볍게 손이 닿았다.

"내가 잘못 판단했나요? 분명히 데님 씨지요? 창문에서 당신 코트를 얼핏 보았어요. 당신 코트라는 확신이 들었어요. 당신은 캐서린이나 혹은 윌리엄을 본 적이 있나요? 나는 유적을 찾아 링컨 주변을 배회하고 있었어요."

힐버리 부인이었다. 그녀의 등장은 가게 내에서 약간의 동요를 일으켰다. 많은 사람들이 그녀를 쳐다보았다.

"우선, 여기가 어딘지 말해주세요." 그녀가 요청했다. 하지만 친절한 가게 주인의 모습을 보자, 그녀는 그에게 부탁했다. "유적지요 — 일행이 유적지에서 나를 기다리고 있어요. 로마 유적지 — 아니면 그리스인가요, 데님 씨? 당신의 마을은 아름다운 것들이 아주 많이 있어요. 하지만 유적지가 너무 많기를 바라지 않아요. 난 내 생애에서 그렇게 멋진 작은 꿀단지들을 한 번도 본 적이 없어요 — 꿀벌들로 직접 만들었나요? 그 작은 단지들 중에 하나만 제게 주시면 좋겠어요. 그리고 아무쪼록 제가 그 유적지로 가는 길을 어떻게 찾을지 말해주세요."

"그리고 이제," 그녀는 안내를 받고 또 꿀단지를 받으면서 계속 말했다. 그러면서 메리를 소개받고, 그들이 그녀와 그 유적지로 함께 가야 한다고 주장했다. 아주 많은 갈림길이 있고, 경치가 아름답고, 작은 연못에서 첨벙대는 반쯤 벗은 즐거운 작은 소년들이 있는 마을, 또한 멋진 베니스식 운하가 있고, 골동품 가게에는 대단히 오래된 푸른색 도자기가 있는 마을에 있기 때문에, 혼자 힘으로 유적지에 가는 길을 찾는 것은 불가능하다고 주장했다. "이제," 그녀가 외쳤다. "당신이 여기서 무엇을 하고 있는지 말해 줘요, 데넘 씨―당신이 **바로** 데넘 씨 맞죠, 그렇지 않나요?" 그녀는 자신의 정확성을 갑자기 의심하며 그를 응시한 채 물었다. "평론지에 글을 쓴 똑똑한 청년 말예요. 바로 어제 남편은 당신을 자신이 아는 가장 똑똑한 청년들 가운데 한 명이라 생각한다고 내게 말했어요. 분명히 당신은 나에게 신이 보내준 전령이 되었어요. 내가 당신을 보지 않았더라면, 나는 그 유적지를 결코 찾을 수 없었을 테니까요."

그들이 로마식 아치에 다다르자 힐버리 부인은 일행의 모습을 발견했다. 그들은 예상한 대로 그녀가 어떤 가게에 머물러 있다면 도중에서 만나기 위해, 그들은 보초처럼 길 위아래로 오르내리며 서 있었다.

"유적지보다 훨씬 더 좋은 것을 발견했어요!" 그녀가 소리쳤다. "당신들을 찾을 수 있도록 알려준 두 친구를 발견했지. 그들이 없었다면 결코 찾을 수 없었을 거야. 그들은 와서 우리와 함께 차를 마셔야 해. 우리가 방금 점심을 먹었다는 게 정말 유감이야." 그들은 어떻게 해서든 그 식사를 무효로 할 수는 없었을 것이다.

길 아래로 혼자 몇 걸음 내려갔던 캐서린은 마치 그녀의 어머니가 풀베는 기계와 원예용 가위 사이에 숨어 있거나 한 것처럼 철물상의 진열장을 살펴보고 있었는데, 어머니의 목소리를 듣고 급히 몸을 돌려 그들을 향해 왔다. 그녀는 데넘과 메리 대치트를 보고 몹시 놀랐다. 그들을 맞이한 다정한 언동이 단지 시골에서 갑작스런 만남으로 인해 자연스럽게 나온 것이었든, 혹은 그들 두 사람을 보고서 정말 기뻤던 것이었든, 어쨌든 그녀는 악수할 때 특별히 기뻐하며 소리쳤다.

"당신이 여기서 지낸다는 걸 전혀 알지 못했어요. 왜 말하지 않았어요? 그리고 왜 우리가 만날 수 없었을까요? 메리와 함께 머물고 있나요?" 그녀는 랠프에게 몸을 돌리며 계속 말했다. "우리가 진작 만나지 못했다는 게 정말 유감이에요."

그리하여 랠프는 그렇게 많이 꿈꾸어 왔던 여성을 실제로 다만 몇 피트의 거리에서 대면한 채, 더듬거리며 말했다. 그는 자신의 자제력에 매달렸다. 홍조가 뺨에 어렸다 사라졌다 했는데, 그는 알지 못했다. 하지만 그는 그녀를 대면하여, 낮의 차가운 빛 속에서 그의 집요한 상상 속에 있을지도 모르는 어떤 진실의 흔적이든 추적해 나가야 한다고 결심했다. 그는 어떤 말도 하지 못했다. 그들 두 사람에게 말한 사람은 바로 메리였다. 그는 캐서린이 약간 기묘하게 그가 기억했던 것과 완전히 다르다는 사실을 발견하고서 갑자기 말문이 막혔다. 그래서 그는 새로운 생각을 받아들이기 위해 이전의 생각을 떨쳐버렸다. 바람이 그녀의 얼굴을 가로질러 그녀의 진홍색의 스카프를 흩날렸다. 바람 때문에 그녀의 머리카락은 이미 헝클어졌고, 그 머리카락은 그가 이전에 생각하곤 했던 그 슬퍼 보이는 크고 어두운 그녀의 눈의 한쪽 모서리를 가로질러 원을 그렸다. 이제 그 눈은 구름이 걷힌 광선이 비추는 바다의 선명함을 지닌 채 빛나 보였다. 그녀 주위의 모든 것이 빠르고, 단편적이며, 일종의 돌진하는 신속함으로 가득 차 보였다. 그는 갑자기 지금까지 대낮의 햇빛 속에서 그녀를 한 번도 본 적이 없다는 것을 깨달았다.

그러는 동안 계획대로 유적지를 찾아가기에 너무 늦었다고 의견이 정해졌다. 그리하여 모든 일행은 마차를 둔 마구간을 향해 걷기 시작했다.

"아시나요," 캐서린은 랠프와 함께 나머지 일행을 약간 앞서며 말했다. "오늘 오전에 당신이 창가에 서 있는 것을 본 것 같았어요. 하지만 당신일 리가 없다고 판단했어요. 그래도 역시 당신이 틀림없었던 거예요."

"네, 저도 당신을 보았지만 당신이 아니라고 생각했어요," 그가 대답했다.

이 말과 그의 목소리의 거친 긴장감이 그녀에게 몹시 어려웠던 많은 이야기와 실패한 모임을 기억나게 해서 갑자기 그녀는 바로 런던의 응접실과, 가족 유물, 차 탁자를 떠올렸다. 그리고 동시에 그녀가 말하고 싶었고, 혹은 그로부터 듣고 싶었던 반쯤 했거나 방해받은 말들을 떠올렸다―그녀는 그것이 무엇이었는지 기억할 수 없었다.

"그게 저였을 거예요," 그녀가 말했다. "전 어머니를 찾고 있었어요. 우리가 링컨에 오기만 하면 늘 일어나는 일이죠. 사실 우리만큼 가족을 돌보지 못하는 가족은 없어요. 그게 아주 심각하다는 건 아니에요. 우리가 곤경에 처하면 마침 제때에 누군가 항상 우리를 도와주러 나타나기 때문이죠. 한번은 제가 어렸을 때 황소가 있는 들판에 방치된 적이 있었어요―그런데 우리가 마차를 어디에 두었지? 저 아래인가 아니면 다음 길인가? 다음 길인가 봐요." 그녀는 흘끗 뒤돌아보았고 다른 사람들은 힐버리 부인이 들려주는 링컨에 대한 몇몇 추억들에 대해 들으면서 순순히 따라오고 있었다. "그런데 당신은 여기서 뭘 하고 계신 거죠?"

"시골집을 사려 해요. 전 여기서 살 겁니다―시골집을 찾을 수만 있게 되면 바로 말입니다. 그리고 메리는 어려운 일이 아닐 거라고 했어요."

"하지만," 그녀는 놀라 가만히 멈춰 서면서 외쳤다. "그러면 변호사 일을 그만두시는 건가요?" 그가 이미 메리와 약혼한 것이 분명하다는 생각이 번개처럼 그녀의 뇌리를 스쳤다.

"변호사 사무실이요? 네. 그만둘 겁니다."

"하지만 왜요?" 그녀가 물었다. 곧 빠른 말투에서 울적한 어조로 묘하게 변하면서 그녀는 스스로 대답을 했다. "당신이 그만둔 게 현명하다고 생각해요. 당신은 훨씬 더 행복해질 거예요."

그녀의 말이 그의 미래로 향하는 듯한 바로 이 순간 그들은 어느 여관의 뜰 안으로 걸음을 옮겼고, 거기에서 오트웨이 집안의 가족 마차를 보았다. 그 마차에 매끄러운 말 한 마리가 매어져 있었는데, 그 사이 말을 돌보는 시종이 다른 말을 마구간 밖으로 끌고 나오고 있었다.

"무엇을 행복이라고 하는지 모르겠어요," 물통을 든 말 시종을 피하기 위해 옆으로 비켜서면서 그가 짧게 말했다. "당신은 왜 내가 행복할 거라고 생각하세요? 전 그런 일이 있을 거라고 기대하지는 않아요. 다만 덜 불행해지기를 바랄 뿐이죠. 저는 책을 쓸 겁니다. 그리고 일하는 아주머니에게 몹시 화를 내겠죠—행복이 그런 일이라면 말이죠. 어떻게 생각하세요?"

그녀는 대답할 수 없었다. 다른 일행들인 힐버리 부인, 메리, 헨리 오트웨이와 윌리엄에게 곧바로 둘러싸였기 때문이다.

로드니는 이내 캐서린에게 다가와서 말했다.

"헨리가 당신 어머니와 함께 집으로 갈 겁니다. 그러니 우리는 중간에 내려달라고 해서 걸어서 돌아가는 게 어떨까요?"

캐서린이 고개를 끄덕였다. 그녀는 묘하게 은밀한 표정으로 그를 흘끗 보았다.

"유감스럽게도 반대 방향으로 가는군요. 그렇지 않다면 당신을 태워줄 수 있을 텐데요." 그가 데넘에게 이어서 말했다. 그의 태도는 특별히 거만했다. 그는 출발을 서두르려고 애쓰는 듯했고, 데넘은 캐서린이 때때로 반은 호기심어린 표정으로 반은 화난 표정으로 그를 보는 것을 알아챘다. 그녀는 즉시 어머니가 망토를 입는 것을 도와주고 나서 메리에게 말했다.

"당신을 만나고 싶어요. 곧 런던으로 다시 돌아오실 거죠? 편지할게요." 그녀는 랠프에게 반쯤 미소 지었지만, 무엇인가를 생각하고 있는듯 그녀의 표정이 약간 어두워졌다. 그리고 몇 분 뒤 오트웨이 가족의 마차가 마구간 뜰로 나와서 램프셔의 마을로 향하는 큰 길 아래로 향했다.

마차를 몰아 돌아가는 여정은 아침에 집에서 출발했던 여정과 마찬가지로 말없이 조용했다. 사실 힐버리 부인은 구석에서 눈을 감은 채 뒤로 기대었다. 그리고 활동적으로 열심히 일한 잠깐 사이에 하던 습관대로 잠자거나 혹은 잠자는 척했다. 그렇지 않을 때에는 그날 아침 시작했던 이야기를 계속했다.

램프셔에서 대략 이 마일 정도 떨어진 길은 히스가 무성한 황야의 둥근 정상 위로 뻗어 있었는데, 화강암으로 된 오벨리스크가 눈에 띄는 외딴 곳이었다. 이 오벨리스크는 이곳에서 노상강도에게 습격당했다 희망이 없는 듯했던 바로 그때 죽음을 모면한 18세기의 어떤 귀부인이 감사를 표명한 것이었다. 여름에 이곳은 즐거운 장소였다. 양쪽에 울창한 숲의 나직한 속삭임이 있었고, 화강암 주춧돌 주변에 빽빽이 자란 히스의 달콤한 향취를 실은 가벼운 바람이 있었기 때문이었다. 겨울에는 숲의 한숨 소리가 공허하게 잦아들었고, 히스의 숲은 그 위로 공허하게 지나가는 구름처럼 잿빛이었고 거의 적막했다.

　여기에서 로드니는 마차를 멈춰 캐서린이 내리는 것을 도왔다. 헨리도 그녀에게 손을 건네었는데, 그녀는 그에게 메시지를 전하는 것처럼 내릴 때 아주 가볍게 그의 손을 눌렀다. 그러나 마차는 힐버리 부인을 깨우지 않은 채 이내 계속 나아갔고, 오벨리스크 옆에 서 있는 두 사람만 남겨 두었다. 캐서린은 로드니가 자기에게 화가 났고, 그래서 대화하기 위해 이런 기회를 만들었다는 것을 잘 알았다. 그녀는 그런 시간이 왔다는 것에 대해 기쁘지도 유감스럽지도 않았다. 사실 무슨 일이 벌어질지 예상할 수 없어서 조용히 있었다. 마차는 어두워진 길 위에서 점점 작아졌고 로드니는 여전히 말하지 않았다. 어쩌면 마차의 마지막 모습이 길이 굽어진 곳 아래로 사라질 때까지 그가 기다렸을지도 모른다고 그녀는 생각했다. 그들의 침묵을 감추기 위해 그녀는 오벨리스크 위에 있는 글을 읽었다. 그렇게 하기 위해 그녀는 오벨리스크 주위를 완전히 돌아야 했다. 로드니가 그녀와 함께했을 때, 그녀는 소리 내어 경건한 귀부인의 감사의 말을 한두 마디 중얼거렸다. 아무 말 없이 그들은 숲의 가장자리를 따라 나 있는 수레바퀴 자국을 따라 출발했다.

　침묵을 깨는 것이 로드니가 정확히 원했던 것이었지만, 자기만족을 위해 그럴 수는 없었다. 사람들과 함께했을 때 캐서린에게 다가가는 것이 더 쉬웠다. 그녀와 단둘이 있을 때, 그녀 성격의 냉담함과 강인함이 그가 가진 모든 자연스러운 공격 수단을 억눌렀다. 그는 그녀가 자신에게 아주 부당하게 행동했다고 믿었지만, 그녀가 불친절하게 군 행동들을 그들 둘만 있는 동안 일일이 제시하기에는 너무 하찮아 보였다.

　"우리가 경주할 필요는 없겠죠," 그가 드디어 불만을 토로했다.

이 말에 그녀는 즉각 발걸음을 늦추었고, 그와 보조를 맞추어 천천히 걸었다. 절망적인 기분에서 그는 아주 언짢아하며 자신이 의도했던 위엄 있는 서두도 없이 머릿속에 처음 떠오른 생각을 말했다.

"난 휴가가 즐겁지 않았어요."

"그래요?"

"그래요. 다시 돌아가 일을 하게 되면 즐거울 거예요."

"토요일, 일요일, 월요일 ─ 겨우 삼일 더 남았어요." 그녀가 세어 나갔다.

"어떤 사람도 다른 사람들 앞에서 조롱거리가 되는 것을 즐거워하진 않아요." 그녀가 말하자 그는 화가 나서 불쑥 말하며 그녀를 두려워하는 마음을 이겨냈다. 그리고 그 두려움 탓에 화가 치밀어 올랐다.

"나를 탓하시는 듯하네요." 그녀가 차분하게 말했다.

"여기 온 후로 매일 당신은 나를 우습게 만들었어요." 그가 계속 말을 이었다. "물론, 당신이 기쁘기만 하면 괜찮아요. 하지만 우리가 함께 살아가기로 한 것을 기억해야 해요. 예를 들어, 오늘 아침만 해도 당신에게 밖으로 나와 정원에서 함께 산책하자고 했어요. 나는 십 분을 기다렸지만 당신은 나오지 않았어요. 모두 내가 기다리고 있는 것을 보았어요. 마구간 꼬마도 나를 보았단 말입니다. 난 너무 창피해서 들어왔어요. 그 뒤 마차를 타고 올 때도 당신은 내게 거의 한 마디도 말하지 않았어요. 헨리가 그걸 알아챘어요. 모두가 눈치챘어요……. 하지만 당신은 헨리와 말하는 데는 아무런 어려움이 없더군요."

그녀는 이 여러 가지 불만에 주의를 기울였는데, 비록 마지막 말이 그녀를 자극하여 상당히 화나게 했지만 어떤 것에도 대답하지 않기로 침착하게 마음먹었다. 그녀는 그의 불만이 얼마나 컸는지 알고 싶었다.

"이 모든 일들이 내게는 중요해 보이지 않아요," 그녀가 말했다.

"그렇겠죠. 내가 입을 다무는 것이 낫겠죠," 그가 대답했다.

"그 일 자체로는 내게 아무것도 아닌 일처럼 보인다는 거예요. 하지만 당신 마음을 상하게 했다면 물론 문제가 되죠," 그녀가 신중하게 말을 바로잡았다. 그녀의 헤아리는 어조가 그를 화나게 했고, 그는 잠시 동안 말없이 걸었다.

"우리가 아주 행복할 수도 있을 텐데요, 캐서린!" 그는 충동적으로 외치고서 그녀와 팔짱을 꼈다. 그녀는 바로 그의 팔을 뺐다.

"당신이 이런 식으로 느끼면, 우리는 결코 행복해질 수 없어요," 그녀가 말했다.

헨리가 주목해온 가혹함이 그녀의 태도에서 분명히 다시 나타났다. 윌리엄은 움찔하며 입을 다물었다. 다른 일행들이 있는 곳에서 항상 그런 가혹함이 지난 며칠 동안 빈번히 그를 향했고, 이 가혹함은 그녀의 태도에서 말로 표현할 수 없는 차갑고 인간미 없는 면을 동반했다. 그는 허영을 터무니없이 과시함으로써 자신을 회복했지만, 그도 알다시피 그럴수록 그는 더욱더 그녀 앞에서 속수무책이었다. 이제 그녀와 단둘이 있게 되어서 그의 상처에서 주의를 딴 데로 돌릴만 한 외부의 자극은 없었다. 상당히 애써 자제하며 그는 억지로 침묵을 유지했다. 그리하여 자신의 고통의 어떤 부분이 허영심 탓인지, 혹은 자신을 진정으로 사랑하는 여성이라면 그렇게 말할 수 없을 것이라는 확신 탓인지를 구별하려 했다.

'난 캐서린에 대해 어떻게 느끼고 있는 걸까?' 그가 마음속으로 생각했다. 그녀는 그녀의 작은 세계의 여주인인, 아주 매력적이고 출중한 인물이 틀림없었다. 그러나 그보다 더, 그녀는 그에게 다른 무엇보다 인생의 중재자처럼 보이는 그런 사람이었다. 그의 대단한 교양에도 불구하고 그가 결코 도달하지 못하는 본래 올바르고 확고한 판단을 내리는 여성이었다. 그리고 그는 그녀가 방으로 들어올 때마다 긴 옷이 나부끼고, 꽃이 피어나며, 바다의 보랏빛 파도가 치는 것을 느꼈다. 겉으로는 사랑스럽고 잘 변하지만, 내면은 고요하고 열정적인 것을 느꼈다.

'그녀가 내내 무정하고 다만 나를 비웃으려고만 했다면 내가 그녀에게 그렇게 느낄 수는 없을 거야,' 그가 생각했다. '어쨌든, 난 바보가 아니야. 이 몇 년간 내가 완전히 잘못 생각할 수는 없어. 그런데도 그녀가 그렇게 내게 말할 때는! 그것의 진실은,' 그가 생각했다. '누구나 내게 그렇게 말할 수밖에 없을 그런 경멸스러운 잘못을 내가 저질렀다는 것이지. 캐서린이 정말 옳아. 게다가 그녀도 잘 알고 있듯이 그건 내 진지한 감정이 아니야. 어떻게 나를 바꾸지? 어떻게 하면 그녀가 나에게 관심을 갖도록 할까?' 그는 이때 캐서린에게 맞추기 위해 자신을 어떻게 바꿀 수 있을 것인지에 대해 질문하며 몹시 침묵을 깨뜨리고 싶었다. 하지만 그는 그 대신 자신의 재능과 자신이 습득해온, 그리스어와 라틴어에 대한 지식, 예술과 문학에 대한 지식, 운율을 다루는 기술, 그리고 그가 고대로부터 내려온 서쪽 나라의 혈통이라는 것에 대해 대강 훑어보며 위안을 찾았다. 그러나 이 모든 감정의 밑바닥에서 그를 완전히 혼란스럽게 하며 침묵을 유지하게 만든 감정은 그가 누군가 사랑하면 갖게 되는 만큼 진심으로 캐서린을 사랑한다는 확신이었다. 그런데도 그녀가 그에게 그렇게 말할 수 있다니! 그는 당황하여 말하고 싶은 모든 욕망을 잃었고, 캐서린이 다른 대화 주제를 꺼내기 시작했다면 곧바로 이어갔을 것이었다. 그러나 그녀는 그러지 않았다.

그는 표정으로 그녀의 행동을 이해하는 데 도움을 얻기 위해 그녀를 흘끗 보았다. 언제나처럼 그녀는 무의식적으로 걸음을 재촉했고, 이제 그보다 약간 앞서 걷고 있었다. 하지만 그는 갈색의 히스를 꾸준히 바라보고 있는 그녀의 눈길이나, 혹은 그녀의 이마 위로 진지하게 그려진 주름으로부터 거의 어떤 정보도 얻을 수 없었다. 그리하여 그녀와 단절되는 것이 아주 싫었고 그녀가 어떤 생각을 하고 있는지 몰랐기 때문에, 그는 자신의 불만에 대해 말하기 시작했다. 그러나 그의 목소리에 대단한 확신은 없었다.

"당신이 나에게 아무런 감정이 없다면, 살짝 그렇다고 내게 말해주는 것이 더 친절할 것 같지 않아요?"

"아, 윌리엄," 그녀는 마치 몰입하고 있던 생각의 흐름을 그가 방해하기라도 한 것처럼 갑자기 소리쳤다. "어떻게 당신은 감정에 대해서만 계속 얘기해요! 정말 중요하지 않은 사소한 일에 대해 그렇게 많이 말하지 않고 늘 걱정하지 않는 편이 더 낫지 않나요?"

"정확하게 그게 문제예요," 그가 외쳤다. "나는 다만 당신이 내게 그게 중요하지 않다고 말해주기를 원할 뿐이에요. 당신은 모든 것에 무관심해 보일 때가 있어요. 나는 허영심이 강하고 아주 많은 결함이 있어요. 하지만 당신은 그게 전부가 아니라는 것을 알고 있어요. 당신은 내가 당신을 좋아한다는 것을 알고 있어요."

"그래서 내가 당신을 좋아한다고 말하면, 당신은 나를 믿지 않을 건가요?"

"그렇게 말해봐요, 캐서린! 당신이 그런 마음이 있는 것처럼 말해봐요! 당신이 나를 좋아하고 있다고 내가 느끼도록 해봐요!"

그녀는 억지로 말할 수는 없었다. 히스가 그들 주위에서 흐릿하게 자라고 있었고, 지평선은 하얀 안개로 가려져 보이지 않았다. 그녀에게 열정이나 확신을 요구하는 것은 맹렬한 불꽃에게 축축한 가능성을 요구하는 것과 같았고, 혹은 유월의 진하고 푸른 창공에게 빛바랜 하늘을 요구하는 것과 같았다.

이제 그는 자신이 그녀를 사랑한다는 것에 대해 계속 말했다. 비판적인 그녀의 의식에도 불구하고 그말은 진리의 흔적을 담고 있었다. 하지만 경첩이 녹슬어 있는 어떤 문에 이르러, 계속 말하면서 자신의 수고를 신경 쓰지 않고 그가 어깨로 문을 밀어젖힐 때까지는 어떤 말도 그녀의 마음을 움직이지 못했다. 그가 한 남성적인 행동이 그녀에게 감동을 주었다. 그렇다고 해서 관습적으로 그녀가 문을 여는 힘에 가치를 부여한 것은 아니었다. 분명히 근육의 힘이 애정의 강도와는 아무런 관련이 없었다. 그럼에도 불구하고 그녀는 자신 때문에 헛되이 허비되는 이 힘에 갑작스런 관심이 생겼다. 그리고 이 관심은 묘하게 매력적인 남성적인 힘을 소유하고 싶은 욕망과 결합되어 그녀를 무감각한 상태에서 깨어나게 했다.

왜 그녀는 그에게 그저 진실을 말하지 않는 건가? ─ 이 진실은 어떤 것도 형태와 크기가 제대로 갖춰지지 않았을 때, 그녀가 모호한 마음 상태에서 그를 받아들였다는 것이다. 슬픈 일이지만 좀 더 분명하게 볼 수 있었다면 결혼은 논외였다는 것이다. 그녀는 누구와도 결혼하고 싶지 않았다. 그녀는 홀로 멀리 가서, 되도록이면 어딘가 쓸쓸한 북쪽 황무지로 가서, 거기서 수학과 천문학을 공부하고 싶었다. 스무 마디 말이면 그에게 전체 상황을 설명할 수 있을 것이다. 그는 말하기를 멈췄다. 그는 그녀에게 한 번 더 얼마나 그리고 왜 그녀를 사랑하는지에 대해 말했다. 그녀는 자신의 용기를 불러내어 시선을 벼락 맞아 쪼개진 물푸레나무에 고정시켰다. 그리고 나무 몸체에 붙어 있는 글을 읽는 것처럼 말하기 시작했다.

"당신과 약혼한 게 잘못이에요. 난 당신을 행복하게 해줄 수 없어요. 난 당신을 결코 사랑한 적이 없어요."

"캐서린!" 그가 이의를 제기했다.

"아니에요, 단 한 번도요," 그녀가 완강하게 되풀이해서 말했다. "정말 아니에요. 내가 무엇을 하고 있었는지 몰랐다는 걸 당신은 알지 못했나요?"

"당신은 다른 사람을 사랑하나요?" 그가 그녀의 말을 갑자기 가로로 막았다.

"결코 아무도 사랑하지 않아요."

"헨리인가요?" 그가 다그쳤다.

"헨리라고요? 윌리엄, 당신마저 —"

"누군가 있어요," 그가 고집스럽게 주장했다. "지난 몇 주간 변화가 있었어요. 당신은 내게 솔직해야 해요, 캐서린."

"그럴 수만 있다면 그렇게 할 거예요," 캐서린이 대답했다.

"그러면 왜 당신은 나와 결혼할 거라고 말했나요?" 그가 따져 물었다.

정말, 왜 그랬을까? 비관적이었던 순간, 삶이 부인할 수 없이 단조롭다는 것에 대한 갑작스러운 확신, 청춘을 하늘과 땅 사이의 중간쯤에 떠 있게 한 환상에 빠져든 과오, 현실과 절망적으로 타협하고자 하는 시도 — 그녀는 다만 꿈에서 깨어난 현재의 순간만을 기억할 수 있었고, 이제 그 꿈은 굴복의 순간으로 보였다. 하지만 그녀가 했던 일에 대해 대체 누가 이와 같은 이유를 제시할 수 있겠는가? 그녀는 아주 슬프게 고개를 저었다.

"하지만 당신은 아이가 아니에요—당신은 변덕스런 여자도 아니에요," 로드니가 주장했다. "당신이 나를 사랑하지 않았다면, 나를 받아들일 수 없었을 겁니다!" 그가 소리쳤다.

로드니의 결점을 더 강렬하게 의식하게 되자, 그녀가 자신으로부터 성공적으로 피해왔던 자신의 그릇된 행동에 대한 깨달음이 이제 그녀를 휩쓸고 지나가 거의 그녀를 압도했다. 그가 그녀를 사랑한 것에 견줘보면 그의 잘못은 무엇인가? 그녀가 그를 사랑하지 않는다는 사실과 비교해볼 때 그녀의 미덕은 무엇인가? 문득 사랑하지 않는 것이 모든 죄 가운데 가장 큰 죄라는 확신이 그녀의 가장 깊은 내면에 새겨졌다. 그리고 그녀는 자신이 영원히 낙인이 찍힌 느낌이 들었다.

그는 그녀의 팔을 잡았고 자신의 손으로 그녀의 손을 꽉 쥐었다. 그녀는 이제 엄청나게 월등해보이는 그의 힘을 억지로 물리칠 힘이 없었다. 그래 좋아. 그녀는 아마도 자신의 어머니와 고모와 대부분의 여성들이 그랬던 것처럼 복종할 것이다. 그럼에도 불구하고 그녀는 그의 힘에 굴복하는 그 모든 순간이 그에게 배반하는 순간이라는 것을 알았다.

"난 당신과 결혼하겠다고 말했어요. 하지만 그건 잘못되었어요," 그녀가 겨우 말했다. 그리고 자신의 독립된 신체 일부분이 겉으로 복종하는 것조차 무효로 하려는 것처럼 팔을 뻣뻣하게 했다. "당신을 사랑하지 않기 때문이에요, 윌리엄. 당신은 그것을 알아챘어요. 모든 사람들이 그걸 눈치챈 걸요. 대체 왜 우리가 계속 속여야 하는 거죠? 내가 당신에게 사랑한다고 말했을 때, 난 옳지 못했어요. 난 사실이 아니라는 것을 알고서 말했어요."

그녀의 어떤 말도 자신이 느끼는 것을 나타내기에 적절해 보이지 않았기 때문에 그녀는 그 말이 자신을 사랑하는 사람에게 미치는 영향을 깨닫지 못하고서 그것을 되풀이했고 강조했다. 그녀는 자신의 팔이 갑자기 아래로 떨어진 걸 깨닫고 굉장히 당황했다. 그런 뒤 그녀는 그의 얼굴이 아주 기묘하게 뒤틀린 걸 보았다. 그가 비웃고 있는 걸까 하는 생각이 그녀의 뇌리를 스쳤다. 다음 순간 그녀는 그가 눈물을 흘리고 있는 것을 보았다. 이 뜻하지 않은 일에 당황하여 그녀는 잠시 소스라치게 놀랐다. 이러한 공포스러운 일을 꼭 막아야 한다는 절망감으로 그녀는 자신의 팔로 그를 안고, 그녀의 어깨 위로 잠시 그의 머리를 끌어당겼다. 그러고서는 그가 커다란 한숨을 내쉴 때까지 위로의 말을 속삭이며 그를 달랬다. 그들은 서로 꼭 껴안았다. 그녀도 자신의 뺨 위로 눈물을 흘렸고, 두 사람 모두 말이 없었다. 그가 자신과 함께 걷는 것이 어렵다는 것을 알아차리고 그녀의 팔다리도 마찬가지로 극도로 무기력하다는 것을 느끼게 되자, 떡갈나무 아래 고사리 덤불이 갈색으로 변하고 시들어 있는 곳에서 그녀는 잠시 쉴 것을 제안했다. 그는 동의했다. 한 번 더 그는 크게 한숨을 토하고 어린 아이처럼 무의식적으로 눈을 비볐다. 그리고 앞서 그가 화냈다는 기색 없이 말하기 시작했다. 문득 그녀에게 그들이 숲속에서 길을 잃은 동화 속의 아이들 같다는 생각이 들었다. 이런 생각을 하면서 그녀는 그들 주위에 바람에 휩쓸려 여기저기 일이 피트의 높이로 쌓인 채 흩어져 있는 낙엽을 보았다.

"당신은 언제 이 사실을 느끼기 시작했나요, 캐서린?" 그가 말했다. "당신이 항상 그렇게 느껴왔다고 말하는 것은 사실이 아니기 때문이에요. 당신이 옷을 둔 채 온 것을 알게 된 첫날 밤 내가 비이성적이었다고 인정해요. 하지만 그게 어디가 잘못되었다는 거죠? 난 당신 옷에 대해 결코 다시는 간섭하지 않겠다고 약속할 수 있어요. 난 당신이 헨리와 위층에 있다는 걸 알게 되자 화가 났나는 걸 인정해요. 어쩌면 그걸 너무 노골적으로 표시했어요. 그렇지만 약혼한 사이에서, 그건 터무니없는 행동은 아니라고 생각해요. 당신 어머니께 여쭤보세요. 이제 이 끔찍한 일은—" 그는 잠시 더 이상 말을 이을 수 없어서 이야기를 중단했다. "당신이 말한 이 결심에 대해—당신은 그것을 누군가와 상의한 적이 있나요? 예를 들어 당신 어머니나 헨리에게 말이에요."

"아니, 아녜요. 물론 아니에요," 그녀가 손으로 낙엽을 휘저으며 말했다. "하지만 당신은 나를 이해하지 못하고 있어요, 윌리엄—"

"당신을 이해할 수 있도록 도와줘요—"

"당신은 내가 진심으로 느끼는 감정을 이해하지 못한다는 말이에요. 어떻게 이해할 수 있겠어요? 나도 이제 겨우 그것을 접하게 되었는데요. 하지만 난 그런 감정이 없어요—사랑 말이에요—그걸 무엇이라고 말해야 할지 모르겠어요—" 그녀는 안개 아래 가라앉은 지평선 쪽을 멍하니 바라보았다—"그렇지만, 어쨌든, 그게 없으면 우리 결혼은 익살극이 될 거예요—"

"어떻게 익살극일 수가 있나요?" 그가 물었다. "하지만 이런 식의 해석은 비참해요!" 그가 소리쳤다.

"난 이전에 이 말을 했어야 했어요," 그녀가 우울하게 말했다.

"당신은 당신이 생각하고 있지 않은 일을 상상하고 있는 겁니다," 그는 늘 하던 대로 손짓을 하며 계속 말했다. "나를 믿어요, 캐서린. 우리가 여기로 오기 전에는 더할 나위 없이 행복했어요. 당신은 우리들의 집에 대한 계획으로 가득 했잖아요—의자커버며, 기억나지 않아요?—막 결혼을 앞둔 다른 여성들처럼 말이에요. 이제, 어떤 이유도 없이 당신은 당신과 내 감정에 대해 초조해하기 시작했고 늘 같은 결과가 나오고 있어요. 캐서린, 나도 그 모두를 겪었다고 확신해요. 동시에 나는 어떤 결론도 나오지 않는 부조리한 질문을 줄곧 하고 있었어요. 이런 우울한 기분이 들 때 당신이 필요로 하는 것은, 그렇게 말할 수 있다면, 당신을 벗어나게 해주는 일이에요. 내 시가 없었다면 나도 자주 매우 비슷한 상태에 있었을 거라고 확신해요. 비밀을 한 가지 알려줄게요." 엷은 미소를 띠고 이제 거의 확신에 찬 소리로 계속 말을 이었다. "나는 당신을 만난 뒤 종종 당신이 내 머릿속에서 사라지기 전에 억지로 한두 페이지를 써야 한다는 그런 신경과민의 상태에서 집으로 가곤 했어요. 데넘에게 물어보세요. 어느 날 밤 그가 나를 어떻게 만났는지 당신에게 말해줄 거예요. 그가 나를 발견했을 때, 내 상태가 어떠했는지 당신에게 말해줄 거예요."

캐서린은 랠프의 이름이 언급되자 불쾌감으로 흠칫 했다. 데넘과의 이야기에서 그녀의 행동이 화제가 된 대화를 생각하니 그녀는 화가 났다. 하지만, 즉시 느낀 것인데, 처음부터 끝까지 그에 대한 자신의 잘못이 무엇인지를 깨닫고서, 그녀는 자신의 이름을 거론한 것을 두고 윌리엄에게 불평할 권리가 없었다. 그럼에도 불구하고 데넘이라니! 그녀는 심판관 같은 그의 모습이 생각났다. 그녀는 여성의 도덕에 대해 심문하는 이 남성들의 법정에서 그가 자신의 경솔한 행동에 대해 엄격하게 따져보고, 그리고 그의 관점에서 언제나 그녀의 운명을 결정하는 약간 비꼬며 반쯤 관용을 베푸는 말투로 퉁명스럽게 그녀와 그녀의 가족을 간단히 처리해버리는 것을 상상해보았다. 그를 아주 최근에 만났기 때문에 그녀는 그의 성품에 대해 강하게 느낄 수 있었다. 그 생각은 자존심 강한 여성에게 유쾌하지 않았다. 그런데도 그녀는 자신의 표현을 억누르는 기술을 배워야 했다. 바닥에 고정시킨 그녀의 시선과 찡그린 표정은 윌리엄에게 그녀가 억지로 억누르고 있는 화를 아주 생생하게 묘사해주었다. 때때로 공포와 같은 어느 정도의 불안이 언제나 그녀를 향한 그의 사랑의 일부가 되었고, 놀랍게도 약혼으로 인해 더욱 친밀해진 관계 속에서도 이 불안은 오히려 커져갔다. 그녀의 한결같고 모범적인 외양 아래 열정의 정맥이 흘렀다. 그것은 그와 그의 행동을 칭찬하는 일반적인 행동 방식을 취하지 않았기 때문에, 그에게 때로는 심술궂게, 때로는 완전히 비이성적으로 보였다. 그리고 사실 그는 좀 더 낭만적인 유대보다 그 한결같은 분별을 더 좋아했고, 그런 분별이 항상 그들의 관계의 특징이 되었다. 하지만 그는 그녀가 지닌 열정을 부인할 수 없었다. 그리고 지금까지는 그의 생각 속에 있던 그녀의 열정을 그들에게 태어나게 될 아이들의 생명의 관점에서 보려고 애써왔다.

'그녀는 완벽한 어머니가 될 거야―아들들의 어머니가,' 그는 생각했다. 하지만 거기에 그녀가 우울하고 조용히 앉아 있는 것을 보자 그는 그 점에 대해 의심하기 시작했다. "익살극, 익살극이다," 그가 혼잣말했다. "그녀는 우리 결혼이 익살극이 될 것이라고 말했어," 그리고 그는 갑자기 낙엽에 둘러싸인 바닥에 앉아 있는 그들의 상황에 대해 깨닫게 되었다. 그곳은 신작로에서 오십 야드도 떨어지지 않아서 지나가는 누군가가 그들을 알아볼 수 있었다. 그는 얼굴에서 꼴사납게 남아 있을지도 모르는 감정의 흔적을 털어내었다. 그러나 그는 자신보다 생각에 몰두하여 바닥에 주저앉아 있는 캐서린의 모습 때문에 더욱 걱정스러웠다. 그녀가 자신을 잊고 있는 모습은 그에게 뭔가 온당치 못한 것이었다. 천성적으로 사회의 관습에 민감한 남성인 그는 여성에 대해, 그리고 특히 그와 어떤 식으로든 관계되어 있는 여성에 대해 엄격하게 인습적이었다. 그는 그녀의 어깨에 닿은 길고 검은 머리카락과 그녀의 옷에 붙어 있는 한두 개의 너도밤나무 잎을 괴로운 마음으로 발견했다. 하지만 현재 그들이 처한 상황에서 그녀의 마음속에 이러한 세세한 것들에 대해 상기시키기란 불가능했다. 그녀는 아무것도 의식하지 못하고 있는 것처럼 거기에 앉아 있었다. 그는 그녀가 침묵 속에서 자신을 나무라고 있을 것이라고 추측해보았다. 하지만 그녀가 머리카락과 너도밤나무 낙엽에 대해 생각해주기를 원했다. 그에게는 이런 것들이 현재 그 어떤 것보다 더 중요했다. 사실, 이런 사소한 것들이 그의 의심스럽고 불편한 마음 상태로부터 이상하게 그의 관심을 끌었다. 그가 처음에 강렬하게 느낀 쓸쓸하고 저항할 수 없는 실망감을 거의 들키지 않게 하면서 고통과 뒤섞인 안도감이 그의 가슴속에 아주 묘한 성급함과 흥분을 불러일으켰기 때문이다. 이러한 초조함에서 벗어나고 비참하게도 부적절하게 정리된 상황을 끝내기 위해, 그는 갑작스럽게 일어나 캐서린이 일어나는 것을 도왔다. 그녀는 그가 자신을 정돈해주는 세심한 배려에 약간 웃었다. 그럼에도 불구하고 그가 자신의 외투에서 낙엽을 쓸어내주자, 그 행동에서 외로운 남자의 몸짓을 알아보고 움찔했다.

"윌리엄," 그녀가 말했다. "당신과 결혼하겠어요. 당신을 행복하게 하도록 노력해보겠어요."

제19장

두 명의 다른 여행객인, 메리와 랠프 데넘이 링컨 교외 너머의 대로로 나왔을 때는 이미 날이 어두워지고 있었다. 그들 두 사람이 느낀 것처럼 이렇게 돌아가는 여정에는 대로가 넓은 평야보다 더 적당했다. 그리고 처음 몇 마일을 걸어가는 동안 거의 한마디도 하지 않았다. 마음속으로 랠프는 오트웨이의 마차가 히스 벌판을 위로 나아간 노정을 따라가고 있었다. 그런 후 그가 캐서린과 보냈던 오 분이나 십 분 전으로 거슬러 올라가 고대의 텍스트의 불규칙성을 대하는 학자의 면밀함으로 이야기 하나하나를 검토해보았다. 이러한 만남이 주는 흥분, 낭만성, 분위기 때문에 그가 장차 냉정한 사실로 여겨야 할 것을 이런 것들로 채색해서는 안 된다고 생각했다. 메리 편에서는 침묵을 지켰는데, 그녀가 생각을 너무 많이 해서가 아니라, 그녀의 정신은 마음속 감정처럼 아무 생각 없이 텅 비어있는 듯했기 때문이다. 그녀가 깨닫고 있듯이 오로지 랠프 앞에서만 이러한 마비 상태가 지속되었는데, 그녀는 여러 가지 많은 고통이 자신을 에워쌀 고독한 시간을 예견할 수 있었기 때문이다. 지금 이 순간 그녀는 무너진 자존감을 지키려고 노력했다. 순간적으로 얼핏 나타난 그녀의 사랑이 아주 무심결에 랠프에게 드러났다고 생각했기 때문이다. 아마도 이성의 견지에서 보면 그것은 어쩌면 크게 문제가 되지 않았을 것이다. 하지만 우리 개개인의 옆에서 아주 고르게 보조를 맞추고 있다가 그녀의 고백으로 훼손당했던 것은 바로 자신에 대한 비전에 신경 쓰는 그녀의 본능이었다. 전원에 내려앉은 잿빛 밤은 그녀에게 친절했다. 그리고 그녀는 머지않아 나무 아래 홀로 바닥에 앉아서 위안을 얻을 것이라고 생각했다. 어둠을 뚫고 바라보면서 그녀는 용기한 땅과 나무에 주의를 기울였다. 랠프가 갑자기 말을 꺼내 그녀를 깜짝 놀라게 했다.

"점심 식사하면서 이야기가 중단되었을 때 내가 말하려고 했던 것은 당신이 미국으로 가면 나도 가겠다는 겁니다. 생계비를 버는 일이 여기보다 거기서 더 어려울 것 같진 않아요. 하지만 그게 요점이 아니에요. 요점은, 메리, 내가 당신과 결혼하고 싶다는 것이에요. 그런데 당신은 어때요?" 그는 메리의 대답을 기다리지 않고 단호하게 말하며 그녀의 팔짱을 꼈다. "지금쯤 당신은 나의 장점과 단점을 알 거예요," 그가 계속 말했다. "당신은 내 성질도 알고 있어요. 난 당신이 내 단점을 깨닫게 하려고 노력해왔어요. 자 이제 어때요, 메리?"

그녀는 아무 말도 하지 않았다. 하지만 이 사실이 그의 주의를 끌지 못한 것 같았다.

"대부분, 적어도 중요한 부분에서 당신이 말한 것처럼 우리는 서로 잘 알고 비슷하다는 걸 알고 있어요. 난 당신이 나와 행복하게 살 수 있는 세상의 유일한 사람이라고 믿고 있어요. 그리고 당신이 나에 대해 똑같이 느끼고 있다면—그렇지 않나요, 메리?—우리는 서로를 행복하게 할 수 있을 거예요." 여기서 그가 멈추었고 대답을 서둘러 구하지 않는 듯했다. 사실 그는 자신의 생각을 계속하고 있는 듯했다.

"네, 하지만 유감스럽게도 내가 그렇게 할 수 있을 것 같지 않아요." 드디어 메리가 말했다. 그녀가 무심결에 다소 서둘러 한 말이 그녀가 말해주었으면 하고 그가 기대했던 것과 정반대라는 사실과 함께 그를 몹시 당황하게 했다. 그리하여 그는 본능적으로 꽉 잡았던 그녀의 팔을 느슨하게 풀었고 그녀는 조용히 팔을 뺐다.

"그럴 수 없다고요?" 그가 물었다.

"네, 당신과 결혼할 수 없어요." 그녀가 대답했다.

"당신은 나를 좋아하지 않나요?"

그녀는 대답하지 않았다.

"그런데, 메리," 그가 묘하게 웃으며 말했다. "난 형편없는 바보가 틀림없어요. 난 당신이 날 좋아한다고 생각했어요." 그는 말없이 일이 분 동안 걸었다. 그리고 갑자기 그녀 쪽으로 몸을 돌려 그녀를 쳐다보고 소리쳤다. "당신을 믿지 못하겠어요, 메리. 당신은 진실을 말하지 않고 있어요."

"논쟁하기엔 너무 지쳤어요, 랠프," 그녀는 그를 외면하며 대답했다. "내가 말한 것을 믿기를 원해요. 당신과 결혼할 수 없어요. 당신과 결혼하고 싶지 않아요."

그녀가 이 말을 할 때 분명 화가 몹시 난 목소리라서 랠프는 그녀의 말을 따르지 않을 수 없었다. 그리고 그녀의 말투가 잦아들고 그의 마음속에서 놀라움이 사라지자 곧 그는 그녀가 진실을 말했다고 스스로 믿고 있다는 사실을 깨달았다. 그는 허영심이 거의 없었고, 곧 그녀의 거절이 그에게 자연스러워 보였기 때문이다. 그는 온갖 낙담에 빠져 들어가다 드디어 철저한 침울함의 바닥에 이르렀다. 실패가 그의 삶 전체를 특징짓는 듯했다. 그는 캐서린과 실패했고 이제 메리와 실패했다. 동시에 별안간 캐서린에 대한 생각이 났고, 그와 더불어 의기양양한 해방감이 들었지만 그는 곧 감정을 억눌렀다. 캐서린으로부터 어떤 만족스러운 일도 일어난 적이 없었다. 그녀와 전반적인 관계는 몽상으로 만들어졌다. 그리고 그는 자신의 꿈속에 존재해 있던 작은 실체에 대해 생각해보고서 현재의 재앙에 대한 책임을 그의 꿈 탓으로 돌리기 시작했다.

"메리와 있는 동안 난 언제나 캐서린에 대해 생각해왔던 게 아니었나? 내가 멍청하지 않았더라면, 난 메리를 사랑할 수도 있었을 거야. 한때 그녀가 나를 좋아했다고 확신하지만, 내 변덕으로 그녀에게 그렇게 고통을 주어서 난 기회를 놓쳤고, 이제 그녀는 위험을 무릅쓰고 나와 결혼하지 않으려는 거야. 그리고 내가 인생에서 이룬 것은—아무것도 없어. 아무것도 없어. 아무것도 없어."

마른 땅 위를 걷는 그들의 부츠 소리가 아무것도, 아무것도, 아무것도 없다는 사실을 단호히 주장하는 것 같았다. 메리는 이 침묵이 구원하는 침묵이라는 생각이 들었다. 그녀는 그가 캐서린을 본 후 그녀를 윌리엄 로드니의 일행 사이에 남겨둔 채 헤어졌다는 사실로 인해 우울하다고 생각했다. 그녀는 캐서린을 사랑하는 그를 탓할 수 없었다. 하지만 그가 다른 사람을 사랑하면서 자신에게 청혼하다니—그것은 그녀에게 가장 잔인한 배신행위처럼 느껴졌다. 파괴할 수 없는 속성을 가진 그들의 오랜 우정과 그 견고한 토대가 부서졌으며, 그녀의 모든 과거가 어리석게 보였고 그녀 자신이 나약하고 쉽게 믿는 사람처럼 생각되었다. 그리고 랠프는 단지 외관만 정직한 사람처럼 보였다. 아, 과거는—너무 많은 부분이 랠프로 이루어져 있었다. 그리고 현재는 그녀가 알게 된 것처럼 뭔가 이상하고 거짓된 것과 그녀가 생각했던 것과 다른 것으로 이뤄졌다. 그녀는 그날 아침 랠프가 점심 식사를 계산했을 때, 자신을 위해 만들어냈던 말을 생각해내려 애썼다. 하지만 그녀는 그 말을 기억하기보다 그가 계산을 하는 모습을 더 생생하게 그려볼 수 있었다. 진실에 관한 무언가가 그 안에 있었다. 진실을 알아보는 방법이 이 세상에서 우리에게 커다란 기회가 되는 것이다.

"당신이 나와 결혼하기를 원하지 않는다면," 랠프는 갑작스럽기보다는 차라리 망설이며 다시 말하기 시작했다. "우리가 서로 그만 만나야 할 필요는 없겠죠, 그렇죠? 아니면 당신은 당분간 우리가 떨어져 있어야 한다고 생각하는 건가요?"

"떨어져 있어요? 모르겠어요. 생각해봐야겠어요."

"한 가지만 말해줘요, 메리," 그가 다시 말했다. "나에 대한 당신의 마음을 바꾸기 위해 내가 무엇을 해야 하나요?"

그녀는 낮고 굵직하며 이제 우울한 그의 목소리에 의해 되살아난 그에 대한 자연스러운 신뢰에 강하게 굴복하고 싶은 충동을 느꼈다. 또한 그에게 자신의 사랑에 대해, 그리고 왜 그것이 변했는지 말하고 싶은 충동을 느꼈다. 그러나 그녀는 그에게 느낀 분노를 곧 억제할 수는 있을 것 같았지만, 그가 청혼하면서 했던 모든 말을 통해 확인된 그가 그녀를 사랑하지 않는다는 확신 때문에 그녀는 자유롭게 말할 수 없었다. 그의 말을 듣고 대답할 수 없거나 혹은 대답에 자제해야 한다고 느끼는 일은 너무 고통스러워서 그녀는 홀로 있게 될 시간을 간절히 원했다. 좀 더 융통성 있는 여성이라면 어떤 위험이 따르더라도 설명할 수 있는 이 기회를 포착했을 것이다. 하지만 메리의 곧고 단호한 기질에 따르면 자포자기를 생각한다는 것은 품격을 떨어뜨리는 것이었다. 감정의 파도가 아주 높아졌더라도 그녀는 자신이 진실하다고 생각한 것에 눈을 감을 수 없었다. 그녀의 침묵이 랠프를 당황하게 했다. 그는 그녀가 기분 나빴을 만한 자신의 말과 행동에 대해 기억을 더듬었다. 현재 그의 기분에서 그 예들이 너무 빨리 떠올랐고, 그 예들의 가장 최고점에 그의 저급함이 정점에 달하는 증거가 있었다―그러한 청혼을 한 이유가 이기적이고 미온적인 상황에서, 그녀에게 결혼하자고 요청했던 것이다.

"당신은 대답할 필요가 없어요," 그가 냉혹하게 말했다. "충분한 이유가 있다는 걸 알아요. 하지만 그것이 우리의 우정을 깨뜨려야 하나요, 메리? 적어도 유지할 수 있게 해줘요."

"아," 그녀의 자존심에 해가 될 위험이 있는 고통이 갑자기 분출하는 상황에서 그녀는 마음속으로 중얼거렸다. '이렇게 되었어―이렇게―내가 그에게 모든 것을 줄 수 있을 때에!'

"그래요, 우리는 여전히 친구가 될 수 있어요," 그녀는 할 수 있는 한 단호하게 말했다.

"난 우정을 원해요," 그가 말했다. 그는 덧붙여 말했다. "당신이 가능하다면 말이죠. 당신을 가능한 자주 보고 싶어요. 더 자주 볼수록 더 좋아요. 당신의 도움을 원해요."

그녀는 약속했다. 그리고 그들은 그들의 감정과 관련 없는 것들에 대해 차분히 말하기를 계속했다―억제된 상황에서 두 사람 모두에게 대단히 슬픈 이야기였다.

엘리자베스가 그녀의 방으로 가버렸고, 젊은 두 청년이 낮 동안 사냥한 뒤 발밑의 마룻바닥을 거의 느끼지 못할 정도로 잠이 든 상태에서 침대로 비틀거리며 갔던 그날 밤 늦게 그들 사이에 있었던 일이 다시 언급되었다.

메리는 의자를 난로 쪽으로 가까이 끌어당겼다. 장작이 약하게 타고 있었고 이런 밤에는 장작을 다시 보충할 필요가 거의 없었기 때문이다. 랠프는 책을 읽고 있었지만 그녀는 그의 눈이 인쇄된 지면을 보고 있는 것이 아니라 그녀의 마음을 짓누르는 심한 우울함으로 지면 너머에 고정된 것을 알아챘다. 그녀는 굴복하지 않기로 한 결심을 굽히지 않았다. 생각해보니 그녀가 결심을 굽히면 그것은 그녀 자신이 원해서이지 그가 원한 것이 아니라는 것을 쓸쓸히 확신했기 때문이다. 하지만 그녀는 자신의 침묵 때문에 그가 괴로워한다면, 그럴 이유가 없다고 판단했다. 그래서 그녀는 고통스러웠지만 말을 건넸다.

"당신은 당신에 대한 내 마음이 변했는지 물었어요, 랠프," 그녀가 말했다. "오직 한 가지 이유가 있다고 생각해요. 당신이 내게 결혼하자고 했을 때, 난 당신이 그럴 마음이 있었다고 생각하지 않았어요. 그래서 화가 났어요—잠시 동안 말이죠. 전에 당신은 항상 진실을 말했어요."

랠프의 책이 그의 무릎에서 미끄러져 마루에 떨어졌다. 그는 손으로 이마를 받치고 난로의 불꽃을 바라보았다. 그는 자신이 메리에게 했던 말을 정확하게 기억해내기 위해 애썼다.

"난 당신을 사랑한다고 말한 적은 없었어요," 그가 드디어 말했다.

그녀는 움찔했다. 하지만 그녀는 그가 어떤 행동을 했는지 말했기 때문에 그를 존경했다. 결국 이것은 진실의 한 부분이었고 그녀는 이 진실에 기반을 두고 살아가고자 맹세했었다.

"나에게 사랑 없는 결혼은 가치 없게 느껴져요," 그녀가 말했다.

"그러면, 메리, 당신에게 강요하지 않겠어요," 그가 말했다. "당신이 나와 결혼하기를 원하지 않는다고 생각했어요. 그런데 사랑 말이에요—우리 모두 사랑에 대해 터무니없는 말을 너무 많이 하는 것은 아닌가요? 도대체 어떤 의미가 있는 것이죠? 열 명중 아홉 명의 남성들이 사랑하는 상대 여성들을 좋아하는 것보다 내가 당신을 더 진실하게 좋아하고 있다고 믿어요. 그건 다만 사람들이 자신의 마음속에서 다른 사람에 대해 꾸며낸 이야기에 불과하고, 사람들은 언제나 그것이 사실이 아니라는 것을 알고 있어요. 물론 사람들은 알고 있어요. 그야 물론 사람들은 그 환상을 깨트리지 않으려고 언제나 조심하지요. 사람들은 환상을 너무 자주 접하거나 혹은 너무 오랫동안 홀로 환상에 빠져 있지 않으려고 주의하지요. 그것은 즐거운 환상이에요. 하지만 당신이 결혼의 위험에 대해 생각해본다면, 당신이 사랑하고 있는 사람과 결혼하는 위험은 대단히 클 것이라는 생각이 들어요."

"난 그런 말을 믿지 않아요. 그리고 더욱이 당신도 그걸 믿지 않지요," 그녀가 화가 나서 대답했다. "그렇지만 우리는 의견이 같지 않네요. 나는 다만 당신이 이해하기를 바라요." 그녀는 막 나가려는 것처럼 자세를 바꿨다. 그녀가 방을 떠나는 것을 막으려는 본능적인 욕망으로 랠프는 그 순간 일어서서 거의 텅 빈 부엌 아래위로 걷기 시작했는데, 문에 다다를 때마다 그 문을 열고 정원으로 나가고 싶은 욕망을 자제했다. 도덕가라면 이 순간 그의 마음이 자신으로 인해 생긴 고통에 대한 자책으로 가득할 것이라고 말했을 것이다. 반대로 그는 극도로 화가 났는데, 자신이 비합리적이지만 완전히 좌절 당한 사실을 깨닫게 된 사람의 혼란스럽고 무기력한 화였다. 그는 인간 삶의 비논리성에 의해 덫에 걸렸다. 그의 욕망을 방해하는 장애물들이 순전히 인위적인 것으로 보였다. 그렇지만 그는 그 장애물을 제거할 방법을 알 수 없었다. 메리의 말과 그 목소리의 어조조차 그를 화나게 했다. 그녀는 그를 도울 수 없을 것이기 때문이었다. 그녀는 분별 있는 삶을 방해하는 세계에서 비상식적으로 뒤죽박죽이 된 혼란의 일부였다. 그는 문을 세게 치거나 혹은 의자의 뒤편 다리를 부수고 싶었다. 왜냐하면 장애물들은 그의 마음속에서 그와 같이 뭔가 기묘하게 실체가 있는 형상을 지니고 있었기 때문이었다.

"나는 한 인간이 다른 인간을 이해한다는 것을 늘 의심합니다," 그가 걸음을 멈추고 몇 피트 떨어진 거리에서 메리를 마주 대하며 말했다.

"우리 모두 빌어먹을 거짓말쟁이들이에요. 어떻게 그럴 수 있지요? 하지만 우리는 노력할 수 있어요. 당신이 나와 결혼하기를 원하지 않는다면, 하지 마세요. 하지만 당신이 사랑에 대해 취하는 입장과 서로 보지 않기로 하는 것은—단지 감상적인 것 아닌가요? 당신은 내가 몹시 나쁘게 처신했다고 생각하고 있어요," 그녀가 아무 말이 없었지만 그는 계속 말했다. "물론 내가 나쁘게 처신했어요. 하지만 당신은 행동으로 사람을 판단할 수 없어요. 당신은 자로 옳고 그름을 재면서 인생을 경험할 수 없어요. 그게 당신이 항상 하고 있는 것이에요, 메리. 그게 지금 당신이 하고 있는 것이에요."

그녀는 자신이 판단을 내리고 옳고 그름을 재면서 참정권협회 사무실에 있는 모습을 떠올렸다. 그리고 비록 이 비난이 그녀의 주된 입장에 영향을 주진 않았지만, 어느 정도 일리가 있다는 생각이 들었다.

"난 당신에게 화나지 않았어요," 그녀가 천천히 말했다. "내가 그러겠다고 말한 것처럼 난 당신을 계속 볼 겁니다."

그녀가 그렇게 일을 이미 약속했던 것은 사실이었다. 게다가 그는 자신이 더 많은 무언가를 원한다고 말하기는 어려웠다—

즉, 친밀감과 캐서린의 유령을 저지하기 위한 도움이며, 어쩌면 그가 부탁할 권리가 없다고 생각하는 그런 것이라고. 그렇지만 그가 의자 깊숙이 앉아 꺼져가는 불을 한 번 더 바라보았을 때, 그는 메리가 아니라 인생 그 자체에 의해 패배당한 것처럼 느껴졌다. 그는 스스로 다시 삶의 초기로 거슬러 올라가고 있음을 느꼈다. 그래도 그곳에서는 모든 것이 이뤄졌다. 하지만 젊음의 절정에서 사람은 바보스러운 희망을 가진다. 그는 더 이상 자신이 승리할 것이라고 확신하지 않았다.

제20장

　다행히도 메리 대치트는 사무실로 돌아왔고, 어떤 불분명한 의회의 계책 때문에 투표권이 다시 한 번 여성들이 도달할 수 없는 곳으로 미끄러져 갔다는 사실을 알게 되었다. 실 부인은 거의 미친듯한 상태에 있었다. 장관들의 이중성, 인간의 음모, 여성에 대한 모욕, 문명의 후퇴, 그녀 인생 과업의 몰락, 아버지의 딸이라는 감정 ― 이 모든 주제들이 차례로 거론되었고, 사무실은 모호하지만 그녀의 불만의 표시인 파란색으로 낙인찍힌 신문 조각들로 어수선했다. 그녀는 자신이 인간 본성에 대해 평가를 잘못했다고 고백했다.

　"단순하고 기본적인 정의의 행위가," 그녀는 창문을 향해 손짓하고 다음으로 러셀 광장 저편 아래로 걸어가는 사람들과 버스를 가리키며 말했다. "지금까지 그랬던 것처럼 그들 너머 저 멀리 있어요. 우리는, 메리, 다만 우리 자신을 황무지의 개척자로 여길 뿐이지요. 우리는 그들 앞에 진실을 계속 끈기 있게 제시할 수 있을 뿐이에요. 중요한 것은 **그들이** 아니에요." 통행하는 사람들을 보고 그녀는 용기를 얻고 계속 말했다. "중요한 것은 지도자들이에요. 의회에 앉아서 국민의 돈을 해마다 사백 파운드씩 꾀어내는 저 신사들이죠. 우리가 우리의 주장을 국민에게 제시해야 한다면, 우리는 즉시 스스로에게 공정해야 할 거예요. 난 항상 국민을 믿었어요. 그리고 여전히 그래요. 하지만—" 그녀는 머리를 흔들며 그들에게 한 번 더 기회를 줄 것이고, 만약 그들이 그 기회를 활용하지 못한다면 그 결과에 대해 책임질 수 없을 것이라는 점을 암시했다.

크랙턴 씨의 태도는 좀 더 철학적이었고 통계에 더 의지했다. 그는 실 부인의 감정이 폭발한 후 방으로 들어와서 모든 정치적 선거 운동에서 그런 역전이 발생했다는 것을 역사적인 사례를 들어 지적했다. 오히려 그의 정신은 역경에 의해 개선되었다. 적은, 그가 말했다, 공세를 취했다. 적의 의표를 찌르는 일은 이제 협회에 맡겨졌다. 그는 자신이 그들의 간계에 대해 조처를 취했으며, 그녀가 이해할 수 있는 한 오로지 그에 의해 좌우되는 업무에 이미 자신의 마음을 쏟고 있다는 것을 메리에게 이해시켰다. 비밀회의를 위해 그의 방으로 안내되었을 때 그녀는 다음과 같은 생각이 떠올랐다. 그 업무는 카드 색인을 체계적으로 수정하는 일과 아주 놀라운 방식으로 다시 한 번 사실을 정리한 새로운 레몬색의 전단지의 발행에서 도움을 받았다. 또한 지리학적 위치에 따라 다른 색으로 된 깃털로 술을 단 작은 핀으로 점점이 표시된 축척이 큰 영국 지도에 의존했다. 새로운 체재 아래에 있는 각 지역에는 그 지역의 깃발, 그 지역의 잉크병, 참조하기 위해 서랍속에 일람표로 만들어져 정리된 그 지역의 기록 다발이 있었다. 그리하여 경우에 따라서 대문자 M과 S 항목 아래를 보면 그 주의 선거 조직에 관한 모든 사실들에 대해 정통하게 되었다. 물론 이것은 대단히 많은 작업을 필요로 할 것이다.

"우리는 우리 자신을 어느 정도 전화 교환국의 관점에서 고려하도록 노력해야 합니다 — 생각을 교환하기 위해서요, 대치트 양," 그가 말했다. 그리고 자신이 만든 이미지에 기쁨을 느끼며 그는 계속 말했다. "우리는 우리 자신을 국가의 모든 지역과 우리를 연결시키는 거대한 전화 조직망의 중심으로 생각해야 할 겁니다. 우리는 지역 사회의 맥박을 정확히 알아야 합니다. 우리는 영국 도처에 있는 사람들이 무엇을 생각하고 있는지 알고자 합니다. 우리는 그들에게 올바르게 생각할 기회를 주기를 원합니다." 물론 그 체제는 지금까지 단지 대략적으로 윤곽만 그려졌을 뿐이다 — 사실 크리스마스 휴가 동안 적어두었던 것이었다.

"쉬었어야 했는데도, 크랙턴 씨," 메리는 의무적으로 말했다. 하지만 그녀의 어조는 단조롭고 지쳐 있었다.

"우리는 휴가 없이 일하는 걸 배웁니다, 대치트 양," 만족하는 눈빛을 보이며 크랙턴 씨가 말했다.

그는 특히 레몬색 전단지에 대한 그녀의 생각을 알고 싶었다. 그의 계획에 따르면 뭔가를 만들어내고 고무시키기 위해 그 전단지를 즉시 막대한 양으로 배포할 예정이었다. "만들어내고 고무시키는 것," 그가 반복했다. "의회의 회합이 있기 전에 국가에서 올바른 생각을 말입니다."

"우리는 불시에 적의 허를 찔러야 합니다," 그가 말했다. "그들은 꾸물거리다 기회를 놓치지는 않을 겁니다. 당신은 빙햄이 그의 지지자에게 연설하는 것을 본 적이 있습니까? 그것이 우리가 대응해야 할 일에 대한 단서입니다, 대치트 양."

그는 커다란 신문지 조각 뭉치를 그녀에게 건네주었다. 그리고 점심 식사 전에 노란색 전단지에 대한 그녀의 의견을 달라고 요구하면서, 그는 재빠르게 다른 서류와 다른 잉크병으로 몸을 돌렸다.

메리는 그녀의 책상 위에 기록을 놓은 채 문을 닫고 손에 머리를 괴었다. 그녀는 귀를 기울였다. 어쩌면 귀를 기울임으로써 마치 자신이 사무실의 분위기 속에 다시 몰입하게 될 것 같았다. 옆방에서 실 부인이 불규칙적으로 타자치는 빠르고 발작적인 소리가 들려왔다. 의심할 바 없이 그녀는 이미, 크랙턴 씨가 말했듯이, 영국 국민들이 올바르게 생각하도록 돕는 일에 열심이었다. "만들어내고 고무시키는 것," 이것이 그의 말이었다. 그녀는 분명히 주춤하다 기회를 놓치지 않는 적에 대항하여 타격을 가하고 있었다. 크랙턴 씨의 말이 그녀의 머릿속에서 정확하게 반복했다. 그녀는 지쳐 서류들을 탁자 저쪽 너머로 밀쳤다. 하지만 그것도 소용없었다. 그녀의 머릿속에서 무슨 일인가 일어났다―초점이 변하여 가까이 있는 것이 다시 불분명해졌다. 이와 같은 일이 이전에도 한 번 일어났다고 그녀는 기억했다. 그녀가 링컨즈 인 필즈의 공원에서 랠프를 만난 후였다. 그녀는 위원회 회합 시간 내내 참새와 색깔에 대해 생각하며 보냈고, 마침내 모임이 거의 끝나자 그녀의 오래된 확신이 모두 되돌아왔다. 하지만 그것은 다만 돌아왔을 뿐이라고 그녀는 자신의 나약함을 비웃으며 생각했다. 왜냐하면 그녀는 그 확신을 랠프에 맞서기 위해 쓰고 싶었기 때문이다. 올바르게 말하자면 그것은 전혀 확신이 아니었다. 그녀는 영국 제도British Isle의 국민이 자신의 생각에 동의할 것을 원하는 만큼 그렇게 절대적으로 자신의 생각이 옳다고 믿을 수 없듯이, 세상을 좋은 사람과 나쁜 사람으로 나눠진 구획으로 볼 수 없었다. 그녀는 레몬색의 전단지를 보았다. 그리고 그런 문서를 발행한 것으로 위안을 얻을 수 있는 신념을 부러워하며 생각해 보았다. 개인적 행복의 한몫이 그녀에게 할당된다면, 그녀는 스스로 영원히 침묵하며 만족할 수도 있었을 것이다. 그녀는 면밀히 견해를 나눠 크랙턴 씨의 문건을 읽었다. 한편으로 그 문건의 설득력 없고 과장된 장황함에 주목하였고, 동시에 신념, 어쩌면 환상에 대한 신념, 하지만 적어도 무엇인가에 대한 신념이 모든 재능 가운데 가장 부러운 것이라고 느꼈다. 그것은 분명히 환상이었다. 그녀는 묘하게 주위를 둘러보며 사무실의 가구와 그녀가 아주 자랑스럽게 여기는 기계들을 보았다. 그리고 한때 복사기와 카드식 색인표, 서류철이 그것들에 통일성, 보편적인 위엄, 각각의 의미와 목적을 부여했던 안개 속에 모두 감싸이고 뒤덮여 있었다고 생각하니 놀라웠다. 이제 가구의 추한 성가심만이 강하게 느껴졌다. 옆방에서 타자기가 멈추자 그녀의 태도는 아주 느슨하고 의기소침해졌다. 메리는 즉시 책상으로 다가가 개봉되지 않은 봉투에 손을 얹고 실 부인에게 자신의 마음 상태를 숨길 수 있는 표정을 지었다. 체면에 대한 본능 때문에 실 부인에게 자신의 표정을 보이지 말아야 했다. 그녀는 눈을 손가락으로 가리면서, 실 부인이 어떤 봉투나 전단지를 찾아서 서랍을 차례로 당기는 것을 보았다. 그녀는 손가락을 내리고 소리치고 싶어졌다.

'앉으세요, 샐리, 그리고 당신이 어떻게 일을 처리하는지 말해 보세요—다시 말해 당신이 자신의 활동에 어떻게 완벽한 확신을 가지고 서둘러 일하며 관리하는지를 말입니다. 그 활동이 저에게는 시대에 뒤떨어진 청파리가 윙윙거리는 것만큼 하찮게 보이지만 말입니다.' 그녀는 그런 말을 하지는 않았지만, 실 부인이 방 안에 있는 동안 그녀가 부지런한 척 했던 일이 두뇌를 움직이는 데 도움을 줘서, 그 결과 그녀는 평소와 다름없는 정도로 아침에 할 일을 신속히 처리했다. 한 시가 되어 그녀는 자신이 아침에 그렇게 능률적으로 일을 처리한 것을 알고 놀랐다. 그녀는 몸, 즉

기계의 다른 부분을 움직이기 위해 모자를 쓰고 스트랜드 가에 있는 가게에서 점심을 먹기로 결심했다. 두뇌를 쓰고 몸을 사용하면 군중과 보조를 맞출 수 있을 것이다. 자신은 의식하고 있지만 근본적인 것이 결핍되고서도 결코 텅 빈 기계로 보일 일이 없을 것이다.

채링 크로스 아래로 걸어갈 때, 그녀는 자신의 문제에 대해 생각했다. 그녀는 스스로에게 일련의 질문을 던졌다. 예를 들어 저 버스의 차 바퀴가 그녀를 치어 깔려 죽게 할지에 대해 그녀는 신경 쓰고 있는 것인가? 아니었다. 전혀 아니었다. 혹은 지하철 역 입구 주변에 어슬렁거리고 있는 마음에 들지 않는 사람과 상대하여 뜻하지 않은 사건이 일어날지에 대해서는? 아니었다. 재난은 좋지도 나쁘지도 않았다. 그리고 이 근본적인 것은? 모든 사람의 눈에서 그녀는 불꽃을 탐지했다. 시선이 닿는 것과 접촉하자 마치 머릿속에 있는 발화장치에 자동적으로 불이 붙어 시선을 몰아가는 것 같았다. 모자 제조업자의 진열장을 들여다보고 있는 젊은 여성들의 시선에서 그러한 표정이 있었다. 그리고 헌책방에서 책을 둘러보고 가격이 얼마인지 들으면서 간절히 기다리고 있는 노인들—가장 낮은 가격을 기다리고 있었는데—그들도 그러한 표정을 지었다. 하지만 그녀는 옷이나 혹은 돈에 대해서 전혀 신경 쓰지 않았다. 그녀는 책에서 뒷걸음쳤는데, 그것이 랠프와 아주 밀접하게 연결되어 있었기 때문이다. 그녀는 군중을 뚫고 단호하게 곧장 나아갔다. 그녀는 그들 사이에서 아주 낯선 인물이었고, 그들이 자신 앞에 서서 길을 터주는 것을 느꼈다.

음악을 무심히 들을 때 마음이 온갖 종류의 형태, 해답, 모습을 만들어내는 것과 마찬가지로, 행인은 아마도 그들 앞에 정확한 목적지가 없다면 붐비는 거리를 지나가면서 이상한 생각을 만들어내기도 한다. 메리는 한 개인으로 정확하게 자신을 의식하는 것에서부터 한 인간으로서 분명히 해야 할 일에 대해 계획을 구상하는 것으로 옮아갔다. 그녀는 마음속에 반쯤 비전을 포착했지만, 그 비전은 형태를 갖추더니 점차 축소되었다. 그녀는 채링 크로스를 걸어 내려갈 때 갖춰진 이러한 구상에 형태를 만들어주는 데 도움이 될 연필과 종이가 있었으면 하고 바랐다. 하지만 만약 그녀가 누군가에게 말을 했다면, 그 구상은 사라져버렸을지도 모른다. 그녀의 비전은 그녀의 조화 의식을 충족시키는 방식으로 죽을 때까지 자신의 삶의 노정을 설계하는 것처럼 보였다. 존재의 정상에 올라 그 모든 것이 영원히 계획되어 있다는 사실을 알게 되는 것은 군중과 소음으로 이렇게 이상한 방식으로 고무되어 끊임없이 생각하는 노력만을 필요로 했다. 이미 개인으로서 그녀의 고통은 뒷전이 되었다. 그녀가 그렇게 충분히 노력하는, 하나의 최고점에서 다른 최고점으로 한량없이 빠르고 꽉 차게 흐르는 생각의 추이를 구성하는 과정에서 오직 두 마디의 분명한 말이 그녀의 입에서 새어 나왔고 그녀는 목소리를 죽여 중얼거렸다―"행복은 아니야―행복은 아니야."

그녀는 강변로에 있는 런던의 영웅들 중 한 명의 조각상 맞은편 의자에 앉아서 크게 그 말을 했다. 그녀에게 그 말은 등산가가 산의 정상에 적어도 잠시 서 있었다는 것을 증명하기 위해 가져온 희귀한 꽃이나 혹은 암석의 파편을 의미했다. 그녀는 그 위로 올라가 지평선에 펼쳐진 세상을 보았다. 이제 그녀는 자신의 새로운 결심에 따라 얼마간 그녀의 노정을 바꿀 필요가 있었다. 그녀의 주둔지는 행복한 사람들이 자연스럽게 피하는 비바람에 노출된 황량한 곳이어야만 했다. 그녀는 자신의 마음속에 새로운 계획의 세부사항을 정리했고, 소름끼치는 만족이 없지 않았다.

"이제," 그녀는 자리에서 일어서며 혼잣말 했다. "랠프에 대해 생각할 거야."

새로운 삶의 기준에서 그는 어디에 위치해 있어야 할까? 고양된 기분 탓에 그 질문을 다루는 일이 위험해 보이지 않았다. 하지만 그녀는 자신이 이러한 생각의 흐름을 시인하는 순간 그녀의 열정이 몹시 빨리 표면으로 떠오르는 것을 깨닫고서 당황했다. 이제 그녀는 자신을 그와 동일시하여 완전히 자신을 잊은 채, 그의 견해에 대해 다시 생각해보았다. 그런데, 갑작스럽게 마음이 분열되어 그녀는 그에게 대들면서 잔인하다는 이유로 그를 비난했다.

"하지만 나는 하지 않을 거야─누군가를 미워하는 일을 하지 않을 거야," 그녀가 크게 말했다. 그리고 신중하게 길을 건너기 위해 기회를 골랐고, 십 분 후 스트랜드 가에서 점심을 먹었다. 그녀는 고기를 작은 조각으로 단호하게 잘랐지만, 같이 식사하는 사람들이 그녀가 기이하다고 짐작할 더 이상의 원인을 제공하지 않았다. 그녀의 독백은 생각의 격동 속에서 갑자기 나타난 작은 단편적인 어구로 구체화되었다. 특히 그녀가 움직이거나, 돈을 계산하거나, 혹은 방향을 바꾸기로 결정했을 때와 같이 어떤 식으로든 힘을 발휘해야만 할 때 그러했다. "진실을 아는 것─고통 없이 받아들이는 것"─어쩌면 이것들이 그녀가 말한 것 중 가장 분명하게 표현된 것이었을지도 모른다. 아주 기묘한 연결 관계 속에서 랠프의 이름이 자주 나타났다는 것을 제외하고는, 어떤 사람도 베드포드 공작인 프랜시스 조각상 앞에서 중얼거린 이상한 알 수 없는 말의 첫머리와 끝부분을 판단할 수 없었기 때문이다. 마치 그녀가 그의 이름을 말한 뒤, 그 이름이 포함된 문장의 의미를 박탈하는 다른 말을 덧붙여서 미신적으로 그 문장을 지워버리고자 하는 것처럼 말이다.

여성의 대의를 옹호하는 크랙턴 씨와 실 부인은 메리가 평소보다 거의 반 시간 늦게 사무실로 돌아온 것을 제외하고는 그녀의 행동에서 아무런 이상한 점을 인식하지 못했다. 다행히도, 그들은 일 때문에 계속 바빠서, 그녀는 그들의 검열에서 자유로웠다. 만약 그들이 불시에 그녀를 급습했더라면, 그들은 언뜻 보기에 그녀가 광장 건너편 큰 호텔을 감탄하며 바라보는 데 몰두하고 있는 모습을 발견했을 것이다. 몇 글자 쓴 뒤, 그녀의 펜은 종이 위에 놓여 있었고, 그녀의 시야에 들어온 태양빛으로 물든 창과 자줏빛을 띤 연기의 완만한 흐름 사이에서 그녀의 마음은 그것의 고유한 여정을 쫓고 있었기 때문이다. 그리고 실제로 이 배경은 그녀의 생각과 결코 부조화되지 않았다. 그녀는 다투고 있는 전경 뒤에 있는 먼 공간 쪽을 보았다. 그녀는 인간 집단의 거대한 욕망과 고통을 함께 나누고 더 넓은 전망을 볼 수 있는 특권을 받아 자신의 요구를 포기했기 때문에, 지금 그곳을 응시할 수 있게 되었다. 그녀는 체념에서 얻은 위안으로 편안함을 얻기에는 사실에 의해 너무 최근에 너무 거칠게 압도되었다. 삶을 행복하고, 편안하고, 멋지며, 독자적으로 만드는 모든 것을 포기하자, 가혹한 현실만이 남아 있다는 것을 발견함으로써 그녀가 느끼는 그런 만족을 얻기에는 말이다. 그리고 이 가혹한 현실은 별처럼 멀리 떨어져 있고, 별만큼이나 충족시킬 수 없는 개인의 모험에 의해서는 손상되지 않았다.

메리 대치트가 이렇게 구체적인 것에서 보편적인 것으로 기묘하게 변형시키는 일을 하는 동안, 실 부인은 주전자와 가스 불에 관한 자신의 의무를 기억했다. 그녀는 메리가 창문 쪽으로 의자를 끌어당겨 놓은 것을 발견하고서 약간 놀랐다. 그리고 가스를 켜고 나서 그녀는 웅크린 자세에서 일어나 메리를 바라보았다. 간사에게서 그러한 태도가 나타나는 가장 분명한 이유는 일종의 내키지 않는 마음 상태 때문이었다. 하지만 메리는 애써 몸을 일으켜 세우고 그녀가 마음이 내키지 않는다는 것을 부인했다.

"오늘 오후에는 제가 굉장히 게을러요," 그녀는 자신의 탁자를 얼핏 보며 덧붙였다. "당신은 정말 다른 간사를 구해야겠어요, 샐리."

가볍게 받아들이도록 그런 말을 했지만, 그 말의 어조가 실 부인의 가슴 속에 늘 잠재해 있던 질투심어린 공포를 불러일으켰다. 그녀는 조만간, 다소 감상적이고 열광적인 많은 착상들을 전형적으로 보여주는 젊은 여성인 메리가, 약간 환영같이 손에 백합 다발을 들고 흰 옷을 입고 곧 결혼할 거라고 쾌활하게 선포할까 봐 몹시 염려했다.

"우리를 떠날 거라는 뜻은 아니죠?" 그녀가 말했다.

"전 아무것도 마음을 결정하지 못했어요," 메리가 말했다 ─ 일반적이라 여겨질 수 있는 대답이었다.

실 부인은 찬장에서 찻잔들을 꺼내 탁자 위에 놓았다.

"결혼하려는 것은 아니죠, 그렇죠?" 그녀는 신경질적인 속도로 그 말에 반응하면서 물었다.

"오늘 오후에는 왜 그런 터무니없는 질문을 하세요, 샐리?" 메리는 그다지 침착하지 않게 물었다. "우리가 모두 결혼해야 하나요?"

실 부인은 아주 특이하게 싱긋이 웃었다. 그녀는 한순간 남녀 사이의 감정, 사적인 생활과 관련된 인생의 끔찍한 면을 인정한 듯 보였다. 그리고 나서 그녀는 그것에서 벗어나 가능한 빠르게 자신의 몸서리치는 미혼 생활의 그림자 속으로 방향을 바꾼 듯 보였다. 그녀는 대화의 방향 전환 탓에 아주 불편해져서 찬장 속으로 머리를 들이밀고 잘 눈에 띄지 않는 도자기를 꺼내려고 노력했다.

"우리에게는 우리의 일이 있어요," 그녀가 평소의 붉은 뺨보다 더 붉어진 뺨을 보이며 머리를 뒤로 뺀 뒤, 잼 그릇을 탁자 위에 단호하게 놓으면서 말했다. 하지만 잠시 동안 그녀는 자신이 좋아하는 자유, 민주주의, 인간의 권리, 그리고 정부의 부정행위에 대한 열광적이지만 일관성 없는 장광설을 개시할 수 없었다. 그녀 자신 혹은 여성의 과거로부터의 어떤 기억이 그녀의 마음속에 떠올라 그녀를 부끄럽게 만들었다. 그녀는 창턱에 팔을 얹은 채 창문 옆에 앉아 있는 메리를 몰래 흘끗 보았다. 그녀는 메리가 얼마나 젊고 피어나는 여성스러움으로 충만해 있는지를 인지했다. 그 모습은 그녀를 불편하게 했고 그래서 그녀는 받침 접시 위의 찻잔을 안절부절못하며 만지작거렸다.

"그래요—한평생 계속될 충분한 일이 있지요," 메리는 어떤 생각의 여정을 결론짓는 것처럼 말했다.

실 부인은 즉시 얼굴이 환해졌다. 그녀는 자신이 과학적인 훈련이 결핍되고 논리를 전개시키는 데 부족한 것을 슬퍼했다. 하지만 그녀는 대의에 대한 전망이 그녀가 할 수 있는 한 매혹적이고 중요하게 보이도록 하기 위해 즉시 일에 착수하기로 마음먹었다. 그녀는 아주 많은 수사적인 질문을 하고, 한 주먹으로 다른 주먹을 치며 그 질문에 대답하는 장광설을 늘어놓았다.

"한평생 계속된다고요? 이봐요, 그것은 우리 모두의 평생 동안 지속될 거예요. 한 사람이 쓰러지면 다른 사람이 그 빈틈 속으로 나아가죠. 내 아버지는 그 세대의 선구자이셨고—그의 뒤를 따라 나는 적으나마 최선을 다하고 있어요. 아 슬프게도, 더 이상 무엇을 할 수 있을까요? 이제 당신 젊은 여성들—우리는 당신들에게 기대를 걸고 있어요—미래는 당신들에게 기대하고 있어요. 아, 메리, 만약 내가 천 개의 생애를 가졌다면, 그 모든 것에 우리의 대의를 부여했을 겁니다. 여성의 대의라고 당신은 말하죠? 나는 인류의 대의라고 말하죠. 그런데 어떤 사람들은"—그녀는 사납게 창문을 흘끗 보았다—"그것을 보지 않아요! 해를 거듭하여 진실을 인정하는 것을 계속 거부하는 데서 만족하는 사람들이 있어요. 그리고 비전을 가진 우리는—주전자가 끓어 넘치나요? 아니, 아니에요, 내가 살펴보지요—진실을 아는 우리는," 주전자와 찻주전자를 들고 몸짓으로 말하면서 그녀는 계속했다. 이러한 방해물로 인해 그녀는 아마도 이야기의 실마리를 잃은 것 같았다. 그래서 다소 생각에 잠겨 결론을 내렸다. "그 모든 것은 아주 **간단해요.**" 그녀는 끊임없이 그녀를 당황하게 하는 근원이 되는 문제를 언급했다—선과 악이 분명히 나누어진 세계에서 선악을 구별하지 못하는 인류의 특별한 무능력과 어떤 것과 다른 것을 구별하지 못하는 특별한 무능력, 그리고 광범위하고 단순한 몇 가지 의회의 법령으로 실행해야 하고 아주 짧은 시간에 인간의 운명을 완전히 바꾸게 될 것들을 구현하지 못하는 특별한 무능력에 대해서 언급했다.

"사람들은 이런 생각을 했어야 했어요," 그녀가 말했다. "애스퀴스 씨처럼 대학 교육을 받은 사람들이—이성에 호소하면, 그들이 듣지 않을 리가 없다는 것을 사람들은 생각했어야 했어요. 하지만 이성은," 그녀가 생각에 잠겼다. "현실성이 없다면 이성이란 대체 뭐죠?"

그 표현에 경의를 표하면서, 그녀는 이 말을 한 번 더 반복했다. 그리고 크랙턴 씨가 방에서 나왔을 때, 그 말을 듣게되었다. 그러자 그는 실 부인의 표현을 흉내 내는 습관이 있었던 터라 그녀의 표현을 감정이 섞이지 않은 익살스런 어조로 세 번을 반복해서 말했다. 하지만 그는 세상에 아주 만족스러운 기분이었으므로, 전단의 표제에서 큰 글자로 그 표현을 보고 싶다고 아첨 어린 태도로 의견을 말했다.

"그렇지만, 실 부인, 우리는 그 두 가지를 현명하게 결합하는 것을 목표로 해야 합니다," 그는 여성들의 균형 잡히지 않은 열의를 제어하기 위해 권위 있는 태도로 덧붙였다. "현실성은 느껴지도록 하기 전에 이성에 의해 표현되어야 합니다. 이 모든 운동의 약점은, 대치트 양," 그는 탁자에 자리를 잡고 앉으면서 좀 더 깊이 있는 생각을 막 전하려고 할 때 늘 그러듯이 메리를 향해 계속 말했다. "그들이 충분히 이성적인 근거에 기반을 두지 않고 있다는 것입니다. 내 생각으로는 잘못하고 있는 것입니다. 영국의 일반 국민은 유창한 화술의 잼 속에 있는 이성의 작은 알약을 좋아합니다―감성의 푸딩 안에 있는 이성의 작은 알약을 말이죠," 그는 만족스러운 정도의 문학적인 정확성으로 이 표현을 또렷하게 말했다.

다소 저자의 허영심을 지닌 채 그의 시선이 메리가 손에 들고 있는 노란색 전단에 머물렀다. 그녀는 일어서서 탁자의 머리 부분에 자리를 잡고 동료들에게 차를 따랐다. 그리고 전단에 대한 자신의 의견을 제시했다. 그렇게 그녀는 차를 따르며 크랙턴 씨의 전단에 대해 이미 백 번은 비판해왔다. 그러나 현재 그녀는 자신이 다른 마음으로 그 일을 하고 있는 것처럼 여겨졌다. 그녀는 징병에 응했지만 더 이상 지원병은 아니었다. 그녀는 무언가를 포기했고 이제―그것을 어떻게 표현할 수 있을까?―전적으로 삶을 위한 "경주에 뛰어들"지는 못했다. 그녀는 크랙턴 씨와 실 부인이 경주에 참가하지 않았다는 것을 언제나 알고 있었다. 그리고 그들을 분리하는 심연을 건너, 그녀는 그들이 살아 있는 행렬의 안팎으로 휙 지나다니며 유령같은 모습을 하고 있는 것을 보아왔다.—그들의 실체에서 어떤 근본적인 부분이 잘려 나간 기인들, 미성숙한 인간들을 말이다. 그녀의 운명이 영원히 그들과 함께 정해졌다고 느낀 오늘 오후만큼 그 모든 것이 그녀에게 그렇게 분명한 인상을 준 적이 결코 없었다. 하나의 세계관이 어둠 속으로 뛰어들었다. 그리하여 절망의 시기를 보낸 후, 좀 더 변덕스러운 기질은 세상을 다시 변하게 해서 다른 것, 어쩌면 세상이 좀 더 멋진 것을 보여주라고 주장했을지도 모른다. 아니, 자신에게 진실해 보이는 견해에 굽히지 않는 충성을 하면서, 메리는 가장 좋은 견해를 포기해야 했기 때문에 그 대신 다른 견해가 도움이 되는 척하지는 않겠다고 생각했다. 무슨 일이 일어나든, 내 인생에서 핑계를 대지는 않겠다는 것이다. 그녀의 바로 그 말은 때때로 가혹한 육체적 고통에 의해 초래된 듯한 특성이 있었다. 실 부인이 남몰래 기뻐할 수 있게도, 차 마시는 시간에 일에 대해 이야기하는 것을 금지한 규칙이 너그럽게 넘겨졌다. 메리와 크랙턴 씨는 설득력과 사나움을 띤 채 논쟁을 했고 이 논쟁으로 그 작은 여성은 무엇인가 아주 중요한 일이 — 그녀가 어떤 일인지 거의 이해하지 못하는 — 일어나고 있다고 느꼈다. 그녀는 아주 흥분했다. 하나의 십자표가 다른 것과 얽혔고, 그 담화의 가장 인상적인 요점들을 강조하기 위해 그녀는 자신의 연필 끝으로 탁자에 적지 않은 구멍을 냈다. 그리고 내각의 장관들이 연합을 한다 해도, 그녀가 실제로 이해하지 못하는 그런 담화를 어떻게 저지할 수 있을 것인가.

그녀는 자신의 사적인 정의 도구를 겨우 기억해냈다—타자기 말이다. 전화벨이 울렸고, 늘 그 자체로 중요하다고 입증하는 듯한 전화벨 소리에 대답하기 위해 서둘러 나가자, 그녀는 사상과 진보의 숨은 전선들이 모이는 지구 표면의 바로 정확한 지점에 있다고 느꼈다. 그녀가 인쇄기에서 메시지를 갖고 돌아왔을 때, 메리가 모자를 단단히 쓰고 있는 것을 발견했다. 대체적으로 그녀의 태도에는 뭔가 오만하고 위압적인 것이 있었다.

"보세요, 샐리," 그녀가 말했다. "이 편지들을 복사할 필요가 있어요. 아직 살펴보지는 않았어요. 새로운 인구 조사에 관한 문제는 면밀히 검토해야 할 겁니다. 하지만 전 이제 집으로 가야겠어요. 안녕히 계세요, 크랙턴 씨. 안녕히 계세요, 샐리."

"우리는 간사 운이 아주 좋아요, 크랙턴 씨," 메리 뒤에서 문이 닫히자 실 부인은 문서 위에 손을 얹고 잠시 생각하면서 말했다. 크랙턴 씨는 자신을 향한 메리의 행동 어딘가에서 막연하게 강한 인상을 받아왔다. 그는 한 사무실에서 두 명의 주인이 있을 수 없다고 그녀에게 말해야 할 정확한 시점을 그려보았다. 하지만 그녀는 분명히 매우 능력 있었다. 그리고 매우 똑똑한 젊은이들의 집단과 접촉하고 있었다. 의심할 여지없이 그들은 그녀에게 몇몇 새로운 생각을 제안할 것을 추천해왔다.

그는 실 부인의 말에 동의를 표했다. 하지만 겨우 다섯 시 반을 나타내는 시계를 흘끗 보고서 말했다.

"그녀가 일을 진지하게 받아들인다면 말이죠, 실 부인. 하지만 일부 똑똑한 젊은 여성들은 그런 일을 하지 않죠." 그렇게 말하면서 그는 그의 방으로 돌아갔고, 실 부인은 잠시 주저하다 자신의 일을 하러 서둘러 돌아갔다.

제21장

메리는 가장 가까운 역으로 걸어가서 믿을 수 없을 만큼 짧은 시간에 집에 도착했다. 『웨스트민스터 가제트』[1]가 세상 소식을 보도했을 때, 사실 그것을 지적으로 이해하는 데 필요로 하는 바로 그만큼의 시간이었다. 현관문을 여는 몇 분 내에 그녀는 힘든 저녁 일을 할 준비를 갖췄다. 그녀는 서랍을 열고 원고 한 편을 꺼냈다. 그것은 불과 몇 장으로 된, 힘있는 필적의 "민주주의 국가의 몇몇 양상들"이라는 제목의 원고였다. 그 양상들은 어느 문장의 한가운데서 얼룩진 선들이 엇갈리면서 줄어들어 없어졌다. 그리고 저자가 방해를 받았거나 혹은 펜을 공중에 든 채 더 써나가는 것이 무익하다는 확신이 들었음을 넌지시 암시했⋯⋯. 아, 그래, 랠프가 그 지점에서 들어왔던 것이다. 그녀는 그 지면을 사실상 선을 그어 지웠고, 새로운 종이 한 장을 골라 대단한 속도로 인간 사회 구조에 대한 일반화부터 써나갔는데, 이 일은 평소보다 한층 더 대담한 것이었다. 랠프는 언젠가 그녀가 영어 작문을 할 줄 모른다고 말한 적이 있었는데, 이 말은 그런 잦은 얼룩과 삽

---

1 1893년부터 1928년까지 발간된 당대의 영향력 있는 진보적 신문.

입구의 이유가 되었다. 하지만 그녀는 모든 것을 자신의 뒤에 두고 그녀의 손에 들어온 만큼의 낱말을 가지고 반 쪽 분량의 일반화를 이뤄내고 본격적으로 숨을 들이쉴 때까지 앞으로 질주했다. 그녀의 손이 멈추자 바로 두뇌도 멈추었고, 그제서야 듣기 시작했다. 신문팔이 소년이 거리 아래쪽에서 소리쳤다. 버스는 멈췄다가 한 번 더 짊어진 임무의 무거운 중량을 싣고 다시 흔들거리며 나아갔다. 만약 정말로 안개가 소리를 둔화시키는 힘을 가졌다면, 소리의 둔탁함은 그녀가 돌아온 이후 안개가 피어났다는 것을 암시했다. 지금 이 순간 그녀는 이 사실에 대해 확신할 수는 없었다. 그것은 랠프 데넘이 알고 있는 그런 사실이었다. 어쨌든, 그녀가 관심 가질 일은 아니었고, 그녀의 귀가 돌계단 위를 내딛는 발걸음 소리에 이끌렸을 때, 그녀는 막 펜을 적시려던 중이었다. 그녀는 치편 씨의 방을 지나는 그 소리를 따라갔다. 깁슨 씨의 방을 지나가고 터너 씨의 방을 지나갔다. 이렇게 뒤따른 후에 그 발걸음 소리는 그녀의 방에 이르렀다. 우체부, 세탁부, 전단, 안내장─그녀는 스스로에게 이와 같은 각각의 더할 나위 없이 자연스러운 가능성을 제시했다. 하지만 놀랍게도 그녀의 마음은 조급하게, 심지어 걱정을 하며 그 가능성들을 물리쳤다. 그 발걸음은 가파른 오르막길의 끝에서 그러하듯 늦추어졌고, 규칙적인 소리를 듣고 있던 메리는 참을 수 없는 초조함에 사로잡혔다. 탁자에 기대면서 그녀는 자신의 심장 박동이 인식할 수 있을 정도로 몸을 앞뒤로 밀어대고 있는 것을 느꼈다─착실한 여성에게 놀랍고도 비난할 만한 신경과민 상태였다. 기이한 환상이 형태를 갖췄다. 집 꼭대기 층에서 혼자인데, 낯선 사람이 점점 가까이 접근해오고 있다─그녀가 어떻게 도망갈 수 있을까? 도망갈 방법은 없었다. 그녀는 천장에 있는 직사각형의 표시가 지붕으로 가는 들창인지 아닌지조차 알지 못했다. 그리고 만약 그녀가 지붕으로 간다 하더라도—글쎄, 도로까지 거의 육십 피트의 낙하거리가 있었다. 하지만 그녀는 완전히 가만히 앉아 있었다. 그리고 문 두드리는 소리가 났을 때, 그녀는 바로 일어나 주저 없이 문을 열었다. 그녀는 키 큰 사람이 바깥에 있는 것을 보았다. 그녀가 보기에 그 모습에는 무언가 불길한 것이 있었다.

"무엇을 원하나요?" 계단의 일정치 않은 불빛 속에서 얼굴을 식별하지 못하고서 그녀가 말했다.

"메리? 저 캐서린 힐버리예요!"

마치 이렇게 어리석은 감정의 낭비에서 자신을 되찾아야 할 것처럼, 메리의 침착함이 거의 과도하게 되돌아왔고, 그녀의 환대는 확실히 냉담했다. 그녀는 초록색 갓을 한 램프를 다른 탁자로 옮겼고, 얼룩진 한 장의 종이로 "민주주의 국가의 몇몇 양상들"을 덮어 가렸다.

'그들은 왜 나를 혼자 내버려둘 수 없는 걸까?' 혼자 연구하는 이 시간조차, 세상에 대항하는 이 보잘것없고 작은 방어조차도 자신에게서 빼앗으려는 공모에 캐서린과 랠프를 연결시키면서 그녀는 씁쓸히 생각했다. 그러고 나서 그녀는 원고 위로 압지를 매끄럽게 펴면서, 캐서린에게 저항하기 위해 단단히 마음의 준비를 했다. 캐서린이 그녀 앞에 있다는 사실은 평소처럼 단지 그 존재의 영향력에 의해만 아니라, 뭔가 위협적인 성질로서 그녀에게 타격을 주었다.

"일하고 계셨나요?" 캐서린은 자신이 환영받지 못하고 있다는 것을 느끼고 주저하며 말했다.

"중요한 건 아니에요," 메리는 가장 좋은 의자들을 앞으로 당기고 난롯불을 쑤시면서 대답했다.

"당신이 퇴근한 후에도 일을 해야 하는지 몰랐어요." 캐서린은 다른 일에 대해 생각하고 있다는 인상을 주는 어조로 말했다. 정말 사실이 그러했다.

그녀는 어머니와 함께 여러 곳을 방문해왔고, 그 사이에 힐버리 부인이 갑자기 가게로 들어가서 캐서린의 살림을 준비하기 위해 좀처럼 알 수 없는 방식으로 베갯잇과 압지철을 샀다. 캐서린은 온통 자신의 주변에 쌓여 있는 장애물을 느꼈다. 결국 그녀는 어머니와 헤어지고 로드니와 그의 방에서 식사하기로 한 약속을 지키기 위해 계속 걸어갔다. 하지만 그녀가 일곱 시 전에 그에게 도착해야 된다는 의미는 아니었다. 그리하여 그녀는 마음만 먹으면 본드 가에서 템플 법학원까지 줄곧 걸어갈 시간이 충분했다. 그녀의 양편에서 계속 지나가는 얼굴들에 최면이 걸려 그녀는 깊이 낙담하는 기분에 빠져들었는데, 그녀가 밤에 로드니와 단둘이 있어야 한다는 생각이 그 기분에 일조했다. 그들은 다시 아주 좋은 친구, 이전보다 더 좋은 친구가 되었다고 그들 두 사람은 말했다. 그녀의 경우 이것은 사실이었다. 그녀가 추측했던 것보다 그는 더 많은 것들을 가지고 있었고, 드디어 감정으로 그것들을 드러냈다─강함, 애정, 공감. 그리하여 그녀는 그것들에 대해 생각했고, 지나치는 얼굴들을 바라보고 그들이 얼마나 비슷하고 얼마나 다른지 생각했다. 그녀가 아무것도 느끼지 않는 것처럼, 아무도 느끼지 않았다. 그녀는 가장 가까운 사람들 사이에도 어쩔 수 없이 거리가 있으며, 그들의 친밀함은 모든 것 가운데 최악의 허식이라고 생각했다. '오, 저런,' 그녀는 담배가게의 진열장을 들여다보며, '나는 그 어떤 것에 대해서도 관심 갖지 않았어. 윌리엄에 대해 관심이 없었어. 그래서 사람들은 이것이 가장 문제라고 말했고, 난 그들의 말이 무슨 뜻인지 알 수 없었어'라고 생각했기 때문이다.

　그녀는 매끈한 곡선으로 다듬어진 파이프들을 절망적으로 바라보았다. 그러고 나서 그녀는 궁금해졌다―스트랜드 가나 강변로를 따라 계속 걸어가야 할까? 그것은 단순한 질문이 아니었다. 서로 다른 거리가 아니라 서로 다른 생각의 흐름과 관계가 있었기 때문이다. 그녀가 스트랜드 가를 걸어갔다면 그녀는 스스로에게 억지로 미래에 대한 문제나 혹은 어떤 수학 문제에 대해 생각해보게 했을 것이다. 만약 강가를 따라 걸어갔다면 그녀는 분명히 실재하지 않는 것들에 대해 생각하기 시작했을 것이다―숲, 해변, 잎이 우거진 고적한 곳, 관대한 영웅에 대해. 아니, 아니, 아니야! 천 번을 생각해도 아니야!―그렇게 되지는 않을 거야. 지금 그런 생각 속에 불쾌한 것이 있었다. 그녀는 뭔가 다른 것을 붙들어야 했다. 이제 그녀는 그 기분에서 벗어났다. 그러고 나서 그녀는 메리에 대해 생각했다. 이 생각이 그녀에게 확신을, 슬픈 듯한 기쁨마저 주었다. 마치 그녀의 실패에 대한 책임이 그녀 자신에게 있는 것이지 인생에 있지 않다는 것을 랠프와 메리의 승리가 증명하는 것처럼 말이다. 메리에 대한 그녀의 자연스러운 신뢰가 결합되어 메리를 보는 것이 도움이 될지도 모른다는 불분명한 생각으로 그녀를 방문할 생각을 떠올렸다. 분명히, 그녀가 메리를 좋아하는 것이 메리도 자신을 좋아한다는 것을 의미하는 것 같았기 때문이다. 좀처럼 충동에 따라 행동하지는 않지만 그녀는 잠시 주저한 후 이것을 실행에 옮기기로 결정했다. 그리하여 골목 아래로 돌아서 메리의 현관문을 발견했다. 하지만 그녀의 응대는 달갑지 않았다. 확실히 메리는 그녀를 보고 싶어 하지 않았고, 생각을 터놓는 데 도움이 되지 않았다. 그래서 메리에게 마음을 털어놓으려는 반쯤 형성된 욕망이 곧바로 사라졌다.

그녀는 자신의 착각이 약간 재미있었고, 다소 멍한 얼굴로 마치 작별 인사를 하기 전에 정확하게 몇 분의 시간을 끄는 것처럼 장갑을 이리저리 흔들었다.

그 몇 분은 참정권 법안의 정확한 현황에 관한 정보를 묻는 데 쓰일 수도 있고, 혹은 그 상황에 대한 자신의 상당히 분별 있는 견해를 말하는 데 쓰일 수도 있었다. 하지만 그녀의 목소리의 음조나, 그녀의 생각에서 나타나는 사소한 차이나, 혹은 장갑을 흔드는 행동은 메리 대치트를 화나게 하였다. 메리의 태도는 점점 더 노골적이고 퉁명스럽고 심지어 적대적이 되어갔다. 그녀는 캐서린에게 이 일의 중요성을 깨닫게 하고 싶다는 바람을 의식하게 되었다. 캐서린은 이 일에 대해 아주 냉정하게 이야기했는데, 마치 그녀 역시 메리 자신처럼 희생해온 것 같았다. 장갑을 흔드는 동작을 멈추고, 십 분 뒤에 캐서린은 떠나기 위한 채비를 하기 시작했다. 이것을 보고서 메리는 아주 강한 다른 욕망을 느꼈다―그녀는 오늘 밤 이례적으로 상황을 의식했다. 캐서린이 자유롭고 행복한 책임 없는 개인의 세계로 나가서 사라지도록 내버려두지 말아야 했다. 그녀가 틀림없이 깨닫도록 해야 했다―느끼도록 해야 했다.

"잘 모르겠어요," 그녀는 캐서린이 자신에게 명백하게 도전하기라도 하는 것처럼 말했다. "상황이 지금과 같은데 누군가가 적어도 뭔가를 하는 것을 도울 수 있는 방법을 말입니다."

"그래요. 그런데 상황이 **어떤데요?**"

메리는 입술을 누르며 비꼬는 듯이 미소를 지었다. 캐서린을 마음대로 할 수 있었다. 그녀가 하려고만 하면 그녀는 무관심한 사람들, 아마추어들, 방관자들, 멀리서 삶을 냉소적으로 관찰하는 사람들이 무시했던 일들에 대해 하나의 짐마차 분량의 혐오할 만한 증거를 캐서린의 머리 위에 내려부을 수 있었다. 그런데도 그녀는 주저했다. 언제나처럼 캐서린과 이야기를 나누는 자신을 발견할 때, 그녀는 캐서린에 관한 생각이 빠르게 바뀌고, 감각의 화살이 우리를 동료 인간으로부터 아주 편리하게 보호해주는 인격의 외피를 기묘하게 꿰뚫는 것을 느끼기 시작했다. 얼마나 이기적인 사람인가, 얼마나 냉정한가! 그럼에도 불구하고 그녀의 말에서가 아니라, 아마도 그녀의 목소리에, 그녀의 표정에, 그녀의 태도에, 생각에 잠긴 부드러운 정신과 무디지 않고 심원한 감수성의 흔적이 있었고, 이것들은 그녀의 생각과 행동에 전반적으로 영향을 주었고 그녀의 태도에 늘 우아함을 주었다. 크랙턴 씨의 논리와 표현법은 그러한 무기에 전혀 통용되지 않았다.

"당신은 결혼할 테죠. 그래서 생각할 다른 일들이 있겠죠," 그녀는 중요하지 않게, 짐짓 겸손한 어조로 말했다. 그녀는 스스로 그런 고통을 치르고 알게 된 모든 것을 흔히 그랬던 것처럼 곧바로 캐서린에게 이해시키려 하지 않았다. 아니다. 캐서린은 행복하게 될 것이었다. 캐서린은 모르게 될 것이었다. 메리는 비개인적인 삶에 대한 이러한 지식을 자신에게 남겨두게 될 것이었다. 아침에 그녀가 체념한 것에 대한 생각이 미치자 그녀의 양심이 괴로웠다. 그리고 그녀는 한 번 더 아주 고귀하고 고통 없는 비개인적인 상태로 나아가려고 했다. 그녀는 다시 한 개인이 되고자 하는 이 욕망을 제어해야 했다. 개인의 바람이 다른 사람들의 바람과 충돌했던 것이다. 그녀는 자신의 신랄함을 후회했다.

캐서린은 이제 작별의 표시를 다시 했다. 그녀는 장갑 한쪽을 끌어당겼다. 그리고 이야기를 끝마치기 위해 어떤 평범한 말을 찾는 것처럼 주위를 바라보았다. 주의를 끌기 위해 선택할 만한 그림이나 시계, 아니면 장롱이 없을까? 불편한 대화를 마치기 위한 뭔가 평화롭고 다정한 것이 없을까? 구석에 녹색 갓의 등이 빛났고, 책과 펜, 그리고 압지를 비췄다. 그 장소의 전체 모습이 다른 일련의 생각을 촉발시켰고, 그녀가 부러울 정도로 자유롭다는 인상을 주었다. 그런 방에서 일할 수도 있을 것이다―자신만의 삶을 가질 수도 있을 것이다.

"전 당신이 아주 운이 좋다고 생각해요," 그녀가 말했다. "혼자 살며 자신만의 것들을 가진 당신이 부러워요"―그리고 인정 받지 못하고 혹은 약혼반지는 없지만 이렇게 고상한 일에 종사한다고 그녀는 마음속으로 덧붙였다.

메리의 입술이 약간 벌어졌다. 그녀는 캐서린이 진지하게 말했지만, 어떤 면에서 그녀가 자신을 부러워할 수 있는지 이해할 수 없었다.

"당신이 저를 부러워할 어떤 이유가 있는지 전 알 수가 없어요," 그녀가 말했다.

"어쩌면 사람들은 항상 다른 사람을 부러워할지도 모르죠," 캐서린이 애매하게 말했다.

"글쎄요, 하지만 당신은 누구나 원할 만한 모든 것을 가졌어요."

캐서린은 말없이 있었다. 그녀는 조용히 불꽃을 응시했고, 자의식의 흔적은 없었다. 그녀가 메리의 어조에서 짐작한 적대감은 완전히 사라졌고, 그녀는 자신이 막 떠나려 했었다는 것을 잊었다.

"글쎄요, 아마 그럴지도 모르죠," 그녀가 드디어 말했다. "그렇지만 저는 때때로 생각해요―" 그녀가 잠시 멈췄다. 그녀는 자신이 뜻하는 것을 어떻게 표현해야 할지 몰랐다.

"전날 지하철에서 이런 생각이 떠올랐어요," 그녀가 미소 지으며 다시 말하기 시작했다. "이 사람들이 다른 길 대신 이 길을 가도록 만드는 것은 무엇일까? 사랑은 아니에요. 이성도 아니에요. 그것은 분명 신념일 거라고 생각해요. 어쩌면, 메리, 우리의 애정은 신념의 그림자일 겁니다. 어쩌면 애정과 같은 것은 없을지도 모르죠……." 그녀는 메리도 아니고 혹은 특정한 누군가에게도 아닌 상대에게 좀처럼 틀을 만들 수 없는 질문을 하면서, 반쯤 조롱하듯이 말했다. 하지만 그 말은 메리 대치트에게 얕고, 피상적이며, 냉담하고 냉소적으로 느껴졌다. 그 말에 대항하여 그녀의 타고난 모든 본능이 깨어났다.

"실은, 저는 정반대로 생각해요," 그녀가 말했다.

"네, 당신이 그렇다는 걸 알아요," 캐서린은 이제 어쩌면 아주 중요한 무언가를 막 설명하려고 하는 것처럼 그녀를 바라보면서 대답했다.

메리는 캐서린의 말 이면에 놓여 있는 순수함과 성실함을 느끼지 않을 수 없었다.

"저는 애정이 유일한 현실이라고 생각해요," 그녀가 말했다.

"그래요," 캐서린이 거의 슬프게 말했다. 그녀는 메리가 랠프를 생각하고 있다고 이해했다. 그리고 그녀를 졸라 이런 고상한 상황에 대해 더 말해달라고 할 수 없다고 느꼈다. 어떤 드문 경우에 삶은 이런 식으로 만족스럽게 정돈되어 흘러간다는 사실을 존중할 수 있을 뿐이었다. 그리고 그녀는 일어섰다. 하지만 메리는 그녀에게 가지 말아야 한다고, 좀처럼 만나지 못하는데, 그녀와 아주 많이 이야기하고 싶다고 의심할 여지없이 진지하게 외쳤다. …… 캐서린은 그녀의 진지함에 놀랐다. 랠프의 이름을 언급해도 경솔하지 않을 것이라는 생각이 들었다.

"십 분 동안만요," 그녀는 앉으면서 말했다. "그런데, 데넘 씨가 법조 일을 그만두고 시골에서 살 거라고 말했어요. 그가 떠났나요? 그가 그 일에 대해 막 이야기하기 시작했을 때, 우리 대화가 중단되었어요."

"그는 그것을 많이 생각했어요," 메리가 짧게 말했다. 동시에 얼굴이 빨개졌다.

"아주 좋은 계획인 것 같아요," 캐서린은 단호한 말투로 대답했다.

"그렇게 생각하세요?"

"네, 그가 뭔가 가치 있는 일을 할 것 같았기 때문이죠. 그는 책을 쓸지도 몰라요. 아버지는 당신에게 기고하는 젊은이들 가운데 랠프가 가장 뛰어나다고 항상 말씀하셨어요."

메리는 불길 위로 몸을 낮게 숙이고 창살 사이로 부지깽이를 넣어 석탄을 휘저었다. 캐서린이 랠프를 언급하자 메리 마음속에서 그녀 자신과 랠프 사이에 일어난 상황의 진실에 대해 캐서린에게 설명하고 싶은 거의 저항할 수 없는 욕망이 일어났다. 랠프에 대해 말하면서 캐서린이 메리의 비밀을 탐색하거나 혹은 그녀 자신에 대해 어떤 것을 넌지시 비추려는 욕망이 없다는 것을 메리는 그녀의 목소리의 어조를 통해 알게 되었다. 게다가 그녀는 캐서린이 좋았다. 그녀는 캐서린을 신뢰했다. 그녀는 캐서린에게 존경심을 느꼈다. 확신의 첫 단계는 비교적 간단했다. 하지만 캐서린이 말했을 때, 그 이상의 확신이 들었는데, 그것은 그렇게 단순하지 않았고, 게다가 그녀에게 필연적이라는 인상을 주었다. 그녀는 캐서린이 전혀 짐작하고 있지 못한 분명한 사실을 말해야 했다―그녀는 랠프가 캐서린을 사랑하고 있다는 것을 말해야 했다.

"그가 무엇을 하려고 하는지 전 모르겠어요," 그녀는 자신의 확신이 가하는 압박에 맞설 시간을 찾으면서 서둘러 말했다. "저는 크리스마스 이후로 그를 본 적이 없어요."

캐서린은 이 말이 이상하다고 생각했다. 어쩌면 결국 그녀는 상황을 오해했을지도 몰랐다. 그렇지만 그녀는 자신이 감정의 미묘한 차이에 대해 다소 주의 깊지 못하다고 생각하는 경향이 있었다. 그리고 그녀는 현재 자신의 이해 부족이 자신이 남녀의 감정보다는 숫자를 다루는 일에 더 적합한 실용적이고 관념적인 성격임을 다시 입증해준다고 생각했다. 어쨌든 윌리엄 로드니는 그렇게 말하곤 했다.

"자, 이젠 —" 캐서린이 말했다.

"아, 제발 있어줘요!" 메리는 그녀를 멈추기 위해 손을 뻗으며 소리쳤다. 캐서린이 움직이자 곧 메리는 자신이 그녀를 차마 떠나게 내버려둘 수 없다고 모호하지만 강하게 느꼈다. 캐서린이 떠난다면 그녀가 말할 수 있는 유일한 기회를 잃는 것이었다. 아주 중요한 것을 말할 수 있는 유일한 기회를 놓치는 것이었다. 몇 마디 말이면 캐서린의 주목을 끄는 데 충분했으며, 도피하고 이 이상 침묵 하는 것은 그녀의 힘에 부쳤다. 하지만 말이 입밖으로 나오려 했지만, 목구멍이 그것을 막아 다시 되돌렸다. 결국 그녀는 생각해보았다. 자신이 왜 말해야 하는가? 그것이 옳기 때문이라고 그녀의 본능이 그녀에게 말했다. 다른 인간에게 자신에 대해 솔직히 털어놓는 것은 옳기 때문이다. 그녀는 그 생각으로 움찔했다. 이미 벌거벗겨진 사람에게 너무 지나친 요구였다. 무언가 자기 자신의 것을 간직해야 했다. 하지만 그녀가 자신만의 무언가를 간직한다면? 즉시 그녀는 두꺼운 돌담의 테두리 안에서 약화되지도 않고 변하지도 않으면서, 끝없는 기간 동안 계속되는 감금된 생활과 영원히 존속하는 동일한 감정을 마음에 그려보았다. 이러한 외로움에 대한 상상은 그녀를 두렵게 했다. 그럼에도 불구하고 말하는 것, 그녀의 고독에서 벗어나는 것은 그녀의 권한 밖의 일이었다. 외로움은 이미 그녀에게 친숙했기 때문이었다.

그녀의 손이 캐서린의 스커트 가장자리로 내려갔다. 그리고 그녀는 부드러운 털로 된 가장자리를 만지면서 마치 그것을 살피는 것처럼 머리를 숙였다.

"이 털이 맘에 들어요," 그녀가 말했다. "당신 옷이 맘에 들어요. 그런데 내가 랠프와 결혼할 거라고 생각해서는 안 돼요," 그녀는 같은 어조로 계속 말했다. "그가 나를 전혀 좋아하지 않기 때문이죠. 그는 다른 사람을 좋아해요." 그녀의 머리는 숙인 채였고, 그녀의 손은 여전히 스커트 위에 있었다.

"낡고 오래된 드레스예요," 캐서린이 말했다. 그리고 메리의 말을 들었다는 유일한 표시는 그녀가 약간 움찔하며 말했다는 것이다.

"제가 당신에게 이런 이야기를 해도 괜찮을까요?" 메리가 몸을 일으키며 말했다.

"네, 괜찮아요," 캐서린이 말했다. "하지만 당신은 잘못 생각하고 있지 않나요?" 그녀는 사실 지독하게 불편하고, 당황스러웠으며, 정말 정신이 번쩍 들었다. 그녀는 사태가 심각해져가는 변화가 싫었다. 모양새를 잃은 상황이 그녀를 괴롭혔다. 말투로 암시된 고통이 그녀를 소스라쳐 놀라게 했다. 그녀는 염려가 가득한 눈길로 몰래 메리를 보았다. 그러나 뜻도 이해하지 못한 채 이런 말이 나온 것이라고 생각하고 싶었지만, 캐서린은 즉시 실망했다. 메리는 약간 인상을 찌푸리며 의자에 깊숙이 기대고 있었다. 그리고 캐서린이 보기에 마치 그녀가 몇 분의 사이에 거의 십오 년을 산 것 같았다.

"누구든 잘못 알 수 없는 그런 일이 있다고 생각하지 않나요?" 메리는 조용히, 거의 냉담하게 말했다. "그것이 이런 사랑에 빠진다는 문제와 관련하여 절 당혹스럽게 하는 것이죠. 저는 항상 제 자신이 이성적이라고 자부심을 느껴왔어요," 그녀가 덧붙여 말했다. "제가 이렇게 느낄 수 있다고는 생각하지 못했어요 — 제 말은 만약 다른 사람은 그렇지 않다면 말이죠. 저는 어리석어요. 전 그런 척 했어요." 여기서 그녀가 말을 멈추었다. "왜냐하면, 아시겠지만, 캐서린," 그녀는 몸을 일으켜 세우고 더 힘차게 말하면서 계속해갔다. "전 사랑에 **빠져버렸어요**. 그건 의심할 바 없어요⋯⋯지독한 사랑에 빠졌어요⋯⋯랠프에게." 머리를 앞쪽으로 약간 흔들어서 머리 다발이 흔들렸고, 이것은 아주 선명한 홍조와 더불어 그녀가 자존심이 있으며 동시에 도전적이라는 인상을 주었다.

캐서린은 속으로 생각했다. '사랑은 저렇게 느끼는 것이구나.' 그녀는 자신이 하는 말이 아니라고 생각하며 머뭇거렸다. 그리고 나서 낮은 소리로 말했다. "당신은 사랑하게 되었군요."

"네," 메리가 말했다. "사랑하게 됐어요. 사람들은 사랑에 빠지지 **않으려고** 할 수는 없죠 ⋯⋯. 그런데 그런 말을 하려는 것은 아니었어요. 전 다만 당신이 알기를 원했어요. 당신에게 말하고 싶은 다른 것이 있어요 ⋯⋯." 그녀가 멈췄다. "제가 이 말을 하도록 랠프로부터 허락을 받지는 않았어요. 하지만 전 확신해요 — 그는 당신을 사랑하고 있어요."

캐서린은 먼저 흘긋 보고 착각한 것처럼 그녀를 다시 보았다. 분명히 메리가 흥분했거나 혹은 당황했거나 아니면 몽환적인 태도에서 말하고 있다는 어떤 표시가 틀림없이 겉으로 드러났을 것이기 때문이다. 아니었다. 그녀는 의견이 분분한 조항을 통과

시킬 방법을 모색하기라도 하는 것처럼 여전히 눈살을 찌푸리고 있었다. 그러나 그녀는 느끼고 있다기보다 이성적으로 판단하고 있는 사람처럼 보였다.

"그것이 당신이 잘못 생각하고 있다는 증거예요—완전히 잘못 생각했다는 걸요." 캐서린 또한 이성적으로 말했다. 랠프가 그녀를 향한 어떤 감정이 있다면 그것은 비판적인 적대감의 일종일 것이라는 사실이 그녀의 마음속에 아주 뚜렷이 새겨져 있는 상황에서, 그녀는 자신의 기억을 대강 훑어보며 그 잘못을 입증할 필요는 없었다. 그녀는 그 문제에 대해 다르게 생각하지 않았다. 그리고 그 사실을 주장한 메리는 이제 더 이상 증명하려고 하지 않았지만, 자신이 그런 주장을 한 이유를 캐서린에게라기보다 자신에게 설명하려고 했다.

메리는 용기를 내어 어떤 크고 중대한 본능이 시킨 행동을 실행했다. 그녀는 자신의 판단이 미치지 않는 파도에 휩쓸렸다.

"당신에게 말한 이유는," 메리가 말했다. "당신이 절 돕기를 원했기 때문이에요. 전 당신을 질투하고 싶지 않아요. 그런데 전— 전 몹시 질투하고 있어요. 제 생각에 유일한 방법은 당신에게 말하는 것이었어요."

그녀는 머뭇거렸지만, 자신의 감정을 분명히 밝히려고 애쓰고 있었다.

"당신에게 말한다면, 그러면 우리는 대화할 수 있어요. 그리고 제가 질투할 때, 당신에게 말할 수 있죠. 또한 제가 공포스럽게 뭔가를 하고 싶은 유혹을 느끼면, 당신에게 말할 수 있어요. 당신은 제가 말하도록 할 수 있어요. 저는 말하는 것이 아주 어렵다는 걸 알아요. 하지만 외로움은 저를 두렵게 하죠. 어쩌면 그 외로움을 제 마음속에 가둬두어야 했어요. 그래요, 그것이 제가 두려워하는 것이죠. 아무 변화 없이 평생 동안 마음속에 무엇인가를 지니고 가야 한다는 것. 저는 변하는 것이 아주 어렵다는 걸 알아요. 어떤 일이 틀렸다고 생각하면 저는 그 생각을 결코 멈추지 않아요. 그리고 랠프가 옳아요. 그래요. 옳고 그른 그런 것은 없다고 한 말 말이죠. 말하자면 사람을 평가할 때, 그런 것은 없다는 것이죠—"

"랠프 데넘이 그렇게 말했어요?" 캐서린이 상당히 분노하여 말했다. 메리가 그렇게 고통을 받도록 그가 아주 무정하게 행동했음이 틀림없는 것 같았다. 그가 자신의 행위를 더욱 악화시키는 그릇된 철학적 이론을 편리하게 앞세워 우정을 저버렸다는 생각이 들었다. 메리가 즉시 그녀의 말을 중단시키지 않았다면, 그녀는 이렇게 자신의 생각을 말하려고 했다.

"아니에요, 아니에요," 메리가 말했다. "당신은 이해하지 못해요. 어떤 잘못이 있다면 그것은 전적으로 제 탓이에요. 결국 누구든 위험을 감수하려면—"

그녀의 목소리가 멈칫하다 침묵 속으로 빠져들었다. 위험을 무릅쓰면서 그녀는 자신의 귀중한 것을 얼마나 완벽하게 잃었는가를 확신했다. 그녀는 그것을 완전히 잃었기 때문에, 랠프에 대해 이야기하면서 그에 대한 그녀의 판단이 다른 사람들의 판단보다 더 월등하다고 여길 권리가 더 이상 없었다. 그녀의 사랑에서 그의 몫이 의심스러웠기 때문에, 그녀는 더 이상 그녀의 사랑을 완벽하게 유지하지 못했다. 그리고 이제 일을 더 괴롭게 만들어서, 그녀가 삶을 대처하는 방법에 대한 분명한 전망이 흔들리며 불확실해졌다. 다른 사람이 그것을 목격했기 때문이다. 이전에 함께 나누지 않았던 친밀함을 눈물 없이 견딜 수 없을 정도로 강하게 갈구하면서 그녀는 일어서서 방의 저쪽 끝으로 걸어갔다.

커튼을 젖히고 잠시 감정을 억누르며 서 있었다. 슬픔 자체가 수치스러운 것이 아니었다. 그 슬픔의 고통은 그녀가 자신을 배반하는 이런 행동을 하게 되었다는 사실에 있었다. 처음에는 랠프에 의해, 그리고 캐서린에 의해 곤궁한 처지에 몰리고, 기만당하고, 빼앗긴 채, 그리하여 그녀 자신의 것이라고 부를 수 있는 모든 것을 빼앗긴 채, 그녀는 완전히 힘을 잃어 굴욕 속에 있게 된 듯했다. 나약함의 눈물이 솟구쳐 그녀의 뺨 아래로 흘렀다. 하지만 그녀는 적어도 눈물은 억제할 수 있었다. 이 순간은 그럴 것이다. 그러고는 몸을 돌려 캐서린을 대면할 것이고 좌절된 용기에서 만회할 수 있는 것을 만회할 것이다.

메리가 돌아섰다. 캐서린은 움직이지 않았다. 그녀는 자신의 의자에서 약간 앞으로 몸을 기울여 불 속을 보고 있었다. 메리는 그 태도 속의 무언가를 보고 랠프를 떠올렸다. 그렇게 그는 몸을 앞으로 기울이고 앞을 아주 뚫어지게 바라보면서 앉아 있곤 했다. 그동안 그가 그 특유의 "그런데, 메리?" 하고 말할 때까지 그의 마음은 궁리하고 사색하면서 멀리 떠나 있었다—그런 뒤 침묵했다. 그 침묵은 그녀에게 아주 충분히 낭만적이었고 그녀가 이제까지 알고 있던 가장 멋진 대화가 되었다.

조용히 있는 인물의 자세에서 뭔가 익숙하지 않은 것, 뭔가 정적이고 엄숙하고 의미심장한 것이 메리를 숨죽이게 했다. 그녀는 잠시 숨을 돌렸다. 그녀의 생각에 비통함은 없었다. 그녀는 자기 자신의 평정과 확신에 놀랐다. 그녀는 조용히 돌아와서 다시 한 번 캐서린 옆에 앉았다. 메리는 말하고 싶지 않았다. 침묵 속에서 그녀는 외로움이 사라지는 듯했다. 그녀는 고통 받는 사람이자 동시에 고통을 불쌍히 지켜보는 사람이었다. 그녀는 이전보다 더 행복했다. 그녀는 더 많이 빼앗겼다. 그녀는 거절당했고 그래서 굉장히 사랑받았다. 이러한 느낌을 표현하려는 시도는 헛되었다. 게다가 그녀는 자신이 어떤 말을 하지 않아도 이 느낌을 공유하고 있다고 믿지 않을 수 없었다. 그리하여 얼마 동안 더 오래 그들은 말없이 나란히 앉아 있었다. 그동안 메리는 오래된 드레스의 끝자락에 있는 모피를 만지작거렸다.

제22장

　캐서린이 윌리엄과의 약속에 늦을 것이라는 사실만으로 그의 방을 향해 스트랜드 가를 따라가는 캐서린의 발걸음이 거의 경주하듯 속도를 냈던 것은 아니었다. 그녀가 메리의 말로 타오른 열기를 부채질하여 불꽃이 되게 하려고 탁 트인 대기를 원하지 않았더라면, 시간을 지키기 위해 택시를 탔으면 됐을 것이다. 저녁의 대화에서 받은 모든 인상들 가운데 하나가 계시의 성격을 띠고 있어서 그 나머지를 무의미한 것으로 만들었기 때문이다. 이렇게 보았고, 또 이렇게 말했다. 그런 것이 사랑이었다.

　'그녀는 몸을 세우고 바로 앉아서 나를 바라보았다. 그런 뒤 그녀가 말했다. "전 사랑에 빠졌어요." 전체 장면을 떠올리려고 애쓰면서 캐서린은 깊이 생각했다. 그것은 대단히 놀라워하며 곰곰이 생각한 장면이어서 그녀에게 조금도 연민의 마음이 나타나지 않았다. 그것은 어둠 속에서 갑자기 타오르는 불꽃이었다. 자신의 감정이 메리의 감정과 일치한다고 상상하는 데까지 이르자, 캐서린은 그 불꽃의 빛을 통해 자신의 감정이 자신을 위로하기에는 평범하며 정말 완전히 거짓된 특성이 있다고 아주 생생하게 인지했다. 그녀는 즉시 그런 인식을 기반으로 행동하기로 결심했다. 그리고 즐겁게 마음속에서 히스 벌판에서의 장면으로 거슬러 올라갔다. 그 당시 그녀는 지금까지 알 수 없는, 아무도 모르는 이유로 굴복했었다. 그렇게 안개 속에서 더듬어 찾아 헤매고 방향을 바꾸다 완전히 당황하게 되고 말았던 장소에 대낮에 다시 찾아갈 수도 있을 것이다.

"아주 간단해," 그녀가 혼자 말했다. "어떤 의심도 있을 수 없어. 이제 내가 말해야 해. 말해야만 하는 거야," 그녀는 자신의 걸음에 박자를 맞추며 계속 말했다. 그리고 메리 대치트는 완전히 잊었다.

윌리엄 로드니는 예상했던 것보다 더 일찍 사무실에서 돌아와 피아노로 「마술피리」의 선율을 치기 위해 앉았다. 캐서린이 늦었지만, 새로운 일은 아니었다. 그리고 그녀는 특별히 음악을 좋아하지 않았고, 그는 음악을 즐기고 싶은 기분이었기 때문에, 어쩌면 더 잘 되었는지도 몰랐다. 윌리엄은 캐서린의 이러한 단점이 더욱더 이상하다고 생각했다. 왜냐하면 대체로 그녀의 가족들은 대단히 음악적이었기 때문이다. 예를 들어 그녀의 사촌인 카산드라 오트웨이는 음악에 대해 아주 세련된 취향을 가졌다. 그는 밝고 멋진 자태로 스톡던 하우스의 거실에서 플루트를 연주하고 있는 그녀를 즐겁게 회상했다. 그는 모든 오트웨이 가족들의 코처럼 긴 그녀의 코가 플루트에까지 늘어난 것처럼 보이는 재미있는 태도를 기분 좋게 회상했다. 마치 그녀가 비길 데 없이 우아한 음악에 재능 있는 두더지의 종인 것 같았다. 그 귀여운 모습은 그녀의 음악적이고 변덕스러운 기질을 아주 행복하게 암시했다. 뛰어난 가정교육을 받은 젊은 여성의 열의는 윌리엄에게 매력적으로 보였고, 그가 받은 교육과 재능으로 그녀에게 도움이 될 수 있을 수많은 방법을 생각나게 했다. 위대한 전통을 물려받은 사람들이 연주할 때, 그녀는 그 훌륭한 음악을 들을 기회가 있어야 했다. 더욱이 대화를 나누는 도중에 한두 번 언급된 지적에서, 캐서린은 결여하고 있다고 주장했지만, 그는 비록 가르침을 받진 않았지만 그녀가 문학에 대한 열렬한 감상력을 지녔을 가능성이 있다고 생각했다. 그는 그녀에게 자신의 희곡을 빌려주었다. 캐서린이 늦는 것이 확실했고 「마술피리」는 노래하는 사람이 없으면 무의미했으므로, 그는 기다리는 시간에 카산드라에게 형식에 대한 그녀의 감각이 좀 더 발달될 때까지 도스토옙스키[1]보다 차라리 포프[2]를 읽도록 충고하는 편지를 쓰면서 보내고 싶었다. 그는 가볍고 쾌활하게, 게다가 마음속에 가까이 둔 목표를 해치지 않는 방식으로 이 충고를 쓰려고 마음먹었는데, 이때 캐서린이 계단에 있는 소리를 들었다. 잠시 후 그가 잘못 알았다는 것이 분명해졌다. 캐서린이 아니었다. 하지만 그는 편지 쓰기를 시작할 수 없었다. 그의 기분은 품위 있는 만족에서 — 실로 즐겁게 기분이 고조된 상태에서 — 불안과 기대로 변해갔다. 저녁 식사가 들어왔고, 따뜻하게 유지하기 위해 난로 옆에 두어야 했다. 이제 약속된 시간에서 십오 분 지나 있었다. 그는 그날 일찍이 그를 우울하게 했던 소식을 생각해냈다. 그의 동료 직원 가운데 한 명이 아픈 탓에 그해 후반까지 휴가를 얻지 못할 것 같았고, 이 일로 아마 그들의 결혼이 연기될 것이다. 하지만 결국 이러한 가능성은 시계가 매번 째깍거릴 때마다 캐서린이 완전히 그들의 약혼을 잊어버렸다고 어쩔 수 없이 생각하게 만드는 가능성만큼 그렇게 불쾌하지 않았다. 그런 일은 크리스마스 이후로 드물게 일어

1 표도르 미하일로비치 도스토옙스키(Fyodor Mikhailovich Dostoyevsky, 1821~1881), 러시아 소설가.
2 알렉산더 포프(Alexander Pope, 1688~1744), 영국 시인.

났다. 그러나 그런 일들이 다시 일어나기 시작하면 어떻게 될 것인가? 그들의 결혼이 그녀가 말했던 것처럼 익살극으로 판명난다면 어쩔 것인가? 그는 그녀가 터무니없이 그를 상처 주고 싶어한다고 생각하지는 않았다. 그러나 그녀의 성격에는 사람들을 상처 주는 것을 피할 수 없는 무엇인가가 있었다. 그녀는 냉정한가? 그녀는 자기 생각만 하는 것일까? 그는 그녀를 이러한 각각의 묘사에 맞춰보았다. 하지만 그는 그녀가 자신을 당황스럽게 한다는 것을 인정해야 했다.

"그녀가 이해하지 못하는 아주 많은 것들이 있어," 시작은 했지만 옆에 치워 둔 카산드라에게 쓰는 편지를 흘끗 보면서 그가 곰곰이 생각했다. 왜 그는 그렇게 대단히 즐거워했던 편지 쓰기를 끝내지 못한 것일까? 이유는 캐서린이 어느 순간 방으로 들어올지도 모른다는 사실 때문이었다. 그가 그녀에게 속박되어 있다는 것을 암시하는 그 생각이 날카롭게 그를 괴롭혔다. 캐서린이 볼 수 있도록 편지를 펼쳐 두고 그가 카산드라에게 자신의 희곡을 보내 비평하도록 했다고 캐서린에게 말할 기회를 얻겠다는 생각이 떠올랐다. 결코 분명하지는 않지만 어쩌면 이 일은 캐서린을 화나게 할 것이다—그리하여 그가 이 결론으로부터 확실치 않은 위안에 이르게 되었을 때, 문을 두드리는 소리가 났고 캐서린이 들어왔다. 그들은 서로 냉담하게 키스했고 그녀는 늦은 것에 대해 사과하지 않았다. 그럼에도 불구하고 단지 그녀가 있다는 사실이 그의 마음을 묘하게 움직였다. 그러나 그는 이런 마음의 동요 때문에 그녀에게 일종의 대항을 하겠다는 자신의 결심을 약해지도록 해서는 안 되겠다고 마음먹었다. 그녀의 진실을 알아내겠다는 결심을 말이다. 그는 그녀가 옷을 벗어 정리하도록 두고 자신은 요리를 차리는 데 분주했다.

"당신에게 전할 한 가지 소식이 있어요, 캐서린," 그들이 식탁에 앉자 곧바로 그가 말했다. "사월에 휴가를 얻지 못할 것 같아요. 우리 결혼을 연기해야 할 것 같아요."

그는 어느 정도 활기차게 큰 소리로 말했다. 캐서린은 그러한 알림이 그녀의 생각을 방해하기라도 한 듯 약간 움찔했다.

"그걸로 달라지는 건 없겠죠, 그렇죠? 제 말은 임대 계약에 서명을 하지 않았다는 뜻이에요," 그녀가 말했다. "그런데 왜죠? 무슨 일이 있나요?"

그는 그의 동료 중 한 명이 건강이 나빠졌고, 그래서 몇 달 동안, 여섯 달 동안까지도 일을 쉬어야 할 것 같은데, 이 경우 그들의 상황을 다시 생각해야 할 것이라고 무뚝뚝하게 그녀에게 말했다. 그는 마지막에는 이상하게 무관심한 인상을 주는 태도로 그 이야기를 했다. 그녀는 그를 바라보았다. 그가 그녀에게 화난 외부적인 표시는 없었다. 그녀가 잘 차려입었나? 그녀는 충분히 그렇다고 생각했다. 아마 그녀가 늦었던가? 그녀는 시계를 찾았다.

"우리가 그때 집을 얻지 않아서 다행이에요." 그녀가 신중하게 반복해서 말했다.

"그것은 또한 유감스럽게도 상당한 기간 동안 제가 이전만큼 자유롭지 않을 것이라는 것을 의미하죠," 그가 계속 말했다. 그녀는 비록 무언가 결정내리기는 너무 이르지만 이 모든 것을 통해 무엇인가를 얻었다고 생각할 틈이 있었다. 그러나 그녀가 오는 동안 그렇게 강렬하게 타올랐던 빛이 그가 전해준 소식뿐만 아니라 그의 태도에 의해 흐릿해졌다. 그녀는 대립에 맞설 준비를 해왔다. 그것은 그녀가 맞서야 하는 것이 무엇인지 알지 못하는 상황과 비교하면 대처하기가 쉬웠다. 중요하지 않은 일에 대해 절제된 대화를 하며 식사는 조용히 진행되었다. 음악은 그녀가 조금이라도 아는 주제가 아니었지만, 그녀는 그가 음악에 대해 말해주는 것을 좋아했다. 그가 말하는 동안 그녀는 깊이 생각에 잠겼는데, 그녀는 그렇게 난로 옆에서 보내게 될 결혼 생활의 저녁을 상상할 수 있었다. 그렇게 보내거나 어쩌면 책과 더불어 보내게 될 것이다. 왜냐하면 그때 그녀는 책을 읽을 시간이 생길 것이고, 그녀가 사용해본 적 없는 정신의 모든 능력으로 간절히 알기 원하는 것을 확실히 손에 넣을 수 있는 시간이 생길 것이기 때문이다. 분위기는 아주 자유로웠다. 느닷없이 윌리엄이 그것을 깨어버렸다. 불쾌함을 느낀 채 이러한 상념들을 털어버리며, 그녀가 걱정스럽게 올려다봤다.

"카산드라에게 어디로 편지를 보내야 하나요?" 그가 그녀에게 물었다. 윌리엄이 오늘 밤 어떤 목적이 있거나, 아니면 약간 우울한 상태임이 다시 분명해졌다. "우리는 친구가 되었어요."

"집에 있을 거라고 생각해요," 캐서린이 대답했다.

"가족들이 그녀를 너무 지나치게 집에만 있게 해요," 윌리엄이 말했다. "당신이 그녀에게 함께 머물자고 요청해서 좀 좋은 음악을 그녀에게 들려주면 어떨까요? 당신이 상관없다면 내가 쓰고 있는 편지를 바로 끝내겠어요. 그녀가 내일 읽게 되기를 각별히 바라기 때문이에요."

캐서린은 의자 깊숙이 앉았다. 그리고 로드니는 그의 무릎 위에 그 편지지를 올려놓고 문장을 이어 나갔다. "당신도 알겠지만, 문체가 바로 우리가 소홀히 하기 쉬운 것인데 —" 그러나 그는 그가 말하고 있는 문체에 관한 것보다 그에게 머문 캐서린의 시선을 더 의식했다. 그는 그녀가 자신을 바라보고 있는 것을 알았다. 하지만 화가 나서 보고 있는지 아니면 무관심하게 보고 있는지 그는 가늠할 수 없었다.

사실, 그녀는 그의 함정에 충분히 빠져들어 불쾌하게 화가 났고 동요되었으며 그녀가 정한 방식을 계속해나갈 수 없었다. 적대적이지는 않았던 윌리엄의 무관심한 태도는 반감 없이 대체로 그리고 완전히 중단될 수 없었다. 그녀는 메리의 상황이 오히려 훨씬 더 낫다고 생각했다. 해야 할 단순한 일이 있고 그것을 처리하는 상황이었다. 사실 다소 편협한 기질이 그녀의 친구와 가족에게 매우 두드러지는 감정의 그 모든 세련됨, 자제, 미묘함과 관련 있다고 그녀는 짐작하지 않을 수 없었다. 예를 들어, 그녀는 카산드라를 대단히 좋아했지만, 그녀의 별난 생활 방식은 아주 경솔하다는 인상을 주었다. 때로는 사회주의, 또 때로는 누에, 이제는 음악이었다―이 마지막 관심사가 윌리엄이 갑자기 그녀에게 관심을 갖게 된 이유라고 그녀는 추측했다. 윌리엄은 이전에 그녀가 있는 앞에서 편지를 쓰느라고 단 몇 분도 허비한 적이 없었다. 빛에 대해 묘하게 느끼며 지금까지 온통 모호했던 곳을 열어젖히면서 그녀가 거의 싫증날 정도로 당연한 것으로 받아들였던 헌신적인 사랑이 결국 어쩌면, 그래, 아마도, 아니 확실히 그녀가 상상했던 것보다 훨씬 경미한 정도로 존재했거나, 혹은 전혀 존재하지 않았다는 것이 점점 분명해졌다. 그녀는 이러한 발견이 그의 얼굴에서 흔적으로 나타나는 것처럼 그를 유심히 보았다. 그녀는 그의 외모에서 그렇게 존경할 만한 것을 많이 본 적이 없었고, 그녀를 매혹하는 예민함과 지성이 그렇게 많이 보인 적이 없었다. 비록 그녀는 마치 이 특성들이 낯선 사람의 얼굴에서 사람들이 말없이 감응하게 되는 그런 것처럼 보았지만. 여느 때처럼 생각에 잠겨 종이 위로 숙인 머리는 이제 그 편지를 얼마쯤 멀리 두는 듯이 평정을 찾았다. 유리 뒤에 있는 누군가와 말하고 있는 것 같은 얼굴처럼 말이다.

그는 눈길을 들지 않고 계속 써갔다. 그녀는 말을 걸어야 했을 것이다. 하지만 그녀가 요구할 권리가 없는 애정의 표시를 그에게 요구할 수는 없었다. 그가 이렇게 낯설다는 확신이 그녀를 아주 낙담하게 했으며 의심할 바 없이 인간의 무한한 고독에 대해 설명해주었다. 그녀는 이전에는 결코 이와 같은 진실을 그렇게 강하게 느낀 적이 없었다. 그녀는 눈길을 돌려 난롯불을 들여다보았다. 육체적으로도 이제 그들은 말할 수 있는 거리 내에 있지 않은 것 같다. 그리고 정신적으로 그녀는 친구라고 할 만한 사람이 전혀 없었다. 그녀는 만족하는 데 익숙했기 때문에 그녀를 만족시키는 꿈은 없었다. 저 추상적인 개념들을 제외하고 그녀가 존재한다고 믿을 수 있었던 어떤 실재도 존재하지 않았다 — 숫자, 법률, 별. 사실 이것들은 그녀가 부족한 지식과 일종의 수치심 때문에 도저히 붙잡을 수 없었던 것이다.

로드니는 이렇게 오래 침묵한 것에 대한 어리석음과 그러한 계략의 비열함을 스스로 인정하고 유쾌하게 웃을 구실 혹은 고백할 기회를 찾을 각오를 하고 올려 보았을 때, 그는 당황했다. 캐서린은 그의 나쁜 점과 좋은 점에 대해 모두 망각한 듯 보였다. 그녀의 표정은 주위 환경에서 완전히 동떨어진 어떤 것에 집중하고 있다는 생각이 들었다. 그녀의 태도에 나타난 무심함은 여성적이라기보다 오히려 남성적인 것 같았다. 긴장을 파하려는 그의 충동은 얼어붙었고 자신의 무력함에 대한 분노가 그에게 다시 한 번 돌아왔다. 그는 매력적이고 기발한 카산드라에 대해 그가 상상한 모습과 캐서린을 비교하지 않을 수 없었다. 캐서린은 감정을 드러내지 않고, 인정미가 없으며, 조용했지만 아주 뛰어난 면이 있어서, 그는 그녀의 좋은 의견 없이 아무것도 할 수 없었다. 그녀는 잠시 후 마치 잇따른 생각이 끝나자, 그의 존재를 의식하게 된 것처럼 그에게로 방향을 돌렸다.

"편지를 다 마쳤나요?" 그녀가 물었다. 그는 그녀의 어조에서 내키지 않는 즐거움을 파악할 수 있었다. 하지만 질투의 흔적은 아니었다.

"아니에요, 오늘 밤에는 더 이상 쓰지 않을 겁니다," 그가 말했다. "몇 가지 이유로 그럴 기분이 아니에요. 하고 싶은 말을 쓸 수 없어요."

"카산드라는 그 편지가 잘 쓴 건지 아니면 서투르게 쓴 건지 모를 거예요," 캐서린이 의견을 말했다.

"난 그런 확신이 들지는 않아요. 어쩌면 그녀는 문학적인 감수성을 아주 많이 가졌을지도 모르겠어요."

"어쩌면," 캐서린이 무관심하게 말했다. "그런데 당신은 최근에 내 교육을 게을리하고 있어요. 당신이 무언가를 읽어주기를 바라요. 책을 한 권 골라보죠." 그렇게 말한 뒤, 그녀는 그의 서가를 향해 가서 책 사이에서 종잡을 수 없는 방식으로 둘러보기 시작했다. 그녀는 어떤 것이든 언쟁하거나 혹은 그들 사이의 거리를 절실히 느끼게 하는 이상한 침묵보다 낫다고 생각했다. 그녀는 책한 권을 앞으로 당겨보고 그러고는 다른 책을 끌어 당겨보면서 한 시간도 되기 전에 자신이 가졌던 확신에 대해 아이러니컬하게 생각했다. 어떻게 확신이 한순간에 사라졌으며, 그들이 어떤 입장에 서 있는지, 그들이 무엇을 느끼며 혹은 윌리엄이 그녀를 사랑하고 있는지 그렇지 않은지 조금도 알지 못하면서 어떻게 그녀는 할 수 있는 한 최선을 다해 단지 시간에만 주의를 기울이고 있는 것인가. 점점 더 그녀는 메리의 마음 상태가 멋지고 부러워졌다―그것이 정말 그녀가 상상했던 것과 거의 같다면―정말 여성의 딸 가운데 어느 한 명에게 단순함이 존재한다면.

"스위프트." 그녀는 적어도 이 문제를 해결하기 위해 되는 대로 책 한 권을 꺼내면서 드디어 말했다. "스위프트의 작품을 읽죠."

로드니는 책을 받고 페이지 사이에 한 손가락을 끼운 채 그의 앞에 두었다. 그러나 아무 말이 없었다. 그의 얼굴은 마치 어느 하나와 다른 것을 저울질하면서 그의 마음이 정해질 때까지 어떤 말도 하지 않으려는 것처럼 깊이 생각하는 묘한 표정을 띠었다.

캐서린은 의자를 그의 옆으로 가져가면서 그의 침묵을 알아채고 별안간 염려스럽게 그를 보았다. 그녀가 바라던 것이나 두려워한 것이 무엇인지를 그녀는 말할 수 없었다. 그의 애정을 어느 정도 확신하고 싶은 가장 비합리적이고 변명의 여지가 없는 욕망이 그녀의 마음속에서 어쩌면 최고조에 달했다. 그녀는 언짢음, 불평, 힐문을 강요하는 일에는 익숙했다. 하지만 내부의 힘을 의식한 데서 온 듯한 이렇게 말수 없는 차분한 태도는 그녀를 당황하게 했다. 그녀는 다음에 어떤 일이 일어날지 알지 못했다.

드디어 윌리엄이 말했다.

"약간 이상하다고 생각해요, 그렇지 않나요?" 그는 초연하게 곰곰이 생각하는 목소리로 말했다. "대부분 사람들은, 무슨 말이냐 하면, 결혼이 여섯 달쯤 연기되면 정색을 하고 화를 낼 거라는 말입니다. 그런데 우리는 그렇지 않아요. 자, 당신은 그것을 어떻게 설명하렵니까?"

그녀는 그를 보았다. 그리고 감정에서 아주 멀어진 사람이 그러하듯 그의 재판관 같은 태도를 인지했다.

"이런 이유라고 생각해요," 그는 그녀가 대답하는 것을 기다리지 않고 계속 말했다. "우리 중 한 명이 상대방에 대해 적어도 낭만적 감정이 없다는 사실이지요. 의심할 바 없이 그것은 부분적으로는 우리가 서로 아주 오랫동안 알고 지냈기 때문일 겁니다.

그러나 나는 그보다 더한 것이 있다고 생각하고 싶어요. 기질적인 무언가가 있어요. 당신은 약간 냉정하다고 생각해요. 그리고 나는 약간 자기 생각에 몰두해 있다는 생각이 듭니다. 만약 그렇다면 서로에 대해 이상하게 환상이 부족한 것을 설명하는 데 도움이 되죠. 가장 만족스러운 결혼이 이러한 이해에 기반을 두고 있지 않다고 말하는 것은 아닙니다. 하지만 분명히 오늘 아침 윌슨이 내게 말했을 때, 내가 얼마나 조금밖에 화가 나지 않았는지 이상하다고 생각했소. 그런데 당신은 우리가 그 집에 계약을 분명히 하지 않았다고 확신하나요?"

"편지를 보관해두었어요. 그리고 내일 검토해볼 거예요. 하지만 우리가 신중을 기하고 있다고 확신해요."

"고마워요. 심리적 문제에 관해서 보자면," 초연하게 그 문제가 흥미롭다는 듯이 그는 계속 말했다. "단순한 이유로 보자면, 제삼자에게 낭만적인 기분이라고 칭하는 것을 분명히 우리 중 한 명은 느낄 수 있다고 생각해요―적어도 내 경우에 거의 의심이 들지 않아요."

윌리엄이 그렇게 신중히 그리고 감정을 드러내지 않고 자신의 느낌을 표현하기 시작하는 것을 캐서린이 깨닫게 된 것은 그녀가 그를 줄곧 알아오면서 어쩌면 처음이었을 것이다. 남자들, 아니면 세속적인 남자들이 그러한 화제를 약간 어리석거나 혹은 의심스러운 취향이라고 평하는 것처럼 그는 힘없이 웃거나 대화를 바꾸거나 하면서 그렇게 내밀한 논의를 늘 자제하는 버릇이 있었다. 그가 무엇인가를 설명하고자 하는 명백한 소망이 그녀를 당황하게 했고, 그녀의 흥미를 유발시켰으며, 그녀의 허영심에 준 상처를 무력하게 했다. 또한 어떤 이유로, 그녀는 평소보다 그가 더 편안하게 느껴졌다. 혹은 그녀의 편안함은 오히려 평등함의 편안함이었다—그런데도 그 순간 그런 생각을 하기 위해 멈출 수는 없었다. 그의 말이 그녀 자신의 어떤 문제들을 밝혀주었기 때문에 몹시 흥미 있었다.

'이 낭만적인 기분이라는 것이 무엇일까?' 그녀가 골똘히 생각했다.

"아, 그게 문제죠. 나를 만족시키는 정의를 아직 발견하지 못했어요. 비록 아주 훌륭한 것들이 몇 가지 있기는 하지만 말입니다—" 그는 책이 있는 방향을 흘긋 보았다.

"어쩌면 그것은 상대방에 대해 전적으로 알지 못하는 것일지도 몰라요—그것은 무지일지도 몰라요," 그녀는 과감하게 말했다.

"어떤 전문가들은 그것이 거리의 문제라고 말하죠. 적어도 문학에서 낭만은 말입니다. 말하자면—."

"아마 예술의 경우에는요. 하지만 사람의 경우에 그것은 어쩌면—" 그녀는 망설였다.

"당신은 경험해본 적이 전혀 없나요?" 잠시 동안 시선을 재빠르게 그녀에게 두면서 그가 질문했다.

"그것이 나에게 엄청난 영향을 미쳤다고 생각해요," 그녀는 막 그들에게 제시된 어떤 관점의 가능성에 몰입된 어조로 말했다. "그러나 내 삶에서 그것을 위한 여지는 아주 적어요," 그녀가 덧붙였다. 그녀는 일상의 업무, 훌륭한 분별력을 끊임없이 요구하는 일, 자제, 그리고 낭만적인 어머니가 있는 집에서의 정확성에 대해 재음미해보았다. 아, 하지만 그녀의 낭만은 **그러한** 낭만이 아니었다. 그것은 욕망, 반향, 소리였다. 그녀는 그것을 색으로 꾸밀 수 있었고, 형태로 볼 수 있었으며, 음악으로 들을 수 있었다. 그러나 말로는 아니었다. 아니 말로는 전혀 아니었다. 그녀는 그렇게 일관되지 않고, 그렇게 소통할 수 없는 욕망에 의해 괴롭힘을 당한 채 한숨지었다.

"하지만 이상하지 않나요?" 윌리엄이 다시 말하기 시작했다."당신이 나에게는 전혀 그것을 느끼지 못하고 또한 나 역시 당신에게 그것을 느끼지 못한다는 것이 말입니다."

캐서린은 그것이 이상하다는 데 동의했다 — 아주 이상했다. 그러나 그녀에게 한층 더 이상한 것은 그녀가 그 문제를 윌리엄과 토론하고 있다는 사실이었다. 그것은 완전히 새로운 관계에 대한 전망을 열어주는 가능성을 드러냈다. 여하튼 그는 그녀가 전혀 이해하지 못했던 것을 이해하는 데 도움을 주고 있는 것 같다는 생각이 들었다. 그리고 또한 감사하는 마음에서 그녀도 그를 돕고 싶은 거의 자매 같은 욕구를 의식하게 되었다 — 자매 같았다. 그녀가 그에게 낭만적 감정을 일으키지 않는다는 정말 억누를 수 없는 한 가지 고통을 제외하고는 말이다.

"당신은 그런 식으로 사랑하는 누군가와 행복할 수 있을 거라고 생각해요." 그녀가 말했다.

"당신은 낭만적 기분이 사랑하는 사람에 대한 더 깊은 이해보다 더 오래갈 거라고 생각하나요?"

그는 자신이 몹시 두려워하는 인물로부터 자신을 보호하기 위해 그 질문을 형식적으로 물었다. 전체의 상황이 품위를 떨어뜨리고 혼란스러운 상태로 악화되지 않게 하려면 아주 조심스럽게 다뤄지지 않으면 안 되었다. 그가 한 번도 수치심을 느끼지 않고 생각할 수 없었던 히스 벌판에서 낙엽에 둘러싸여 있었던 그 장면처럼 보이지 않게 하려면 말이다. 그렇지만 그는 한 문장씩 말할 때마다 홀가분해졌다. 그는 그가 캐서린과 곤란을 겪게 된 원인인, 지금까지 그가 규정할 수 없었던 자신의 욕망에 대해 무언가 이해하게 되었다. 그를 재촉하여 말하도록 했던, 캐서린의 마음을 상하게 하려는 마음이 완전히 사라졌으며, 그리하여 그는 이제 캐서린만이 유일하게 자신이 확신하도록 도울 수 있다고 느꼈다. 그는 시간을 들여야만 했다. 대단한 어려움 없이는 말할 수 없는 것들이 아주 많이 있었다—예를 들어, 카산드라라는 이름이 그랬다. 또한 그는 석탄 한가운데서 높은 산으로 둘러싸인 불타는 골짜기 같은 어떤 한 지점에서 시선을 뗄 수도 없었다. 그는 긴장하며 캐서린이 계속 말을 잇기를 기다렸다. 그녀는 그가 그런 식으로 사랑하는 사람과 아주 행복할 수 있을 것이라고 말했다.

"그것이 당신에게 오래 지속되지 않을 이유를 모르겠어요," 그녀가 다시 말하기 시작했다. "어떤 유형의 사람을 상상할 수 있어요—" 그녀가 잠시 중단했다. 그녀는 그가 대단히 주의 깊게 듣고 있으며, 그가 격식을 차리는 이유는 단지 극단적인 불안을 숨기기 위해서라는 것을 깨달았다. 그러니까 어떤 사람이 **있었다.**—어떤 여성이—누구일까? 카산드라? 아, 어쩌면—

"어떤 사람," 그녀가 구사할 수 있는 가장 사무적인 어조로 말하면서 덧붙였다. "예를 들어 카산드라 오트웨이 같은. 카산드라는 오트웨이가 사람들 가운데 가장 흥미롭지요—헨리를 제외하고요. 그렇다 하더라도 나는 카산드라를 더 좋아해요. 그녀는 단순한 영리함 이상의 것을 가졌어요. 그녀는 독특한 인물이에요—독립적인 사람이죠."

"그 끔찍한 누에들!" 신경질적으로 웃으며 윌리엄이 갑자기 말했다. 캐서린이 주목하고 있을 때, 가벼운 발작이 그를 지나쳐 갔다. 그렇다면 **카산드라였어.** 무의식적으로 느리게 그녀는 대답했다. "당신은 그녀가 스스로를—그 밖에 어떤 일에—속박한다고 주장할 수도 있겠지요……. 하지만 그녀는 음악을 좋아해요. 시를 쓴다고 생각해요. 그리고 그녀가 특별한 매력을 가졌다는 것을 의심할 수 없어요―"

그녀는 마치 이 특별한 매력을 자신에게 규정하는 것처럼 그만두었다. 잠시 침묵한 후 윌리엄이 별안간 불쑥 말했다.

"그녀가 다정하다고 생각하는데요?"

"대단히 다정하죠. 그녀는 헨리를 숭배해요. 당신이 정말 그 집이 어떤지 생각해보면―늘 이런저런 기분에 젖어 있는 프랜시스 고모부는―"

"아, 이런, 당신," 윌리엄이 중얼거렸다.

"그리고 당신과 아주 많은 공통점을 가졌어요."

"맙소사, 캐서린!" 윌리엄이 의자 깊숙이 몸을 던지고 불 속의 어떤 지점에서 눈길을 떼면서 소리쳤다. "우리가 무슨 이야기를 하고 있는지 모르겠어요…… 당신에게 확신하는데……"

그는 극도의 혼란스러움으로 가득 차 있었다.

그는 걸리버에 관한 페이지들 사이에 아직도 밀어 넣고 있던 손가락을 뺐다. 그리고 마치 그가 크게 읽기에 좋은 한 부분을 막 고르려는 듯이 장들의 목차 아래로 시선을 옮겼다. 캐서린이 그를 보자, 그의 공포의 초기 증상이 그녀를 엄습했다. 동시에 그녀는 만약 그가 적당한 페이지를 발견하고 안경을 꺼내고 목청을 가다듬고 입을 연다면 그들의 삶에서 다시는 오지 못할 기회가 두 사람 모두에게 사라져버릴 것이라고 확신했다.

"우리 두 사람 모두에게 아주 흥미로운 이야기 중이에요," 그녀가 말했다. "계속 이야기할 수 없나요? 스위프트는 다음 기회를 위해 그만 두죠. 스위프트를 읽을 기분이 아니에요. 그리고 이런 때에 어떤 작품을 읽는다는 것은 유감스러운 일이죠―특히 스위프트는 그렇죠."

현명한 문학적 추론이라는 핑계는 그녀가 예상한 대로 윌리엄에게 그가 안전하다는 확신을 되찾게 했다. 그래서 그는 책을 책꽂이에 다시 꽂았다. 그렇게 하면서 그는 그녀에게서 등을 돌린 채 이 상황을 이용하여 자신의 생각을 모두 끄집어냈다.

그러나 자기 점검의 순간은, 내면에서 바라보았을 때 그의 마음이 더 이상 익숙한 지반이 아니라는 것을 알려주는 놀라운 결과를 초래했다. 즉, 그는 자신이 전에는 한 번도 의식적으로 느껴보지 못했던 것을 느꼈다. 그는 스스로에게 늘 자신이 생각하던 것과는 다른 사람으로 비춰졌다. 그는 알 수 없는 거친 일이 일어날 수 있는 바다 위에 표류했다. 그는 한차례 방을 이리저리 걸었다. 그러고 나서 캐서린 옆에 있는 의자에 거칠게 몸을 던졌다. 그는 이전에는 결코 이런 감정을 느낀 적이 없었다. 그는 자신을 완전히 그녀의 손에 맡겼다. 그는 모든 책임을 벗어버렸다. 그는 거의 크게 소리칠 뻔 했다.

"당신이 이 모든 불쾌하고 거친 감정을 불러일으켰어요. 이제 이 감정에 대해 당신은 최선을 다해야 해요."

하지만 가까이 있는 그녀의 존재가 그의 흥분을 차분하게 하고 안심시키는 효과를 가져왔다. 그리하여 그는 여하튼 그녀와 함께 있으면 안전하다는 은연 중의 신뢰만을 의식했다. 그녀가 그를 꿰뚫어 보고, 그가 원하는 것을 알아내 그를 위해 그것을 손에 넣을 것이라는 신뢰 말이다.

"당신이 나에게 말하려는 무엇이든지 이야기하고 싶어요," 그가 말했다. "나는 완전히 당신 손에 있어요, 캐서린."

"당신이 느끼는 것을 나에게 말해야 해요," 그녀가 말했다.

"오, 캐서린, 나는 매 순간 수천 가지를 느끼고 있어요. 확신하는데, 내가 무엇을 느끼는지 모르겠어요. 히스 벌판에서 그날 오후―그것은 그때였어요―그때―" 그가 중단했다. 그는 그때 무슨 일이 일어났는지 그녀에게 말하지 않았다. "여느 때처럼 당신의 무섭도록 현명한 판단이 나에게 확신을 주었어요―그 순간 동안―하지만 무엇이 진실인지는, 오직 신만이 아실 테지!" 그가 소리쳤다.

"당신이 카산드라와 사랑에 빠졌다는 것, 아니면 사랑에 빠졌을 수도 있다는 것이 진실이 아닐까요?" 그녀가 부드럽게 말했다.

윌리엄은 고개를 숙였다. 잠시 침묵한 후 그가 나직하게 말했다.

"당신이 옳다고 생각해요, 캐서린."

그녀는 자신도 모르는 사이에 한숨을 쉬었다. 그녀는 이 시간 내내 이러한 결과에 이르지 않게 되기를 열렬히 바라고 있었고, 그 열렬함은 매 순간 자신의 말의 흐름에 거슬러 강해졌다. 놀랄 만한 고통의 순간이 지난 후 그녀는 자신이 그를 도울 수 있기만을 얼마나 원했는지 그에게 말하기 위해 용기를 냈다. 그리하여 이야기의 처음 몇 마디 말을 생각해냈을 때 지나치게 몰두한 상태에 있는 사람을 무섭고 깜짝 놀라게 하는 문을 두드리는 소리가 났다.

"캐서린, 당신을 존경해요." 그는 반쯤 속삭이며 재촉했다.

"네," 그녀가 약간 전율하며 물러나 대답했다. "하지만 당신은 문을 열어야 해요."

제23장

　랠프 데넘이 방으로 들어와 캐서린이 그에게 등을 보이고 앉아 있는 것을 보았을 때, 여행자가 때때로 여행 중에 마주치게 되는 것과 같은 공기의 변화를 의식했다. 특히 해가 진 후, 예고 없이 축축한 냉기로부터 건초와 콩밭의 달콤함을 간직한 소모되지 않고 축적된 온기를 향해 달려갔을 때처럼. 마치 달이 떴지만 태양이 여전히 빛나는 것처럼 말이다. 그는 주춤했다. 그는 전율했다. 그는 세심하게 창가로 걸어가 외투를 옆에 두었다. 그는 지팡이를 커튼 주름에 기대어 아주 조심스럽게 균형을 잡아 세워두었다. 그렇게 자신의 기분과 마음의 준비에 열중하느라 그는 두 사람이 각자 무엇을 느끼고 있는지 관찰할 시간이 전혀 없었다. 그가 인지할 수도 있었을 그런 흥분의 징후는 (그들은 빛나는 눈과 해쓱한 뺨에 그 징후를 남겨뒀다) 캐서린 힐버리의 일상의 드라마만큼 대단한 드라마에 등장하는 배우들에게 잘 어울리는 듯이 보였다. 아름다움과 열정이 그녀의 존재가 내쉬는 숨결이라고 그는 생각했다.

　그녀는 그가 있다는 것을 거의 알아채지 못했거나, 그녀에게 애써 침착한 태도를 취하도록 하는 정도로 그를 의식했을 뿐이었다. 그리고 그녀는 이것을 전혀 명확하게 느끼지 못했다. 그렇지만 윌리엄은 그녀보다 한층 더 흥분했다. 그리고 그녀가 약속한 도움은 건물의 햇수나 건축가의 이름에 관한 상투적인 말의 형태를 취하며 시작되었고, 이 사실은 그에게 어떤 디자인을 찾기 위해 서랍을 뒤적일 핑계를 주었다. 그리하여 그는 그들 세 사람 사이에 있는 탁자 위에 그 디자인을 올려놓았다.

세 사람 중 누가 그 디자인을 가장 주의 깊게 지켜보았는지 말하기는 어렵지만, 세 사람 중 한 명도 잠시 동안 아무런 할 말도 찾지 못했다는 것은 분명했다. 거실에서 경험한 수년간 훈련이 캐서린에게 드디어 도움을 주었다. 그리하여 그녀는 뭔가 적당한 말을 했고, 같은 순간 그녀는 자신의 손이 떨리고 있다는 것을 알아챘기 때문에, 탁자에서 그녀의 손을 뒤로 뺐다. 윌리엄은 과장되게 동의했고, 데넘은 다소 높은 음의 어조로 그의 말을 거들었다. 그들은 그 계획을 밀쳐놓고 벽난로 쪽으로 더 가까이 갔다.

"저는 런던의 어느 지역보다 여기에 사는 게 좋을 것 같습니다." 데넘이 말했다.

('그런데 나는 살고 싶은 곳이 없는데요') 캐서린이 큰 소리로 동의하면서 생각했다.

"당신이 원한다면 확실히 여기에 방을 얻을 수 있을 겁니다." 로드니가 대답했다.

"그러나 저는 런던을 영원히 떠나려고 합니다. 당신에게 말씀드렸던 그 시골집을 얻었습니다." 그 선언은 그의 말을 듣는 두 사람 중 어느 쪽에게도 거의 전달되지 않는 것처럼 보였다.

"정말인가요? ―섭섭한데요……. 주소를 꼭 주십시오. 그런데 설마 완전히 세상과 절연하지는 않을 테지요 ―"

"당신도 이사할 계획이라고 생각하는데요." 데넘이 말했다.

윌리엄이 아주 눈에 띄게 당황하는 기색을 보여서 캐서린은 마음을 가라앉히고 물었다.

"당신이 얻은 시골집은 어디에 있나요?"

그녀에게 대답하면서 데넘은 몸을 돌려 그녀를 보았다. 그들의 시선이 마주치자, 그녀는 자신이 랠프 데넘과 이야기하고 있다는 사실을 처음으로 깨달았다. 그리고 세세한 것들은 떠오르지 않지만 그의 근황에 대해 이야기했고, 그녀가 그를 나쁘게 생각할 이유가 있다는 것을 생각해냈다. 그녀는 메리가 말했던 것을 기억할 수는 없었지만, 그녀가 검토할 시간을 갖지 못했던 많은 정보가 그녀의 마음속에 있었던 것 같았다 ─ 이제 심연의 저쪽에 놓여 있는 정보 말이다. 그러나 그녀의 흥분이 그녀의 과거에 아주 묘한 빛을 던져주었다. 그녀는 당면한 문제를 헤쳐나가야만 했다. 그런 뒤 조용히 숙고해봐야 했다. 그녀는 랠프의 이야기를 듣는 데 마음을 기울였다. 그는 노포크에서 시골집을 얻었다고 그녀에게 말했고, 그녀는 그 특정한 지역을 안다거나 혹은 모른다고 말했다. 그러나 잠시 집중한 뒤 그녀의 마음은 로드니에게로 흘러갔다. 그리고 그녀는 그들이 가까운 사이이며 서로의 생각을 공유하고 있다는 특별한, 정말 이전에 없었던 느낌을 받았다. 만약 랠프가 거기에 없었다면, 그녀는 즉시 윌리엄의 손을 잡고, 그런 뒤 그의 어깨에 머리를 대고 싶은 욕망에 굴복했을 것이다. 이것을 그 순간 그녀가 어떤 것보다 더 원했기 때문이다. 사실 그녀가 무엇보다 혼자 있고 싶다는 것만 제외하면 ─ 그래, 그것이 그녀가 원했던 것이다. 그녀는 이러한 토론에 몹시 싫증이 났다. 그녀는 자신의 감정을 드러내려 노력한 탓에 몸이 떨렸다. 그녀는 대답하는 것을 잊어버렸다. 이제 윌리엄이 이야기하고 있었다.

"그런데 시골에서 어떤 일을 찾을 건가요?" 그녀가 단지 반쯤 들었던 대화에 끼어들며 아무렇게나 물었다. 그녀의 태도에 로드니와 데넘 모두 약간 놀라서 그녀를 보았다. 그러나 그녀가 대화를 다시 시작하자마자, 다음 차례로 침묵에 빠진 것은 윌리엄이었다. 그는 대화 도중 신경질적으로, "네, 네, 네" 하고 끼어 들긴 했지만, 그는 즉시 그들의 이야기를 들어야 한다는 것을 잊었다. 몇 분이 흐르자, 그가 캐서린에게 할 이야기가 아주 많았기 때문에, 랠프의 존재가 점점 더 그에게 참을 수 없게 느껴졌다. 그가 캐서린에게 말할 수 없게 되자, 그녀에게 꺼내놓아야 할 터무니없는 의심과 대답할 수 없는 의문점들이 쌓였다. 이제 그녀만이 그를 도울 수 있기 때문이다. 만약 그가 그녀를 홀로 볼 수 없다면 그는 잠을 자거나, 혹은 그가 광기의 순간에 했던 말을 기억하지 못할 것이다. 그 순간 그는 완전히 미친 것은 아니었다. 아니면 미쳤던가? 그는 고개를 끄덕였다. 그리고 신경질적으로 말했다. "그래, 그래." 그리고 캐서린을 보고 그녀가 얼마나 아름다운가 하고 생각했다. 그가 세상에서 이보다 더 감탄했던 사람은 없었다. 그녀의 얼굴에는 그가 전혀 본 적이 없는 표정으로 보여주는 감정이 있었다. 그런 뒤 그가 그녀와 단둘이 말할 수 있는 방법을 곰곰이 생각하고 있었을 때, 그녀는 일어섰고 그는 깜짝 놀랐다. 그는 그녀가 데넘보다 오래 머물 것이라고 예상했기 때문이었다. 그렇다면 그가 그녀와 사적으로 무언가 이야기할 수 있는 유일한 기회는 그녀와 아래층으로 내려가서 함께 거리를 걷는 것이었다. 하지만 그는 하나의 단순한 생각을 말로 표현하는 일의 어려움에 압도된 채 머뭇거렸는데, 그의 모든 생각이 흩어져버렸고 그 모든 것은 말로 형언하기에 너무 강렬했다. 그러는 동안 그는 보다 더 예기치 않은 일로 타격을 받아 입이 굳어져버렸다. 데넘이 의자에서 일어나 캐서린을 보고 말했다.

"저도 가려고 합니다. 함께 가실까요?"

그리하여 윌리엄이 그를 붙잡아둘 방법을 찾기도 전에 ─ 아니 캐서린을 붙드는 편이 더 나을까? ─ 그는 모자와 지팡이를 들고 캐서린이 나가도록 문을 열어둔 채 있었다. 윌리엄이 최대한 할 수 있는 일은 계단 위에 서서 잘 가라고 인사하는 것이었다. 그는 그들에게 함께 가자고 할 수 없었다. 그는 그녀에게 머물러 달라고 조를 수도 없었다. 그는 계단이 어두운 탓에 그녀가 다소 느리게 계단을 내려가는 것을 지켜보았다. 그리고 그는 패널벽을 배경으로 데넘의 머리와 캐서린의 머리가 함께 가까이 있는 마지막 모습을 보았다. 그때 갑자기 날카로운 질투의 고통이 그를 엄습했고 그가 신고 있던 슬리퍼를 의식한 채로 있지 않았더라면, 그는 그들을 뒤쫓아 가 고함을 질렀을 것이다. 그러나 사실상, 그는 그 지점에서 움직일 수가 없었다. 돈독한 우정의 맹세를 굳건히 하기 위해 이 마지막 일별에 의지하면서, 계단이 돌아가는 곳에서 캐서린은 뒤돌아보기 위해 몸을 돌렸다. 그녀의 조용한 인사에 답을 보내는 대신 윌리엄은 그녀에게 빈정거리는 혹은 분노하는 냉담한 눈길로 쳐다보며 싱긋이 웃었다.

그녀는 잠시 동안 꼼짝 않고 멈춰 섰다. 그런 뒤 천천히 뜰로 내려갔다. 그녀는 오른쪽과 왼쪽을 보고서는 한번 하늘을 올려다보았다. 그녀는 데넘을 자신이 생각하는 데 장애물로서 의식할 뿐이었다. 그녀는 자신이 혼자 있게 되기까지 여기저기 걸어가야 할 거리를 계산했다. 그러나 그들이 스트랜드 가에 왔을 때 어떤 택시도 보이지 않았다. 그래서 데넘이 침묵을 깨고 말했다.

"택시가 한 대도 보이지 않는 것 같습니다. 좀 더 걸으시겠습니까?"

"좋아요," 그녀는 그에게 주의를 기울이지 않고 동의했다.

그녀가 생각에 빠져 있다는 것을 깨달아서인지, 혹은 그가 자신의 생각에 몰두해서인지, 랠프는 더 이상 아무 말도 하지 않았다. 그리고 말없이 그들은 스트랜드 가를 따라 얼마간 걸었다. 랠프는 하나의 생각 뒤에 다른 생각이 떠오르도록 생각을 정리하기 위해 최선을 다하고 있었고, 일단 말하게 되면 제대로 된 말을 해야 한다는 결심이 그가 정확한 말을 찾고 심지어는 가장 잘 어울리는 장소를 찾을 때까지 그에게 말하는 순간을 미루도록 했다. 스트랜드 가는 너무 복잡했다. 또한 빈 택시를 찾을 수 있는 아주 많은 위험이 있었다. 설명 한마디 없이 그는 강 쪽으로 이르는 샛길 가운데 내리막길을 향해 왼편으로 방향을 돌렸다. 아주 중요한 일이 일어날 때까지 그들은 어떤 이유로도 헤어져서는 안 되었다. 그는 자신이 무엇을 말하고 싶은지 정확하게 잘 알았다. 그리하여 그는 내용뿐만 아니라 말해야 하는 순서도 정리했다. 그렇지만 그녀와 단둘이 있게 되니, 그는 말하기가 거의 극복할 수 없이 어렵다는 것 뿐만 아니라 그를 그런 식으로 혼란스럽게 하면서 그가 가는 길 저편으로 환영과 함정을 드리우고 있는 그녀에게 화가 나 있다는 것을 깨달았다. 그것은 그녀처럼 유리한 입장에 있는 사람이 하기 쉬운 일이었다. 그는 스스로에게 질문하는 만큼 가혹하게 그녀에게 질문해야겠다고 결심했다. 그리하여 두 사람 모두 최종적으로 그녀의 우위가 타당한 것이라고 주장하든지 아니면 그 우위를 부정하든지 하게 하기로 결심을 했다. 그러나 그들이 단둘이 걸으면 걸을수록, 그는 그녀가 실제로 함께 있다는 느낌으로 인해 더욱더 혼란스러워졌다. 그녀의 스커트가 바람에 나부꼈다. 그녀 모자의 깃털 장식이 흔들렸다. 때때로 그는 그녀가 그를 한두 걸음 앞서 걸어가는 것을 보았다. 혹은 그녀가 그를 따라잡도록 기다려야 했다.

침묵이 오래 지속되었다. 그녀는 그와 동행하면서 자신을 자유롭게 해줄 택시가 없다는 사실에 처음으로 화가 났다. 그리하여 그녀는 그를 나쁘게 생각하도록 메리가 그녀에게 했던 말을 희미하게 회상해보았다. 그녀는 무슨 말이었는지 기억할 수 없었다. 하지만 그의 오만한 태도와 결합되어 그 회상은—왜 그는 이 샛길을 그렇게 빨리 걸어가는가? —그녀에게 자신의 옆에서 불쾌하지만 두드러지는 힘을 행사하는 한 사람을 점점 더 의식하게 만들었다. 그녀는 멈추었다. 그리고 택시를 잡기 위해 주변을 둘러보았고, 멀리서 한 대를 보았다. 그러자 그는 갑자기 이야기를 시작했다.

"조금 더 걸으셔도 괜찮겠습니까?" 그가 물었다. "당신에게 할 말이 있습니다."

"좋아요," 그의 요구가 메리 대치트와 관련된 것이라고 추측하면서 그녀가 대답했다.

"강가가 더 조용합니다," 그가 말했다. 그리고 곧바로 그는 길을 가로질러 갔다. "저는 당신에게 다만 이것을 묻고 싶습니다," 그가 말하기 시작했다. 하지만 그가 지나치게 오랫동안 말을 멈추어서 그녀는 하늘을 배경으로 그의 머리를 볼 수 있었다. 그의 비스듬한 야윈 뺨과 크고 강인해 보이는 코가 하늘을 배경으로 분명하게 두드러졌다. 그가 말을 잠시 중단한 사이 그가 하려고 의도했던 것과 완전히 다른 말이 튀어나왔다.

"당신을 본 이후로 줄곧 저는 당신을 저의 기준으로 삼았습니다. 저는 당신에 대해 꿈꿔왔습니다. 당신만을 생각해왔습니다. 당신은 저에게 세상에서 유일한 현실을 대변합니다."

그가 하는 말과 말할 때의 묘하게 긴장된 음성 때문에 마치 그가 그의 옆에 있는 여성이 아니라 멀리 떨어져 있는 어떤 사람에게 말하는 것처럼 보였다.

"그래서 이제 당신에게 털어놓고 말할 수 없다면 제가 미쳐버릴 것 같은 그런 힘든 형편에 이르렀습니다. 저는 당신이 세상에서 가장 아름답고 진실한 사람이라고 생각합니다." 그가 고양된 감정으로 충만한 채, 그리고 현학적인 정확성으로 자신의 말을 이제 고를 필요가 없다고 느끼면서 계속 말했다. 그가 하고 싶었던 말이 갑자기 분명해졌기 때문이었다.

"전 당신을 모든 곳에서 봅니다. 별들 사이에서, 강에서. 저에게 당신은 존재하는 전부입니다. 존재하는 모든 것의 실체입니다. 당신 없이는 삶이 불가능 할 것이라고 말씀드립니다. 그래서 이제 제가 원하는 것은—"

그녀는 나머지 말을 이해하게 만드는 어떤 구체적인 말을 놓쳐버린 느낌으로 지금까지 그의 말을 들었다. 그녀는 그를 제어하지 않고는 이렇게 알아들을 수 없게 두서없이 하는 말을 더 이상 들을 수 없었다. 그녀는 다른 사람에게 하는 말을 자신이 엿듣고 있다고 느꼈다.

"이해하지 못하겠어요," 그녀가 말했다. "당신은 뜻 없는 말을 하고 있어요."

"제가 하는 모든 말에 의미가 있습니다," 그가 강조하여 대답했다. 그는 그녀를 향해 머리를 돌렸다. 그녀는 그가 말하는 동안 찾고 있었던 말을 생각해냈다. "랠프 데넘은 당신을 사랑합니다." 그 말은 메리 대치트의 목소리로 그녀에게 돌아왔다. 그녀의 내부에서 격하게 화가 치밀어 올랐다.

"오늘 오후 메리 대치트를 보았어요," 그녀가 외쳤다.

그는 불시에 습격을 당한 것처럼, 혹은 뜻밖의 일을 당한 것처럼 움직였다. 그러나 잠시 동안 대답하지 않았다.

"그녀는 제가 청혼했다고 당신에게 말했을 것 같은데요?"

"아닙니다!" 캐서린이 놀라서 외쳤다.

"그렇지만 저는 그랬습니다. 제가 링컨에서 당신을 본 그날이었어요," 그가 계속 말했다. "저는 그녀에게 청혼할 뜻이 있었습니다. 그리고 난 후 창밖을 내다보았고 당신을 보았죠. 그 후 전어느 누구에게도 청혼하고 싶지 않았습니다. 하지만 그렇게 했습니다. 그리고 그녀는 제가 거짓말을 하고 있다고 생각하고 저를거절했습니다. 저는 그때 그녀가 저를 사랑한다고 생각했습니다. 그리고 아직도 그렇게 생각합니다. 저는 아주 옳지 못하게 행동했습니다. 제 자신을 변호하지는 않겠습니다."

"네," 캐서린이 말했다. "그러지 않기를 바라요. 상상해볼 수 있는 변명은 없어요. 어떤 행동이 잘못되었다면 말이죠." 그녀는 그에게보다는 자신에게 한층 더 대항하여 힘차게 말했다. "제가 생각하기에," 그녀는 마찬가지로 힘차게 계속 말했다. "사람들은 정직해야 할 의무가 있는 것 같습니다. 그런 행동에 변명은 없어야합니다." 그녀는 이제 자신의 눈앞에서 메리 대치트의 얼굴에 나타난 표정을 분명히 볼 수 있었다.

아주 잠시 말을 멈춘 후 그가 말했다.

"저는 당신을 사랑하고 있다고 말하는 것이 아닙니다. 저는 당신을 사랑하지 않습니다."

"저도 그렇게 생각하지 않아요," 그녀가 약간 당황스럽다고 생각하며 대답했다.

"저는 의미 없는 말을 단 한마디도 당신에게 하고 있지 않습니다," 그가 덧붙였다.

"그러면 당신이 하고자 하는 말이 무엇인지 말해보세요," 그녀가 드디어 말했다.

마치 공통의 본능을 따르는 것처럼, 두 사람 모두 멈췄다. 그리고 강의 난간 위로 약간 몸을 숙여 흐르는 물을 들여다보았다.

"당신은 우리가 정직해야 한다고 말씀하셨죠," 랠프가 말하기 시작했다.

"좋습니다. 당신에게 사실을 말하려고 노력해보겠습니다. 하지만 경고 드리자면, 당신은 내가 미쳤다고 생각할 겁니다. 그럼에도 불구하고 네다섯 달 전 제가 당신을 처음 본 이후로 제가 아주 터무니없는 방식으로 당신을 나의 이상으로 만들었다는 게 사실입니다. 제가 어느 정도에 이르게 되었는지 당신에게 말씀드리기가 창피스러울 지경입니다. 그것은 제 삶에서 가장 중요한 일이 되었습니다." 그는 스스로를 제어했다. "당신이 아름답다는 것과 굉장히 매력적이라는 것을 제외하고 당신에 대해 잘 알지 못하지만, 저는 우리가 같은 생각을 하고 있다고 믿게 되었습니다. 우리가 무엇인가를 함께 좇고 있다고, 우리가 무엇인가를 깨닫고 있다고 믿게 되었습니다……. 저는 당신을 상상하는 습관에 빠져들었습니다. 저는 항상 당신이 무엇을 말하거나 행동하는 것을 생각하고 있습니다. 저는 당신에게 말하면서 거리를 따라 걷습니다. 저는 당신에 대해 꿈꿉니다. 그것은 단지 나쁜 습관, 남학생의 습관, 백일몽에 불과합니다. 그것은 평범한 경험입니다. 친구들의 절반쯤은 같은 경험을 합니다. 어떻든, 그것이 바로 사실입니다."

동시에 그들 두 사람은 아주 천천히 걸었다.

"당신이 저를 알게 된다면 이 모든 생각이 전혀 들지 않을 거예요," 그녀가 말했다. "우리는 서로를 몰라요 — 우리는 항상 — 방해받았어요……. 고모들이 오신 그날 당신은 나에게 이 말을 하려고 했나요?" 그녀는 전체 장면을 생각해내며 물었다.

그는 고개를 숙였다.

"당신이 저에게 당신의 약혼에 대해 말한 날입니다," 그가 말했다.

그녀는 흠칫 놀라며 자신이 더 이상 약혼한 상태가 아니라는 사실을 생각했다.

"제가 당신을 알게 된다면 이런 생각을 하지 않을 것이라는 점을 부인합니다," 그가 계속했다. "더욱 이성적으로 느끼게 되겠지요 ─ 그것이 전부입니다. 저는 오늘 밤에 했던 터무니없어 보이는 말을 하지 않아야 했습니다……. 하지만 터무니없는 말이 아닙니다. 진실입니다," 그가 완강하게 말했다. "그것이 중요한 것입니다. 당신은 마치 당신을 향한 이러한 감정이 환영인 것처럼 제가 어쩔 수 없이 인정하도록 할 수 있겠지요. 그러나 우리 모두의 감정은 그런 것입니다. 그 감정들 가운데 최선의 것이 반쯤은 환상입니다. 여전히," 그는 스스로와 논쟁하는 것처럼 덧붙였다. "그것이 저에게 될 수 있는 한 진실한, 그런 감정이 아니라면, 저는 당신 때문에 제 인생을 바꾸지는 않았을 겁니다."

"무슨 뜻인가요?" 그녀가 물었다.

"당신에게 말씀드렸죠. 저는 시골집을 얻었습니다. 저는 일을 그만두려고 합니다."

"저 때문에요?" 그녀가 놀라서 물었다.

"네, 당신 때문에요," 그가 대답했다. 그는 자신이 뜻하는 바를 더 이상 설명하지 않았다.

"하지만 저는 당신이나 당신의 상황을 몰라요," 그가 말없이 있자, 그녀가 드디어 말했다.

"당신은 어떤 식으로든 저에 대한 생각이 없습니까?"

"네, 한 가지는 있는 것 같아요—" 그녀가 망설였다.

그는 그녀에게 설명하라고 요청하고 싶은 욕망을 억눌렀다. 그러자 기쁘게도 그녀는 자신의 마음을 탐색하는 듯이 말을 계속했다.

"저는 당신이 저를 비난한다고 생각했어요—어쩌면 나를 싫어한다고요. 저는 당신이 심판하는 사람이라는 생각이 들었어요—"

"아닙니다. 저는 느끼는 사람입니다," 그가 낮은 목소리로 말했다.

"그러면 말씀해보세요. 왜 당신은 이런 행동을 하시나요?" 잠시 중단한 후 그녀가 물었다.

그는 조심스럽게 준비한 기색을 보이면서 그가 처음에 말하려고 했던 모든 것을 그녀에게 정돈된 방식으로 말했다. 그가 자신의 형제자매와 어떤 관계에 있는지, 그의 어머니가 어떻게 말했고 그의 누나인 조앤이 어떻게 말하기를 피했는지, 그의 이름으로 은행에 정확하게 몇 파운드가 있는지, 그의 남동생이 미국에서 생계를 꾸려가는 것에 대해 어떤 가능성을 가졌는지, 그들의 수입 가운데 얼마가 집세로 나가고 있는지, 그리고 그가 기억하고 있는 다른 세부적인 사항들에 대해서 말했다. 그녀는 이 모든 것을 들었다. 그리하여 그녀는 워털루 다리가 모습을 드러낼 무렵 그 내용으로 시험을 통과할 수도 있었을 것이다. 그렇지만 그녀는 발아래 포석을 세고 있던 것보다도 더 열심히 듣고 있지 않았다. 그녀는 자신이 그동안 살면서 느껴왔던 것보다 더 행복하다고 느끼고 있었다. 그들이 강변로를 걷고 있었을 때, 만약 데넘이 점과 대시, 부호와 구부러진 선으로 온통 얼룩진 페이지로 채워진, 대수학적인 부호가 있는 책이 그녀의 눈앞에 얼마나 분명하게 나타났는지 알 수 있었더라면 그녀의 주목을 받는 데서 오는 은밀한 즐거움은 사라졌을지도 모른다. 그녀는 "네, 알겠어요……. 하지만 어떻게 당신에게 도움이 될까요? ……당신의 남동생은 시험에 합격했나요?"라고 아주 분별 있게 계속 말했다. 그래서 그는 변함없이 그의 지력을 집중해야만 했다. 그리고 줄곧 그녀는 망원경으로 다른 세계인 하얀 흔적의 갈라진 틈이 있는 원형의 표면들을 올려다보는 상상에 젖어 있었고, 마침내 그녀는 자신이 두 개의 몸을 가지고 있다고 느꼈다. 하나는 데님과 함께 강변을 걷고 있으며, 다른 하나는 눈에 보이는 세계를 뒤덮고 있는 수증기 거품 위로 맑고 푸른 우주에 떠 있는 은색의 구체에 집중했다. 그녀는 하늘을 한번 보았다. 그리고 서풍을 앞서 현재 빠르게 나아가고 있는 물기 많은 구름의 비행을 꿰뚫을 만큼 어떤 별도 선명하지 않다는 것을 깨달았다. 그녀는 다시 서둘러 아래를 보았다. 그녀는 자신이 이렇게 행복한 감정을 느낄 만한 이유가 없다고 확신했다. 그녀는 자유롭지 않았다. 그녀는 혼자도 아니었다. 그녀는 여전히 수많은 섬유 조직에 의해 지상에 얽매어 있었다. 그녀가 내딛는 걸음은 모두 그녀를 집으로 더욱 가까이 데려갔다. 그럼에도 불구하고 그녀는 자신이 전에는 한 번도 느낀 적이 없었던 것처럼 커다란 기쁨을 느꼈다. 대기는 더욱 상쾌했고, 불빛은 더욱 빛났으며, 우연히 혹은 의도적으로 그녀가 난간에 손을 대었을 때, 난간의 차가운 돌은 더 차고 더 단단했다. 데님에 대한 불쾌한 감정은 더 이상 남아 있지 않았다. 그녀가 날아가기로 선택한 어느 곳이건, 하늘을 향하든 아니면 집을 향하든, 그는 분명히 방해하지 않았다. 그러나 그녀는 자신의 상태가 데님 때문이거나 혹은 그가 말했던 것 때문이라는 것을 전혀 의식하지 못했다.

그들은 이제 강변의 서리 지역을 가로질러 오가는 택시와 버스의 흐름이 시야에 들어오는 곳에 있었다. 차들이 왕래하는 소리, 자동차 경적 소리, 그리고 전차 벨의 가벼운 종소리가 점점 더 분명해졌고, 소음이 늘어나자 그들 두 사람 모두 말이 없어졌다. 그들에게 허용된 어느 정도 사적인 시간을 연장하려는 것처럼, 본능적으로 그들은 발걸음을 늦추었다. 캐서린과 함께 걷는 이 마지막 몇 야드가 주는 기쁨이 랠프에게 너무 컸기 때문에 그는 현재의 순간을 지나 그녀가 떠나게 될 시간을 미리 생각하지 않았다. 그는 그들의 마지막 우정의 순간을 그가 이미 했던 말에 새로운 말을 덧붙이는 데 쓰고 싶지 않았다. 그들이 대화를 멈춘 이후 그녀는 그에게 실재하는 사람이라기보다 그가 꿈꿔온 바로 그 여인이 되었다. 하지만 그의 고독한 꿈은 실제 그녀 앞에서 느꼈던 것과 같은 그런 강렬한 느낌을 결코 일으키지 못했다. 그는 또한 스스로도 묘하게 변했다. 그는 자신의 모든 능력을 완전히 지배하게 되었다. 처음으로 그는 최고의 힘을 소유하게 되었다. 그의 앞에 펼쳐진 전망은 끝이 없는 듯이 보였다. 그러나 그의 기분에는 지금까지 두드러졌던, 하나의 기쁨에 다른 기쁨을 덧붙이려는 초조함이나 열뜬 욕망이 조금도 없었다. 그리고 이 기분은 얼마간 망쳐졌지만 그가 상상한 것 가운데 최고의 황홀함을 주었다. 바로 이 기분은 인간의 삶의 상황에 대해 아주 명민하게 설명해주었기 때문에 미끄러지듯 앞으로 다가오는 택시에 조금도 방해받지 않았다. 그리고 캐서린도 택시를 의식하고 그쪽으로 고개를 돌렸다는 것을 흥분하지 않고 알아챘다. 그들의 멈칫하는 불편한 발걸음에서 택시를 잡는 것이 더 낫다는 사실이 인정되었다. 그리하여 그들은 동시에 멈춰서 택시를 향해 손짓했다.

"그러면 가능한 빨리 당신의 결정을 알려주시겠습니까?" 그가 택시의 문에 손을 댄 채 물었다.

그녀는 잠시 주저했다. 그녀는 자신이 결정해야 하는 문제가 무엇인지 곧바로 생각해낼 수 없었다.

"편지를 쓸게요," 그녀가 애매하게 대답했다. "아니에요," 그녀는 자신이 주목하지 않았던 문제에 대해 어떤 결정을 내리는 편지를 쓰기가 어렵겠다고 생각하면서, 곧바로 덧붙였다. "어떻게 해야 할지 모르겠어요."

그녀는 발판에 발을 딛고 깊이 생각하고 머뭇거리면서 데넘을 보고 서 있었다. 그는 그녀의 어려움을 예상했다. 그는 그녀가 아무것도 듣지 않았다는 것을 곧 알게 되었다. 그는 그녀가 느낀 모든 것을 알았다.

"만족스럽게 이 일에 대해 서로 논의할 수 있는 장소 한 군데를 제가 알고 있습니다," 그가 재빨리 말했다. "큐[1]입니다."

"큐?"

"큐 말입니다," 그가 단호히 결심하고 말했다. 그는 문을 닫고 운전사에게 그녀의 주소를 주었다. 그녀는 곧 그로부터 멀어졌다. 그리고 그녀가 탄 택시는 제각각 불빛으로 구분이 되지만 서로 구별하기 힘든 자동차들의 뒤엉킨 흐름에 합류했다. 그는 잠시 동안 지켜보며 서 있었다. 그러고 나서 어떤 강력한 충동에 휩쓸린 것처럼 그들이 서 있던 지점에서 그는 방향을 돌려 빠른 걸음으로 길을 건너 사라졌다.

그는 차량과 행인들이 전혀 없는 이 시간에 거의 초자연적으로 고조된 이 마지막 기분에 기대어 좁은 거리에 이를 때까지 걸어갔다. 문이 닫힌 진열장이 있는 가게 탓인지, 나무로 된 보도가 부드럽게 은빛으로 곡선으로 나아간 탓인지, 혹은 감정의 자연스런 퇴보 탓이든 간에, 여기에서 그의 환희는 천천히 사라져 그를 떠났다. 이제 그는 폭로에 뒤따르는 상실을 의식했다. 그는 캐

---

1 큐 왕립식물원the Royal Botanic Gardens, Kew. 런던 서남부에 있다.

서린과 말하면서 무엇인가를 잃었다. 결국 그가 사랑했던 캐서린과 실재하는 캐서린이 동일한 인물일까? 그녀는 그 순간 완전히 자신을 초월해 있었다. 그녀의 스커트는 바람에 나부꼈고, 그녀의 깃털이 흔들렸으며, 그녀의 목소리는 이야기했다. 하지만 누군가의 꿈속의 목소리와 그 꿈의 대상으로부터 나오는 목소리 사이에서 때때로 나타나는 침묵은 얼마나 끔찍한가! 인간이 자신의 능력으로 상상한 것을 실행에 옮기려고 시도하였을 때, 그들이 만든 형상에 대해 그는 혐오감과 연민이 섞인 감정을 느꼈다. 그와 캐서린 모두 그들을 감싸고 있던 생각의 구름으로부터 나왔을 때 얼마나 왜소해 보였던가! 그는 그들이 서로 소통하기 위해 시도했던 사소하고, 감정을 드러내지 않는, 평범한 말을 생각해냈다. 그는 그 말을 스스로에게 되풀이했다. 캐서린의 말을 반복하면서, 그는 잠시 동안 어느 때보다 더 그녀를 숭배할 정도로 그렇게 그녀의 존재를 의식하기에 이르게 되었다. 그러나 그는 그녀가 결혼하기 위해 약혼했다는 사실을 흠칫 놀라며 기억했다. 강렬한 감정이 곧바로 그에게 드러났고, 그는 억누를 수 없는 분노와 좌절감에 굴복했다. 로드니의 모습이 그가 어리석고 무례하게 군 모든 정황들과 함께 랠프 앞에 떠올랐다. 그 작은 분홍빛 뺨을 한 댄스 교사가 캐서린과 결혼을 하는 건가? 오르간을 연주하는 원숭이 얼굴을 한 횡설수설하는 고집쟁이와? 그 잘난 체하고, 허영심 강하며, 변덕스러운 멋만 부리는 자와? 비참한 일과 우스꽝스러운 일, 셀 수 없는 심술과 자만심과 인색함을 보여주는 자와? 빌어먹을! 로드니와 결혼한다니! 그녀도 그만큼 대단한 멍청이임에 틀림없어. 견디기 힘든 괴로움이 그를 사로잡았다. 그리하여 그가 지하철의 구석에 앉았을 때, 그는 상상할 수 있는 한 대단히 경직되고, 접근할 수 없을 정도의 통렬한 모습을 하고 있었다. 집에 도착하자마자 그는 탁자에 앉았다. 그리고 캐서린에게 길고, 격정적이며, 광적인 편지를 쓰기 시작했다. 그들 두 사람을 위해서 로드니와 헤어지라고 그녀에게 간절히 부탁했고, 유일한 아름다움, 유일한 진실, 유일한 희망을 영원히 파괴할 일을 하지 않도록 애원했다. 또한 배반자가 되지 말라고, 도망자가 되지 말라고 간청했다. 만약 그녀가 그렇다면 말이다─그리고 그녀가 무슨 일을 하든 혹은 하지 않고 내버려두든 그는 그것이 최선이라고 믿고 감사하게 받아들일 것이라는 차분하고 간단한 주장으로 끝을 맺었다. 그는 편지지를 차곡차곡 덮었다. 그리고 그는 자러 가기 전에 런던을 향해 일찍 출발하는 짐마차 소리를 들었다.

제24장

봄을 알리는 첫 징후는, 이월 중순을 향하고 있다고 느낄 정도로 숲과 정원의 비바람이 들이치지 않는 구석에서 흰색과 보랏빛의 작은 꽃들을 피워낼 뿐만 아니라, 남녀의 마음속에 달콤한 향기를 품은 엷은 색 꽃잎에 비견될 만한 생각과 욕망을 만들어낸다. 오랜 시간 얼어붙어 단단한 표면으로 굳어진 생명체들은 비추지도 생산하지도 않지만, 이 계절에는 과거의 형태와 색뿐 아니라 현재의 형태와 색을 반영하면서 부드럽고 유동적이 된다. 힐버리 부인의 경우, 이 이른 봄날은 대체로 그녀의 정서적 능력을 활발히 자극시킨다는 점에서 대체로 혼란스러웠다. 과거에는 이 정서적 능력이 크게 꺾이는 일은 결코 없었다. 하지만 봄에는 그녀의 표현 욕구가 변함없이 늘었다. 구절의 환영들이 그녀를 따라다니며 괴롭혔다. 그녀는 단어를 조합하는 감각적인 즐거움에 자신을 맡겼다. 그녀는 자신이 가장 좋아하는 작가들의 지면에서 조합해보았다. 그녀는 종이쪽지에 써보기도 했고, 그런 유창한 단어의 조합이 나오지 않을 경우에는 그것을 입속에서 굴려보았다. 그녀는 이러한 여정에서 어떤 말도 아버지에 대한 기억의 빛나는 광채를 능가할 수 없을 것이라는 확신을 얻게 되었다. 그리고 그녀의 노력이 그의 전기를 끝맺는 일을 두드러지게 진전시키지는 못했지만, 그녀는 다른 시기보다 이런 계절에 더욱 그에 대한 환상 속에서 살고 있다는 느낌이 들었다. 어떤 사람도 언어의 힘에서 도망칠 수는 없다. 힐버리 부인처럼 영국에서 태어나 자라면서 어린 시절부터 때로는 색슨어의 소박함 속에서, 때로는 라틴어의 화려함 속에서 즐겨왔고, 그녀처럼 무한한 낱말들을 탐닉하는 옛 시인들에 대한 기억이 축적된 사람들은 말할 것도 없다. 심지어 캐서린도 자신의 더 나은 판단에 거슬러 그녀의 어머니의 열성의 영향을 어느 정도 받기도 했다. 그녀의 판단이 할아버지의 전기의 다섯 번째 장에 대한 준비로서 셰익스피어의 소네트 연구의 필요성을 전적으로 묵묵히 받아들일 수 있다는 것은 아니었다. 완전히 사소한 농담으로 시작하여 힐버리 부인은 앤 해서웨이[1]가 무엇보다 셰익스피어의 소네트를 쓸 줄 알았다는 이론을 이끌어내었다. 교수들 집단에 활력을 불어넣기 위해 나온 생각이 그녀를 넘쳐흐르는 엘리자베스 시대의 문학에 몰두하도록 했다. 그리고 그 교수들은 다음 며칠 만에 자비로 발간한 다수의 입문서를 그녀가 참고하도록 발송했다. 그녀는 반쯤 자신의 농담을 믿게 되었다. 그녀는 이 농담은 적어도 다른 사람들이 주장하는 사실과 마찬가지라고 말했다. 그리고 당분간 그녀의 공상은 온통 스트랫퍼드어폰에이번[2]에 쏠려 있었다. 캐서린이 강변을 거닌 후, 아침에 평소보다 다소 늦게 방으로 들어왔을 때, 그녀는 셰익스피어의 무덤을 방문할 계획이라고 말했다. 그 순간 그녀에게 그 시인에 대한 어떤 사실이든 지금 당면한 현

1   앤 해서웨이(Anne Hathaway, 1555/1556~1623), 영국의 극작가 윌리엄 셰익스피어의 아내이다.
2   셰익스피어의 출생지.

재보다 훨씬 더 큰 흥미가 있었다. 그리고 셰익스피어가 분명히 서 있었던 장소가 영국에 존재하고 그의 실제 유골이 바로 누군가의 발아래 안치되었다는 확신으로 이 특별한 기회에 지나치게 몰두한 탓에 그녀는 큰 소리로 딸을 맞이했다.

"그가 이 집을 지나쳐 간 적이 있다고 생각하니?"

그 순간, 캐서린에게 그 질문은 랠프 데넘을 언급하는 것처럼 생각되었다.

"그가 블랙프라이어스로 가는 길에 말이다," 힐버리 부인이 계속 말했다. "너도 알겠지만 최근에 발견한 사실에 의하면 그가 거기에 집을 가지고 있었거든."

캐서린은 여전히 당황해하며 주위를 보았다. 그리고 힐버리 부인이 덧붙였다.

"그것이 사람들이 종종 말하는 것처럼 그가 가난하지 않았다는 증거야. 비록 그가 부자였기를 조금도 바라지는 않지만, 그가 그런대로 재산이 있었다고 생각하고 싶단다."

그런 뒤 딸의 당황하는 표정을 알아채고, 힐버린 부인은 웃음을 터뜨렸다.

"애야, 난 **너의** 윌리엄에 대해 말하고 있는 게 아니야, 비록 그런 점이 그를 좋아하는 다른 이유이기도 하지만 말이다. 나는 **나의** 윌리엄에 대해 말하고, 생각하고, 꿈꾸고 있어 ─ 물론 윌리엄 셰익스피어지. 이상하지 않니?" 그녀는 창가에 서서 창문을 부드럽게 두드리며 생각에 잠겼다. "누구나 알 수 있지만, 바구니를 팔에 걸고 길을 건너는 푸른색 보닛을 쓴 사랑스러운 노부인은 그런 사람이 있었다는 걸 전혀 들은 적도 없다는 사실이 말이다. 하지만 그 모든 일은 계속 되지. 변호사들은 서둘러 직장으로 가고, 택시 운전사들은 운임 때문에 언쟁을 하며, 어린 소년들은 굴렁쇠를 굴리고 있어. 어린 소녀들은 갈매기들에게 빵을 던져주고 있지. 마치 세상에 셰익스피어가 없는 것처럼. 나는 온종일 그 교차로에 서서 이렇게 말하고 싶어. '여러분, 셰익스피어를 읽으세요!'"

캐서린은 자신의 탁자에 앉아 먼지 묻은 긴 봉투를 개봉했다. 편지 내용 가운데 셸리가 마치 살아 있는 것처럼 언급되었기 때문에 편지는 당연히 상당한 가치가 있었다. 그녀가 당면한 임무는 편지 전체를 출판할 것인지 아니면 셸리의 이름이 언급된 단락만을 출판할 것인지를 결정하는 것이었다. 그리하여 그녀는 펜으로 손을 뻗어 종이 위에 정확하게 처리하기 위해 준비를 갖추고 펜을 쥐었다. 하지만 그녀의 펜은 결정을 내리지 못했다. 그녀는 백지를 거의 은밀한 태도로 그녀 앞으로 끌어당겼다. 그리고 그녀의 손이 아래로 내려가면서 직선으로 이등분한 뒤 사등분한 정사각형 상자들을 그리기 시작했다. 그런 다음 똑같이 나누는 과정을 거쳐 원들을 그리기 시작했다.

"캐서린! 아주 멋진 생각이 떠올랐어!" 힐버리 부인이 소리쳤다—"이를테면 백 파운드 가량을 투자해서 셰익스피어를 복사해서 그것을 노동자들에게 나눠주는 거야. 모임을 조직하는 네 똑똑한 친구들 몇 명이 우리에게 도움이 될 거야, 캐서린. 그리고 그 작업이 극장으로 이어질지도 몰라. 거기에서 우리 모두 역할을 맡을 수 있을 거야. 너는 로잘린이 될 거야—하지만 네 속에는 나이 든 유모의 성향이 좀 있지. 네 아버지는 분별할 수 있는 나이에 이른 햄릿이고. 그리고 나는—글쎄, 나는 어느 정도 그들 모두이지. 나는 상당히 어릿광대같지. 하지만 셰익스피어 작품에서 어릿광대들은 모두 재기 넘치는 말들을 하지. 그런데 윌리엄은 누구를 맡을까? 영웅? 핫스퍼[3]? 헨리 5세? 아니야, 윌리엄도 그 안에 햄릿

---

3   셰익스피어의 『헨리 4세』의 주요 등장인물. 원래 이름은 헨리 퍼시Henry Percy이다.

의 기질을 가졌어. 나는 윌리엄이 홀로 있는 동안 독백하는 것을 상상할 수 있어. 아, 캐서린, 너희들이 같이 있으면 분명히 아주 멋진 이야기를 나눌 거야!" 그녀는 어젯밤 저녁 식사에 대해 한 마디도 하지 않은 딸을 흘끗 보며 아쉬운 듯이 덧붙였다.

"오, 우리는 터무니없는 말만 하고 있어요," 캐서린은 어머니가 그녀 옆에 서자 종이쪽지를 숨기고 셸리에 관한 오래된 편지를 그녀 앞에 펼치면서 말했다.

"십 년 뒤에는 터무니없다고 생각되지 않을 거다," 힐버리 부인이 말했다. "날 믿어봐, 캐서린, 나중에 넌 이때를 회상하게 될 거야. 너는 네가 말한 어리석은 것들을 모두 기억하게 될 거야. 그리고 네 인생이 그것들에 토대를 두고 만들어진 것을 알게 될 거야. 인생에서 최고의 것은 우리가 사랑하고 있을 때 우리가 하는 말에 기반을 두고 있어. 그것은 터무니없는 것이 아니란다, 캐서린," 그녀가 주장했다. "그것은 진실이야. 유일한 진실이지."

캐서린은 어머니의 말을 중단시키고 난 뒤 그녀의 심정을 막 털어놓으려던 참이었다. 그들은 이따금 묘하게 서로 가까워졌다. 그렇지만 그녀가 머뭇거리며 너무 직접적이지 않은 말을 찾는 동안 어머니는 셰익스피어에 의지하여, 페이지를 잇달아 넘겼다. 그리고 그녀가 할 수 있는 것보다 훨씬 더 사랑에 관해 이 모든 것을 말한 훌륭한 인용구들을 찾는 데 마음을 쏟았다. 그래서 캐서린은 연필로 그녀가 그린 원들 가운데 하나를 아주 까맣게 칠하기만 했다. 그러는 동안 전화벨이 울렸고, 캐서린은 전화를 받으려고 방을 나갔다.

그녀가 돌아왔을 때, 힐버리 부인은 원하는 구절을 찾지 못했지만, 엄밀하게 주시했기 때문에 다른 절묘하게 아름다운 구절을 발견했다. 그리고 캐서린에게 누구였는지 물어보기 위해 잠시 올려다보았다.

"메리 대치트," 캐서린이 간단하게 대답했다.

"아—나는 너를 메리라고 이름을 짓고 싶은 마음도 좀 있었어. 하지만 그것은 힐버리와는 어울리지 않았을 거야. 그리고 로드니와도 어울리지 않았을 거고. 그런데 이것은 내가 원했던 구절이 아니야. (내가 원하는 것을 전혀 찾을 수가 없다니까.) 하지만 이건 봄에 관한 것이야. 이건 수선화. 이건 초록색 들판. 이건 새들."

그녀는 또 다른 긴급한 전화벨 소리가 들리자 인용하던 것을 갑자기 끝냈다. 캐서린이 다시 한 번 방을 떠났다.

"애야, 과학의 승리라는 게 얼마나 끔찍하니!" 그녀가 돌아오자 힐버리 부인이 소리쳤다. "다음엔 우리를 달과도 연결시키겠구나—그런데 누구였니?"

"윌리엄," 캐서린은 한층 더 짧게 대답했다.

"윌리엄에게는 뭐든지 용서할 거야. 달에는 어떤 윌리엄도 없다고 확신하니 말이다. 그가 오찬에 왔으면 하는데?"

"차 마시러 올 거예요."

"오지 않는 것보단 낫구나. 너희들 둘만 있게 해주기로 약속하마."

"그러실 필요 없어요," 캐서린이 말했다.

그녀는 빛바랜 종이 위를 손으로 쓸었다. 그리고 시간을 더 이상 낭비하지 않으려는 것처럼 책상을 향해 정면으로 자신의 몸을 굽혔다. 그 몸짓은 어머니에게 영향을 주었다. 그것은 딸의 성격에 뭔가 엄격하고 다가갈 수 없는 면이 존재하는 것을 암시했고, 그런 사실이 그녀를 오싹하게 했다. 그것은 가난하거나 술에 취한 광경이나, 혹은 힐버리 씨가 이따금 다가올 천 년에 대한 그녀의 확신을 무너뜨리는 것이 좋다고 생각하는 논리가 그녀를 오싹하게 하는 것과 흡사했다. 그녀는 자신의 책상으로 되돌아 갔다. 그리고 조용하고 기묘하게 겸허한 표정으로 안경을 쓰고서 그날 오전들어 처음으로 자신 앞에 놓인 업무에 본격적으로 돌 입했다. 매정한 세상에서 받은 충격이 그녀를 냉정하게 하는 효 과를 주었다. 한때 그녀의 근면함은 딸을 능가했기 때문이다. 캐 서린은 세상 사람들을 특정한 시각으로, 예를 들어 해리엇 마티 노[4]가 확실히 중요한 인물이고 이런 인물 혹은 저런 날짜와 실제 로 관련성을 가지고 있다는 특정한 시각으로 끌어내릴 수 없었 다. 아주 이상하게도 전화벨의 날카로운 소리가 그녀의 귀에서 아직도 울렸다. 그리고 어느 순간에라도 그녀는 십구 세기 전체 보다 더 큰 흥미를 불러일으키는 다른 호출 신호를 들을 수 있는 것처럼, 그녀의 몸과 마음은 긴장 상태에 있었다. 그녀는 어떤 소 리를 듣게될지 분명히 깨닫지 못했다. 그러나 그녀의 귀가 듣는 습관에 빠져들자, 그것은 무의식적으로 계속했고, 그리하여 캐서 린은 오전의 상당한 부분을 첼시 거리 뒤쪽에서 나는 다양한 소 리를 듣는 데 보냈다. 어쩌면 그녀는 생애에서 처음으로 힐버리 부인이 일을 너무 열심히 하지 않기를 원했다. 셰익스피어의 인 용구는 나쁘지 않았을 것이다. 때때로 그녀는 어머니의 책상 쪽 에서 한숨 소리를 들었다. 그러나 그것은 그녀가 자신의 존재를 증명하는 유일한 방법이었다. 그리고 캐서린은 그 소리를 자신의 단호한 모습과 연결시켜 생각하지 못했다. 그렇지 않으면, 어쩌면 그녀는 펜을 아래로 던지고 어머니에게 안절부절못하는 이유를 여쭤보았을 것이다. 그녀가 오전 동안 해낸 유일한 글쓰기는 사 촌인 카산드라 오트웨이에게 쓴 편지 한 통이었다 — 산만한 편지

4　해리엇 마티노(Harriet Martineau, 1802~1876), 다양한 사회적, 정치적 대의에 참여한 왕 성하게 활동한 작가.

였는데, 길고 다정하다가, 갑자기 위엄 있었다. 그녀는 카산드라에게 동물들을 말 사육사에게 맡기고 대략 일주일 동안 집으로 방문해달라고 요청했다. 그들은 나가서 함께 음악을 들을 수 있을 것이다. 카산드라가 양식 있는 사교계 사람들을 싫어하는 것은 편견으로 단단하게 굳어진 허세라고 말했다. 그리고 그러한 허세가 결국 그녀를 모든 흥미로운 사람들과 일로부터 격리시킬 것이라고 말했다. 그녀가 편지를 마무리 짓고 있는 동안 내내 기대하고 있던 소리가 실제로 그녀의 귀에 울렸다. 그녀는 급하게 벌떡 일어나서 격하게 문을 쾅 닫았고, 이 소리에 힐버리 부인은 깜짝 놀랐다. 캐서린이 어디로 나가는 거지? 몰두해 있는 상태에서 그녀는 벨소리를 듣지 못했다.

전화가 놓여 있는 계단의 구석진 곳은 사생활을 위해 자줏빛 벨벳으로 된 커튼으로 가려져 있었다. 그곳은 남아도는 물건을 두는 오목한 곳이었는데, 삼대의 잔해를 숨겨둔 대부분의 집에 존재하는 그런 곳이었다. 동양에서 무용으로 명성을 얻은 종조부들의 판화가 중국산 찻주전자 위로 걸려 있었는데, 그 판화들의 가장자리는 작은 금색 바늘땀으로 고정되어 있었다. 그리고 그 귀중한 찻주전자는 윌리엄 쿠퍼와 월터 스콧 경[5]의 전집을 꽂아둔 책장 위에 있었다. 전화벨에서 나오는 소리의 줄기는 언제나 그것을 받아들이는 주변 환경에 의해 착색되었다. 캐서린은 그렇게 생각했다. 누구 목소리가 지금 이 환경과 조화를 이룰 것인가, 아니면 불협화음을 일으킬까?

'누구의 목소리일까?' 한 남자가 아주 단호하게 그녀의 전화번호를 확인하는 것을 들으면서 그녀는 스스로에게 물었다. 생소

5   윌리엄 쿠퍼(William Cowper, 1731~1800), 시인, 서간체 작가. 월터 스콧 경(Sir Walter Scott, 1771~1832), 영국 소설가.

한 목소리는 지금 힐버리 양을 찾았다. 전화 저편 끝으로 떼 지어 몰려드는 아주 뒤범벅이 된 목소리들로부터, 그리고 상당한 가능성 가운데 이것은 누구의 목소리이며 어떤 가능성이 드러나는 것인가? 잠시 한숨 돌리는 사이 그녀는 스스로 이러한 질문을 할 시간을 가졌다. 다음 순간 의문이 풀렸다.

"기차를 알아봤습니다…… 저에게는 토요일 이른 오후가 가장 좋습니다…… 저는 랠프 데넘입니다……. 하지만 그걸 적어두겠습니다……."

평소보다 한층 더 총검의 뾰족한 끝에 부딪힐 때의 느낌으로 캐서린이 대답했다.

"갈 수 있을 것 같아요. 약속이 있나 살펴봐야겠어요……. 기다리세요."

그녀는 전화기를 내려놓고, 자상하고 위엄 있는 태도로 이제껏 인도인들의 반란의 징후를 전혀 보지 못한 세상을 꾸준히 응시하고 있는 종조부의 판화를 뚫어지게 바라보았다. 그러나 검은 전화통 내부에서 벽을 향해 부드럽게 진동하는 것은 제임스 아저씨나 중국산 찻주전자, 혹은 붉은 벨벳의 커튼과 아무 상관도 없는 목소리였다. 그녀는 그 검은 통의 진동을 지켜보았다. 그리고 동일한 순간 그녀가 서 있는 집의 개성을 의식하게 되었다. 그녀의 머리 위 계단과 위층에서 일상적인 존재물의 부드러운 가정적인 소음을 들었다. 그리고 벽을 통해 옆집의 움직임을 들었다. 그녀가 전화기를 입에 대고 토요일이 괜찮을 것이라고 대답했을 때, 그녀는 데넘에 대해 매우 분명한 시각을 갖지 않았다. 그녀는 그가 곧바로 작별 인사를 하지 않기를 원했다. 비록 그녀는 그가 말하는 것을 특별히 경청하고 싶은 열망을 느끼지 않았지만 말이다. 그래서 그가 말하는 동안에도 책이 있고 사전의 책갈피 사이에 끼워둔 서류와 작업을 하기 위해 깨끗이 치워질 책상이 있는 자신의 위층 방에 대해 생각하기 시작했다. 그녀는 그 기계를 조심스럽게 제자리에 놓았다. 그녀의 초조함이 누그러졌다. 그녀는 평소의 민첩한 과단성으로 어렵지 않게 카산드라에게 보내는 편지를 끝마치고, 봉투에 주소를 쓰고, 우표를 붙였다.

그들이 오찬을 끝마쳤을 때, 한 다발의 아네모네가 힐버리 부인의 눈을 사로잡았다. 응접실 창가에 있는 윤이 나는 치펀데일 양식의 탁자 위의 다채로운 빛의 물웅덩이 속에 있는, 수반의 파랑, 자주, 그리고 하얀 빛은 그녀를 즐거운 탄성으로 죽은 듯이 멈추게 했다.

"누가 병상에 누워있니, 캐서린?" 그녀가 캐물었다. "우리 친구들 가운데 누가 격려가 필요하니? 누가 자신들이 잊혀졌고, 무시당했다고, 아무도 그들을 원하지 않는다고 느끼고 있니? 누가 수도료가 지불 기한이 지났고, 요리사가 임금도 기다리지 않고 화를 내며 나가버렸다고 하니? 내가 알고 있는 어떤 사람이 있었는데 —" 그녀는 말을 마쳤지만, 그 순간 마음에 드는 지인의 이름을 잊어버렸다. 캐서린이 생각하기에 아네모네 한 다발을 받고 그날 하루가 환하게 밝아질 쓸쓸한 사람들 가운데 가장 대표적인 사람은 크롬웰 가에서 평범하게 살아가는 미망인이었다. 힐버리 부인이 훨씬 더 관심을 보였을 실제로 빈곤하고 굶주리는 사람이 없어서, 그녀는 딸의 주장을 어쩔 수 없이 받아들였다. 비록 편안한 환경에 있었지만 그 미망인은 아주 둔감하고 매력이 없었으며, 다소 애매하게 문학과 연관되어 있었고, 어젠가 오후에 방문했을 때 그녀는 거의 눈물을 흘릴 정도로 감동했기 때문이다.

공교롭게도 힐버리 부인이 다른 곳에 약속이 있었기 때문에 크롬웰 가에 꽃을 가져가는 업무는 캐서린에게 맡겨졌다. 그녀는 처음으로 발견하는 우체통에 넣을 작정으로 카산드라에게 보낼 편지를 가지고 갔다. 그렇지만 그녀가 실제로 집 밖으로 나와 곧바로 눈에 띈 우체통과 우체국이 그녀의 편지 봉투를 진홍색의 목구멍으로 미끄러져 들어가게 할 것을 권유하자, 그녀는 그만두었다. 그녀는 길을 건너고 싶지 않다거나 혹은 약간 멀리 떨어진 더 중심부의 장소에 있는 다른 우체국을 지나 갈 것이 분명하다는 것과 같은 터무니없는 변명을 만들었다. 하지만 그녀가 편지를 더 오래 손에 들고 있을수록, 마치 공중에서 모여든 목소리들에서 나오는 것처럼 몇 가지 질문이 더 끈질기게 그녀를 압박했다. 이 보이지 않는 사람들은 그녀가 윌리엄 로드니와 약혼해 있는지 아니면 약혼이 파기되었는지 알고 싶어 했다. 그들은 잠시 방문하도록 카산드라에게 요청하는 것이 옳은 것인지, 그리고 윌리엄 로드니가 그녀를 사랑하고 있는지, 혹은 사랑에 빠질 것 같은지에 대해 물었다. 그런 뒤 잠시 질문자들이 질문을 멈추었고, 그 문제의 다른 측면이 막 그들의 눈에 띈 것처럼 다시 질문하기 시작했다. 지난밤 랠프 데넘이 당신에게 말했던 것이 무슨 뜻인가? 당신은 그가 당신을 사랑하고 있다고 생각하나? 그와 단둘이 산책하는 것에 응한 것이 옳은 일인지, 그리고 당신은 그의 미래에 대해 어떤 충고를 할 것인가? 윌리엄 로드니가 당신의 행동에 대해 질투나도록 할 것인지, 그리고 당신은 메리 대치트에게 무엇을 할 작정인가? 당신은 무엇을 하려고 하는가? 명예를 위해 당신은 무엇을 할 필요가 있나? 그들이 되풀이해서 말했다.

"세상에!" 이런 말을 모두 들은 후 캐서린이 외쳤다. "내 마음을 결정해야 할 것 같군."

하지만 그 논쟁은 형식적인 작은 충돌이었고, 숨 돌릴 여지를 위한 기분풀이였다. 전통 속에서 자라온 모든 사람들처럼 캐서린은 약 십 분 내에 어떤 도덕적인 난제도 전통적인 형태로 환원할 수 있었고, 전통적인 해답으로 풀 수 있었다. 지혜의 책이 비록 그녀의 어머니의 무릎 위는 아니지만 많은 아저씨들과 아주머니들의 무릎 위에 펼쳐져 있었다. 그녀는 그들에게 조언을 구하기만 하면 되었고, 그들은 즉시 적절한 페이지를 찾아 그녀의 입장에 정확하게 알맞은 해답을 읽어줄 것이다. 미혼 여성의 행동을 다스려야 할 규칙들은 붉은 잉크로 대리석에 새겨져 있었다. 비록 본성의 변덕스러움 탓에 미혼 여성은 동일한 글을 자신의 마음에 새겨두지 않을 수도 있지만 말이다. 그녀는 어떤 사람들은 다행히도 전통적인 권위의 명령에 따라 그들의 삶을 거부하고, 받아들이며, 포기하거나 혹은 목숨을 바친다고 기꺼이 믿었다. 그녀는 그들을 부러워할 수도 있었다. 하지만 그녀의 경우 그녀가 해답을 찾으려고 진지하게 노력하자마자 질문들은 환영이 되었고, 이 사실은 전통적인 대답이 그녀에게는 소용없을 것이라는 것을 입증했다. 그렇지만 그녀는 양쪽 옆에 늘어선 집들을 흘깃 보며 그 대답이 아주 많은 사람들에게 도움을 주었다고 생각했다. 이 집들에는 틀림없이 일 년에 천에서 오백 파운드 사이의 수입을 버는 가족들이 살 것이다. 그리고 어쩌면 그들은 세 명의 하인을 두고 항상 두껍고 대체로 더러운 커튼을 창문에 드리우고 있으며, 다만 사과 한 접시가 놓여 있는 사이드보드 위로 거울이 희미하게 빛을 발하는 것을 보아, 그들이 그 방 안을 아주 어둡게 해 두었을 것이라고 그녀는 생각했다. 그러나 그녀는 이것이 그 문제를 잘 해결하는 방법이 아니라고 깨닫고서 고개를 딴 데로 돌렸다.

그녀가 발견할 수 있는 유일한 진실은 그녀가 스스로 느끼는 것의 진실이었다─함께 보기로 동의한 모든 사람들의 눈에서

발하는 환한 빛과 비교하면 약한 빛일 뿐이었다. 그러나 환영 같
은 목소리를 거부했기 때문에 그녀는 자신이 맞서고 있는 어둠
의 덩어리를 통과하기 위해 그 빛이 그녀를 안내하도록 할 수밖
에 없었다. 그녀는 자신의 빛을 따라가려고 노력했는데, 그녀의
얼굴에는 지나가는 사람들마다 자신을 비난할 만한 그리고 거
의 터무니없이 주변 환경과 동떨어져 있다고 생각할 만한 표정
이 나타나 있었다. 사람들은 이 젊고 인상적인 여성이 뭔가 기이
한 일을 하지 않을까 하고 불안함을 느꼈을 것이다. 하지만 그녀
의 아름다움 때문에 그녀는 보행자에게 일어날 수 있는 최악의
운명을 피했다. 사람들은 그녀를 보았지만 그들은 웃지 않았다.
삶에 대해 느끼지 못하거나 혹은 반쯤 느끼는 혼돈 속에서 진실
한 감정을 찾고, 그것을 알아보는 것, 그리고 그 발견의 결과물들
을 받아들인다는 것은 눈빛에 활기를 띠게 하면서 아주 부드러
운 이마에 주름살이 생기게 했다. 그것은 당황스럽게 하고, 품위
를 떨어뜨리지만, 또한 의기양양하게 추구하는 것이어서, 캐서린
이 재빨리 발견했을 때, 그녀가 발견한 것들은 한결같이 그녀를
놀라게 하고, 부끄러워하게 하며, 그리고 몹시 걱정하도록 했다.
대체로 많은 것이 사랑이라는 말을 해석하는 데 달려 있었다. 그
녀가 로드니, 데넘, 메리 대치트나 혹은 자기 자신에 대해 생각하
든 그렇지 않든, 이 말은 거듭 반복해서 나타났다. 그리고 각각의
경우 그것은 다른 것을 상징하는 것처럼 보였고, 그럼에도 불구
하고 의심의 여지가 없고 지나쳐버릴 수 없는 것을 상징하는 듯
했다. 나란히 나아가지 않고 갑자기 서로 교차하는 그들 삶의 혼
란함 속을 들여다보면 볼수록, 그녀는 더 분명하게 이 기이한 조
명이 그들을 비춘 빛 외에 다른 빛은 없다는 것과 그 조명이 빛을
던져준 길 이외의 다른 길이 없다는 것을 스스로 확신하는 듯했

다. 로드니에 관한 그녀의 무지함인, 그의 진실한 감정을 그녀의 거짓된 감정으로 조화시키려는 시도는 결코 충분히 비난받은 적이 없었던 실패였다. 사실, 그녀는 망각하고 변명하려 함으로써 로드니의 진실한 감정을 드러난 그대로 검고 꾸밈없는 경계표로 있게 내버려두는 경의를 표할 수 있을 뿐이었다.

이와 더불어 그녀는 굴욕스럽기도 했지만 아주 기쁜 일도 많이 있었다. 그녀는 세 개의 다른 장면에 대해 생각해보았다. 그녀는 메리가 똑바로 곧게 앉아 "전 사랑을 하고 있어요—사랑에 빠졌어요"라고 말하는 것을 생각했다. 그녀는 로드니가 낙엽 사이에서 자의식을 잃고 아이같이 자포자기 상태로 말하는 것에 대해 생각했다. 그녀는 데넘이 돌난간에 기대고 먼 하늘을 향해 말해서 그가 미친 것 같다고 여겼던 것에 대해 생각했다. 메리로부터 데넘에게로, 윌리엄으로부터 카산드라에게, 그리고 데넘으로부터 자기 자신에게로 나아가는 그녀의 마음은—그녀가 다소 의심했던 것처럼 데넘의 마음 상태는 그녀 자신과 결부되어 있었지만—어떤 대칭되는 양식의 선들을, 삶의 배치를 찾아내고 있는 것처럼 보였다. 그리고 이 선들과 배치는 그녀 자신에게는 아니지만 적어도 다른 사람들에게는 흥미를 주었을 뿐만 아니라 일종의 비극적인 아름다움을 주었다. 그녀는 그들이 구부린 등으로 찬란한 궁궐을 떠받치고 있는 환상적인 영상을 그려보았다. 그들은 등불을 나르는 사람이었고, 사방으로 흩어진 그들의 빛은 흩어지다 모이고 다시 결합하여 만나면서 하나의 모양을 엮어냈다. 남부 켄싱턴의 황량한 거리를 따라 빠르게 걸으며 이와 같은 생각을 반쯤 구상해내면서, 그 밖에 어떤 것이든 모호할지도 모르지만, 그녀는 메리, 데넘, 윌리엄, 그리고 카산드라가 가진 목적을 진전시켜야 한다고 생각했다. 방법은 분명하지 않았다. 어떤 행동 방침도 그녀에게 확실히 옳다고 느껴지지 않았다. 그녀가 생각하면서 얻은 것은 그런 목적을 위해서라면 어떤 위험도 대단히 크지 않다는 확신뿐이었다. 그리고 스스로나 다른 사람들을 위해 어떤 규칙도 만들지 않은 채, 그녀가 절대적이고 두려움 없는 독립된 입장을 주장하는 동안, 그녀는 어려움이 해결되지 않은 채 쌓이게 둘 것이며, 불만족스러운 상황을 그대로 둘 것이라고 확신했다. 그리하여 그녀는 사랑하는 사람들에게 최선을 다하여 도움을 줄 수 있을 것이다.

이렇게 고양된 상태에서 읽자, 아네모네 다발에 덧붙인 카드에 어머니가 연필로 쓴 말에 새로운 의미가 있었다. 크롬웰 가에 있는 그 집의 문이 열렸다. 복도와 계단의 음울한 풍경이 드러났다. 그곳에 있는 불빛은 방문 카드를 얹은 은쟁반 위에 집중되는 듯했다. 그리고 그 카드의 까만 테두리 장식은 미망인의 친구들이 모두 같은 사별을 겪었다는 것을 암시해주었다. 힐버리 부인의 사랑을 전하며 젊은 숙녀가 꽃을 내밀 때의 엄숙한 어조의 의미를 하녀가 헤아려보기를 기대할 수 있을 것 같지 않았다. 그리고 꽃을 전하자 곧 문이 닫혔다.

한 사람의 얼굴을 본 것과 쾅 닫힌 문은 모두 관념적으로 고양된 상태를 다소 파괴시켰다. 그리고 첼시로 걸어서 돌아가면서 캐서린은 자신의 결심으로 인해 어떤 일이 생길지에 대해 의심이 들었다. 사람들을 확신할 수 없지만, 그래도 숫자는 꽤 단단히 붙잡을 수 있다. 그리고 어떤 식으로든 그녀가 곧잘 숙고하는 그런 문제에 관한 생각은 친구들의 삶에 대한 그녀의 기분과 적절히 반응했다. 그녀는 차 마실 시간보다 다소 늦게 집에 도착했다.

그녀는 현관에 있는 오래된 네덜란드산 궤짝 위에 놓인 한두 개의 모자, 코트, 그리고 지팡이를 보았고, 그녀가 응접실 바깥에서 있을 때, 그녀에게 들려온 목소리를 눈치챘다. 그녀가 방으로 들어오자 그녀의 어머니가 작게 외쳤다. 캐서린에게 그녀가 늦었다는 사실과, 찻잔과 우유를 담은 주전자도 동시에 제대로 준비되지 않고 있으며, 그녀가 즉시 탁자의 맨 앞쪽에 언제나처럼 자리에 앉아 손님들에게 차를 따라야 한다는 사실을 전하는 외침이었다. 일기 작가인 어거스터스 펠럼은 그의 이야기를 들려줄 평온한 분위기를 좋아했다. 그는 주목받기를 좋아했다. 그는 자신의 일기에 자양분을 공급하기 위해 힐버리 부인과 같은 저명한 인물들로부터 과거와 위대한 고인에 대해 사소한 사실과 이야기를 끌어내기를 좋아했다. 그 일을 위해 그는 차를 내는 탁자에 늘 오가며, 해마다 엄청난 양의 버터 바른 토스트를 먹었다. 그러므로 그는 한숨 돌리며 캐서린을 환영했다. 그리고 그녀에게 익숙한 토론과 추억에 대해 광범위한 방면으로 다시 대화를 나누기 시작하기 전에, 그녀는 로드니와는 겨우 악수만 했고, 유품을 보기 위해 방문한 미국 여성과 인사를 나누었다.

그러나, 그들 사이에 이러한 두꺼운 장막이 있음에도 불구하고, 마치 그들이 만난 이후 그에게 어떤 일이 일어났는지 알아낼 수 있는 듯이 그녀는 로드니를 쳐다보지 않을 수 없었다. 그건 헛된 일이었다. 그의 옷은, 심지어 하얀 조끼와 타이에 꽂은 진주조차 그녀가 빠르게 흘겨보는 눈길을 가로막는 듯했고, 안정되게 찻잔을 들고 찻잔 받침 접시의 가장자리에 빵 한 조각과 버터를 균형 잡히게 둔 신중하고 점잖은 신사에 대해 그렇게 조사하는 것이 무익하다고 선언하는 듯했다. 그는 그녀와 시선을 마주치지 않으려 했지만, 그 태도는 그의 시중들고 도와주는 행동과 미국인 손님의 질문에 대답하면서 보인 그의 예의 바른 민첩성으로 설명될 수 있었다.

그것은 머릿속을 사랑에 관한 이론으로 가득 채운 채 들어온 사람에게는 분명히 맥 빠지게 하는 광경이었다. 보이지 않는 질 문자들의 목소리가 차 탁자를 둘러싼 장면으로 기운을 얻어 대단한 자기 확신을 가지고 소리를 내었다. 마치 그 목소리들은 어거스터스 펠럼 씨, 버몬트 뱅크스, 윌리엄 로드니, 그리고 어쩌면 힐버리 부인의 즉각적인 인정을 받는 일과 함께 그들의 배후에 스무 세대의 상식을 가진 것 같았다. 캐서린은 이를 악물었는데, 전적으로 비유적인 의미에서가 아니었다. 확고한 행동을 향한 충동에 이끌려 그녀는 이 시간 내내 완전히 잊고서 움켜쥐고 있었던 봉투를 그녀 옆에 있는 탁자 위에 단호하게 내려놓기 때문이다. 주소는 최상단에 있었고, 잠시 뒤에 그녀는 윌리엄이 쟁반을 들고 어떤 일을 하려고 일어섰을 때 그의 시선이 그 봉투에 머무는 것을 보았다. 그의 표정이 곧바로 변했다. 그는 막 하려고 했던 일을 했다. 그런 뒤 그는 자신이 외양으로는 완전히 표현되지 않는다는 것을 보여줄 만큼 충분히 혼란스러운 표정으로 캐서린을 쳐다보았다. 일이 분 뒤 그는 버몬트 뱅크스 부인과 있으면서 자신이 당황하고 있다는 것을 보여주었다. 그리고 힐버리 부인은 평소의 민첩함으로 침묵을 깨닫고서 뱅크스 부인에게 이제 "우리 물건"을 보여드릴 시간이 된 것 같다고 넌지시 말했다.

그래서 캐서린은 일어서서 그림과 책이 있는 작은 내실로 가는 길로 인도했다. 뱅크스 부인과 로드니가 그녀를 뒤따라갔다.

그녀는 불을 켜고 낮고 상냥한 목소리로 말하기 시작했다. "이 책상이 할아버지의 책상입니다. 후기 시의 대부분을 이 책상에서 쓰셨어요. 그리고 이것은 그의 펜입니다 ─ 그가 사용했던 마지막 펜이지요." 그녀는 그것을 손에 쥐고 적당히 짧게 잠시 멈췄다. "여기 있는 것이," 그녀가 계속 말했다. "'겨울 송가'의 원본입니다. 초기 원고들은 곧 보시게 될 후기에 나온 것보다 훨씬 교정이 덜 되어 있어요……. 아, 직접 보세요." 뱅크스 부인이 경외심에 사로잡힌 어조로 그런 특권을 요청하며 그녀의 하얀 새끼 염소 가죽 장갑의 단추를 미리 풀기 시작했을 때, 그녀가 덧붙여 말했다.

"당신은 놀랄 만큼 조부님을 닮으셨네요, 힐버리 양," 미국 여성이 캐서린으로부터 초상화로 눈길을 돌려 쳐다보면서 말했다. "특히 눈 주위가요. 자, 그런데 전 그녀도 시를 쓸 거라고 생각해요, 그렇죠?" 그녀는 윌리엄을 향하며 익살맞은 어조로 물었다. "실로 시인에 대해 사람들이 생각하는 이상형이죠, 그렇지 않나요, 로드니 씨? 시인의 손녀와 함께 바로 여기에 서 있는 것이 어떤 특권을 느끼게 하는지 당신에게 말씀드릴 수 없어요. 당신은 미국에서 우리가 당신 조부님에 대해 아주 대단하게 평가하고 있다는 걸 분명히 아실 겁니다, 힐버리 양. 우리는 그의 작품을 낭독하는 모임을 가지고 있어요. 이것 보세요! 바로 그의 슬리퍼로군요!" 원고를 옆으로 치워두면서 그녀는 황급히 오래된 신발을 움켜 잡았다. 그리고 잠시 동안 그것에 대해 깊이 생각하며 말없이 있었다.

캐서린이 안내자로서 그녀의 의무를 착실히 하고 있는 동안, 로드니는 이미 암기하여 알고 있는, 늘어선 그림들을 주의 깊게 살펴보았다. 마치 그가 거친 바람 속에 있어서 도착하는 첫 피난처에서 자신의 옷을 정돈해야만 하는 것처럼, 그의 혼란스러운 마음 상태는 이런 작은 지체를 필요로 했다. 그도 잘 알고 있듯이, 그의 침착함은 단지 표면적일 뿐이었다. 그 침착함은 타이, 조끼, 하얀 포켓 손수건이라는 외양 외에는 존재하지 않았다.

그날 아침 잠자리에서 일어나면서 그는 전날 밤 들었던 것을 무시하기로 충분히 마음먹었다. 그는 데넘을 보고서 캐서린에 대한 자신의 사랑이 강렬하다는 것을 확신했었다. 그리고 그날 아침 일찍 그녀에게 전화로 얘기했을 때, 그는 쾌활하지만 위엄 있는 어조로 광기어린 밤이 지난 후 그들이 이전처럼 확고히 약혼해 있다는 사실을 그녀에게 전하고자 했다. 하지만 그가 자신의 사무실에 도착하자 고통이 시작되었다. 그는 자신을 기다리고 있는 카산드라로부터 온 편지를 발견했다. 그녀는 그의 희곡을 읽고 그녀가 생각한 것을 그에게 편지로 써서 말할 수 있는 첫 기회를 얻었다. 그녀는 자신의 칭찬이 아무 의미가 없다는 것을 알고 있다고 썼다. 그렇지만 그녀는 온밤을 꼬박 새웠고, 이것저것, 그리고 다른 것에 대해 생각했다고 했다. 그녀는 아주 공들여 여기저기에서 지워 없앤 열정으로 가득 차 있었다. 하지만 그것은 윌리엄의 허영심을 대단히 만족시키기에 충분히 솔직하게 쓰여져 있었다. 그녀는 적절한 말을 할 수 있을 정도로, 혹은 한층 더 매력적이게도 그것을 넌지시 암시할 정도로 아주 영리했다. 또한 그것은 다른 면에서도 아주 매력적인 편지였다. 그녀는 자신의 음악과 헨리가 데리고 간 참정권 집회에 대해 말했다. 그리고 그녀가 그리스어 알파벳을 배웠고 그것이 "매혹적"이라는 것을 알게 되었다고 반쯤 심각하게 주장했다. 그 말에는 밑줄이 그어져 있었다. 그녀가 밑줄 쳤을 때 웃었을까? 그녀는 줄곧 진지했을까? 그 편지는 열의와 활기 그리고 변덕이 매우 매력적으로 섞인 것 같았는데, 모든 것이 점점 가늘어져 소녀다운 변덕스러움의 불꽃이 되었다. 그리하여 그것은 나머지 오전 동안 로드니가 보는 풍경 여기저기에서 도깨비불처럼 휙 지나갔다. 그는 그때 그 자리에서 그녀에게 답장을 쓰기 시작하지 않을 수 없었다. 그는 수많은 남녀 동반자 관계 중 하나의 특징인 남성의 머리 숙여 절하기와 여성의 무릎을 굽혀 절하기, 다가가기와 물러나기를 표현하는 문제를 만드는 것이 특별히 즐겁다고 생각했다. 그는 캐서린이 그 특정한 선율로 스텝을 밟은 적이 한 번도 없었다고 생각하지 않을 수 없었다. 캐서린—카산드라, 카산드라—캐서린— 그들은 온종일 그의 의식 속에 교대로 나타났다. 세심하게 차려입고, 얼굴 표정을 가다듬고 체니 워크의 차 모임에 가려고 네 시 반에 정확하게 출발하는 일은 매우 좋았다. 하지만 그 모든 일의 이유가 무엇인지는 하늘만이 아실 것이다. 그리하여 캐서린이 평소처럼 움직이지 않고 말없이 앉아 있다 그녀의 호주머니에서 바로 카산드라에게 보내는 편지를 까닭 없이 꺼내 그의 눈길 아래로 탁자에 턱 내려놓자, 그의 침착함이 사라져버렸다. 대체 그녀는 그런 행동으로 뭘 하려 했던가?

그는 늘어선 그림을 보다 날카롭게 올려 보았다. 캐서린은 아주 독단적인 방식으로 미국 여성을 대하고 있었다. 희생자 자신도 시인의 손녀의 눈에 자신의 열광이 얼마나 어리석게 보이고 있는지 분명히 알았을 것이다. 캐서린은 사람들의 감정을 상하지 않게 하려는 어떤 행동도 결코 하지 않는다고 그는 생각했다. 그리고 그 스스로도 편안함과 불편함의 미묘한 모든 차이에 민감했기 때문에, 그는 캐서린이 건성으로 경매 목록을 점점 더 많이 풀어내고 있는 것을 가로막았다. 그리고 고통에 대한 묘한 동료 의식을 느끼며 버몬트 뱅크스 부인을 자신의 보호 아래에 두었다.

그러나 몇 분 내에 미국 숙녀는 조사를 끝내고 시인과 그의 신발에 존경스러운 작별 인사로 가볍게 머리를 숙인 뒤, 로드니의 호위를 받으며 계단을 내려갔다. 캐서린은 그 작은 방에 홀로 있었다. 조상 숭배의 의식이 평소보다 그녀에게 더 답답하게 여겨졌다. 더욱이, 그 방은 정돈의 한계를 넘어 꽉 차 있었다. 그날 아침에도 엄중하게 검증된 교정지가 오스트레일리아의 한 수집가로부터 그들에게 도착했는데, 그 교정지는 아주 유명한 구절에 대해 시인의 마음의 변화를 기록했고, 그래서 유리 끼운 액자에 넣어두는 영예를 가졌다. 하지만 그 공간이 있는가? 계단에 걸어 두어야 하나, 아니면 다른 유품이 그것에 경의를 표하기 위해 자리를 양보해야 하나? 그 문제를 결정할 수 없다고 생각하며 캐서린은 할아버지의 견해를 묻는 것처럼 그의 초상화를 흘깃 보았다. 그것을 그린 화가는 이제 구식이 되었다. 그리하여 방문객들에게 그것을 보여주면서 캐서린은 금박을 입힌 월계수 잎의 원형 소용돌이 장식이 있는 액자틀에 둘러싸인 채, 만족스러운 희미한 분홍과 갈색을 띠는 홍조 외에 거의 아무것도 보지 못했다. 그녀의 할아버지인 청년은 그녀의 머리 위를 희미하게 훑어보았다. 육감적인 입술은 약간 벌어져서, 사랑스럽거나 혹은 불가사의하게 사라져가는 것 아니면 먼 곳의 가장자리에서 막 나타나는 것을 보고 있는 표정을 나타냈다. 그 표정은 캐서린이 그의 얼굴을 응시할 때, 그녀의 얼굴에서 기묘하게 되풀이되어 나타났다. 그들은 같은 나이이거나 아니면 아주 비슷한 나이였다. 그녀는 그가 무엇을 기대하고 있는지 궁금했다. 그에게도 해안에서 철썩이는 파도가 있었을까? 그리고 잎이 무성한 숲을 통과하여 달려오는 영웅들이 있었을까? 아마도 생애에서 처음으로 그녀는 그를 젊고, 불행하며, 광포하고, 욕망과 잘못으로 가득 찬 남성으로 생각했기 때문일 것이다. 처음으로 그녀는 어머니의 기억으로부터가 아니라 스스로 그를 실감했기 때문이다. 그가 그녀의 남자 형제일 수도 있을 것이라고 생각했다. 혈연의 신비로운 유사성으로 인해 캐서린에게 그들이 닮은 것처럼 느껴졌다. 그리고 이러한 유사성 덕분에 고인의 눈길이 아주 열중하여 바라보고 있는 광경을 해석할 수 있는 듯 했고, 혹은 심지어 그 눈길이 우리와 함께 현재의 즐거움과 슬픔을 지켜본다고 믿을 수 있는 듯 했다. 그녀는 갑자기 그가 이해했을 것이라는 생각이 들었다. 그리고 그의 묘에 시든 꽃을 놓는 대신 그녀 자신의 당혹함을 내려놓았다 — 고인이 선물을 의식했다면 어쩌면 꽃과 향과 예배보다 더 대단하게 가치가 있는 선물로 여길 것이다. 초상화를 올려다보았을 때, 그녀가 느낀 의심, 질문, 그리고 낙담이 그에게 존경보다 더 환영받았을 것이다. 또한 그녀가 고통 받았고 성취했던 것을 약간 나누어서 그에게 준다면 그는 그것들을 단지 아주 대수롭지 않은 짐으로 여겼을지도 모른다. 그녀 자신의 자부심의 깊이와 사랑은 고인들이 꽃이나 애도가 아니라 그들이 그녀에게 준 삶, 그들이 살아왔던 삶의 일부를 요구한다는 느낌보다 더 분명하지는 않았다.

로드니는 잠시 후 그녀가 그녀의 할아버지 초상화 밑에 앉아 있는 것을 발견했다. 그녀는 다정하게 그녀 옆에 있는 의자에 손을 얹고 말했다.

"이리 와서 앉으세요, 윌리엄. 당신이 여기 있어서 얼마나 기뻤는지 몰라요! 제가 점점 더 무례해지고 있다고 느꼈어요."

"당신은 감정을 숨기는 데 능숙하지 못해요," 그가 냉담하게 대답했다.

"오, 저를 나무라지 마세요 — 지겨운 오후를 보냈어요." 그녀는 자신이 맥코믹 부인에게 어떻게 꽃을 가져갔는지, 그리고 사우스 켄싱턴이 어떤 식으로 장교 미망인들의 보호 구역처럼 보였는지에 대해 그에게 말했다. 그녀는 문이 어떻게 열렸으며, 흉상들과 종려나무들이 늘어서 있고 우산들이 줄지어 선 진입로들이 얼마나 음울하게 그녀에게 펼쳐졌는지에 대해 묘사했다. 그녀는 부드럽게 말했고, 그래서 그를 편안하게 해주었다. 사실, 그는 빠르게 마음이 아주 편해졌기 때문에 기분 좋은 중립 상태를 고집할 수는 없었다. 그는 자신의 침착함이 미끄러져 나가는 것을 느꼈다. 캐서린의 편안함 덕분에, 그는 그녀에게 도움 혹은 조언을 요청하고 그의 마음속에 있는 것을 솔직히 털어놓는 것이 아주 자연스럽게 느껴졌다. 카산드라로부터 온 편지가 그의 주머니 속에 두툼하게 있었다. 또한 카산드라에게 보내는 편지가 옆방 탁자에 놓여 있었다. 공기가 카산드라로 채워진 것 같았다. 그러나 캐서린이 자발적으로 그 주제를 끄집어내지 않는다면 그는 암시조차 할 수 없을 것이다―그는 그 일 전체를 무시해야만 할 것이다. 그가 할 수 있는 한 확신 있는 애인의 태도를 유지하는 것이 신사의 본분이었다. 이따금 그는 깊이 한숨을 쉬었다. 그는 여름에 모차르트의 오페라 몇 편이 공연될 수 있을 것이라고 평소보다 좀 더 빠르게 말했다. 그는 통지를 받았다고 말했고, 즉시 종이들이 빽빽이 들어 있는 수첩을 꺼내 그 종이들을 찾아서 뒤지기 시작했다. 그는 두꺼운 봉투를 손에 들고 있었다. 마치 오페라 극단으로부터 온 통지서가 어떤 식으로든 불가분하게 첨부된 것 같았다.

"카산드라로부터 온 편지예요?" 캐서린은 그의 어깨 너머를 보면서 세상에서 가장 느긋한 목소리로 말했다. "그녀에게 여기로 오라고 초대하는 편지를 막 썼는데, 그걸 부치는 걸 잊어버렸어요."

그는 그녀에게 말없이 봉투를 건네주었다. 그녀는 그것을 받아서 편지를 꺼내 처음부터 끝까지 죽 읽었다.

편지를 읽는 시간은 로드니에게 참을 수 없이 긴 시간이었다.

"네," 그녀가 드디어 말했다. "아주 매력적인 편지예요."

로드니는 부끄러운 듯이 얼굴을 반쯤 딴 데로 돌렸다. 그의 옆

모습을 보고 그녀는 하마터면 웃을 뻔 했다. 그녀는 한 번 더 지면을 대강 훑어보았다.

"아무런 해가 되지 않는다고 봐요," 윌리엄이 불쑥 말했다. "그녀를 돕는 일이 말이오—예를 들어 그리스어를—만약 그녀가 정말 그와 같은 것에 관심이 있다면 말이오."

"그녀가 관심이 없을 이유가 전혀 없지요," 캐서린이 편지를 한 번 더 참고로 보면서 말했다. "사실—아, 여기 있군요—'그리스어 알파벳은 정말 **매혹적이에요.**' 분명히 그녀는 관심이 있어요."

"글쎄, 그리스어는 꽤 어려운 주문일지도 몰라요. 나는 주로 영어에 대해 생각하고 있었어요. 내 연극에 대한 그녀의 비평이 비록 아주 관대하고, 확연히 미성숙하지만—그녀는 스물두 살을 넘지 않았다고 생각하는데요?—그 평은 확실히 사람들이 원하는 그런 것을 보여주고 있어요. 시에 대한 진실한 감각을 보여줘요. 물론 이해도. 정리된 것은 아니지만 그것은 결국 모든 것의 근본을 이루는 것이에요. 그녀에게 책을 빌려줘도 문제될 건 없겠지요?"

"네, 전혀 없어요."

"하지만 그것으로 인해—음—서신왕래를 하게 된다면? 내 말은, 캐서린, 당신은 내가 보기에 약간 불건전해 보이는 일에 대해 살피지 않고 그것을 받아들인다는 뜻이에요," 그는 허둥댔다. "당신이 생각하기에, 당신은 그 의견에 당신을 거슬리게 하는 것이 전혀 없다고 생각하나요? 만약 있다면, 당신은 말만 하면 돼요. 그러면 결코 다시는 그 일에 대해 생각하지 않겠어요."

그녀는 그가 결코 다시는 그 일에 대해 생각하지 말아줬으면 한다는 자신의 바람이 강렬한 데 놀랐다. 사랑의 친밀함이 아니라 분명히 진실한 우정에서 오는 친밀함이겠지만, 잠깐 동안 그녀는 이 세상의 어떤 여성에게도 그 친밀함을 내어 줄 수 없을 것 같았다. 카산드라는 결코 그를 이해하지 못할 것이다―그녀는 그에게 부족한 사람이었다. 캐서린에게 그 편지는 아첨의 편지로 비쳤다―그의 나약함에 말을 건넨 편지 같았고, 그 나약함이 다른 사람에게 보여졌다고 생각하니 그녀는 화가 났다. 그는 나약하지 않았기 때문이다. 그는 자신이 약속한 일을 해내는 드문 강인함을 가졌다―그녀는 말해야만 했다. 그러면 그는 결코 다시는 카산드라에 대해 생각하지 않을 것이다.

그녀는 잠시 생각했다. 로드니는 그 이유를 추측해보았다. 그는 깜짝 놀랐다.

"그녀가 나를 사랑해," 그가 생각했다. 그가 세상의 어느 누구보다 더 숭배하는 여성이 언제나 그를 사랑할 것이라는 희망을 포기했을 때, 그를 사랑했다. 그리고 이제 처음으로 그가 그녀의 사랑을 확신하게 되었는데, 그는 그 사실에 화가 났다. 그는 그 사실이 속박, 장애물이라고, 그리고 그들 두 사람을, 특히 그를 우스꽝스럽게 만드는 것이라고 느꼈다. 그는 완전히 그녀의 힘 안에 있었다. 하지만 그의 눈은 열려 있었고 그는 더 이상 그녀의 노예나 그녀의 얼간이도 아니었다. 그는 장차 그녀의 주인이 될 것이었다. 캐서린이 윌리엄을 영원히 곁에 둘 거라고 말하고 싶은 욕망의 격렬함을 깨달았을 때, 그 순간은 연장되었다. 그리고 그녀를 행동하도록 몰아세우는 유혹, 혹은 윌리엄이 자주 그녀가 말해주기 바랐고, 이제 그것에 대해 그녀가 거의 충분히 느끼고 있는 말을 하도록 몰아세우는 유혹의 비열함을 깨달았다. 그녀는 손에 편지를 쥐고 말없이 앉아 있었다.

그 순간 다른 방에서 움직임이 있었다. 기적적인 섭리에 의해 오스트레일리아에 있는 푸줏간의 장부에서 구해낸 교정지에 대해 이야기하고 있는 힐버리 부인의 목소리가 들렸다. 방과 방을 나누는 커튼이 젖혀졌고 힐버리 부인과 어거스터스 펠럼 씨가 문간에 서 있었다. 힐버리 부인이 갑자기 말을 멈췄다. 풍자하기 직전에 늘 마음 졸이는 것처럼 보이는 그녀 특유의 미소를 지으면서 그녀는 자신의 딸과 딸이 결혼하게 될 남자를 보았다.

"나의 가장 최고의 보물이에요, 펠럼 씨!" 그녀가 외쳤다. "움직이지 말거라, 캐서린. 가만히 앉아 있어요, 윌리엄. 펠럼 씨는 다른 날 오실 거예요."

펠럼 씨가 쳐다보았고, 미소 지으며 인사했다. 그리고 여주인이 이동하자, 한마디 말없이 그녀를 따라갔다. 그에 의해 아니면 힐버리 부인에 의해 커튼이 다시 드리워졌다.

그런데 어쨌든 그녀의 어머니가 그 문제를 해결했다. 캐서린은 더 이상 의심하지 않았다.

"지난 밤 당신에게 말했던 대로," 그녀가 말했다. "당신이 카산드라를 돌볼 기회가 있다면, 이제 그녀에 대한 당신의 감정이 어떤지 알아내는 것이 당신의 의무라고 생각해요. 그것은 나에게뿐만 아니라 그녀에 대한 당신의 의무예요. 하지만 우리는 어머니께 말씀드려야 해요. 우리는 계속 거짓말을 할 수는 없어요."

"물론 그건 전적으로 당신에게 달려 있어요," 로드니는 격식을 차린 신사의 태도로 즉시 되돌아가 말했다.

"좋아요," 캐서린이 말했다.

그가 그녀를 떠나는 즉시 그녀는 어머니에게 가서 약혼이 파기되었다는 것을 설명할 것이다 ─ 아니면 그들이 함께 가는 것이 더 좋을까?

"그런데, 캐서린," 로드니는 카산드라의 편지를 초조하게 봉투 속에 집어넣으려 하면서 말했다. "만약 카산드라가 ─ 어쩌면 카산드라가—당신은 당신과 함께 머물자고 카산드라를 초대했어요."

"네. 하지만 편지를 부치지 않았어요."

그는 실망하여 말없이 다리를 꼬았다. 그의 규범에 따르면 그와의 약혼을 막 파기한 여성에게 자신이 사랑에 빠졌다고 생각하는 다른 여성과 친분을 맺기를 도와달라고 요청할 수는 없었다. 그들의 약혼이 파경을 맞았다는 것이 공표된다면 불가피하게 길고 완전한 이별이 따라올 것이다. 그와 같은 상황에서 편지와 선물이 되돌려질 것이다. 여러 해 동안의 이별 후, 헤어진 남녀는 어쩌면 저녁 파티에서 만나서, 무관심하게 한두 마디를 나누며 불편하게 손을 잡을지도 몰랐다. 그는 철저하게 내쳐질 것이다. 그는 자신의 역량에 의지해야만 할 것이다. 그는 캐서린에게 결코 다시는 카산드라를 언급할 수 없을 것이다. 몇 달 동안, 또한 확실히 몇 년 동안 그는 결코 다시 캐서린을 보지 못할 것이다. 그가 없는 사이 그녀에게 무슨 일이 일어날지도 몰랐다.

캐서린은 대체로 그만큼 그의 당혹스러움에 대해 잘 알고 있었다. 그녀는 완벽한 관대함이 어느 방향으로 길을 지시할지 알았다. 그러나 그녀의 자긍심은—로드니와 약혼을 유지하면서 그의 시도를 덮어두는 것은 단순한 허영심보다 그녀에게 더 고귀한 것을 상처 입히기 때문에—살아남기 위해 싸웠다.

'나는 무조건 내 자유를 포기할 거야,' 그녀가 생각했다. '윌리엄이 여기서 편히 카산드라를 보도록 하기 위해. 그는 내 도움 없이 감당할 용기가 없어—그는 자신이 원하는 것을 나에게 솔직히 말하기에는 너무 겁쟁이야. 그는 공개적인 파혼에 대해 생각하기 싫은 거야. 그는 우리 두 사람 모두와 관계를 유지하기를 원해.'

그녀가 이런 논점에 도달했을 때, 로드니는 편지를 호주머니에 넣고 자신의 시계를 세심하게 쳐다보았다. 그 행동은 그가 카산드라를 단념했다는 것을 의미했는데, 그는 자신의 무능력을 알고 있었고 스스로를 완전히 신뢰하지 못했으며 캐서린을 잃었기 때문이다. 그리고 그녀를 향한 그의 감정은 만족스럽지는 않았지만 진심이었다. 그럼에도 불구하고 여전히 그가 할 수 있는 것이 아무것도 남아 있지 않은 것 같았다. 그는 어쩔 수 없이 나갔다. 그리고 자신이 말한 것처럼 캐서린이 그녀의 어머니께 약혼이 파국에 이른 것을 자유롭게 말할 수 있도록 내버려두었다. 그러나 명예로운 남성에게 요구하는 평범한 의무를 행하는 데에는 겨우 하루 이틀 전에는 그가 상상조차 못했을 수고를 필요로 했다. 그가 소망하며 훑어본 그런 관계가 그와 캐서린 사이에 가능할 수 있을 것이라는 점을 하루 이틀 전이었다면 그는 분개하며 부인했을 것이다. 하지만 이제 그의 삶은 달라졌다. 그의 태도도 변했다. 그의 감정도 달라졌다. 새로운 목표와 가능성이 그에게 나타났고, 그것들은 거의 저항할 수 없는 매혹과 힘을 가졌다. 삼십오 년간 삶의 가르침이 그를 무방비로 두지는 않았다. 그는 여전히 능숙하게 품위를 지켰다. 그는 회복할 수 없는 작별을 하기로 마음먹고 일어섰다.

"그러면, 당신을 그만 내버려두겠어요." 활기 없지만 위엄 있는 노력을 하며 일어서서 손을 내밀고 그가 말했다. "우리의 약혼이 당신 소망대로 끝이 났다는 걸 당신 어머니께 말씀드리도록 말이오."

그녀는 그의 손을 잡고 한동안 있었다.

"당신은 저를 믿지 못하시나요?" 그녀가 말했다.

"절대적으로 믿어요." 그가 대답했다.

"아니에요. 당신은 내가 당신을 도울 것이라는 것을 믿지 않아요…….제가 당신을 도울 수 있을까요?"

"당신 도움이 없다면 난 희망이 없어요!" 그는 열정적으로 소리쳤지만, 손을 빼고 등을 돌렸다. 그가 그녀를 마주 보았을 때, 그녀는 처음으로 꾸밈없는 그를 보았다고 생각했다.

"당신이 제안하는 것을 이해하지 못하는 척 해봐야 소용없어요, 캐서린. 나는 당신이 말한 것을 받아들이겠어요. 당신에게 정확하게 솔직히 말하자면, 이 순간 나는 당신의 사촌을 **정말** 사랑하고 있다고 믿어요. 당신의 도움으로 아마 나에게 기회가 있을 거예요―하지만 아니에요," 그가 말을 중단했다. "그건 불가능해요. 그건 틀렸어요―이런 상황을 일으킨 것에 대해 나에게 막대한 책임이 있어요."

"제 옆에 앉으세요. 사려 깊게 생각해보기로 하죠―"

"당신의 분별력이 우리를 파멸시켰어요―" 그가 신음하듯 말했다.

"저는 책임을 인정해요."

"아, 하지만 내가 그것을 받아들일 수 있을까요?" 그가 외쳤다. "그것이 의미하는 바는―우리는 그것을 직시해야 하기 때문이에요, 캐서린―우리가 우리의 약혼을 당분간 명목상으로 유지하는 것을 뜻할 거예요. 물론, 사실 당신의 자유는 확실할 거예요."

"그리고 당신의 자유도요."

"그래요, 우리는 둘 다 자유로울 거예요. 이를테면, 이런 상황에서 내가 카산드라를 한두 번 보았다고 합시다. 그런 뒤, 나는 분명하다고 생각하지만, 모든 일이 몽상으로 드러난다면 우리는 즉시 당신 어머니께 말하면 됩니다. 비밀로 하기로 약속하고 지금 그녀에게 말하면 왜 안 되나요?"

"왜 안되느냐고요? 십 분 만에 그 소식이 런던 전역에 퍼질 거예요. 게다가, 어머니는 아주 조금도 결코 이해하지 못하실 거예요."

"그러면, 당신의 아버지는요? 이 비밀은 혐오스러워요—이것은 명예스럽지 못해요."

"제 아버지께서는 어머니보다 훨씬 더 이해하지 못하실 거예요."

"아, 누가 이해할 것이라 기대할 수 있겠어요?" 로드니가 신음하며 말했다. "하지만 바로 당신의 관점에서 그 사실을 보아야만 해요. 그것은 너무 지나친 요구이며, 그것은 당신을—내 누이가 같은 상황이라면 그녀를 보는 것을 견딜 수 없는 입장에 처하게 해요."

"우리는 형제자매가 아니에요," 그녀가 성마르게 말했다. "그리고 우리가 결정할 수 없다면, 누가 할 수 있겠어요? 저는 터무니없는 말을 하고 있는 게 아니에요," 그녀가 말을 계속했다. "저는 여러 관점에서 이 문제를 생각해보는 데 최선을 다했어요. 그리고 우리가 무릅써야 하는 위험이 있다는 결론에 도달했어요,—그것이 끔찍하게 상처 줄 것이라는 점을 부인하지는 못하지만 말이죠."

"캐서린, 괜찮겠어요? 당신은 아주 많이 걱정하게 될 거예요."

"아니에요, 전 그렇지 않을 거예요," 그녀가 단호하게 말했다. "많이 신경 쓰겠지만, 전 그 일에 대비해 마음의 각오를 하고 있어요. 당신이 절 도와줄 것이니, 전 해낼 겁니다. 당신들 모두 저를 돕겠지요. 사실 우리는 서로 도울 겁니다. 그것이 기독교의 신조죠, 그렇지 않은가요?"

"나에겐 그것이 이교처럼 들리는군요," 로드니는 그녀의 기독교 신조가 그들을 몰아넣는 상황에 대해 생각하면서 신음하듯 말했다.

그렇지만 그는 신성한 위안이 그의 마음을 차지하고 있다는 것을 부인할 수 없었다. 그리고 미래는 납빛의 가면 대신 바야흐로 수천 가지의 다양한 즐거움과 흥분으로 활기를 띠리라는 것을 부인할 수 없었다. 그는 실제로 일주일 안에 혹은 어쩌면 더 빨리 카산드라를 보게 될 것이다. 그리고 그는 스스로 인정할 수 있는 것보다 더 그녀가 도착하는 날짜를 몹시 알고 싶어 했다. 캐서린의 비길 데 없는 관대함과 자신의 경멸스러운 비열함이 빚어낸 이러한 결실을 몹시 얻고 싶어 하는 것이 천박해 보였다. 그렇지만 그가 이런 말을 무의식적으로 하고 있긴 하지만, 그 말은 이제 아무 의미가 없었다. 그가 보기에 그는 자신이 행했던 일로 인해 품격이 떨어지지 않았다. 그리고 캐서린을 칭찬하는 일에 대해서라면, 그들은 동반자요, 공모자이며, 함께 동일한 추구를 하는 경향이 있는 사람들이 아닌가. 그러므로 공통의 목적을 추구하는 일을 관대한 행위라 칭찬하는 것은 의미 없는 것이다. 그는 그녀의 손을 잡아 꽉 쥐었다. 감사해서가 아니라 오히려 동지 관계의 희열에서 그랬다.

"우리는 서로 도울 겁니다," 그는 우정에 열중하여 그녀의 눈길을 탐색하며 그녀의 말을 되풀이하면서 말했다.

그녀의 시선이 그에게 머물렀을 때, 그것은 진지했지만 슬픔으로 어두웠다. '그는 이미 떠났어,' 그녀가 생각했다. '저 멀리―그는 더 이상 나를 생각하지 않아.' 그리고 그들이 나란히, 손을 맞잡고 앉아 있을 때, 그녀는 그들 사이에 장벽을 만들기 위해 위로부터 흙이 쏟아지는 소리를 들을 수 있었고, 그리하여 그녀는 그와 앉아 있을 때 그들이 관통할 수 없는 벽에 의해 조금씩 분리되고 있다는 생각이 들었다. 그 과정은 그녀에게 자신이 가장 좋아하는 사람들과의 모든 교제에서 영원히 차단되는 것 같은 충격을 주면서 결국 끝이 났으며, 그들은 서로 동의하여 잡은 손을 풀었고, 로드니의 입술이 그녀의 입술에 닿자, 커튼이 갈라졌다. 그리고 힐버리 부인은 친절하면서도 빈정대는 표정으로 캐서린에게 오늘이 목요일인지 아니면 수요일인지 기억하고 있는지, 그리고 그녀가 웨스트민스터에서 식사를 했는지 물어보기 위해 그 열린 틈을 통해 들여다보았다.

"사랑하는, 윌리엄," 그녀는 사랑과 확신, 그리고 로맨스의 멋진 세계에 잠시 침입하는 즐거움에 저항할 수 없다는 듯이 머뭇거리며 말했다. "사랑하는 아이들," 마치 그녀는 자신이 방해하고 싶은 모든 유혹을 물리치고 그 장면에 어쩔 수 없이 커튼을 쳐야 하는 것처럼 충동적인 몸짓을 보이며 사라지면서 덧붙여 말했다.

제25장

그 다음 주 토요일 오후 세 시 십오 분에 랠프 데넘은 큐 가든에 있는 호숫가 제방에 앉아 있었다. 그는 집게손가락으로 자기 시계의 눈금판을 여러 부분으로 나누고 있었다. 정확하고 냉혹한 시간의 본성이 그의 얼굴에도 나타났다. 그는 그런 신성한 힘의 서두름 없이 쉬지 않는 전진에 대해 찬가를 작곡하고 있었을지도 모른다. 그는 피할 수 없는 질서를 엄숙하게 묵종하며 매 분의 경과를 환영하는 것처럼 보였다. 그의 표정은 아주 엄격했고, 아주 차분했으며, 매우 동요가 없었다. 그래서 비록 파괴적인 시간이 자신의 매우 사적인 희망도 또한 파괴시키지만, 떠나가는 시간에는 그가 속 좁게 안달해도 전혀 손상되지 않는 장엄함이 있는 것이 어쨌든 분명해 보였다.

그의 얼굴은 마음속에서 일어나고 있는 것을 불충분하게 표시하지 않았다. 그는 일상생활의 사소한 것들에 대해 다소 지나치게 흥분된 상태에 있었다. 그는 숙녀가 자신의 약속을 지키는 데 십오 분이 늦는다는 사실을 받아들이게 될 때, 그러한 사건에서 자신의 삶 전체의 좌절을 깨닫지 않을 수 없었다. 시계를 보면서 그는 인간 존재의 원천을 깊이 들여다보는 것 같았다. 그리고 그가 거기서 본 것에 따라 그는 북쪽과 한밤중으로 방향을 바꾸었다……. 그렇다. 참으로 동반자도 없이 얼음과 검은 바다를 가로질러 항해를 해야 한다―어떤 목표를 향해서인가? 여기서 그는 자신의 손가락을 삼십 분의 지점에 올려놓았다. 그리고 시계의 분침이 그 지점에 도달하면 떠나야겠다고 마음먹었다. 그와 동시에 의식의 여러 목소리 가운데 하나가 한 질문에 대답하고 있었다. 의심할 바 없이 하나의 목표가 있지만, 계속 그 방향의 어딘가에 머무르려면 아주 가차 없는 힘을 필요로 할 것이라는 대답이었다. 그럼에도 불구하고 아직도 계속 나아가야 했다. 째깍거리는 시간이 그에게 확신을 주는 듯했는데, 위엄 있게, 눈을 바로 뜨고, 이류를 수락하지 않고, 가치 없는 것에 유혹되지 않고, 굴복하지 않고, 타협하지 않겠다는 결심을 하고 나아가야 했다. 이제 시곗바늘이 세 시 이십오 분을 가리켰다. 캐서린 힐버리가 약속시간에 이제 삼십 분이 늦은 까닭에 세상은 더 이상 행복도, 투쟁에서 휴식도, 확신도 제공하지 않는다고 그는 확신했다. 출발부터 완전히 잘못된 일을 계획한 상황에서 용서할 수 없는 유일한 어리석음은 희망이라는 어리석음이다. 그는 자신의 시계에서 잠시 동안 눈을 들어 올리고, 시선을 맞은편 둑 위에 두었다. 그는 생각에 잠겨 어떤 그리움을 느끼고 있었는데, 그 시선의 엄격함은 아직 더 누그러질 수 있을 것처럼 보였다. 곧 그의 눈빛은 몹시 만족스러운 표정으로 가득 채워졌고, 잠시 동안 그는 움직이지 않았다. 그는 빠르게 다가오는 한 숙녀를 보았다. 그렇지만 그녀는 주저하는 기색이 있었으며 넓은 잔디로 된 산책로 아래로 그를 향해 다가왔다. 그녀는 그를 보지 못했다. 거리감으로 인해 그녀의 모습은 형언할 수 없이 커 보였다. 그리고 미풍으로 바람을 잔뜩

받고 어깨 위로 구부러진 자줏빛 베일의 나부낌으로 낭만적인 분위기가 그녀를 둘러싸고 있는 듯했다.

"그녀가 돛을 다 올린 배처럼 여기로 오고 있다," 여주인공이 이런 식으로 깃털을 나부끼며 아래로 나아가고 미풍이 그녀를 맞이하는 연극이나 시에 있는 어떤 구절을 반쯤 기억해내며 그가 혼잣말했다. 푸른 잎과 키 큰 나무들이 마치 그녀가 오자 앞으로 나와 일어서듯 그녀를 에워쌌다. 그가 일어서자, 그녀가 그를 보았다. 그녀의 작은 외침은 그녀가 그를 발견하여 기뻤고, 그런 뒤 자신이 늦은 것에 대해 자책하고 있다는 것을 보여주었다.

"왜 제게 한 번도 얘기해주지 않으셨어요? 저는 이런 곳이 있는지 몰랐어요," 그녀는 저 멀리 테임즈 강의 황금 물결과 목초지에 서 있는 공작의 성[1]과 더불어 호수와, 넓은 녹색의 공간, 나무들이 길게 내다보이는 경치를 암시하며 말했다. 그녀는 공작의 사자[2]의 단단한 꼬리를 보고 못 믿겠다는 듯한 웃음의 찬사를 보냈다.

"한 번도 큐에 온 적이 없나요?" 데넘이 말했다.

그러나 그녀는 어렸을 때 한 번 온 적이 있는 것 같았다. 그때 그 장소의 지형은 완전히 달랐으며, 동물들 중에 확실히 홍학이 포함되어 있었고, 어쩌면 낙타도 있었던 것 같았다. 그들은 이 전설적인 공원을 새롭게 보면서 거닐었다. 그녀는 단지 이리저리 거닐며 눈길이 닿는 어느 것에나 그녀의 상상력이 발현되어서 기쁜 것 같았다 ― 수풀, 공원 관리인, 화려하게 꾸민 거위 ― 마치 이러한 편안한 상태가 그녀에게 위로가 되는 것처럼 말이다. 봄의 시작을 알리는 오후의 따스함 때문에 그들은 너도밤나무 숲

1 노섬벌랜드 공작의 성.
2 공작의 상징물.

빈터에 있는 벤치에 앉을 마음이 들었다. 숲에는 그들 주변으로 이리저리 푸른 길이 나 있었다. 그녀는 깊이 한숨을 쉬었다.

"아주 평화로워요," 그녀는 한숨에 대해 설명하기라도 하는 것처럼 말했다. 한 사람의 모습도 보이지 않았고, 런던 사람에게 좀처럼 들리지 않는 소리인 나뭇가지에 이는 바람의 살랑거림은 마치 멀리서 헤아릴 수 없이 엄청나게 퍼져 있는 맑은 공기로부터 실려 온 것 같다는 생각이 들었다.

그녀가 숨을 가다듬고 지켜보는 동안, 랠프는 낙엽으로 반쯤 덮인 초록의 싹들을 지팡이 끝으로 파헤치는 데 몰두하고 있었다. 그는 식물학자처럼 독특하게 이 일을 했다. 그녀에게 그 작은 녹색 식물의 이름을 말하면서 그는 라틴어 명칭을 사용했다. 그리하여 첼시에서도 흔히 볼 수 있는 꽃을 속여 말했고, 반쯤 재미삼아 그녀가 그의 지식에 탄성을 지르게 했다. 그녀는 자신이 굉장히 무지하다고 고백했다. 예를 들어, 부끄럽게도 맞은편 나무를 영국 명칭으로 부른다면 무엇이라고 부를까요? 너도밤나무 아니면 느릅나무 혹은 단풍나무? 낙엽으로 유추해보니 떡갈나무였다. 그리고 데넘이 봉투 위에 그리기 시작한 도표에 잠시 주목하자, 캐서린은 곧 영국 나무들 사이의 근본적인 몇 가지 차이점들을 파악하게 되었다. 그래서 그녀는 그에게 꽃에 관해 가르쳐달라고 했다. 그녀에게 꽃들의 꽃잎은 형태와 색깔이 다양했고, 다양한 계절에 아주 비슷한 초록의 꽃대 위에 달려 있었다. 그러나 그에게 그 꽃들은 맨 먼저 구근이나 씨앗이었고, 그런 뒤 성별과 기공 그리고 살아서 생명을 싹틔우기 위해 온갖 교묘한 방법으로 스스로를 적응시키는 감수성을 부여받은 생명체였다. 그리하여 인간 존재의 비밀을 드러낼 수도 있을 과정에 의해 땅 가까이로 낮게 자라거나 끝이 뾰족한 모양이 될 수 있고, 불꽃같은 색깔이거나 엷은 색, 단색이거나 반점이 있는 형태가 될 수 있을 것이다. 데넘은 그가 오랫동안 비밀로 해왔던 취미에 대해 점점 열의를 더하며 말했다. 캐서린의 귀에 그의 설명보다 더 반가운 소리는 없었을 것이다. 몇 주 동안 그녀는 자신의 마음속에 그렇게 유쾌한 음악을 만들어내는 어떤 것도 들은 적이 없었다. 그것은 외로움만이 오랫동안 아무런 방해도 받지 않고 조용히 자리 잡고 있었던 자신의 존재의 아주 외딴 성채 속에 반향을 일으켰다.

그녀는 그가 영원히 식물에 대한 이야기를 계속해주고, 그녀에게 과학이 식물의 끝없는 변화를 다스리는 법칙을 찾는 것이 맹목적이어서 이해할 수 없는 것이 아니라는 것을 계속 보여주기를 원했다. 헤아릴 수 없지만 분명히 전능한 법칙이 그 순간 그녀에게 호소했다. 그녀는 인간 생명체에서는 그와 같은 어떤 것도 발견할 수 없었기 때문이다. 한창 젊은 시기의 대부분의 여성에게 강요하듯, 상황은 오래도록 그녀에게 두드러지게 질서 없는 삶의 모든 부분에 고통스럽고 세심하게 주의를 기울이도록 강요해왔다. 그녀는 심리 상태와 소망, 좋아함과 싫어함의 정도, 그리고 이런 것들이 그녀에게 소중한 사람들의 운명에 미치는 영향에 대해 깊이 생각해야만 했다. 그녀는 생각이 인간과 별개인 운명을 만들어내는 삶의 다른 부분에 대해 사색하기를 어쩔 수 없이 거부했다. 데넘이 말했을 때, 그녀는 그의 말에 귀 기울였고, 오래 간직하여 사용하지 않은 능력을 나타내주는 편안한 활력으로 그의 태도에 주의를 기울였다. 푸른 원경 속으로 합쳐지는 바로 그 나무들과 풀밭은 행복, 그리고 개인의 결혼이나 죽음에 대해서는 거의 주의를 기울이지 않는 광대한 외부 세계의 상징이 되었다. 데넘은 자신이 말하고 있는 것에 대한 예를 그녀에게 보여주기 위해 처음에는 '바위 정원'으로 길을 이끌었다 그 다음에는 '난초 화원'으로 이끌었다.

　대화가 이끈 방향은 그에게 안전했다. 그의 강한 어조는 그러한 과학이 그에게 불러일으킨 것이라기보다 좀 더 개인적인 감정에서 기인한 것인 듯했다. 그러나 그것은 감춰졌고 예상대로 그는 해석하고 설명하는 일이 쉽다고 생각했다. 그럼에도 불구하고 그가 난초들 사이에서 캐서린을 보자, 그녀의 아름다움이 환상적인 식물 사이에서 부각되었는데, 그 식물들은 줄무늬 두건과 육감적인 목구멍으로 그녀를 응시하고 입을 크게 벌리는 듯했다. 그러자 식물학에 대한 그의 열정이 시들해졌고 좀 더 복잡한 감정이 그것을 대신했다. 그녀는 침묵에 빠졌다. 난초들이 곰곰이 생각하는 데 열중하도록 하는 것 같았다. 규칙을 무시하고 그녀는 장갑을 벗은 손을 뻗어 난초 하나를 만졌다. 그녀의 손가락에 있는 루비를 보자 그는 몹시 불쾌해져 움찔하며 외면했다. 그러나 다음 순간 그는 자제했다. 그는 그녀가 정확히 앞에 있는 것을 보는 게 아니라 그 너머에 있는 지역에서 더듬어 찾고 있는 사람의 관조적이고 깊이 생각하는 시선으로 기묘한 모양을 차례차례 눈여겨보고 있는 모습을 지켜보았다. 먼 곳을 보는 시선에는 자의식이 없었다. 데넘은 그녀가 자신이 있다는 것을 기억하고 있는지 의심이 들었다. 그는 물론 한마디 말이나 움직임으로 자신을 떠올리게 할 수도 있었다―하지만 왜? 그녀는 그렇게 있는 것이 더 행복해 보였다. 그녀는 그가 줄 수 있는 어떤 것도 필요로 하지 않았다. 그리고 또한 그도, 어쩌면 초연히 거리를 두면서, 그녀가 있다는 것을 아는 것만으로도, 그리고 그가 이미 가진 것, 즉 완벽하고 멀리 떨어져 있으며 파손되지 않은 것을 유지하는 것이 최선이었다. 더욱이 그 더운 공기 속에서 난초들 가운데 서 있는 그녀의 평온한 모습은 이상하게도 그가 집에 있을 때 자신의 방에서 상상했던 어떤 장면을 실지로 보여주었다. 그의 회상과 뒤섞이는 그 모습은 문이 닫히고 그들이 다시 계속 걸어가는 동안에도 그를 침묵하게 했다.

그러나 캐서린은 말은 하지 않았지만 자신이 침묵하는 것이 이기적이라는 불편한 느낌이 들었다. 그녀가 원하던 대로 인간과는 조금도 관련되지 않은 주제에 대해 토의를 계속해나가는 것은 이기적이었다. 그녀는 정신을 차려 감정의 혼란스러운 지도에서 그들의 정확한 위치에 대해 생각했다. 아, 그렇지 — 랠프 데넘이 시골에 살면서 책을 써야 하는 문제가 있었다. 시간이 늦어지고 있었다. 그들은 더 이상 시간을 허비해서는 안 되었다. 카산드라가 오늘 밤 저녁 만찬에 온다. 그녀는 움찔하며 정신을 가다듬었다. 그리고 그녀는 자신의 손에 뭔가를 들고 있어야 했다는 것을 깨달았다. 하지만 손은 비어 있었다. 그녀는 소리치며 손을 내밀었다.

"핸드백을 어디에 두고 왔어요 — 어디였을까요?" 그녀에게 공원의 방위는 불분명했다. 그녀는 대부분 잔디 위를 걸어왔다 — 그것이 그녀가 아는 전부였다. 난초 화원으로 가는 길조차 이제 세 갈래로 나뉘었다. 그러나 난초 화원에 핸드백은 없었다. 그렇다면 그것은 틀림없이 벤치에 있을 것이다. 그들은 잃어버린 것에 대해 생각하는 사람의 열중한 태도로 그들이 걸어온 길을 되밟았다. 이 백은 어떻게 생겼나? 그 안에 무엇이 있나?

"지갑 — 입장권 — 편지, 종이," 캐서린은 목록을 생각해내자 더욱 흥분하면서 따져보았다. 데넘은 그녀보다 앞서 빨리 걸어갔다. 그리고 그녀는 벤치에 도착하기 전에 그가 핸드백을 찾았다고 외치는 소리를 들었다. 모든 것이 아무 탈 없는지 확인하기 위해 자신의 무릎 위에 내용물을 펼쳐놓았다. 데넘은 깊이 관심을 갖고 그것을 바라보면서 기묘한 수집물이라고 생각했다. 금화 잔돈이 폭이 좁고 긴 레이스 조각에 엉켜 있었다. 어쩐지 대단한 친밀함을 넌지시 말해주는 편지들이 있었다. 두세 개의 열쇠가 있었다. 그리고 임무 목록이 있었는데 그 사항에 간격을 두고 십자표가 그려져 있었다. 하지만 그녀는 어떤 종이를 확인할 때까지 만족하는 듯 보이지 않았다. 그 종이는 접혀 있어서 데넘은 그 안에 무엇이 있는지 판단할 수 없었다. 그녀는 안도하며 또 감사하여 데넘이 그녀에게 그의 계획에 대해 말했던 것에 대해 그녀가 생각해왔던 것을 즉시 말하기 시작했다.

그는 그녀의 말을 가로막았다. "그런 따분한 일에 대해 이야기하지 말죠."

"그렇지만 제가 생각하기에ㅡ"

"그건 따분한 일입니다. 저는 당신을 성가시게 하지 말았어야 했는데ㅡ"

"그러면 당신은 결정했나요?"

그는 침착하지 못한 소리로 말했다. "그것은 중요한 일이 아닙니다."

그녀는 다만 다소 활기 없이 "아!" 하고 말할 수 있을 뿐이었다.

"제 말은 그것이 저에게는 중요하지만 다른 사람에게는 어쨌든 중요하지 않다는 것입니다," 그는 좀 더 상냥하게 계속 말했다. "당신이 다른 사람들의 성가신 일로 괴로움을 당해야 하는 이유가 없다고 생각합니다."

그녀는 삶의 이런 측면에 대해 자신이 지쳐 있다는 것을 너무 분명하게 그가 알아차리게 한 것은 아닌가 하고 생각했다.

"유감스럽게도 제가 다른 데 신경을 쓰고 있었네요," 그녀는 윌리엄이 얼마나 자주 그녀에게 이런 비난을 했던가를 기억하면서 말하기 시작했다.

"다른 데 신경 쓸 일이 많을 테죠."

"네," 그녀가 얼굴을 붉히면 대답했다. "아니에요," 그녀는 스스로의 말을 부인했다. "특별한 일은 없다는 뜻이에요. 하지만 저는 식물에 관해 생각하고 있었어요. 전 즐거웠어요. 사실, 저는 오후를 이보다 즐겁게 보낸 적이 드물었어요. 그렇지만 당신이 괜찮으시다면 당신이 결정한 것에 대해 듣고 싶어요."

"아, 모든 것이 결정되었습니다," 그가 대답했다. "저는 가치 없는 책을 쓰기 위해 그 지루한 시골집으로 갈 겁니다."

"얼마나 당신이 부러운지요," 그녀가 아주 진지하게 대답했다.

"글쎄요, 시골집은 일주일에 십오 실링이면 얻을 수 있습니다."

"시골집은 얻을 수 있겠죠—그래요," 그녀가 대답했다. "문제는—" 그녀는 자제했다. "제가 원하는 것은 방 두 개가 전부예요," 그녀는 묘하게 한숨 쉬며 계속했다. "하나는 식사하는 곳, 또 하나는 잠자는 곳. 아, 그런데 맨 위층에 커다란 또 다른 방과 꽃을 재배할 수 있는 작은 정원이 있으면 좋겠어요. 오솔길이—그래서—아래쪽으로 강이 있거나 위쪽으로 숲이 있고, 바다가 아주 멀리 떨어져 있지 않아서 밤에 파도 소리를 들을 수 있었으면 좋겠어요. 수평선에는 막 배들이 사라져가고—" 그녀가 말을 멈췄다. "당신은 바다 가까이 살 건가요?"

"제가 생각하는 완벽한 행복은," 그는 그녀의 질문에 대답하지 않고 말하기 시작했다. "당신이 말한 것처럼 사는 것입니다."

"그러면 이제 당신은 그럴 수 있겠네요. 당신은 작업을 하시겠죠," 그녀가 계속 말했다. "오전 내내 일하고 차 마신 후에 다시 일하고 어쩌면 밤에도 일하겠죠. 늘 들러서 방해하는 사람들은 없을 테지요."

"사람은 얼마나 오랫동안 혼자 살 수 있을까요?" "당신은 시도해 본 적이 있나요?"

"딱 한 번 삼 주 동안 있었어요," 그녀가 대답했다. "아버지와 어머니께서 이탈리아에 계셨는데, 무슨 일이 생겼어요. 그래서 저는 부모님과 합류할 수 없었어요. 삼 주 동안 저는 완전히 혼자 지냈어요. 그리고 제가 이야기를 나눈 유일한 사람은 제가 점심을 먹었던 가게에서 만난 낯선 사람이었어요 —턱수염을 기른 남자였어요. 그런 뒤 저는 혼자 제 방으로 돌아와서 — 이제 제가 하고 싶은 일을 했죠. 유감스럽게도 그 일이 저를 상냥한 사람으로 보이게 하지는 않았지만요," 그녀가 덧붙였다. "하지만 저는 다른 사람과 함께 사는 걸 견딜 수가 없어요. 이따금씩 보는 턱수염을 기른 남자는 흥미로워요. 그는 편견이 없어요. 그는 제가 갈 길을 가도록 내버려둬요. 그리고 우리는 다시 만나지 않을 것이라는 걸 알아요. 그래서 우리는 완벽하게 진실해져요 —친구들과도 가능하지 않은 일이죠."

"터무니없는 생각입니다," 데넘이 불쑥 말했다.

"왜 '터무니없죠'?" 그녀가 물었다.

"당신은 진심으로 말하고 있는 것이 아니니까요," 그가 충고했다.

"당신은 아주 자신 있으시군요," 그녀는 웃으며 그를 보고 말했다. 그는 얼마나 멋대로이고, 신경질적이며, 오만한가! 그는 그에게 충고해달라고 큐로 오라고 그녀에게 부탁했었다. 그러고 나서 그는 그 문제를 이미 해결했다고 그녀에게 말했다. 그런 뒤 그는 그녀를 나무라고 있다. 그가 윌리엄 로드니와 아주 정반대라고 그녀는 생각했다. 그는 초라했고, 그의 옷은 형편없었다. 그는 생활의 즐거움에 대해서도 환히 알고 있지 못했다. 그는 말이 없었고 실제 성격을 감추는 데 서툴렀다. 그는 어색하게 말이 없었다. 그는 어색하게 단호했다. 그럼에도 그녀는 그가 좋았다.

"제가 진심으로 말하고 있는 것이 아니라고요," 그녀는 기분 좋게 되풀이하며 말했다. "그런데요―?"

"저는 당신이 절대적인 진실함을 당신의 삶의 기준으로 두고 있는지 의심스럽습니다," 그가 의미 있게 대답했다.

그녀는 얼굴을 붉혔다. 그는 즉시 약점으로 파고들었다―그녀의 약혼, 그리고 그가 말한 데에는 이유가 있었다. 그가 지금 전적으로 옳다는 것은 아니었다. 어쨌든 그녀는 기꺼이 받아들였다. 하지만 그녀는 그의 의심을 풀어줄 수 없어서 그가 넌지시 던지는 암시를 참아야만 했다. 하지만 늘 하던 대로 행동해왔던 남성의 입에서 나온 그 암시의 힘은 날카롭지 않았어야 했을 것이다. 그럼에도 불구하고 그가 한 말에는 힘이 있다고 그녀는 깊이 생각했다. 부분적으로 그는 메리 대치트와 관련하여 자신의 잘못을 의식하지 못하고 있는 것처럼 보였고, 그래서 그녀의 통찰력을 좌절시켰기 때문이다. 또한 부분적으로 그는 그녀가 아직 확실히 깨닫지 못한 이유로 늘 힘 있게 말했기 때문이다.

"절대적인 진실함은 꽤 어렵다고 생각하지 않나요?" 그녀는 약간 빈정대는 투로 물었다.

"바로 그런 점에서 신뢰받는 사람들이 있습니다," 그가 약간 애매하게 대답했다. 그는 그녀에게 상처 주고자 하는 그의 야만적인 바람이 부끄러웠다. 그럼에도 불구하고 그것은 그녀에게 상처 주려는 것은 아니었다. 그녀는 그의 화살 너머에 있었다. 때때로 그를 지구 끝까지 몰아붙일 것 같은 영혼에 자신을 내맡기려는 믿을 수 없을 정도로 무모한 충동을 억제하기 위해서였다. 그녀는 그의 아주 무모한 꿈의 영역을 넘어서 그에게 영향을 주었다. 그는 그녀의 태도의 고요한 표면 아래로 외로움 때문인지 혹은—이것도 가능할 것 같은데—사랑 때문인지 어떤 이유로 그녀가 유보해두고 있거나 억제한 기질이 있는 것을 보는 듯했다. 그 고요한 표면은 거의 안타까울 만큼 가까이 있었고 일상생활의 사소한 모든 요구를 위해 손에 닿는 거리에 있었다. 로드니는 그녀가 본모습을 드러내고, 억제하지 않고, 그녀의 의무에 대해 의식하지 않는 모습을 본 적이 있었을까? 계산하지 않는 열정과 본능적인 자유를 지닌 피조물을? 아닐 것이다. 그는 그랬을 거라고 생각하기를 거부했다. 캐서린은 오직 혼자 있을 때 숨김이 없었다. "저는 혼자 제 방으로 돌아갔어요. 그리고 정말 제가 좋아하는 일을 했어요." 그녀는 그에게 그렇게 말했다. 그리고 그 말을 하면서 그가 그녀의 외로움을 함께 나눌 수 있는 사람인 것처럼 그에게 어떤 가능성을, 속내의 비밀까지도 언뜻 비쳤다. 그리고 단지 이러한 징후만으로 그의 심장은 더 빠르게 뛰었고 머리가 어지러워졌다. 그는 가능한 혹독하게 자신을 제어했다. 그는 그녀가 얼굴을 붉히는 것을 보았다. 그리고 그녀의 대답에 내포된 아이러니에서 그녀의 분노를 들었다.

그는 호수의 기슭에서 그 표면을 바라보았을 때 자신이 취해 왔던 그 평온하고 운명론적인 기분으로 다시 돌아가는 데 도움이 되기를 바라면서, 호주머니 속으로 그의 부드러운 은색 시계를 슬머시 밀어 넣기 시작했다. 그 기분은 그가 어떤 희생을 치르더라도 캐서린과 교제한다는 기분이 틀림없었기 때문이다. 그는 자신이 결코 보내지 않았던 편지에서 고마움과 묵인에 대해 말했다. 그리고 이제 자신의 기질의 모든 힘을 다해 그녀 앞에서 그러한 만족할 만한 맹세를 해야만 했다.

그렇게 도전받은 그녀는 그동안 자신의 요점을 분명히 하려고 애썼다. 그녀는 데넘을 이해시키고 싶었다.

"사람들과 아무 관련도 없다면 그들과 더 솔직해지기 쉽다는 걸 모르세요?" 그녀가 물었다. "그것이 제가 말하고자 하는 것이에요. 그들을 치켜세울 필요도 없어요. 그들에 대한 어떤 의무도 없어요. 분명히 당신은 가족들과 있을 때, 당신에게 가장 중요한 일을 의논할 수 없다는 것을 알 거예요. 왜냐하면 모두 함께 모여 있고, 같은 편에다가, 기만적인 입장에 있기 때문이지요—" 그녀의 추론은 다소 결론에 이르지 못하고 중단되었다. 주제가 복잡했기 때문이었다. 그리고 그녀는 데넘에게 가족이 있는지 없는지도 알지 못하고 있다는 것을 깨달았다. 데넘은 가족 체제의 파괴성에 대해 그녀의 생각에 동의했다. 그러나 그는 그 순간 그 문제를 논의하고 싶지 않았다.

그는 자신이 더 관심 있는 문제로 방향을 돌렸다.

"저는 확신합니다," 그가 말했다. "완벽한 진실성이 가능한 경우들도 있다는 것을 말입니다—사람들이 함께 살지만 아무 관계도 맺지 않는 경우 말입니다. 당신이 좋다면 그런 관계에서는 각자가 자유롭습니다. 그리고 어느 편에서도 의무가 없습니다."

"일시적으로는—어쩌면요," 그녀가 약간 의기소침하며 동의했다. "하지만 의무는 늘 생기죠. 고려되어야 할 감정도 있어요. 사람들은 단순하지 않아요. 그리고 그들이 합리적이 되려고 할 수도 있겠지만, 결국은"—그녀는 자신이 처한 상황에 이르게 된다고 말할 작정이었다. 하지만 어설프게 덧붙였다—"혼란에 빠지고 말죠."

"왜냐하면," 데넘이 곧바로 끼어들었다. "그들은 애초에 자신을 이해시키지 못했기 때문입니다. 저는 지금 바로 시작할 수 있습니다," 그는 자신의 자제력에 상당한 믿음을 주는 이성적인 어조로 계속 말했다. "완벽하게 진실하고 완벽하게 솔직해야 하는 우정을 위한 조건들을 규정하는 일을 말입니다."

그녀는 그 조건들을 듣고 싶어 졌다. 그러나 그뿐만 아니라 그 화제에 대한 잘 알려진 위험이 그보다 그녀에게 더 감춰져 있다고 느끼면서 묘하게 추상적으로 선언하는 그의 어조 때문에 그녀는 강변로에서의 기억이 떠올랐다. 그 순간 사랑에 대해 암시하는 어떤 것이든 그녀를 불안하게 했다. 그것은 민감한 상처를 문지르는 것과 같은 고통이었다.

그러나 그는 그녀의 제안을 기다리지 않고 말을 계속했다.

"우선 그러한 우정은 감정적이지 않아야 합니다," 그는 강하게 주장했다. "적어도 양쪽 편에서 어느 쪽이든 사랑을 하기로 결정한다면, 그녀나 혹은 그가 아주 전적으로 위험을 각오하고 그렇게 하기로 미리 합의해야 합니다. 어느 쪽도 상대방에게 아무런 의무도 지지 않습니다. 그들은 어느 순간에라도 관계를 끊거나 변경할 자유가 있어야 합니다. 그들은 하고 싶은 말을 어떤 것이라도 할 수 있어야 합니다. 이 모든 것이 합의되어야 합니다."

"그러면 그들은 어떤 가치 있는 것을 얻게 될까요?" 그녀가 물었다.

"그것은 모험입니다—물론 모험이지요," 그가 대답했다. 그 말은 그녀가 최근에 자신과 논쟁을 하면서 자주 써 왔던 말이었다.

"그렇지만 그것이 유일한 방법입니다—당신이 우정을 가질만한 가치 있는 것이라고 생각한다면요," 그가 결론지었다.

"아마도 그런 조건에서는 그럴 수 있을지도 모르겠어요," 그녀가 생각에 잠겨 말했다.

"그래요." 그가 말했다. "그것이 제가 당신에게 제안하고 싶은 우정의 조건입니다." 그녀는 이런 일이 닥치리라는 것을 알았다.

하지만 그럼에도 불구하고 그녀는 정연한 진술을 듣고서 약간의 충격을, 반쯤은 기쁨과 반쯤은 거부감을 느꼈다.

"마음에 드는 것 같아요." 그녀가 말하기 시작했다. "하지만—"

"로드니는 괜찮을까요?"

"아, 네," 그녀가 재빨리 대답했다.

"네, 그래요, 괜찮을 거예요," 그녀가 계속 말했다. 그리고 다시 끝맺었다. 그녀는 그가 이른바 제안의 조건이라는 것을 거침없지만 그럼에도 아주 예의를 갖춰 만든 방식에 감동을 받았다. 그러나 그가 관대하더라도 그녀는 좀 더 조심할 필요가 있었다. 그녀는 자신들이 어려움에 처하게 될 것이라고 생각했다. 하지만, 결국 신중함의 길에서 아주 멀리 떨어져 있지 않은 이 지점에서 그녀는 자신의 선견을 잃었다. 그녀는 그들이 어쩔 수 없이 뛰어들게 될 어떤 확실한 파국을 요구했다. 그러나 그녀는 아무것도 생각할 수 없었다. 이 재난들이 허구로 느껴졌다. 삶은 계속 되어갔다—삶은 사람들이 말한 것과는 완전히 달랐다. 그리고 그녀가 비축해놓은 신중함이 소진되었을 뿐만 아니라 갑자기 그녀에게 불필요한 것처럼 생각되었다. 확실히 누군가 스스로를 보살필 수 있다면, 데넘은 그럴 수 있을 것이다. 그는 그녀에게 사랑하지 않는다고 말했다. 게다가 그녀는 너도밤나무 아래를 걸으며 자신의 양산을 흔들면서 곰곰이 생각했다. 그녀의 생각 속에서 그녀는 완전한 자유에 익숙해 있는데, 왜 완전히 다른 기준을 자신이 실천하는 행동에 부단히 맞추어야 하는지에 대해 생각했다. 그녀는 왜 생각과 행동 사이에, 고독한 삶과 사교적인 삶 사이에 이런 부단한 불일치가 있어야 하는지, 그리고 이렇게 놀라운 절벽이 있어야 하는지에 대해 곰곰이 생각했다. 그리고 그 절벽 한쪽편에서 영혼은 능동적이고 명료한 대낮 속에 있으며, 건너편에서는 사색적이고 밤처럼 어두운 것인가? 근본적인 변화 없이 한쪽에서 다른 쪽으로 건너가 똑바로 서는 것은 불가능한 것인가? 이것은 그가 그녀에게 제공한 기회가 아닐까 — 드물고 멋진 우정의 기회가? 어쨌든 그녀는 동의한다고 데넘에게 한숨 쉬며 말했다. 그 한숨에서 그는 조바심과 안도감을 모두 들었다. 그녀는 그가 옳다고 생각한다고, 또한 그가 제시한 우정의 조건을 받아들일 것이라고 말했다.

"이제," 그녀가 말했다. "가서 차를 마셔요."

사실, 이러한 원칙이 세워져서 그들 모두 마음이 아주 가벼워 보였다. 그들은 모두 아주 중요한 무엇인가가 해결되었다고 확신했다. 그래서 이제 그들은 차와 공원에 집중할 수 있었다. 그들은 온실 안팎을 이리저리 돌아다니며 수조 속에 떠다니는 백합을 보았고, 아주 많은 카네이션의 향기를 맡았다. 그리고 나무와 호수에 관해 그들 각자의 취향을 비교했다. 오로지 그들이 보고 있는 것에 대해 이야기를 나누면서 누구나 그들의 이야기를 엿들을 수 있게 되자, 그들을 지나쳐가며 어떤 것도 의심하지 않는 많은 사람들로 인해 그들은 둘 사이에 협정이 더 단단하고 깊어지는 것을 느꼈다. 랠프의 시골집과 미래에 관한 문제는 다시 언급되지 않았다.

제26장

 화려한 색채의 패널벽과 마부의 뿔피리, 그리고 칸막이 좌석에서 들리는 유머가 있고, 기복이 많은 길을 달리는 오래된 역마차는 그것이 물질인 한에서 서서히 붕괴되어 먼지가 되었고, 정신의 특성을 띠는 한 소설가들의 인쇄된 페이지 안에서 보존되고 있지만, 그래도 급행열차로 하는 런던 여행은 유쾌하고 낭만적인 모험일 수 있다. 스물두 살의 카산드라 오트웨이는 더 이상 즐거운 일을 거의 상상할 수 없었다. 여러 달 동안 녹색 들판을 물릴 정도로 보았기 때문에 런던 교외에 맨 처음 늘어서 있는 장인들이 지은 주택들은 중대한 임무를 맡은 것처럼 보였다. 이것은 확실히 객차 안에 있는 모든 사람들의 중요성을 증대시켰고, 감수성이 예민한 그녀의 생각으로는 심지어 열차의 속력까지 빨라지게 했으며, 엔진 경적의 날카로운 소리에 준엄하게 권위 있는 분위기를 부여했다. 그 열차는 런던을 향했다. 그것은 다른 목적지를 향한 모든 운송 수단보다 분명히 우위에 있는 것 같았다. 사람들은 리버풀 스트리트 역에서 나오자마자 다른 태도를 필요로 했고, 생각에 몰두하고 서두르는 저 런던 시민들 가운데 한 사람이 되었다. 그리고 수많은 택시, 버스, 그리고 지하철이 그들을 위해 대기하고 있었다. 그녀는 위엄 있고 또한 몰두해 있는 것처럼 보이기 위해 최선을 다했다. 그러나 택시가 그녀를 태우고 멀리 나가자, 자신도 약간 놀란 단호함으로 그녀는 런던의 한 시민으로서 자신의 위치를 점점 더 잊게 되었고, 강렬한 호기심을 채우기 위해 이쪽 편의 건물이나 저쪽 편 거리의 장면을 열성적으로 포착하면서 이쪽 창문에서 저쪽 창문으로 고개를 돌렸다. 그럼에도 차를 타고 계속 가는 동안 어느 누구도 진짜 같지 않았고 어떤 것도 평범하지 않았다. 군중, 정부 건물, 큰 유리창 아래를 휩쓸고 지나가는 남녀의 물결은 총체적인 형상을 이루었고, 그래서 마치 그들을 무대에서 보고 있는 것처럼 그녀에게 감명을 주었다.

이러한 모든 느낌이 계속되었고 여행이 그녀를 가장 낭만적인 세계로 곧장 데리고 가리라는 사실로 얼마간 들떠 있었다. 전원의 풍경 한가운데서 무수히 그녀의 생각은 바로 이 길로 가서 첼시에 있는 그 집으로 들어갔다. 그리고 그녀의 생각은 곧바로 위층 캐서린의 방으로 가서 눈에 보이지는 않았지만 그 방의 찬탄할만하고 신비한 여주인의 내밀한 생활을 즐길 보다 좋은 기회를 가졌다. 카산드라는 그녀의 사촌을 숭배했다. 그 숭배는 우스울 수도 있겠지만 지나치지는 않았고 카산드라의 기질이 지닌 변덕스러움 때문에 마음을 끄는 매력이 더해졌다. 그녀는 스물두 해 동안 아주 많은 것들과 많은 사람들을 숭배했다. 그녀는 자신의 선생님들에 대해 자부심과 절망을 번갈아 느꼈다. 그녀는 건축과 음악을 숭배했고, 자연사와 인문학, 문학과 예술을 숭배했다. 그러나 대단한 성과를 이룬 열광의 절정에서 언제나 그녀는 마음을 바꾸고 몰래 다른 입문서를 샀다. 이제 카산드라가 스물두 살이고 한 번도 시험에 합격한 적이 없으며, 매일 시험에 통과할 수 있을 가능성이 점점 더 적어지고 있다는 것을 보여주고 있기 때문에 가정교사들이 그런 지적인 낭비로부터 예견한 끔찍한 결과는 분명했다. 그녀가 아마도 결코 생계비를 벌 수 없을 것이라는 더 심각한 예측 또한 입증되었다. 그러나 다양하게 습득한 지식의 이 모든 짧은 가닥들로부터 카산드라는 스스로 하나의 태도, 정신의 유형을 엮어내었다. 그리고 이것은 비록 쓸모는 없지만 쾌활함과 발랄함이라는 비루하지 않은 미덕을 가졌다고 몇몇 사람들이 발견해냈다. 예를 들어 캐서린은 카산드라가 아주 매력적인 친구라고 생각했다. 사촌들은 결코 한 사람에게서는 드러나지 않고 대여섯 명 정도의 사람들에게서도 좀처럼 발견되지 않는 상당한 자질들을 그들 두 사람에게서 모을 수 있을 것 같았다. 캐서린은 단순한 반면 카산드라는 복잡했다. 캐서린이 분명하고 직선적이라면, 카산드라는 모호하고 종잡을 수 없었다. 간단히 말해서 그들은 여성적인 본성의 남성적인 면과 여성적인 면을 아주 잘 대변했다. 그리고 근원적으로 그들 사이에 같은 혈통에서 오는 심오한 공통점이 있었다. 카산드라가 캐서린을 숭배할지라도, 그녀는 잦은 농담과 비판으로 새롭게 활력을 얻게 될 때만 누군가를 숭배할 수 있었다. 그리고 캐서린은 적어도 그녀의 존경만큼이나 그녀의 웃음거리가 되는 것을 즐겼다.

현시점에서 카산드라의 마음속에는 분명히 존경이 가장 우위에 있었다. 동갑내기 집단에서 이뤄진 첫 약혼이 그 집단의 사람들의 상상력을 불러일으키는 경향이 있듯이 캐서린의 약혼은 그녀의 상상력을 자극했다. 그것은 신성하고 아름답고 신비했다. 그것은 집단의 나머지 사람들에게 여전히 숨겨져 있는 어떤 의식에 입문한 사람들의 권위 있는 풍모를 양쪽 편 모두에게 부여했다. 카산드라는 캐서린을 위해 윌리엄이 가장 뛰어나고 흥미

있는 인물이라고 생각했다. 그리고 처음에는 그의 대화를 그리고 그의 원고를 우정의 표시로 환영했는데, 그 원고는 우정의 마음이 생기게 할 정도로 그녀를 만족시키고 기쁘게 했다.

그녀가 체니 워크에 도착했을 때, 캐서린은 여전히 밖에 나가 있었다. 평소와 다름없이 그녀의 외삼촌과 외숙모께 인사를 드린 후, "택시 요금과 기분전환"으로 쓰라고 이 파운드 금화를 트레버 외삼촌으로부터 선물 받았다. 카산드라는 그가 가장 사랑하는 조카였다. 그녀는 옷을 갈아입고 방에서 자신을 기다리고 있는 캐서린에게 갔다. 캐서린은 정말 대단히 큰 거울을 가졌어,라고 그녀는 생각했다. 그리고 화장대 위에 정리된 모든 것을 그녀가 자신의 집에서 익숙했던 것과 비교하며 얼마나 어른스러운가 하고 생각했다. 주위를 대강 훑어보면서, 그녀는 꼬챙이에 꽂혀서 벽난로 선반에 장식으로 세워놓은 계산서들이 놀랍도록 캐서린을 닮았다고 생각했다. 어디에도 윌리엄의 사진은 보이지 않았다. 사치와 소박함이 결합되고, 견 실내복과 심홍색 슬리퍼가 있으며, 닳아서 해진 양탄자와 꾸미지 않은 벽이 있는 그 방은 캐서린만의 강한 분위기를 지니고 있었다. 그녀는 방 한가운데 서서 그 기분을 즐겼다. 그러고 나서 그녀의 사촌이 즐겨 손을 대는 물건을 만져보고 싶은 욕망에 그녀는 침대 위 선반에 한 줄로 놓여 있는 책들을 집어 내리기 시작했다. 마치 늦은 밤의 고독 속에서 낮에는 회의적이었던 사람이 어둠 속 은둔의 장소에서 남모르게 가질 수도 있는 그런 슬픔이나 당혹함 탓에 오래된 주문의 문구를 한 모금 마시면서 위안을 찾는 것처럼, 대부분의 집에서 이 선반은 종교적 믿음의 마지막 잔재가 보호되어 있는 곳이다. 그러나 여기에 찬송가집은 없었다. 해진 표지와 암호 같은 내용 탓에 카산드라는 그 책들이 트레버 외삼촌의 오래된 교과서이며 이상하긴 하지만 그의 딸이 효성스럽게 보관해두었다고 생각했다. 그녀는 캐서린의 의외성이 끝이 없다고 생각했다. 그녀도 한때 기하학에 대한 열정을 가졌었다. 그리고 캐서린의 누비이불 위에 움츠린 채, 그녀는 자신이 한때 알았던 것을 얼마나 잊어버렸는지 떠올리는 데 몰두하게 되었다. 약간 더 늦게 들어온 캐서린은 그녀가 이러한 독특한 일에 깊이 빠져 있는 것을 발견했다.

"애, 캐서린," 카산드라가 그녀의 사촌에게 책을 흔들면서 소리쳤다. "내 삶 전체가 지금 이 순간부터 바뀌어버렸어! 그 사람의 이름을 당장 적어둬야 해, 그렇지 않으면 잊어버릴 거야—"

누구의 이름, 어떤 책인지, 어떤 삶이 바뀌었는지 캐서린은 확인하려고 앞으로 나아갔다. 그녀는 급하게 옷을 벗기 시작했다. 그녀가 너무 늦었기 때문이다.

"앉아서 너를 지켜봐도 되니?" 카산드라가 그녀의 책을 덮으며 물었다. "난 준비됐어."

"오, 준비되었다고?" 캐서린은 움직이던 가운데 몸을 반쯤 돌려 카산드라를 보면서 말했다. 그녀는 침대 가장자리에 무릎을 감싸고 앉아 있었다.

"저녁 식사 하러 손님들이 오실 거야," 새로운 관점에서 카산드라의 영향력을 받아들이면서 그녀가 말했다. 잠시 뒤, 길고 끝이 가늘어지는 코와 빛나는 타원형의 눈을 가진 그 조그만 얼굴의 눈에 띄는 모습에서, 특별한 매력이 아주 두드러졌다. 머리카락은 다소 뻣뻣하게 이마 위로 높이 세워져 있었고 미용사와 재봉사의 보다 세심한 손길로 약간 여윈 몸매가 십팔 세기 프랑스의 명성 있는 귀부인과 유사해 보였다.

"저녁 식사에 누가 와?" 카산드라는 더 황홀한 기회를 기대하면서 물었다.

"윌리엄, 그리고 엘리너 아주머니와 오브리 아저씨가 오실 거야."

"윌리엄이 올 거라니 너무 기뻐. 그가 원고를 나에게 보냈다고 너한테 말했니? 난 멋지다고 생각해 ― 그는 너에게 거의 충분히 훌륭해, 캐서린."

"너는 그의 옆에 앉게 될 거야. 네가 그에 대해 생각하고 있는 것을 말해줘."

"난 감히 그렇게 하지 못할 거야," 카산드라가 주장했다.

"왜? 넌 그를 두려워하지 않지 않니?"

"약간 두려워 ― 그가 너와 관련되어 있으니까."

캐서린이 미소 지었다.

"그렇지만 네가 너의 유명한 정확성을 지닌 채 적어도 이 주일 동안 여기에 머물 거라는 걸 생각해보면, 네가 떠날 때쯤 나에 대한 환상이 전혀 남아 있지 않게 될 거야. 너에게 일주일을 줄게, 카산드라. 하루하루 내 힘이 쇠퇴해가는 것을 보게 될 거야. 지금 절정에 있어. 하지만 내일이면 쇠퇴하기 시작할 거야. 뭘 입을까? 카산드라, 저쪽의 긴 옷장에서 푸른 드레스를 찾아 줄래?"

그녀는 솔과 빗을 사용하면서 그리고 그녀의 화장대의 작은 서랍을 열고 내버려둔 채 앞뒤가 맞지 않게 말했다. 그녀 뒤로 침대에 앉아 있는 카산드라는 거울 속에서 사촌의 얼굴이 비친 모습을 보았다. 거울 속에 있는 얼굴은 심각하고 열중하고 있으며, 가르마를 곧게 정돈하는 일 외에 다른 일에 분명 몰두하고 있었다. 하지만 이 가르마는 검은 머리카락을 가로질러 로마의 길만큼 곧게 나아가 있었다. 카산드라는 다시 캐서린의 성숙함에 감명받았다. 그리고 아름다운 여인의 가볍게 움직이는 초상을 담고 있을 뿐만이 아니라 배경에서 나타나는 사물들의 형태와 색깔도 담고 있는, 긴 거울 거의 전체를 푸른빛으로 가득 채우고 그 거울을 그림 액자로 만든 푸른 드레스로 그녀가 몸을 감쌌을 때, 카산드라는 어떤 모습도 정말 그렇게 낭만적이었던 적이 없었다고 생각했다. 그 모든 것이 방과 집, 그리고 이것들을 모두 둘러싸고 있는 도시와 조화되었다. 그녀는 아직 저 멀리서 자동차 바퀴들이 윙윙거리는 소리에 귀 기울이기를 멈추지 않았기 때문이었다.

캐서린이 준비하느라 최대한 서둘렀지만, 그들은 꽤 늦게 아래층으로 내려갔다. 카산드라의 귀에 응접실 안에서 웅성거리는 목소리는 오케스트라의 악기들을 조율하는 소리처럼 들렸다. 그녀에게 그 방에는 많은 사람들이 있고, 그들은 낯선 사람들이며, 아름답고 최고로 품격이 있는 옷을 차려입은 것처럼 생각되었다. 비록 그들 대부분이 그녀의 친척이었고, 편견 없는 관찰자의 눈에 뛰어난 옷차림은 로드니가 입은 하얀 조끼만 해당되었지만 말이다. 그러나 그들은 모두 동시에 일어났는데, 이 일 자체가 인상적이었다. 그리고 그들은 모두 큰 소리로 말하면서 악수를 했고, 그녀는 페이튼 씨에게 소개되었다. 그리고 문이 휙 열리면서 만찬이 준비되었다고 전해지자 그들은 줄서서 나아갔다. 그때 그녀가 은근히 바라던 대로 윌리엄은 검은 옷을 걸친 약간 구부린 팔을 그녀에게 내밀었다. 결국 그 장면을 그녀의 눈을 통해서만 보게 된다면, 그것은 분명히 매혹적인 찬란한 광채 가운데 하나로 묘사되었을 것이다. 스프 접시의 문양, 에어럼 백합의 형태로 각각의 접시 옆에 세워진 냅킨의 뻣뻣하게 접힌 주름, 분홍 리본으로 묶인 막대 모양의 긴 빵, 은식기와 손잡이에 금박편이 장식된 바다색의 샴페인 잔―묘하게 퍼져 있는 새끼 영양 가죽 장갑의 냄새와 더불어 이 모든 세세한 것들이 그녀의 들뜬 기분에 기여했다. 하지만 이 기분은 억눌러야만 했는데, 그녀는 어른이었고, 세상에서 그녀가 놀라워할 만한 것이 더 이상 없었기 때문이었다.

세상에서 그녀가 놀라워할 만한 것은 더 이상 없었다. 그것은 사실이었다. 하지만 세상에는 다른 사람들이 있었고, 제각각 다른 사람들은 카산드라가 마음속으로 "현실"이라고 부르는 것의 단편을 지니고 있었다. 그것은 당신이 그들에게 요청하면 그들이 나눠줄 선물이었다. 그래서 어떤 만찬 파티도 아마 지루할 수 없었을 것이다. 그러나 그녀의 오른편에 있는 작은 페이튼 씨와 왼편에 있는 윌리엄은 똑같이 분명하고 점잔 빼는 듯한 성격을 지니고 있어서 현실이라는 선물을 요구하지 않는 태도는 그녀에게 계속 놀라움을 자아내게 했다. 사실 그녀는 자신이 페이튼 씨와 이야기하고 있는지 아니면 윌리엄 로드니와 이야기하고 있는지 거의 알 수 없었다. 하지만 그녀는 점차 콧수염을 기른 나이 지긋해 보이는 사람에게 그날 오후 런던에 어떻게 도착했는지, 그리고 어떻게 택시를 타고 거리를 지나왔는지에 대해 설명했다. 쉰살의 편집자인 페이튼 씨는 분명히 이해한다는 뜻으로 벗겨진 머리를 반복해서 *끄*덕였다. 비록 그는 흥분할 만한 것이 무엇이 있는지 그녀가 한 말에서 바로 짐작할 수 없었고 혹은 그의 경험에서 기억해낼 수 없었지만. 적어도 그는 그녀가 아주 젊고 예쁘다는 것을 알았고 그녀가 흥분했다는 것을 알아챘다. "나무에 싹이 돋았던가요?" 그가 물었다. "어느 방향으로 지나왔나요?"

그의 이런 상냥한 질문은 갑자기 가로막히고 말았다. 그녀는 그가 독서하는 사람들 가운데 속하는지 아니면 창밖으로 내다보는 사람들 가운데 속하는지 알고 싶어 했기 때문이다. 페이튼 씨는 자신이 어떤 부류인지 도무지 확신하지 못했다. 그는 차라리 자신이 양쪽 모두에 해당된다고 생각했다. 그는 그가 아주 위험한 고백을 했다는 대답을 들었다. 그녀는 그 한 가지 사실로부터 그의 전체 이력을 추론할 수 있었다. 그는 그녀가 계속하도록 요구했다. 그래서 그녀는 그가 자유당 국회의원이라고 선언했다.

명목상 엘리너 아주머니와 종잡을 수 없는 이야기를 하고 있던 윌리엄은 모든 말을 듣고 있었다. 그리고 적어도 젊음과 성별을 존중해주는 노부인들과 대화를 나누면서 그들의 대화가 거의 연속성을 보이지 않는다는 사실을 이용하여, 그는 아주 신경질적인 웃음으로 자신의 존재를 내세웠다.

카산드라는 즉시 그에게로 몸을 돌렸다. 그녀는, 당장 그렇게 느긋하게, 이 매혹적인 존재들 가운데 한 사람이 그녀가 의견을 끄집어내자 말로 다 할 수 없는 자산을 그녀에게 제공하고 있다고 생각하니 황홀해졌다.

"**당신이** 열차 안에서 하는 일이 분명히 있죠, 윌리엄," 그녀는 그의 이름을 부르는 것을 기쁨으로 여기면서 말했다. "당신은 **한 번도** 창밖을 내다본 적이 없어요. 당신은 **줄곧** 책을 읽죠."

"그래서 그 일에서 어떤 사실을 추론하시나요?" 페이튼 씨가 물었다.

"아, 물론 그가 시인이라는 점이지요," 카산드라가 말했다. "하지만 전 그 사실을 이미 알고 있었다는 것을 인정해야 해요. 그래서 그건 공정하지 않아요. 저는 당신 원고를 가지고 있어요," 그녀는 뻔뻔스럽게 페이튼 씨를 무시하고 말을 계속했다. "저는 당신에게 묻고 싶은 많은 것들이 있어요."

윌리엄은 고개를 숙이고 그녀의 말이 그에게 준 기쁨을 숨기려 했다. 그러나 그 기쁨은 완전하지 못했다. 윌리엄이 아무리 아첨에 민감하다 하더라도, 그는 문학에 대해 무지하거나 감정적인 취향을 보이는 사람으로부터 그런 아첨을 결코 견뎌낼 수 없었다. 그래서 만약 카산드라가 이런 점에서 그가 필수적이라고 생각하는 것에서 약간이라도 벗어난다면 그는 손사래를 치고 이마를 찌푸리며 자신의 불쾌함을 표현했을 것이다. 그리하여 그는 그 후로 그녀의 어떤 아첨에도 기쁨을 느끼지 못했을 것이다.

"무엇보다," 그녀가 계속했다. "저는 당신이 왜 희곡을 쓰기로 했는지 알고 싶어요."

"아! 당신은 그것이 극적이지 않다는 걸 말하는 겁니까?"

"그것을 공연해서 뭘 얻을 수 있는지 모르겠다는 뜻이에요. 그래도 셰익스피어는 얻은 게 있죠? 헨리와 저는 셰익스피어에 대해 항상 논쟁을 해요. 저는 그가 틀렸다고 확신하죠. 하지만 그것을 증명할 수가 없어요. 저는 링컨에서 셰익스피어 극이 공연된 것을 겨우 한 번 본 적이 있을 뿐이기 때문이죠. 하지만 저는 정말 확신해요." 그녀가 고집스럽게 말했다. "셰익스피어는 무대를 염두에 두고 썼다는 것을 말이죠."

"당신이 분명히 옳아요," 로드니가 소리쳤다. "당신이 그 편이기를 바랐습니다. 헨리가 틀렸어요 — 완전히 틀렸어요. 물론 저는 현대인들이 모두 실패하듯이 실패했습니다. 아, 좀 더 일찍 당신과 의논했더라면 좋았을 것을 그랬습니다."

이 순간 이후 기억이 도움을 주는 한 그들은 로드니가 쓴 희곡의 다른 측면들에 대해 검토해나가기 시작했다. 그녀는 그의 귀에 거슬리는 말을 한마디도 하지 않았다. 그리고 그녀의 미숙한 대담함은 로드니가 예술의 주요한 원칙들에 대해 토론하는 동안 자기 앞에서 포크를 자주 멈추는 것이 보일 정도로 경험을 자극하는 힘을 가졌다. 힐버리 부인은 그가 그렇게 뛰어나 보이는 모습을 결코 본 적이 없다고 마음속으로 생각했다. 그랬다. 그는 어쩐지 달랐다. 그녀에게 그는 고인이 된, 뛰어난 누군가를 생각나게 했다 — 그녀는 그의 이름을 잊어버렸다.

카산드라는 흥분하여 목소리를 높였다.

"당신이 『백치』[1]를 읽지 않으셨다고요!" 그녀가 소리쳤다.

"『전쟁과 평화』[2]는 읽었습니다," 윌리엄이 약간 퉁명스럽게 말했다.

"『전쟁과 평화』라고요!" 그녀가 조소하는 어조로 되풀이하여 말했다.

"저는 러시아인들을 이해하지 못한다고 인정합니다."

"악수합시다! 악수해요!" 식탁 맞은편에서 오브리 아저씨가 큰소리로 말했다. "나도 이해하지 못합니다. 그리고 과감하게 내 생각을 말하자면 그들도 스스로를 이해하지 못한다고 봅니다."

그 노신사는 인도 제국의 많은 지역을 통치했었다. 하지만 그는 오히려 디킨스[3]의 작품을 썼더라면 하고 말하는 습관이 있었다. 식탁에 앉은 사람들은 이제 마음에 드는 주제를 찾았다. 엘리너 아주머니는 자신의 의견을 표명하려는 조짐을 보이는 표시를 했다. 그녀는 이십오 년 동안 자선행위의 틀에 박힌 방식 탓에 취향이 무뎌지긴 했지만, 벼락부자나 체하는 사람에 대해 타고난 예민한 본능을 지니고 있었다. 그리고 문학이 어떠해야 하며 어떠해서는 안 되는지 겨우 알고 있었다. 그녀는 그런 지식을 타고났으며, 그것을 자랑스럽게 여길 문제라고 별로 생각하지 않았다.

"광기는 소설에 적합한 주제가 아니에요," 그녀가 확실하게 공언했다.

"유명한 햄릿의 경우가 있잖아요," 힐버리 부인이 어느 정도 유머 있는 어조로 끼어들었다.

"아, 하지만 시는 달라요, 트레버," 엘리너 아주머니가 마치 셰

---

1   19세기 러시아 소설가 도스토옙스키의 소설.
2   19세기 러시아 소설가 톨스토이(Leo Tolstoy, 1828~1910)의 소설.
3   찰스 존 허펌 디킨스(Charles John Huffam Dickens, 1812~1870), 19세기 영국 소설가.

익스피어로부터 그렇게 말하도록 특별한 권한을 받은 것처럼 말했다. "완전히 달라요. 그리고 저로 말하자면 사람들이 이해하고 있는 정도로 햄릿이 미쳤다고 생각한 적이 한 번도 없어요. 당신 생각은 어떤가요, 페이튼 씨?" 저명한 평론지의 편집자의 모습으로 참석한 문학의 각료가 있어서 그녀는 그의 의견을 따랐기 때문이다.

페이튼 씨는 의자 뒤로 약간 기댔다. 그리고 그의 머리를 다소 한편으로 기울이면서 자신이 결코 아주 만족스럽게 대답할 수 없는 질문이라고 말했다. 양쪽 편 모두에서 많은 말을 했다. 그런데 그가 어느 편에서 말을 해야 할지 생각하고 있을 때, 힐버리 부인이 그가 명민하게 생각에 잠겨 있는 것을 방해했다.

"사랑스러운, 사랑스러운 오필리아!" 그녀가 소리쳤다. "그것은 얼마나 멋진 힘이 있는지요 — 시라는 것이! 저는 온통 젖어 있는 아침에 눈을 떴어요. 밖은 노란 안개가 끼어 있었어요. 어린 에밀리가 차를 가지고 오면서 전깃불을 켜고 말하더군요. '아 부인, 물탱크에 물이 얼었어요. 그리고 요리사가 뼈에 닿도록 손가락을 베었어요.' 그 뒤 저는 작은 초록색 책을 펼쳤어요. 그리고 새들이 지저귀고, 별들이 반짝이고, 꽃들이 빛나고 있었어요 —" 이렇게 참석해 있는 사람들이 돌연히 그녀의 식당 탁자 주위로 그들의 모습을 드러내기라도 한 것처럼 그녀는 주위를 둘러보았다.

"요리사는 손가락을 심하게 베었나요?" 엘리너 아주머니는 자연스럽게 캐서린에게 말을 걸면서 물었다.

"아, 요리사의 손가락은 다만 제가 표현하는 방식이에요," 힐버리 부인이 말했다. "하지만 만약 그녀의 팔이 잘렸다면, 캐서린이 그것을 다시 꿰매어 붙였을 거예요," 그녀는 자신의 딸을 다정하게 흘끗 보며 말했다. 그녀가 생각하기에 그녀의 딸은 약간 슬퍼 보였다. "하지만 너무 끔찍한, 무시무시한 생각이에요," 그녀는 냅킨을 내려놓고 의자를 뒤로 밀면서 말을 끝맺었다. "자, 위층에서 좀 더 즐거운 대화 주제를 찾아보죠."

위층 응접실에서 카산드라는 즐거움을 주는 새로운 소재를 발견했다. 우선 훌륭하고 기대되는 방의 모습에서, 그리고 다음엔 모여 있는 새로운 사람들에게 그녀의 예언하는 지팡이를 사용할 기회에서 그러한 것을 발견했다. 그러나 여성들의 나직한 말투와 생각에 잠긴 침묵과, 적어도 그녀에게 나이 지긋한 목을 감싸는 호박의 둥근 장식과 검은 공단에서조차 빛을 발하는 아름다움 때문에, 이야기를 나누고 싶은 그녀의 소망은 좀 더 누그러들어 단지 지켜보고 작은 소리로 이야기하고 싶은 소망으로 바뀌었다. 그녀는 손위 여성들이 거의 단음절로 개인적인 문제에 대해 자유롭게 이야기를 주고받고 있는 분위기 속으로 기쁘게 들어갔다. 그 여성들은 이제 그녀를 그들의 일원으로 받아들였다. 그녀의 말씨는 아주 상냥하고 공감을 보이고 있었다. 마치 그녀도 매기 아주머니와 엘리너 아주머니에 의해 얼마간 보살핌과 관리를 받고 비난도 받았던 세상 사람들에 대해 걱정이 가득한 것처럼 보였다. 잠시 후 그녀는 캐서린이 무리에서 다소 벗어나 있는 것을 눈치채었다. 그리고 갑자기 그녀는 자신의 지혜와 고상함, 그리고 걱정을 내던져버리고 웃기 시작했다.

"무엇 때문에 웃고 있니?" 캐서린이 물었다.

그렇게 우스꽝스럽고 버릇없는 우스갯 소리는 설명할 가치가 없었다.

"아무것도 아니야―엉뚱해―최악의 취향인 거지, 그럼에도 네가 눈을 반쯤 감고 쳐다보면―" 캐서린은 눈을 반쯤 감고 쳐다보았다. 하지만 그녀는 다른 쪽을 보았다. 그러자 카산드라는 전보다 더욱 웃어댔다. 그리고 계속 웃으면서 그녀에게 속삭이며 반쯤 감은 눈으로 보면 엘리너 아주머니가 스톡던 하우스의 새장에 있는 앵무새 같다고 최선을 다해 설명하려 했다. 그때 신사들이 들어왔고 로드니가 곧장 그들에게 걸어와 그들이 무엇 때문에 웃고 있는지 알고 싶어 했다.

"절대로 당신에게 말하지 않겠어요!" 카산드라는 자신 앞에 두 손을 꽉 잡고, 등을 곧게 세우고 서서 대답했다. 그녀의 무시가 그에게는 유쾌했다. 그는 조금도 그녀가 자신을 비웃고 있었다고 걱정하지 않았다. 그녀는 삶이 그렇게 경탄할 만하고, 그렇게 매혹적이기 때문에 웃고 있었다.

"아, 하지만 당신은 제 성별의 야만성을 느끼도록 하다니 잔인하십니다," 그는 두 발을 끌어당겨 모으고 손가락 끝을 상상의 오페라 모자나 말라카 지팡이 위에 대면서 대답했다. "우리는 온갖 지루한 것들에 대해 토론하고 있었습니다. 그리고 지금은 세상에서 무엇보다 더 알고 싶은 것에 대해 전혀 알 수 없게 되었습니다."

"당신은 우리를 조금도 속이지 못해요!" 그녀가 외쳤다. "아주 조금도 말입니다. 우리 두 사람은 당신이 대단히 즐겁게 지냈다는 것을 알아요. 그렇지 않니, 캐서린?"

"아냐," 그녀가 대답했다. "그가 사실을 말하고 있다고 생각해. 그는 정치에 관심이 많지 않아."

그녀의 말은 비록 단순했지만 경쾌하고 생기 있는 분위기에 묘한 변화를 가져왔다. 윌리엄은 곧바로 생기 있는 표정을 잃고 진지하게 말했다.

"전 정치를 몹시 싫어합니다."

"어떤 남성도 그런 말을 할 권리를 가지고 있다고 생각하지 않아요," 카산드라는 거의 신랄하게 말했다.

"저도 동의합니다. 제 말은 정치인들을 싫어한다는 뜻입니다," 그는 얼른 바로잡았다.

"실은, 카산드라는 사람들이 페미니스트라고 부르는 사람이라고 생각해요," 캐서린이 계속 말했다. "더 정확히 말하자면, 그녀는 여섯 달 전에는 페미니스트였어요. 하지만 지금의 그녀가 그때의 그녀라고 생각하는 것은 소용없는 일이에요. 제 눈에는 그것이 그녀의 가장 큰 매력 가운데 하나예요. 아무도 모르는 일이죠." 그녀는 카산드라에게 언니처럼 미소 지었다.

"캐서린, 넌 사람을 아주 무서울 정도로 작게 느끼도록 만들어!" 카산드라가 소리쳤다.

"아니에요, 아닙니다. 그건 그녀가 의도한 것이 아닙니다," 로드니가 끼어들었다. "여성들이 그 점에서 우리보다 더 우월하다는 데 동의합니다. 사람들은 어떤 일에 대해 철저하게 알려고 하는 데서 많은 것을 놓칩니다."

"그는 그리스어를 완벽하게 알고 있어," 캐서린이 말했다. "게다가 그는 그림에 대해서도 꽤 많이 알고 있어. 그리고 음악에 대해서도 어느 정도 알고 있지. 그는 아주 교양 있어 ─ 어쩌면 내가 알고 있는 가장 교양 있는 사람이야."

"그리고 시에 대해서도," 카산드라가 덧붙였다.

"그래, 난 그의 희곡을 잊어버리고 있었어," 캐서린이 말했다. 그리고 방의 저 먼 구석에 그녀가 살펴볼 필요가 있는 일에 대해 깨닫게 된 것처럼 그녀는 그들을 떠났다.

잠시 동안 그들은 말없이 서 있었다. 신중히 서로를 소개한 뒤인 것처럼 보였다. 그리고 카산드라는 그녀가 방을 가로질러 가는 것을 보았다.

"헨리는," 그녀가 다음 순간 말했다. "무대가 이 응접실보다 더 크지 않아야 한다고 말하곤 했어요. 그는 무대에서 연기뿐 아니라 노래와 연기가 함께하기를 원했어요 ─ 바그너와 완전히 반대죠 ─ 이해하시겠죠?"

그들은 앉았다. 그리고 캐서린은 창문에 이르렀을 때 몸을 돌려 윌리엄이 몸동작을 하는 동안 손을 올리고 입을 벌리고 있는 것을 보았다. 마치 카산드라가 멈추는 순간 말할 준비를 하려는 듯했다.

커튼을 끌어당겨 내리는 것이든 아니면 의자를 움직이는 것이든 간에, 캐서린의 의무는 잊혀졌거나 행해지지 않았다. 하지만 그녀는 아무것도 하지 않은 채 창문 옆에 계속 서 있었다. 나이 든 분들은 모두 벽난로 주위에 다 같이 모여 있었다. 그들은 자신들의 관심사로 분주한 독립적인 중년의 모임처럼 보였다. 그들은 자신들의 이야기를 아주 잘 들려주고 있었고, 또한 매우 정중하게 그 이야기에 귀 기울이고 있었다. 그러나 그녀에게 눈에 띄는 일은 전혀 없었다.

'누군가 무슨 말을 한다면, 나는 강을 보고 있다고 말할 거야,' 캐서린이 생각했다. 그녀는 가족 전통에 예속되어 있어서 그럴듯한 거짓말로 자신이 의무를 위반한 것에 대해 답할 준비가 되어 있어야 했기 때문이다. 그녀는 블라인드를 밀어젖히고 강을 쳐다보았다. 그러나 어두운 밤이어서 강물은 거의 보이지 않았다. 택시들이 지나가고 있었고, 난간에 가능한 바짝 붙어서 쌍쌍의 남녀들이 천천히 길을 따라 걸어가고 있었다. 비록 나무에는 그들의 포옹 위로 그림자를 드리울 잎들이 아직 없었지만. 그리하여 캐서린은 뒤로 물러선 채, 외로움을 느꼈다. 그날 밤은 그녀에게 매 순간 자신이 예측한 대로 일이 발생할 것이라는 더욱 명백한 증거를 제시하는 고통스러운 밤이었다. 그녀는 어투, 몸짓, 눈짓을 직시했다. 그들에게 등을 돌린 채, 그녀는 윌리엄이 지금도 예기치 않게 카산드라와 생각이 잘 통한다는 즐거움 속으로 점점 더 깊이 빠져들고 있다는 것을 알았다. 그는 자신이 생각했던 것보다 상황이 훨씬 더 낫다고 느낀다고 그녀에게 거의 말할 뻔 했다. 그녀는 개인적인 불운과 자기 자신을, 그리고 개개인의 삶에 대해 잊어야겠다고 굳게 마음먹은 채 창밖을 내다보았다. 어두운 하늘에 시선을 두고 있는 동안 그녀가 서 있는 방 안에서 소리가 들려왔다. 그 소리는 마치 다른 세상, 즉 그녀가 사는 세상보다 앞선 세상, 현실에 이르는 대기실이자 현실의 서곡인 세상에 존재하는 사람들부터 나오는 소리처럼 들렸다. 이것은 최근에 고인이 된 사람들이 마치 살아서 하는 이야기를 그녀가 듣는 것 같았다. 우리 인생의 꿈같은 특성이 그녀에게 더 뚜렷이 드러난 적이 결코 없었고, 이제까지 삶이 네 개의 벽에서 이루어지는 일이라는 것이 더 확실했던 적이 없었다. 삶의 대상들은 빛과 열기의 범위 안에서만 존재했고, 그 너머에는 어떤 것도 있지 않거나 어둠만이 있었다. 그녀는 환상의 빛이 여전히 소유하고, 사랑하며, 갈등하는 것을 바람직하게 만드는 지역을 육체적으로 넘어선 것 같았다. 그럼에도 울적함 때문에 그녀는 평온하지 않았다. 그녀는 여전히 방 안의 소리를 들었다. 그녀는 여전히 욕망에 의해 고통받았다. 그녀는 그 욕망의 한계에서 벗어나고 싶었다. 그녀는 아주 모순되게도 거리를 통과하며 빠르게 차를 타고 질주하는 자신을 발견할 수 있기를 원했다. 그녀는 심지어 누군가와 함께 있기를 열망했다. 잠시 생각해본 뒤, 그 누군가는 분명한 형태를 갖춰 메리 대치트라는 인물로 굳어졌다. 그녀는 커튼을 끌어당겼다. 그리하여 주름진 휘장이 창문의 가운데에서 깊게 주름지며 만났다.

"아, 저기 있네요," 힐버리 씨가 말했다. 그녀는 벽난로를 등진 채 좌우로 상냥하게 몸을 흔들며 서 있었다. "이리 오거라, 캐서린. 네가 어디로 갔는지 알 수 없었어 — 우리 아이들은," 그는 설명하듯이 말했다. "나름의 습관이 있어요 — 내 서재로 가주었으면 하는구나, 캐서린. 문 오른편에 있는 세 번째 책장으로 가서, 『트렐로니의 셸리에 대한 회고록』[4]을 가져왔으면 좋겠구나. 그러면, 페이튼 씨, 당신은 당신이 잘못 생각했다는 것을 여기 모인 사람들에게 시인해야 할 겁니다."

"『트렐로니의 셸리에 대한 회고록』. 문 오른편에서 세 번째 책장," 캐서린이 반복해서 말했다. 어쨌든 사람들은 놀고 있는 아이들을 저지하거나, 꿈꾸는 자들을 꿈에서 깨우지는 않는다. 그녀는 문 쪽으로 가면서 윌리엄과 카산드라를 지나쳤다.

"멈춰봐요, 캐서린," 윌리엄은 거의 자신의 의지에 반해 그녀를 의식한 것처럼 말했다. "내가 갈게요," 그는 잠시 주저한 후 일어섰다. 그리고 그녀는 그 일이 그를 수고스럽게 한다고 생각했다. 그녀는 카산드라의 얼굴을 내려다보면서 그녀의 사촌이 앉아 있는 소파 위에 한쪽 무릎을 기대었다. 카산드라는 빠르게 이야기해온 탓에 아직도 흥분해 있었다.

"너 — 행복해?" 그녀가 물었다.

"오, 캐서린!" 카산드라는 더 이상 말이 필요 없는 것처럼 소리쳤다. "물론이지, 우리는 세상의 어느 주제에 관한 것이든 의견이 달라," 그녀가 외쳤다. "하지만 그는 내가 만나본 사람 가운데 가장 똑똑한 사람이라고 생각해 — 그리고 너는 가장 아름다운 여

---

4 에드워드 존 트렐로니(Edward John Trelawny, 1792~1881), 영국의 전기작가, 소설가, 여행가. 그는 익사한 셸리의 시신을 찾아내고 시인의 최후의 나날에 대한 회고록을 썼다.

자야," 그녀는 캐서린을 쳐다보면서 덧붙였다. 그리고 그녀가 캐서린의 얼굴을 쳐다보았을 때, 그녀의 활기는 사라졌고 캐서린의 울적함에 동조하여 거의 우울해졌다. 카산드라에게 캐서린의 우울함은 그녀의 탁월함이 마지막으로 정제된 것으로 보였다.

"아, 그런데 겨우 열 시네," 캐서린이 음울하게 말했다.

"그렇게 늦었어! 그런데 — ?" 그녀는 이해하지 못했다.

"열두 시에 내 말들이 쥐로 변해버리고 나는 떠나. 환상은 사라져. 하지만 나는 내 운명을 받아들여. 나는 해가 빛나는 동안 건초를 만드는 거야." 카산드라는 당황한 표정으로 그녀를 쳐다보았다.

"여기 캐서린이 쥐들과 건초, 그리고 온갖 이상한 것들에 대해 말하고 있어요," 윌리엄이 그들에게 돌아오자 그녀가 말했다. 그는 서둘러 돌아왔던 것이다. "당신은 그녀를 이해하시겠어요?"

캐서린은 그의 약간 찡그린 표정과 망설임을 보고 그가 지금 이 문제를 마음에 들어 하지 않는다는 것을 눈치챘다. 그녀는 곧바로 일어서서 다른 어조로 말했다.

"그래도 전 나가요. 사람들이 무슨 말을 하면 당신이 설명해주길 바라요, 윌리엄. 늦지 않을 거지만, 누군가를 만나러 가야 해요."

"이 밤중에요?" 카산드라가 소리쳤다.

"누구를 만나러 가야합니까?" 윌리엄이 따져 물었다.

"친구요," 그녀는 머리를 반쯤 그를 향해 돌리며 말했다. 그녀는 그가 자신이 머물러주기를 원한다는 것을 알았다. 그들과 함께는 아니지만 필요한 경우 그들 가까이에 있어주기를 원한다는 것을 알았다.

"캐서린은 아주 친구가 많아요," 캐서린이 방을 떠나자 윌리엄은 다시 자리에 앉으면서 다소 어설프게 말했다.

그녀는 곧 자신이 원했던 것처럼 램프 불이 켜진 거리를 아주 빠르게 차를 타고 달리고 있었다. 그녀는 불빛과 속도 둘 다 좋았고, 혼자 집 밖에 나와 있다는 느낌이 좋았다. 그리고 그녀가 이 길 끝에 높은 층의 쓸쓸한 방에 있는 메리에게 이르게 될 것이라고 생각하니 좋았다. 그녀는 자신의 푸른 스커트와 푸른 신발의 기묘한 모습을 주시하면서 돌계단을 재빨리 올라갔다. 때때로 어른거리는 가스등의 빛 아래 그 계단은 그날 디디고 다닌 부츠들로 인해 먼지투성이였다.

잠시 후 메리가 직접 문을 열었다. 그녀의 표정은 방문객의 모습에 놀라움과 더불어 어느 정도 당황스러움을 보여주었다. 그녀는 캐서린을 친절하게 맞이했다. 설명할 시간이 없어서 캐서린은 거실로 곧장 걸어 들어갔다. 그리고 거기에서 의자 뒤로 기대고 앉아 문서 한 장을 들고 있는 한 청년을 마주하게 된 것을 깨닫게 되었다. 그는 메리 대치트에게 한창 말하고 있던 것을 곧 다시 이어나가기로 작정한 것처럼 문서를 보고 있었다. 야회복을 차려입은 낯선 숙녀의 등장이 그를 방해한 듯 보였다. 그는 입에 물고 있던 궐련을 빼고, 뻣뻣하게 일어서더니 다시 급히 앉았다.

"밖에서 식사하셨어요?" 메리가 물었다.

"일하고 계신가요?" 캐서린이 동시에 물었다.

그 청년은 머리를 흔들었는데, 마치 그는 약간 화가 나서 그 질문에 관여하기를 부인하는 것 같았다.

"글쎄요, 꼭 그렇지는 않아요," 메리가 대답했다. "배스넷 씨가 제게 보여줄 약간의 서류를 가져왔어요. 하지만 우리는 거의 다 했어요……. 당신의 파티에 대해 말해주세요."

메리는 헝클어진 모습이었다. 대화 도중 손가락으로 머리카락을 썼던 것 같았다. 그녀는 거의 러시아의 시골소녀처럼 옷을 입고 있었다. 그녀는 몇 시간 동안 앉아 있었던 자리처럼 보이는 의자에 다시 앉았다. 팔걸이 위에 있던 받침접시에는 담뱃재가 많이 담겨 있었다. 배스넷 씨는 생기 있는 안색과 높은 이마를 가졌으며, 그 이마 뒤로 머리를 곧게 빗은 아주 젊은 청년이었다. 그는 크랙턴 씨가 어렴풋이 메리에게 영향을 주고 있다고 추측하는 "아주 재능 있는 젊은이들"의 집단 가운데 일원이었고 바로 그렇게 드러났다. 그는 얼마 전에 대학을 나와서 지금은 사회 개혁에 관한 일을 맡고 있었다. 아주 재능 있는 젊은이들 집단의 나머지 사람들과 연계하여 노동자를 교육하고, 중산층과 노동자 계층을 통합하며, 민주주의 교육 협회에서 연합하여 두 단체가 자본 계층에 대해 연대 공격하는 계획을 입안했다. 그 계획은 이미 사무실을 임대하고 간사를 고용하는 일이 허가된 단계에 이르렀다. 그리하여 그는 그 계획을 메리에게 설명하기 위한 대리자로 파견되어 그녀에게 간사 일을 제안했다. 원칙적으로 적은 월급이 제공되는 일이었다. 그날 밤 일곱 시 이후부터 그는 새로운 개혁가들의 신조가 설명된 문서를 크게 소리 내어 읽고 있었다. 하지만 읽기는 토론 때문에 아주 빈번히 중단되었다. 그리고 "극비리에" 메리에게 특정한 인물들과 협회들의 공개되지 않은 특성과 사악한 음모에 대해 자주 알려야 할 필요가 있었기 때문에, 그들은 아직도 원고를 겨우 절반만 읽던 중이었다. 그들 누구도 대화가 이미 세 시간이나 지속되었다는 것을 깨닫지 못했다. 그들은 몰입한 탓에 불을 피우는 것조차 잊었다. 그럼에도 설명하고 있던 배스넷 씨와 질문하고 있던 메리는 모두 관련 없는 토론을 하고픈 인간적인 마음의 욕망을 제어하기 위해 계산된 일종의 격식을 세심하게 유지했다. 그녀의 질문은 자주 "제가 다음과 같이 이해하기로 된 것인지 —"로 시작되었고 그의 대답은 변함없이 "우리"라고 불리는 누군가의 견해를 대변했다.

지금쯤 메리는 그녀도 "우리"에 포함되는 것으로 거의 설득되었고, "우리의" 견해, "우리의" 협회, "우리의" 정책이 보다 고위의 계몽 집단에 있는 협회의 본부로터 아주 완전히 분리된 무언가를 뜻한다고 믿고 있는 배스넷 씨의 의견에 동의했다.

이런 분위기에서 캐서린의 등장은 전혀 어울리지 않았고, 메리에게 그녀가 기꺼이 잊어왔던 모든 것들을 생각나게 하는 효과를 주었다.

"밖에서 식사하셨나요?" 그녀는 푸른 드레스와 진주가 박힌 신발을 보고 가볍게 웃으며 다시 물었다.

"아뇨, 집에서 했어요. 당신은 뭔가 새로운 일을 시작하려 하시나요?" 캐서린은 서류를 보면서 약간 망설이며 용기를 내어 말했다.

"그렇습니다," 배스넷 씨가 대답했다. 그는 더 이상 말하지 않았다.

"저는 러셀 광장에 있는 우리 친구들에게서 떠날까 생각 중입니다," 메리가 설명했다.

"그렇군요. 그러면 당신은 다른 일을 하시겠군요."

"글쎄요, 제가 일을 좋아하는 것이 두려워요," 메리가 말했다.

"두렵다고요." 배스넷 씨는 분별 있는 사람이라면 일하기 좋아하는 것을 전혀 두려워할 리가 없을 것이라는 느낌을 전하면서 말했다.

"네," 캐서린은 마치 그가 이 생각을 크게 이야기했던 것처럼 말했다. "저는 어떤 일을 시작하고 싶어요 — 독립적으로 할 수 있는 일을 말이죠 — 그게 제가 하고 싶은 것이에요."

"네, 그것 재미있군요." 배스넷 씨가 처음으로 다소 날카롭게 그녀를 보면서 퀼런을 채우며 말했다.

"그렇지만 당신은 일의 범위를 한정할 수는 없어요─이것이 제가 말하고자 하는 것이에요," 메리가 말했다. "다른 종류의 일도 있다는 뜻이에요. 어떤 사람도 어린 자녀들을 둔 여성보다 더 힘들게 일하지 않죠."

"확실히 그렇죠," 배스넷 씨가 말했다. "우리가 접촉하고 싶은 사람이 바로 정확하게 어린아이들이 있는 여성입니다." 그는 자신의 손가락 사이에 있는 원통형 용기 속으로 말아 넣은 그의 문서를 흘끗 보았다. 그런 뒤 난롯불을 응시했다. 캐서린은 이 단체에서는 누군가 하는 말이 그 쓸모에 따라 판단될 것이라고 느꼈다. 올바르게 판단될 수 있는 사항들의 수가 엄격히 제한되었다는 묘한 가정을 하면서, 누구나 자신이 생각한 것을 다소 꾸밈없이 간결하게 말하기만 하면 된다고 느꼈다. 그리고 배스넷 씨는 겉으로는 완고해 보이기만 했으나, 그의 얼굴에는 그녀의 지성을 끌어당기는 지적인 풍모가 있었다.

"세상 사람들은 언제 알게 되나요?" 그녀가 물었다.

"무슨 뜻인가요─우리에 관해서 말인가요?" 배스넷 씨가 가볍게 미소 지으면서 물었다.

"그건 여러 가지 일에 따라 좌우됩니다," 메리가 말했다. 공모자들은 만족해 보였다. 마치 캐서린의 질문이 넌지시 내비치는 그들의 존재에 대한 신뢰로 인해, 그녀의 질문은 그들에게 활기를 주는 것 같았기 때문이다.

"우리가 착수하려는 그런 단체를 시작하면서 (우리는 지금 더이상은 말할 수 없어요)," 배스넷 씨는 약간 머리를 움찔하면서 말하기 시작했다. "생각해볼 두 가지 사항이 있습니다─언론과

대중입니다. 다른 단체들은, 이름 없는 단체일 텐데, 괴짜들에게
만 호소했기 때문에 몰락했습니다. 당신이 서로 자기들끼리 칭찬
하는 단체를 원하는 것이 아니라면, 그 단체는 서로의 잘못을 발
견하게 되면 파멸하게 될 테지만, 당신은 언론을 우리 편으로 끌
어들여야 합니다. 대중에게 호소해야 합니다."

"그것이 힘들어요," 메리가 생각에 잠겨 말했다.

"그 부분이 메리가 관여하게 되는 지점입니다," 배스넷 씨가 메
리 쪽으로 머리를 휙 움직이며 말했다. "그녀는 우리들 가운데 유
일하게 자본주의자입니다. 그녀는 전일제로 그 일을 할 수 있습
니다. 저는 사무실에 매여 있어요. 그래서 남는 시간만 제공할 수
있어요. 당신은 혹시 일자리를 찾고 계신 겁니까?" 그는 불신과
존경이 묘하게 뒤섞인 채 캐서린에게 물었다.

"지금은 결혼이 그녀의 일이에요," 메리가 그녀 대신 대답했다.

"아, 알겠습니다," 배스넷 씨가 말했다. 그는 그 점을 참작했다.
그와 그의 친구들은 다른 문제와 함께 성의 문제에 직면했고, 그
들의 삶의 시책에서 그 문제를 명예로운 부문에 할당했다. 캐서
린은 그의 거친 태도 이면에서 이것을 느꼈다. 그리고 메리 대치
트와 배스넷 씨의 보호 아래 맡겨진 세상은 그녀에게 훌륭한 세
상처럼 여겨졌다. 비록 낭만적이거나 아름다운 곳은 아니더라
도, 혹은 비유적으로 표현해서 푸른 안개의 띠가 지평선 위의 나
무와 나무 사이를 부드럽게 연결하는 곳은 아니라 하더라도 말
이다. 잠시 동안 그녀는 지금 난로 위로 숙이고 있는 그의 얼굴에
서 우리가 아직도 가끔 회상하는 원래 인간의 모습을 보고 있다
고 생각했다. 비록 우리가 그의 다양한 모습 중, 다만 사무원, 법
정 변호사, 정부 관료, 혹은 노동자만을 알고 있다고 하더라도 그
랬다. 낮에는 상업에 종사하고 여가 시간에 사회 개혁을 위해 일

하는 배스넷 씨가 어느 정도 완벽함의 가능성을 오래도록 지니고 있었을 것이라는 것은 아니다. 잠시 동안 그의 젊음과 열정 속에서, 그럼에도 사색적이며 속박되지 않은 모습으로, 우리는 그를 우리들보다 더 고귀한 지위에 있는 시민으로 상상해볼 수 있을 것이다. 캐서린은 얼마 되지 않은 정보에 대해 곰곰이 생각했다. 그리고 그들의 단체가 무슨 일을 시도할 것인지 궁금해졌다. 그런 뒤 그녀는 자신이 그들의 일을 방해하고 있다는 생각이 들었고, 여전히 이 단체에 대해 생각하며 일어섰다. 그리고 이렇게 생각하면서 그녀는 배스넷 씨에게 말했다.

"그런데, 때가 되면 당신이 저에게 함께 일하자고 요청하기를 기대합니다."

그는 고개를 끄덕였다. 그리고 파이프를 입에서 뺐다. 그러나 그녀가 머물렀다면 그는 기뻐했을 테지만, 할 말을 생각해낼 수 없어서 파이프를 다시 물었다.

캐서린이 원하지 않았지만, 메리는 그녀를 아래층으로 바래다주겠다고 고집했다. 그러고 나서 택시가 보이지 않았기 때문에, 그들은 주위를 둘러보며 함께 거리에 서 있었다.

"돌아가세요." 캐서린은 문서를 손에 들고 있는 배스넷 씨를 생각하며 메리에게 재촉했다.

"이런 옷차림으로 혼자 거리를 돌아다닐 수는 없어요." 메리가 말했다. 그러나 택시를 찾으려는 것은 그녀가 잠시 동안 캐서린 옆에 서 있으려는 진정한 이유가 아니었다. 유감스럽게도 그녀가 평정을 얻는 데 배스넷 씨와 그의 서류는 인생의 심각한 목표에서 흔히 나타나는 우회로처럼 보였다. 그녀가 캐서린과 단둘이 서 있을 때 드러나는 엄청난 사실과 비교하면 말이다. 그 사실은 그들이 공통적으로 여성이라는 점일지도 모른다.

"랠프를 만나셨나요?" 그녀가 서두 없이 갑자기 물었다.

"네," 캐서린이 바로 대답했다. 하지만 그녀는 그를 언제 혹은 어디서 만났는지 기억나지 않았다. 메리가 그녀에게 랠프를 만났는지 묻는 이유를 생각해보는 데 잠깐의 시간이 걸렸다. "제가 질투하고 있다는 생각이 들어요," 메리가 말했다.

"말도 안 돼요, 메리," 캐서린은 약간 마음 산란해하며 메리의 팔을 잡고 큰 길 쪽으로 걷기 시작하며 말했다. "글쎄요, 그러니까, 우리는 큐에 갔어요. 그리고 친구가 되는 데 동의했어요. 네, 그런 일이 있었어요." 메리는 캐서린이 좀 더 말해줄 것을 기대하며 말이 없었다. 그러나 캐서린은 더 이상 말하지 않았다.

"그건 우정의 문제가 아니에요," 메리는 자신도 놀랍게 화가 치밀어 올라 소리쳤다. "당신은 우정이 아니라는 것을 알고 있어요. 어떻게 그럴 수 있겠어요? 제가 끼어들 권리는 없지만 —" 그녀가 말을 멈췄다. "다만 저는 랠프가 상처받지 않았으면 해요," 그녀가 말을 맺었다.

"그는 스스로를 돌볼 수 있는 사람인 것 같아요," 캐서린이 자신의 생각을 말했다. 그들 누구도 원하지 않았지만 적대감이 그들 사이에 솟아났다.

"우정이 정말 그만한 가치가 있다고 생각하세요?" 메리가 잠시 뒤 말했다.

"어떻게 그렇게 말할 수 있나요?" 캐서린이 물었다.

"당신은 누군가를 좋아해본 적이 있나요?" 메리가 성급하고 어리석게 질문했다.

"저는 제 감정에 대해 토론하면서 런던을 돌아다닐 순 없어요 —여기 택시가 오네요— 아네요, 누가 안에 있어요."

"우리가 다투는 걸 원치 않아요," 메리가 말했다.

"제가 그의 친구가 되지 않겠다고 그에게 말했어야 했나요?"
캐서린이 물었다. "그에게 그렇게 말할까요? 그렇다면 그에게 어떤 이유를 들어야 하죠?"

"물론 당신이 그에게 그렇게 말할 수는 없어요," 메리는 자신을 제어하며 말했다.

"그렇지만 그렇게 해야겠다는 생각이 들어요," 캐서린이 갑자기 말했다.

"제가 평정을 잃었어요. 그런 말을 하지 말았어야 했어요."

"이 모든 일이 어리석어 보여요," 캐서린 단호하게 말했다. "그 말이 맞아요. 그건 그만한 가치가 없어요." 그녀는 필요 이상으로 격하게 말했다. 하지만 그것이 메리 대치트를 향한 것은 아니었다. 그들의 적의는 완전히 사라졌다. 그리고 고난과 어둠의 구름이 미래를 가리며 그들 위에 내려 앉았고, 그 속에서 그들 두 사람은 길을 찾아야만 했다.

"아니, 아니에요. 그건 그만한 가치가 없어요," 캐서린이 되풀이해서 말했다. "당신이 말한 것처럼 그것은 고려할 가치가 없다고 가정해봐요 — 이 우정이 말예요. 그가 저를 사랑하고 있어요. 그건 제가 원하는 것이 아니에요. 그럼에도," 그녀가 덧붙여 말했다. "당신이 과장하고 있다고 생각해요. 사랑이 전부는 아니에요. 결혼 그 자체도 여러가지 일들 가운데 하나일 뿐이에요 —" 그들은 주요 간선도로에 이르러 버스와 지나가는 사람들을 보며 서 있었다. 그 순간 그들은 인간 관심사의 다양성에 대해 캐서린이 말했던 것을 예증해주는 듯했다. 행복에 대한 걱정과 자기를 주장하는 존재의 짐을 다시 짊어지는 것이 불필요하게 느껴질 때, 그들 두 사람에게 그 순간은 극히 초연한 순간들 가운데 하나가 되었다. 그들이 가진 것을 그들의 이웃이 마음대로 해도 좋았다.

"저는 어떤 규칙도 정해놓은 것이 없어요." 오랜 침묵 뒤 그들이 방향을 돌렸을 때, 메리가 먼저 정신을 차리며 말했다. "제가 말하고자 하는 것은 당신은 당신이 무엇을 하고 있는지 알아야 한다는 겁니다 — 확실히 말예요. 하지만," 그녀가 덧붙였다. "당신이 그러하기를 기대해요."

동시에 그녀는 매우 당혹감을 느꼈다. 캐서린의 결혼 준비에 대해 알고 있는 것 때문이기도 했지만, 자신의 팔에 기대고 있는 우울하고 알 수 없는 그녀에 대한 인상 때문이었다.

그들은 다시 돌아가서 메리의 아파트로 향하는 계단에 이르렀다. 여기서 그들은 멈춰 한동안 잠시 말없이 있었다.

"들어가세요." 캐서린이 정신을 차리며 말했다. "그가 글을 계속 읽으려고 이 시간 내내 기다리고 있어요." 그녀는 집 맨 위층 근처에 불 켜진 창문을 흘끗 보았다. 그리고 그들 모두 그것을 쳐다보고 잠시 기다렸다. 반원형의 층계가 현관까지 이어져 있었다. 그래서 메리는 천천히 처음 두세 계단을 올라갔고 캐서린을 내려다보며 멈추었다.

"당신이 그 감정의 가치를 과소평가하고 있다는 생각이 들어요." 그녀는 천천히 그리고 약간 어색하게 말했다. 그녀가 다음 계단을 올라간 뒤 거리에서 흐릿한 얼굴로 위를 보며 선 채 일부만 빛을 받고 있는 인물을 다시 한 번 더 내려다보았다. 메리가 망설이고 있을 때, 택시가 지나가자 캐서린이 몸을 돌려 택시를 멈췄다. 그리고 문을 열면서 말했다.

"기억하세요. 저는 당신 단체에 소속되기를 원해요 — 기억하세요." 그녀는 약간 목소리를 높이면서 덧붙였다. 그리고 나머지 말을 하면서 문을 닫았다.

메리는 마치 아주 가파른 오르막 위로 몸을 옮겨야 하는 것처럼 한 계단씩 올라갔다. 그녀는 캐서린으로부터 억지로 자신을 떼어내야 했다. 그리하여 한 발짝 내디딜 때마다 자신의 욕망을 이겨냈다. 그녀는 자신이 실제로 높은 곳을 올라가면서 대단히 육체적으로 애쓰고 있는 것처럼 굴하지 않고 스스로를 격려하며 견뎌나갔다. 그녀는 자신이 닿을 수 있다면 서류를 가지고 계단의 꼭대기에 앉아 있는 배스넷 씨가 그녀에게 견고한 발판을 마련해줄 것이라는 것을 알고 있었다. 그러한 생각이 그녀의 기분을 약간 북돋아주었다.

그녀가 문을 열자 배스넷 씨가 올려다보았다.

"제가 중단한 데서 계속하겠습니다," 그가 말했다. "설명이 필요하시면 중지시키세요."

그는 기다리는 동안 그 문서를 계속 읽고 있었고, 여백에 연필로 메모를 해두었다. 그리하여 그는 아무 방해도 없었던 것처럼 다시 계속해나갔다. 메리는 납작해진 쿠션 사이에 앉아서 다시 담배 한 대에 불을 붙이고 얼굴을 찡그린 채 귀를 기울였다.

캐서린은 그녀를 첼시로 태우고 가는 택시의 한구석에 등을 기댔다. 피곤함을 느꼈고, 또한 자신이 막 목격한 그런 근면함이 건전하고 만족스러운 천성이라고 생각했다. 그 생각으로 인해 그녀는 마음이 가라앉았고 차분해졌다. 집에 도착했을 때 그녀는 가족들이 이미 잠자리에 들었기를 바라면서 가능한 조용하게 들어갔다. 하지만 그녀의 외출은 생각한 것보다 많은 시간이 들지 않아서 위층에서 분명하게 활기 넘치는 소리를 들었다. 문이 열렸고, 그것이 페이튼 씨가 작별을 고하는 소리일지도 몰라서 그녀는 일 층에 있는 방으로 들어갔다. 그녀는 서 있는 곳에서 자신의 모습은 보이지 않으면서 층계를 볼 수 있었다. 누군가가 계단을 내려오고 있었다. 그리고 이제 그녀는 그 사람이 윌리엄 로드니라는 것을 알았다. 그는 약간 이상해 보였다. 마치 몽유병자 같았다. 그는 자신이 맡은 어떤 역할을 연기하듯 입술을 움직였다. 그는 자신을 지탱하려고 한손으로 난간을 잡고 아주 천천히 한 계단씩 내려왔다. 그녀는 그가 대단히 흥분된 기분에 젖어 있는 것처럼 보인다고 생각했다. 그래서 그녀는 더 이상 모습을 숨긴 채 지켜보는 것이 불편해졌다. 그녀는 홀로 걸어 들어왔다. 그는 그녀를 보고 아주 깜짝 놀라 걸음을 멈췄다.

"캐서린!" 그가 소리쳤다. "외출했었나요?" 그가 물었다.

"네……. 아직도 한창 얘기하고 계시나요?"

그는 대답하지 않고 열려 있는 문을 통과하여 일 층의 방으로 걸어 들어갔다.

"당신에게 말할 수 있는 것보다 더 멋졌어요," 그가 말했다. "난 믿을 수 없이 행복해요ㅡ"

그는 간신히 그녀에게 말을 건넸고, 그녀는 아무 말 하지 않았다. 잠시 동안 그들은 탁자를 마주하여 아무 말 없이 서 있었다. 그때 그가 갑자기 물었다. "그런데 말해봐요. 당신에게 어떻게 보였나요? 당신은 어떻게 생각하나요, 캐서린? 그녀가 나를 좋아할 기회가 있었나요? 말해봐요, 캐서린!"

그녀가 대답하기 전에 위쪽 층계참에서 문이 열려 그들을 방해했다. 이것은 윌리엄을 극도로 혼란스럽게 했다. 그는 뒷걸음쳐서, 재빨리 홀 안으로 걸어갔다. 그리고 큰 소리로 그리고 겉으로 꾸민 일상적인 어조로 말했다.

"잘 있어요, 캐서린. 이제 자도록 해요. 곧 보러 올게요. 내일 올 수 있게 되기를 바라요."

다음 순간 그는 가버렸다. 그녀는 위층으로 올라가 층계참에서 카산드라를 발견했다. 그녀는 두세 권의 책을 손에 들고, 다른 책들을 쳐다보기 위해 작은 책장에서 몸을 굽히고 있었다. 그녀는 잠자리에서 어떤 책을 읽고 싶은지 정할 수 없다고 했다. 시, 전기, 혹은 형이상학 가운데 말이다.

"잠자리에서 뭘 읽니, 캐서린?" 그들이 나란히 계단을 걸어 올라갈 때, 카산드라가 물었다.

"때로는 이것—때로는 저것," 캐서린이 막연하게 말했다. 카산드라는 그녀를 쳐다보았다.

"네가 아주 이상하다는 걸 넌 아니," 그녀가 말했다. "모든 사람이 약간 이상해 보여. 어쩌면 런던 탓인가 봐."

"윌리엄도 이상하니?" 캐서린이 물었다.

"글쎄, 그도 약간은 그렇다고 생각해," 카산드라가 대답했다. "이상하지만 아주 매혹적이야. 난 오늘 밤 밀턴을 읽을 거야. 내 생애에서 가장 행복한 밤 가운데 하나였어, 캐서린," 그녀는 수줍은 열정으로 사촌의 아름다운 얼굴을 쳐다보며 덧붙였다.

제27장

이른 봄날의 런던에는 화단의 장식과 경쟁하여 피어난 꽃봉오리들과 돌연 꽃잎을—희고, 자줏빛이거나 심홍색인—흔들어대는 꽃들이 있다. 비록 이 도시의 꽃들은 단지 본드 가와 그 인근에 있는 확 열어젖힌 문들에서 피어나며, 당신에게 그림을 보거나 교향악을 듣도록 권유하거나, 혹은 온갖 종류의 목소리를 내고, 잘 흥분하고, 화사하게 차려입은 사람들 사이로 밀치고 들어가도록 권유할 뿐이지만 말이다. 하지만 그래도 그것은 식물의 더 조용한 개화 과정에 비해 결코 보잘것없는 경쟁 상대가 아니다. 근본적으로 관대한 동기와, 함께 쓰고 나누어주려는 욕구가 있든 없든, 혹은 그 활기가 순전히 분별없는 열정과 충돌이건 아니건 간에, 그 효과는, 그것이 지속되는 동안, 젊고 경험 없는 사람들에게 세상이 깃발들이 펄럭이고 즐기기 위해 세상의 모든 지역에서 온 수집품으로 수북이 쌓인 찻집들이 있는 하나의 거대한 시장이라고 생각하도록 확실히 부추겼다.

카산드라 오트웨이가 회전식 개찰구를 열고 들어가기 위해 실링 은화를 준비하거나 혹은 회전식 개찰구를 신경쓰지 않기 위해 크고 하얀 카드를 더 자주 준비하여 런던을 돌아다녔을 때, 그녀에게 이 도시는 연회를 여는 주최자들 가운데 가장 아낌없고 가장 환대하는 것처럼 보였다. 국립 미술관, 혹은 허트포드 하우스[1]를 방문한 뒤, 혹은 베히슈타인 홀[2]에서 브람스나 베토벤의 음악을 듣고 난 후, 그녀는 자신을 기다리고 있는 새로운 사람, 그 사람의 영혼에 그녀가 여전히 현실이라고 부르고 아직도 찾을 수 있다고 믿고 있는 아주 귀중한 실체의 낟알을 품고 있는 사람을 찾으러 돌아오곤 했다. 흔히들 말하듯이 힐버리 집안 사람들은 "모든 사람들을 알았다." 그리고 그런 오만한 주장은 특정한 구역 내에서 밤에 등을 켜놓고 오후 세 시 이후 현관문을 열어두고 힐버리 집안 사람들을 그들의 응접실에 말하자면 한 달에 한 번씩 맞아들인 가구 수로 확인할 수 있었다. 이런 저택에서 살고 있는 대부분의 사람들이 공유한 뭐라고 말할 수 없는 태도의 자유와 권위는 미술이든 음악이든 혹은 정부에 관한 문제이든 간에 그들이 문 안쪽에서 더할 나위 없이 잘 지내고 있으며, 기다리고 애쓰며 현관에서 흔한 동전으로 출입 요금을 내지 않을 수 없는 방대한 수의 인류에게 관대하게 미소 지을 수 있다는 것을 시사하는 듯했다. 문들은 카산드라를 맞이하기 위해 즉시 열렸다. 그녀는 안쪽에서 일어나고 있는 일에 대해 자연스럽게 비판적이 되었고 헨리가 말하곤 했던 것을 인용하고 싶어졌다. 그러나 그녀는 자주 헨리가 없는 곳에서 그의 말에 반하는 행동을 했고, 저녁 만찬에서 그녀의 파트너에게 혹은 그녀의 할머니를 기억하는 친절한 노부인에게 그들의 이야기에 의미가 있다는 믿음의 찬사를 변함없이 보냈다. 그녀의 열망하는 눈빛 덕택에 그녀의 잦은

---

1 런던의 한 타운하우스로 이전 소유주인 월리스 부부Sir Richard and Lady Wallace의 소장품들을 전시하고 있다.

2 런던 위그모어 가에 있는 음악당.

표현의 미숙함과 다소 말쑥하지 못한 옷차림도 용서되었다. 그녀가 일이 년의 경험을 쌓고, 훌륭한 재봉사를 소개받고, 나쁜 영향에서 보호된다면 뜻밖에 얻은 귀한 인물이 될 것이라고 대부분 생각했다. 무도회장의 가장자리에서 엄지와 손가락으로 직물의 품질을 판단하면서, 그리고 가슴 위로 올라갔다 내려갔다 하는 목걸이가 인류의 바다 위의 파도처럼 어떤 근본적인 힘을 대변하는 듯 보이도록 아주 고르게 숨을 쉬면서 앉아 있는 그 노부인들은 약간 미소 지으면서 그녀가 해낼 것이라고 결론지었다. 그들은 그녀가 모든 가능성 속에서 그들이 존경하는 어머니를 둔 어떤 청년과 결혼할 것이라고 생각했다.

윌리엄 로드니는 여러 생각으로 머리속이 꽉 차 있었다. 그는 작은 화랑, 최상의 콘서트, 개인 연주에 대해 알고 있었다. 그리고 캐서린과 카산드라를 만나서, 그 후 그들에게 차나 저녁 만찬 혹은 저녁 식사를 대접할 시간을 어떻게 해서든 만들었다. 그리하여 열나흘 간의 하루하루는 그 건전한 내용 속으로 밝은 조명을 비춰줄 것 같았다. 그런데 일요일이 다가왔다. 그날은 대체로 자연에서 시간을 보내곤 했다. 날씨는 소풍을 가기에 충분할 정도로 쾌적했다. 그러나 카산드라는 햄프턴 코트[3], 그리니치[4], 리치먼드[5], 그리고 큐를 마다하고 동물원을 택했다. 그녀는 한때 동물의 심리학을 다루며 한가롭게 시간을 보낸 적이 있었고 아직도 유전적 특성에 관해 약간 알고 있었다. 그리하여 일요일 오후에 캐서린, 카산드라와 윌리엄 로드니는 동물원을 향해 택시를 타고 떠났다. 그들의 택시가 입구로 다가갔을 때, 캐서린은 앞으로 몸

---

3 런던의 남서쪽에 위치한 헨리 8세가 살았던 궁전이다.
4 템스 강 남쪽에 있는 런던 동부의 지역으로, 그리니치 천문대가 있는 곳이다.
5 런던의 남서쪽에 위치해 있으며, 공원과 탁트인 지대가 있다.

을 내밀고 같은 방향으로 급히 걸어가고 있는 한 젊은 남성에게 손을 흔들었다.

"랠프 데넘이에요!" 그녀가 소리쳤다. "그에게 여기서 우리와 만나자고 했어요," 그녀가 덧붙였다. 그녀는 그를 위해 입장권도 준비해왔다. 그리하여 그의 입장이 허락되지 않을 것이라는 윌리엄의 반론이 곧바로 잠잠해졌다. 하지만 두 남성이 서로 인사를 나누는 태도는 앞으로 일어날 일을 예고했다. 그들이 커다란 새장에 있는 작은 새들에 대해 감탄하자마자 윌리엄과 카산드라는 뒤처졌고, 랠프와 캐서린은 다소 앞서서 서둘러 갔다. 그것은 윌리엄이 생각한 배치였으며 그에게 그 편이 편했지만, 그럼에도 불구하고 그는 화가 났다. 그는 캐서린이 그들과 만나도록 데넘을 초대했다는 사실을 자신에게 말했어야 했다고 생각했다.

"캐서린 친구들 중 한 사람이죠," 그가 다소 날카롭게 말했다. 그가 화가 난 것은 분명했고 카산드라는 그의 곤혹스러운 모습에 동정이 갔다. 그들은 동양의 돼지 몇 마리가 있는 우리 옆에 서 있었고, 그녀는 자신의 양산 끝으로 그 짐승을 부드럽게 찌르고 있었다. 그리고 그때 수천 가지의 사소한 관찰 결과들이 하나의 중심에 모이는 것처럼 보였다. 그 중심은 강렬하고 이상한 감정 가운데 하나였다. 그들은 행복할까? 그녀는 그렇게 비할 데 없는 한 쌍의 드물고 멋진 감정에 대해 그렇게 단순하게 판단하는 자신을 비난하면서 질문을 취소했다. 그럼에도 불구하고 그녀의 태도는 즉시 달라졌다. 마치 처음으로 여성스러움을 의식한 것 같았고, 또한 상상하건대 윌리엄이 그녀에게 나중에 마음을 털어놓기를 원할지도 모른다고 여긴 것 같았다. 그녀는 동물의 심리와 파란 눈과 갈색 눈의 반복에 대해서는 완전히 잊고, 곧 위로를 베푸는 여성으로서 자신의 감정에 몰입하게 되었다. 그리하여 자신의 어머니가 아직 오지 않아서 놀이를 방해받지 않을 것이라는 어른스러운 기대를 하며 노는 아이처럼, 그녀는 캐서린이 데넘과 계속 앞서가기를 바랐다. 혹은 차라리 어른스럽게 노는 것을 중단하고 자신이 놀랄 만큼 성숙하고 진지해졌다는 것을 갑자기 의식하게 된 것은 아닐까?

캐서린과 랠프 데넘 사이에는 아직도 계속되는 침묵이 있었다. 그러나 서로 다른 우리에 있는 동물들이 이야기 대신 도움이 되었다.

"우리가 만난 이후로 당신을 무엇을 했나요?" 드디어 랠프가 질문했다.

"뭘 했느냐고요?" 그녀가 깊이 생각해보았다. "다른 사람들의 집을 들락거렸어요. 이 동물들이 행복한지 궁금한데요?" 그녀는 회색 곰 앞에 멈춰 서면서 생각에 잠겼다. 이 곰은 아마도 이전에 어느 숙녀의 양산의 일부분이었을 장식 술을 가지고 차분하게 놀고 있었다.

"제가 온 것을 로드니가 좋아하지 않을까 염려됩니다," 랠프가 말했다.

"네. 하지만 곧 괜찮아질 거예요," 그녀가 대답했다. 그녀의 목소리에서 드러나는 초연함이 랠프를 당황하게 했다. 그리고 만약 그녀가 자신의 말뜻을 좀 더 설명했더라면 그는 기뻐했을 것이다. 하지만 그는 그녀에게 설명해달라고 강요하지 않으려 했다. 그 순간의 어떤 행복도 설명 덕분이 아니며, 미래로부터 밝거나 어두운 기미를 빌지 않은 채, 그가 판단할 수 있는 한 매 순간이 그 자체로 완전해질 운명이었다.

"곰들이 행복해 보입니다," 그가 말했다. "그런데 뭔가 한 꾸러미 사다줘야겠군요. 빵을 살 수 있는 곳이 있어요. 가서 사오죠."

그들은 작은 종이 봉지가 쌓여 있는 판매대로 걸어가서 각자 동시에 일 실링을 꺼내 젊은 여성에게 내밀었는데, 그 여성은 숙녀의 말을 들어줘야 할지 아니면 신사의 말을 들어줘야 할지 난감해했다. 하지만 관습적인 이유로 지불하는 일은 남성의 직분이라고 결정을 내렸다.

"제가 지불하고 싶습니다," 랠프는 캐서린이 건넨 동전을 물리치며 단호하게 말했다. "제가 지불할 만한 이유가 있습니다," 그는 자신이 결정을 내리는 어조에 미소 짓는 그녀를 보면서 덧붙였다.

"당신이 하는 모든 일에 이유가 있다는 생각이 드는데요," 그녀는 빵을 여러 조각으로 나누어 곰의 입속에 던져주면서 그의 결정에 동의했다. "하지만 전 이번에는 좋은 이유라고 생각할 수 없어요. 이유가 뭐죠?"

그는 그녀에게 이유를 말하고 싶지 않았다. 그는 그의 모든 행복을 그녀에게 바칠 의도라고 그녀에게 설명할 수 없었다. 그리고 아주 부조리하게도 그가 가진 모든 소유물을, 심지어 금이나 은도 타오르는 장작더미에 던져버리고 싶었다. 그는 그들 사이의 이 거리를 유지하고 싶었다 — 열렬한 신자를 신전의 성상에서 떨어져 있게 하는 그런 거리를.

상황은 잘 어우러져, 예를 들어 그들 사이에 차 쟁반을 두고 그들이 응접실에 앉아 있었더라면 유지되었을 거리보다 이러한 거리를 유지하는 일을 보다 더 쉽게 해주었다. 그는 흐릿한 작은 동굴과 부드러운 가죽을 배경으로 그녀를 보았다. 낙타들은 무거운 눈꺼풀을 그녀 쪽으로 기울였고, 기린들은 우울해 보이는 높은 위치에서 까다롭게 그녀를 관찰했다. 그리고 분홍빛으로 주름진 코끼리의 코는 그녀가 뻗은 손에서 조심스럽게 빵을 빼냈다.

그런 뒤 온실이 나타났다. 그는 몸을 둥글게 말고 있는 비단뱀 위로 그녀가 몸을 숙이는 것이나 혹은 악어가 있는 연못의 괴어 있는 물 위로 솟아오른 갈색의 바위에 주의를 기울이는 것을 보았다. 또한 도마뱀의 황금색 눈이나 혹은 청개구리의 옆구리가 숨을 들이마시는 움직임을 살피기 위해 열대우림의 미세한 구역을 탐색하는 것을 보았다. 특히 그는 깊은 녹색의 물을 배경으로 한 그녀의 윤곽을 보았다. 이 물속에는 은빛 물고기 무리들이 끊임없이 원을 그리며 움직이거나 잠깐 동안 유리벽에 일그러진 입을 누르고 꼬리를 뻗어 흔들면서 그녀를 곁눈질했다. 그 밖에 곤충관이 있었다. 그곳에서 그녀는 작은 새장의 덧문을 들어 올리고 고치를 벗은지 얼마 되지 않아 의식이 완전하지 않은 나비의 화려한 비단 날개 위의 보랏빛 원들, 혹은 희미한 껍질의 옹이진 나뭇가지처럼 미동 없는 애벌레나, 또는 연신 날름거리는 갈라진 혀로 유리벽을 거듭하여 찌르고 있는 가느다란 녹색 뱀을 보고 감탄했다. 공기의 열기와, 물에 잠겨 있거나 커다란 붉은 항아리에서 뻣뻣하게 솟아 나온 묵직한 꽃들의 만발함은 기묘한 무늬와 환상적인 형태를 드러내 보이면서 동시에 인간을 창백해보이게 하고 침묵에 빠져 들게 하는 분위기를 자아냈다.

원숭이들의 조롱하는 듯한 그리고 몹시 불만스러운 웃음소리가 울려 퍼지는 건물의 문을 열자 그들은 윌리엄과 카산드라를 발견했다. 윌리엄은 내켜하지 않는 작은 동물에게 위쪽의 가로막대에서 내려와 사과 반쪽을 가져가도록 부추기고 있는 듯이 보였다. 카산드라는 그녀의 높은 음조로 이 동물의 은둔하는 기질과 야행성의 습관에 대한 설명을 소리내어 읽고 있었다. 그녀는 캐서린을 보고 소리쳤다.

"여기 있었군요! 윌리엄이 이 불쌍한 다람쥐원숭이를 괴롭히는 것을 말려줘요."

"우리는 당신들을 잃어버린 줄 알았어요," 윌리엄이 말했다. 그는 두 사람을 차례로 쳐다보았다. 그리고서는 유행에 뒤쳐진 데 넘의 모습을 찬찬히 살펴보는 듯했다. 그는 적의를 표출할 표현 수단을 찾고 싶어 하는 듯했지만, 아무것도 찾지 못하자 입을 다문 채 있었다. 흘끗 쳐다보는 눈짓과 윗입술의 가벼운 떨림이 캐서린에게 효과가 없지 않았다.

"윌리엄은 동물들에게 친절하지 않아요," 그녀가 말했다. "그는 동물들이 뭘 좋아하고 뭘 싫어하는지 몰라요."

"당신은 이런 문제에 대해 잘 알고 있다는 생각이 드는군요, 데넘," 로드니가 사과를 든 손을 빼면서 말했다.

"주로 달래주는 방법을 알고 있는가 하는 문제이지요," 데넘이 대답했다.

"파충류관으로 가는 길이 어느 쪽인가요?" 카산드라가 그에게 물었다. 실제로 파충류를 보러 갈 마음에서가 아니라 새롭게 태어난 자신의 여성적 감수성에 따른 것이었고, 이 감수성이 그녀에게 다른 성을 매혹하고 환심을 사게 하도록 부추겼다. 데넘은 그녀에게 방향을 알려주기 시작했고 캐서린과 윌리엄은 함께 나아갔다.

"당신이 즐거운 오후를 보냈기를 바라요," 윌리엄이 말했다.

"전 랠프 데넘이 좋아요," 그녀가 대답했다.

"그럴 줄 알았어요," 윌리엄이 겉으로 예의바르게 대답했다.

여러 가지 대꾸가 분명히 있을 수 있었지만 대체로 그녀는 싸우고 싶지 않아서 그저 질문만 했다.

"차 마시러 돌아가시겠어요?"

"카산드라와 나는 포트랜드 광장에 있는 작은 가게에서 차를 마실까 생각했었어요." 그가 대답했다. "당신과 데넘이 우리가 함께 가는 것을 좋아할지 모르겠어요."

"그에게 물어볼게요," 그녀는 그를 찾아 머리를 돌리며 말했다. 그런데 그와 카산드라는 다시 다람쥐원숭이에게 정신이 팔려 있었다.

윌리엄과 캐서린은 잠시 동안 그들을 지켜보았다. 그리고 각자 상대방이 좋아하는 대상을 호기심 있게 쳐다보았다. 하지만 이제 재봉사에게 그녀의 우아함에 대해 제대로 평가받은 카산드라를 바라보면서 윌리엄은 날카롭게 말했다.

"당신이 갈 거라면 나를 우습게 만들려고 애쓰지 않기를 희망해요."

"그게 당신이 염려하는 것이라면 전 정말 가지 않겠어요," 캐서린이 대답했다.

그들은 겉으로는 중심부의 거대한 원숭이 우리를 들여다보고 있었다. 그녀는 윌리엄에게 완전히 화가 나 있어서 그를 인간을 혐오하는 불쌍한 원숭이와 비교해보았다. 그 원숭이는 막대의 가장자리에서 낡은 숄 조각을 급히 걸쳐 입고 자신의 동료에게 의혹과 불신의 언짢은 눈길을 쏘아대고 있었다. 그녀에게 관용은 사라져버렸다. 지난주에 일어난 일들이 관용을 엷어지게 했다. 그녀는 상대방이 아주 분명하게 뛰어나지만 경멸스럽게 비열해져서 교제의 필요성이 불명예스러울 때, 그런 순간에는 늘 아주 가까운 유대의 끈이 고삐처럼 목 주위를 끄는 그런 기분에 젖게 되었는데, 어쩌면 남녀 어느 성에게든 드물지 않은 일이었다. 윌리엄의 강요하는 요구와 그의 질투는 남녀 사이의 태고의 갈등이 여전히 맹렬히 계속되고 있는 본능의 무서운 늪 속으로 그녀를 끌어당겼다.

"당신은 날 상처 주는 것을 즐기는 듯하군요," 윌리엄이 주장했다. "당신이 방금 동물들을 대하는 내 행동에 관해 말했던 이유가 무엇인가요?" 그가 말할 때, 그는 우리 난간을 그의 지팡이로 덜거덕 소리 나게 했고, 이로 인한 결과로 그의 말이 캐서린의 신경을 특별히 과도하게 거슬리게 했다.

"그것이 사실이기 때문이죠. 당신은 누군가가 무엇을 느끼고 있는지 전혀 알지 못해요," 그녀가 말했다. "당신은 당신 이외의 그 누구에 대해서도 생각하지 않아요."

"그건 사실이 아니에요," 윌리엄이 말했다. 그의 완강한 덜거덕거림 탓에 그는 대여섯 마리의 원숭이들의 생동하는 관심을 끌 수 있었다. 원숭이의 비위를 맞추기 위해서인지, 아니면 그가 그들의 감정을 고려하고 있다는 것을 보여주기 위해서인지, 그는 손에 쥐고 있던 사과를 원숭이들에게 나눠주기 시작했다.

불행하게도 그 모습은 그녀의 마음속에 떠오르는 이미지를 아주 익살스럽게 적절한 실례로 보여주었고, 그 책략이 아주 빤히 들여다보였기 때문에 캐서린은 웃음을 그칠 수 없었다. 윌리엄은 얼굴이 확 붉어졌다. 어떤 분노의 표현도 그의 감정을 더 깊이 상하게 할 수 없었을 것이다. 그녀가 그를 비웃고 있기 때문만은 아니었다. 그 목소리의 초연함이 끔찍했다.

"당신이 무엇 때문에 웃고 있는지 모르겠어요," 그가 투덜거리며 말했다. 그리고 몸을 돌리자 다른 한 쌍이 그들과 합류해 있는 것을 발견했다. 마치 그 일이 은밀히 합의된 것처럼, 남녀의 쌍들은 다시 한 번 나눠져서, 캐서린과 데넘은 그들 주위를 형식적으로 한번 쳐다보기만 하고는 그 건물을 빠져나갔다. 데넘은 그렇게 서두르면서 캐서린이 바라는 것처럼 느껴지는 것을 그대로 따랐다. 갑자기 어떤 변화가 그녀에게 있었다. 그는 그것을 그녀의 웃음, 그리고 로드니와 사적으로 나눈 몇 마디 말과 연관시켰다. 그는 캐서린이 자신에게 불친절해졌다는 것을 느꼈다. 그녀는 말을 건넸지만 그녀의 말은 무관심했다. 그리고 그가 말했을 때 그녀의 주의력은 산만해졌다. 이러한 기분의 변화가 처음에는 아주 불쾌했다. 하지만 곧 그는 그것이 잘되었다고 생각했다. 힘없이 이슬비가 내리는 그날의 분위기도 마찬가지로 그에게 영향을 미쳤다. 그가 탐닉해왔던 매력, 방심할 수 없는 마법도 갑자기 사라졌다. 그의 감정은 우호적인 관심이 되었다. 그리고 아주 기쁘게도 그는 그날 밤 자신의 방에 홀로 있게 된다는 안도감에 대해 무의식적으로 생각하고 있다는 것을 알게 되었다. 변화의 갑작스러움과 자신의 자유의 범위에 놀라워하면서 그는 대담한 계획에 대해 생각했다. 그리고 그 계획에 의해 단순한 절제보다 더 효과적으로 캐서린의 유령을 쫓아낼 수 있을 것이었다. 그는 차를 마시러 함께 집으로 가자고 그녀에게 요청할 것이다. 그녀에게 가족생활의 시련을 겪게 할 것이다. 그는 그녀를 가차 없이 폭로하는 빛 속에 둘 것이다. 그의 가족들은 그녀에게서 감탄할 만한 어떤 것도 발견하지 못할 것이다. 그리고 그녀도 그의 가족 모두를 경멸할 것이라고 그는 확신했고, 이 또한 그에게 도움이 될 것이다. 그는 자신이 그녀에게 점점 더 무자비해지는 것을 느꼈다. 그러한 용기 있는 조처를 통해 그는 누구라도 그렇게 심한 고통과 소모를 가져오는 부조리한 열정에 종지부를 찍을 수 있을 것이라고 생각했다. 그는 남동생들이 유사한 곤경에 처했을 때 그의 경험, 그의 발견, 그의 승리가 그들에게 쓸모 있게 될 때를 예견할 수 있었다. 그는 시계를 쳐다본 후 공원의 문이 곧 닫힐 것이라고 말했다.

"어쨌든," 그가 덧붙였다. "우리는 오늘 오후에 볼 만큼 충분히 보았다고 생각합니다. 다른 사람들은 어디로 갔나요?" 그는 자신의 어깨 너머로 쳐다본 뒤, 그들의 흔적을 전혀 찾을 수 없자 즉시 말했다.

"그들과 따로 가는 것이 좋을 듯합니다. 가장 좋은 계획은 당신이 저희 집에 함께 차를 마시러 가는 겁니다."

"당신이 저희 집에 함께 가시면 왜 안 되나요?" 그녀가 물었다.

"우리는 지금 하이게이트에 가까이 있기 때문입니다," 그가 즉시 대답했다.

그녀는 동의했다. 하이게이트가 리전트 파크 부근에 있는지 아닌지 거의 짐작할 수 없었기 때문이다. 그녀는 다만 첼시에 있는 가족의 다과 모임에 가는 것을 한두 시간 동안 미루게 되어서 기뻤다. 그들은 지하철역이 있는 방향으로 리전트 파크의 구불구불한 길과 일요일에 시달린 근처의 거리를 통과하여 아주 단호하게 나아갔다. 길을 몰랐기 때문에 그녀는 자신을 완전히 그에게 맡기고, 그의 침묵을 편리한 은폐물로 여기고 그 속에서 계속 로드니에게 화를 내고 있었다.

그들이 전동차에서 훨씬 더 어두컴컴한 하이게이트의 어둠 속으로 걸어 나왔을 때, 그녀는 처음으로 그가 자신을 어디로 데려가는지 궁금해졌다. 그는 가족이 있는 것일까, 아니면 하숙방에서 혼자 살까? 그녀는 그가 늙고, 어쩌면 병든 어머니의 외아들일 것이라고 믿는 쪽으로 기울어졌다. 그녀는 그들이 걸어 내려가고 있는 텅 빈 가로수길을 따라 보이는 풍경 위로 하얀 작은 집과 "내 아들의 친구들"에 대해 더듬거리며 말하면서 그녀를 맞이하기 위해 차 탁자 뒤에서 일어나는 몸을 떠는 노부인을 가볍게 그려보았다. 그리고 그녀에게 어떤 일이 일어날지 대해 랠프에게 말해달라고 막 말하려 했다. 그때 그는 똑같은 모양의 무수한 나무문들 가운데 하나를 휙 열고 그녀를 타일이 깔린 좁은 통로로 인도하여 알프스 양식의 건축물에 있는 어느 현관으로 데리고 갔다. 그들이 지하층에서 벨이 울리는 소리를 듣고 있을 때, 그녀는 그렇게 거칠게 파손된 것과 비슷한 어떤 광경도 떠올릴 수 없었다.

"당신에게 가족들과 만남의 자리를 기대하시라고 알려드려야겠군요," 랠프가 말했다. "제 가족들은 일요일에는 대체로 집에 있어요. 나중에 제 방으로 갈 수 있을 겁니다."

"당신은 형제자매가 많은 가요?" 그녀는 당혹스러움을 감추지 못하고 질문했다.

"예닐곱 명입니다," 문이 열리자 그가 단호하게 말했다.

랠프가 외투를 벗는 동안 그녀에게는 양치류 식물과 사진 그리고 주름진 휘장들을 주목할 시간이 있었다. 그리고 그들의 소리에서 윙윙 하는 소리, 아니면 차라리 서로를 큰 소리로 압도하기 위해 내는 왁자지껄한 소리를 들을 시간이 있었다. 극도로 수줍어하여 그녀는 온몸이 경직되었다. 그녀는 가능한 데넘 뒤에 떨어져 있었고, 갓을 달지 않은 등으로 밝게 빛나는 방으로 그를 따라 뻣뻣하게 걸어갔다. 그 빛은 음식이 너저분하게 흩어져 있는 커다란 식탁 주변에 앉아 있는 나이가 다른 여러 사람들을 비췄고, 백열광을 내는 가스에 의해 움츠러들지 않고 밝게 빛났다. 랠프는 식탁의 저 끝으로 곧장 걸어갔다.

"어머니, 힐버리 양입니다," 그가 말했다.

퉁명스럽게 알콜 램프 위로 몸을 숙인 몸집이 크고 나이 든 부인이 약간 인상을 찌푸리고 올려다보며 말했다.

"미안합니다. 당신이 내 딸들 가운데 한 명이라고 생각했어요. 도로시," 그녀는 하녀가 방을 떠나기 전에 그녀를 붙들려고 숨도

안 돌리고 말을 이었다. "메틸 알콜이 더 필요하겠어 — 램프 자체가 망가진 게 아니라면 말이다. 너희들 중 누가 좋은 알콜 램프를 만들어낼 수 있다면 —" 그녀는 대체로 식탁을 내려다보면서 한숨 쉬었다. 그러고 나서 새로 온 사람을 위해 깨끗한 두 개의 찻잔을 찾아 그녀 앞에 놓인 도자기들을 뒤지기 시작했다.

아낌없는 불빛은 캐서린이 아주 오랜 시간 동안 그 어떤 방에서 보아왔던 것보다 더한 추함을 드러내주었다. 고리로 묶여 있고 꽃 줄로 장식된 갈색 천의 커다란 커튼 주름의 추함이었다. 공 모양과 술 장식이 그 커튼에 매달려 있었고, 커튼은 검정색 교과서들로 꽉 차 있는 책장을 부분적으로 가리고 있었다. 흐릿한 녹색 벽에 십자형으로 걸린 무늬가 새겨진 나무 칼집이 그녀의 시선을 끌었다. 그리고 높고 평평한 곳 어디서나 양치식물이 울퉁불퉁한 도자기 항아리로부터 굽이치고 있거나 혹은 청동 말이 앞다리를 너무 높이 들고 서 있어서 나무 그루터기가 앞부분을 지탱해줘야 했다. 가족생활의 파도가 치솟아 그녀 머리 위로 다가오는 것 같았고, 그녀는 말없이 오물오물 씹고 있었다.

드디어 데넘 부인이 찻잔에서 고개를 들고 말했다.

"힐버리 양, 보다시피 우리 아이들은 모두 제각기 다른 시간에 들어와서 다른 것을 원한답니다. (다 먹었으면 음식쟁반을 위로 보내야 해, 조니.) 내 아들 찰스는 감기에 걸려 누워 있어요. 그 밖에 뭘 기대할 수 있겠어요? — 빗속에서 축구를 하니 말이죠. 응접실에서 차를 마시려고 해봤지만, 도움이 안 되었죠."

조니로 보이는 열여섯 살의 소년은 응접실에서 차를 마신다는 생각과 형에게 음식접시를 날라야 한다는 생각을 모두 비웃듯이 투덜거렸다. 하지만 음식 나르는 일을 조심하라는 어머니의 명령을 받고 방을 나가 문을 닫았다.

"이런 게 훨씬 좋아요." 캐서린은 단호하게 자신의 케이크를 자르는 일에 전념하면서 말했다. 그들은 그녀에게 너무 큰 케이크 조각을 주었던 것이다. 그녀는 데넘 부인이 그녀가 흠잡으며 비교하고 있지 않나 하는 의혹을 품고 있다는 것을 알았다. 그녀는 자신이 케이크를 제대로 먹지 못하고 있다는 것도 알았다. 데넘 부인은 이 여성이 누구이며 왜 랠프가 그들과 차를 마시도록 그녀를 데려왔는지 묻고 있다는 것을 그녀가 분명히 느끼도록 충분히 자주 그녀를 쳐다보았다. 분명한 이유가 있었고 이때쯤 데넘 부인은 그 이유를 어쩌면 알았을 것이다. 겉보기에 그녀는 다소 서투르고 힘들인 정중함을 보이며 행동하고 있었다. 그녀는 하이게이트의 쾌적함, 그리고 그것의 발전과 상황에 대해 대화를 나누고 있었다.

"내가 처음 결혼했을 때," 그녀가 말했다. "하이게이트는 런던과 꽤 떨어져 있었어요, 힐버리 양. 그리고 이 집에서, 당신이 믿지 않겠지만, 사과 과수원 풍경을 바라봤어요. 그건 미들턴 가족이 우리 집 앞에 집을 짓기 전이었어요."

"언덕 맨 위에 산다는 건 분명 대단한 이점이 있었을 테죠," 캐서린이 말했다. 데넘 부인은 캐서린의 판단력에 대한 그녀의 평가가 높아진 것처럼 과장되게 그 말에 동의했다.

"네, 정말, 우리는 아주 건강에 좋다고 생각해요," 그녀가 말했다. 그리고 그녀는 교외에 사는 사람들이 자주 그렇게 말하듯 런던 주변의 어떤 교외 지역보다 이곳이 더 건강에 좋고, 더 편리하고, 덜 부패했다는 것을 증명하기 위해 계속 말했다. 그녀는 자신의 의견이 인기 없으며 자신의 아이들은 그녀의 생각과 다르다는 것이 아주 명백하게 드러날 정도로 강조하여 말했다.

"식료품실 천장이 다시 내려앉고 있어요," 십팔 세의 소녀인 헤스터가 불쑥 말했다.

"집 전체가 앞으로 언젠가 내려앉을 거야," 제임스가 중얼거렸다.

"터무니없는 생각이야," 데넘 부인이 말했다. "그건 단지 약간의 회벽 점토 부스러기일 뿐이야―어느 집이 네가 말한 마모를 견뎌내도록 되어 있는지 모르겠어." 여기서 가족의 농담이 터져 나왔고, 캐서린은 그것을 이해할 수 없었다. 데넘 부인조차 자신의 의지에 반하여 웃었다.

"힐버리 양은 우리 모두가 너무 무례하다고 생각하실 게다," 그녀가 힐난하듯 덧붙였다. 힐버리 양은 미소 지으면서 고개를 저었다. 그리고 잠시 동안 아주 많은 시선이 그녀에게 머물고 있는 것을 의식했는데, 그녀가 가고 난 후 그녀에 대해 토론하는 것을 즐거움으로 여길 것 같았다. 어쩌면 이러한 비평하는 눈길 덕분에 캐서린은 랠프 데넘의 가족들이 범속하고, 볼품없으며, 매력이 없고, 그들의 가구와 장식의 흉측한 특성에 의해 적절하게 표현되고 있다고 판단했다. 그녀는 청동 전차, 은 화병, 그리고 경박하거나 기이한 도자기 장식들이 정렬된 벽난로 선반을 죽 훑어보았다.

그녀는 의식적으로 자신의 판단을 랠프에게는 적용하지 않았지만, 잠시 후 그를 보았을 때, 그녀는 그와 알고 지낸 다른 어떤 시간에서 보다 그를 더 낮게 평가했다.

그는 그녀가 자신을 소개하는 불편함을 덜어주려고 어떤 노력도 하지 않았다. 그리고 이제 그는 남동생과 논쟁하는 데 몰두하여 완전히 그녀의 존재를 잊었다. 그녀는 자신이 자각한 것보다 더 많이 그의 도움에 의지해야 했던 것이 분명했다. 이러한 무관심은 그의 하찮고 대단찮은 주위 환경에 의해 강조되어 캐서린에게 그 방의 추함뿐 아니라 그녀 자신의 어리석음도 자각하게 했기 때문이다. 거의 얼굴이 붉어지도록 전율하며 그녀는 잠깐 동안 장면들을 잇달아 떠올려보았다. 그녀는 그가 우정에 대해 말했을 때 그를 믿었다. 그녀는 인생의 변덕스러운 무질서와 비일관성 뒤에서 꾸준히 그리고 확고하게 불타고 있는 정신의 빛을 믿었다. 그 빛은 이제 스펀지로 지운 것처럼 갑자기 사라져버렸다. 식탁 위에 너저분한 것들과 지루하고 까다로운 데넘 부인의 이야기만이 남아 있었다. 이러한 것들이 실로 모든 방어기제를 잃은 정신에 충격을 가했다. 그리고 승리했든 아니든 투쟁의 결과인 품격의 저하를 날카롭게 의식한 채, 그녀는 울적하게 자신의 외로움, 삶의 무익함, 현실의 메마른 단조로움, 윌리엄 로드니, 그녀의 어머니, 그리고 끝내지 않은 책에 대해 생각해보았다.

데넘 부인에게 한 그녀의 대답은 무례함에 가까울 정도로 형식적이었다. 그리고 그녀를 주의 깊게 쳐다보고 있는 랠프는 물리적 근접성과 모순되게도 그녀에게서 더 멀리 떨어져 있는 것처럼 보였다. 그는 그녀를 흘긋 보았고, 이번 일이 끝나면 어떤 어리석음도 남아 있지 않을 것이라고 판단하며 그의 논쟁을 애써 몇 걸음 더 나아가게 했다. 그 뒤, 갑작스럽고 완벽한 침묵이 그들 모두를 엄습했다. 어수선한 식탁 주위에 있는 이 모든 사람들의 침묵은 거대하고 섬뜩했다. 무시무시한 무언가가 침묵으로부터 막 뿜어 나올 것 같았지만, 그들은 완강하게 견뎌냈다. 잠시 후 문이 열리자 구원의 움직임이 있었다. 그리하여 "이봐, 조앤! 네가 먹을 것이 아무것도 없어"라는 외침이 식탁보 위에 그렇게 많은 시선의 숨 막힐 듯한 집중을 흩어지게 하여, 가족생활의 물결에 다시 기운차고 작은 파도를 일게 했다. 조앤은 그녀의 가족에게 신비하고 자비로운 힘을 행사하는 것이 분명했다. 그녀는 캐서린에 대해 들어본 적이 있고 드디어 그녀를 만나게 되어서 아주 기쁜 듯이 그녀에게 다가갔다. 그녀는 아픈 아저씨를 방문했었고 그 일 때문에 늦어졌다고 설명했다. 아니, 그녀는 어떤 차도 마시지 않았지만, 빵 한 조각이면 충분하다고 했다. 누군가 난로 망에 식지 않도록 둔 핫케이크를 그녀에게 건네주었다. 그녀는 자신의 어머니 옆에 앉았고, 데넘 부인의 걱정이 누그러진 듯했으며, 다과회가 다시 시작되기라도 한 것처럼 모든 사람들이 먹고 마시기 시작했다. 헤스터는 시험을 치르기 위해 공부하고 있다고 묻지도 않은 캐서린에게 말했다. 그녀는 이 세상에서 그 어느 것보다 뉴넘[6]에 가는 것을 더 원하기 때문이라고 했다.

"자, 이제 네가 amo — 나는 사랑한다를 격변화 시키는 것을 들어보자," 조니가 요구했다.

"아냐, 조니, 식사 시간에 그리스어는 안 돼," 즉시 그의 말을 듣고 조앤이 말했다. "헤스터는 밤새 책을 보느라 잠을 안자요, 힐버리 양. 그리고 저는 그것이 시험에 합격하는 방법은 아니라고 확신해요," 그녀는 어린 남동생들과 여동생들이 자신의 아이들이라도 되는 듯이 손위 언니의 근심스럽지만 유머가 있는 미소로 캐서린에게 웃으며 계속 말했다.

"조앤, amo가 정말 그리스어라고 생각하는 것은 아니지?" 랠프가 물었다.

"내가 그리스어라고 했어? 글쎄, 상관없어. 다과 시간에 죽은 언어는 안 돼. 얘, 나에게 토스터 만들어주느라 애쓰지 마—"

"아니 그럴 거면, 어딘가 빵 굽는 긴 포크가 분명 있을 텐데?" 빵칼이 망가질 수 있을지도 모른다는 믿음을 아직도 품고 있는 데넘 부인이 말했다. "너희들 중 누구든 벨을 울려서 하나 가져오라고 해," 자신의 말을 따를 것이라는 아무 확신 없이 그녀가 말

6 1871년 창설된 케임브리지 대학에서 두 번째로 오래된 여자 대학.

했다. "그런데 앤은 조셉 아저씨와 같이 올 거니?" 그녀가 계속 말했다. "그렇다면, 그들이 에이미를 우리에게 보내는 게 틀림없이 좋을 텐데 —" 그리고 이러한 계획에 대한 좀 더 세부적인 내용을 파악하고 더 현명한 계획을 제안하는 까닭 모를 즐거움에 젖어 있었다. 불만스러운 말투로 보아 그녀는 아무도 자신의 계획을 받아들일 것이라고 기대하지 않은 것처럼 보였다. 이러한 상황에서 그녀는 하이게이트의 안락함에 대해 이야기해주어야 할 잘 차려입은 방문객의 존재를 완전히 잊었다. 조앤이 자리에 앉자 곧 캐서린의 양쪽 편에서 논쟁이 일었다. 구세군이 일요일 아침마다 거리의 모퉁이에서 성가를 연주할 권리를 가졌는지에 관해서였다. 그 때문에 제임스는 깨지 않고 잠잘 수 없었고 개인의 자유권을 간섭받았던 것이다.

"실은, 제임스는 침대에 누워 돼지처럼 자는 것을 좋아해요," 조니가 캐서린에게 설명하며 말했다. 이 말에 제임스는 화가 나서 그녀를 향해 마찬가지로 소리쳤다.

"일요일이 일주일 중 내가 잘 수 있는 유일한 시간이기 때문이죠. 조니는 식료품 저장실을 냄새나는 화학약품으로 엉망으로 만들어 놓는답니다 —"

그들은 그녀에게 호소했다. 그래서 그녀는 자신의 케이크를 잊고 갑자스럽게 활기를 띠고 웃고 말하며 논쟁하기 시작했다. 그 대가족은 그녀가 보기에 아주 따스하고 다양한 특색을 가져서 그녀는 도자기에 대한 그들의 취향에 대해 혹평하려고 한 것을 잊어버렸다. 그런데 제임스와 조니 사이의 개인적인 문제는 이미 명백하게 논쟁으로 바뀌었고 그리하여 가족들 사이에 편이 나눠졌는데 랠프가 토론을 주도하였다. 그리고 캐서린은 자신이 그와 맞서서 항상 분별력을 잃고 있는 듯이 보이는 조니의 주장을 옹호하고 있다는 것을 알게 되었다. 그리하여 그녀는 랠프와 논쟁하면서 흥분하게 되었다.

"네, 그래요, 그게 내가 말하고 싶었던 겁니다. 그녀가 그것을 잘 표현했어요." 캐서린이 그의 주장을 다시 진술하여 더 명확하게 해준 뒤 그가 소리쳤다. 논쟁은 거의 캐서린과 랠프에게 맡겨졌다. 그들은 다음에 어떤 움직임이 있을지 보려고 애쓰는 레슬링 선수들처럼 서로의 눈을 뚫어지게 쳐다보았다. 그리하여 랠프가 말하는 동안 캐서린은 아랫입술을 깨물고 그가 말을 끝내자마자 늘 그녀의 다음 논점을 재빨리 제시했다. 그들은 아주 잘 대항했고 정반대의 견해를 유지했다.

그런데 논쟁이 절정에 이르자 캐서린은 전혀 이유를 알지 못한 채, 의자가 모두 뒤로 물러나졌고 데넘 가족들이 차례로 일어나서 문밖으로 나갔다. 마치 벨이 그들을 호출한 것 같았다. 그녀는 시계 같은 대가족의 규칙적인 규율에 익숙하지 않았다. 그녀는 무엇을 말해야 할지 머뭇거리다 일어났다. 데넘 부인과 조앤은 서로 가까이 다가가 벽난로 옆에 섰다. 그들은 발목 위로 스커트를 살짝 들어 올리고 아주 심각하고 매우 사적인 뭔가에 대해 토론하고 있었다. 그들은 그들과 함께 있는 그녀의 존재를 잊은 것처럼 보였다. 랠프는 그녀를 위해 문을 열어 둔 채 서 있었다.

"제 방으로 올라가지 않겠습니까?" 그가 말했다. 생각에 몰두하며 그녀에게 미소짓는 조앤을 곁눈질하여 돌아보면서 캐서린은 랠프를 따라 위층으로 올라갔다. 그녀는 조금 전의 논쟁에 대해 생각하고 있었다. 그리고 한참 올라간 후 그가 문을 열자 그녀가 말하기 시작했다.

"그렇다면 문제는 국가의 의지에 반하여 개인이 자신의 의지를 단언하는 것이 어떤 시점에서 정당한가 하는 것이죠."

그들은 한동안 논쟁을 계속했다. 그런 뒤 하나의 진술과 다음 진술 사이의 간격이 점점 더 길어졌고, 그들은 좀 더 이론적이고 덜 호전적으로 말하게 되었고 마침내 침묵에 빠졌다. 캐서린은 가끔 제임스나 조니가 했던 말들이 어떻게 논쟁을 두드러지게 적절한 경로에 놓이게 했는지를 기억하며 자신의 마음속에서 그 논쟁에 대해 되새겨보았다.

"당신 남동생들은 아주 총명해요," 그녀가 말했다. "형제들끼리 토론하는 습관이 있나 봐요?"

"제임스와 조니는 몇 시간 동안 그렇게 계속하곤 합니다," 랠프 가 대답했다. "헤스터에게 엘리자베스 시대 극작가에 대해 말을 꺼내면 그녀도 그럴 겁니다."

"그러면 머리를 땋은 어린 소녀는요?"

"몰리요? 그 애는 겨우 열 살이에요. 하지만 그들은 서로 늘 논 쟁을 하려고 합니다."

그는 캐서린이 자신의 형제자매들을 칭찬해주자 몹시 기뻤다. 그는 그들에 대해 계속 말하고 싶었지만 자제했다.

"그들을 떠나는 것이 분명 어려울 거라는 걸 알아요," 캐서린이 계속 말했다. 그 순간 그에게 자신의 가족에 대한 깊은 자부심이 이전보다 더 확고해졌다. 그래서 시골집에서 혼자 산다는 생각이 어리석게 느껴졌다. 형제자매 관계와 함께했던 과거 속에서 함께 보낸 어린 시절이 의미하는 모든 것, 모든 안정성, 욕심부리지 않 는 동료 의식, 그리고 최상의 가족생활에 대한 암묵적인 이해가 그의 마음속에 떠올랐고, 그는 가족들을 그가 지휘관으로 있는 하나의 중대로 생각했으며, 그 중대는 어렵고, 황량하지만 영예 로운 항해 도중에 있었다. 그리고 그는 이 사실에 눈뜨게 해준 사 람이 바로 캐서린이라고 생각했다.

방구석에서 작고 귀에 거슬리는 새 울음소리가 이제 그녀의 주의를 환기시켰다.

"제가 길들인 떼까마귀입니다," 그가 간단하게 설명했다. "고양이 한 마리가 다리 한쪽을 물었어요." 그녀는 까마귀를 바라보았다. 그리고 그녀의 시선은 하나의 대상에서 다른 것으로 옮겨갔다.

"여기 앉아서 책을 읽으시나요?" 그녀는 그의 책에 시선을 두며 말했다.

그는 거기서 밤에 일하곤 한다고 말했다.

"하이게이트의 가장 좋은 점은 런던이 내려다보이는 전망입니다. 밤에 제 창문을 통해 보이는 풍경은 멋집니다." 그는 그녀가 자기 방의 풍경을 칭찬해주기를 몹시 갈망했다. 그리고 그녀는 무엇이 보이는지 보기 위해 일어섰다. 거친 안개가 가로등 빛으로 노랗게 물들 정도로 이미 어두워져 있었고, 그녀는 아래로 보이는 도시의 방향을 가늠하려고 애썼다. 그녀가 창밖을 바라보는 모습은 그에게 특별한 만족을 주었다. 드디어 그녀가 몸을 돌리자 그는 자신의 의자에서 여전히 꼼짝하지 않고 앉아 있었다.

"분명 늦었을 거예요." 그녀가 말했다. "가야 해요." 그녀는 집으로 가고 싶지 않다고 생각하며 망설이면서 의자 팔걸이에 걸터앉았다. 윌리엄이 집에 있을 것이다. 그리고 그는 그녀를 불쾌하게 만들 방법을 찾을 것이다. 그리고 그들이 싸웠던 기억이 그녀에게 떠올랐다. 그녀는 랠프의 냉담함 역시 눈치채었다. 그녀는 그를 쳐다보았고, 그의 고정된 시선으로 미루어 그녀는 분명히 그가 어떤 이론이나 논쟁을 고안해내고 있을 것이라고 생각했다. 어쩌면 그는 개인의 자유의 한계에 대해 자신의 입장에서 새로운 논점에 대해 생각했는지도 모른다. 그녀는 말없이 자유에 대해 생각하며 기다렸다.

"당신이 또 이겼습니다," 그가 움직이지 않고 드디어 말했다.

"제가 이겼다고요?" 그녀는 논쟁에 대해 생각하며 되물었다.

"저는 당신을 여기로 초대하지 말았어야 했어요," 그가 불쑥 말했다.

"무슨 뜻이지요?"

"당신이 여기 있어서, 달라졌어요—저는 행복합니다. 당신은 그저 창가로 걸어가기만 하면 됐어요—당신은 자유에 대해 말하기만 하면 됐죠. 제가 아래층에서 그들 가운데 있는 당신을 보았을 때—" 그는 갑자기 말을 중단했다.

"당신은 제가 얼마나 평범한지 생각하셨을 테죠."

"그렇게 생각하려고 애썼습니다. 하지만 저는 당신이 그 어느 때보다 더 훌륭하다고 생각했어요."

그녀의 마음속에서 엄청난 안도감과 그 안도감을 즐기는 것에 대한 주저함으로 갈등이 일어났다.

그녀는 의자 안으로 미끄러지듯 앉았다.

"당신이 저를 싫어한다고 생각했어요," 그녀가 말했다.

"맹세코 저도 그렇게 하려고 노력했습니다," 그가 대답했다. "저도 이 바보 같은 낭만적인 허튼 생각을 하지 않고 당신을 있는 그대로 보려고 최선을 다했습니다. 그게 당신을 여기로 초대한 이유입니다. 그리고 그것이 내 어리석음을 키웠어요. 당신이 가버리면 저는 창밖을 내다보고 당신에 대해 생각할 겁니다. 저는 당신에 대해 생각하면서 저녁 시간을 온통 허비할 겁니다. 저는 제 인생 전체를 허비하리라고 생각합니다."

그는 그녀의 안도감이 사라질 정도로 열의에 차서 말했다. 그녀는 인상을 찌푸렸다. 그리고 그녀의 어조는 엄격하게 변했다.

"이것이 제가 예상한 겁니다. 우리는 불행만 얻게 될 거예요. 저를 보세요, 랠프." 그는 그녀를 쳐다보았다. "저는 보기보다 훨씬 더 평범하다고 분명히 말씀드립니다. 아름다움은 정말 아무런 의미도 없어요. 사실 가장 아름다운 여인들이 가장 어리석어요. 저는 그렇지는 않지만 무미건조하고, 지루하고, 평범한 사람이에요. 저는 저녁 식사를 지시하고, 청구서의 대금을 치르고, 계산을 하며, 시계의 태엽을 감고, 그리고 책은 전혀 보지 않아요."

"당신은 잊고 계시군요ㅡ" 그가 말을 시작했다. 하지만 그녀는 그가 말하게 두지 않았다.

"당신은 꽃과 그림들 사이에 있는 저를 바라보고 제가 신비하고, 낭만적이며, 그런 식으로 계속 생각하고 있어요. 당신은 아주 경험이 없고 매우 감정적이어서, 집으로 가서 저에 대한 이야기를 만들어내죠. 그리고 이제 당신은 저를 당신이 상상하고 있는 저와 분리할 수 없는 거예요. 당신은 그것을 사랑에 빠진 거라고 말할 테죠. 사실 그것은 기만에 빠진 겁니다. 모든 낭만적인 사람들이 다 그래요." 그녀가 덧붙였다. "제 어머니는 일생을 자신이 좋아하는 사람들에 관한 이야기를 만드는 데 보내고 있어요. 하지만 제가 도울 수 있다면, 저는 당신이 저에 대해 그런 일을 하지 않도록 할 거예요."

"당신은 도울 수 없습니다," 그가 말했다.

"그것이 모든 악의 근원이라고 당신에게 경고 드려요."

"그리고 모든 선의 근원이기도 하지요," 그가 덧붙였다.

"당신은 제가 당신이 생각하는 사람이 아니라는 것을 알게 될 거예요."

"어쩌면요. 하지만 저는 잃는 것보다 얻는 것이 더 많을 겁니다."

"그렇게 얻는 것이 그럴 만한 가치가 있다면요."

그들은 한동안 말이 없었다.

"그것이 우리가 직시해야 할 것일지도 모르죠," 그가 말했다. "그 외에 아무것도 없을지도 모릅니다. 우리가 상상하고 있는 것만 있을지도 모른다는 겁니다."

"우리들이 외로운 이유죠," 그녀가 골똘히 생각했다. 그리고 그들은 한동안 침묵했다.

"당신은 언제 결혼합니까?" 그가 어조를 달리하여 불쑥 물었다.

"구월 이전은 아닐 거예요. 결혼은 연기되었어요."

"그때는 당신은 외롭지 않을 겁니다," 그가 말했다. "사람들의 말에 따르면 결혼은 아주 묘한 일이라고 합니다. 그들은 그것이 다른 어떤 것과도 다르다고 말합니다. 그것이 사실일 겁니다. 저는 그 말이 사실처럼 보이는 한두 가지 경우를 알고 있습니다." 그는 그녀가 그 화제를 계속 이어가기를 바랐다. 그러나 그녀는 대답하지 않았다. 그는 자신을 제어하려고 최선을 다했고, 그의 음성은 충분히 무관심했지만, 그녀의 침묵이 그를 괴롭혔다. 그녀는 로드니에 대해 자진해서 그에게 결코 말하지 않을 것이다. 그리고 그녀의 침묵은 그녀의 영혼의 전 대륙을 어둠 속에 내버려두고 있었다.

"결혼은 어쩌면 그보다 더 길게 연기될지도 몰라요," 그녀는 다시 생각난 것처럼 말했다. "사무실의 누군가가 아프대요. 그래서 윌리엄이 그의 자리를 대신해야 한대요. 우리는 사실 결혼을 얼마 동안 연기할지도 몰라요."

"그건 그에게 좀 힘들 테죠. 그렇지 않습니까?" 랠프가 물었다.

"그에겐 일이 있어요," 그녀가 대답했다. "그에겐 관심 있는 일이 많이 있어요……. 저곳에 가본 적이 있어요," 그녀는 사진을 가리키며 말을 중단했다. "하지만 그곳이 어디인지 기억나지 않아요—아, 그렇군요—저긴 옥스퍼드죠. 그런데, 당신의 시골집은 어때요?"

"시골집을 빌리지 않을 겁니다."

"어째서 마음이 변했나요!" 그녀가 미소 지었다.

"그런 게 아닙니다," 그가 참지 못하고 말했다. "제가 당신을 볼 수 있는 곳에 있고 싶은 겁니다."

"당신이 말한 이 모든 것에도 불구하고 우리의 계약이 유효한 가요?"

"영원히, 제 경우에 관한 한 말입니다," 그가 대답했다.

"당신은 거리를 따라 걸어가면서 저에 대해 꿈꾸고 상상하고 이야기를 만들어내는 일을 계속해나가겠군요. 그리고 우리가 숲 속에서 말을 타고 달리고 있다든가, 혹은 섬에 상륙하고 있다고 꾸며내는 일을 말이죠—"

"아닙니다. 저는 당신이 저녁을 지시하고, 청구서의 대금을 치르고, 계산하는 일을 하며, 노부인들에게 유물을 보여주고 있는 것을 생각할 겁니다—"

"그건 좀 더 나은데요," 그녀가 말했다. "당신은 제가 내일 아침 『영국 인명사전』에서 날짜를 찾고 있는 것에 대해 생각하셔도 좋아요."

"그리고 당신이 핸드백을 잃어버린 것에 대해서도요," 랠프가 덧붙였다.

이 말에 그녀는 미소 지었지만, 다음 순간 그녀의 미소는 사라졌다. 그의 말 때문이거나 아니면 그가 말한 방식 때문이었다. 그녀는 물건을 잊어버릴 수 있었다. 그는 그것을 보았다. 그러나 그는 무엇을 더 보았던 것인가? 그는 그녀가 어떤 사람에게도 한 번도 보여주지 않은 무언가를 보고 있었을까? 그가 그것을 본다는 생각으로 자신이 거의 충격을 받을 정도로 아주 의미 있는 것은 아니었을까? 그녀의 미소가 사라졌고 잠시 그녀는 막 말하려는 참인 것 같았다. 하지만 말로 표현할 수 없는 것에 대해 묻고 있는 듯한 표정으로 말없이 있는 그를 본 후, 그녀는 몸을 돌려 그에게 작별 인사를 했다.

제28장

음악의 선율처럼, 캐서린의 존재가 미치는 효과가 천천히 랠프가 홀로 앉아 있는 방에서 사라져갔다. 음악은 그 선율의 황홀함 속에서 멈춰버렸다. 그는 아주 희미하게 남아 있는 울림을 붙들려고 노력했다. 잠깐 동안 그 기억이 그를 달래어 평화롭게 했기 때문이다. 그러나 곧 그것도 실패하자, 그는 자신의 삶에서 남아 있는 다른 욕망에 대해 조금도 의식하지 못할 만큼 다시 나타날 그 소리를 몹시 갈구하여 방을 서성거렸다. 그녀는 아무 말도 하지 않고 가버렸다. 갑자기 그의 행로에 깊게 갈라진 틈이 생겼고, 그 아래로 그의 존재의 흐름이 혼란스럽게 돌진했다. 그리하여 바위 위에 떨어지고, 내던져져 파괴되었다. 그 괴로움은 육체적 손상과 불행의 효과가 있었다. 그는 몸을 떨었고 창백해졌으며 대단한 육체적 노력을 한 것처럼 몹시 지친 느낌이 들었다. 그는 마침내 그녀가 앉았던 텅 빈 의자 맞은편에 놓인 의자에 주저앉았다. 그리고 기계적으로 시계에 시선을 두면서 그녀가 그로부터 점점 멀어져가서 이제 집에 있을 것이고, 그리고 이제 분명히 다시 로드니와 함께 있을 것이라고 생각했다. 그러나 그는 다음의 사실들을 깨닫는 데 오래 걸렸다. 즉 그녀가 곁에 있기를 바라는 엄청난 욕망이 그의 감각을 휘저어 거품과 포말로 변하게 했고, 감정의 안개로 만들어서 그가 모든 사실들을 파악하지 못하도록 막았다. 그리고 이 욕망은 그에게 이상한 거리감을 주었는데, 그를 둘러싸고 있는 벽과 창문의 물질적 형태에서도 거리감을 느꼈다. 열정의 격렬함이 드러나자 미래에 대한 전망이 그를 섬뜩하게 했다.

결혼은 구월에 할 것이라고 그녀가 말했다. 그렇다면 그것은 그에게 이 끔찍한 감정의 극단을 육 개월이나 완전히 경험해야 한다는 것이었다. 고통스러운 육 개월과 그 뒤에는 무덤 같은 적막, 미친 자의 고립, 저주받은 자의 유배가 있을 것이다. 기껏해야 최고의 행복이 고의로 영원히 추방된 삶일 것이다. 공정한 판정관은 그가 회복할 희망이 신비한 기질에 있다고 그에게 확신을 주었을지도 모른다. 어떤 인간도 서로의 눈 속에서 오래 담지 못하는 대단한 것을 지닌 살아 있는 한 여성을 알아보는 그런 기질 말이다. 그녀는 사라질 것이다. 그리고 그녀에 대한 욕망도 사라지겠지만, 그녀와 떨어진 채 그녀가 나타냈던 것에 대한 그의 믿음은 남아 있을 것이다. 어쩌면 이런 사고방식은 잠시 한숨 돌리게 할지도 모른다. 그리고 감각의 격정보다 상당히 위에 위치하고 있는 지성에 몰두한 채, 그는 자신의 감정의 모호함과 종잡을 수 없는 비일관성을 줄여 질서를 찾고자 노력했다. 그는 자기 보존 의식이 강했다. 그리고 그의 가족은 그의 능력을 필요로 했고 그런 도움을 받을 만한 가치 있는 사람들이라고 캐서린 자신도 그에게 확신을 주면서 묘하게 자기 보존 의식을 되살아나게 했다. 그녀가 옳았다. 그리고 결실을 이룰 수 없는 이 열정은 자신을 위해서는 아니지만, 그들을 위해서 제거되고 뿌리 뽑혀야 했다.

그녀가 주장했듯이 이 열정은 몽상적이고 근거 없는 것처럼 보였다. 이러한 일을 이루기 위한 가장 좋은 방법은 그녀로부터 도망가는 것이 아니라, 그녀와 마주하는 것이다. 그리하여 그녀의 자질에 몰입하여 그녀가 그에게 확신했듯이 그녀의 자질이 그가 상상했던 그런 것이 아니라는 것을 그의 이성에게 납득시키는 것이다. 그녀는 비이성적인 자연의 어떤 변덕으로 낭만적인 아름다움을 부여받은 실제하는 여성이었고, 조악한 시인의 가정적인 약혼녀였다. 그녀의 아름다움조차도 시험을 견뎌내지 못할 것이 분명했다. 그는 적어도 이 점에 대해 결정을 지을 수단을 가졌다. 그는 그리스 조각상들의 사진 책자를 가지고 있었다. 아랫부분을 가려놓으면 여신의 얼굴은 종종 캐서린 앞에서 경험하는 존재의 황홀을 느끼게 했다. 그는 책장에서 책을 꺼내 그 사진을 찾아냈다. 그는 이 사진에 그녀로부터 받은 동물원에서 만나자는 메모를 덧붙였다. 그는 그녀에게 식물 생태에 대해 가르쳐주려고 큐에서 꺾은 꽃 한 송이를 가지고 있었다. 그런 것들이 그가 가진 기념품이었다. 그는 그것들을 자신 앞에 두고, 스스로 어떤 기만이나 속임수도 허용되지 않을 만큼 아주 명확하게 그녀를 마음속에 그려보기 시작했다. 잠시 뒤 그는 큐의 녹색 산책로 아래로 드레스를 가로지르는 비스듬한 햇살을 받으며 그를 향해 다가오는 그녀를 볼 수 있었다. 그는 그의 옆자리에 그녀를 앉게 했다. 그는 그녀의 목소리를 들었다. 아주 낮았지만 어조는 단호했다. 그녀는 일상적인 일들에 대해 이성적으로 말했다. 그는 그녀의 결점을 볼 수 있었고 그녀의 장점을 분석할 수 있었다. 그의 심장 박동이 더 조용해졌고 그의 두뇌는 명석함이 더해졌다. 이번에 그녀는 그를 피할 수 없을 것이다. 그녀의 존재를 떠올리는 환상이 점점 더 완성되어 갔다. 그들은 질문하고 답변하면서 서로의 마음속에 들어갔다 나갔다 하는 것처럼 보였다. 가장 완전한 교감이 그들의 것인 듯 느껴졌다. 그리하여 하나로 결합되어, 그는 자신이 혼자인 상태에서는 결코 알지 못했던 그런 성취로 고양되고 뿌듯해하며 자신이 탁월한 위치로 끌어올려진 느낌이 들었다. 한 번 더 그는 그녀의 얼굴과 성격 모두에서 결점을 꼼꼼하게 따져 보았다. 그것은 그에게 분명하게 드러났다. 그러나 그들은 한데 모이자 흠 없는 결합으로 합체되었다. 그들은 삶을 극한까지 조망했다. 이러한 높이에서 내려다볼 때 인생은 얼마나 심원한가! 얼마나 숭고한가! 가장 평범한 것들도 그를 거의 눈물 나게 할 만큼 얼마나 감동적인가! 그리하여 그는 불가피한 한계들을 잊어버렸다. 그는 그녀의 부재를 잊었고, 그녀가 그와 결혼하든 아니면 다른 사람과 결혼하든 그것은 중요하지 않다고 생각했다. 그녀가 존재할 것이고 그가 그녀를 사랑할 것이라는 것 이외에는 어떤 것도 중요하지 않았다. 이러한 생각에 대해 몇 마디 말로 크게 소리 내어 말했다. 그리고 마침 그 말들 사이에 '나는 그녀를 사랑해'라는 말이 있었다. 그가 자신의 감정을 묘사하기 위해 '사랑'이라는 말을 사용한 것은 처음이었다. 광기, 낭만, 환상―그는 이전에 그것을 이러한 이름들로 불렀다. 그러나 우연히 명확하게 '사랑'이라는 말과 마주치게 되자, 그는 계시를 받은 것처럼 그 말을 반복했다.

"그런데 난 당신을 사랑하고 있어요!" 그는 당황한 것처럼 소리쳤다. 그는 그녀가 바라본 도시를 내려다보면서 창문턱에 기대었다. 모든 것이 기적적으로 달라졌고 완전히 분명해졌다. 그의 감정이 정당화되었고 더 이상의 설명을 필요로 하지 않았다. 하지만 그 감정을 누군가에게 알려야만 했다. 그의 발견이 다른 사람에게도 관계될 만큼 중요했기 때문이었다. 그리스 사진 책자를 덮고 그의 기념품들을 감춘 뒤, 그는 아래층으로 달려가 외투를 집어 들고 문밖으로 사라졌다.

가로등이 켜져 있었지만 거리는 가장 빠른 걸음으로 걸으면서 큰 소리로 말할 수 있을 정도로 충분히 어둡고 텅 비어 있었다. 그는 자신이 어디로 가야 할지 분명히 알았다. 그는 메리 대치트를 찾아갈 것이다. 그가 느끼는 것을 이해하는 누군가와 공유하려는 욕구가 너무 강했기 때문에 그는 그 일에 대해 의문이 들지 않았다. 그는 곧 그녀가 사는 거리에 도착했다. 그는 그녀의 아파트에 이르는 계단을 두 계단씩 뛰어 올라갔다. 그리고 그녀가 집에 없을지도 모른다는 생각이 전혀 들지 않았다. 그가 그녀의 벨을 울렸을 때, 그는 자신과는 별개인, 다른 모든 사람들을 능가하는 힘과 권위를 부여하는 뭔가 멋진 것이 존재한다는 것을 자신에게 알리고 있는 것 같았다. 잠시 후 메리가 현관으로 왔다. 그는 한마디도 하지 않았다. 그리고 어두컴컴한 곳에서 그의 얼굴은 완전히 창백해 보였다. 그는 그녀를 따라 방으로 들어갔다.

"당신들은 서로 아는 사이신가요?" 몹시 놀랍게도 그녀가 그렇게 말했다. 그는 그녀가 혼자 집에 있을 것이라고 기대했었다. 한 청년이 일어나 랠프와 안면이 있다고 말했다.

"우리는 어떤 서류를 이제 막 검토하고 있었어요," 메리가 말했다. "배스넷 씨가 저를 도와줘야 하거든요. 아직 제 일에 대해 많이 알지 못하기 때문이죠. 새로운 단체예요," 그녀가 설명했다. "제가 간사예요. 저는 더 이상 러셀 광장에서 일하지 않아요."

그녀가 이러한 정보를 건네는 목소리는 거친 소리에 가까울 정도로 아주 긴장되어 있었다.

"당신들의 목표는 무엇입니까?" 랠프가 물었다. 그는 메리도 배스넷 씨도 쳐다보지 않았다. 배스넷 씨는 메리의 친구이자, 까다로워 보이고 창백한 얼굴을 한 데넘보다 더 불쾌하고 만만찮은 사람을 좀처럼 본 적이 없다고 생각했다. 데넘은 당연한 권리인 것처럼 그들의 제안서에 대한 설명을 요구하는 것 같았고, 설명을 듣기도 전에 그것을 비판할 것 같았다. 그럼에도 불구하고 그는 자신의 계획에 대해 그가 할 수 있는 한 명확하게 설명했고, 데넘이 그것에 대해 좋게 받아들이고자 한다는 것을 깨닫게 되었다.

"알겠습니다," 그가 설명하자 랠프가 말했다. "그래요? 메리," 그가 갑자기 말했다. "감기에 걸린 것 같습니다. 키니네[1]가 있나요?" 그가 그녀를 바라본 표정이 그녀를 흠칫 놀라게 했다. 아마 그 자신도 의식하지 못한 채, 표정으로 말없이 깊고, 사나우며, 열정적인 무언가를 표현했다. 그녀는 즉시 방을 나갔다. 그녀의 심장은 랠프가 곁에 있다는 것을 알고 빠르게 뛰었다. 하지만 심장은 고통스럽게 그리고 유난히 두렵게 뛰었다. 그녀는 잠시 동안 옆방에서 들리는 소리에 귀를 기울이며 서 있었다.

"물론, 저는 당신의 의견에 동의합니다," 그녀는 랠프가 이상한 목소리로 배스넷 씨에게 말하는 것을 들었다. "하지만 실행되어야 할 일이 더 많이 있습니다. 예를 들어 당신은 쥬드슨을 만난 적이 있습니까? 당신은 반드시 그를 끌어들여야 합니다."

메리는 키니네를 가지고 돌아왔다.

"쥬드슨의 주소는요?" 배스넷 씨가 그의 수첩을 꺼내 받아쓸 준비를 하면서 물었다. 그는 약 이십 분 동안 랠프가 불러준 사람들의 이름, 주소, 그리고 다른 제안들을 받아 적었다. 그러고 나서 랠프가 침묵해버리자, 배스넷 씨는 자신이 있을 곳이 아니라고 느꼈다. 그리고 랠프와 비교하면 자신이 너무 어리고 무지하다고

---

1 염산 키니네. 말라리아의 특효약.

느끼며, 그는 랠프에게 도와줘서 감사하다고 말하며 작별 인사를 했다.

"메리," 배스넷 씨가 문을 닫고 그들 두 사람만 있게 되자 곧바로 랠프가 말했다. "메리," 그가 되풀이해서 말했다. 하지만 오래 전부터 거리낌없이 메리에게 말하는 것이 어려웠기 때문에 그는 계속 말하지 못했다. 캐서린에 대한 그의 사랑을 선언하고자 하는 욕망은 여전히 강했지만, 메리를 보자 곧 그는 그녀와 그것을 공유할 수 없다고 느꼈다. 그가 배스넷 씨에게 말하며 앉아 있을 때, 이 느낌이 증폭되었다. 그럼에도 불구하고 내내 그는 캐서린에 대해 생각하고 있었고 그의 사랑에 놀라고 있었다. 그가 메리의 이름을 부른 어조는 거칠었다.

"무슨 일이죠, 랠프?" 그의 어조에 깜짝 놀라 그녀가 물었다. 그녀는 걱정스럽게 그를 쳐다보았다. 그리고 그녀의 찡그린 얼굴은 그녀가 그를 이해하기 위해 고통스럽게 노력하고 있고 당황했다는 것을 보여줬다. 그는 그녀가 자신의 의도를 찾아내려고 하는 것을 느낄 수 있었다. 그리고 그는 그녀에게 화가 났으며, 그녀가 느리고, 애쓰고, 서투르다는 사실을 어떻게 항상 알아채는지를 생각했다. 그도 그녀에게 졸렬하게 행동했으며, 그 때문에 그의 짜증은 더욱 심해졌다. 그가 대답하는 것을 기다리지 않고 그녀는 그의 대답이 자신과 아무래도 관계없는 것처럼 자리에서 일어났다. 그리고 배스넷 씨가 탁자 위에 두고 간 서류들을 정리하기 시작했다. 그녀는 숨을 죽이고 짧은 선율을 흥얼거렸다. 그리고 물건들을 정리하는 일에 몰두하며 다른 일에는 관심이 없는 것처럼 방을 돌아다녔다.

"이따가 식사하실래요?" 그녀는 자신의 자리로 돌아가면서 무심코 말했다.

"아니요," 랠프가 대답했다. 그녀는 더 이상 그에게 요청하지 않았다. 그들은 말없이 나란히 앉아 있었다. 그리고 메리는 반짇고리에 손을 뻗어서 바느질감을 꺼내 바느질을 했다.

"총명한 청년입니다," 랠프는 배스넷 씨를 언급하며 말했다.

"당신이 그렇게 생각하니 기뻐요. 그건 굉장히 흥미로운 일이죠. 그래서 모든 것을 고려할 때 우리가 아주 잘하고 있다고 생각해요. 하지만 당신 의견에 동의하고 싶어요. 우리는 좀 더 타협적이 되려고 노력해야 해요. 우리는 터무니없이 엄격해요. 상대방이 말하는 것에도, 설령 그들이 반대 세력일지라도 그 말에 의미가 있을 것이라고 생각해보는 일이 어려워요. 호레이스 배스넷은 확실히 지나치게 비타협적이에요. 그가 쥬드슨에게 편지를 쓰는지 잊지 말고 확인해야겠어요. 당신은 너무 바빠서 우리 위원회에 들를 수 없을 테죠?" 그녀는 가장 냉정한 태도로 말했다.

"나는 도시를 떠나 있을 것 같습니다," 랠프도 똑같이 거리감 있는 태도로 대답했다.

"우리 집행부는 물론 매주 만나요," 그녀가 말했다. "하지만 몇몇 회원들은 한 달에 한 번 이상 오지 않아요. 하원 의원들이 가장 심해요. 그들을 초청한 것이 잘못이라고 생각해요."

그녀는 말없이 바느질을 계속했다.

"당신은 키니네를 먹지 않았어요," 그녀는 벽난로 선반 위에 있는 알약을 올려다보고서 말했다.

"필요 없습니다," 랠프가 짧게 말했다.

"그러면, 어떻게 해야 할지 당신이 가장 잘 알 테죠," 그녀가 차분히 말했다.

"메리, 저는 짐승같은 사람입니다!" 그가 소리쳤다. "여기 와서 당신의 시간이나 허비하고 불쾌하게만 하고 있어요."

"감기에 걸리면 누구나 기분이 좋지 않죠." 그녀가 대답했다.

"감기에 걸리지 않았어요. 그건 거짓말이었어요. 나는 아무렇지도 않아요. 미쳤나 봐요. 예의 있게 여기에 오지 않았어야 했어요. 하지만 당신을 만나고 싶었어요―당신에게 말하고 싶었어요―난 사랑에 빠졌어요, 메리." 그는 그 말을 했지만, 그렇게 말했을 때, 그 말은 실체를 잃어버린 것 같았다.

"사랑에 빠졌다고요, 당신이요?" 그녀가 조용하게 말했다. "기쁘네요, 랠프."

"사랑에 빠진 것 같아요. 어쨌든 나는 제정신이 아니에요. 난 생각할 수도 없고, 일도 할 수 없어요. 세상에 어떤 일에도 전혀 관심이 없어요. 맙소사, 메리! 고통스러워요! 한순간 행복했다 다음엔 비참해요. 반 시간 동안 그녀를 미워하다, 그 다음에는 십 분 동안 그녀와 같이 있을 수 있다면 내 인생을 전부 바치려 하는 겁니다. 내내 내가 무엇을 느끼는지 왜 그렇게 느끼는지 알지 못합니다. 이건 광기입니다. 그렇지만 완벽하게 이성적이란 말입니다. 당신은 이해할 수 있나요? 무슨 일이 일어났는지 알 수 있나요? 내가 헛소리하고 있다는 걸 알아요. 듣지 말아요, 메리. 당신 일이나 계속해요."

그는 일어나서 평소처럼 방을 이리저리 서성거리기 시작했다. 그는 자신이 말했던 것이 자신이 느끼고 있는 것과 거의 유사점이 없다는 것을 알았다. 메리의 존재가 그에게 아주 강력한 자석처럼 작용하여 자신이 스스로에게 말했을 때 사용했던 것이 아닌 특정한 표현을 그로부터 끌어내었던 것이다. 또한 그 표현은 가장 깊숙이 있는 그의 감정을 표현하지도 않았다. 그는 그렇게 말하는 자신이 약간 경멸스럽게 느껴졌다. 하지만 여하튼 그는 말하지 않을 수 없었다.

"앉아요," 갑자기 메리가 말했다. "당신은 나를 그렇게 ─" 그녀는 여느 때와 달리 화가 나서 말했다. 그리고 랠프는 깜짝 놀라면서 그 사실을 눈치채고 곧바로 앉았다.

"당신은 내게 그녀의 이름을 말하지 않았어요 ─ 차라리 그러고 싶지 않은 거죠?"

"그녀의 이름? 캐서린 힐버리죠."

"하지만 그녀는 약혼했는데 ─"

"로드니와. 그들은 구월에 결혼할 거예요."

"알겠어요," 메리가 말했다. 그러나 한 번 더 그가 자리에 앉고 보니, 그의 태도의 차분함이 그녀를 어떤 존재에 휩싸이게 했다. 그녀는 그 존재가 너무나 강하고, 신비하며, 헤아릴 수 없는 것으로 느껴져서 자신이 만들 수 있는 어떤 말이나 질문으로 그것을 가로막을 시도를 감히 하지 못했다. 그녀는 랠프를 멍하니 바라보았다. 그녀의 표정에는 일종의 경외심이 있었고, 입술은 벌어졌으며 눈썹은 추켜 세워져 있었다. 그는 확실히 그녀의 시선을 완전히 의식하지 못했다. 그런 뒤 그녀는 더 이상 볼 수 없는 것처럼 자신의 의자 뒤로 기대고 반쯤 눈을 감았다. 그들 사이의 거리가 그녀에게 몹시 상처를 주었다. 그녀가 랠프에게 여러 질문들로 공격하고, 억지로 그가 마음을 털어놓도록 하여 한 번 더 그의 친근함을 즐기고 싶다는 생각에, 그녀의 마음속에 연달아 이런저런 것들이 떠올랐다. 하지만 그녀는 모든 충동을 거부했다. 그들 사이에 싹튼 신중함을 무시하지 않으면서, 서로 어느 정도 멀리 거리를 두지 않고, 말할 수 없었기 때문이다. 그래서 그는 더 이상 그녀가 잘 알지 못하는 사람처럼 고귀하고 멀리 있는 듯이 느껴졌다.

"당신을 도울 방법이 있나요?" 그녀는 드디어 상냥하고 심지어 공손하게 물었다.

"당신이 그녀를 만날 수 있나요—아니, 그건 내가 원하는 것이 아니에요. 당신은 내 일에 신경쓰지 말아야 해요, 메리." 그도 아주 상냥하게 말했다.

"제삼자는 어떤 일도 도울 수 없어 유감스럽네요," 그녀가 덧붙였다.

"아닙니다," 그가 고개를 저었다. "캐서린은 오늘 우리가 얼마나 외로운지에 대해 말했어요." 그녀는 그가 캐서린의 이름을 말할 때 애쓰는 것을 깨달았다. 그리고 이전에 그가 숨긴 것에 대해 이제 어쩔 수 없이 바로 잡으려 한다고 생각했다. 어쨌든 그녀는 그에게 화나지 않는다는 것을 알게 되었다. 오히려 그녀가 괴로웠던 것처럼 괴로워하도록 운명 지워진 사람에 대한 깊은 연민을 느꼈다. 하지만 캐서린의 경우에 사정이 달랐다. 그녀는 캐서린에게 분노했다.

"늘 일이 있네요," 그녀가 다소 공격적으로 말했다.

랠프는 곧바로 몸을 움직였다.

"당신은 지금 일하고 싶나요?" 그가 물었다.

"아니, 아니에요. 일요일인데요," 그녀가 대답했다. "캐서린을 생각하고 있었어요. 그녀는 일에 대해 이해하지 못해요. 그녀는 한 번도 그렇게 해야만 했던 적이 없죠. 그녀는 일이 무엇인지 몰라요. 나는 아주 최근에 나 자신에 대해 겨우 알게 되었어요. 하지만 일은 사람을 구해주는 것이죠—나는 그걸 확신해요."

"다른 것들도 있죠, 그렇지 않나요?" 그가 머뭇거렸다.

"사람들이 확신할 수 있는 건 아무것도 없어요," 그녀가 대답했다. "결국, 다른 사람들은—" 그녀가 말을 멈췄다. 그러나 억지로 계속했다. "매일 내가 사무실로 가지 않는다면 나는 지금 어디에 있어야 할까요? 수많은 사람들이 당신에게 같은 말을 할 거예요—수많은 여성들이 말이에요. 들어봐요, 일은 나를 구해주는 유일한 것이에요, 랠프." 그는 그녀의 말이 그를 강타한 것처럼 입을 꽉 다물었다. 그는 그녀가 할지도 모르는 어떤 말도 말없이 참아내려고 마음먹은 것처럼 보였다. 그는 그렇게 해야 마땅했다. 그리고 그것을 참아내는 데서 위안을 얻을 것이다. 그러나 그녀는 말을 멈추고 옆방에서 뭔가를 가져오려는 것처럼 일어났다. 그녀가 문에 이르기 전에 몸을 돌려 그를 마주보고 섰다. 그녀는 침착했지만 그 침착함은 도전적이고 무서웠다.

"나에게는 모든 일이 더할 나위 없이 잘 되었어요," 그녀가 말했다. "당신도 마찬가지일 거예요. 그걸 확신해요. 왜냐하면 결국 캐서린은 그럴 만한 가치가 있는 사람이니까요."

"메리—!" 그가 소리쳤다. 하지만 그녀는 고개를 돌려버렸다. 그래서 그는 자신이 하고 싶었던 말을 할 수 없었다. "메리, 당신은 멋져요," 그가 결론을 내렸다. 그녀는 그가 말할 때 그를 마주보고 자신의 손을 건넸다. 그녀는 괴로워서 단념했다. 그녀는 자신의 미래가 무한한 희망에서 황량함으로 변했다는 것을 깨달았다. 그렇지만 어쨌든 그녀가 좀처럼 알지 못했던 것에 대해, 그리고 그녀가 거의 예측할 수 없는 어떤 결과에도 불구하고 그녀는 이겨냈다. 랠프의 시선이 그녀에게 머문 채, 그녀는 처음으로 자신이 이겨냈다는 것을 깨달았다. 그녀는 그가 자신의 손에 입 맞추게 내버려두었다.

일요일 밤 거리는 아주 텅 비어 있었다. 그리고 안식일과 안식일 특유의 집에서 누리는 즐거움 때문이 아니더라도, 몹시 강한 바람 때문에 아마도 사람들은 집에만 머물렀을 것이다. 랠프 데넘은 거리의 혼란스러움이 자신의 기분과 아주 비슷하다고 생각했다. 스트랜드 가를 따라 휩쓸고 지나가는 돌풍은 동시에 하늘을 가로질러 맑은 창공으로 불어댔다. 그 하늘에는 별들과, 잠깐 동안 구름을 통과하여 달리는 빠르게 속도를 내며 지나가는 은빛 달이 보였다. 구름들은 달 주변과 달 위로 밀어닥치는 대양의 파도 같았다. 그 구름들은 달에게 밀물처럼 몰아쳤지만 그녀는 빠져나왔다. 그리고 구름들은 달과 부딪혀 그녀 위로 넘어가 다시 그녀를 덮어 가렸다. 달은 굴하지 않은 채 앞으로 빠져나왔다. 시골 들판에는 온통 겨울의 잔해가 흩어져 있었다. 낙엽, 시든 고사리, 바싹 마르고 빛바랜 풀이 있었다. 하지만 어떤 싹도 꺾이지 않을 것이고, 땅 위로 보이는 새로운 줄기는 어떤 해도 입지 않을 것이다. 그리고 어쩌면 내일 푸르거나 노란 한 줄기가 풀밭의 틈새로 보일지도 모른다. 하지만 시무룩한 데넘의 마음속에는 대기의 혼란스러움만 존재했다. 그리고 별이나 꽃에서 드러나는 것은 서로를 빠르게 쫓아 높이 쌓아 올려진 파도 위로 잠시 희미하게 빛나는 섬광 같은 것에 불과했다. 그는 메리에게 말할 수 없었다. 잠시 이해할 수 있는 멋진 가능성으로 그가 조바심이 날 정도로 충분히 가까이 다가가긴 했지만 말이다. 그러나 아주 대단히 중요한 어떤 일에 대해 전해주고자 하는 욕망이 그를 완전히 사로잡았다. 그는 아직도 누군가에게 이 선물을 주고 싶었다. 그래서 그는 그런 사람들을 찾았다. 의식적으로 선택하기보다 본능적으로 그는 로드니의 방으로 인도하는 방향을 택했다. 그는 현관문을 크게 두드렸다. 그러나 아무도 대답하지 않았다. 그는 벨을 울렸다. 로드니가 외출하고 없다는 사실을 인정하는 데 약간의 시간이 걸렸다. 그는 낡은 건물에서 나는 바람 소리가 의자에서 누군가가 일어나는 소리라고 더 이상 핑계를 댈 수 없자, 마치 목적지가 바뀌고 지금 막 그 사실이 그에게 알려진 것처럼 다시 아래층으로 뛰어 내려갔다. 그는 첼시 쪽으로 걸어갔다.

　하지만 그는 저녁도 먹지 않았고 오랫동안 빠르게 걸어와서 힘들었던 탓에 강변로에 있는 벤치에 잠시 앉았다. 그 자리를 일상적으로 차지하곤 하는 사람들 중 한 명인, 술 취한 나이 든 남자가 그에게 성냥을 빌리고 그의 옆에 앉았다. 그 남자는 어쩌면 일자리와 묵을 곳이 없어 떠돌아다닐지도 몰랐다. 바람이 심하게 부는 밤이라고 그가 말했다. 어려운 시절이라고 했다. 불운과 불공평함에 대한 긴 신상 이야기가 잇따랐는데, 그 이야기를 너무 자주 해서 그 남자는 자기 자신에게 말하고 있는 것처럼 보였다. 아니면 아마도 그의 말을 듣는 사람들의 무관심 탓에 그들의 주목을 끌어보려는 오랜 시도가 거의 가치 없는 것으로 느껴졌을 것이다. 그가 말하기 시작하자, 랠프는 그에게 말하고 싶은 광적인 욕구가 생겼다. 그에게 묻고 그를 이해시키고 싶었다. 사실 랠프는 한순간 그의 말을 가로막았다. 그러나 그것은 소용없었다. 실패, 불운, 부당한 재난에 대한 케케묵은 이야기는 바람을 따라 사라져갔고, 소리가 번갈아서 묘하게 커졌다 희미해진 채 랠프의 귀를 스치고 지나가면서 음절들을 끊어놓았다. 마치 어떤 순간에 자신의 불행에 관한 그 남자의 기억이 되살아났다 그 다음엔 마침내 체념하는 푸념으로 점점 꺼져가면서 시들해지는 것 같았다. 이러한 푸념은 종국엔 습관적인 절망으로 변해가는 듯 보였다. 그 불행한 목소리는 랠프를 괴롭혔다. 하지만 또한 그를 화나게 했다. 그리고 그 나이 든 남자가 귀를 기울이지 않고 중얼거리고 있을 때, 기이한 이미지가 그의 마음속에 떠올랐다. 그것은 길을 잃고 무리지어 날아가는 새들에 의해 둘러싸인 등대의 이미지였는데, 그 새들은 강풍에 의해 감각을 잃고 등대의 유리로 돌진했다. 그는 자신이 등대이면서 또한 새인 것 같은 묘한 기분을 느꼈다. 그는 확고부동하고 찬란히 빛나면서도 동시에 다른 무리들과 함께 감각 없이 유리를 향해 질주했다. 그는 일어나서 은화를 선물로 주고 바람을 맞으며 서둘러 갔다. 강가를 따라, 국회를 지나치고 그로스브너 거리 아래로 걸어갈 때, 등대와 새들로 가득 찬 폭풍의 이미지는 좀 더 명확한 생각의 뒤를 이으면서 지속되었다. 그가 육체적으로 지친 상태에서 세세한 부분들은 더 거대한 전망 속으로 합쳐졌다. 이 전망 속에서 사라져가는 어둠, 가로등과 주택의 간헐적인 불빛들만이 겉으로 드러났다. 그러나 그는 캐서린의 집 쪽으로 자신이 걸어가고 있다는 느낌을 잃지 않았다. 그는 그때 무슨 일이 일어날 것이라고 당연히 받아들였다. 그리고 그가 계속 걸어가고 있을 때, 그의 마음은 점점 더 기쁨과 기대로 가득 찼다. 그녀의 집이 있는 일정한 반경 내로 오자, 그 거리의 집들은 그녀의 존재가 미치는 영향 아래에 있었다. 그녀가 살고 있는 집이 대단히 개성이 있었기 때문에, 집들은 제각각 랠프도 이미 알고 있는 개성을 보였다. 힐버리가의 현관에 이르기 전 몇 야드를 그는 기쁨의 몽환 상태로 걸어갔다. 그러나 그가 그곳에 도착하여 그 작은 정원의 문을 열게 되자, 그는 머뭇거렸다. 그는 그 다음에 무엇을 해야 할지 몰랐다. 그렇지만 서두르지 않았다. 그 집의 외관은 그를 좀 더 오래 머물게 할 만큼 충분히 기쁨을 주었기 때문이다. 그는 길을 건너 그 집에 시선을 고정한 채 강변로의 난간에 기댔다.

응접실의 기다란 세 개의 창문에서 불빛이 빛났다. 그 뒤에 있는 방의 공간은 랠프의 상상 속 광경에서 세상의 황무지를 피하는 어둠의 중심이 되었다. 그리고 그 어둠의 중심을 둘러싸고 있는 혼란의 소용돌이를 정당화했고, 길이 없는 황무지 위로 철저히 침착하게 등대처럼 빛줄기를 던지는 안정된 빛이 되었다. 이 작은 성역에 서로 다른 여러 사람들이 함께 모여들었다. 그러나 그들의 정체성은 어쩌면 문명이라고 불릴지도 모르는 것의 보편적인 영광 속에 녹아들었다. 어쨌든 모든 무미건조함, 모든 안전성, 그리고 격랑 위로 서서 그 자신의 의식을 보존하고 있는 모든 것들이 힐버리가의 응접실에 집중되었다. 그 방의 목적은 유익했다. 그렇지만 그것은 무언가 엄격함을 가지고 있을 정도로 그의 수준 이상이었고, 빛을 발하되 초연한 빛이었다. 그런 뒤 그는 마음속으로 안에 있는 여러 사람들을 구분하기 시작했다. 아직 캐서린의 모습에 달려드는 것은 의식적으로 거부했다. 그의 생각은 힐버리 부인과 카산드라에게 오래 머물렀다. 그러고 나서 로드니와 힐버리 씨로 향했다. 실제로 그는 직사각형의 긴 창문을 가득 채우고 있는 노란 불빛의 안정된 흐름 속에 그들이 몸을 감싸고 있는 것을 보았다. 그들의 움직임은 아름다웠다. 그리고 그들의 이야기에서 그는 말로 표현되지 않았으나 이해된 의미에 대해 상상해보았다. 드디어, 반쯤 무의식적으로 선택하고 준비한 후에, 그는 자신이 캐서린의 모습에 다가가도록 했다. 그리하여 곧 그 장면은 흥분으로 넘쳐났다. 그는 그녀를 실제 모습으로 보지는 않았다. 그는 이상하게도 그녀를 빛의 형상으로, 즉 빛 그 자체로 보는 듯했다. 그는 단순해지고 지쳐서, 등대에 매혹되고 빛의 광채에 이끌려 유리를 향해 계속 나아가는 길 잃은 그 새들 가운데 한 마리처럼 보였다.

그는 이러한 생각으로 힐버리가의 현관 앞 보도의 구역 위 아래로 터벅터벅 걸었다. 그는 미래에 대해 어떤 계획을 세워보려고 애쓰지 않았다. 알 수 없는 어떤 것이 다가오는 해와 시간을 모두 결정할 것이다. 때때로 밤을 지새면서, 그는 긴 창에서 나오는 빛을 찾으려고 했고, 아니면 작은 정원에 있는 몇 개의 잎사귀들과 풀잎들을 금빛으로 빛나게 하는 빛줄기를 흘끗 보았다. 오랜 시간 동안 그 빛은 변함없이 빛났다. 그는 막 그의 순찰 구역의 경계에 이르러 몸을 돌리려고 했다. 그때 현관문이 열렸고, 그러면서 그 집의 모습이 완전히 달라졌다. 시꺼먼 하나의 형체가 좁은 통로 아래로 내려와 출입문에서 잠시 멈췄다. 데넘은 곧 그가 로드니라는 것을 깨달았다. 주저하지 않고, 그 빛나는 방에서 나온 어떤 사람에 대한 대단한 호의만을 의식하고서, 그는 그에게 곧장 걸어가 그를 멈춰세웠다. 돌풍 속에서 로드니는 당황했고, 그의 자비를 요구하는 것이 아닌가 하고 의심하듯이 무엇인가 투덜거리면서 당장 서둘러 가려고 했다.

"이것 참, 데넘, 여기서 뭘 하고 있는 겁니까?" 그가 데넘을 알아보고 소리쳤다.

랠프는 그가 집으로 가고 있는 중이라고 무엇인가 중얼거렸다. 그들은 함께 걸어갔다. 비록 로드니는 자신이 동행을 원하지 않는다는 사실을 명백히 할 정도로 충분히 빨리 걸었지만 말이다.

그는 아주 비참했다. 그날 오후 카산드라는 그를 거절했다. 그는 상황의 어려움을 그녀에게 설명하고, 분명한 것이나 그녀에게 불쾌할 만한 것을 이야기하지 않고 그녀에 대한 자신의 감정의 본질에 대해 넌지시 말하려고 애썼다. 하지만 그는 분별력을 잃고 말았다. 캐서린의 조롱으로 자극받아 그는 너무 많은 말을 했고, 위엄과 엄중함을 지닌 당당한 카산드라는 다른 말을 듣기를 거부하고, 자신의 집으로 곧 돌아가겠다고 엄포를 놓았다. 두 여자들 사이에서 저녁을 보낸 후 그의 흥분은 극에 달했다. 더욱이, 그는 랠프가 캐서린과 연관된 이유로 이 시간에 힐버리 씨 댁 근처를 배회하고 있다고 의심하지 않을 수 없었다. 어쩌면 그들 사이에 어떤 합의가 있었을지도 몰랐다─그런 것은 지금 그에게 중요하지 않았다. 그는 자신이 아주 피곤해서 택시를 잡았으면 한다고 간단히 큰 소리로 말했다. 하지만 일요일 밤 강변로에는 택시를 잡기 어려웠다. 그래서 로드니는 하는 수 없이 데넘과 동행하면서 어쨌든 약간 떨어져 걷고 있는 자신을 발견했다. 데넘은 침묵을 유지했다. 로드니의 노여움이 사라져갔다. 그는 그 침묵이 그가 대단히 존경하는 훌륭한 남성적 자질을 묘하게 암시하는 것으로, 이 순간에 마땅히 필요로 하는 이유가 있다고 느꼈다. 다른 성과 교류하며 신비, 어려움, 그리고 불확실함을 겪은 후 동성과의 교제는 꾸밈없는 이야기가 가능하고 속임수도 소용없기 때문에 마음을 진정시키고 또한 품위를 높이기까지 하는 영향을 줄 것 같았다. 로드니 역시 마음을 털어놓을 사람이 몹시 필요했다. 캐서린은 도움을 주겠다고 약속했지만 중요한 순간에 그의 기대를 저버렸다. 그녀는 데넘과 함께 가버렸다. 어쩌면 그녀는 그에게 고통을 주고 있는 것처럼 데넘에게도 고통을 주고 있을지도 몰랐다. 로드니가 자기 자신의 고통과 우유부단함에 대해 깨닫고 있는 것과 비교해볼 때, 거의 말이 없고 단호하게 걷고 있는 그는 얼마나 진지하고 안정되어 보이는가! 그는 캐서린과 카산드라와 관계된 자신의 이야기를 말할 방법에 대해 궁리하기 시작했다. 그 방법으로 데넘의 눈에 자신이 낮게 평가되지 않아야 했다. 그때 어쩌면 캐서린이 데넘에게 마음을 털어놓았을지도 모른다는 생각이 그에게 떠올랐다. 그들은 공통점이 있었다. 그들은 바로 그날 오후 자신에 대해 이야기했을 수도 있었다. 그들이 자신에 대해 말했던 것을 알고 싶은 욕망이 이제 그의 마음속에서 최고조에 이르렀다. 그는 캐서린의 웃음을 떠올려보았다. 그는 그녀가 데넘과 함께 웃으면서 떠났던 것을 기억했다.

"당신은 우리가 떠난 뒤 그곳에 오래 있었습니까?" 그가 갑자기 물었다.

"아닙니다. 우리는 저희 집으로 갔습니다."

이 말은 자신에 대해 이야기했다는 로드니의 믿음에 확신을 주는 듯했다. 그는 말없이 잠시 동안 불쾌한 상상에 대해 곰곰이 생각해보았다.

"여성들은 이해할 수 없는 피조물입니다. 데넘!" 그러다 그가 소리쳤다.

"음," 데넘이 말했다. 그는 자신이 여성뿐 아니라 전 우주에 대해서도 완전이 이해하고 있는 것처럼 생각이 들었다. 그는 책처럼 로드니 역시 읽을 수 있었다. 그는 그가 불행하다는 것을 알았고, 그를 동정했으며 그를 돕고 싶었다.

"당신이 뭔가 말을 하면 그들은―발끈 화를 냅니다. 아니면 전혀 이유도 없이 웃죠. 예를 들어 아무리 많은 교육을 받았어도―" 나머지 문장은 강한 바람 속에서 들리지 않았다. 그들은 그 바람에 맞서나가야 했다. 하지만 데넘은 그가 캐서린의 웃음을 언급했고, 그 기억이 아직도 그를 괴롭히고 있다는 것을 깨달았다. 로드니와 비교해서 데넘은 자신이 아주 안정되었다고 느꼈다. 그는 로드니가 무감각하게 유리로 돌진하는 길 잃은 새들 가운데 한 마리라고 생각했다. 대기를 가득 채우고 날아가는 무리 가운데 하나라고 생각했다. 하지만 그와 캐서린은 둘만 따로 있었다. 높이, 화려하게, 두 줄기의 광선으로 빛을 발하고 있었다. 그는 자신 옆에 있는 불안정한 피조물을 동정했다. 그는 아주 똑바로 자신의 길을 나아가는 방법을 모른 채 위험에 노출된 로드니를 보호하고 싶은 욕구를 느꼈다. 그들은 모험을 즐기는 사람들이 하나가 된 것처럼 결합되었다. 비록 한 사람은 목적지에 도착하고 나머지 한 사람은 도중에 목숨을 잃는다 하더라도.

"당신은 좋아하는 누군가를 비웃을 수 있습니까?"

분명히 다른 사람에게 말한 것이 아닌 이 말이 데넘의 귀에 이르렀다. 바람이 그 소리를 약화시켜 그것을 곧바로 사라져버리게 했다. 로드니가 그런 말을 했단 말인가?

"당신은 그녀를 사랑하고 있습니다." 그보다 몇 야드 앞의 대기 속에 울린 그것은 자신의 목소리인가?

"나는 고통 받았습니다, 데넘, 고통을 말입니다!"

"네, 네, 나도 알고 있습니다."

"그녀가 날 비웃었습니다."

"한 번도 그런 적 없었습니다 — 나에게는 말입니다."

바람이 그 말 사이에 간격을 불어넣었다 — 입밖으로 소리낸 적 없는 것처럼 그 말을 멀리 날려버렸다.

"내가 그녀를 얼마나 사랑했는데!"

이것은 분명히 데넘 옆에 있는 사람이 말한 것이다. 그 목소리는 로드니의 성격의 모든 특성을 띠고 있었다. 그리고 낯선 선명함을 지닌 그의 모습을 떠올렸다. 데넘은 지평선 위로 텅 빈 건물들과 고층 건물들을 배경으로 두고 있는 그를 볼 수 있었다. 그는 위엄 있고, 고상하고, 비극적으로 보였다. 그가 밤에 그의 하숙방에서 홀로 캐서린에 대해 생각하고 있을 때 그렇게 보일 것 같았다.

"나도 캐서린을 사랑하고 있습니다. 그것이 내가 오늘 밤 여기로 온 이유입니다."

랠프는 로드니의 고백으로 인해 이렇게 말해야 할 필요가 있었던 것처럼 분명하고 신중하게 말했다.

로드니는 발음이 분명하지 않게 어떤 말을 외쳤다.

"아, 나는 늘 그 사실을 알고 있었습니다," 그가 소리쳤다. "나는 처음부터 그것을 알았습니다. 당신이 그녀와 결혼하게 될 것이라고 말입니다!"

그 외침은 절망의 어조가 배어 있었다. 다시 바람이 그들의 말을 가로막았다. 그들은 더 이상 말하지 않았다. 드디어 그들은 가로등 아래에 동시에 다가섰다.

"맙소사, 데넘, 우리 두 사람은 정말 바보입니다!" 로드니가 소리쳤다. 그들은 불빛 속에서 야릇하게 서로를 바라보았다. 바보들! 그들은 서로에게 자신의 어리석음의 최고의 밑바닥까지 고백하는 듯이 보였다. 그 순간 가로등 아래에서, 그들은 경쟁의 가능성을 없애고 그들이 세상의 다른 어떤 사람보다 서로에 대해 더 공감을 느끼도록 공통의 인식을 얻게 되었다고 깨달은 듯이 보였다. 이러한 이해를 확인하는 것처럼 동시에 가볍게 고개를 끄덕인 뒤, 그들은 다시 말하지 않고 헤어졌다.

제29장

바로 그 일요일 밤 열두 시에서 한 시 사이에 캐서린은 침대에 누워 있었는데, 잠들지 않고 대신 우리 자신의 운명을 초연하고 유머 있게 볼 수 있는 몽롱한 지대에 있었다. 우리가 확실히 진지하다 하더라도, 잠과 망각이 재빠르게 다가오면서 우리의 진지함은 약화된다. 그녀는 랠프, 윌리엄, 카산드라와 자기 자신의 모습을 보았다. 그들이 모두 동일하게 실체가 없고, 현실성을 벗어버리고 각자에게 공평하게 부여된 일종의 위엄을 얻게 된 것 같았다. 그리하여 불편하게 흥분하여 편드는 일과 의무의 짐에서 벗어나, 그녀는 잠들기 위해 꾸벅꾸벅 졸고 있었다. 그때 그녀의 방문에서 가볍게 두드리는 소리가 났다. 잠시 후 카산드라가 촛불을 들고 밤 시간에 알맞은 낮은 어조로 말하면서 그녀 곁에 서 있었다.

"안 자니, 캐서린?"

"그래, 안 자. 무슨 일이야?"

그녀는 정신을 차리고 일어나 앉았다. 그리고 도대체 카산드라가 무엇을 하려는지 물었다.

"난 잘 수가 없었어. 그리고 나는 너에게 와서 얘기해야 할 것 같았어 — 비록 잠시 동안이지만. 나는 내일 집으로 갈 거야."

"집으로? 왜, 무슨 일이 있었어?"

"내가 여기 머물 수 없는 어떤 일이 오늘 일어났어."

카산드라는 격식을 차려 거의 엄숙하게 말했다. 이러한 예고는 분명하게 준비되었고 아주 중대한 위기를 나타내 보였다. 그녀는 일련의 이야기의 일부처럼 보이는 이야기를 계속했다.

"너에게 모든 진실을 말하기로 결심했어, 캐서린. 윌리엄이 오늘 나를 몹시 불편하게 하는 태도로 행동했어."

캐서린은 완전히 의식이 깨어나, 즉시 자신을 제어하게 된 듯했다.

"동물원에서?" 그녀가 물었다.

"아니, 집으로 가는 길에. 우리가 차를 마셨을 때."

서로 간의 이야기가 길어지고 밤이 싸늘할 것 같아서, 캐서린은 카산드라에게 담요를 두르라고 권했다. 카산드라는 엄숙함을 유지하면서 그렇게 했다.

"열한 시에 기차가 있어," 그녀가 말했다. "매기 외숙모님께 내가 갑자기 떠나야 한다고 말씀드릴 거야……. 바이올렛을 방문할 거라고 둘러댈 거야. 하지만 그것에 대해 깊이 생각하고 나니, 너에게 진실을 말하지 않고 어떻게 갈 수 있을지 알 수 없었어."

그녀는 조심스럽게 캐서린 쪽을 바라보는 것을 피했다. 잠시 이야기가 중단되었다.

"하지만 네가 가야만 하는 이유를 전혀 모르겠어," 캐서린이 드디어 말했다. 그녀의 목소리는 너무 놀라울 정도로 동요가 없어서 카산드라는 그녀를 흘긋 보았다. 그녀가 화가 났다거나 혹은 놀랐다고 생각하기란 불가능했다. 반대로 그녀는 팔로 무릎을 감싸고 눈살을 약간 찌푸린 채 침대에 몸을 곧게 세우고 앉아서 자신과 무관한 문제에 대해 면밀하게 생각하고 있는 것처럼 보였다.

"왜냐하면 나는 어떤 남성이라도 나에게 그런 식으로 행동하도록 내버려둘 수 없기 때문이야," 카산드라가 대답했다. 그리고 그녀는 덧붙였다. "특히 그가 누군가와 약혼해 있다는 걸 알고 있을 때는."

"하지만 넌 그를 좋아하잖아, 안 그러니?" 캐서린이 물었다.

"그것과는 아무 상관도 없어," 카산드라가 화가 나 소리쳤다. "나는 그런 상황에서 그가 아주 명예롭지 못하게 처신했다고 생각해."

이것은 그녀가 미리 준비한 말의 마지막 문장이었다. 그리고 그 말을 한 후 그녀는 그런 특별한 방식으로 더 이상 할 말이 준비되지 않은 상태가 되었다. 캐서린이 "난 어쩌면 그것이 중요한 관계가 있다는 생각이 들어,"라고 말했을 때 카산드라는 냉정을 잃고 말았다.

"난 너를 조금도 이해하지 못하겠어, 캐서린. 어떻게 그렇게 행동할 수 있어? 내가 여기 온 후로 나는 너 때문에 계속 놀랐어!"

"넌 즐거웠잖아, 그렇지 않니?" 캐서린이 물었다.

"그래, 그랬어," 카산드라가 시인했다.

"어쨌든, 내 행동이 네가 여기에 머무르며 보낸 시간을 망치지는 않았잖아."

"그래," 카산드라가 한 번 더 인정했다. 그녀는 몹시 난처해했다. 캐서린과의 대화를 미리 예상할 때만해도 그녀는 캐서린의 불신이 폭발하여 카산드라가 가능한 빨리 집으로 돌아가야 한다는 데 당연히 동의할 것이라고 생각했었다. 그러나 반대로 그녀의 말을 즉시 받아들인 캐서린은 충격을 받거나 놀란 것 같지 않았고, 평소보다 더 깊이 생각하는 듯이 보일 뿐이었다. 중대한 사명을 부여받은 성숙한 여인에서 벗어나 카산드라는 미숙한 아이의 상태로 움츠러들었다.

"내가 그 일과 관련해서 아주 어리석었다고 생각하니?" 그녀가 물었다.

캐서린은 대답하지 않았다. 하지만 아직도 말없이 깊이 생각하며 앉아 있었다. 그리고 어떤 놀라운 감정이 카산드라를 사로잡았다. 어쩌면 그녀의 말이 그녀의 손이 닿을 수 있는 범위를 넘어 심연에까지 이르도록 자신이 생각했던 것보다 훨씬 더 깊이 충격을 주었을지도 몰랐다. 캐서린의 말이 그녀가 닿을 수 있는 범위를 넘어선 만큼 말이다. 그녀는 자신이 아주 위험한 도구로 장난을 해왔다는 것을 갑자기 깨달았다.

마침내 캐서린이 그녀를 쳐다보면서 아주 어려운 질문을 발견한 것처럼 천천히 물었다.

"그런데 넌 윌리엄을 좋아하니?"

그녀는 젊은 여성이 표현하는 흥분과 당황함에 주의를 기울였고 그녀가 어떻게 자신에게서 시선을 돌렸는지도 주목했다.

"내가 그를 사랑하고 있다는 말이니?" 카산드라가 짧게 숨을 쉬고 손을 초조하게 움직이며 물었다.

"그래, 그를 사랑하니?" 캐서린이 반복해서 물었다.

"네가 약혼한 남자를 어떻게 사랑할 수 있겠니?" 카산드라가 버럭 소리를 질렀다.

"그는 너를 사랑하고 있을지도 몰라."

"나는 네가 그런 말을 할 권리가 있다고 생각하지 않아, 캐서린," 카산드라가 소리쳤다. "왜 그런 말을 하는 거야. 윌리엄이 다른 여자들에게 어떻게 행동하든 넌 조금도 신경 쓰이지 않는 거니? 내가 약혼했다면 난 그걸 참을 수 없을 거야!"

"우린 약혼하지 않았어," 잠시 후 캐서린이 말했다.

"캐서린!" 카산드라가 외쳤다.

"그래, 우린 약혼하지 않았어," 캐서린이 거듭 말했다. "하지만 우리 외엔 아무도 그걸 몰라."

"그런데 왜 — 난 이해를 못하겠어 — 너희들이 약혼하지 않았다고!" 카산드라가 다시 말했다. "아, 설명되는구나! 너는 그를 사랑하지 않아! 너는 그와 결혼하고 싶지도 않아!"

"우리는 서로를 더 이상 사랑하지 않아," 캐서린은 영원히 뭔가를 결정내린 것처럼 말했다.

"너는 어쩜 그렇게 남다르니, 너무 이상하고, 너무 다른 사람들과 달라, 캐서린," 카산드라는 자신의 몸 전체와 목소리가 함께 내려앉아 붕괴되는 것처럼 느끼면서 말했다. 그리고 어떤 분노나 흥분의 흔적은 없었고 다만 꿈같은 평온함만이 남아 있었다.

"너는 그를 사랑하지 않니?"

"하지만 난 그를 좋아해," 캐서린이 말했다.

카산드라는 뜻밖의 새로운 발견의 무게 탓인 것처럼 얼마 동안 고개를 숙인 채 있었다. 캐서린도 아무 말 하지 않았다. 그녀의 태도는 가능한 많이 관찰되지 않기를 바라는 사람의 태도였다. 그녀는 깊이 한숨을 쉬었다. 그녀는 완전히 침묵했고 명백히 자신의 생각에 압도되어 있었다.

"몇 시인지 아니?" 그녀가 드디어 말했다. 그리고 자려고 준비하는 것처럼 자신의 베개를 흔들었다.

카산드라는 순순히 일어나 촛불을 한 번 더 집어 들었다. 아마도 그녀의 하얀 실내복과 풀어 내린 머리카락, 그리고 아무것도 보지 않는 눈의 표정의 무엇인가가 그녀를 몽유병에 걸린 여성처럼 보이게 하는 것 같았다. 캐서린은 적어도 그렇게 생각했다.

"그러면 내가 집으로 가야 할 이유가 없는 거니?" 카산드라가 잠시 후 말했다. "내가 떠나는 것을 네가 원하지 않는다면 말이야, 캐서린? 너는 내가 무엇을 하기를 원하니?"

처음으로 그들의 눈이 마주쳤다.

"너는 우리가 사랑하기를 원했어," 카산드라는 캐서린의 눈에서 확신을 읽은 것처럼 소리쳤다. 하지만 그녀가 쳐다보았을 때 그녀는 자신을 놀라게 하는 모습을 보았다. 캐서린의 눈에서 눈물이 천천히 솟아나 괴어 있었다. 넘칠 정도로 찼지만 흘러내리지 않았다─어떤 깊은 감정, 행복, 슬픔, 체념의 눈물이었다. 그 성격이 너무 복잡해서 표현하기가 불가능한 감정이었고, 카산드라는 고개를 숙이고 자신의 뺨 위로 그 눈물을 받아들이면서 그 눈물을 자신의 사랑에 대한 봉헌으로 말없이 인정했다.

"저, 아가씨," 다음날 오전 열한 시쯤 하녀가 말했다. "밀베인 부인이 부엌에 와계십니다."

꽃과 나뭇가지가 들어 있는 긴 버드나무 가지로 엮어 만든 바구니가 시골에서 도착했다. 그리고 캐서린은 응접실 마루에 무릎을 꿇은 채 그것을 분류하고 있었다. 그동안 카산드라는 안락의자에서 그녀를 지켜보았고, 가끔씩 멍하게 도움을 주겠다고 했지만 받아들여지지 않았다. 하녀의 전갈은 캐서린에게 이상한 영향력을 주었다.

그녀는 일어나서 창문으로 걸어갔다. 그리고 하녀가 나가자 힘주어, 그리고 실로 비극적으로 말했다.

"너는 그게 무슨 뜻인지 알 거야."

카산드라는 전혀 이해하지 못했다.

"실리어 고모가 부엌에 와계셔," 캐서린이 반복해서 말했다.

"왜 부엌에 계시지?" 카산드라가 자연스럽게 물었다.

"아마 무언가 알아내셨기 때문일 거야," 캐서린이 대답했다. 카산드라의 생각이 그녀가 몰두하고 있는 주제로 흘러갔다.

"우리들에 대해서?" 그녀가 물었다.

"그야 모르지," 캐서린이 대답했다. "그렇지만 부엌에 그냥 계시도록 하지 않을 거야. 여기 위층으로 모시고 올 거야."

이러한 엄격한 어조는 어떤 이유에서인지 그녀가 실리어 고모를 모셔오는 일이 규율상의 조처임을 암시했다.

"제발, 캐서린," 카산드라가 자신의 의자에서 벌떡 일어나 동요된 모습을 보이며 소리쳤다. "서두르지 마. 그녀가 의심하게 하지 마. 기억해둬. 아무것도 분명한 것은 없어 —"

캐서린은 고개를 여러 번 끄덕이며 그녀를 안심시켰다. 하지만 방을 떠날 때 그녀의 태도는 자신의 외교적 수완에 완벽한 확신을 주지 못한 듯했다.

밀베인 부인은 하인들의 방에 있는 의자 가장자리에 앉아 있었다. 아니 차라리 그 끝에 아슬아슬하게 앉아 있었다. 그녀가 지하의 방을 선택한 데는 어떤 충분한 이유가 있었든지, 아니면 그녀의 탐색하는 기질과 맞아서인지, 밀베인 부인은 은밀하게 가족에 관한 일처리에 관여할 때면 어김없이 뒷문으로 들어와서 하인들의 방에 앉아 있었다. 그녀가 내세운 표면상의 이유는 힐버리 씨나 힐버리 부인이 방해받아서는 안 된다는 것이었다. 하지만, 사실 밀베인 부인은 그녀 세대의 대부분의 나이 든 여성들보다 한층 더 친밀함과 고민, 그리고 비밀이라는 달콤한 감정에 기대었고, 게다가 지하실이 제공하는 부가적인 전율은 놓쳐버리기 쉬운 것이 아니었다. 캐서린이 위층으로 올라갈 것을 제의했을 때, 그녀는 거의 하소연하듯이 이의를 제기했다.

"너에게 사적으로 말하고 싶은 것이 있어," 그녀는 자신이 숨어서 기다리던 곳의 문턱에서 마음내키지 않아 주저하며 말했다.

"응접실이 비어 있어요—"

"하지만 우리는 층계에서 네 어머니를 만날지도 몰라. 우리가 네 아버지를 방해할 수도 있잖니," 밀베인 부인은 이미 조심하여 속삭이며 말하면서 반대했다.

그러나 대담이 성공하려면 캐서린이 반드시 함께 있어야 했고 캐서린이 완강하게 부엌 층계 위로 물러났기 때문에, 밀베인 부인은 그녀를 따르지 않을 수 없었다. 그녀는 위층으로 올라가면서 자신의 주위를 은밀히 곁눈질해서 보았고, 치마를 끌어당겼으며, 모든 문들이 열렸든 아니면 닫혔든 신중하게 그 문들을 지나쳐 발걸음을 옮겼다.

"아무도 우리를 엿듣지 못하겠지?" 응접실이라는 비교적 성역에 해당하는 곳에 당도하자 그녀가 중얼거렸다. "너를 방해했구나," 그녀는 마루 위에 흩어져 있는 꽃을 흘긋 보며 덧붙였다. 잠시 뒤 그녀는 카산드라가 피하느라 떨어뜨리고 간 손수건을 주목하면서 물었다. "누가 너와 함께 있었니?"

"카산드라가 꽃을 물에 담그는 것을 도와주고 있었어요," 캐서린이 말했다. 그리고 너무 단호하고 분명하게 말했기 때문에 밀베인 부인은 입구를 신경질적으로 훑어보았고, 그리고 난 뒤 응접실과 유품이 있는 작은 방을 나누는 커튼을 흘긋 보았다.

"아, 카산드라가 아직 너와 함께 있구나," 그녀가 말했다. "그리고 윌리엄이 저 사랑스러운 꽃을 너에게 보냈니?"

캐서린은 그녀의 고모 맞은편에 앉아서 긍정도 부정도 하지 않았다. 그녀는 고모 너머를 바라보았고 그녀가 커튼의 무늬를 아주 비판적으로 주시하고 있다고 여겨질 수도 있었을 것이다. 밀베인 부인의 견해에 따르면, 지하실의 또 다른 장점은 서로 아주 가깝게 앉아야 한다는 것이다. 그리고 불빛이 희미했다. 지금 세 개의 창문을 통해 캐서린과 꽃바구니 위로 쏟아져 내리는 빛과 비교하면 말이다. 이 빛은 밀베인 부인 자신의 약간 마른 풍채에까지 황금빛 후광을 부여했다.

"스톡턴 하우스에서 온 거예요," 캐서린이 약간 머리를 움찔하면서 갑자기 말했다.

밀베인 부인은 그들이 실제로 몸이 닿을 정도로 가까이 앉으면 그녀가 말하고 싶은 것을 질녀에게 말하기가 더 쉬울 것이라고 느꼈다. 왜냐하면 그들 사이의 정신적 거리가 굉장했기 때문이다. 그렇지만 캐서린은 어떤 것도 제안하지 않았다. 그리하여 성급하지만 대담한 용기를 가진 밀베인 부인은 서두 없이 갑자기 말하기 시작했다.

"사람들이 너에 대해 말하고 있어, 캐서린. 그게 내가 오늘 아침에 온 이유란다. 내가 차라리 말하지 않는 편이 나을 이야기를 하더라도 나를 용서해주겠니? 내가 말하려는 것은 오직 너를 위해서야, 애야."

"아직 용서할 것이 아무것도 없어요, 실리어 아주머니," 분명히 쾌활한 기분으로 캐서린이 말했다.

"사람들은 윌리엄이 너와 카산드라와 어디든지 함께 다니고, 그가 항상 그녀에게 주목한다고 말하고들 있어. 마크햄가의 무도회에서 그는 춤추지 않고 다섯 번이나 그녀와 함께 앉아 있었어. 동물원에서 그들이 단둘이 있는 걸 사람들이 보았어. 그들은 함께 떠났어. 하지만 그게 전부가 아니야. 사람들은 그의 태도가 아주 두드러진다고 말해―그녀와 함께 있으면 그가 완전히 달라진다는 거야."

밀베인 부인은, 말이 뒤섞이고 목소리는 거의 항의하듯 어조를 높였는데, 여기서 멈추고 자신의 이야기가 미친 효과를 판단하려는 것처럼 캐서린을 열심히 쳐다보았다. 캐서린 얼굴 위로 약간 굳어진 표정이 지나갔다. 그녀의 입술은 꽉 다물어졌다. 눈을 가늘게 뜨고, 시선은 여전히 커튼에 고정되어 있었다. 이러한 외면의 변화는 내면의 극도의 혐오감을 감추었다. 어떤 끔찍하거나 꼴사나운 광경이 펼쳐진 후 뒤따를 수 있는 그런 혐오감이었다. 그 꼴사나운 광경은 처음으로 외부에서 바라본 그녀 자신의 행동이었다. 고모의 말은 영혼이 없다면 생명체의 육신이 얼마나 대단히 혐오스러운지를 그녀에게 깨닫게 했다.

"그래서요?" 드디어 그녀가 말했다.

밀베인 부인은 그녀에게 더 가까이 오라는 듯이 몸짓을 했지만, 캐서린은 응대하지 않았다.

"우리는 모두 네가 얼마나 선량한지 알고 있어―얼마나 욕심이 없고―얼마나 다른 사람을 위해 자신을 희생하는지 말이다. 하지만 너는 너무 욕심이 없어, 캐서린. 너는 카산드라를 행복하게 해주었고, 그녀는 너의 선량함을 이용해왔어."

"이해가 안 돼요, 실리어 고모," 캐서린이 말했다. "카산드라가 뭘 했는데요?"

"카산드라는 내가 상상도 할 수 없는 방식으로 행동했어," 밀베인 부인이 흥분하여 말했다. "그녀는 너무 이기적이야―대단히 무정해. 떠나기 전에 그녀와 이야기해야겠어."

"이해를 못하겠어요." 캐서린이 고집했다.

밀베인 부인이 그녀를 쳐다보았다. 캐서린이 정말 미심쩍어 하는 것이 가능하단 말인가? 밀베인 부인 자신이 이해하지 못한 무엇인가 있는 것인가? 그녀는 마음의 준비를 단단히 하고 엄청난 말을 공표했다.

"카산드라는 윌리엄의 사랑을 훔쳤단 말이야."

아직도 그 말이 이상하게도 거의 영향을 주지 않은 것처럼 보였다.

"고모 말씀의 뜻은," 캐서린이 말했다. "그가 그녀를 사랑하게 되었다는 것인가요?"

"남자들을 누군가와 사랑에 빠지게 **하는** 방법이 있는 거야, 캐서린."

캐서린이 말없이 있었다. 그 침묵이 밀베인 부인을 불안하게 했고, 그녀는 서두르기 시작했다.

"네 행복을 위해서가 아니라면 어떤 이유로도 이런 말을 하지 않았을 거야. 나는 끼어들고 싶지 않았어. 너에게 고통도 주고 싶지 않았어. 나는 쓸모없는 늙은 여자란다. 나는 아이도 없어. 나는 다만 네가 행복해지는 걸 보고 싶을 뿐이야, 캐서린."

다시 그녀는 자신의 팔을 앞으로 뻗었지만 그 팔은 텅 빈 채였다.

"이런 이야기는 카산드라에게 하지 마세요," 캐서린이 갑자기 말했다. "저에게 말씀하셨고 그걸로 충분해요."

캐서린은 아주 느리고 몹시 자제하여 말했기 때문에 밀베인 부인은 그녀의 말을 이해하기 위해 애써야 했고, 그 말을 듣고는 멍해졌다.

"내가 널 화나게 했구나! 이럴 줄 알았어!" 그녀가 소리쳤다. 그녀는 일종의 흐느낌으로 몸을 떨었다. 그러나 정말 캐서린을 화나게 만들었다는 것이 그녀에게 어떤 안도감을 주었고, 순교자가 되었다는 기분 좋은 감정을 얼마간 느끼게 했다.

"그래요," 캐서린이 일어나며 말했다. "저는 몹시 화가 나서 더이상 어떤 말도 하고 싶지 않아요. 떠나시는 게 좋겠다는 생각이 들어요, 실리어 고모. 우리는 서로를 이해하지 못해요."

이 말에 밀베인 부인은 잠시 동안 대단히 불안해 보였다. 그녀는 질녀의 얼굴을 훑어보았다. 하지만 거기서 어떤 동정심도 읽을 수 없었다. 그래서 그녀는 거의 기도하는 마음가짐으로 지니고 다니는 자신의 까만 벨벳 핸드백 위로 손을 포개놓았다. 어떤 신에게 기도했든, 기도만 하면, 아무튼 그녀는 남다른 방식으로 그녀의 위엄을 되찾았고, 그래서 질녀에게 맞섰다.

"부부의 사랑은," 그녀는 천천히 모든 단어에 힘을 주면서 말했다. "모든 사랑 가운데 가장 신성한 것이란다. 남편과 아내의 사랑이 우리가 아는 가장 신성한 것이지. 그것이 자녀들이 어머니로부터 배운 교훈이란다. 그것은 자녀들이 결코 잊을 수 없는 것이야. 나는 어머니가 자신의 딸이 말해주기를 바랐을 그런 말을 하려고 노력했단다. 너는 그 어머니의 손녀이니까."

캐서린은 이 변명을 시비를 따져 판단하는 듯했고, 그런 뒤 그것이 거짓이라고 결론을 내리는 듯했다.

"저는 고모의 행동에 대해 어떤 핑계도 있을 수 없다고 생각해요," 그녀가 말했다.

이 말에 밀베인 부인은 일어나 질녀 옆에 잠시 서 있었다. 그녀는 이전에 한 번도 그런 대접을 받은 적이 없었다. 그리고 젊고 아름다운 여성이라는 사실 때문에 온통 눈물과 탄식으로 범벅이 되었을 사람이 그녀에게 나타내보인 저항의 끔찍한 벽을 어떤 무기로 부숴야 할지 알지 못했다. 하지만 밀베인 부인도 완강했다. 이런 문제에 대해 그녀는 자신이 졌다거나 실수를 했다는 것을 인정할 수 없었다. 그녀는 자신을 순수하고 최상에 있는 부부애의 옹호자로 보았다. 그녀는 질녀가 의미하는 바를 확실히 말할 수 없었지만 질녀는 아주 심상치 않은 의혹이 가득했다. 노부인과 젊은 여인은 침묵을 깨지 않고 나란히 서 있었다. 밀베인 부인은 자신의 원칙이 위기에 놓이고 자신의 호기심이 채워지지 않은 채, 물러나기로 마음먹을 수 없었다. 그녀는 캐서린이 스스로 깨우칠 만한 질문을 찾아 기억을 더듬었다. 하지만 내용이 한정되어 있고, 선택하기 어려웠다. 그리하여 그녀가 머뭇거리는 동안 문이 열리고 윌리엄 로드니가 들어왔다. 그는 대단히 크고 화려한 하얀색과 자주색이 섞인 꽃다발을 손에 들고 있었다. 그리고 밀베인 부인을 보지도 않고 그렇다고 무시하지도 않으면서 곧장 캐서린에게 다가가 꽃을 건네며 말했다.

"이건 당신을 위한 거예요, 캐서린."

캐서린은 슬쩍 바라보며 꽃을 받았고 밀베인 부인은 그 눈길을 놓치지 않았다. 하지만 그녀의 모든 경험에도 불구하고, 그녀는 그것을 어떻게 판단해야 할지 몰랐다. 그녀는 좀 더 밝혀지기를 걱정스럽게 지켜보았다. 윌리엄은 눈에 띄는 죄책감의 표시도 없이 그녀에게 인사했다. 그리고 그가 쉬는 날이라고 설명한 뒤, 그와 캐서린 두 사람은 모두 그의 휴일을 꽃으로 축하해야 하고 체니 워크에서 보내야 하는 것을 당연하게 받아들이는 것처럼 보였다. 잠시 침묵이 뒤따랐다. 그것 역시 자연스러웠다. 그리고 밀베인 부인은 그녀가 계속 머물게 되면 이기적이라는 비난을 받을 것이라고 느끼기 시작했다. 단지 한 젊은이가 앞에 있다는 사실이 그녀의 기질을 묘하게 변화시켜, 그녀는 감동적인 용서로 끝나는 장면을 간절히 바랐다. 그녀는 조카와 질녀를 모두 자신의 팔로 꼭 껴안아야 했을 것이다. 하지만 그녀는 관례적으로 칭찬해줄 가능성이 아직 있다고 편하게 생각할 수는 없었다.

"가봐야겠다," 그녀가 말했다. 그리고 그녀는 극도로 기운이 빠지는 것을 의식했다.

그들 중 누구도 그녀를 붙들기 위해 어떤 말도 하지 않았다. 윌리엄은 공손하게 그녀를 아래층으로 배웅했고, 아무래도 저항감과 당혹스러움에 사로잡혀 밀베인 부인은 캐서린에게 작별 인사하는 것을 잊어버렸다. 풍성한 꽃에 대한 말과 응접실이 심지어 한겨울에도 늘 아름답다는 말을 중얼거리면서 그녀는 떠났다.

윌리엄은 캐서린에게로 돌아왔다. 그는 자신이 그녀를 떠났던 그곳에 그녀가 서 있는 것을 발견했다.

"용서받으러 왔어요," 그가 말했다. "우리의 다툼은 나에게 몹시 증오스러운 것이에요. 나는 밤새 잠들지 못했어요. 당신이 나에게 화난 것은 아니지요, 안 그래요, 캐서린?"

그녀는 자신의 머릿속에서 고모가 새긴 인상을 지울 때까지는 그에게 대답할 수 없었다. 정말이지 꽃들이 오염된 것 같았고 카산드라의 손수건도 그런 것 같았다. 밀베인 부인이 탐색하면서 증거로 사용했기 때문이었다.

"고모가 우리를 염탐하고 있었어요," 그녀가 말했다. "런던 여기저기에서 우리를 쫓아다니고 사람들이 말하는 것을 엿들으면서요—"

"밀베인 부인이요?" 로드니가 소리쳤다. "당신에게 뭐라고 말했나요?"

공공연하게 확신하는 태도가 완전히 사라졌다.

"아, 사람들은 당신이 카산드라와 사랑에 빠졌다고 말하고 있어요. 그리고 나를 사랑하지 않는다고요."

"그들이 우리를 본 적 있나요?" 그가 물었다.

"우리가 십사 일 동안 했던 모든 것을 보았대요."

"이런 일이 일어날 거라고 당신에게 말했잖아요!" 그가 소리쳤다.

그는 명백히 혼란스러운 상태로 창문으로 걸어갔다. 캐서린은 너무 화가 나서 그를 응대할 수 없었다. 그녀는 자신의 분노의 힘에 휩쓸려갔다. 로드니가 준 꽃을 꽉 쥐고서 그녀는 꼿꼿하게 서서 움직이지 않았다.

로드니는 창문에서 떨어져 몸을 돌렸다.

"모든 것이 실수였어요," 그가 말했다. "그 일로 나 자신을 비난하고 있어요. 나는 좀 더 분별 있었어야 했어요. 내가 정신 나간 순간에 당신이 나를 설득하게 놓아뒀어요. 당신이 나의 무모한 짓을 용서해주기 바라요, 캐서린."

"실리어 고모는 정말이지 카산드라를 괴롭히고 싶어 했어요!" 캐서린이 그의 말을 듣지 않고 참을 수 없어 말했다. "고모는 카산드라에게 말하겠다고 위협했어요. 고모는 그렇게 할 수 있어요—어떤 일도 할 수 있어요!"

"밀베인 부인이 요령 있게 행동하지 않았다는 걸 나도 알아요. 하지만 당신은 과장하고 있어요, 캐서린. 사람들은 우리에 대해 말하고 있어요. 밀베인 부인은 우리에게 말할 자격이 있어요. 그건 나 자신의 감정을 확인해줄 뿐이에요—상황이 끔찍해요."

드디어 캐서린은 그가 말하려 했던 것의 일부분을 깨달았다.

"이것이 당신에게 영향을 주었다는 걸 뜻하지는 않는 거지요, 윌리엄?" 그녀가 놀라서 물었다.

"영향을 주었어요," 그가 얼굴을 붉히며 말했다. "그건 몹시 불쾌해요. 사람들이 우리에 대해 수군거리는 걸 참을 수 없어요. 게다가 당신 사촌도 있고 말이에요—카산드라—" 그는 당황하여 잠시 중단했다.

"내가 오늘 아침 여기에 온 것은, 캐서린," 그는 목소리를 달리하여 다시 말을 계속했다. "당신에게 나의 어리석음, 나의 나쁜 성질, 나의 이해할 수 없는 행동을 잊으라고 부탁하기 위해서예요. 캐서린, 나는 우리가 이런 일 — 이 광기의 시기 — 이전에 처해 있던 위치로 다시 돌아갈 수 없는지 부탁하러 왔어요. 당신은 나를 다시 받아주겠어요, 캐서린, 한 번 더 그리고 영원히?"

감정에 의해 강렬해지고 그녀가 들고 있는 선명하고 생소한 형태의 꽃들에 의해 더해진 그녀의 아름다움은 의심할 바 없이 로드니에게 영향을 주었고, 그녀에게 오래된 연애 감정을 느끼도록 하는 데 관여했다. 하지만 덜 고상한 열정도 그에게 영향을 주었다. 그는 질투로 인해 불타올랐다. 그 전날 그가 주저하며 애정을 표현했지만 카산드라에게 무례하고도, 그가 생각하기에, 철저하게 거절당했다. 데넘의 고백이 그의 머릿속에 있었다. 그리고 궁극적으로, 자신에 대한 캐서린의 지배력은 밤의 열기가 몰아낼 수 없는 그런 것이었다.

"어제는 나도 당신과 마찬가지로 잘못했어요," 그녀는 그의 질문을 무시하고 상냥하게 말했다. "윌리엄, 당신과 카산드라가 함께 있는 모습이 나를 질투나게 했어요. 그리고 나 자신을 통제할 수가 없었어요. 내가 당신을 비웃은 걸 나도 알고 있어요."

"당신이 질투를 해!" 윌리엄이 소리쳤다. "캐서린, 당신은 조금도 질투할 이유가 없다고 내가 확신해요. 카산드라는 나를 싫어해요, 어쨌든 그녀가 나에 대해 느끼는 것에 관해 말한다면 말이에요. 나는 우리 관계의 본질에 대해 설명하려고 애쓸 정도로 아주 어리석었어요. 나는 그녀에게 느끼는 내 감정에 대해 그녀에게 말하지 않을 수 없었어요. 그녀는 완전히 듣기를 거부했어요.

아주 당연하지요. 하지만 그녀는 의심할 여지없이 나를 비웃으며 떠났어요."

캐서린이 머뭇거렸다. 그녀는 혼란스러웠고, 흥분했으며, 육체적으로 피로했다. 그리고 자신의 나머지 모든 감정들 사이에서 아직도 전율하고 있던, 그녀의 고모로 인해 촉발된 미움의 강렬한 감정을 이미 무시할 수 없는 것으로 받아들여야 했다. 그녀는 의자 속에 주저앉아 자신의 무릎 위에 꽃을 떨어뜨렸다.

"그녀가 나를 매혹시켰어요," 로드니가 계속 말했다. "나는 그녀를 사랑한다고 생각했어요. 하지만 그건 과거의 일이에요. 그것은 모두 끝났어요, 캐서린. 그건 꿈이었어요—몽상이었어요. 우리는 둘 다 똑같이 책임이 있어요, 하지만 내가 당신을 얼마나 좋아하는지 당신이 믿어준다면 아무 문제도 없어요. 당신이 나를 믿는다고 말해주세요!"

그는 그녀가 동의한다는 첫 번째 표시를 포착하려고 준비하는 것처럼 그녀를 감시했다. 정확하게 바로 그 순간, 어쩌면 감정의 변화무쌍함 탓인지, 지면에서 안개가 걷히는 순간처럼 사랑에 대한 모든 느낌이 사라졌다. 그리고 안개가 사라지자 뼈대만 남은 세상과 공백만이 남아 있었다—살아 있는 사람의 눈으로 바라보기에 끔찍한 광경이었다. 그는 그녀의 얼굴에서 공포에 사로잡힌 표정을 보았다. 그 이유를 짐작하지 못한 채, 그는 그녀의 손을 잡았다. 동료 의식과 더불어, 보호를 원하는 어린아이처럼 그가 그녀에게 제안한 것을 수락하고 싶은 욕망이 되살아났다—그리고 그 순간 그가 그녀에게 살아가는 것을 견딜 만하게 하는 유일한 것을 제공하고 있는 것 같았다. 그녀는 그의 입술이 자신의 뺨을 누르게 두었고 그녀의 머리를 그의 팔에 기댔다. 그가 승리하는 순간이었다. 그녀가 그의 것이 되고 그의 보호에 의지하는 유일한 순간이었다.

"그래요, 그래요, 그래요." 그가 중얼거렸다. "당신은 나를 받아들였어요, 캐서린. 당신은 나를 사랑하고 있어요."

잠시 동안 그녀는 말없이 있었다. 그는 그때 그녀가 중얼거리는 것을 들었다.

"카산드라는 나보다 당신을 더 사랑해요."

"카산드라가?" 그가 속삭였다.

"그녀는 당신을 사랑해요." 캐서린이 되풀이해서 말했다. 그녀는 몸을 일으키고 또다시 세 번째 그 말을 반복했다. "그녀는 당신을 사랑해요."

윌리엄은 천천히 몸을 일으켰다. 그는 본능적으로 캐서린의 말을 믿었다. 하지만 그가 들은 말을 그는 이해할 수 없었다. 카산드라가 그를 사랑할 수 있을까? 그녀가 그를 사랑한다고 캐서린에게 말할 수 있었을까? 이것에 대한 진실을 알고 싶은 욕망이 절박했다. 비록 그에 따른 결과를 알 수 없지만 말이다. 카산드라에 대한 생각과 연관된 흥분의 전율이 한 번 더 그를 사로잡았다. 그것은 더 이상 기대나 무지로 인한 흥분이 아니었다. 그것은 가능성보다 더 대단한 것에 대한 흥분이었다. 이제 그는 그녀를 이해했고 그들 사이에 공감이 있다고 판단했기 때문이다. 그러나 누가 그에게 확신을 줄 수 있을 것인가? 캐서린, 방금 그의 팔에 안긴 캐서린, 여성들 가운데 가장 칭찬받는 캐서린이 할 수 있을까? 그는 그녀를 의심스럽고 불안하게 쳐다보았다. 그러나 아무 말도 하지 않았다.

"네, 그래요." 확신을 원하는 그의 소망을 해석하면서 그녀가 말했다. "그건 사실이에요. 그녀가 당신에 대해 느끼는 감정을 난 알아요."

"그녀가 나를 사랑한다는 말인가요?"

캐서린이 고개를 끄덕였다.

"아, 하지만 누가 내가 느끼는 걸 알까요? 내가 나 자신에 대한 감정을 어떻게 확신할 수 있을까요? 십 분 전에 나는 당신에게 결혼해달라고 청했어요. 나는 아직도 그걸 원하고 있어요—나는 내가 뭘 원하는지 모르겠어요—"

그는 자신의 손을 꽉 쥐고 몸을 옆으로 돌렸다. 그는 갑자기 그녀를 마주 대하고 다그쳤다. "당신이 데넘에게 어떤 감정을 느끼고 있는지 내게 말해봐요."

"랠프 데넘에 대해서요?" 그녀가 물었다. "그래요!" 그녀는 순간적으로 당혹스러운 질문에 대답을 발견한 것처럼 소리쳤다. "당신은 나를 질투하고 있어요, 윌리엄. 하지만 당신은 나를 사랑하지 않아요. 나는 당신을 질투해요. 그러니 우리 두 사람을 위해, 즉시 카산드라와 이야기해요."

그는 자신을 진정시키느라고 노력했다. 그는 방을 이리저리 걸어 다녔다. 그는 잠시 창문에서 멈춰 마루에 흩뿌려진 꽃들을 훑어보았다. 그사이에 캐서린의 확신이 옳다는 것을 증명하고 싶은 욕망에 강렬하게 사로잡혀서 그는 더 이상 카산드라에 대한 자신의 감정의 압도하는 힘을 부인할 수 없었다.

"당신이 옳아요," 그가 소리쳤다. 그러면서 그는 멈춰 서서, 가느다란 화병이 놓여 있는 작은 탁자를 주먹으로 격렬하게 두드렸다. "나는 카산드라를 사랑해요."

그가 이 말을 했을 때, 작은 방에 걸려 있는 커튼이 양편으로 갈라지고, 카산드라가 앞으로 걸어 나왔다.

"모든 말을 엿들었어요!" 그녀가 외쳤다.

이러한 선언 뒤 잠시 침묵이 뒤따랐다. 로드니는 앞으로 걸어나가 말했다.

"그러면 당신은 내가 당신에게 묻고 싶은 것을 알겠군요. 대답해주세요—"

그녀는 자신의 손으로 얼굴을 가렸다 그리고 몸을 옆으로 돌리고 그들 두 사람을 피하는 듯했다.

"캐서린이 말한 대로예요," 그녀가 중얼거렸다. "하지만," 그녀의 고백을 환영하는 그의 입맞춤을 피해 두려워하는 표정으로 고개를 들면서 그녀가 덧붙였다. "그 모든 것이 얼마나 소름끼치도록 힘든지요! 우리의 감정들, 제 말뜻은—당신과 나, 그리고 캐서린의 감정 말예요. 캐서린, 말해봐, 우리가 올바르게 행동하고 있니?"

"옳아요—물론 우리는 바르게 행동하고 있어요," 윌리엄이 그녀에게 대답했다. "만약, 당신이 들은 것처럼 그렇게 이해할 수 없이 혼란스럽고, 그렇게 통탄할 만한 남자와 결혼해줄 수 있다면 말이지요—"

"그만해요, 윌리엄," 캐서린이 끼어들었다. "카산드라는 우리 이야기를 들었어요. 그녀는 우리가 어떤지 판단할 수 있어요. 그녀는 우리가 그녀에게 말해줄 수 있는 것보다 더 잘 알고 있어요."

그러나, 여전히 윌리엄의 손을 잡은 채, 카산드라의 마음속에서 질문과 소망이 샘솟고 있었다. 엿들어서 잘못한 것일까? 실리어 이모는 왜 자기를 비난했을까? 캐서린도 이모가 옳다고 생각하고 있나? 무엇보다, 윌리엄은 정말 영원히, 누구보다 더 자신을 사랑하는 것일까?

"난 그에게 첫 번째 사람이어야 해, 캐서린!" 그녀가 소리쳤다. "나는 너라고 하더라도 그를 공유할 수 없어."

"그런 일을 절대 바라지 않을 거야," 캐서린이 말했다. 그녀는 그들이 앉은 곳에서 약간 떨어진 곳으로 가서 반쯤 의식이 없는 상태로 꽃을 손질하기 시작했다.

"하지만 너는 나와 공유해왔어," 카산드라가 말했다. "왜 난 너와 공유할 수 없을까? 나는 너무 인색한 걸까? 나는 왜 그런지 알아," 그녀가 덧붙였다. "우리는 서로를 이해해, 윌리엄과 나 말이야. 당신들은 서로를 결코 이해 못하지. 당신들은 너무 달라."

"나는 누구도 더 사모한 적이 없었어요," 윌리엄이 끼어들었다.

"그게 아니에요"—카산드라는 그를 분명히 이해시키려고 애썼다—"그건 이해의 문제예요."

"내가 당신을 전혀 이해하지 못했나요, 캐서린? 내가 아주 이기적이었나요?"

"네," 카산드라가 끼어들었다. "당신은 그녀에게 공감해주기를 요구했고, 그녀는 공감하지 않았어요. 당신은 그녀가 실제적이기를 원했지만, 그녀는 실제적이지 않았어요. 당신은 이기적이었어요. 당신은 강요했어요—그리고 캐서린도 그랬죠—하지만 그건 누구의 잘못도 아니죠."

캐서린은 민감하게 집중하며 이러한 갑작스러운 비판에 주의를 기울였다. 카산드라의 말은 오래되어 희미해진 삶의 이미지를 문질러 지워내고 아주 놀랍게 새것으로 만들어, 그것이 다시 새로운 것으로 보이게 하는 것 같았다. 그녀는 윌리엄에게로 몸을 돌렸다.

"그건 정말 사실이에요," 그녀가 말했다. "그건 누구의 잘못도 아니에요."

"여러가지 일들 때문에 그는 늘 너에게 올 거야," 카산드라는 여전히 그녀의 눈에 보이지 않는 책을 읽는 듯이 계속 말했다. "나는 그걸 인정해, 캐서린. 그것에 대해 결코 논쟁하지 않을 거야. 나는 너처럼 관대해지고 싶어. 하지만 사랑하고 있다는 사실이 나에게 그러한 일을 더 어렵게 만들어."

그들은 말이 없었다. 드디어 윌리엄이 침묵을 깼다.

"두 사람 모두에게 한 가지 부탁드리는 것은," 그가 말했다, 그리고 그가 캐서린을 얼핏 보았을 때 그의 오래된 과민한 태도가 되살아났다. "우리는 이 문제에 대해 결코 다시 의논하지 않는 겁니다. 당신이 생각한 대로 내가 소심하고 인습적이라서가 아니에요, 캐서린. 그 문제를 토의하면 일을 망치기 때문입니다. 그건 사람들의 마음을 불안하게 만들게 돼요. 그리고 우리는 모두 아주 행복하니 말입니다—"

카산드라는 자신에 관한 한 이러한 결론을 받아들였다. 그리고 윌리엄은 그녀의 눈짓에서 강렬한 기쁨을 인지한 후 절대적인 애정과 신뢰를 지닌 채, 캐서린을 걱정스럽게 쳐다보았다.

"네, 나는 행복해요," 그녀가 그에게 확신을 주었다. "그리고 나도 동의해요. 우리는 결코 그 일에 대해 다시 얘기하지 않는 거예요."

"오, 캐서린, 캐서린!" 카산드라는 뺨 위로 눈물을 흘리며, 팔을 내밀고 소리쳤다.

제30장

그날은 집안의 세 사람에게 전날과 너무 달랐다. 그래서 집안 생활의 평범한 일상적 과정은 — 하녀가 식탁에서 시중들고, 힐버리 부인이 편지를 쓰고, 시계가 종을 치며, 그리고 문이 열리는 일과, 또한 오랜 세월 동안 확립된 문명의 다른 모든 흔적들은 힐버리 부부에게 어떤 특별한 일도 일어나지 않았다고 안심시켜 믿게 한 것 외에 갑자기 아무 의미도 지니지 않은 것처럼 보였다. 힐버리 부인은 마침 우울해 있었는데, 눈에 띄는 이유는 없었다. 그녀가 가장 좋아하는 엘리자베스 시대 작가들의 기질 속에 있는 상스러울 정도의 조야함 때문에 그런 기분이 드는 것이 아니라면 말이다. 어쨌든 그녀는 한숨을 쉬며 『말피 공작부인』[1]을 덮고, 그녀가 저녁 만찬에서 로드니에게 말했던 것처럼 위대한 정신의 흔적이 엿보이는 젊은 작가가 없는지 알고 싶었다 — 당신에게 삶이 **아름답다**고 믿게 만드는 누군가가 있는지. 그녀는 로드니로부터 거의 도움을 받지 못했다. 그리고 그녀는 혼자 시의 죽음에 대한 구슬픈 진혼곡을 부르고 난 후, 모차르트가 있다는

---

1 영국 극작가 존 웹스터의 비극.

것을 기억해냄으로써 다시 자신을 달래 기분이 좋아졌다. 그녀는 카산드라에게 자신을 위해 연주해달라고 청했다. 그리하여 그들이 위층으로 갔을 때, 카산드라는 곧바로 피아노 뚜껑을 열고 순수한 아름다움의 분위기를 만들려고 최선을 다했다. 첫 음이 울리자 캐서린과 로드니는 둘 다 음악이 정해진 행동 방식을 고수하는 것을 느슨하게 해주는 자유로 인해 커다란 안도감을 느꼈다. 그들은 깊이 생각에 빠져들었다. 힐버리 부인은 활기가 생겨 곧 완전히 유쾌한 기분에 젖어들었다. 이 기분은 반쯤은 몽상이었고 반쯤은 선잠 상태였으며, 반쯤은 즐거운 애수와 반쯤은 순수한 희열의 상태였다. 힐버리 씨만이 홀로 듣고 있었다. 그는 대단히 음악을 좋아했고, 카산드라에게 그가 모든 음에 귀를 기울이고 있다는 것을 알아차리게 했다. 그녀는 최선을 다해 연주했고 그의 인정을 받았다. 그는 의자에서 몸을 약간 앞으로 기울인 채, 녹색의 돌을 굴리면서, 악절에 대한 그녀의 해석을 만족스럽게 평가했다. 하지만 그의 뒤에서 들려오는 소음에 불만을 표시하기 위해 갑자기 그녀를 멈추게 했다. 창문의 빗장이 열려 있었다. 그는 로드니에게 손짓으로 알렸고, 로드니는 그 문제를 바로잡기 위해 즉시 방을 가로질렀다. 그는 아마 필요 이상으로 창가에 잠시 더 머물렀다. 그리고 해야 할 일을 한 후, 이전보다 캐서린 쪽으로 약간 더 가깝게 의자를 당겼다. 음악이 계속되었다. 정교한 선율의 흐름을 방패로 삼아, 그는 캐서린을 향해 몸을 기울이고 무언가를 속삭였다. 그녀는 아버지와 어머니를 힐끗 보았고, 잠시 후 눈에 띄지 않게 로드니와 방을 나갔다.

"무슨 일이에요?" 방문을 닫자마자 그녀가 물었다.

로드니는 대답하지 않았다. 대신 그녀를 아래층으로 데려가 일층 식당으로 인도했다. 그가 문을 닫은 뒤에도 그는 아무 말 하지 않고, 곧장 창문으로 가서 커튼을 걷었다. 그는 캐서린에게 손짓했다.

"그가 다시 왔어요." 그가 말했다. "저기를 봐요―가로등 아래를."

캐서린이 쳐다보았다. 그녀는 로드니가 뭘 말하고 있는지 몰랐다. 놀랍고 신비스러운 모호한 감정이 그녀를 사로잡았다. 그녀는 맞은편 길의 가로등 아래 한 남자가 서서 집을 바라보고 있는 것을 보았다. 그들은 그 사람이 몸을 돌리고 몇 걸음 걷다 다시 원래의 자리로 돌아가는 것을 지켜보았다. 그녀는 그가 자신을 뚫어지게 보고 있으며, 그녀가 그를 응시하고 있는 것을 의식하고 있는 것처럼 느꼈다. 그녀는 순간적으로 그들을 지켜보고 있는 사람이 누구인지 알게 되었다. 그녀는 갑자기 커튼을 닫았다.

"데넘," 로드니가 말했다. "그는 지난밤에도 거기 있었어요." 그가 엄격하게 말했다. 대체적인 그의 태도는 권위에 차 있었다. 캐서린은 그가 그녀에게 마치 어떤 잘못을 비난하는 것처럼 느꼈다. 그녀는 창백해지고 불쾌하게 흥분되었다. 랠프 데넘의 모습뿐 아니라 로드니의 행동의 이상함 때문이었다.

"그가 오려고 결심했다면―" 그녀가 도전적으로 말했다.

"당신은 저기서 그를 기다리게 해서는 안 돼요. 그에게 들어오라고 말하겠어요." 캐서린이 그가 곧 커튼을 걷으리라고 예상할 정도로 그는 결의에 차서 말하며 팔을 들어 올렸다. 그녀는 작게 외치며 그의 손을 잡았다.

"기다려요!" 그녀가 소리쳤다. "허락하지 않겠어요."

"당신은 기다릴 수 없어요." 그가 말했다. "당신은 너무 지나쳐요." 그의 손이 커튼에 머물러 있었다. "인정하는 게 어때요, 캐서린?" 그는 노여움과 경멸의 표정으로 그녀를 쳐다보면서 불쑥 말했다. "당신이 그를 사랑하고 있다고 말입니다. 당신은 나를 대했던 것처럼 그를 대할 건가요?"

그녀는 한껏 당황해하면서도 그를 사로잡은 정신에 대해 의아해하며 그를 바라보았다.

"당신이 커튼을 여는 것을 허락할 수 없어요," 그녀가 말했다.

그는 생각에 잠겼다. 그런 뒤 손을 커튼에서 뗐다.

"내가 간섭할 권리는 없어요," 그가 결론을 내렸다. "나는 나가겠어요. 아니면, 당신이 좋다면 우리 응접실로 돌아갈까요?

"아뇨, 돌아갈 수 없어요," 그녀가 고개를 저으며 말했다. 그녀는 생각에 잠겨 고개를 숙였다.

"당신은 그를 사랑해요, 캐서린," 로드니가 갑자기 말했다. 그의 음조는 다소 엄격함을 잃었는데, 아이에게 자신의 잘못을 고백하라고 재촉하는 일에 익숙했었을지도 모른다. 그녀는 눈을 들어 그를 뚫어지게 바라보았다.

"내가 그를 사랑한다고요?" 캐서린이 반복했다. 그는 고개를 끄덕였다. 그녀는 그의 말을 좀 더 확증할 만한 것을 찾는 것처럼 그의 얼굴을 살펴보았다. 그리고 그가 말없이 기다리고 있자, 그녀는 몸을 한 번 더 돌려 생각하기를 계속했다. 그는 그녀를 세심하게 관찰했다. 하지만 그는 마치 그녀에게 자신의 명백한 의무를 수행하기로 결심할 시간을 주는 것처럼 그녀를 자극하지 않았다. 위층의 방에서 모차르트의 선율이 그들에게 와닿았다.

"지금이에요," 그녀는 의자에서 일어나 로드니에게 그의 역할을 수행하라고 명령하듯이 거의 절박하게 황급히 말했다. 그는 곧 커튼을 잡아당겼고, 그녀는 그를 멈추기 위한 어떤 시도도 하지 않았다. 그들의 시선은 즉시 가로등 아래의 동일한 장소로 향했다.

"그가 거기에 없어요!" 그녀가 소리쳤다.

아무도 거기에 없었다. 윌리엄은 창문을 위로 올려 밖을 내다보았다. 멀리 자동차 소리, 보도를 따라 서둘러 걸어가는 발걸음 소리, 그리고 강 아래로 경적이 울리는 소리와 더불어 바람이 방 안으로 몰려왔다.

"데넘!" 윌리엄이 소리쳤다.

"랠프!" 캐서린이 말했다. 하지만 그녀는 아마 같은 방에 있는 누군가에게 말할 때보다 거의 더 크게 말하지 않았다. 그들은 시선을 맞은편 길에 고정한 채, 거리와 정원을 분리하는 난간 가까이에 있는 한 사람을 알아채지 못했다. 하지만 데넘은 길을 건너 거기에 서 있었다. 그들은 그의 목소리가 가까이서 들리자 깜짝 놀랐다.

"로드니!"

"거기 있었군요! 들어오세요, 데넘." 로드니는 현관으로 가서 문을 열었다. "여기 그가 왔어요," 그는 랠프를 캐서린이 서 있는 식당 안으로 함께 데리고 왔다. 캐서린은 열린 창문을 등지고 있었다. 그들의 시선이 잠깐 동안 마주쳤다. 데넘은 강한 불빛에 약간 눈이 부셔 보였다. 그리고 코트의 단추를 채운 채, 머리카락은 바람에 이마 위로 헝클어져 있어서, 그는 먼 바다에서 갑판 없는 보트에서 구조된 사람처럼 보였다. 윌리엄은 즉시 창문을 닫고 커튼을 쳤다. 그는 마치 그런 상황에 숙련되었고 무엇을 해야 할지 정확하게 아는 사람처럼 기꺼이 과단성 있게 행동했다.

"당신은 새로운 사실에 대해 듣게 될 첫 번째 사람입니다, 데넘," 그가 말했다. "결국, 캐서린은 나와 결혼하지 않을 거예요."

"어디에 놓을까요 —" 랠프는 자신의 모자를 벗어 들고 그의 주변을 훑어보면서 분명치 않게 말했다. 그는 벽면 식기대 위에 있는 우묵한 은그릇에 기대어 그 모자를 조심스럽게 반듯이 놓앉다. 그러고 나서 그는 타원형 식탁의 상좌에 다소 몸이 무거운 듯이 앉았다. 로드니는 그의 한쪽 옆에 그리고 캐서린은 다른 쪽 옆에 서 있었다. 그는 대부분의 구성원들이 결석한 어떤 회합에 의장을 맡은 것처럼 보였다. 그사이 그는 기다렸고, 아름답게 윤이 나는 마호가니 식탁의 광채에 시선을 두고 있었다.

"윌리엄은 카산드라와 약혼했어요," 캐서린이 짧게 말했다.

그 말에 데넘은 로드니를 재빨리 올려다보았다. 로드니의 표정이 변했다. 그는 침착함을 잃었다. 그는 신경질적으로 살짝 미소 지었다. 그런 뒤 그의 주의력은 위층에서 들려오는 선율의 단편에 붙들린 것처럼 보였다. 그는 잠시 동안 다른 사람들의 존재를 잊은 듯했다. 그는 문 쪽을 흘끗 보았다.

"축하드립니다," 데넘이 말했다.

"네, 그래요. 우리 모두 미쳤어요―완전히 돌아버렸어요, 데넘," 그가 말했다. 그는 자신이 하나의 역할을 맡고 있는 장면이 정말 존재하는 것인지 확인하고 싶은 듯 방 주위를 묘하게 바라보았다. "완전히 미쳤어요." 그가 되풀이하여 말했다. "캐서린까지도―" 그는 마침내 캐서린을 응시했다. 그녀 역시 그가 이전에 생각했던 모습과 달라진 것처럼 말이다. 그는 그녀를 고무시키는 것처럼 그녀에게 미소 지었다. "캐서린이 설명할 겁니다," 그가 말했다. 그리고 데넘에게 가볍게 목례한 후 방을 나갔다.

캐서린이 곧 앉아서 손에 턱을 괴었다. 로드니가 방 안에 있는 동안은 그날 밤의 일 처리가 그의 책임 아래 있는 것처럼 보였고, 어느 정도 비현실적으로 보였다. 이제 랠프와 단둘이 있기 때문에, 즉시 그녀는 두 사람 모두 구속에서 벗어난 것처럼 느꼈다. 그녀는 그들 위로 층층이 있는 그 집의 제일 아래층에 단둘이 있다고 느꼈다.

"왜 거기 밖에서 기다리고 계셨어요?" 그녀가 물었다.

"당신을 볼 수 있는 기회를 찾아서요," 그가 대답했다.

"윌리엄이 아니었다면 당신은 밤새도록 기다렸겠군요. 바람도 찬데. 틀림없이 추웠을 거예요. 뭘 볼 수 있었나요? 우리 집 창문 외에는 아무것도 못 봤을 테죠."

"그만한 가치가 있었어요. 당신이 나를 부르는 소리를 들었어요."

"내가 당신을 불렀다고요?" 그녀는 부지중에 소리쳤다.

"그들은 오늘 아침 약혼했어요," 잠시 후 그녀가 그에게 말했다.

"당신은 기쁜가요?" 그가 물었다.

그녀는 고개를 숙였다. "네, 그래요," 그녀가 한숨을 쉬었다. "하지만 그가 얼마나 너그러운지 당신은 몰라요―그가 나를 위해 했던 일을―" 랠프는 이해한다는 소리를 내었다. "당신은 지난밤에도 거기서 기다리셨나요?" 그녀가 물었다.

"그래요. 난 기다릴 수 있었어요," 데넘이 대답했다.

그 말은 캐서린이 멀리 자동차 소리, 보도를 따라 서둘러 가는 발걸음 소리, 강 아래에서 울리는 경적의 소리, 그리고 어둠과 바람을 연결시키는 어떤 감정으로 방 안을 채우는 듯했다. 그녀는 가로등 아래에 똑바로 서 있는 한 사람을 보았다.

"어둠 속에서 기다리는 것," 그녀는 자신이 보고 있는 것을 그도 본 것처럼 창문을 힐끗 보며 말했다. "아, 하지만 그건 달라요―" 그녀가 말을 중단했다. "저는 당신이 생각하는 사람이 아니에요. 당신이 그게 불가능하다는 걸 깨달을 때까지―"

그녀는 팔꿈치를 올려놓고 멍하게 자신의 루비 반지를 아래위로 미끄러지듯 움직였다. 그녀는 맞은편에 늘어선 가죽으로 제본한 책들을 인상을 찌푸리고 보았다. 랠프는 날카롭게 그녀를 바라보았다. 아주 창백하지만 엄격하게 자신이 의도하는 데 집중해 있고, 아름답지만, 그에게서도 멀리 떨어져 있는 것처럼 자신에 대해 거의 의식하지 못한 채, 그녀 주위로 서먹서먹하고 난해한 뭔가가 있었는데 이것은 그를 몹시 기쁘게 하면서 동시에 오싹하게 했다.

"네, 당신이 옳습니다," 그가 말했다. "난 당신을 몰라요. 당신을 전혀 모릅니다."

"하지만 어쩌면 당신은 그 누구보다 저를 더 잘 알지도 모르겠어요," 그녀가 생각에 잠겨 말했다.

어떤 객관적인 직감으로 그녀는 자신이 이 집의 어딘가 다른 곳에 당연히 있어야 하는 책 한 권을 응시하고 있다는 것을 깨달았다. 그녀는 책장으로 걸어가 꺼내들고 자신의 자리로 돌아와서 그 책을 그들 사이에 있는 식탁 위에 놓았다. 랠프는 책을 펼쳐서 속표지를 구성하고 있는 풍성한 흰색 셔츠의 목깃을 두른 한 남성의 초상화를 보았다.

"당신을 안다고 분명히 말합니다. 캐서린," 그가 책을 덮으며 단언했다. "제가 미쳐버린 건 한순간에 불과합니다."

"당신은 이틀 밤을 한순간이라고 생각하시는 건가요?"

"지금, 이 순간 저는 당신을 있는 그대로 정확하게 알고 있다고 당신에게 맹세합니다. 어떤 사람도 제가 아는 만큼 당신을 알지는 못해요……. 제가 당신을 모른다면 당신은 지금 막 그 책을 꺼내놓을 수 있었을까요?"

"그건 사실이에요," 그녀가 대답했다. "그렇지만 당신은 제가 얼마나 분열되었는지 상상할 수 없을 거예요─제가 당신과 있으면 얼마나 편한지, 그리고 얼마나 당혹스러운지를 말이죠. 비현실성─어둠─바람 부는 바깥에서 기다리는 것─네, 그때 당신은 저를 쳐다보았지만 저를 알아보지 못했고, 저도 당신을 알아보지 못했어요……. 하지만 저는 알아봤어요," 자세를 바꾸고 다시 눈살을 찡그리면서 그녀가 재빨리 계속했다. "많은 것을요, 당신만 빼고."

"당신이 무엇을 보는지 말해보세요." 그가 재촉했다.

하지만 그녀는 자신이 본 광경을 말로 옮길 수 없었다. 그것은 어둠 위에 채색된 하나의 형태가 아니었고 오히려 전반적인 자극과 분위기였기 때문이다. 그리하여 그녀가 구상화하려고 했을 때, 그 광경은 북쪽 언덕의 허리를 쓸고 지나가며 또한 밀밭과 연못 위를 스치듯 지나가는 바람의 형태를 취했다.

"불가능해요," 그녀는 자신이 본 것의 일부를 말로 표현한다는 어처구니없는 생각에 웃으면서 한숨 쉬었다.

"노력해보세요, 캐서린," 랠프가 그녀를 재촉했다.

"하지만 저는 할 수 없어요—저는 터무니없는 생각을 말하고 있어요—사람들이 자신에게 말하는 그런 허튼 말을 말예요." 그녀는 그의 얼굴에 나타난 소망과 절망의 표정 때문에 당황했다. "저는 영국 북쪽에 있는 어떤 산을 생각하고 있었어요," 그녀가 시도해보았다. "너무 바보 같아요—그만하겠어요."

"우리가 거기에 함께 있었나요?" 그가 그녀에게 억지로 말하게 했다.

"아뇨, 저 혼자였어요." 그녀는 아이의 요구를 실망시키고 있는 것처럼 보였다. 그의 얼굴이 침울해졌다.

"당신은 항상 그곳에 혼자 있나요?"

"설명할 수 없어요." 그녀는 자신이 근본적으로 거기에 홀로 있다는 것을 설명할 수 없었다. "그것은 영국 북쪽에 있는 산이 아니에요. 그것은 상상이에요—누군가 자신에게 하는 이야기 말이죠. 당신도 당신의 이야기가 있나요?"

"제 이야기 속에는 당신이 저와 함께 있어요. 당신은 제가 만들어낸 것이죠, 아시겠죠."

"아, 알겠어요," 그녀가 한숨 쉬었다. "그게 바로 그 이야기가 이렇게 불가능한 이유에요." 그녀는 거의 사납게 그에게 몸을 돌렸다. "당신은 그 이야기를 그만두셔야만 해요," 그녀가 말했다.

"전 그러지 않을 겁니다," 그가 거칠게 대답했다. "왜냐하면 전 —" 그가 말을 중단했다. 그는 자신이 메리 대치트에게, 강변로에서 로드니에게, 그리고 벤치에서 술 취한 뜨내기에게 전하려고 했던 아주 중요한 사실을 알리기 위한 순간이 왔다는 것을 깨달았다. 그가 그것을 어떻게 캐서린에게 전해야 할까? 그는 그녀를 재빨리 쳐다보았다. 그는 그녀가 반쯤만 그에게 주의를 기울이고 있는 것을 알았다. 그녀의 일부만 그에게 드러내고 있었다. 그 모습은 그가 자리에서 일어나 이 집을 떠나고 싶은 충동을 자제하기 위해 고심할 정도로 그에게 절망을 불러일으켰다. 그녀의 손이 느슨하게 쥐어진 채 식탁에 놓여 있었다. 그는 그 손을 보고 그녀와 자신의 존재를 확인하려는 것처럼 손을 꼭 움켜잡았다. "왜냐하면 저는 당신을 사랑하기 때문이오, 캐서린," 그가 말했다.

그런 말에 필수적인 솔직함이나 따뜻함이 그의 목소리에는 없었다. 그리고 그녀가 다만 자신의 고개를 아주 가볍게 젓자, 그는 그녀의 손을 놓고 자신의 무능함에 수치스러워 몸을 돌려버렸다. 그는 그녀를 두고 떠나기를 원하는 자신의 바람을 그녀가 알아챘다고 생각했다. 그녀는 그의 결심이 분열되어 있고, 그가 품은 비전 한가운데가 텅 비어있음을 인식했다. 그가 지금 그녀와 같은 방에 있는 것보다 그녀를 생각하면서 바깥의 거리에 있었을 때가 더 행복했었다는 것이 사실이었다. 그는 죄를 지은 듯한 표정으로 그녀를 바라보았다. 하지만 그녀의 얼굴은 실망도 비난도 표현하지 않았다. 그녀의 자세는 편안했고, 그녀는 윤이 나는 식탁 위에 둔 자신의 루비 반지를 굴리면서 조용히 사색하는 기분에 젖어든 것처럼 보였다. 데넘은 그녀가 어떤 생각에 몰두하고 있는지 궁금해하는 가운데 자신의 절망을 잊어버렸다.

"당신은 저를 믿지 못하나요?" 그가 말했다. 그의 어조는 겸손했고 그녀가 그에게 미소 짓게 만들었다.

"제가 당신을 이해하는 한—그런데 제가 이 반지로 무엇을 할지 조언해주시겠어요?" 그녀가 그것을 내밀면서 물었다.

"당신을 위해 제가 그것을 보관하게 해달라고 조언할 겁니다," 그는 다소 유머 있고 엄숙함을 띤 동일한 어조로 대답했다.

"당신이 한 말을 생각해보면, 저는 당신에게 맡길 수 없어요—당신이 한 말을 취소하지 않는다면 말이죠."

"좋습니다. 저는 당신을 사랑하고 있지 않습니다."

"하지만 저는 당신이 저를 **사랑하고 있다**고 생각해요……. 제가 당신과 함께 있을 때는 말이죠," 그녀는 아주 무심결에 덧붙였다. "적어도," 그녀는 자신의 반지를 이전 위치로 되돌려 미끄러져 들어가게 하면서 말했다. "우리가 처한 상황을 다른 어떤 말로 묘사하겠어요?"

그녀는 도움을 구하는 것처럼 심각하게 캐묻는 듯이 그를 쳐다보았다.

"제가 그 사실을 의심하게 되는 것도 바로 당신과 함께 있을 때입니다. 저 혼자 있을 때가 아니라," 그가 말했다.

"저도 그렇게 생각했어요," 그녀가 대답했다.

그녀에게 자신의 마음 상태를 설명하기 위해 랠프는 사진과 편지, 그리고 큐에서 꺾은 꽃으로 경험한 것을 차례로 이야기했다. 그녀는 아주 진지하게 들었다.

"그리고 나서 당신은 거리를 사납게 계속 돌아다니고 있었군요," 그녀가 생각에 잠겼다. "글쎄요, 아주 나빠요. 하지만 제 상태는 당신보다 더 나빠요. 그건 사실과는 아무런 관련이 없기 때문이죠. 그것은 환영이죠, 순수하고 단순한―도취죠……. 누군가 순수한 이성reason과 사랑에 빠질 수 있나요?" 그녀가 과감하게 말했다. "당신이 마음속의 환상을 사랑하고 있다면, 제가 사랑하고 있는 것은 그런 환영, 도취이기 때문이에요."

이러한 결론은 랠프에게는 터무니없고 근본적으로 불만족스럽게 느껴졌다. 하지만 지난 반 시간 동안 감정의 놀라운 변화를 겪은 후, 그는 공상적인 과장이라고 그녀를 비난할 수 없었다.

"로드니는 자신의 마음을 충분히 잘 알고 있는 것처럼 보였습니다," 그가 씁쓸한 듯이 말했다. 중단되었던 음악이 이제 다시 시작되었고, 모차르트의 선율은 위층에 있는 두 사람의 편안하고 절묘한 사랑을 표현하고 있는 듯했다.

"카산드라는 한순간도 결코 의심하지 않았어요. 하지만 우리는―" 그녀는 그의 상태를 확인하는 것처럼 그를 흘긋 보았다. "우리는 단지 가끔씩만 서로를 이해하지만―"

"폭풍 속의 등불 같죠―"

"허리케인 한가운데에요," 창문이 바람의 압력 아래에 흔들릴 때, 그녀가 결론지었다. 그들은 말없이 그 소리에 귀를 기울였다.

이때, 상당히 머뭇거리면서 문이 열렸다. 그리고 힐버리 부인의 머리가 나타났다. 처음에는 조심스러운 기색이었지만, 다른 특별한 곳에 온 것이 아닌 식당으로 들어온 것을 확인하자, 그녀는 완전히 안으로 들어와서 그녀가 본 광경으로 인해 조금도 당황하지 않았다. 그녀는 평소처럼 탐색을 하지 않을 수 없는 듯했고, 다른 사람들이 빠져들 것 같다고 생각하는 기묘하고 불필요한 의식ceremony 가운데 하나와 마주침으로써 그녀의 탐색은 유쾌하면서도 이상하게 중단되었다.

"내가 당신에게 방해가 되지 않았으면 해요, 미스터……." 그녀는 평소처럼 이름 때문에 어쩔 줄 몰랐고, 캐서린은 그녀가 그를 알아보지 못했다고 생각했다. "당신이 좋은 읽을 거리를 찾으셨기를 바랍니다." 그녀는 식탁 위에 있는 책을 가리키며 말했다. "바이런―아, 바이런. 난 바이런의 지인과 친분이 있어요," 그녀가 말했다.

당황하여 자리에서 일어난 캐서린은 어머니가 자신의 딸이 밤늦게 낯선 젊은이와 단둘이 식당에서 바이런을 읽고 있다는 것을 더할 나위 없이 자연스럽고 바람직한 것으로 받아들인다는 생각에 웃지 않을 수 없었다. 그녀는 그렇게 편리한 기질에 감사했고, 어머니와 어머니의 특이함에 대해 애정을 느꼈다. 그러나 랠프는 힐버리 부인이 책을 눈에 몹시 가까이에 붙들고 있지만 그녀가 한 글자도 읽지 않고 있다는 것을 알아챘다.

"어머니, 왜 주무시지 않으세요?" 캐서린은 놀랍도록 순식간에 평소의 권위 있고 현명하고 분별력 있는 상태로 바뀌면서 소리쳤다. "왜 돌아다니시는 거예요?"

"나는 바이런 경보다 당신의 시를 더 좋아할 거라는 확신이 들어요," 랠프 데넘에게 말을 걸면서 힐버리 부인이 말했다.

"데넘 씨는 시를 쓰지 않아요. 그는 아버지를 위해 『리뷰』지에 글을 썼어요," 그녀에게 기억해내기를 재촉하는 것처럼 캐서린이 말했다.

"오, 저런! 얼마나 지루할까!" 힐버리 부인은 자신의 딸을 다소 당황스럽게 하는 갑작스러운 웃음을 터뜨리며 소리쳤다.

랠프는 그녀가 아주 멍하면서 동시에 아주 꿰뚫어 보는 시선으로 자신을 응시하고 있다는 것을 깨달았다.

"하지만 당신이 밤에 시를 읽을 거라고 확신해요. 나는 항상 눈이 표현하는 것으로 판단한답니다," 힐버리 부인이 계속했다. ("영혼의 창," 그녀가 삽입어구로 덧붙였다.) "나는 법에 대해서는 많이 알지 못해요," 그녀가 계속 말했다. "비록 친척 가운데 많은 사람들이 변호사이긴 하지만요. 게다가 그들 중 몇 사람은 가발을 쓰고 있는 모습이 아주 잘생겼어요. 하지만 나는 시에 대해 약간 알고 있다고 생각해요," 그녀가 덧붙였다. "그리고 기록해두지 않은 모든 것들에 대해서 말예요. 그러나―그러나―" 그녀는 손을 저었다. 마치 그 모든 것들이 기록되지 않은 수많은 시라는 것을 나타내는 것 같았다. "밤과 별들, 다가오는 새벽, 미끄러지듯 지나쳐가는 거룻배, 저무는 해……. 아," 그녀가 한숨지었다. "그런데, 일몰도 아주 아름답죠. 나는 때때로 시는 쓰는 것이라기보다는 느끼는 것이라고 생각해요, 데넘 씨."

이렇게 그녀의 어머니가 이야기하는 동안 캐서린은 외면하고 있었다. 그리고 랠프는 힐버리 부인이 그에 대해 무언가를 확인하고 싶어서 따로 그에게 이야기하고 있다고 느꼈다. 그리고 그녀는 애매한 말로 그런 사실을 의도적으로 숨겼다. 그는 그녀의 실제 말보다 그녀의 눈빛에 의해 이상하게 고무되었고 기운이 났다. 그녀는 나이와 성별의 거리를 두고 그에게 손을 흔드는 듯했다. 수평선 아래로 사라져가는 배가 함께 항해를 시작한 다른 배를 향해 인사하며 깃발을 흔드는 것 같았다. 그는 아무 말 없이 고개를 숙였다. 그러나 그는 그녀가 그녀의 질문에 대해 만족스러운 대답을 읽어냈다고 묘하게 확신했다. 어쨌든 그녀는 두서없이 법정에 대한 묘사에 빠져들었다. 그리고 이것은 빚을 갚을 수 없었던 가난한 사람을 감옥에 가둔 영국의 재판에 대한 고발로 바뀌었다. "말해보세요, 우리가 그 모든 것 없이 지내게 될 수 있을까요?" 그녀가 물었다. 하지만 이 시점에서 캐서린은 어머니가 주무시러 가야 한다고 상냥하게 말했다. 계단을 반쯤 오르다 뒤를 돌아보며 캐서린은 데넘의 눈길이 자신을 꾸준히 그리고 열심히 지켜보고 있다는 것을 깨닫게 된 것 같았다. 그 시선에는 그가 길 건너 창문을 바라보며 서 있었을 때, 그녀가 미루어 짐작했던 표정이 있었다.

제31장

다음날 아침 캐서린의 찻잔을 담아 온 쟁반에는 어머니로부터 온 쪽지도 있었다. 그것으로 그녀는 바로 그날 이른 기차를 타고 스트랫퍼드어폰에이번으로 가겠다는 뜻을 알렸다.

"부디 거기로 가는 가장 빠른 길을 알려다오," 짧은 편지는 계속되었다. "그리고 친애하는 존 버데트 경에게 안부와 함께 내가 간다고 전보를 보내거라. 나는 밤새 너와 셰익스피어에 관한 꿈을 꾸었어, 사랑하는 캐서린."

이것은 결코 순간적인 충동이 아니었다. 힐버리 부인은 문명 세계의 중심이라고 여기는 곳으로 답사를 간다는 생각으로 즐거워하면서 최근 여섯 달 동안 언제나 셰익스피어에 관해 꿈을 꾸어왔다. 셰익스피어의 유골의 육 피트 위에 서서 그의 발로 닳아진 바로 그 돌멩이들을 보며, 최고령자의 아주 연로한 어머니는 셰익스피어의 딸을 본 적이 있었을 것 같다는 생각을 해보는 것 — 그런 생각은 그녀의 마음에 감동을 불러일으켰고, 그녀는 적절하지 않은 순간에 신성한 성지를 향한 순례자에게 어울릴 법한 열정을 가지고 그 감동을 표현했다. 단지 이상한 것은 그녀가 혼자 가기를 원한다는 것이었다. 하지만 아주 당연하게도 그녀에게는 셰익스피어의 묘지 근처에 살고 있으면서 그녀를 즐겁게 맞이해줄 친구들이 많이 있었다. 그리하여 나중에 그녀는 최상의 기분으로 기차를 타러 떠났다. 거리에는 제비꽃을 파는 남자가 한 명 있었다. 화창한 날이었다. 그녀는 그녀가 본 첫 수선화를 힐버리 씨에게 보낼 것이라고 기억해둘 것이다. 그리고 그녀가 캐서린에게 말하기 위해 현관의 홀로 다시 달려왔을 때, 그녀는 자신의 유골을 손대지 말고 내버려두라는 셰익스피어의 지시가 호기심을 선동하는 사람에게나 어울리는 것이라고 느꼈고, 언제나 그렇게 느껴왔다 — 친애하는 존 경과 그녀 자신에게 어울리는 것은 아니었다. 그녀의 딸에게 문명의 핵심이 안전하다는 것을 암묵적으로 위협하는 앤 해서웨이의 소네트에 관한 이론과 여기에서 언급된 발견되지 않은 원고들을 숙고하도록 내버려둔 채, 그녀는 택시의 문을 힘차게 닫고 자신의 순례의 첫 여정으로 황급히 떠나갔다.

그녀가 없는 집은 묘하게 달라졌다. 캐서린은 하녀들이 이미 그녀의 방을 차지한 것을 알게 되었다. 그녀가 없는 동안 그들은 그 방을 대청소할 생각이었다. 캐서린에게는 그들이 축축한 걸레를 한번 휘두름으로써 약 육십 년의 세월을 쓸어내는 것처럼 보였다. 그녀가 그 방에서 하려고 했던 일이 아주 하찮은 먼지 더미 속으로 쓸려나가는 것처럼 보였다. 양치기 소녀 도자기는 이미 뜨거운 물로 채워진 욕조에서 빛나고 있었다. 책상은 질서정연한 습관을 가진 전문가의 것이 된 것 같았다.

그녀가 작업하고 있던 몇 가지 서류들을 함께 모아 가능하면 오전 중에 훑어보려고 캐서린은 자신의 방으로 갔다. 하지만 그녀는 계단에서 카산드라를 만났다. 카산드라는 그녀를 따라갔다.

하지만 그들이 문에 이르기 전에 캐서린이 자신의 의도가 위축되는 것을 느끼기 시작할 만큼의 간격을 두고 한 걸음씩 내딛었다. 카산드라는 난간에 기대어 홀 마루에 깔린 페르시아산 깔개를 보았다.

"오늘 아침에는 모든 것이 이상해 보이지 않니?" 그녀가 물었다. "너는 정말 그 지루하고 오래된 편지들을 보며 오전을 보내려고 하니? 왜냐하면 만약 그렇다면—"

아주 진지한 수집가들의 마음을 혼란케 하곤 했던 그 지루하고 오래된 편지들은 책상 위에 놓여 있었다. 그리고 잠시 후, 카산드라는 매콜리 경[1]의 『영국사』를 어디서 찾아야 하는지 갑자기 진지한 표정으로 캐서린에게 물었다. 그것은 아래층 힐버리 씨의 서재에 있었다. 사촌들은 그 책을 찾으러 함께 내려갔다. 그들은 문이 열려 있다는 적당한 핑계를 대고 가던 길을 벗어나 응접실 안으로 들어갔다. 리처드 앨러다이스의 초상화가 그들의 주의를 끌었다.

"그는 도대체 어떤 사람일까?" 그것은 캐서린이 최근에 자신에게 자주 물었던 질문이었다.

"아, 그 밖의 사람들처럼 사기꾼이었겠지—아무튼 헨리는 그렇게 말했어," 카산드라가 대답했다. "헨리가 말한 모든 것을 믿지는 않지만," 그녀가 다소 방어적으로 덧붙였다.

그들은 힐버리 씨의 서재로 내려가, 거기서 그의 책을 뒤지기 시작했다. 너무 종잡을 수 없이 탐색했기 때문에 십오 분 정도 지나도 그들은 찾고 있던 작품을 발견할 수 없었다.

"넌 매콜리의 『영국사』를 꼭 읽어야 하니, 카산드라?" 캐서린

---

1 토머스 배빙턴 매콜리(Thomas Babington Macaulay, 1800~1859), 영국 역사가, 휘그당 정치인.

이 팔을 뻗으며 물었다.

"읽어야 돼," 카산드라가 짧게 대답했다.

"그러면, 너 혼자 그걸 찾아봐야 할 것 같아."

"오, 아니야, 캐서린. 제발 여기 있어줘. 그리고 날 도와줘. 저—
실은—윌리엄에게 매일 조금씩 그 책을 읽겠다고 말했어. 그래
서 그가 오면 내가 읽기 시작했다고 말하고 싶어."

"윌리엄이 언제 오니?" 캐서린이 다시 책장으로 향하면서 말
했다.

"네가 좋다면 차 마시는 시간에?"

"내가 나가 있어도 괜찮겠냐는 뜻이겠지?"

"오, 너는 끔찍한 말을…… 왜 너는—?"

"그래서?"

"왜 너도 기쁘지 않은 거니?"

"나는 아주 기뻐," 캐서린이 대답했다.

"나만큼이나 그런가 하는 거지, 캐서린," 그녀는 충동적으로 말
했다. "우리 같은 날에 결혼하자."

"같은 남자랑?"

"오, 아니, 아니야. 하지만 네가 왜 결혼하면 안 되니—다른 남
자와?"

"여기 있네, 매콜리," 캐서린은 손에 책을 들고 돌아섰다. "네가
차 마시는 시간까지 견문을 넓히려면 즉시 읽기 시작하는 게 좋
을 거 같은데."

"젠장 매콜리 경이라니!" 카산드라는 탁자 위에 책을 털썩 놓
으면서 소리쳤다. "차라리 이야기하지 않을래?"

"우리는 이미 충분히 얘기했어," 캐서린이 회피하는 듯이 대답
했다.

"매콜리에 집중할 수 없을 거라는 걸 난 알아," 카산드라는 권해준 책의 흐릿한 붉은 표지를 슬픈 듯이 바라보며 말했다. 그렇지만 그 책은 윌리엄이 높이 평가했기 때문에 신비한 특성을 지니고 있었다. 그는 오전 시간 동안 좀 진지하게 독서하라고 충고했었다.

"너는 매콜리를 읽은 적이 있니?" 그녀가 물었다.

"아니. 윌리엄은 전혀 나를 교육시키려고 애쓰지 않았어." 그녀가 말했을 때, 그녀는 카산드라의 얼굴에서 빛이 사라지는 것을 보았다. 마치 그녀가 어떤 다른, 좀 더 신비한 관계를 암시했던 것처럼 말이다. 그녀는 양심의 가책으로 괴로웠다. 그녀는 자신이 카산드라의 삶에 영향을 준 것처럼 다른 사람의 삶에 영향을 행사하는 자신의 경솔함에 놀랐다.

"우리는 심각하지 않았어," 그녀가 얼른 말했다.

"하지만 나는 몹시 심각해," 카산드라는 약간 전율하며 말했다. 그리고 그녀의 표정은 그녀가 진실을 말하고 있다는 것을 보여줬다. 그녀는 돌아서서 전에는 한 번도 쳐다본 적 없는 눈길로 캐서린을 흘깃 보았다. 그녀의 눈길에는 두려움이 있었고, 그 눈길은 캐서린에게 던져졌다가 죄책감으로 거두어졌다. 아, 캐서린은 모든 것을 가졌어 ─ 아름다움, 지성, 개성. 그녀는 캐서린과 결코 경쟁할 수 없을 것이다. 캐서린이 그녀에 대해 곰곰이 생각해보고, 그녀를 지배하고 마음대로 처리하는 한, 그녀는 결코 안전할 수 없을 것이다. 그녀는 캐서린이 냉정하고, 맹목적이고, 염치없다고 생각했다. 하지만 그녀는 겉으로는 호기심 강한 기색만 보였다 ─ 그녀는 손을 뻗어서 그 역사책을 꼭 쥐었다. 그 순간 전화벨이 울렸고 캐서린이 전화를 받으러 갔다. 카산드라는 관찰 대상에서 벗어나 책을 내려놓고 손을 꼭 쥐었다. 그녀는 그 몇 분 사이에 그녀가 전 생애에서 받았던 고통보다 더 격렬한 고통을 겪었다. 그녀는 자신의 감정의 포용력에 대해 보다 많이 체득하게 되었다. 그런데 캐서린이 다시 나타났을 때, 그녀는 침착했고, 그녀에게 생소해 보이는 위엄 있는 표정을 하고 있었다.

"그였어?" 그녀가 물었다.

"랠프 데넘이었어," 캐서린이 대답했다.

"랠프 데넘인지 물어본 거야."

"왜 랠프 데넘이라고 생각했어? 윌리엄이 랠프 데넘에 대해 너에게 뭔가 말했니?" 캐서린이 냉정하고, 무정하며, 무관심하다는 비난은 지금 그녀의 활기 넘치는 태도를 마주 대하고서는 불가능했다. 그녀는 카산드라가 대답을 생각할 시간을 주지 않았다. "그런데, 너와 윌리엄은 언제 결혼할 거니?" 그녀가 물었다.

카산드라는 얼마 동안 대답하지 못했다. 그것은 실로 대답하기 어려운 질문이었다. 지난밤 대화에서, 윌리엄은 자기 생각에는 식당에서 캐서린이 랠프 데넘과 약혼하게 될 것 같다고 카산드라에게 넌지시 말해주었다. 자신의 상황을 희망적으로 해석하여 카산드라는 그 문제가 틀림없이 이미 해결되었을 것이라고 생각하고 싶었다. 하지만 그녀가 그날 아침 윌리엄으로부터 받은 편지는, 비록 애정 표현은 열렬했지만, 그들의 약혼 공표를 캐서린의 약혼 발표와 동시에 하는 편이 좋겠다는 것을 그녀에게 완곡하게 전했다. 카산드라는 이 편지를 지금 꺼내, 꽤 많이 삭제하고 몹시 더듬거리면서 크게 읽었다.

"……대단히 애석하지만 — 음 — 우리가 상당히 폐를 끼칠까 걱정스럽소. 그 반대로 내가 그럴 이유가 있다고 생각하고 있는 일이 일어난다면, 일어날 텐데 — 적당한 시기에, 그리고 현재 입장이 당신에게 조금도 불쾌하지 않다면, 제 생각에는 너무 일찍

해명하는 것보다 미루는 것이 우리 모두의 이익에 도움이 될 것이오. 때 이른 해명은 필연적으로 바람직하기보다는 놀라움을 더 많이 초래하기 마련이니 말이오—"

"아주 윌리엄다운데," 캐서린은 빠르게 이 말의 의미를 파악한 뒤 소리쳤는데, 그것만으로 카산드라를 당황하게 했다.

"난 그의 기분을 충분히 이해할 수 있어," 카산드라가 대답했다. "나도 전적으로 동감해. 네가 데넘 씨와 결혼하려 한다면 윌리엄이 말한 것처럼 우리가 기다리는 편이 훨씬 더 좋을 거라고 생각해."

"그렇지만 만약 내가 몇 달 동안 그와 결혼하지 않는다면—아니면 혹시 내가 결코 결혼하지 않게 된다면?"

카산드라는 말이 없었다. 그러한 가망성이 그녀를 섬뜩하게 했다. 캐서린은 랠프 데넘과 전화를 했다. 게다가 그녀는 이상해 보였다. 그녀는 그와 약혼한 게 틀림없었다. 혹은 그와 막 약혼하려던 참이었을 것이다. 하지만 카산드라가 전화상의 대화를 엿들을 수 있었더라면, 그 대화가 그런 방향으로 향했으리라고 그렇게 확신하지는 않았을 것이다. 그 대화는 이런 취지였다.

"랠프 데넘입니다. 지금 저는 더할 나위 없이 정상적인 상태입니다."

"집 밖에서 얼마나 오래 기다리셨나요?"

"저는 집으로 가서 당신에게 편지를 썼습니다. 그리고 그것을 찢어버렸습니다."

"저 역시 모두 찢어버렸을 거예요."

"들르겠습니다."

"네. 오늘 오세요."

"당신에게 해명해야 합니다—"

"네. 우리는 설명해야만 해요—"

오랜 침묵이 뒤따랐다. 랠프가 한 문장을 꺼냈는데, 그것은 "아무것도 아닙니다"라는 말로 취소되고 말았다. 갑자기 동시에 두 사람은 작별 인사를 했다. 그럼에도 불구하고 전화가 백리향 향기와 소금 맛으로 강하게 자극하는 더 높은 곳의 정취와 기적적으로 연결되었다 하더라도, 캐서린은 유쾌한 기분을 더 예리하게 느끼며 숨쉴 수 없었을 것이다. 그녀는 최고조의 느낌으로 아래로 달려 내려왔다. 그녀는 윌리엄과 카산드라가 이미 자신이 전화로 막 들은 망설이는 목소리의 소유자와 결혼할 것이라고 분명히 확신했다는 사실에 아연해졌다. 그녀의 진심의 방향은 완전히 다른 쪽에 있는 것 같았다. 다른 성질의 것이었다. 그녀는 약혼과 결혼에 이르게 하는 사랑의 의미가 무엇인지 알아보기 위해 다만 카산드라를 지켜봐야만 했다. 그녀는 잠시 동안 생각한 뒤, 그러고 나서 말했다. "만약 네가 직접 사람들에게 말하고 싶지 않다면 내가 너 대신 말해줄게. 윌리엄이 이 문제에 대해 직접 무언가를 하기가 매우 어렵다고 생각하는 걸 알아."

"왜냐하면 그는 다른 사람들의 생각에 대해 몹시 민감해서 그래," 카산드라가 말했다. "그가 매기 외숙모나 트레버 외삼촌을 화나게 할 수 있다는 생각에 몇 주일 동안 괴로워할 거야."

윌리엄의 인습성이라고 부르곤 했던 것을 이런 식으로 해석하는 것이 캐서린에게는 생소했다. 그렇지만 그녀는 그것이 이제 사실이라는 생각이 들었다.

"그래, 네가 옳아," 그녀가 말했다.

"게다가 그는 아름다움을 예찬해. 그는 삶이 모든 부분에서 아름답기를 원해. 그가 모든 것을 얼마나 정교하게 마무리 짓는지 눈치챈 적이 있니? 그 봉투에 적힌 주소를 봐. 모든 글자가 다 완벽해."

이것이 편지에서 표현된 정서에도 적용될 수 있을지 캐서린은 확신하지 못했다. 하지만 윌리엄의 근심이 카산드라에게 전해졌을 때, 그 근심은 캐서린 자신이 근심의 대상이 되었을 때처럼 그녀를 화나게 하지 않았을 뿐만 아니라, 카산드라가 말했듯이 그가 아름다움을 사랑한 결과로 보였다.

"그래," 그녀가 말했다. "그는 아름다움을 사랑해."

"나는 우리가 아이들을 아주 많이 갖게 되기를 바라," 카산드라가 말했다. "그는 아이들을 사랑해."

이 말은 캐서린에게 어떤 다른 말보다 더 그들의 친밀함의 깊이를 깨닫게 했다. 그녀는 한순간 질투가 났다. 하지만 그런 다음 그녀는 창피해졌다. 그녀는 여러 해 동안 윌리엄과 알고 지냈지만, 한 번도 그가 아이들을 사랑한다는 것을 짐작하지 못했다. 고양된 기분 탓에 그녀는 카산드라의 눈이 묘하게 빛을 발하는 것을 쳐다보았다. 그리고 그 눈을 통해 그녀는 한 인간의 진정한 정신을 보고 있었고, 카산드라가 윌리엄에 관해 계속해서 영원히 말해주기를 원했다. 카산드라는 기꺼이 그녀를 만족시켜 주었다. 그녀는 계속 얘기했다. 어느덧 오전 시간이 지나가버렸다. 캐서린은 아버지의 책상 모서리에서 자세를 거의 바꾸지 않았다. 그리고 카산드라는 『영국사』를 전혀 들춰보지 않았다.

그럼에도 불구하고 캐서린이 그녀의 사촌을 주목하면서 옆길로 아주 빈번히 벗어났다는 사실이 분명히 드러났다. 그녀가 자신의 생각에 몰입하기에 대단히 적합한 분위기였다. 그녀는 때때로 아주 깊이 공상에 빠졌다. 그래서 카산드라는 말을 멈추고 캐서린이 눈치채지 못하게 잠시 동안 그녀를 볼 수 있었다. 랠프 데넘이 아니라면 캐서린은 무엇에 대해 생각하고 있었을까? 되는 대로 대답하는 것을 보니 캐서린이 윌리엄의 완벽성이라는 주제에서 약간 벗어나 있다는 것을 확신했다. 하지만 캐서린은 아무런 표시도 하지 않았다. 그녀는 언제나 이렇게 대화가 중단된 순간을 아주 아주 자연스러운 일에 대해 말하면서 끝맺었기 때문에, 카산드라는 캐서린이 몰두하고 있는 주제에 대해 새로운 예를 제시한다고 착각했다. 그런 뒤 그들은 점심 식사를 했는데, 캐서린이 마음을 딴 데 두고 있다는 유일한 표시는 그녀가 푸딩을 떠줘야 할 것을 잊었다는 것이다. 그녀가 타피오카[2] 푸딩 잊어버리고 거기에 앉아 있었을 때, 그녀는 너무 그녀의 어머니와 흡사하여 카산드라는 깜짝 놀라 소리쳤다.

"너는 어쩜 그렇게 매기 외숙모와 닮았니!"

"말도 안 돼," 캐서린은 그 말이 불러일으키는 것보다 더 큰 화를 내면서 말했다.

사실, 어머니가 외출하고 안 계셨기 때문에 캐서린은 평소보다 자신이 덜 현명하다는 느낌이 들었다. 하지만 스스로 따져보았을 때, 분별 있을 필요가 훨씬 적었다. 은밀히, 그녀는 그날 아침이 그녀에게 굉장한 능력을 주었다는 증거로 인해 약간 몸이 떨렸다―그 능력을 무엇이라고 부를 수 있을 것인가?―그것은 이름 붙이기에는 너무 어리석어 보이는 대단히 다양한 생각 속으로 무질서하게 빠져드는 능력이었다. 예를 들어 그녀는 팔월의 해질녘에 노섬벌랜드에서 길을 걸어 내려가고 있었다. 그녀는 여인숙에서 자신의 동료인, 랠프 데넘을 떠나, 직접 걸어서가 아니라 어떤 눈에 보이지 않는 수단에 의해 높은 언덕의 꼭대기로 이동했다. 여기에서 마른 히스의 초목들 사이로 나는 향기와 소리, 그녀의 손바닥 위를 짓누르는 풀잎들을 모두 잘 느낄 수 있

2 카사바cassava 나무에서 얻는 녹말 알갱이. 흔히 우유와 함께 요리하여 디저트로 먹음.

었기 때문에, 그녀는 그 각각을 하나하나 경험할 수 있었다. 이러한 경험 후 그녀의 마음은 대기의 어둠 속으로 유람하거나 저쪽에서 발견될 수 있는 바다의 수면 위에 자리 잡았다. 또는 마찬가지로 비이성적으로 마음은 한밤중의 별들 아래에 있는 고사리로 만든 침상으로 돌아갔고, 달의 눈 덮인 계곡을 방문했다. 이러한 공상들은 전혀 이상하지 않았을런지도 모른다. 모든 마음의 벽이 그런 장식 무늬로 꾸며졌기 때문이다. 하지만 그녀는 자신이 아주 열렬히 그런 생각을 좇고 있다는 것을 갑자기 알게 되었다. 그리고 이 열정은 자신의 실제 상황을 그녀가 꿈꾸는 상황과 어울리는 어떤 것으로 바꾸고 싶은 욕구가 되었다. 그런 뒤 그녀는 깜짝 놀라, 카산드라가 놀라서 자신을 바라보고 있다는 사실을 깨달았다.

카산드라는 캐서린이 전혀 대답하지 않거나 엉뚱하게 빗나간 말도 하지 않자, 그녀가 곧 결혼하기로 결심할 것이라고 확신하고 싶었다. 그러나 그렇다 하더라도, 그녀가 무심코 미래에 관해 내뱉는 말에 대해 설명하기란 어려웠다. 그녀는 여러 번 여름 이야기로 되돌아갔다. 마치 그녀가 그 계절에 혼자 방랑하면서 보내려고 의도한 것처럼 말이다. 그녀는 마음속에 철도여행 안내서와 여관의 이름이 필요한 계획이 있는 것 같았다.

카산드라는 불안해진 탓에 마침내 옷을 입고 무언가를 사야한다는 핑계를 대고 첼시 거리를 돌아다녔다. 그러나 길을 몰랐기 때문에, 그녀는 늦어진다는 생각에 몹시 당황하여, 원하는 가게를 발견하자마자 윌리엄이 오기 전에 집에 도착하기 위해 다시 도망치듯 돌아왔다. 정말 윌리엄은 그녀가 차 탁자 옆에 앉은 후 오 분이 지나서 왔고, 그녀는 그를 혼자 맞이하는 행운을 얻게 되었다.

"캐서린이 당신과 얘기했나요?"

"네. 하지만 그녀는 약혼하지 않았다고 했어요. 그녀는 줄곧 결혼하려는 생각을 하지 않은 것처럼 보였어요."

윌리엄이 눈살을 찌푸려서, 화난 것처럼 보였다.

"그들은 오늘 아침 전화를 했어요. 그런데 그녀는 아주 이상하게 행동했어요. 그녀는 푸딩을 줘야 한다는 것도 잊었어요," 카산드라가 그의 기분을 북돋아 주려고 덧붙였다.

"사랑하는 카산드라, 내가 지난밤 보고 들은 것에 따르면, 그것은 추측이나 혐의를 두는 문제가 아니에요. 그녀는 그와 약혼을 했거나―아니면―"

그는 문장을 끝내지 않고 내버려두었다. 이 순간 바로 캐서린이 나타났기 때문이다. 그는 지난밤의 장면을 회상하면서, 지나치게 자신을 의식하여 그녀를 쳐다볼 수조차 없었다. 그리하여 캐서린이 그녀의 어머니가 스트랫퍼드어폰에이번을 방문했다는 것에 대해 그에게 말했을 때, 비로소 그는 눈을 들어올렸다. 그가 상당히 안도하게 되었다는 것이 분명했다. 이제 그는 편안함을 느낀 것처럼 주위를 둘러보았다. 그리고 카산드라가 소리쳤다.

"모든 것이 아주 달라졌다는 생각이 들지 않아요?"

"소파를 옮겼나요?"

"아뇨. 아무것도 건드리지 않았어요," 캐서린이 말했다. "모든 것이 정확하게 똑같아요." 하지만 소파보다 더 중요한 것도 아무 변화가 없다는 것을 암시하는 듯한 결단을 내리면서 그녀가 이 말을 했을 때, 차를 따라야 할 것도 잊은 채 찻잔을 내밀고 있었다. 자신이 잘 잊어버린다는 말을 듣자 그녀는 불쾌하여 인상을 찌푸리고 카산드라가 그녀를 혼란스럽게 한다고 말했다. 캐서린이 윌리엄과 카산드라에게 던진 시선과 그들을 대화로 몰아넣는 결단력 있는 태도 때문에, 윌리엄과 카산드라는 엿보는 일을 하다 붙들린 아이들처럼 느꼈다. 그들은 이야기를 나누면서 고분고분 그녀를 따랐다. 방에 들어온 사람이면 누구나 그들이 어쩌면 세 번째로 만난 정도의 면식 있는 사람이라고 판단했을 것이다. 만약 그렇다면, 안주인이 갑자기 지켜야 할 약속을 떠올렸다고 결론지을 것이 틀림없었다. 우선 캐서린은 시계를 쳐다보았고, 그런 뒤 윌리엄에게 정확한 시간을 알려달라고 요청했다. 다섯 시 십 분 전이라는 말을 듣고, 그녀는 즉시 일어나며 말했다.

"그러면 유감스럽게도 전 가야겠어요."

그녀는 손에 아직 다 먹지 않은 버터 바른 빵을 든 채로 방을 나갔다. 윌리엄은 카산드라를 흘깃 쳐다보았다.

"그런데, 그녀는 **정말** 이상해요!" 카산드라가 소리쳤다.

윌리엄은 당황한 표정이었다. 그는 카산드라보다 캐서린에 대해 더 많이 알고 있었다. 하지만 그조차도 알 수 없었다―. 곧 캐서린은 외출복 차림으로 다시 돌아왔다. 아직도 맨손에 버터 바른 빵만 들고 있었다.

"내가 늦으면 기다리지 마세요," 그녀가 말했다. "난 저녁 식사하게 될 테니까요," 그녀는 그렇게 말하고 떠났다.

"그런데 그녀가 저럴 수 없는데―" 윌리엄은 문이 닫히자 소리쳤다. "장갑도 없이 버터 바른 빵을 손에 들고!" 그들은 창문으로 달려가서 그녀가 시내 쪽 거리를 따라 급하게 걸어가는 것을 보았다. 그러고 나서 그녀는 사라졌다.

"그녀는 데넘 씨를 만나러 가는 게 틀림없어요," 카산드라가 소리쳤다.

"누군들 알겠나요!" 윌리엄이 불쑥 말했다.

그 사건은 그들 모두에게 표면적인 이상함에 비해 지나치게 기이하고 불길하다는 인상을 주었다.

"저건 매기 외숙모의 독특한 행동 방식 같아요," 카산드라가 설명하듯 말했다.

윌리엄은 머리를 가로저으며 아주 당황한 모습으로 방을 왔다 갔다 걸어다녔다.

"이건 내가 예상해왔던 일입니다," 그가 불쑥 말했다. "일상적인 관습을 한번 내동댕이치고 나면 — 힐버리 부인이 계시지 않은 게 천만다행이지. 하지만 힐버리 씨가 계신데. 우리가 어떻게 그에게 설명해야 할까요? 당신을 두고 가봐야겠어요."

"하지만 트레버 외삼촌은 몇 시간 동안은 돌아오시지 않을 거예요, 윌리엄!" 카산드라가 애원했다.

"아무도 모르는 일이에요. 그는 이미 돌아오는 중인지도 몰라요. 아니면 밀베인 부인이나 — 당신의 실리어 이모 — 코샘 부인, 혹은 당신의 다른 아주머니들이나 아저씨들이 나타나서 우리가 단둘이 있는 것을 발견하게 된다고 생각해봐요. 그들이 우리에 대해 이미 뭐라고 말하고 있는지 알고 있어요."

카산드라는 윌리엄의 흥분한 모습뿐만 아니라 그가 자신을 남겨두고 떠난다는 생각으로 똑같이 충격을 받았다.

"우리는 숨을 수도 있어요," 유품이 보관된 방을 분할하고 있는 커튼을 흘긋 쳐다보며 그녀가 거칠게 소리쳤다.

"숨는 것은 전적으로 받아들일 수 없어요," 윌리엄이 신랄하게 말했다.

그녀는 상황의 어려움으로 인해 그가 평정을 잃었다고 생각했다. 그녀는 본능적으로 이 순간 그의 애정에 호소하는 것이 몹시 분별없는 행동임을 알았다. 그녀는 자제하고 앉아서 새로 차를 한 잔 따라 침착하게 마셨다. 이러한 그녀의 자연스러운 행동은 완벽한 자제력을 입증했고 윌리엄이 찬탄할 만한 여성적 태도 가운데 하나를 보여주는 것이었다. 그리하여 이 행동은 그의 흥분을 가라앉히려고 설득하는 어떤 말보다 더 많이 도움이 되었다. 그것은 그의 기사도 정신에 호소했다. 그는 차 한 잔을 응대하여 마셨다. 그런 다음 그녀가 케이크 한 조각을 청했다. 케이크를 먹고 차를 마시고 난 즈음에 개인적인 문제는 사라져버렸다. 그리하여 그들은 시에 대해 토론하게 되었다. 서서히 그들도 모르는 사이에 그들은 전반적인 극시의 문제로부터 윌리엄의 주머니에 보관되어 있던 특정한 사례로 나아갔다. 그리하여 하녀가 다기들을 치우려고 들어왔을 때, 윌리엄은 짧은 구절을 소리 내어 읽어도 괜찮은지 물었다. "지루하게 하지 않는다면?" 말이다.

카산드라는 말없이 고개를 끄덕였다. 하지만 그녀의 눈에서 감정이 약간 드러났고, 그리하여 그녀는 윌리엄을 그가 처한 상황에서 도망가게 하려면 밀베인 부인보다 더 중요한 사람이 필요할 것이라고 그가 확신한다고 용기를 얻었다. 그는 소리 내어 읽었다.

그 사이 캐서린은 거리를 따라 빠르게 걸어가고 있었다. 차 마시는 자리를 충동적으로 떠난 행동에 대해 설명하라고 요청받았다면 그녀는 윌리엄이 카산드라에게 눈짓을 하고 또한 카산드라가 윌리엄에게 눈짓을 한 이유보다 더 나은 이유를 찾을 수 없었을 것이다. 게다가, 그들이 눈길을 주고받은 덕분에, 그녀는 견딜 수 없는 입장에 처했다. 차 한 잔 따르는 일을 잊어버렸다고 그들은 그녀가 랠프 데넘과 약혼했다고 성급하게 결론을 내렸다. 그녀는 약 반 시간 쯤 후에 문이 열리고 랠프 데넘이 나타날 것이라는 것을 알았다. 그녀는 거기에 앉아서 윌리엄과 카산드라의 시선이 그들에게 머문 상태에서 그를 만나는 일을 생각할 수 없었다. 그들은 자신과 랠프의 친밀함의 정확한 정도를 판단하여 결혼 날짜를 정할지도 몰랐다. 그녀는 즉시 집 밖에서 랠프를 만나기로 결심했다. 그녀에게는 그가 사무실을 나가기 전까지 링컨즈 인 필즈에 도착할 시간이 아직 있었다. 그녀는 택시를 불러서 그레이트 퀸 가에 있다고 기억하는 지도 파는 가게로 데려가달라고 말했다. 그녀는 결코 그의 사무실 문 앞에 내리고 싶지 않았기 때문이다. 가게에 도착하자, 그녀는 축척이 큰 노포크[3]의 지도를 샀다. 그리하여 준비가 되자 링컨즈 인 필즈로 서둘러 가서 메써즈, 하퍼와 그레이틀리의 사무실의 위치를 확인했다. 커다란 가스 샹들리에들이 사무실 창문에서 빛나고 있었다. 그녀는 그가 세 개의 긴 창문이 있는 정면 쪽 방의 어느 샹들리에 아래에서 서류들이 많이 쌓인 커다란 책상에 앉아 있다고 상상해보았다. 그곳으로 그의 자리를 정한 후, 그녀는 보도 위를 왔다갔다 걸어 다니기 시작했다. 그와 같은 체격을 가진 사람이 아무도 나타나지 않았다. 그녀는 그녀에게 다가왔다 지나쳐 가는 남성들을 한 사람씩 유심히 살펴보았다. 그런데 그들은 제각기 그와 유사한 모습을 지니고 있었다. 아마 그들의 직업상의 복장과 빠른 발걸음, 그리고 하루의 일을 끝낸 후 집으로 급히 돌아갈 때 그들이 그녀에게 던진 날카로운 눈길 때문일 것이다. 빈 곳 없이 모두 다 입주한 준엄해 보이는 외관의 거대한 건물들이 있고 근면하고 힘 있는 분위기가 감도는 그 구역 자체가, 마치 참새와 아이들마저 매일의 양식을 벌고 있는 것처럼 보였고, 하늘도 회색과 진홍색 구름으로 그 아래에 있는 도시의 진지한 뜻을 반영하고 랠프에 대해 말해주는 것 같았다. 이곳이야말로 그들이 만나기 적합한 장

3   랠프가 이곳에서 시골집을 얻으려고 계획했었다.

소라고 그녀는 생각했다. 또한 이곳은 그녀가 그를 생각하며 거닐 수 있는 적당한 장소였다. 그녀는 그곳을 첼시의 주택가와 비교하지 않을 수 없었다. 마음속으로 이렇게 비교를 하면서 그녀는 걷는 범위를 약간 더 확장하여 대로로 접어들었다. 짐차와 이륜 짐마차들의 거대한 급류가 킹즈웨이 아래로 휩쓸고 지나가고 있었다. 행인들은 보도를 따라 두 개의 흐름으로 끊임없이 나아가고 있었다. 그녀는 매료된 채 길모퉁이에 섰다. 강력한 굉음이 그녀의 귀를 채웠다. 변화하는 떠들썩한 소리는 하나의 목적을 갖고 끊임없이 흘러가는 다양한 삶의 형언할 수 없는 매력을 지니고 있었다. 그녀가 지켜보았을 때, 그 목적은 왠지 그것에 따라 삶이 형성되는 평범한 목적처럼 보였다. 그것이 개인들을 빨아들여 앞으로 굽이쳐 나가게 하면서 그들에 대해 완전히 무관심했기 때문에 그녀는 적어도 잠시 동안 행복감으로 충만했다. 낮의 빛과 가로등 빛이 섞이면서 이것은 그녀를 눈에 보이지 않는 관찰자로 만들었다. 바로 그때 이 관찰자는 그녀를 지나치는 사람들에게 반투명한 성질을 부여하고, 그 사람들의 얼굴을 눈만 거무스름한 창백한 상아빛 타원형의 상태로 남겨두었다. 그들은 세차게 몰려드는 흐름을 이루었다―거대한 물결, 깊은 흐름, 막을 수 없는 조수가 되었다. 그녀는 온종일 은밀하게 계속되어온 황홀함에 숨김없이 기뻐하면서, 눈에 띄지 않고 생각에 몰입한 채 서 있었다. 갑자기 그녀는 자신이 거기에 온 목적을 상기하면서 마지못해 외부세계에 붙들리게 되었다. 그녀는 랠프 데넘을 찾으러 왔다. 그녀는 서둘러 링컨스 인 필즈로 다시 돌아가서 자신의 경계표지를 찾았다―세 개의 높다란 창문 안에 있는 불빛을. 그녀가 찾아보았으나 허사였다. 건물의 전면은 이제 전반적으로 퍼져 있는 어둠과 합쳐져서, 그녀는 찾고 있는 것을 알아보기가 어려웠다. 랠프가 있는 세 개의 창문은 그 유령 같은 유리판 위에 잿빛과 녹색이 섞인 하늘만을 비춰주고 있었다. 그녀는 회사 이름이 적혀있는 곳 아래에서 초인종을 단호하게 울렸다. 잠시 뒤 관리인이 응대하러 나왔다. 그녀가 든 솔과 양동이가 근무시간이 끝나 직원들이 가버렸다는 것을 자연스럽게 캐서린에게 말해주었다. 그녀는, 어쩌면 크래이틀리 씨는 있을지 모르지만, 아무도 남아 있지 않을 것이라고 캐서린에게 확언했다. 다른 사람들은 모두 십 분 전에 떠났다고 했다.

이 소식에 캐서린은 정신이 번쩍 들었다. 불안이 그녀를 엄습했다. 그녀는 기적같이 현실성을 되찾은 사람들을 바라보며 킹즈웨이로 급히 되돌아갔다. 그녀는 사무원들과 변호사들을 차례차례 자세히 살펴보면서 지하철역까지 달려갔다. 그들 중 누구도 랠프 데님과 조금도 닮지 않았다. 그녀는 점점 더 분명하게 그를 그려보았다. 그리고 점점 더 그가 다른 누구와도 닮지 않은 것 같았다. 정거장 입구에서 그녀는 잠시 멈춰 자신의 생각에 집중하려 노력했다. 그는 그녀의 집으로 가버렸다. 택시를 타면 어쩌면 그보다 앞서 집에 갈 수 있을 것이다. 하지만 그녀는 자신이 응접실 문을 열자 윌리엄과 카산드라가 쳐다보는 것과, 잠시 후 랠프의 등장과 그들의 눈짓을 상상해보았다 — 은근한 암시를. 안되었다. 그녀는 그런 상황에 맞설 수 없었다. 그녀는 그에게 편지를 써서 즉시 그것을 그의 집에 가져갈 수 있을 것이다. 그녀는 매점에서 종이와 연필을 산 후 에이. 비. 씨 가게[4]로 들어가 커피 한잔을 주문하면서 빈 탁자에 자리 잡은 뒤, 즉시 편지를 쓰기 시작했다.

---

4 탄산가스로 부풀린 효모 빵 회사the Aerated Bread Company의 머리글자로 이름 붙여진 찻집. 런던 전역에 있는 이 찻집은 미혼 여성이 홀로 앉아 있을 수 있는 장소를 제공해 주었다.

"당신을 만나러 왔는데 놓치고 말았어요. 전 윌리엄과 카산드라를 마주 대할 수 없을 것 같아요. 그들이 원하는 것은 우리가―" 여기서 그녀는 잠시 중단했다. "그들은 우리가 약혼했다고 주장해요." 그녀가 바꾸어 썼다. "그리고 우리가 이야기를 나누거나 어떤 설명을 전혀 할 수 없을 것 같아요. 제가 원하는 건―" 그녀가 원하는 것이 대단히 많았고, 지금 랠프에게 편지 쓰는 중이었기 때문에, 종이 위에 연필로 그 바람을 전달하는 것은 아주 적절하지 않았다. 그것은 마치 킹즈웨이의 급류 전체가 그녀의 연필을 타고 흘러내려야 하는 것처럼 생각되었다. 그녀는 금색으로 표면이 장식된 맞은편 벽에 걸려 있는 게시물을 열심히 응시했다. "……온갖 일에 대해 다 이야기하는 것이에요." 그녀가 어린아이처럼 애쓰며 한 글자씩 쓰면서 덧붙였다. 하지만, 그녀가 다음 문장을 생각해내려고 다시 눈을 들었을 때, 그녀는 어느 여종업원을 의식하게 되었다. 그녀의 표정은 끝날 시간이라는 것을 암시했다. 그래서 캐서린은 주변을 둘러보며 자신이 가게에서 거의 마지막 손님이라는 것을 알게 되었다. 그녀는 편지를 들고 계산을 한 뒤 다시 한 번 거리에 있게 되었다. 그녀는 이제 하이게이트로 가는 택시를 탔다. 하지만 그 순간 그녀에게 주소를 기억할 수 없다는 생각이 갑자기 떠올랐다. 이 깨달음이 아주 강력한 욕망의 물결을 가로지르는 장벽을 쓰러뜨린 것 같았다. 그녀는 그 주소를 찾아 절망적으로 자신의 기억을 뒤져보았다. 우선 그 집의 모습을 기억해보고, 그런 뒤 그녀가 적어도 한 번 편지 봉투에 썼던 낱말들을 기억 속에서 떠올리기 위해 애를 쓰며 생각해보았다. 그녀가 재촉하면 할수록 그 낱말은 더 뒤로 물러났다. 그 집은 힐 가에 있는 오챠드 무엇이었던가? 그녀는 포기했다. 그녀는 어린 시절 이후로 이처럼 공허하고 처량한 느낌을 결코 느껴본

적이 없었다. 어떤 꿈에서 깨어난 것처럼 설명되지 않는 자신의 나태함의 모든 결과가 그녀에게 달려들었다. 그녀는 설명 한마디 듣지 못하고 그녀의 문에서 몸을 돌렸을 때의 랠프의 얼굴을 상상해보았다. 그녀의 집에서 물러나게 됨을 그녀로부터 가해진 타격으로 받아들이고 그녀가 자신을 보기를 원하지 않는다는 무정한 암시로 받아들이면서 말이다. 그녀는 현관에서 떠나가는 그를 뒤쫓아 갔다. 하지만 그가 하이게이트로 돌아갈 것이라고 생각하기보다 얼마동안 어떤 곳으로든 멀리 그리고 빠르고 힘 있게 걸어가는 것을 그려보는 편이 더 편안했다. 어쩌면 그는 체니 워크에서 다시 한 번 더 그녀를 보려고 할 수도 있을까? 그녀는 이러한 가능성을 떠올리자 몸을 앞으로 기울이며 택시를 잡기 위해거의 손을 들어 올렸는데, 이것은 바로 그녀가 그를 분명하게 그려보았다는 증거였다. 아니다. 그는 다시 오기에는 너무 자존심이 강했다. 그는 욕망을 거부하고 계속 걸어 나갔다, 잇따라서 쉬지 않고―만약 그가 지나쳐 내려가고 있는 그 상상의 거리의 이름을 읽을 수만 있다면! 하지만 그녀의 상상력은 이 지점에서 기대를 저버리거나, 혹은 그 낯설고 불명확한 느낌, 그리고 거리감으로 그녀를 조롱했다. 사실, 그녀는 스스로 어떤 결정을 내리는 대신, 다만 자신의 마음을 런던의 엄청난 넓이와 이리저리 배회하는 어떤 한 인물을 찾는 일의 불가능성으로 채웠을 뿐이었다. 그 인물은 오른쪽으로 돌기도 하고 왼쪽으로 돌기도 하면서 아이들이 놀고 있는 음산한 작은 뒷길을 택했다. 그러고서는―그녀는 조급하게 기운을 차렸다. 그녀는 홀본을 따라 빠르게 걸었다. 곧 그녀는 걸음을 돌려 다른 방향으로 빠르게 걸어갔다. 이러한 우유부단함 때문에 그녀는 불쾌했을 뿐만 아니라 이미 그날 한두 번 가볍게 놀랐던 것처럼 그렇게 놀랐다. 그녀는 자신의 욕망의 힘에 대항할 수 없다고 느꼈다. 습관에 의해 제어되던 사람에게 비이성적일 뿐만 아니라 아주 강력한 힘처럼 보이는 것이 갑작스럽게 분출될 때에는 놀라움뿐 아니라 수치스러움도 느껴졌다. 그녀의 오른손의 근육에 있는 아치 모양이 이제 그녀가 장갑과 노포크의 지도를 꽉 움켜쥐고 있었다는 것을 보여줬다. 더 단단한 물체를 부수기에 충분할 정도로 꽉 쥐고 있었다. 그녀는 움켜쥔 손을 느슨하게 풀었다. 그녀는 행인들의 시선이 평소보다 조금 더 오래 그녀에게 머물고 있는지 혹은 어떤 호기심에서 보고 있는지 알아보기 위해 그들의 얼굴을 걱정스럽게 바라보았다. 하지만 장갑을 똑바로 펴고 평소처럼 보이기 위해 할 수 있는 것을 다 한 후, 그녀는 구경꾼들을 잊고 랠프 데넘을 찾겠다는 절망적인 욕구에 한 번 더 굴복했다. 그것은 이제 욕망이 되었다―어린 시절에 느꼈던 것과 유사한 거칠고, 비합리적이며, 설명할 수 없는 욕망 말이다. 한 번 더 그녀는 자신의 부주의함을 몹시 자책했다. 그러나 지하철역 맞은편에 있는 자신의 모습을 발견하자 그녀는 자제하고 이전처럼 잘 생각해보았다. 지금 즉시 메리 대치트에게 가서 랠프의 주소를 물어봐야겠다는 생각이 갑자기 떠올랐다. 그 결정은 그녀에게 목표를 주었을 뿐만 아니라 자신의 행동에 대한 합리적인 핑계를 제공한다는 점에서 위안이 되었다. 그것은 그녀에게 분명한 목표를 주었지만 목표가 있다는 사실 때문에 그녀로 하여금 오로지 자신이 몰두하고 있는 것만을 생각한 나머지 메리의 아파트의 초인종을 울렸을 때, 그녀는 이러한 요구가 메리를 얼마나 놀라게 할 것인지 한순간도 생각해보지 않았다. 몹시 화나게도 메리는 집에 없었다. 청소부가 문을 열었다. 캐서린이 할 수 있는 것은 기다리라는 권유를 받아들이는 것 뿐이었다. 그녀는 아마도 십오 분 동안 기다렸을 것이다. 그리고 그 시간 동안 방의 이쪽 끝에서 저쪽 끝으로 쉬지 않고 걸어 다니며 보냈다. 현관에서 메리의 열쇠 소리를 듣자, 그녀는 벽난로 앞에서 잠시 멈추었다. 그런 뒤 메리는 그녀가 기대감을 갖고 결의에 찬 모습으로 꼿꼿하게 서 있는 것을 발견했다. 서두 없이 말을 꺼내야 할 만큼 중요한 용건을 수행하러 온 사람 같았다.

메리는 놀라서 소리쳤다.

"네, 네," 캐서린은 이런 말들이 방해가 되는 것처럼 무시하며 말했다.

"차는 드셨나요?"

"아, 네," 그녀는 어디선가 수백 년 전에 차를 마신 적이 있다고 생각하며 말했다.

메리는 잠시 멈춰 장갑을 벗고 성냥을 찾아서 난로에 불을 피우려고 했다.

캐서린은 성급하게 움직이며 그녀를 제지하고 말했다.

"저를 위해 불을 피우지 마세요…… 저는 랠프 데넘의 주소를 알고 싶어요."

그녀는 연필을 들고 봉투에 쓸 준비를 하고 있었다. 그녀는 다급한 표정으로 기다렸다.

"애플 오챠드, 마운트 애러랫 로드, 하이게이트," 메리는 느리고 다소 이상하게 소리 내며 말했다.

"아, 이제야 기억이 나요!" 캐서린은 자신의 우둔함에 화를 내며 소리쳤다. "거기로 차를 타고 가는데 이십 분이 걸리지 않을 것 같은데요?" 그녀는 자신의 핸드백과 장갑을 거두어들고 막 나가려는 듯했다.

"하지만 당신은 그를 찾을 수 없을 거예요," 메리는 손에 성냥을 들고 잠시 생각하다 말했다. 이미 문 쪽으로 몸을 돌린 캐서린이 멈춰서 그녀를 쳐다보았다.

"왜죠? 그가 어디 있는데요?" 그녀가 물었다.

"그는 사무실을 떠나지 않았을 거예요."

"하지만 그는 사무실을 떠났어요," 그녀가 대답했다. "다만 문제는 그가 이미 집에 도착해 있을까 하는 거죠. 그는 저를 보러 첼시에 갔어요. 저는 그를 만나려고 했지만 놓쳤거든요. 그는 상황을 설명하는 아무런 전갈도 받지 못했을 거예요. 그래서 저는 그를 찾아야만 해요—가능한 빨리요."

메리는 서두르지 않고 그 상황을 받아들였다.

"그런데 왜 전화해보시지 않나요?" 그녀가 말했다.

캐서린은 즉시 자신이 들고 있던 것을 모두 내려놓았다. 그녀의 긴장된 표정이 풀렸다. 그리고 "아, 그렇군요! 왜 그 생각을 하지 않았을까요!" 그녀는 전화 수화기를 붙들고 자신의 번호를 말했다. 메리는 그녀를 침착하게 지켜보았다. 그러고 나서 방을 떠났다. 드디어 캐서린은, 런던의 모든 중첩된 층위의 무게를 뚫고 나가, 자신의 집에서 초상화와 책을 볼 수 있는 작은 방으로 올라가고 있는 알 수 없는 발소리를 들었다. 그녀는 준비하는 분위기에 몹시 집중하여 귀 기울였다. 그러고 나서 수화기를 통해 본임임을 확인해주었다.

"데넘 씨가 방문했나요?"

"네, 아가씨."

"나를 찾았나요?"

"네. 아가씨가 외출했다고 말씀드렸어요."

"그가 어떤 전갈을 남겼어요?"

"아뇨. 그냥 나가셨어요. 이십 분 전에요, 아가씨."

캐서린은 전화를 끊었다. 그녀는 처음에는 메리가 방에 없다는 것을 눈치채지 못할 정도로 몹시 실망하여 방을 걸어 다녔다. 그 런 뒤 그녀는 거칠고 단호한 어조로 외쳤다.

"메리."

메리는 침실에서 외출복을 벗고 있었다. 그녀는 캐서린이 자 신을 부르는 것을 들었다. "네," 그녀가 말했다. "얼마 걸리지 않을 거예요." 하지만 그 순간은 길어졌다. 마치 어떤 이유로 메리는 매 무새를 가다듬을 뿐 아니라 품위 있고 화려하게 꾸미면서 만족 한 것 같았다. 지난 몇 달 사이에 그녀의 진로에 영원히 흔적을 남 긴 그녀의 인생의 한 단계가 완성되었다. 청춘, 그리고 청춘의 전 성기는 물러갔다. 더 움푹 꺼진 뺨, 더 굳어진 입술 그리고, 더 이 상 되는대로 자연스럽게 관찰하지 않고 가까이 있지 않은 목표 를 향해 가늘게 뜬 눈에서 결단력 있는 표정을 드러냈다. 이 여인 은 이제 유용한 인간이자 자기 운명의 주인이 되었고, 그리하여 몇 가지에 대해 동시에 생각하면서 기품 있는 은목걸이와 강렬 한 색의 브로치로 치장하는 것이 어울렸다. 그녀는 천천히 들어 와서 물었다.

"그런데 답은 찾으셨어요?"

"그는 이미 첼시를 떠났어요," 캐서린이 대답했다.

"하지만, 그는 아직 집에 없을 거예요," 메리가 말했다.

캐서린은 한 번 더 상상의 런던 지도를 응시하는 데 저항할 수 없이 이끌려, 이름도 모르는 거리의 구부러진 길과 모퉁이들을 거쳐 갔다.

"제가 그의 집에 전화해서 그가 돌아왔는지 물어보겠어요." 메 리는 전화기로 가로질러 가서 짧게 몇 마디 말을 한 다음 알려 줬다.

"없어요. 그가 아직 돌아오지 않았다고 그의 누이가 말하는군요."

"아!" 그녀는 자신의 귀를 한 번 더 전화기에 가까이 대었다. "전할 말이 있답니다. 그는 저녁 식사 때 돌아오지 않을 거랍니다."

"그러면 그는 무엇을 하려는 걸까요?"

아주 창백해져서, 큰 눈으로 메리를 응시한다기보다 반응 없는 텅 빈 곳을 응시한 채, 캐서린은 역시 메리가 아니라, 바라보는 모든 방면에서 지금 자신을 조롱하기 위해 나타난 가차 없는 영혼에게 말했다.

잠시 기다린 후 메리는 무관심하게 말했다.

"저는 정말 모르겠어요." 기운 없이 안락의자에 기대면서 그녀는 석탄 사이로 뻗어나가기 시작하는 작은 불꽃들을 무관심하게 지켜보았다. 그것들도 아주 냉담하고 무관심해보였다.

캐서린은 화가 나서 그녀를 쳐다보고 일어섰다.

"어쩌면 그는 여기로 올지도 몰라요." 메리가 멍한 목소리의 어조를 바꾸지 않고 계속 말했다. "당신이 오늘 밤 그를 보고 싶다면 기다리는 것도 괜찮을 거예요." 그녀는 앞으로 몸을 굽히고 나무를 건드렸다. 그리하여 불꽃이 석탄의 빈 공간 사이로 미끄러져 가게 했다.

캐서린이 곰곰이 생각했다. "반 시간 동안 기다리겠어요." 그녀가 말했다.

메리가 일어나 탁자로 가서 초록색 갓이 씌워진 램프 아래에 있는 서류를 펼쳤다. 그리고 습관이 되어가는 행동으로 한 줌의 머리카락을 손가락 사이로 둥글게 꼬았다. 메리는 눈치채지 않게 방문객을 한번 쳐다보았는데, 그녀는 전혀 움직이지 않았고, 아무런 소리도 없이 몹시 집중하는 시선을 한 채 앉아 있었다. 그 때문에 캐서린이 무언가를, 그녀를 전혀 쳐다보고 있지 않은 어떤 얼굴을 주시하고 있다고 상상해볼 수 있을 것이다. 메리는 자신이 계속 글을 쓸 수 없다고 판단했다. 그녀는 눈을 딴 데로 돌렸지만, 캐서린이 쳐다보고 있는 것의 존재를 의식하게 되었을 뿐이었다. 방에는 유령들이 있었다. 그리고 이상하고 슬픈 한 유령은 그녀 자신의 유령이었다. 몇 분이 지나갔다.

"지금 몇 시쯤 되었을까요?" 드디어 캐서린이 말했다. 반 시간이 채 지나지 않았다.

"저녁 식사를 준비해야겠어요," 메리가 책상에서 일어나면서 말했다.

"그러면 저는 갈게요," 캐서린이 말했다.

"더 계시지 그래요? 어디로 가시려고요?"

캐서린은 확신 없는 눈길을 보내면서 방을 둘러보았다.

"어쩌면 그를 찾을지도 몰라요," 그녀가 곰곰이 생각했다.

"하지만 그게 왜 그리 중요하지요? 당신은 다른 날 그를 만나게 될 텐데요."

메리가 말했다. 아주 잔인하게 말하려 했다.

"제가 여기 오는 게 잘못이었어요," 캐서린이 대답했다.

그들의 시선이 적대적으로 마주쳤고, 또한 움찔하지도 않았다.

"당신은 여기에 올 완벽한 권리를 가졌어요," 메리가 대답했다.

현관에서 커다랗게 문 두드리는 소리가 그들을 방해했다. 메리가 문을 열러 갔다. 그리고 어떤 메모 혹은 소포를 들고 되돌아왔을 때, 캐서린은 다른 쪽을 쳐다보았고 그래서 메리는 그녀의 실망을 읽을 수 없었을 것이다.

"물론 당신은 올 권리가 있어요," 메리는 탁자 위에 메모를 놓아두면서 되풀이했다.

"아니에요," 캐서린이 말했다. "사람이 절망적일 때, 그런 권리가 있는 것이 아니라면 말이죠. 저는 절망적이에요. 그에게 지금 무슨 일이 일어나고 있는지 제가 어떻게 알겠어요? 그는 어떤 일도 할 수 있을 거예요. 그는 밤새 거리를 헤매고 다닐지도 몰라요. 그에게 어떤 일이든 일어날 수 있어요."

그녀는 자포자기로 말했는데, 메리는 그녀에게서 그런 모습을 한 번도 본 적 없었다.

"당신이 과장하고 있다는 걸 아시죠? 당신은 터무니없는 말을 하고 있어요." 그녀가 거칠게 말했다.

"메리, 당신에게 이야기해야만 해요 — 당신에게 말해야 해요 —"

"당신은 저에게 어떤 것도 말할 필요 없어요." 메리는 그녀를 저지했다. "제가 스스로 알아챌 수 없겠어요?"

"아니, 아니에요," 캐서린이 소리쳤다. "그런 것이 아니에요 —"

그녀의 시선은 메리를 지나쳤고, 방의 경계의 범위를 넘어 그녀에게 떠오르는 어떤 말의 범위 밖으로 거칠고 열정적으로 지나쳐 갔다. 그리하여 그 시선은 메리에게 적어도 자신이 그런 눈길을 끝까지 쫓아갈 수 없다는 확신을 주었다. 그녀는 당황했다. 그녀는 랠프에 대한 그녀의 사랑이 한창인 때로 다시 돌아갔다고 생각해보려고 노력했다. 자신의 손가락으로 눈두덩이 위를 누르면서 그녀는 중얼거렸다.

"당신은 저도 그를 사랑했다는 걸 잊고 있어요. 저는 그를 안다고 생각했어요. 저는 그를 **정말** 알았어요."

그렇지만 그녀가 무엇을 알았단 말인가? 그녀는 그것을 더 이상 기억할 수 없었다. 그녀는 어둠 속에 별들과 태양들을 두드려서 만들어낼 때까지 안구를 눌렀다. 그녀는 자신이 재를 휘젓고 있다는 것을 확인했다. 그녀는 그만두었다. 그녀는 자신이 발견한 사실에 놀랐다. 그녀는 랠프를 더 이상 사랑하지 않았다. 그녀는 멍하니 방 안을 돌아보았다. 그리고 그녀의 시선은 램프 빛이 비친 서류들이 있는 책상에 머물렀다. 한순간 그녀의 마음속에 그 한결같은 빛과 아주 닮은 것이 있는 것 같았다. 그녀는 눈을 감았다. 그리고 그녀는 눈을 떠서 다시 램프를 바라보았다. 계시가 끝나고 주위에 오래된 사물들이 두드러져 나타나기 전에, 깜짝 놀라 순간적으로 흘긋 바라보면서 지난 사랑이 있던 곳 어딘가에서 다른 사랑이 타오른다고 그녀는 생각해보았다. 그녀는 말없이 벽난로 선반에 기댔다.

"사랑에는 다른 방법도 있어요." 그녀가 드디어 반쯤 혼잣말로 중얼거렸다.

캐서린은 대답하지 않았는데, 그녀의 말을 인식하지 못한 것 같았다. 그녀는 자신의 생각에 몰두해 있는 것처럼 보였다.

"어쩌면 그는 오늘 밤 다시 거리에서 기다리고 있을지도 몰라요." 그녀가 소리쳤다. "이제 가야겠어요. 그를 찾을지도 몰라요."

"그가 여기로 올 가능성이 훨씬 큰 것 같은데요." 메리가 말하자, 캐서린은 잠시 생각해본 뒤 말했다.

"반 시간만 더 기다리겠어요."

그녀는 다시 의자 속으로 깊이 기대고 앉았다. 그리고 캐서린은 메리가 눈앞에 보이지 않는 얼굴을 쳐다보는 사람의 모습에 비유했던 것과 같은 자세를 취했다. 정말 그녀는 사람의 얼굴이 아니라 삶 자체의 과정을 바라보았다. 선과 악, 의미, 과거와 현재, 그리고 미래. 이 모든 것이 그녀에게 분명한 것처럼 보였다. 그리고 그녀는 자신의 엉뚱한 생각을 부끄러워하지 않았다. 차라리 존재의 정점들 가운데 한 위치로 격상되었다. 그리고 그 정점에서 세상 사람들은 그녀에게 경의를 표해야 하는 것이 마땅했다. 이 특정한 밤에 랠프를 놓쳤다는 것이 어떤 의미가 있는지 그녀 자신 외에는 아무도 몰랐다. 이 부적절한 사건 속으로 인생의 커다란 위기들도 불러일으키지 못했을 감정이 밀려왔다. 그녀는 그를 그리워했고, 모든 실패의 쓰라림을 알게 되었다. 그녀는 그를 원했고, 모든 열정의 고통을 깨닫게 되었다. 어떤 사소한 사건이 이러한 정점을 초래했는지는 중요하지 않았다. 그녀는 자신이 얼마나 터무니없어 보이는지 관심 없었고, 자신의 감정을 얼마나 숨김없이 보여주고 있는지도 역시 신경 쓰지 않았다.

저녁 식사가 준비되자 메리는 그녀에게 오라고 말했고, 그녀는 마치 메리에게 자신을 움직이도록 명한 것처럼 순순히 따라왔다. 그들은 거의 말없이 함께 먹고 마셨다. 그리고 메리가 더 먹으라고 권하자 그녀는 더 먹었다. 또한 와인을 마시라고 말하자 그녀는 와인을 마셨다. 그럼에도 불구하고 이러한 표면적인 복종 아래에서 그녀가 방해받지 않고 자신만의 생각을 좇고 있다는 것을 메리는 알았다. 그녀는 부주의한 것이 아니라 마음이 멀리 떠나 있었다. 그녀는 아주 멍한 것처럼 보였지만 동시에 자신만의 어떤 상상에 대단히 몰두해 있어서 메리는 점차 그녀를 보호하겠다는 이상의 느낌이 들었다―그녀는 실제로 캐서린과 외부 세계의 힘 사이의 어떤 충돌에 대해 생각해보고 놀랐다. 그들이 식사를 끝내자마자 캐서린은 가겠다는 의사를 밝혔다.

"그런데 당신은 어디로 가려고 하시나요?" 메리는 애매하게 그녀를 가로막으며 물었다.

"아, 저는 집으로 가려고 해요―아니, 어쩌면 하이게이트로요."

메리는 그녀를 가로막는 것이 쓸모없을 거라는 걸 알았다. 그녀가 할 수 있는 것은 같이 가겠다고 하는 것이 전부였고, 그녀는 어떤 반대도 마주치지 않았다. 캐서린은 그녀의 존재에 무관심해 보였다. 몇 분이 지나 그들은 스트랜드 가를 따라 걸어가고 있었다. 그들은 너무 빨리 걸어서 메리는 캐서린이 어디로 가고 있는지 알고 있다고 착각에 빠졌다. 메리 자신은 신경 쓰고 있지 않았다. 그녀는 탁 트인 바깥에서 가로등 빛이 있는 거리를 따라 움직이고 있는 것이 기뻤다. 그녀는 고통스럽고 두렵지만 또한 이상한 희망을 가지고 자신이 예상치 않게 그날 밤 우연히 발견한 사실을 음미하고 있었다. 그녀는 어쩌면 그녀가 줄 수 있는 최고의 것인, 결혼이라는 선물을 희생하여 한 번 더 자유로워졌다. 하지만 감사하게도 그녀는 더 이상 사랑에 빠져 있지 않았다. 그녀는 자신이 처음 맞는 자유의 첫 부분을 기분전환을 하며 보내고 싶은 유혹을 느꼈다. 예를 들어 그들이 지금 대극장의 문을 지나쳐 가고 있으므로 대극장의 오케스트라석에서 말이다. 들어가서 그녀가 사랑의 독재에서 독립한 것을 축하하면 괜찮지 않은가? 아니면, 캠버웰이나, 시드컵, 혹은 웰시 하프와 같이 먼 곳으로 향하는 버스의 위층이 아마도 더 적합할 것이다. 그녀는 몇 주 만에 처음으로 작은 표지판에 적힌 이런 지명들을 주목했다. 아니면 그녀는 자신의 방으로 돌아가서 아주 계몽적이고 독창적인 계획의 세세한 부분을 연구하면서 밤을 보내야 하는가? 모든 가능성 가운데서 이것이 그녀의 마음에 들었고, 이것은 한때 더 열정적인 불꽃이 타오른 적이 있었던 곳에서 빛을 발했던 것 같은 난롯불과 램프의 빛을 그리고 꾸준히 이어지는 은은한 불빛을 생각나게 했다.

이제 캐서린은 멈추었고, 메리는 캐서린에게 목적지가 있기는커녕 아무것도 분명히 없었다는 사실을 깨달았다. 그녀는 교차로의 가장자리에서 잠시 멈추고 이리저리 바라보았다. 그리고 드디어 하버스톡 힐 방향으로 갈 것처럼 나아갔다.

"여봐요—어디로 가시려고요?" 메리는 그녀의 손을 잡으며 소리쳤다. "택시를 잡고 집으로 가야 해요." 그녀는 택시를 불러서 캐서린에게 타야 한다고 고집했다. 그러는 동안 그녀는 운전사에게 체니 워크로 그들을 데려달라고 말했다.

캐서린은 메리의 말을 따랐다. "좋아요." 그녀가 말했다. "다른 곳에 가느니 차라리 집으로 가는 편이 좋겠어요."

침울한 분위기가 그녀를 엄습해온 것처럼 보였다. 그녀는 분명히 지쳐서 말없이 구석으로 물러나 앉았다. 메리는 자신의 생각에 몰두했음에도 캐서린의 창백함과 낙담한 태도에 충격을 받았다.

"우리가 그를 찾을 거라고 전 확신해요." 그녀는 이제까지 말했던 것보다 더 다정하게 말했다.

"너무 늦은 건지도 몰라요." 캐서린이 대답했다. 그녀를 이해하지 못한 채, 메리는 그녀가 겪고 있는 일로 인해 그녀를 동정하기 시작했다.

"말도 안 돼요." 그녀는 캐서린의 손을 잡고 어루만지면서 말했다. "우리가 거기서 그를 발견하지 못하면 다른 어딘가에서 찾게 될 거예요."

"하지만 만약 그가 거리를 돌아다니고 있다면요─몇 시간 동안 그러면 어쩌죠?"

그녀는 앞으로 몸을 기울여 창밖을 바라보았다.

"그는 어쩌면 나와 다시 이야기하기를 거부할지도 몰라요." 그녀는 낮은 목소리로 거의 혼잣말했다.

과장이 너무 심해서 메리는 캐서린의 손목을 계속 잡고 있는 것 외에는 대응하려 하지 않았다. 아마 캐서린은 그녀가 손을 붙들고 있는 목적을 눈치채었을 것이다.

"두려워하지 마세요." 그녀는 약간 웃으며 말했다. "택시에서 뛰어 내리려고 하지 않을 거예요. 결국 그건 별로 도움이 되지 않을 테니까요."

이 말에 메리는 보란 듯이 자신의 손을 풀었다.

"제가 사과를 했어야 했어요," 캐서린이 힘들여 계속 말을 이었다. "당신을 이런 일에 끌어들인 것에 대해서 말이죠. 게다가 전 당신에게 반도 말하지 않았어요. 저는 더 이상 윌리엄 로드니와 약혼한 사이가 아니에요. 그는 카산드라 오트웨이와 결혼할 거예요. 모든 게 정해졌어요—모두 더할 나위 없이 적절하게 말이죠……. 그리고 그가 거리에서 몇 시간 동안이나 기다린 후, 윌리엄이 저에게 그를 데리고 오게 했어요. 그는 우리 집 창문을 바라보면서 가로등 아래에 서 있었어요. 그가 방으로 들어왔을 때, 그는 굉장히 창백했어요. 윌리엄이 우리만 남겨두었고, 그래서 우리는 앉아서 얘기했어요. 지금 그 일이 아주 오래전 일인 것 같아요. 그것이 지난밤이었나요? 제가 오래 나와 있었단 말인가요? 몇 시지요?" 그녀는 시계를 보려고 앞으로 벌떡 일어났다. 정확한 시간이 그녀의 상황에 중요한 영향을 주기라고 하는 것처럼.

"겨우 여덟 시 반이라니요!" 그녀가 소리쳤다. "그러면 그가 아직도 거기에 있을지도 몰라요." 그녀는 창밖으로 몸을 내밀며 택시 운전사에게 더 빨리 차를 몰라고 말했다.

"하지만 만약 그가 거기에 없다면 저는 어떻게 하죠? 어디서 그를 찾을 수 있을까요? 거리에는 사람들이 너무 붐비는데요."

"우리는 그를 찾을 거예요," 메리가 거듭 말했다.

메리는 어떻게 해서든 그들이 그를 찾을 것이라는 것을 의심하지 않았다. 그러나 그를 찾는다고 가정해보면? 그녀는 랠프가 캐서린의 특별한 욕구를 어떻게 충족시킬 수 있을지 생각하려고 애쓰며 다소 생소하게 그에 대해 생각하기 시작했다. 다시 한 번 그녀는 자신이 이전에 랠프에 대해 가졌던 생각을 떠올려보았고, 그의 모습을 둘러싸고 있던 안개를 그리고 그의 주변에 펼쳐져 있던 온갖 혼란스럽고, 고조된 유쾌한 느낌을 애써 떠올릴 수 있었다. 그리하여 그녀는 연이어 몇 달씩 그의 목소리를 한 번도 정확하게 듣지 않았거나 혹은 얼굴을 제대로 보지 않았던 적이 있었다고 생각했다.─혹은 지금 그녀가 그런 것 같았다. 상실에 대한 고통이 그녀를 관통하여 지나갔다. 어떤 것으로도 보상할 수 없을 것이다─성공이나 행복, 혹은 망각으로도 안 될 것이다. 하지만 이런 심한 고통 뒤에 어쨌든 이제 그녀는 진실을 안다는 확신이 곧 뒤따랐다. 그리고 그녀는 캐서린을 훔쳐보면서 캐서린은 진실을 모른다고 생각했다. 그랬다, 캐서린은 대단히 동정 받아야 했다.

교통체증에 걸린 택시가 이제 체증에서 벗어나 슬로앤 거리를 속도를 내어 달렸다. 메리는 캐서린이 차를 타고 나아가는 동안 두드러지게 보이는 긴장을 알아챘다. 마치 그녀의 마음이 그들 앞에 있는 한 지점에 고정되어 매순간 그들이 그 지점에 다가가고 있다는 것을 나타내 보여주는 것 같았다. 그녀는 아무 말도 하지 않았다. 그리고 말없이 메리는 자신의 마음을 그들 앞에 있는 한 지점에 고정시키기 시작했다. 처음에는 공감하여, 그리고 나중에는 동반자를 잊어버린 채 말이다. 그녀는 어두운 지평선 위에 낮게 뜬 별처럼 멀리 있는 지점을 상상해보았다. 그녀에게도, 그리하여 두 사람 모두에게, 거기에는 그들이 얻으려고 애쓰는 목표가 있었다. 그들 영혼의 열정을 위한 목표는 동일했다. 하지만 그들이 나란히 런던의 거리를 빠르게 달려가고 있을 때, 그것이 어디 있는지, 혹은 그것이 무엇인지, 그것을 찾아서 그들이 함께했다는 확신을 왜 느끼게 되었는지 그녀는 말할 수 없었을 것이다.

택시가 현관에 멈추자, "드디어" 하고 캐서린이 작은 소리로 말했다. 그녀는 뛰어나와서 길 양편을 훑어보았다. 그동안 메리는 벨을 울렸다. 캐서린이 시야에 들어오는 사람들 중 누구도 랠프와 조금이라도 비슷한 점이 없다고 확신하고 있을 때 문이 열렸다. 하녀가 캐서린을 보자 대뜸 말했다.

"데넘 씨가 다시 오셨어요, 아가씨. 조금 전부터 아가씨를 기다리고 계셨어요."

캐서린은 메리의 시야에서 사라졌다. 그들 사이에 문이 닫히자, 메리는 천천히 생각에 잠겨 혼자 거리를 걸어 올라갔다.

캐서린은 곧 식당으로 향했다. 하지만 손잡이에 손가락을 댄 채 망설였다. 어쩌면 그녀는 이것이 결코 다시 돌아오지 않을 순간이라는 것을 깨달은 것일지도 몰랐다. 잠깐 동안 어떤 현실도 그녀가 상상한 것과 같을 수 없을 것이라는 생각이 들었는지도 모른다. 어쩌면 그녀는 어떤 막연한 공포나 기대로 주춤했을지도 몰랐다. 그리하여 이런 공포나 기대가 그녀에게 조금의 언쟁이나 방해도 두렵게 만들었을 것이다. 하지만 이러한 의심과 공포 혹은 이런 최상의 희열이 그녀를 제어했다고 해도 그것은 다만 잠시 동안에 불과했다. 다음 순간 그녀는 손잡이를 돌렸다. 그리고 자제하기 위해 입술을 깨물고 그녀는 랠프 데넘에게 향하는 문을 열었다. 그를 보자마자 그녀는 보기드물게 분명한 모습에 사로잡힌 듯했다. 그녀를 이처럼 극도로 흥분시키고 열망하게 했던 사람인, 그는 아주 작고, 아주 외롭고, 다른 모든 것과 몹시 떨어져 있는 듯이 보였다. 그녀는 그를 마주하여 웃을 수 있었다. 하지만 그녀가 자신의 의지에 반하여 이처럼 분명하게 보게 되자 싫지만 혼란스러움과 안도감, 확신, 겸허함, 그리고 더 이상 애쓰고 구별하고 싶지 않다는 욕망이 쇄도했다. 그리고 이런 상태에 굴복하여 그녀는 그의 팔 안에 쓰러져 자신의 사랑을 고백했다.

제32장

다음날 아무도 캐서린에게 어떤 질문도 하지 않았다. 따지고 들었다면, 그녀는 아무도 자신에게 말을 걸지 않았다고 말했을지도 몰랐다. 그녀는 일을 조금 했고, 글도 좀 썼으며, 저녁 식사를 지시했다. 그리고 그녀가 기억하고 있는 것보다 더 오랫동안 머리를 손에 기댄 채 자신 앞에 있는 것을, 그것이 편지거나 아니면 사전이든, 무엇이건 뚫어지게 바라보며 앉아 있었다. 마치 그것이 생각에 잠겨 빛나는 그녀의 눈앞에 드러난 멀리 떨어져 있는 전망에 대한 장면인 것처럼 바라보았다. 그녀는 즉시 일어나 책장으로 가서, 아버지의 그리스어 사전을 꺼내어 상징과 기호들로 된 신성한 페이지를 자신 앞에 펼쳤다. 그녀는 애정 어린 즐거움과 희망이 뒤섞인 채 그 지면을 어루만졌다. 언젠가 다른 눈길이 그녀와 함께 그것을 보게 될 것인가? 오랫동안 용납할 수 없었던 그 생각을 이제는 정말 참을 수 있었다.

그녀는 그녀의 행동과 표현을 세밀히 살펴보는 걱정스러운 마음을 전혀 눈치채지 못했다. 카산드라는 그녀를 쳐다보는 것을 들키지 않도록 주의했다. 그리고 그들의 대화는 아주 평범해서 마치 마음이 어렵게 궤도에 머무는 것처럼 문장들 사이에 급격한 동요와 갑작스러운 움직임이 없었다면, 밀베인 부인 자신도 그녀가 어쩌다 들은 것에서 어떠한 의심스러운 성질을 발견하지 못했을 것이다.

윌리엄은 그날 오후 늦게 와서 카산드라가 혼자 있는 것을 발견하자, 아주 심각한 소식을 전해주었다. 그는 거리에서 막 캐서린을 지나쳤는데 그녀가 그를 알아보지 못했던 것이다.

"물론, 그건 나와 상관없는 일이지만, 만약 다른 누군가와 있을 때 그런 일이 일어났다면 어땠을까요? 그들이 뭐라고 생각했겠소? 그들은 그녀의 표정만으로 뭔가를 의심했을 거예요. 그녀가 어떻게 보였는가 하면 ─ 그녀는 이렇게 보였어요" ─ 그가 망설였다 ─ "몽유병자처럼 말이에요."

카산드라에게 중요한 것은 캐서린이 자신에게 한마디 말도 없이 외출했다는 것이다. 그리고 그녀는 이것을 캐서린이 랠프 데넘을 만나러 나갔다는 뜻으로 이해했다. 하지만 놀랍게도 윌리엄은 이러한 가능성에서 아무런 위로를 얻지 못했다.

"한번 관습을 내던지고 나면," 그가 말을 시작했다. "한번 사람들이 하지 않는 일을 하게 되면 ─" 그리고 누군가 젊은 남자를 만나러 가려 한다는 사실은 정말이지 사람들이 수군거릴 것이라는 것만을 입증할 뿐이었다.

카산드라는 사람들이 캐서린에 대해 험담하지 않아야 한다고 그가 몹시 염려하는 것을 알았지만, 질투의 고통이 없지 않았다. 그녀에 대한 그의 관심은 친구 같다기보다는 여전히 소유자처럼 보였다. 그들 두 사람은 지난밤 랠프의 방문을 모르고 있었기 때문에 사태가 위기로 빠르게 치닫고 있다고 생각하며 안심하지 못했다. 게다가 이러한 캐서린의 부재는 그들이 둘만 있는 즐거움을 대부분 빼앗아서 방해받도록 했다. 비가 내리는 저녁에 외출은 힘들었다. 그리고 사실 윌리엄의 규범에 따르면 집 안에서 들키는 것보다 집 밖에서 눈에 띄는 것이 훨씬 더 불리했다. 그들은 벨과 문소리가 날 때마다 몹시 신경이 쓰여서 확신 있게 매콜리에 대해 이야기를 거의 나눌 수 없었다. 그래서 윌리엄은 자신의 비극 제2막에 대한 이야기도 다른 날로 미루기로 했다.

이런 상황에서 카산드라는 최선의 모습을 보여줬다. 그녀는 윌리엄의 걱정을 위로해주었으며 그런 걱정을 공유하기 위해 온 힘을 기울였다. 그럼에도 단둘만 있는 것, 함께 위험을 감수하는 것, 놀랄 만한 음모에 한편이 되는 것은 그녀에게 너무나 매혹적이어서 그녀는 언제나 분별을 잃고 갑자기 소리치고 감탄하기 시작했고, 결국 이것은 윌리엄에게 그 상황이 비록 통탄할 만하고 혼란스럽지만 또한 유쾌함도 없지 않은 것이라 생각하게 했다.

문이 열리자 그는 깜짝 놀랐다. 하지만 닥쳐올 폭로에 용감히 맞섰다. 그런데 밀베인 부인이 아니라 바로 캐서린이 들어왔고 그 뒤를 랠프 데넘이 바싹 붙어 따라왔다. 대단히 노력하고 있는 것을 보여주는 굳은 표정으로 캐서린은 그들의 시선과 마주치자, "우리는 당신들을 방해하려는 것이 아니에요."라고 말하면서 유품이 있는 방 앞에 걸려 있는 커튼 뒤로 데넘을 인도했다. 이 피난처는 그녀가 원했던 장소는 아니었다. 하지만 축축히 젖은 보도를 마주대하고 은신처로 오직 때늦은 박물관이나 지하철역만 마주하다 보니, 그녀는 랠프를 위해 어쩔 수 없이 자신의 집의 불편함을 감내하게 되었다. 가로등 아래에서 그녀는 그가 지치고 긴장되어 보인다고 생각했다.

그리하여 두 쌍은 서로 나눠져서 얼마 동안 자신들의 일에 몰두한 채 있었다. 다만 아주 낮은 속삭임만이 방의 한 곳에서 다른 곳으로 지나갔다. 드디어 하녀가 들어와서 힐버리 씨가 저녁 식사를 하러 집으로 오시지 않을 것이라는 전갈을 전해주었다. 사실 캐서린이 전달을 받을 필요는 없었다. 하지만 윌리엄은 이유가 있든 없든 그가 캐서린과 몹시 이야기하고 싶다는 것을 보여주는 그런 태도로 카산드라의 의견을 묻기 시작했다.

카산드라는 나름의 특별한 이유로 그를 말렸다.

"하지만 좀 비사교적이라는 생각이 들지 않나요?" 그가 과감히 말했다. "즐거운 일을 하면 어떨까요? ─ 예를 들어 연극을 보러 간다든가? 캐서린과 랠프에게 물어봐도 괜찮지 않을까요, 그렇죠?" 그들의 이름을 이런 식으로 짝을 짓는 것이 카산드라의 심장을 기쁨으로 두근거리게 했다.

"당신 생각엔 그들이 분명히 ─?" 그녀가 말하기 시작했지만, 윌리엄이 서둘러 그녀의 말을 가로막았다.

"아, 나도 그것에 대해서는 아무것도 몰라요. 다만 당신 외삼촌이 안 계시는 동안 우리가 즐거운 시간을 보낼 수 있지 않을까 생각해본 것뿐입니다."

그는 흥분과 당혹감이 혼합되어 자신의 임무를 수행해나갔다. 그리하여 손으로 커튼을 옆으로 젖히고, 힐버리 부인이 조슈아 레이놀즈 경[1]의 초기 작품이라고 낙관적으로 말했던 어느 숙녀의 초상화를 여러 번 주의 깊게 음미하였다. 그리고 나서 그는 커튼을 불필요하게 만지작거리면서 옆으로 당겼다. 그리고 시선을 바닥에 고정시킨 채 그가 들었던 전갈을 그대로 전했고 그들에게 연극을 보면서 저녁 시간을 보내자고 제안했다. 캐서린이 그제안을 아주 정중히 받아들였기 때문에 그녀가 보고 싶은 공연

---

1   조슈아 레이놀즈 경(Sir Joshua Reynolds, 1723~1792), 영국의 화가. 주로 초상화를 그렸다.

에 대해 분명한 의견이 없다는 것을 알게 되자 이상했다. 그녀는 선택을 랠프와 윌리엄에게 완전히 맡겼는데, 그들은 석간신문을 보면서 형제처럼 의논한 뒤 뮤직홀[2]이 좋다는 데 동의했다. 이렇게 준비되자, 그 밖의 모든 것은 쉽고 열성적으로 뒤따라왔다. 카산드라는 한 번도 뮤직홀에 가본 적이 없었다. 캐서린은 북극곰들이 야회복을 차려입은 숙녀 뒤를 바짝 따라오고 무대가 번갈아가며 신비의 정원과 여성모자 제조인의 종이 상자가 되고, 또 마일 앤드 로드에 있는 튀긴 생선 가게가 되는 오락물의 독특한 즐거움에 대해 그녀에게 가르쳐주었다. 그날 밤 프로그램의 정확한 특성이 무엇이건 간에, 적어도 네 명의 관객에 관한 한 뮤직홀의 프로그램은 극예술의 가장 주요한 목표를 이루었다.

배우들과 작가들은 그들의 노력이 어떤 형태로 저 특정한 눈과 귀에 도달하게 되었는지 알게 된다면 분명히 놀랄 것이다. 하지만 그들은 전체적으로 효과가 엄청났다는 것을 부인할 수 없었을 것이다. 공연장은 금관악기와 현악기 소리가 대단히 화려하고 장엄하게 울린 뒤 아주 감미로운 비탄조로 번갈아서 울려 퍼졌다. 붉은색과 크림색 배경과 리라와 하프, 납골 단지와 해골, 석고로 된 돌출물, 진홍색 플러시 천으로 된 술장식, 무수한 전등이 꺼졌다 타올랐다 하는 무대는 장식적 효과에서 고대나 현대 세계의 어떤 장인들도 거의 능가할 수 없었을 것이다.

그 외에 바로 일 층의 특석에서 어깨를 드러내고 꽃 장식을 한 관객과 발코니석에서 점잖지만 축제 기분을 낸 관객이 있었다. 그리고 맨 위층 대중석에는 솔직히 말해서 대낮의 거리를 활보할 때 어울리는 옷을 입은 관객이 있었다. 그렇지만 그들은 개별적으로 보았을 때는 달랐지만, 다수로 보면 동일하게 거대하고

---

2   노래와 춤, 촌극 등을 뒤섞은 보드빌vaudeville을 보여주는 극장을 가리킨다.

사랑스러운 특성을 지녔다. 그들 앞에서 춤추고 곡예를 하며 구애하는 행위가 무대에서 나타나는 동안 내내 그들은 속삭이고 동요하며 전율했다. 천천히 웃었고 마지못해 웃음을 멈췄으며, 난삽하게 엄청난 박수갈채를 보냈다. 때로는 압도적으로 일치된 반응을 보이기도 했다. 한편, 윌리엄은 캐서린이 몸을 앞으로 숙이고 자신을 잊은 채 손뼉을 치는 것을 보고 깜짝 놀랐다. 그녀의 웃음은 관객들의 웃음소리와 더불어 울려 퍼졌다.

잠깐 동안 그는 당황했다. 이 웃음이 그가 그녀에게서 한 번도 알아채지 못한 어떤 것을 드러내는 것 같았다. 하지만 그때 카산드라의 얼굴이 그의 시선을 사로잡았다. 그녀는 보고 있는 것에 웃음을 보내기에는 너무 깊이 집중하고 놀라워하고 있었다. 그래서 웃지 않고 어릿광대를 놀라워하며 쳐다보고 있었다. 그리하여 얼마 동안 그는 마치 그녀를 어린아이 보듯이 쳐다보았다.

공연이 끝나자 환상이 사라져 갔다. 처음에는 여기서 그리고 저기서. 몇몇 사람들이 일어나 외투를 입는 동안, 다른 사람들은 똑바로 서서 "신이여 왕을 지켜 주소서"라고 합창하며 인사했다. 연주자들은 악보를 접고 악기를 악기 가방에 넣었다. 그리고 공연장이 텅 비고, 적막해지며, 거대한 어둠으로 가득 차게 될 때까지 차례로 불이 꺼졌다. 회전문을 통해 랠프를 뒤따라가면서 어깨 너머로 뒤돌아본 카산드라는 무대에 이미 공상적인 이야기가 완전히 사라진 것을 보고 놀라워했다. 하지만 그녀는 궁금했다. 정말 매일 밤 모든 좌석을 네덜란드산 갈색 무명으로 씌우는 것인가?

이러한 여흥의 성공은 그들이 헤어지기 전에 다음날을 위한 다른 탐험을 계획할 정도였다. 다음날은 토요일이었다. 그래서 랠프와 윌리엄은 그리니치로 여행 가는 데 오후 시간 전체를 낼 수 있을 만큼 자유로웠다. 카산드라는 그리니치를 한 번도 가본 적이 없었고 캐서린은 덜위치와 혼동했다. 이 여행에서 랠프가 안내자가 되었다. 그는 그들을 무사히 그리니치로 인도했다.

국가의 필요성이건 혹은 상상력의 기발한 발명이건 무엇이 처음으로 무리지어 런던을 둘러싸고 있는 즐거운 장소들을 만들어 냈는지는 중요하지 않다. 그 장소들이 토요일 오후를 자유롭게 보낼 수 있는 스무 살에서 서른 살 사이 연령대 사람들의 요구에 감탄할 만하게 적합했기 때문이다. 정말, 죽은 자의 영혼들이 후손들의 감정에 관심이 있다면, 화창한 날씨가 다시 찾아오고 연인들, 구경꾼들, 그리고 행락객들이 기차와 버스에서 쏟아져 나와 오래된 유원지로 들어갈 때, 그들은 틀림없이 상당히 풍부한 수확물을 얻을 것이다. 작고한 건축가들과 화가들은 대부분 개인적으로 찬사받지 못하고 있는 것이 사실이지만, 이런 일에 대해 윌리엄은 그들이 올 한 해 동안 좀처럼 받지 못했던 그런 차별화된 찬사를 바칠 준비가 되어 있었다. 그들은 강둑 옆으로 걸어가고 있었다. 그리고 캐서린과 랠프는 약간 뒤처져서 윌리엄의 강의를 단편적으로 들었다. 캐서린은 그의 목소리의 울림에 미소 지었다. 그녀는 그 울림을 잘 알고 있었지만, 그것이 약간 낯설게 여겨진 것처럼 그 소리에 귀 기울였다. 그녀는 그 소리의 울림을 분석했다. 확신과 행복의 어조가 새로웠다. 윌리엄은 아주 행복했다. 그녀는 자신이 간과했던 그를 행복하게 하는 원천을 매시간 배웠다. 그녀는 그에게 단 한 번도 뭘 가르쳐달라고 부탁한 적이 없었다. 그녀는 매콜리를 읽는 데 한 번도 응한 적이 없었다. 그녀는 그의 희곡이 셰익스피어의 작품 다음으로 뛰어나다는 자신의 생각을 한 번도 표현한 적이 없었다. 그녀는 카산드라의 열광적이지만 비굴하지 않은 동의의 뜻을 전한다고 생각하는 소리에 미소 짓고 즐거워하면서 꿈을 꾸듯이 그들이 지나간 자취를 뒤따라갔다.

그런 뒤 그녀는 "어쩜 카산드라는—" 하고 중얼거렸지만, 그 문장을 자신이 말하려 했던 것과 정반대로 바꾸어서 끝맺었다. "어떻게 그녀는 그렇게 맹목적일 수 있을까?" 하지만 랠프의 존재가 그녀에게 더 흥미로운 의문들을 제공해주고 있는데, 그런 의문들을 철저히 분석할 필요는 없었다. 그 의문들은 작은 보트로 강을 건너는 일, 웅대하고 근심으로 지친 도심, 그리고 보물을 싣고 고향으로 돌아오거나 그것을 찾아 나선 증기선과 관련되었다. 그리하여 다른 것과 얽혀 있는 어떤 것을 적절하게 푸는 데에는 대단히 많은 시간이 필요했다. 게다가 그가 멈춰 서서 나이 든 뱃사공에게 조수와 배에 대해 묻기 시작했다. 그렇게 묻는 동안 그는 달라보였고, 그가 첨탑과 높은 성채를 배경으로 강을 등지고 있을 때 심지어 그의 모습조차 달라 보인다고 그녀는 생각했다. 그의 낯설음, 그의 모험심, 그녀를 옆에 내버려두고 남성들의 일에 관여하는 그의 능력, 그들이 함께 보트를 빌려서 강을 건너갈 가능성, 이 계획의 신속함과 무모함이 그녀의 마음을 가득 채워, 그녀에게 사랑과 모험심이 반씩 뒤섞인 그런 황홀함을 느끼게 했다. 윌리엄과 카산드라는 그들의 이야기에 깜짝 놀랄 정도였다. 그리고 카산드라가 소리쳤다. "그녀는 신에게 제물을 바치고 있는 것처럼 보여요! 너무나 아름다워요." 그녀는 템즈 강 둑에서 뱃사공과 이야기를 나누고 있는 랠프 데넘의 모습이 누구라도 감동시켜 숭배하는 태도를 보일 수 있을 것 같다는 놀라움을 억누르고 윌리엄을 존중하여 재빨리 덧붙여 말했다.

그날 오후는 정말이지 차 마시는 시간과 템즈 강 터널에 대한 호기심, 그리고 거리의 생소함과 함께 너무 빠르게 지나가서 그 오후를 연장시키는 유일한 방법은 다른 소풍을 다음날로 계획하는 것이었다. 소풍 장소는 햄프스티드[3]를 제쳐놓고 햄프턴 코트로 결정되었는데 카산드라는 어린아이처럼 햄프스티드의 노상강도에 대해 상상해본 적이 있었지만, 지금 그녀의 애정이 완전히 그리고 영원히 윌리엄 3세[4]에게로 옮겨갔기 때문이었다. 따라서 그들은 화창한 일요일 아침 점심 시간 무렵에 햄프턴 코트에 도착했다. 그들은 붉은 벽돌 건물에 대해 의견 일치를 보이며 감탄을 표현했기 때문에, 이 궁전이 세상에서 가장 웅대한 궁전이라고 서로에게 확인시키려는 목적으로 그곳에 온 것 같았다. 그들 네 사람은 나란히 테라스를 왔다갔다 걸어 다녔고, 그들 자신이 그곳의 소유주라고 상상해보았다. 그리고 그렇게 그곳을 보유함으로써 틀림없이 생겨날 세상에 대한 효용 가치를 계산해보았다.

"우리에게 유일한 희망은," 캐서린이 말했다. "윌리엄이 사망한 뒤, 카산드라가 저명한 시인의 미망인으로서 이곳에 방을 얻게 되는 것이에요."

"아니면—" 카산드라가 말하기 시작했다. 하지만 캐서린을 저명한 변호사의 미망인으로 상상해보는 자유를 제어했다. 이렇게 유람 여행의 세 번째 되는 날에 그렇게 순수한 공상을 펼치는 것을 자제해야 해서 속상했다. 그녀는 감히 윌리엄에게 이의를 제기하고 싶지 않았다. 그는 속을 헤아릴 수 없었다. 그는 다른 한 쌍이 이탈할 때도 호기심에서 그들을 뒤따라가는 일조차 해본 적이 없는 것처럼 보였다. 다른 두 사람이 어떤 식물의 이름을 생

---

3 런던의 북쪽에 있으며, 지성인, 진보주의자, 예술가, 문인, 음악가의 협회와, 히스가 무성한 공원이 있는 것으로 유명하다. 18세기에 이 공원은 도둑들의 소굴이었다.
4 햄프턴 코트는 런던의 남서쪽에 있으며, 16세기에 지어졌지만 윌리엄 3세에 의해 보수되었고 그가 거기에 살았다.

각해내거나 프레스코 벽화를 조사하기 위해 자주 이탈했을 때 말이다. 카산드라는 늘 그들의 뒷모습만을 눈여겨보고 있었다. 그녀는 때때로 캐서린에게서 자리를 옮기고 싶은 충동이 어떻게 나타나는지 그리고 때로는 어떤 식으로 랠프에게서 나타나는지를 주목했다. 그리고 때때로 그들이 깊이 감정을 교환하는 것처럼 어떻게 천천히 걷는지, 또한 열의에 찬 듯 어떻게 걸음을 빨리 걷는지를 주목했다. 그들이 다시 함께 돌아올 때면 그들의 태도보다 더 무관심한 것은 있을 수 없는 것 같았다.

"우리는 그들이 낚시 해본 적이 있었을지 궁금해하고 있었어요……" 라든가 아니면, "우리는 미로를 방문할 시간을 남겨 둬야 합니다." 그런 뒤 카산드라에게 더욱 당황스럽게도, 윌리엄과 랠프는 식사 시간이나 기차 여행 도중에 틈이 나면 대단히 기분 좋게 논쟁하며 그 시간을 채웠다. 혹은 그들은 정치에 대해 토의하거나 소설에 대해 이야기를 나누었고, 또는 무언가를 증명하기 위해 낡은 봉투 뒷면에 함께 계산을 하기도 했다. 그녀는 캐서린이 멍하니 있는 것이 아닌가 하고 의심했지만, 말해주기가 힘들었다. 그녀가 이렇게 당황스러운 행동에 관여하지 않고, 스톡던하우스로 되돌아가서 누에들과 함께 있고 싶을 정도로 자신이 아주 어리고 미숙하다고 느껴지는 순간들이 있었다.

그렇지만 이런 순간들은 그녀에게 행복이 실재한다는 것을 증명하는 단지 필연적인 그림자나 냉기에 불과했다. 그리하여 이것은 모든 일행에게 똑같이 감돌고 있는 듯한 광채를 손상시키지 않았다. 봄날의 신선한 대기와 구름이 걷히고 이미 그 푸르름에서 온기를 퍼뜨리고 있는 하늘은 선택된 기분에 대한 자연의 대답인 것 같았다. 이렇게 선택된 기분은 말없이 햇볕을 쬐고 있는 사슴들 가운데에서도 찾아볼 수 있었고, 강 한가운데서 가만히 있는 물고기들 사이에서도 찾아볼 수 있었다. 그들은 말로 설명할 필요없는 평온한 상태에서 말없이 공유하는 존재들이었기 때문이다. 카산드라가 할 수 있는 어떤 말도 풀밭 산책로와 잔돌이 깔린 작은 길의 정돈된 아름다움 위로 펼쳐진 고요함과 눈부심, 기대의 분위기를 표현하지 못했다. 그 길 아래로 일요일 오후에 그들 네 사람이 나란히 걷고 있었다. 충만한 햇살을 가로질러 나무 그늘이 소리 없이 드리워져 있었다. 고요함이 그녀의 마음을 둘러쌌다. 반쯤 핀 꽃봉오리 위에 앉은 나비의 날개가 가볍게 떨리고 있는 고요함과 햇살 속에서 사슴이 조용히 풀을 뜯어 먹고 있는 모습이 그녀의 시선이 머물어 행복함과 더불어 황홀함에 취한 떨림을 드러내고 있는 그녀 자신의 본성의 이미지로서 받아들인 광경이었다.

하지만 그 오후는 저물어 갔고, 공원을 떠날 시간이 되었다. 그들이 워털루에서 첼시로 가고 있는 동안, 캐서린은 아버지에 대한 양심의 가책을 느끼기 시작했고, 월요일에 사무실의 영업 개시와 함께 랠프와 윌리엄이 일해야 하는 상황에서 이러한 양심의 가책으로 다음날 다른 소풍 계획을 세우는 것이 어려웠다. 지금까지 힐버리 씨는 그들의 외출을 아버지의 자애로움으로 받아들여 주었다. 그러나 그들은 그것을 무한정 이용할 수는 없었다. 실로 그들이 생각한 대로, 그는 이미 그들의 외출로 인해 불편함을 겪고 있었고 그들이 돌아오기를 기다리고 있었다.

그는 혼자 있기를 싫어하지는 않았다. 그리고 특히 일요일은 편지를 쓰고, 방문을 하거나, 클럽에 가기에 적당했다. 그는 차 마시는 시간 즈음에 그런 적당한 유람을 찾아 집을 나서고 있었는데, 그때 자신의 누이인 밀베인 부인에게 현관에서 붙들렸다. 그녀는 집에 아무도 없다는 말을 듣고 온순하게 물러나야 했을 테지만, 그 대신 그녀는 그가 내키지 않는 마음으로 한 들어오라는 초대를 받아들였다. 그리하여 그는 차를 내오라고 지시하고 그녀가 차를 마시는 동안 앉아 있을 수밖에 없는 울적한 입장에 있게 되었다. 그녀는 용건이 있어서 왔기 때문에 이런 식으로 강요하는 것이라고 신속하게 명백히 밝혔다. 그는 그 소식에 조금도 유쾌해지지 않았다.

"오늘 오후에 캐서린은 나가고 없어," 그가 말했다. "좀 더 나중에 와서 그 애와 의논하는 게 어떻겠니 — 우리 모두 함께 말이야, 안 그래?"

"트레버, 내가 단둘이만 이야기하고 싶은 특별한 이유가 있어……. 캐서린은 어디 있어?"

"당연히 젊은 애인과 함께 나갔지. 카산드라는 캐서린 보호자 역할을 아주 잘하고 있어. 매력적인 아가씨야 — 아주 내 마음에 들어." 그는 손가락으로 돌멩이를 굴리면서 실리어가 몰두하고 있는 것에서 벗어나게 할 여러 가지 방법을 궁리했다. 그가 추측하기에 그녀가 몰두하고 있는 것은 늘 그랬듯이 시릴에 관한 집안일과 연관되어 있을 게 분명했다.

"카산드라와 함께," 밀베인 부인은 의미심장하게 되풀이했다. "카산드라와 함께라."

"그래, 카산드라와 함께," 힐버리 씨가 점잖게 동의하면서, 그녀의 주의가 다른 데로 돌려진 것에 기뻐했다. "그들이 햄프턴 코트로 가겠다고 말했던 것으로 기억해. 그리고 카산드라가 즐거운 시간을 보내도록 내 문하생인, 랠프 데넘을 데려갔을 거야. 아주 똑똑한 친구지. 그렇게 계획한 게 아주 적절했다고 생각해." 그는 이 걱정 없는 화제에 상당히 길게 머물 준비가 되어 있었다. 그리고 그가 그 화제를 다 마치기 전에 캐서린이 오기를 바랐다.

"햄프턴 코트는 늘 약혼한 커플들에게 이상적인 장소라는 생각이 들어. 미로도 있고, 차를 마실 수 있는 좋은 장소도 있지 — 뭐라고 부르는 지 잊어버렸어 — 그리고 자신의 역할을 아는 청년이라면 함께 있는 숙녀를 강으로 데려가려고 할 거야. 풍부한 가능성이 있지 — 풍부하게 말이야. 케이크 먹을래, 실리어?" 힐버리 씨는 계속 말했다. "나는 정찬을 아주 중요하게 생각해. 하지만 그건 도저히 너에게 적용될 수 없을 것 같군. 내가 기억하는 한 너는 그런 정찬의 관습을 전혀 따르지 않았지."

그의 상냥함이 밀베인 부인을 현혹시키지 못했다. 그것은 약간 그녀를 슬프게 했다. 그녀는 그 이유를 잘 알았다. 평소와 다름없이 보는 눈이 없고 혹하여 있다니!

"데넘 씨가 누구지?" 그녀가 물었다.

"랠프 데넘?" 힐버리 씨는 그녀의 관심이 이쪽으로 바뀌었다고 안도하면서 말했다. "아주 흥미로운 청년이지. 나는 그를 대단히 신뢰하고 있어. 그는 영국의 중세 제도에 관한 권위자야. 그리고 그가 생계를 책임지는 일을 떠맡지 않았다면 그는 아주 중요한 책을 쓰게 될 거야."

"그럼, 그는 잘 살지 않는가 봐?" 밀베인 부인이 끼어들었다.

"유감스럽게도 그는 정말 가난해. 그리고 가족들이 어느 정도 그를 의존하고 있어."

"어머니와 누이들이? — 아버지는 돌아가셨어?"

"그래, 그의 아버지는 몇 년 전에 돌아가셨어," 힐버리 씨가 말했다. 그는 필요하다면 밀베인 부인에게 랠프 데넘의 개인사에 관한 사실들을 계속 알려주기 위해 상상력을 동원할 준비가 되어 있었다. 어떤 알 수 없는 이유로 그 주제가 그녀의 마음에 들었기 때문이다.

"그의 아버지가 얼마 전에 돌아가셨기 때문에, 이 청년이 그의 자리를 대신해야만 했어 —"

"법조인 집안이야?" 밀베인 부인이 물었다. "그 이름을 어딘가에서 본 적이 있다는 생각이 들어."

힐버리 씨는 고개를 가로저었다. "그들이 그쪽 분야에서 활동했는지 의문이 드는군," 그가 말했다. "데넘은 자신의 아버지가 곡물 상인이라고 한번 내게 말했던 것 같아. 어쩌면 그가 주식 중개인이라고 말했던가. 어쨌든 그가 사업에 실패했다는군. 주식 중개인들에게 가끔 일어나곤 하는 일이거든. 나는 데넘을 아주 존경해," 그가 덧붙였다. 그 말은 불행히도 그에게 결론처럼 들렸다. 그래서 그는 데넘에 대해 더 말할 것이 없다는 것이 유감스러웠다. 그는 그의 손가락 끝을 자세히 살폈다. "카산드라는 아주 매력적인 여성으로 자랐어," 그가 다시 말을 시작했다. "보기에도 매력적이고, 대화를 나누기에도 매력적이야. 비록 그 애가 역사 지식이 전혀 깊이 있지는 않지만 말이다. 차 한 잔 더 마실래?"

밀베인 부인은 찻잔을 약간 앞으로 밀어주었는데, 이것은 순간의 어떤 불쾌함을 표시하는 듯했다. 하지만 그녀는 더 이상 차를 마시고 싶지 않았다.

"내가 온 건 카산드라 때문이야," 그녀가 말하기 시작했다. "카산드라는 네가 생각한 것과 전혀 다르다는 것을 말하게 되어서 참으로 유감이야, 트레버. 그 애는 너와 매기의 친절을 이용하고 있어. 그 애는 한층 더 믿을 수 없는 그밖의 상황들이 없었더라면 믿을 수 없었을 태도로 행동하고 있었어 — 모든 집들 가운데 바로 이 집에서 말이야."

힐버리 씨는 깜짝 놀라 당황한 듯 보였고, 잠시 말이 없었다.

"모든 것이 아주 불길하게 들리는군," 그는 자신의 손톱을 계속 살피며 점잖게 말했다. "하지만 나는 완전히 모르는 일이야."

밀베인 부인은 엄격해지면서 자신이 전할 내용을 최대한 요약된 짧은 문장으로 전했다.

"카산드라는 누구와 외출했을까? 윌리엄 로드니와. 캐서린은 누구와 외출했을까? 랠프 데넘과 나갔지. 그들이 왜 늘 거리 모퉁이에서 서로 만나 뮤직홀로 가고, 밤늦게 택시를 탔을까? 캐서린은 내가 물을 때, 왜 나에게 진실을 말하지 않을까? 이제 그 이유를 알겠어. 캐서린은 이 무명의 법률가와 즐겁게 보냈어. 그 애는 카산드라의 행동을 묵인하는 것이 적당하다고 생각했지."

다시 약간 말이 중단되었다.

"아, 글쎄, 캐서린이 분명히 내게 설명할 것이 있을 거야," 힐버리 씨가 침착하게 대답했다. "모두 동시에 받아들이기에는 좀 복잡하다고 생각해 — 그리고 무례하다고 생각하지 않는다면, 실리어, 나는 이만 나이트브리지로 가봐야 할 것 같다."

밀베인 부인이 즉시 일어났다.

"그녀는 카산드라의 행동을 묵인하고 랠프 데넘과 관계하게 되었어," 그녀가 되풀이해서 말했다. 그녀는 결과에 개의치 않고 진실을 증명하려는 사람의 용감한 태도로 아주 꼿꼿이 서 있었다. 지난 토론들을 통해 그녀는 그의 태만과 무관심을 저지하는 유일한 방법이 마지막에 방을 떠날 때, 한 차례 축약된 형태로 자신이 앞서 했던 말을 연거푸 퍼붓는 것이라는 것을 알고 있었다. 그렇게 말하고 나자, 그녀는 다른 말을 덧붙이는 것을 자제했고, 대단한 이상에 의해 영감을 받은 사람의 위엄을 보이면서 집을 떠났다.

그녀는 확실히 그가 나이츠브리지 지역을 방문하는 것을 그만두게 하려고 그런 식으로 표현했다. 그는 캐서린에 대해 아무런 걱정을 하지 않았다. 하지만 그의 마음 저편에 카산드라가, 순진하게 아무것도 모른 채, 그들이 감시받지 않고 기분전환을 즐기던 가운데 어떤 어리석은 상황에 빠져들었을지도 모른다는 의혹이 생겼다. 그의 아내는 관습에 대해 별난 심판관이었다. 그 자신은 게을렀다. 그리고 캐서린은 아주 당연하게도 다른 데 정신을 빼앗기고 있었다—여기서 그는 그 비난의 정확한 본질을 생각해냈다. "그녀는 카산드라의 행동을 묵인하고 랠프 데넘과 관계하게 되었어." 이 비난에서 보면 캐서린은 정신을 빼앗기고 있지 **않은** 것으로 보였다. 아니면 그들 중 어떤 이가 캐서린을 랠프 데넘과 관계하도록 한 것인가? 캐서린이 힐버리 씨를 돕기 전에는, 이런 비합리적인 미궁에서 그는 출구를 찾지 못했다. 그리하여 그는 몹시 체념하여 책에 집중했다.

젊은이들이 집으로 들어와 계단을 올라가는 소리를 듣자마자, 그는 하녀를 캐서린에게 보내 서재에서 그녀와 이야기를 나누고 싶다는 말을 전했다. 그녀는 응접실 벽난로 앞에서 모피를 천천히 바닥에 벗어 내리고 있었다. 그들이 모두 주변에 모였고 헤어지기를 머뭇거렸다. 아버지로부터 온 전갈이 캐서린을 놀라게 했다. 그리고 그녀가 나가려고 몸을 돌렸을 때, 다른 사람들은 그녀의 표정에서 막연한 불안감을 감지했다.

힐버리 씨는 그녀의 모습을 보자 안심했다. 그는 책임감이 있고 나이보다 뛰어나게 삶에 대해 깊이 이해하고 있는 딸을 가졌다는 것에 대해 자축했고 자부심을 느꼈다. 게다가 그녀는 오늘 특별하게 보였다. 그는 그녀의 아름다움을 당연하게 받아들이고 있었다. 지금 그는 그 아름다움을 생각해내고 그로 인해 놀랐다. 그는 그녀가 로드니와 함께 있는 행복한 시간을 방해했다고 본능적으로 판단하고 사과했다.

"방해해서 미안하구나, 애야. 너희들이 들어오는 소리를 듣고 당장 내가 무례해지는 편이 낫겠다고 생각했단다—불행하게도 아버지들은 마음에 들지 않는 행동을 하도록 되어 있는 것처럼 말이다. 방금, 네 고모 실리어가 나를 보러 왔다. 네 고모 실리어는 분명히 너와 카산드라가—말하자면 좀 어리석게 행동했다고 생각하고 있어. 이렇게 함께 다니는 것으로 인해—이러한 즐거운 작은 모임들 탓에—어느 정도 오해가 있었어. 나는 그런 일에서 어떤 해로운 것도 보지 못했다고 그녀에게 말했단다. 하지만 네 의견을 듣고 싶구나. 카산드라가 데넘 씨와 꽤 자주 함께 있도록 내버려뒀니?"

캐서린은 즉시 대답하지 않았다. 그리고 힐버리 씨는 격려하듯이 부지깽이로 석탄을 두들겼다. 그러자 캐서린이 당황하거나 변명하지 않고 말했다.

"제가 왜 실리어 고모의 질문에 대답해야 하는지 모르겠어요. 저는 고모에게 이미 답하지 않겠다고 말씀드렸어요."

힐버리 씨는 안심했다. 그리고 그 대화에 대해 상상해보면서 은밀히 즐거워했다. 비록 그는 그런 불경스러움을 표면상으로 허용할 수는 없었지만 말이다.

"아주 잘했다. 그러면 그녀가 오해했고, 다만 약간 재미있는 일이 있었다고 내가 그녀에게 말해도 되겠지? 캐서린, 네 생각에 전혀 의혹이 없는 거지? 카산드라는 우리의 책임 아래에 있으니 사람들이 그녀에 대해 수군거리지 않도록 할 거야. 너는 앞으로 좀 더 주의하도록 해라. 너희들의 다음 여흥 모임에 나도 초대해다오."

그녀는 그가 기대했던 것처럼 다정하거나 유머 있는 대답을 하지 않았다. 그녀는 무언가를 깊이 생각하고 있었다. 그래서 그는 캐서린조차 일을 상관하지 않고 내버려두는 능력에서는 다른 여성들과 다르지 않다는 생각이 들었다. 아니면 그녀는 뭔가 말할 것이 있는가?

"너는 죄의식이라도 느끼는 거니?" 그가 부드럽게 물었다. "말해봐라, 캐서린," 그는 그녀의 시선에 담긴 표정에서 무언가 느끼면서 좀 더 진지하게 말했다.

"언젠가 말씀드리려고 했었어요," 그녀가 말했다. "저는 윌리엄과 결혼하지 않을 거예요."

"결혼하지 않겠다고—!" 그는 너무 놀라 부지깽이를 떨어뜨리며 말했다. "왜? 언제부터? 설명해봐라, 캐서린."

"아, 얼마 전이에요—일주일, 어쩌면 더 전부터요." 캐서린은 그 문제가 더 이상 누구와도 관계없는 것처럼 서둘러 무관심하게 말했다.

"하지만 물어봐도 되겠니—왜 내가 이런 일에 대해 듣지 못한 거니—그게 무얼 의미하는 거니?"

"우리는 결혼하기를 원하지 않아요—그게 전부예요."

"이것이 너뿐만 아니라 윌리엄의 바람이기도 한 거냐?"

"아, 예. 우리는 전적으로 동의했어요."

힐버리 씨는 이보다 더 완벽하게 당황해본 적이 좀처럼 없었다. 그는 캐서린이 그 문제를 이상하리만치 무관심하게 대하고 있다고 생각했다. 그녀는 자신이 말하고 있는 것의 심각성을 거의 의식하지 못하고 있는 듯했다. 그는 그런 태도를 전혀 이해하지 못했다. 하지만 모든 일을 원만히 수습하려는 그의 욕망이 그에게 위안을 주었다. 의심할 바 없이 어떤 다툼이 있었고, 윌리엄 편에서 어떤 변덕이 있었을 것이다. 그는 좋은 사람이긴 하지만 때때로 좀 엄격했다—여성이 바로잡을 수 있는 것이었다. 하지만 그는 자신의 책임에 대해 아주 쉽게 생각하는 경향이 있었지만, 자신의 딸이 일을 그냥 내버려두는 것에 대해 몹시 걱정이 되었다.

"사실 네 말을 이해하기가 아주 어렵구나. 윌리엄 입장에서 그 이야기를 듣고 싶구나," 그는 성마르게 말했다. "그가 우선 나에게 얘기했어야 했다는 생각이 드는구나."

"제가 하지 말라고 했어요," 캐서린이 말했다. "아버지께 아주 이상하게 보일 거라는 것 저도 알아요," 그녀가 덧붙였다. "하지만 확신하건대, 조금만 기다려주시면 — 어머니께서 돌아오실 때까지만이라도."

이렇게 미루기를 간청하는 것은 힐버리 씨에게도 아주 마음에 들었다. 하지만 그의 양심이 그걸 견디지 못할 것이다. 사람들이 험담하고 있었다. 그는 딸의 처신이 어떤 식으로든 비정상적으로 여겨질 것을 참을 수 없었다. 그런 상황에서 그는 아내에게 전보를 보내고, 누이들 중 한 명을 부르고, 윌리엄을 이 집에 오지 못하도록 하며, 카산드라를 서둘러 집으로 돌려보내는 것이 더 낫지 않을까 하고 생각해보았다 — 그는 또한 막연하게 그녀를 감독하는 데 책임을 의식했기 때문이다. 다양한 걱정거리로 인해 그의 이마에는 점점 더 주름이 잡히고 있었다. 그는 캐서린에게 자신을 위해 이 걱정거리를 해결해달라고 부탁하고 싶은 유혹을 몹시 느꼈다. 그때 문이 열리고 윌리엄 로드니가 나타났다. 이것은 태도만이 아니라 상황도 완전히 바꿔놓았다.

"윌리엄이 왔어요," 캐서린이 안심하는 어조로 소리쳤다. "우리가 약혼한 사이가 아니라고 아버지께 말씀드렸어요," 그녀가 그에게 말했다. "당신이 아버지께 말씀드리지 못하게 제가 막았다고 설명드렸어요."

윌리엄의 태도는 아주 두드러지게 격식을 차린 것이었다. 그는 힐버리 씨를 향해 아주 약간 고개를 숙여 인사했다. 그리고 코트의 한쪽 깃을 잡고 벽난로의 중심 부분을 응시하면서 똑바로 섰다. 그는 힐버리 씨가 말하기를 기다렸다.

힐버리 씨도 역시 굉장히 위엄 있는 모습을 취했다. 그는 일어나서 바로 상체를 약간 앞으로 구부렸다.

"이 일에 대해 자네의 설명을 듣고 싶네, 로드니 ─ 캐서린이 더이상 자네가 말하는 걸 막지 않는다면 말일세."

윌리엄은 적어도 이 초 정도 기다렸다.

"저희 약혼이 파기되었습니다." 그는 아주 뻣뻣하게 말했다.

"이 일이 두 사람이 모두 원해서 이뤄진 것인가?"

이야기가 눈에 띄게 중단된 후 윌리엄이 고개를 숙였다. 그러자 캐서린은 뒤늦게 생각이 났다는 듯이 말했다.

"아, 그래요."

힐버리 씨는 이리저리 동요했고, 미뤄두었던 말을 하려는 것처럼 입술을 움직였다.

"이 오해의 여파가 점차 줄어들 시간을 가질 때까지 두 사람에게 어떤 결정도 미루라고 권할 수밖에 없구나. 두 사람은 이제 서로를 이해했으니 ─" 그가 말하기 시작했다.

"오해는 없어요." 캐서린이 끼어들었다. "전혀 없어요." 그녀는 그들을 떠나려고 하는 것처럼 방을 가로질러 몇 발짝 움직였다. 그녀가 먼저 보인 자연스러움은 아버지의 과장된 행동과 윌리엄의 군대식 뻣뻣함과 묘한 대조를 이뤘다. 윌리엄은 한 번도 시선을 들지 않았다. 반면 캐서린의 시선은 두 신사를 지나쳐 책들을 따라갔다 탁자 위로 갔다 문을 향해 이동했다. 그녀는 일어나고 있는 일에 대해 가능한 적게 주의를 기울이고 있는 듯이 보였다.

그녀의 아버지는 갑자기 표정이 어두워지고 걱정스럽게 그녀를 쳐다보았다. 어쨌든 그녀의 착실함과 분별에 대한 그의 신뢰가 묘하게 흔들렸다. 그는 더 이상 그녀의 일을 감독한다고 피상적인 표시를 한 후, 결국 그녀에게 자신에 관한 일 처리를 모두 맡길 수 있겠다는 생각이 들지 않았다. 그는 몇 년 만에 처음으로 그녀에 대해 책임을 느꼈다.

"여보게, 우리는 이 문제에 대해 철저히 따져봐야 하겠네," 그는 격식을 차린 태도를 버리고 마치 캐서린이 없는 것처럼 로드니에게 말을 건넸다. "자네는 좀 다른 의견을 가지고 있나, 그런가? 내 말을 믿어 보게. 대부분 사람들은 약혼했을 때 이런 종류의 일을 겪지. 나는 어떤 다른 인간적인 어리석음에서보다 오래된 약혼으로 인해 더 많은 곤란을 겪는 걸 보았네. 내 충고를 따라서 이 문제는 모두 잊어버리도록 하게―두 사람 모두 말일세. 감정을 철저히 절제하기를 권하네. 어디 유쾌한 해변 유원지에 가보게, 로드니."

그는 결연하게 억누른 의미심장한 감정을 보여주는 듯한 윌리엄의 모습에 충격을 받았다. 그는 캐서린이 윌리엄을 아주 고통스럽게 한 것이 분명하다고 생각했다. 무심코 고통스럽게 했을 것이다. 그리고 틀림없이 그에게 조금도 내키지 않는 상태를 받아들이도록 캐서린이 몰아갔다고 생각했다. 힐버리 씨는 확실히 윌리엄의 고통을 과대평가하지는 않았다. 윌리엄은 그의 생애에서 지금까지 그런 격렬한 고통을 강요당한 적이 한순간도 없었다. 그는 이제 자신의 어리석은 짓의 결과에 직면하고 있었다. 그는 힐버리 씨가 자신에 대해 판단하고 있는 것과 완전히 그리고 근본적으로 다르다는 것을 고백해야 했다. 모든 것이 그에게 적대적이었다. 심지어 일요일 저녁과 벽난로 속의 불길, 그리고 평온한 서재의 풍경조차 그와 맞서고 있었다. 세상 물정에 밝은 사람으로서 그에 대한 힐버리 씨의 호소가 끔찍하게 그를 맞섰다. 그는 더 이상 힐버리 씨가 인정하려 애쓰는 세상 물정에 밝은 사람이 아니었다. 하지만 누군가의 도움 없이 홀로, 어떤 응보의 가능성에 대해 예상하지 않고, 어떤 힘이 지금 당장 자신의 입장을 밝히도록 그를 몰아갔다. 그 힘이 자신을 아래층으로 강제로 끌어들인 것처럼 말이다. 그는 여러 가지 어구들을 더듬어 찾고 있었다. 그런 뒤 불쑥 말했다.

"저는 카산드라를 사랑합니다."

힐버리 씨의 얼굴이 묘하게 흐릿한 자줏빛으로 변했다. 그는 딸을 쳐다보았다. 그는 그녀에게 방을 나가라고 조용히 지시를 내리는 것처럼 고개를 끄덕였다. 하지만 그녀는 그것을 알아채지 못했거나 아니면 따르지 않고 싶었다.

"자네가 뻔뻔스럽게 —" 힐버리 씨는 이전에 자신도 결코 들어본 적이 없는 둔하고 낮은 목소리로 말하기 시작했다. 그때 홀에서 버둥대는 난투와 외침이 있었고, 다른 편에서 말리는 것을 뿌리치고 고집을 부린 것처럼 카산드라가 방으로 뛰어들어 왔다.

"트레버 외삼촌," 그녀가 소리쳤다. "제가 진실을 다 말씀드리겠어요!" 그녀는 마치 두 사람의 싸움을 가로막으려는 듯이 로드니와 외삼촌 사이로 뛰어들었다. 아주 크고 당당해 보이는 외삼촌이 전혀 움직이지 않고 서 있었고 아무도 말하지 않자, 그녀는 약간 뒤로 움츠러들었다. 그리고 먼저 캐서린을 본 다음 로드니를 쳐다보았다. "진실을 아셔야 해요," 그녀는 다소 힘없이 말했다.

"자네는 캐서린 앞에서 내게 이렇게 말할 정도로 뻔뻔스러운 건가?" 힐버리 씨는 카산드라의 개입을 완전히 무시하고 이야기를 계속했다.

"알고 있습니다. 잘 알고 있습니다—" 로드니의 말은 의미가 단절되었고, 한동안 중단되었다 전해졌다. 그리고 그의 시선이 바닥을 향해 있었지만 그럼에도 그의 말은 놀랄 만한 결의를 드러내었다. "어르신이 저를 어떻게 생각하실지 잘 알고 있습니다," 그는 처음으로 힐버리 씨의 눈을 똑바로 쳐다보며 말을 꺼냈다.

"우리 두 사람만 있으면 그 문제에 대한 내 생각을 좀 더 충분히 밝힐 수 있을 것 같네," 힐버리 씨가 응수했다.

"하지만 아버지는 저를 잊고 계시는군요," 캐서린이 말했다. 그녀는 로드니 쪽으로 약간 다가갔다. 그리고 그녀의 움직임은 로드니에 대한 존중과 그와의 연대를 말없이 증명하려는 것처럼 보였다. "저는 윌리엄이 아주 올바르게 행동했다고 생각해요. 그리고 결국, 저에 관한 일이에요—저와 카산드라에 관한 일이에요."

카산드라도 표현하기 힘들 정도로 약간 움직였는데, 이 움직임이 그들 세 사람을 동맹으로 함께 끌어들인 것 같았다. 캐서린의 어조와 눈빛은 힐버리 씨를 한 번 더 완전히 당황스럽게 했고, 게다가 고통스럽고 화나게도 자신이 시대에 뒤처지게 느껴졌다. 하지만 그의 마음속은 지독히 공허했지만 겉으로는 침착했다.

"카산드라와 로드니는 자신들의 문제를 그들 마음대로 처리할 절대적인 권리를 가졌지. 하지만 그들이 왜 내 방이나 내 집에서 그러는지 이유를 모르겠구나……. 그렇지만 나는 이 점에 대해 명확히 해주기를 원해. 너는 더 이상 로드니와 약혼한 사이가 아니다."

그는 잠시 중단했다. 그리고 이러한 중단은 그의 딸이 구제된 것에 상당히 감사함을 나타내는 것 같았다.

카산드라는 캐서린에게로 몸을 돌렸다. 캐서린은 말하려다 자제하는 것처럼 숨을 들이켰다. 로드니도 그녀가 어떤 행동을 하기를 기다리고 있는 것 같았다. 그녀의 아버지는 그 이상의 폭로를 반쯤 기대하고 있는 것처럼 그녀를 흘긋 바라보았다. 그녀는 계속 아무 말이 없었다. 침묵 속에서 그들은 계단을 내려오는 분명한 발자국 소리를 들었다. 그러자 캐서린은 문으로 곧장 걸어갔다.

"기다려라," 힐버리 씨가 명령했다. "너와 이야기하고 싶구나—단둘이서만," 그가 덧붙였다.

그녀는 조금 열린 문을 잡고 잠시 멈춰 섰다.

"돌아오겠어요," 그녀가 말을 하면서 문을 열고 나가버렸다. 그들은 그녀가 밖에서 무슨 말인지 알아들을 수는 없었지만, 누군가와 이야기하는 것을 곧 들을 수 있었다.

힐버리 씨는 죄를 지은 한 쌍과 마주한 채 있었다. 그 두 사람은 자신들이 배제된 것을 받아들일 수 없다는 듯이, 그리고 캐서린이 사라지자 상황에 어떤 변화가 생긴 것처럼 계속 서 있었다. 힐버리 씨도 내심 그렇게 느꼈다. 그는 딸의 행동을 자신에게 만족스럽게 설명할 수 없었기 때문이다.

"트레버 외삼촌," 카산드라가 충동적으로 소리쳤다. "제발 화내지 마세요. 저도 어쩔 수 없었어요. 저를 용서해주시기를 간절히 바라요."

그녀의 외삼촌은 여전히 그녀의 존재를 인정하기를 거부하여, 마치 그녀가 존재하지 않는 것처럼 그녀의 머리 너머로 말했다.

"오트웨이 집안 사람들과는 이야기를 나누었을 걸로 짐작하네," 그는 로드니에게 엄하게 말했다.

"트레버 외삼촌, 우리는 외삼촌께 말씀드리고 싶었어요," 카산드라가 그에게 대답했다. "우리는 기다렸어요—" 그녀는 애원하듯이 로드니를 쳐다보았고, 그는 고개를 아주 약하게 가로저었다.

"그래? 대체 뭘 기다리고 있었다는 거냐?" 그녀의 외삼촌이 드디어 그녀를 바라보며 날카롭게 물었다.

그녀의 입술에서 말이 사라졌다. 그녀에게 도움이 될 수도 있을 방 밖에서 나는 소리를 들으려는 것처럼 그녀는 귀를 쫑긋 세우고 있는 것이 분명했다. 그는 아무 대답도 듣지 못했다. 그도 마찬가지로 귀를 기울이고 있었다.

"이것은 당사자들 모두에게 몹시 불쾌한 일이야," 그는 다시 의자 깊숙이 주저앉으며 어깨를 구부리고 불꽃을 보면서 결론지었다. 그는 혼잣말하는 것처럼 보였고, 로드니와 카산드라는 그를 말없이 지켜보았다.

"앉지 그래?" 그가 갑자기 말했다. 그는 퉁명스럽게 이야기했지만, 화의 기세는 가라앉아 보였다. 아니면 다른 생각에 몰두하게 되었는지도 몰랐다. 카산드라가 그의 말에 따르는 반면 로드니는 계속 서 있었다.

"제가 없으면 카산드라가 그 문제에 대해 더 잘 설명드릴 수 있으리라고 생각합니다," 그가 말했다. 그리고 힐버리 씨가 고개를 약간 끄덕이며 동의를 하자 그는 방을 나갔다.

그러는 동안 옆방에서 데넘과 캐서린은 다시 한 번 마호가니 식탁 앞에 앉아 있었다. 그들은 그들이 방해받은 정확한 지점을 서로 기억해낸 듯, 도중에 끊어진 대화를 계속해나가고 있는 것처럼 보였다. 그리고 가능한 빨리 계속해나가기를 간절히 원했다. 캐서린이 이야기 도중 아버지와의 대화를 간략하게 설명하며 들려주자, 데넘은 아무 의견도 말하지 않고 이렇게 말했다.

"아무튼, 우리가 서로 만나지 말아야 할 이유는 없어요."

"또한 함께 있어야 할 이유도 없죠. 오직 결혼만은 불가능해요," 캐서린이 대답했다.

"하지만 당신을 점점 더 원하고 있다는 걸 깨닫게 되는데도 말인가요?"

"우리가 점점 더 자주 다른 생각에 빠져드는데도요?"

그는 조급하게 한숨을 쉬었다. 그리고 잠시 아무 말도 하지 않았다.

"하지만 적어도," 그가 말을 시작했다. "나의 다른 생각은 묘한 방식으로 여전히 당신과 연결되어 있다는 사실을 우리는 확인했어요. 당신이 다른 생각으로 이탈하는 것이 나와 아무런 상관이 없다는 사실도 말이에요. 캐서린," 그가 덧붙였지만, 그의 이성적인 가정이 흥분으로 중단되었다. "우리가 사랑하고 있다는 것을 당신에게 확신해요 ― 다른 사람들이 사랑이라고 부르는 것 말이에요. 그날 밤을 떠올려봐요. 우리는 그때 무엇이든 의심하지 않았고, 우리는 반 시간 동안 참으로 행복했어요. 당신은 그 다음날까지 다른 생각에 빠져드는 일은 없었어요. 나는 어제 아침까지는 다른 생각으로 빠지지 않았어요. 우리는 온종일 그 사이에 행복했었어요. 그때까지는 ― 내 머리가 이상해질 때까지, 그리고 당신이 아주 자연스럽게도 지루해져 버리게 될 때까지는 말이에요."

"아," 그녀는 그 주제에 화가 난 것처럼 소리쳤다. "당신을 이해시킬 수가 없군요. 그건 지루함이 아니에요 ― 나는 결코 지루하지 않았어요. 현실 말예요 ― 현실," 그녀는 이 말을 따로 떼어 말하면서 강조하고 어쩌면 설명하려는 것처럼 손가락으로 탁자를 두들기면서 갑자기 소리를 질렀다. "나는 당신에게 현실로 존재하기를 멈춰버렸어요. 다시 폭풍 속의 얼굴이 되는 거죠 ― 허리케인 속의 환상 말이죠. 우리는 잠시 동안 함께 있었지만 다시 떨어지게 돼요. 그건 제 잘못이기도 해요. 나도 당신만큼 상태가 나빠요 —어쩌면 더 나쁠 수도 있어요."

그들은 공통적인 말로 "이탈"이라고 명명한 것을 설명하려고 애쓰고 있었다. 지친 몸짓과 빈번하게 말이 중단되는 것에서 드러난 것처럼 그런 일이 처음은 아니었다. 지난 며칠 동안 이 말은 그들을 계속 고통스럽게 하는 원인이었다. 그리고 이것은 캐서린이 열심히 귀를 기울여 랠프의 말을 듣고 그를 막으려 했을 때, 그가 그 집을 떠나려고 나서게 되는 직접적인 이유였다. 이러한 이탈의 원인은 무엇인가? 캐서린이 더욱 아름답고, 혹은 더 낯설게 보였기 때문이거나, 그녀가 다르게 입었거나, 혹은 예상치 않은 어떤 말을 했기 때문이든, 랠프는 그녀의 공상적 이야기를 낌새 챘고, 그의 이런 지각이 솟구쳐 나와 그를 압도하여 침묵하게 했거나 아니면 분명치 않은 표현을 하도록 이끌었던 것이다. 그러면 캐서린은 고의는 아니지만 변함없는 심술로 가로막거나 혹은 단조로운 사실을 주장하거나 그 사실의 가혹함으로 그를 반박했다. 그러면 환상은 사라지고, 이번에는 랠프가 다만 그녀의 그림자만을 사랑했고 그녀의 실재에 대해 아무런 관심도 없었다는 확신을 격렬하게 표현했다. 만약 그 이탈이 그녀 편에서 있었다면, 그것은 점차 떨어져 나가는 형태를 취하여 드디어 그녀는 완전히 자신만의 생각 속에 몰입하게 되었다. 그리하여 그녀는 상대편에서 자신을 다시 불러내는 것을 격렬하게 화낼 정도로 대단히 정적으로 생각에 빠져들었다. 이러한 몽환 상태가, 다음 단계에서 아무리 그와 관계가 거의 없는 것이라 하더라도, 늘 랠프에 의해 비롯된다고 주장해도 소용없었다. 그녀가 그를 필요로하지 않고 그를 떠올리기 몹시 싫다는 사실만이 남아 있었다. 그러면 어떻게 그들이 사랑하고 있다고 할 수 있겠는가? 그들 관계의 파편적인 특성이 유감스럽지만 분명했다.

그리하여 그들은 모든 것을 잊은 채 침울하게 말없이 식탁에 앉아 있었다. 반면 로드니는 자신이 전혀 상상할 수 없을 정도로 흥분하고 심적으로 고양된 상태에 빠져 응접실을 천천히 걷고 있었다. 그리고 카산드라는 외삼촌과 단둘이 함께 있었다. 드디어 랠프는 일어나 창문 쪽으로 우울하게 걸어갔다. 그는 유리창에 몸을 바싹 붙였다. 바깥에는 진실과 자유, 그리고 무한한 공간이 있었다. 이것은 고독한 마음 상태에서 파악될 수 있을 뿐이며 다른 사람에게 결코 전달할 수 없는 것이었다. 그가 파악한 것을 전달하고자 함으로써 그가 지각한 것을 모독하려는 시도보다 어떤 더 나쁜 신성모독이 있겠는가? 그의 이면의 어떤 움직임으로 인해 그는 캐서린이 마음만 먹으면 그녀는 그녀의 영혼에 대해 그가 꿈꾸어 온 것을 실제로 존재하게 하는 힘을 가졌다는 데 생각이 미쳤다. 그는 그녀에게 도움을 간청하기 위해 몸을 급격히 돌렸다. 그때 그는 거리를 둔 그녀의 시선과 멀리 있는 어떤 것에 집중하고 있는 표정에 의해 다시 몹시 충격을 받았다. 자신에 대한 그의 시선을 의식한 듯, 그녀는 일어나 그에게 다가와서 그의 곁에 가까이 섰다. 그리고 그와 함께 저물어가는 어둑어둑한 하늘을 쳐다보았다. 그들이 육체적으로 가까이 있다는 사실이 그에게 그들의 마음의 거리에 대해 몹시 통렬하게 설명했다. 그러나 그녀의 마음은 멀리 있지만, 그의 옆에 있는 그녀의 존재가 세상을 변화시켰다. 그는 자신이 용기 있는 멋진 행동을 실행하는 것을 상상해보았다. 물에 빠진 사람을 구하고 길 잃은 사람들을 도와주고 있었다. 이런 형태의 자기중심주의를 견디기 힘들어 하면서도, 그녀가 거기에 서 있는 한 그는 아무튼 인생이 경이롭고, 낭만적이며 섬길 만한 주인이라는 확신을 떨쳐버릴 수 없었다. 그는 그녀가 이야기하기를 조금도 원하지 않았다. 그는 그녀를 쳐다보거나 접촉하지도 않았다. 그녀는 분명히 자신만의 생각에 깊이 빠져 있었고 그의 존재도 잊고 있었다.

문이 열렸는데 그들은 소리도 듣지 못했다. 힐버리 씨가 방 안을 둘러보았다. 그리고 잠깐 동안 창가에서 두 사람의 모습을 발견하지 못했다. 그는 그들을 보자 불쾌하여 흠칫했다. 그리고 그들을 날카롭게 주시한 뒤 뭔가 말하려고 마음먹은 듯했다. 마침내 그는 몸을 움직여 자신의 존재를 그들에게 알렸다. 그러자 그들이 곧바로 몸을 돌렸다. 말없이 그는 캐서린에게 손짓하여 오라고 했다. 그리고 데넘이 서 있는 곳에 눈길을 두지 않고 자신 앞에 있는 그녀를 서재로 데리고 갔다. 캐서린이 방 안으로 들어가자, 마치 그가 싫어하는 것에서 자신을 지키려는 것처럼 조심스럽게 뒤에 있는 서재 문을 닫았다.

"자, 캐서린," 그는 벽난로 앞에 자리를 잡고 말했다. "아마도 너는 친절하게 설명해주겠지 —" 그녀는 침묵한 채 있었다. "내가 어떤 결론을 내리기를 기대하니?" 그가 날카롭게 말했다 ……. "너는 로드니와 약혼한 상태가 아니라고 말했어. 네가 다른 사람과 아주 친밀한 관계에 있는 것처럼 보이는구나 — 랠프 데넘과 말이다. 내가 어떤 결론을 내려야 하니?" 그녀가 여전히 아무 말이 없자 그가 덧붙였다. "랠프 데넘과 약혼한 거니?"

"아니에요," 그녀가 대답했다.

그의 안도감이 대단히 컸다. 그는 그녀의 대답이 그의 의혹을 확증해줄 것이라고 확신했던 것이다. 하지만 그와 같은 염려가 사라지자, 그는 그녀의 행동 때문에 더욱 화가 나는 것을 느꼈다.

"그러면 내가 할 수 있는 말은 올바른 행동 방식에 관한 네 생각이 아주 이상하다는 거다⋯⋯. 사람들은 어떤 결론을 내리지. 나도 그게 놀랍지 않아⋯⋯. 그것에 대해 생각하면 할수록 더욱 납득이 가지 않게 돼," 그가 말을 계속 하자 화가 치밀었다. "내 집에서 벌어지는 일을 왜 나는 모르고 있었던 거냐? 왜 내 누이에게서 이 사건에 대해 처음으로 전해 듣게 된 거냐? 아주 불쾌하구나―대단히 당황스러워. 네 고모부 프랜시스에게 어떻게 설명해야 하나―하지만 난 이 일에 상관하지 않겠다. 카산드라는 내일 떠난다. 로드니는 이 집에 출입을 금할 거다. 다른 청년에 대해 말하자면, 그가 빨리 떠날수록 더 좋아. 널 정말 절대적으로 믿었는데, 캐서린―" 그의 말을 대하는 그녀의 불길한 침묵에 불안해져서 그는 말을 중단했다. 그리고 지금까지 그가 생각했던 딸의 마음 상태에 대해 오늘 밤 처음으로 호기심 어린 의심을 품고 그녀를 쳐다보았다. 그는 다시 한 번 그녀가 자신의 이야기에 주목하지 않고 다른 데 귀를 기울이고 있다는 것을 알아차렸다. 그녀는 방 밖에서 나는 소리를 들으려고 귀를 기울이고 있었고 그도 역시 잠시 귀를 기울였다. 데넘과 캐서린 사이에 어떤 합의가 있다는 확신이 되살아났다. 하지만 그것을 둘러싸고 뭔가 용납되지 않는 일이 있다는 아주 불쾌한 의혹이 함께 되살아났다. 그 젊은이들이 처한 입장 전부가 그에게는 심각하게 사회적 통념에 어긋난 것처럼 보였기 때문이다.

"내가 데넘에게 말해보겠다," 그는 의혹에 대한 충동으로, 밖으로 나가려는 듯이 움직이면서 말했다.

"저도 같이 가겠어요," 캐서린이 앞으로 튀어나가면서 즉시 말했다.

"너는 여기서 기다려라," 그녀의 아버지가 말했다.

"그에게 무슨 말씀을 하시려고요?" 그녀가 물었다.

"내 집에서 내가 하고 싶은 말은 할 수 있을 것 같은데?" 그가 응수했다.

"그러면 저도 가겠어요." 그녀가 대답했다.

가겠다는 결심을—영원히 가겠다는—암시하는 듯한 이 말에 힐버리 씨는 벽난로 앞의 그의 자리로 되돌아와서 잠시 동안 한 마디 말도 하지 않고 좌우로 약간 몸을 흔들었다.

"네가 그와 약혼하지 않았다고 말한 것으로 이해했다." 그는 시선을 딸에게 고정한 채, 드디어 말했다.

"우리는 약혼하지 않았어요." 그녀가 말했다.

"그러면 그가 여기 오든 그렇지 않든 너와 상관없는 일이겠구나—내가 너에게 이야기하고 있는데, 네가 다른 것에 귀를 기울이게 하지는 않을 테다!" 그는 그녀가 한쪽으로 조금 움직이자 화를 내며 말을 중단했다. "솔직히 내게 대답해봐라, 이 청년과 너는 어떤 사이냐?"

"제삼자에게 설명할 수 있는 것은 아무것도 없어요." 그녀가 완강하게 말했다.

"이런 애매한 말을 더 이상 듣지 않을 거다." 그가 대답했다.

"전 설명하지 않겠어요." 그녀가 답변했다. 그리고 그녀가 그렇게 말했을 때 현관문이 쾅 닫히는 소리가 났다. "저기!" 그녀가 소리쳤다. "그가 가버렸어요!" 그녀가 아버지를 불같이 타오르는 그런 분노의 눈길로 쏘아보자 그는 한동안 자제력을 잃고 말았다.

"제발, 캐서린, 자제 좀 하거라!" 그가 소리쳤다.

그녀는 한동안 문명화된 거주지에 갇힌 야생동물처럼 보였다. 그녀는 책들로 둘러싸인 벽을 죽 훑어보았다. 잠시 문의 위치를 잊은 것처럼 말이다. 그런 뒤 그녀는 나가려는 듯 움직였지만 아버지가 그녀의 어깨에 손을 얹었다. 그는 그녀를 억지로 앉혔다.

"당연한 거지만, 이런 감정들이 아주 혼란스럽게 하는구나," 그가 말했다. 그의 태도는 온화함을 온전히 되찾았다. 그리고 그는 달래는 듯이 아버지다운 권위를 가장하여 말했다.

"카산드라로부터 들어보니 네가 아주 어려운 상황에 놓여 있더구나. 이제 그만 타협하자. 이 혼란스러운 문제는 당분간 조용히 놔두도록 하자. 지금으로서는 문명인처럼 행동하려고 노력하자구나. 월터 스콧 경을 읽도록 하자.『골동품 연구가』는 어떨까, 응? 아니면『래머무어의 신부』는 어때?"

그는 스스로 책을 선택했다. 그의 딸이 이의를 제기하거나 도망가기 전에 말이다. 그녀는 월터 스콧 경의 중개로 자신이 문명인으로 바뀌어가고 있는 것을 깨닫게 되었다.

그렇지만 힐버리 씨는 책을 읽는 동안에도 문명인이 되는 과정이 피상적인 것 이상인지에 대해 심각하게 의문을 품었다. 그날 밤 문명은 아주 극심하게 그리고 아주 불쾌하게 파괴되었다. 파괴의 규모는 아직 결정되지 않았다. 그는 평정을 잃었는데, 약 십 년의 기간 동안 필적할 만한 것이 없는 육체적 재난이었다. 그리하여 그의 상태는 고전의 도움으로 마음을 달래고 원기를 회복시킬 것을 절박하게 필요로 했다. 그의 집은 변혁의 상태에 있었다. 그는 계단에서 부딪히는 불쾌한 만남의 광경을 떠올렸다. 다가올 며칠 동안 그의 식사는 망쳐질 것이다. 정말 문학이 그런 불쾌한 일에 대한 특효약이었던가? 그가 책을 읽을 때 그의 목소리에는 공허한 음색이 나타났다.

제33장

　힐버리 씨는 이웃한 집과 순서대로 정확하게 번지수가 매겨진 집에 살면서, 서류를 작성했고, 세도 지불했으며, 앞으로 계속해서 칠 년간 더 임대기간이 남았다는 것을 고려해볼 때, 그가 자신의 집에 사는 사람들의 행동 규칙을 정할 만한 명분을 가지게 되었다. 그리고 이 명분은 매우 부적당했지만 그는 자신이 직면한 문명이 파괴된 공백기 동안 유용하다고 생각했다. 이 규칙에 따라 로드니가 모습을 감췄다. 카산드라는 월요일 아침 열한 시 삼십 분에 열차를 타도록 처리되었다. 데넘은 더 이상 보이지 않았다. 그리하여 위층 방의 합법적인 거주인인 캐서린만이 남게 되었다. 그리고 힐버리 씨는 그녀가 신용을 더 떨어뜨리게 할 어떤 행동도 하지 않을 것이라고 생각하고 스스로를 유능하다고 여겼다. 다음날 그녀에게 아침 인사를 했을 때, 그는 그녀가 무엇을 생각하고 있는지 도무지 알 수 없다는 사실을 깨달았다. 하지만 그는 약간 씁쓸하게 곰곰이 생각해보니, 이 일조차 이전의 아침마다 매번 아무것도 몰랐던 것에서 진전을 이룬 것이었다. 그는 서재로 가서 아내에게 편지를 썼다가는 찢어버리고 또다시 썼다.

그녀에게 집안의 어려운 일 때문에 돌아오라고 요청했다. 그는 처음에는 이 어려운 일에 대해 세세히 썼지만 나중에는 좀 더 신중하게 자세히 쓰지 않은 채로 두었다. 그녀가 그 편지를 받은 바로 그 순간 출발했다 하더라도, 목요일 밤까지 집에 올 수 없을 것이라고 그는 생각했다. 그리고 그는 혐오스럽게 권위 있는 태도로 자신이 딸과 단둘이 보내게 될 시간을 슬픈 듯이 세어보았다.

그는 아내에게 보내는 편지 봉투에 주소를 쓰면서 딸이 지금 무엇을 하고 있을지 궁금해졌다. 그는 전화를 통제할 수 없었다. 그는 몰래 감시할 수도 없었다. 그녀는 어떤 계획을 세울지도 몰랐다. 그러나 이런 생각이 어젯밤 젊은이들과 함께했던 모든 상황의 이상하고 불쾌하며 용납할 수 없는 분위기만큼 그의 마음을 어지럽히지는 않았다. 그는 불쾌감을 거의 몸으로 느낄 수 있었다.

그가 확실히 알게 된 것은 캐서린이 전화에서 육체적으로 또한 정신적으로도 모두 충분히 멀리 물러나 있었다는 것이다. 그녀는 자신의 방에서 책상에 사전들을 넓게 펼쳐놓고 또한 여러 해 동안 정리하여 쌓아놓고 숨겨왔던 모든 책들을 펼쳐놓은 채 앉아 있었다. 그녀는 동요되지 않고 집중하여 작업했다. 이런 집중은 달갑지 않은 생각을 다른 생각을 통해 떨어져 나가게 하려는 성공적인 노력에서 생긴 것이다. 반갑지 않은 생각을 지우면서, 이러한 성공으로 그녀의 지성은 부가적인 활력을 받아 활동을 시작했다. 종이 위에 빈번하고 견고하게 적힌 숫자와 부호로 된 행들은 그녀의 지성이 전진해가는 각각 다른 단계들의 특성을 보여줬다. 그렇지만 때는 대낮이었다. 문을 두드리고 청소하는 소리가 들렸고, 이 소리는 문 저편에서 사람들이 활기차게 일하고 있다는 것을 증명했다. 그리고 한순간에 열릴 수 있는 그 문은 그녀를 세상으로부터 보호해주는 유일한 방어막이었다. 하지만 그녀는 무의식적으로 자신의 통치권을 떠맡으며 아무튼 자신의 왕국에서 여주인이 되기 위해 일어섰다.

발걸음 소리가 그녀에게 다가왔지만 그녀는 듣지 못했다. 사실 그것은 느리게 걷다 길을 벗어나기도 했고, 예순이 넘은, 게다가 나뭇잎과 꽃을 팔에 한 아름 안은 사람이 자연스럽게 취할 수 있는 신중한 태도로 계단을 오르는 발걸음 소리였다. 그런데 발걸음 소리는 꾸준히 다가오고 있었다. 그리하여 월계수 가지가 문을 가볍게 두드리는 소리가 종이를 가볍게 건드리고 있는 캐서린의 연필의 움직임을 중지시켰다. 하지만 그녀는 움직이지 않고 방해가 끝나기를 기다리는 것처럼 멍한 눈을 한 채 앉아 있었다. 방해가 중단되는 대신에 문이 열렸다. 처음에 그녀는 어떤 사람의 중개도 없이 독립적으로 방 안으로 들어온 것처럼 보이는 움직이는 녹색 덩어리에 아무 의미도 부여할 수 없었다. 그런 다음 그녀는 노란 꽃들과 종려나무 싹들의 부드러운 벨벳 같은 솜털 뒤에 있는 어머니 모습의 일부를 알아보았다.

"셰익스피어의 무덤으로부터!" 봉헌하는 행위를 암시하는 듯한 몸짓으로 그 녹색 덩어리를 마루에 떨어뜨리면서 힐버리 부인이 외쳤다. 그런 뒤 그녀는 팔을 넓게 뻗으며 딸을 포옹했다.

"하나님 감사합니다, 캐서린!" 그녀가 외쳤다. "하나님 감사합니다!" 그녀가 되풀이해서 말했다.

"돌아오셨어요?" 캐서린은 포옹을 받기 위해 일어서서 아주 건성으로 말했다.

비록 그녀는 어머니의 존재를 인정했지만, 자신은 그 장면에 전혀 개입하지 않았다. 그럼에도 알 수 없는 축복에 대해 하나님께 힘주어 감사드리고, 셰익스피어의 무덤에서 가져온 꽃과 나뭇잎들을 마룻바닥에 흩뿌리면서 어머니가 거기에 있다는 것이 놀랍도록 적절하다고 느꼈다.

"세상에서 다른 어떤 것도 중요하지 않아!" 힐버리 부인이 말을 이었다. "평판이 전부가 아니야. 바로 우리가 느끼고 있는 것이 가장 중요한 것이란다. 어리석고, 친절하고, 간섭하는 편지는 필요 없었어. 네 아버지가 나에게 말해줄 필요도 없었어. 나는 처음부터 알고 있었어. 나는 그렇게 되도록 기도했단다."

"알고 계셨다고요?" 캐서린은 어머니를 스쳐 지나는 눈길로 바라보면서 부드럽고 희미하게 어머니의 말을 반복했다. "어떻게 아셨어요?" 그녀는 아이처럼 어머니의 망토 자락에 늘어져 있는 장식 술을 만지작거리기 시작했다.

"첫째 날 밤에 넌 나에게 말했어, 캐서린. 아, 그리고 수천 번―정찬 모임―책에 관한 대화―그가 방 안으로 들어올 때의 태도―그에 대해 이야기할 때의 네 목소리."

캐서린은 이 각각의 증거들을 하나하나 생각해보는 듯했다. 그런 뒤 그녀는 심각하게 말했다.

"저는 윌리엄과 결혼하지 않을 거예요. 그리고 또 카산드라는―"

"그래, 카산드라가 있었어," 힐버리 부인이 말했다. "처음엔 나도 약간 싫었다는 것을 인정하마. 하지만 뭐라고 해도 그 애는 피아노를 아주 아름답게 연주해. 말해봐라, 캐서린," 그녀는 충동적으로 물었다. "그 애가 모차르트를 연주했던 날 밤, 내가 잠이 들었다고 네가 생각했던 날 밤에 넌 어디를 갔었니?"

캐서린은 어렵게 생각을 더듬어보았다.

"메리 대치트의 집으로 갔어요," 그녀가 기억해냈다.

"아하!" 힐버리 부인은 목소리에서 약간 실망스러운 음색을 띠며 말했다. "난 작은 로맨스를 생각했었는데―작은 추측 말이다." 그녀는 딸을 바라보았다. 캐서린은 순진하면서도 꿰뚫는 눈길 아래에서 머뭇거렸다. 그녀는 얼굴이 달아올라 고개를 돌렸고, 그런 다음 아주 빛나는 눈으로 올려다보았다.

"저는 랠프 데넘을 사랑하지 않아요," 그녀가 말했다.

"네가 사랑하지 않는다면 결혼하지 말도록 해라!" 힐버리 부인이 아주 재빨리 말했다. "하지만," 그녀는 딸을 순간적으로 흘긋 보면서 덧붙였다. "여러 가지 방식이 있지 않니, 캐서린ㅡ여러 가지 말이야ㅡ?"

"우리는 원할 때마다 만나기를 바라요. 하지만 자유롭길 원하죠," 캐서린이 말을 이었다.

"여기서 만나고, 그의 집에서 만나고, 거리에서도 만나고."

힐버리 부인은 자신의 귀에 그다지 만족스럽지 않은 화음을 시험해보듯이 이 어구들을 대강 훑어보았다. 그녀에게 정보의 출처가 있는 것이 분명했다. 그리고 정말 그녀의 가방은 그녀가 "친절한 편지"라고 부르는 시누이로부터 온 편지로 채워져 있었다.

"그래요. 혹은 떨어져 시골에 있기도 하죠," 캐서린이 말을 맺었다.

힐버리 부인이 잠시 말을 멈췄는데, 그녀는 불행해 보였다. 그리고 창문을 통해 영감을 얻으려고 했다.

"그가 그 가게에 있었던 것이 얼마나 위로가 되었는데ㅡ어떻게 나를 데리고 가서 즉시 유적지를 발견했는지 말이다ㅡ그와 있으면서 난 얼마나 **안심**이 되었는지ㅡ"

"안심이 되었다고요? 오, 아니에요, 그는 지독하게 경솔해요ㅡ그는 항상 위험을 무릅쓰고 있어요. 그는 자신의 직업을 던져버리고 작은 시골집에서 살면서 책을 쓰기를 원하죠. 자신은 한 푼도 없는데다, 꽤 많은 누이들과 형제들이 그를 의존하고 있는데도 말이죠."

"아, 어머니도 계시니?" 힐버리 부인이 물었다.

"네. 머리가 하얀 인상 좋은 노부인이에요." 캐서린은 그의 집을 방문했던 일에 대해 묘사하기 시작했다. 그리고 이내 힐버리 부인은 그 집이 아주 형편없이 보기 흉하며 랠프는 이것을 불만 없이 견뎌내고 있을 뿐만 아니라, 모든 식구가 그에게 의존하고 있으며 그 집의 맨 위층에 런던이 내려다보이는 멋진 전망과 떼까마귀와 함께하는 그의 방이 있다는 사실을 알게 되었다.

"한구석에 깃털이 반쯤 **빠진** 가엾은 늙은 새 한 마리가 있어요." 그녀는 인류의 고통을 애처로워하는 듯한 부드러운 목소리로 말했다. 그러면서 그런 고통을 완화시킬 수 있는 랠프 데넘의 능력에 확실히 신뢰를 두는 듯한 목소리였다. 따라서 힐버리 부인은 이렇게 소리치지 않을 수 없었다.

"그런데, 캐서린, 너는 사랑에 **빠진 거야**!" 이 말에 캐서린은 얼굴이 달아올랐고, 마치 어머니가 해서는 안 될 말을 한 것처럼 깜짝 놀란 듯 보였다. 그러고는 고개를 가로저었다.

서둘러 힐버리 부인은 그 특별한 집의 세세한 부분에 대해 질문을 더 했다. 그리고 오솔길에서 키츠와 코울리지의 만남[1]에 대한 몇 가지 추측을 끼어 넣어 그 순간의 불편함을 모면했다. 그리하여 캐서린에게 좀 더 묘사를 더 하고 비밀을 누설하도록 이끌었다. 사실 캐서린은 아주 어린 시절에 대했던 어머니인, 지혜로우면서 한편으로 자애로운 누군가와 말할 수 있는 자유로움에서 특별한 즐거움을 느끼고 있었다. 그리고 어머니의 침묵은 전혀 묻지 않았던 질문에 대한 대답처럼 보였다. 힐버리 부인은 오랜 시간 동안 어떤 대꾸도 하지 않고 듣고 있었다. 그녀는 딸의 말을 듣는 것보다 차라리 그녀를 쳐다봄으로써 자신의 결론을 이

---

1   1819년 4월 11일 하이게이트의 오솔길에서 키츠와 코울리지가 만났다.

끌어내는 듯했다. 그리하여 그녀가 세세하게 추궁당한다면, 그가 몹시 가난하고, 아버지를 여의었고, 하이게이트에 산다는 것 외에 아마 그녀는 랠프 데넘의 인생사에 대해 몹시 부정확한 해석을 내놓을 것이다—그 모든 것이 그에게 아주 유리하게 작용했다. 하지만 이렇게 은밀하게 슬쩍 봄으로써 그녀는 캐서린이 매우 커다란 즐거움과 몹시 심각한 불안 사이를 오락가락 하는 상태라는 것을 확신했다.

그녀는 마침내 갑자기 소리치지 않을 수 없었다.

"요즘은 등기소에서 오 분이면 모두 다 끝난단다. 너희들이 교회의 예배식이 다소 화려하다고 생각한다면 말이다—고상한 면이 있긴 하지만 그렇긴 하지."

"그렇지만 우리는 결혼하기를 원하지 않아요," 캐서린이 강조하며 대답했다. 그리고 덧붙였다. "어쨌든 결혼하지 않고 함께 사는 것이 왜 절대로 불가능한 것인가요?"

다시 힐버리 부인은 불안해 보였다. 그리고 그녀는 곤란에 처하여 책상 위에 있는 종이들을 집어 들고 이리저리 넘겨보기 시작했다. 그리고 그것을 훑어보면서 중얼거리기 시작했다.

"A 더하기 B 빼기 C는 **xyz**. 이건 아주 끔찍하게 보기 흉하구나, 캐서린. 그게 내가 느낀 거야—아주 끔찍하게 보기 흉해."

캐서린은 어머니로부터 종이들을 뺏어서 멍하니 뒤섞기 시작했다. 그녀의 고정된 시선이 그녀가 어떤 다른 문제에 대해 골똘히 생각하고 있다는 것을 보여주는 것 같았기 때문이다.

"글쎄요, 저는 보기 흉한 줄 모르겠어요," 그녀가 드디어 말했다.

"그런데 그가 너에게 그걸 해달라고 한 건 아니지?" 힐버리 부인이 소리쳤다. "차분한 갈색 눈을 가진 진지한 청년이 그러지 않았겠지?"

"그는 어떤 것도 요구하지 않아요 — 우리들 중 누구도 서로에게 어떤 것도 요구하지 않아요."

"내가 너를 도울 수 있다면, 캐서린 내가 느꼈던 것을 기억해서 —"

"그래요, 어머니가 느꼈던 것을 말해주세요."

힐버리 부인의 시선이 멍해지면서 그녀는 대단히 긴 나날들의 복도 아래를 응시했다. 저 멀리 그 복도의 끝에 그녀 자신과 남편의 조그만 형체가 환상적으로 옷을 차려입고 나타났다. 달빛이 비치는 해변에서 손을 잡고 있었고, 장미가 어스름 속에서 흔들리고 있었다.

"우리는 밤에 작은 보트를 타고 나가 큰 배를 향해 가고 있었어," 그녀가 말을 시작했다. "해가 지고 달이 우리 머리 위로 떠오르고 있었어. 물결 위로 아름다운 은빛이 어른거렸고 만의 한가운데 있는 증기선에는 세 개의 녹색 불빛이 있었어. 돛대를 뒤에 두고 있는 네 아버지의 머리는 아주 위엄 있어 보였어. 그것이 삶이었고, 죽음이었어. 거대한 바다가 우리 주위에 있었어. 그것은 영원한 항해였지."

오래된 동화가 낭랑하게 조화로운 화음을 이뤄 캐서린의 귀에 닿았다. 그랬다. 바다의 광활한 공간이 있었다. 그리고 증기선에 세 개의 녹색 불빛이 있었다. 외투를 입은 사람들의 형체가 갑판으로 올라갔다. 그리고 그렇게 녹색과 자줏빛 바다를 가로질러 항해하면서, 절벽과 모래에 싸인 석호를 지나고 배들의 돛대로 가득 차 있는 강의 깊은 곳들과 교회의 첨탑들을 거쳐 지나갔다 — 여기에 그들이 있었다. 강이 그들을 실어와 정확히 지금 여기에 내려놓았다. 그녀는 감탄하며 먼 옛날의 항해자인 어머니를 쳐다보았다.

"누가 알겠니," 힐버리 부인이 공상을 계속하면서 외쳤다. "우리가 어디로 향하는지, 혹은 왜, 누가 우리를 가게 했는지, 아니면 우리가 무엇을 찾게 될지—사랑이 우리의 신념이라는 것 외에 누구든 아무것도 몰라—사랑 말이다—" 그녀는 중얼거리듯 낮은 목소리를 냈다. 그리고 그녀의 딸에게 불분명한 말에서 울리는 낮은 소리는 자신이 응시하고 있는 광활한 해안에서 파도가 엄숙하게 차례대로 부서지는 것처럼 들렸다. 그녀는 어머니가 그 말을 거의 무한정 되풀이했더라도 만족했을 것이다—다른 사람이 입 밖으로 표현하자 위안이 되는 말이었고, 세상의 흩어진 조각들을 함께 단단히 고정시키는 것이었다. 그러나 힐버리 부인은 사랑이라는 말을 되풀이하는 대신 간청하듯 말했다.

"그런데 너는 그 흉측한 생각을 다시 하지는 않을 테지, 그렇지, 캐서린?" 이 말에 캐서린이 주의를 기울이고 있던 배가 항구로 들어와 항해를 끝맺는 듯했다. 그렇지만 정확하게 공감은 아니라도, 그녀는 자신의 관점에서 그 문제를 되새기기 위해 어떤 충고나 혹은 적어도 자신의 문제를 제삼자 앞에 토로할 기회가 절실히 필요했다.

"하지만 그 당시," 그녀는 흉측함이라는 어려운 문제를 무시하고 말했다. "어머니는 어머니가 사랑에 빠졌다는 걸 아셨죠. 그렇지만 우리는 달라요. 그런 것 같아요," 곤란한 감정을 조절하려는 것처럼 약간 눈살을 찌푸리면서 그녀가 말을 이었다. "마치 무언가가 갑자기 끝난 것처럼—작동을 멈췄고—흐릿해졌죠—환상을—마치 우리가 사랑하고 있다고 생각했을 때, 우리가 이 환상을 만들어내는 것처럼—우리는 존재하지 않는 것을 상상해요. 그것이 우리가 결혼할 수 없는 이유예요. 늘 상대방이 환상이라는 걸 알게 되고, 떠나고 잊으며, 좋아했는지 혹은 그가 전혀 상대방이 아닌 누군가를 좋아하고 있었던 것은 아닌지 결코 확신하지 못하죠. 하나의 상태에서 다른 상태로 변하는 공포, 한순간 행복하다 다음 순간 비참해지죠 — 이것이 우리가 아무리해도 결혼할 수 없는 이유예요. 동시에," 그녀가 말을 계속했다. "우리는 서로가 없이는 살 수 없어요, 왜냐하면 —" 힐버리 부인은 그 문장이 완성되기를 참을성 있게 기다렸다. 하지만 캐서린은 침묵에 빠졌고 숫자들이 적힌 종이를 만지작거렸다.

"우리는 우리의 비전을 신뢰해야 해," 힐버리 부인은 숫자들을 흘깃 보며 다시 말하기 시작했다. 그 숫자들은 막연하게 그녀를 괴롭혔고, 그녀의 마음속에서 집안의 회계장부와 연관되었다. "그렇지 않으면, 네가 말한 대로 —" 그녀는 어쩌면 자신에게 아주 낯설지 않은 환멸의 심연 속으로 재빨리 눈길을 던졌다.

"나를 믿어라, 캐서린, 그것은 모든 사람에게 똑같아 — 나에게 도 — 네 아버지에게도," 그녀는 진심으로 말하고 한숨지었다. 그들은 함께 심연 속을 바라보았다. 그리고 두 사람 가운데 연장자로서 힐버리 부인이 먼저 정신을 차리고 물었다.

"그런데 랠프는 어디 있니? 왜 그는 나를 보러 여기에 오지 않는 거니?"

캐서린의 표정이 곧바로 바뀌었다.

"왜냐하면 그는 여기에 오는 것이 허락되지 않아요," 그녀가 씁쓸히 말했다.

힐버리 부인은 이 말을 무시했다.

"점심 식사 전에 그를 부르기 위해 사람을 보낼 시간이 있을까?" 그녀가 물었다.

캐서린은 실로 그녀가 마술사인 것처럼 그녀를 쳐다보았다. 한 번 더 그녀는 충고하고 지시 내리곤 했던 성인 여성이 아니라, 긴 풀과 작은 꽃들 위로 겨우 일이 피트 더 큰 키에 불과하고 분명치 않은 몸집의 인물에게 완전히 의지하고 있다고 느꼈다. 그 인물의 머리는 창공 속으로 솟아 있었고, 그 손은 인도하려고 그녀의 손을 잡고 있었다.

"저는 그가 없이는 행복하지 않아요," 그녀가 간단하게 말했다.

힐버리 부인은 모두 다 이해했고 미래에 대한 계획을 즉각적으로 생각해냈다는 듯한 태도로 고개를 끄덕였다. 그녀는 꽃들을 쓸어 모아 달콤한 향기를 맡았다. 그러고는 방앗간의 처녀에 관한 짧은 노래를 흥얼거리며 방을 나갔다.

그날 오후 랠프 데넘은 맡은 사건에 완전히 몰두하고 있지 않은 것 같았다. 그렇지만 고인이 된 더블린의 존 리이크 사건은 변호사가 기울일 수 있는 모든 주의를 요하는 몹시 어려운 사건이었다. 리이크의 미망인과 다섯 명의 어린아이들이 어쨌든 적은 수입이라도 받으려면 말이다. 그러나 오늘은 랠프의 자비심에 호소하는 일이 받아들여질 기회가 거의 없었다. 그는 더 이상 집중의 본보기가 되지 못했다. 그의 삶에서 서로 다른 구획들 사이에 아주 조심스럽게 세워놓은 칸막이가 무너져버렸다. 그의 시선이 재산 처분에 관한 유언장에 고정되어 있긴 했지만, 그가 그 지면을 통해 체니 워크에 있는 어떤 응접실을 보고 있었기 때문에 그러했다.

그는 품위 있게 집으로 돌아 갈 수 있을 때까지 마음속의 칸막이를 유지하기 위해 이전에 효과가 있었던 것으로 증명된 모든 방책을 시도했다. 그러나 얼마쯤 놀랍게도 그는 마치 외부에서 나타난듯 캐서린에 의해 아주 끈질기게 공격받고 있다고 생각했고, 그리하여 그녀와의 상상의 대화 속으로 절망적으로 빠져들기 시작했다. 그녀는 판례집들로 꽉 차 있는 책장을 치워버렸다.

그리고 잠에서 깨어난 순간 때때로 방이 낯설게 보이듯이 방의 구석과 경계선들은 그렇게 윤곽이 묘하게 흐릿해져 있었다. 점차 그의 마음속에서 규칙적인 간격으로 박자 혹은 강세가 울리기 시작했다. 그의 생각이 쌓여 파도가 되었고, 그 파도에 낱말들이 맞춰지면서 말이다. 그리고 그는 자신이 무엇을 하고 있는지 거의 의식하지 못한 채, 초고지의 각 행마다 몇 개의 낱말이 부족한 시처럼 보이는 것을 쓰기 시작했다. 하지만 몇 줄 쓰기도 전에, 마치 펜에 그의 그릇된 행동에 책임이 있는 것처럼 그는 그것을 거칠게 던져버렸다. 그리고 종이를 갈기갈기 찢어버렸다. 이것은 캐서린이 자신을 주장하여, 시적으로는 논박될 수 없는 말을 그에게 표현했었다는 표시였다. 그녀의 말은 시에 완전히 부정적이었다. 시는 그녀와 조금도 상관도 없다는 취지였기 때문이다. 그녀는 모든 친구들이 문구를 만들면서 그들의 인생을 보낸다고 말했다. 그의 모든 감정은 환상이라고 말했다. 그래서 다음 순간 그의 무능함을 조소하려는 것처럼 그녀는 그의 존재에 대해서는 조금도 고려하지 않는 그 꿈같은 상태로 빠져들었다. 랠프는 자신이 첼시에서 상당히 떨어져 있는 링컨즈 인 필즈의 자신의 작은 사무실 가운데 서 있다는 사실로 그녀의 주의를 끌고자 강렬히 시도하면서 고무되었다. 물리적인 거리가 그의 절망을 증폭시켰다. 그는 천천히 원을 그리며 걷기 시작했다. 그 과정이 싫증날 때까지 그렇게 했다. 그런 뒤 편지를 쓰기 위해 종이 한 장을 집어들었다. 그는 편지를 쓰기 시작하기도 전에 그것을 그날 저녁에 보내겠다고 다짐했다.

　말로 표현하는 일은 어려운 일이었다. 시라면 그것을 더 정확하게 잘 표현했을 것이다. 하지만 그는 시를 쓰는 일을 삼갔다. 반쯤 지워진 무수하게 휘갈겨 쓴 글에서, 그는 비록 인간이 의사소통에 지독히도 서투르게 적응했지만, 그래도 그러한 교류가 우리가 알고 있는 최선일 것이라는 가능성을 그녀에게 전하고자 노력했다. 더욱이 그들은 각자가 개인적인 일과 독립된 다른 세계에 접근할 수 있었다. 즉 법률과 철학의 세계, 혹은 더욱 기묘하게도 그들이 함께 무언가를 공유하고, 무언가를, 이상을—우리의 실제 상황보다 이전에 던져진 비전을—창조하고 있었던 것 같았던 얼마 전날 밤 흘끗 보았던 것 같은 그런 세계에 접근할 수 있었다. 만약 이 금빛 테두리가 소멸된다면, 만약 삶이 더 이상 환상으로 에워싸여지지 않는다면 (하지만 그것이 결국 환상이었을까?), 그러면 그 삶은 최후까지 견디기에 너무 황량한 일일 것이다. 그리하여 그는 잠시 동안 분명한 방법을 만들어 적어도 한 문장은 완전하게 유지되게 한다는 갑작스러운 확신이 솟구쳐 나와 글을 썼다. 다른 욕구를 고려해볼 때, 대체로 그 결론은 그에게 그들의 관계를 정당화해주는 것처럼 보였다. 그러나 그 결론은 신비주의적이었다. 그리하여 그 결론으로 인해 그는 생각에 잠겼다. 실로 이만큼의 양을 쓰는 데 겪은 어려움과 단어들의 부적절함, 그리고 그 단어들의 영향 아래에 있으면서 또한 그것들을 넘어서는, 결국 더 나을 것도 없는 것들을 써야 할 필요성 때문에 그는 결국 그만두게 되었다. 어쨌든 자신의 저작에 만족하기도 전에, 그리고 그러한 산만한 글쓰기가 캐서린의 관점에 결코 맞지 않을 것이라는 확신에 저항하기도 전에 그만두게 되었다. 그는 전보다 더 그녀로부터 단절되었다고 느꼈다. 나태함에서 그리고 말로는 더 이상 아무것도 할 수 없었기 때문에 그는 여백에 작은 형태들을 그리기 시작했다. 여러 두상이 그녀의 두상을 닮도록 그려졌고, 불꽃으로 테를 두른 얼룩들은—어쩌면 우주 전체를—나타내도록 그려졌다. 어느 숙녀가 그와 이야기하기를 원한다는 전갈에 그는 이러한 몰입에서 깨어나 정신이 들었다. 그는 가능한한 변호사처럼 보이기 위해 손으로 머리를 매만지고 종이를 호주머니 속에 밀어 넣을 시간이 거의 없었다. 이미 그는 다른 사람이 그걸 보게 될 거라는 수치심에 압도되어 있었는데, 바로 그때 그는 준비가 필요가 없다는 것을 깨달았다. 그 숙녀는 힐버리 부인이었던 것이다.

"당신이 급히 누군가의 운명을 처리하고 있지 않았으면 하는데요." 그녀는 책상에 있는 서류를 눈여겨보며 말했다. "아니면 수반되는 일을 그만두길 바라요. 당신에게 부탁드릴 일이 있거든요. 그런데 앤더슨이 그의 마차를 계속 세워둘 수 없다고 하네요. (앤더슨은 지독한 독재자거든요. 하지만 그는 우리 아버지를 매장하던 날 웨스터민스터 대성당으로 아버지를 운구해줬어요.) 실례지만 법률적인 도움을 구하러 당신에게 온 것은 결코 아니에요, 데넘 씨. (비록 내가 어려움에 처하면 달리 누구에게 가야 할지 모르겠지만 말입니다.) 대신 내가 집에 없는 사이 일어난 다소 난처한 집안일을 해결하는 데 당신의 도움을 청하러 왔어요. 나는 스트랫퍼드어폰에이번에 다녀왔어요(그 일에 대해서는 일간 당신에게 반드시 말해주겠어요). 그런데 거기에서 시누이로부터 편지 한 통을 받았어요. 그녀는 자식이 없어서 다른 사람의 자녀들을 간섭하기 좋아하는 다정하지만 어리석은 사람이에요. (우리는 그녀가 한쪽 눈의 시력을 잃어버릴까 봐 몹시 염려돼요. 그리고 우리의 육체적인 병이 정신적인 병으로 변하기 쉽다고 늘 생각하고 있어요. 매튜 아놀드[2]는 바이런 경에 대해 뭔가 비슷한 말을 했다고 생각해요.) 하지만 그런 것은 문제가 되지 않아요."

2 매튜 아놀드(Matthew Arnold, 1822~1888), 영국 시인, 비평가.

이러한 덧붙인 말의 효과는, 그것이 그런 취지로 도입되었건, 아니면 힐버리 부인이 자신의 말을 장식하기 위한 그녀의 천성적인 본능을 나타내는 것이건, 그녀가 그들이 처한 상황에 대한 모든 사실을 알고 있으며 여하튼 특사의 자격으로 온 것이라는 것을 랠프가 알아차릴 시간을 주었다.

"나는 바이런 경에 대해 이야기하기 위해 여기에 온 것은 아니에요." 힐버리 부인이 살며시 웃으며 말을 이었다. "당신과 캐서린은 모두 당신 세대의 다른 젊은이들과 달리 아직도 그의 책이 읽을 가치가 있다고 생각하는 걸 알고 있지만 말예요." 그녀가 숨을 돌렸다. "당신이 캐서린한테 시를 읽도록 해줘서 너무나 기쁩답니다, 데넘 씨!" 그녀가 외쳤다. "그리고 시를 느끼게 하고 시를 보도록 해주다니요! 그녀는 아직 시에 대해 말할 수는 없지만, 그녀는 그렇게 될 겁니다—오, 그렇게 될 거예요!"

랠프의 손이 붙들리고 그의 입은 분명하게 말하기를 거의 거부하고 있었지만, 여하튼 그는 자신이 희망이 없다고, 전혀 희망이 없다고 느낀 순간들이 있었다고 어떻게 해서든 말하려고 했다. 비록 그의 편에서 이 말에 대한 이유를 전혀 제시하지 않았지만.

"그런데 당신은 그 애를 좋아하죠?" 힐버리 부인이 물었다.

"오 하느님!" 그는 의문의 여지없이 격렬하게 소리쳤다.

"두 사람은 영국 교회의 예배에 대해 불만이 있나요?" 힐버리 부인이 악의 없이 물었다.

"전 어떤 예배든 전혀 상관없습니다," 랠프가 대답했다.

"만일의 경우 웨스트민스터 대성당에서라도 그녀와 결혼식을 올릴 건가요?" 힐버리 부인이 물었다.

"성 바울 대성당에서 그녀와 결혼하려고 했습니다," 랠프가 대답했다. 그 점에 대해서 캐서린과 있으면 늘 떠올랐던 그의 불확실함이 완전히 사라졌다. 그리고 세상에서 그가 가장 간절히 원하는 것은 곧바로 그녀와 함께 있는 것이었다. 그녀와 멀리 떨어져 있는 매 순간마다 그는 그녀가 점점 더 자신에게서 멀어져 그가 상상할 수 없는 그런 마음 상태로 빠져든다고 짐작했기 때문이다. 그는 그녀를 지배하고 싶었고, 그녀를 소유하고 싶었다.

"아, 고마워라!" 힐버리 부인이 소리쳤다. 그녀는 여러 가지 은총을 베풀어주신 신에게 감사를 드렸다. 또한 이 젊은이가 이야기할 때 보여준 확신에 감사했다. 그리고 무엇보다 딸의 결혼식 날 그녀의 아버지가 다른 영국 시인들과 함께 조용히 잠들어 있는 바로 그 장소 부근에 모여든 저명한 회중들의 머리 위로 고상한 운율과 장중한 미문들, 그리고 결혼식의 유서 깊은 능변이 울려 퍼질 것을 기대하며 감사했다. 그녀의 눈에 눈물이 가득했다. 하지만 동시에 그녀는 마차가 기다리고 있다는 사실이 생각났다. 흐릿한 시선으로 그녀는 문 쪽으로 걸어갔다. 데넘이 아래층으로 그녀를 뒤따라갔다.

그것은 이상한 마차 노정이었다. 이 노정은 데넘이 이제까지 겪은 일 가운데 예외 없이 가장 불쾌한 것이었다. 그의 유일한 소망은 가능한 곧바로 그리고 빨리 체니 워크로 가는 것이었다. 하지만 이내 힐버리 부인은 여러 가지 자신의 용무를 끼워 넣으면서 이 같은 소망을 무시하거나 혹은 좌절시키기로 작정한 것처럼 보였다. 그녀는 우체국과 커피숍에서, 그리고 나이 든 점원이 오랜 친구로서 환영받아야 하는 불가사의한 품위를 지닌 가게에서 마차를 세웠다. 또한 러드게이트 힐의 불규칙한 첨탑들 위로 솟은 성 바울 대성당의 돔의 모습을 포착하자, 그녀는 충동적으로 끈을 잡아당겨 앤더슨에게 거기로 데려가라는 지시를 내렸다.

하지만 앤더슨은 오후 예배를 단념시킬 자신만의 이유가 있어서 말의 코를 고집스럽게 계속 서쪽을 향하게 했다. 몇 분 후, 힐버리 부인은 상황을 알아차리고 랠프를 실망시킨 것에 대해 사과하며 상냥하게 그 상황을 받아들였다.

"신경 쓰지 말아요," 그녀가 말했다. "우리는 다음에 성 바울 대성당에 가게 될 겁니다. 그리고 단언할 수는 없지만 아마 그는 결국 웨스터민스터 대성당을 지나쳐 우리를 안내하게 될 거예요. 그게 더 나을 테죠."

랠프는 그녀가 무슨 말을 계속하고 있는지 거의 의식하지 못했다. 그녀의 몸과 마음은 다른 곳으로 흘러들어 떠도는 듯했다. 모두 빠르게 항해하는 구름들이 서로 교차하여 신속하게 지나쳐가며 증기로 가득 찬 불분명함 속에 모든 것을 감싸는 곳이었다. 그러는 동안 그는 자신이 집중한 욕망과 자신이 원하는 것으로 인해 초래된 무력감, 그리고 조급함 탓에 커지는 고통을 계속 의식한 채 있었다.

갑자기 힐버리 부인은 매우 단호하게 줄을 잡아당겼기 때문에 앤더슨조차 그녀가 창밖으로 몸을 기울여 지시한 명령에 귀 기울여야 했다. 마차는 관공서들 가운데 헌납된 큰 건물 앞인 화이트홀[3]의 한가운데서 갑자기 고삐가 당겨지며 멈춰 섰다. 곧바로 힐버리 부인은 계단을 올라갔다. 그리고 랠프는 이렇게 더 지체된 탓에 몹시 화가 나서 그녀가 이제 어떤 용건으로 교육부로 갔는지 추측조차 해보지 않은 채 마차에 남아 있었다. 그가 막 마차에서 뛰어내려 택시를 잡으려 했을 때, 힐버리 부인이 그녀 뒤에 가려져 있는 한 사람과 다정하게 말을 나누며 다시 나타났다.

"우리 모두에게 자리는 충분해요," 그녀가 말하고 있었다. "자

3 런던의 관공서 거리.

리는 충분해요. 당신들 **네** 사람을 위한 자리도 있을 겁니다, 윌리엄," 그녀가 문을 열며 덧붙였다. 그리고 랠프는 로드니가 그들의 일행으로 지금 합류했다는 것을 알아차렸다. 두 남자는 서로 흘끗 보았다. 고통, 수치심, 불쾌함이 가장 예리한 형태로 인간의 얼굴에서 나타날 수 있다면, 랠프는 불운한 동행자의 얼굴에서 이 모든 것이 말의 능변을 넘어서 표현된 것을 읽을 수 있었다. 하지만 힐버리 부인은 철저히 보려고 하지 않거나 보지 않는 척하기로 마음먹었다. 그녀는 쉬지 않고 말했다. 그것은 두 청년이 보기에 바깥에 있는 누군가에게 흥분하여 말하는 것처럼 보였다. 그녀는 셰익스피어에 대해 말했다. 그녀는 인류를 소리쳐 불렀고, 신성한 시의 미덕을 찬미했고, 중간에 중단되었지만 시를 암송하기 시작했다. 그녀의 이야기의 큰 장점은 스스로의 기운을 북돋울 수 있다는 것이었다. 체니 워크에 다다를 때까지 여러 번 투덜거리고 중얼거리는 가운데 그녀의 이야기는 풍성해졌다.

"자," 현관에서 그녀는 기운차게 마차에서 내리면서 말했다. "다 왔어요!"

그녀가 현관의 계단에서 몸을 돌려 그들을 바라보았을 때, 그녀의 목소리와 표정에는 무언가 경쾌하고 아이러니컬한 것이 있었다. 그리고 이것으로 인해 로드니와 데넘 두 사람 모두 그들의 운을 저런 특사에게 맡겼다는 동일한 불안함에 휩싸였다. 그리고 로드니는 실제로 문턱에서 망설이며 데넘에게 나직이 말했다.

"들어가시오, 데넘. 나는……" 그가 달아나려고 하는데, 문이 열리고 그 집의 익숙한 모습이 그 매력을 드러내자, 그는 다른 사람들의 뒤를 따라 뛰어 들어갔다. 그리고 그가 도망가지 못하게 문이 닫혔다. 힐버리 부인은 위층으로 안내했다. 그녀는 그들을 응접실로 데려갔다. 평소처럼 벽난로의 불이 타오르고 있었고,

도자기와 은식기가 작은 탁자들 위에 놓여 있었다. 그곳에는 아무도 없었다.

"아," 그녀가 말했다. "캐서린은 여기에 없어요. 그 애는 분명히 위층 자기 방에 있을 거예요. 당신이 그녀에게 할 말이 있다는 걸 알아요, 데넘 씨. 찾아갈 수 있겠죠?" 그녀는 손짓으로 천장을 애매하게 가리켰다. 그녀는 갑자기 진지하고 차분한 집안의 안주인이 되었다. 그를 내보내는 그녀의 몸짓에는 랠프가 결코 잊지 못할 위엄이 있었다. 그녀는 자신이 소유하고 있는 모든 것에 손을 흔듦으로써 그를 자유롭게 해주는 것처럼 보였다. 그는 방을 나왔다.

힐버리 씨의 저택은 높았다. 여러 층이 있었고 문들이 닫혀져 있는 여러 개의 복도가 있었다. 랠프가 응접실이 있는 층을 통과하여 벗어나자마자 모든 것이 그에게 낯설었다. 그는 자신이 갈 수 있는 한 높은 곳으로 올라가서 그가 도착한 첫 번째 방문을 두드렸다.

"들어가도 됩니까?" 그가 물었다.

안에서 "네" 하고 대답하는 소리가 들렸다.

그는 빛이 가득한 커다란 창문과 비어 있는 책상, 그리고 긴 거울을 의식했다. 캐서린은 일어나 있었다. 그리고 손에 하얀 종이들을 들고 서 있었는데, 그녀가 방문객을 보자 이 종이들이 바닥으로 천천히 팔랑거리며 떨어졌다. 설명은 간결했다. 목소리는 또렷하지 않았다. 그들 이외에는 아무도 의미를 이해할 수 없었을 것이다. 세상의 힘들이 모두 그들을 떼어놓으려고 하는 것처럼, 그들은 손을 꼭 잡고서 하나로 맺어진 쌍, 분리될 수 없는 단일체로 시간의 심술궂은 눈길을 끌기에 충분히 가까이 앉았다.

"움직이지 말아요, 가지 말아요," 그녀는 자신이 떨어뜨린 종이

들을 주워 모으려고 그가 몸을 굽히자 그에게 간청했다. 하지만 그는 종이들을 손에 쥐었다. 그리고 갑작스러운 충동으로 인해 자신이 끝내지 못한 신비주의적인 결론을 내린 글을 그녀에게 주었고, 그들은 서로의 작품을 조용히 읽었다.

캐서린은 그의 글을 끝까지 읽었다. 랠프는 그의 수학 지식이 허용하는 한에서 그녀의 숫자들을 따라갔다. 그들은 거의 동시에 읽기를 마쳤다. 그리고 한동안 말없이 앉아 있었다.

"그것이 큐의 벤치에 두고 왔던 종이였군요." 마침내 랠프가 말했다. "당신이 너무 빨리 접어서 그게 무엇인지 알 수 없었어요."

그녀는 얼굴이 새빨개졌다. 그러나 그녀가 움직이거나 자신의 얼굴을 가리기 위한 시도를 하지 않았기 때문에, 그녀는 무방비 상태의 모습을 하고 있었다. 혹은 랠프는 그녀를 그의 손이 닿을 수 있는 곳에 날개를 접으려고 퍼더덕거리며 내려앉는 야생의 새에 비유했다. 노출된 순간은 격렬하게 고통스러웠다 — 불빛은 놀라울 만큼 강렬하게 빛났다. 그녀는 이제 누군가가 자신의 고독을 함께 나눈다는 사실에 익숙해져야 했다. 당혹스러움은 반쯤은 수치심이었으며 반쯤은 마음 깊은 곳으로부터의 기쁨의 서곡이었다. 그녀는 표면적으로 그 일 전체가 몹시 터무니없어 보인다는 것을 자각하지 못한 것은 아니었다. 그녀는 랠프가 미소 짓고 있는지 확인하고 싶었다. 하지만 그녀는 그의 시선이 아주 진지하게 자신에게 고정되어 있는 것을 알아차렸다. 그래서 그녀는 자신이 신성모독을 저지른 것이 아니라 자신을 풍요롭게 만들었다고 믿게 되었다. 어쩌면 헤아릴 수 없이, 어쩌면 영원히 말이다. 그녀는 한량없는 환희 속에 감히 흠뻑 빠져들지 못했다. 하지만 그의 눈길은 그에게 지극히 중요한 다른 논점에 대해 상당한 확신을 요구하는 것 같았다. 그 눈길은 그녀가 그의 혼란스러운 지면에서 읽은 것이 그녀에게 어떤 의미나 진실성을 담고 있는지 말해주기를 그녀에게 말없이 간청했다. 그녀는 자신이 쥐고 있는 종이 위로 한 번 더 고개를 숙였다.

"저는 불꽃으로 둘러싸인 당신의 작은 점들이 좋아요," 그녀가 골똘히 생각하며 말했다.

랠프는 그의 가장 혼란스럽고 감정적인 순간의 아주 바보스러운 상징을 그녀가 실제로 찬찬히 보고 있다는 것을 알게 되자, 수치심과 절망으로 그녀의 손에서 자신의 글이 적힌 종이를 거의 잡아챌 뻔했다.

그는 그 상징이 다른 사람에게는 아무런 의미도 없을 것이라고 확신했다. 여하튼 그것은 그에게 캐서린 본인일 뿐만 아니라 일요일 오후에 그녀가 차를 따르고 있는 것을 처음으로 본 이후 그녀 주위로 몰려든 그 모든 마음의 흥분 상태를 뜻하긴 했지만 말이다. 그 작은 점은 중앙의 잉크 얼룩 주위로 번진 원주 형태의 얼룩에 의해 에워싸는 백열광을 표현했다. 백열광은 자신이 알 수 없는 일이지만 삶의 아주 많은 대상들의 뚜렷한 윤곽을 부드럽게 만들면서 둘러싸고 있었다. 그리하여 그는 어떤 거리들, 책들, 그리고 상황들이 실제 눈으로 지각할 수 있는 후광을 띠고 있는 것을 볼 수 있었다. 그녀가 미소 지었던가? 그녀는 그 글이 부적당할 뿐만 아니라 잘못된 것이라고 비난하면서 싫증이 나서 내려놓았나? 그녀는 그가 자신에 대한 환상만을 사랑하고 있다고 한 번 더 항변하려고 했을까? 하지만 그녀는 그 도형이 자신과 어떤 관계가 있다고 전혀 생각해보지 않았다. 그녀는 그저 전과 다름없이 생각에 잠긴 어조로 말했다.

"그래요, 세상은 저에게도 그와 같은 것으로 보여요."

그는 그녀의 확언을 마음속 깊이 즐거워하며 받아들였다. 조용히 그리고 꾸준히 삶의 전체 양상의 이면에서 불꽃의 부드러운 가장자리가 솟아올랐다. 그리하여 그것은 대기에 그 붉은 색조가 돌게 했고 풍광을 아주 짙고 어두운 그림자들로 빽빽이 채워서 누구든 그 조밀함 속으로 더 멀리 밀치고 들어가, 언제까지나 탐험할 수 있을 것 같았다. 그들 앞에 펼쳐져 있는 두 가능성 사이에 어떤 일치하는 점이 있든 없든, 그들은 광대하고 신비하며 아직 발달되지 못한 형태들로 무한히 비축된, 가까이 다가오는 미래에 대해 동일한 느낌을 공유했다. 그리고 각자 상대가 볼 수 있도록 이 발달되지 않은 형태들을 풀어놓을 것이다. 하지만 현재로서는 미래에 대한 전망은 조용한 경배로 그들의 마음을 채우기에 충분했다. 어쨌든, 그들이 분명하게 소통하려는 그 이상의 시도는 문을 두드리는 소리와 하녀의 등장으로 중단되었다. 적당히 비밀스러운 태도를 지닌 그 하녀는 어떤 숙녀가 힐버리 양을 보기를 원한다고 알렸다. 하지만 그 숙녀의 이름을 알려주지 않으려고 했다.

캐서린이 자신의 의무를 다시 계속하기 위해 깊이 한숨을 쉬며 일어나자 랠프도 그녀와 동행했다. 그들은 아래층으로 내려가면서 두 사람 중 어느 한 사람도 이 익명의 숙녀가 누구일지 어떤 추측도 분명히 하지 않았다. 어쩌면 그 숙녀는 쇠칼을 준비하고 있다 캐서린의 심장을 찌를 작고 얼굴색이 검은 꼽추일지도 모른다는 엉뚱한 생각이 랠프에게는 다른 어떤 일보다 더 가능성이 있는 것 같았다. 그래서 그는 급습을 피하기 위해 식당으로 먼저 밀고 들어갔다. 그런 뒤 그는 식탁 옆에 서 있는 카산드라 오트웨이의 모습을 보고 아주 기운차게 "카산드라!" 하고 소리쳤다. 그래서 그녀는 입술에 손가락을 대고 그에게 조용히 하라고 부탁했다.

"아무도 제가 여기 있다는 걸 알면 안 돼요," 그녀는 낮은 목소리로 속삭이며 설명했다. "기차를 놓쳤어. 온종일 런던을 이리저리 헤매고 다녔어. 난 이제 더 이상은 견딜 수가 없어. 캐서린, 난 어떻게 해야 하지?"

캐서린은 의자를 앞쪽으로 밀어 주었다. 랠프는 서둘러 와인을 찾아 그녀에게 따라주었다. 그녀는 실제로 졸도하지는 않았지만 거의 그럴 지경이었다.

"윌리엄이 위층에 있어요," 랠프는 그녀가 의식을 되찾은 것처럼 보이자 바로 말했다. "가서 그에게 당신을 보러 아래층으로 내려오라고 청하겠어요." 자신의 행복으로 인해 그는 다른 모든 사람들도 행복해야 한다는 확신을 가지게 되었다. 하지만 카산드라는 외삼촌의 명령과 분노를 너무 생생하게 기억하고 있어서 감히 그런 도전을 할 수 없었다. 그녀는 흥분하여 자신이 당장 이 집을 떠나야 한다고 말했다. 그들이 그녀를 어디로 보내야 할지 안다고 하더라도 그녀는 갈 수 있는 상태가 아니었다. 지난주 혹은 지난 두 주 동안 정지되어 있었던 캐서린의 상식이 아직도 기능을 하지 않아서, 그녀는 다만 "그런데 네 짐은 어디에 있니?" 하고 물을 수 있을 뿐이었다. 숙소를 구하는 일은 오로지 가방의 충분한 개수에 달려 있다고 막연히 생각했다. "가방을 잃어버렸어"라는 카산드라의 대답은 그녀가 결론을 내리는 데 전혀 도움이 되지 않았다.

"가방을 잃어버렸어," 그녀가 되풀이해서 말했다. 그녀의 시선이 랠프에게 머물렀다. 그녀의 표정은 가방에 대한 문제보다는 그가 존재해 있다는 것에 대한 마음으로부터의 감사나 아니면 영원한 헌신적 애정의 맹세와 함께하는 것이 더 어울릴 것 같았다. 카산드라는 그 표정을 감지했고 그 표정이 반응을 이끌어내는 것을 보았다. 그녀의 눈에 눈물이 가득히 고였다. 그녀는 더듬 거리며 말하고 있었다. 그녀는 다시 용기를 내어 숙소 문제에 대 해 의논하기 시작했다. 그때 말없이 랠프와 소통하면서 그의 허 락을 받은 듯이 캐서린이 자신의 손가락에서 루비 반지를 빼내 어 카산드라에게 건네면서 말했다. "이건 고치지 않아도 네게 맞 을 거라고 생각해."

이 말은 카산드라가 몹시 믿고 싶었던 것을 확신하기에 충분 하지 않았을 것이다. 만약 랠프가 그녀의 맨손을 잡으며 이렇게 요구하지 않았더라면 말이다.

"우리에게 기쁘다고 말해주지 않겠어요?" 카산드라는 너무 기 뻐서 눈물이 그녀의 뺨 위로 흘러 내렸다. 캐서린이 약혼했다는 확신이 수많은 막연한 두려움과 자책에서 그녀를 벗어나게 했 을 뿐만 아니라 최근 자신의 믿음을 깨버렸던 캐서린에 대한 비 판하는 마음도 완전히 누그러뜨렸다. 그녀의 오래된 믿음이 다 시 돌아왔다. 그녀는 자신이 잃어버렸던 그 호기심 어린 열렬함 을 지닌 채 캐서린을 바라보는 듯했다. 또한 우리의 영역 바로 너 머에서 걷고 있는 존재로서 그녀를 보는 듯했다. 그리하여 그들 이 현존하는 삶은 우리뿐만 아니라 주변 세계의 상당한 범위를 밝게 비쳐주면서 드높여지는 과정처럼 보였다. 다음 순간 그녀는 자신의 운명과 그들의 운명을 비교해보고 반지를 다시 돌려주 었다.

"윌리엄이 직접 내게 주지 않는다면 그것을 받지 않을 거야," 그녀가 말했다. "나를 위해 보관해줘, 캐서린."

"모든 것이 완벽하게 좋은 상태라고 당신에게 확신합니다," 랠 프가 말했다. "제가 윌리엄에게 말하는 게 —"

그는 카산드라의 만류에도 불구하고 문으로 향할 참이었다. 그

때 힐버리 부인이 객실 하녀가 권했는지 아니면 그녀가 개입할 필요성을 평소와 다름없는 선견으로 의식했는지 문을 열고 미소 지으며 그들을 둘러보았다.

"사랑하는 카산드라!" 그녀가 소리쳤다. "너를 다시 보다니 너무나 기쁘구나! 이런 우연이 있다니!" 그녀는 평소와 같이 말했다. "윌리엄은 위층에 있단다. 주전자가 끓어 넘치고 있어. 캐서린이 어디 있냐고 물었지. 내가 살펴보러 와서 카산드라를 찾았네!" 그녀는 만족스럽게도 무언가를 증명한 듯했다. 비록 아무도 그것이 정확히 무엇인지 확신할 수는 없었지만.

"카산드라를 찾았어," 그녀가 되풀이했다.

"기차를 놓쳤대요," 카산드라가 말할 수 있는 상태가 아니라는 것을 알아채고 캐서린이 끼어들었다.

"삶이란," 언뜻 보기에 힐버리 부인은 벽에 걸린 초상화에서 영감을 받으며 말하기 시작했다. "기차를 놓치고 발견하는 데 있는 것인데—" 그러나 그녀는 갑자기 하던 말을 중단하고 주전자 물이 완전히 끓어 넘쳤을 거라고 말했다.

캐서린의 흥분된 마음에 이 주전자는 끊임없이 쏟아져 나오는 증기로 집을 침수시킬 수 있는 거대한 가마솥처럼, 그리고 그녀가 소홀히 했던 저 모든 가사업무의 격노한 표본처럼 보였다. 그녀는 서둘러 응접실로 뛰어 올라갔고 나머지 사람들도 그녀를 뒤따라갔다. 힐버리 부인이 카산드라에게 팔을 두르고 그녀를 위층으로 이끌었기 때문이다. 그들은 로드니가 주전자를 불안하게 주시하고 있는 것을 발견했다. 하지만 그는 캐서린이 상상한 대재난이 일어날 가능성이 충분히 실현될 만큼 방심한 상태였다. 그 일을 정리하는 동안 어떤 인사도 서로 주고받지 않았다. 하지만 로드니와 카산드라는 가능한 멀리 떨어져 있는 자리를 골라

임시 거처를 마련한 사람처럼 앉았다. 힐버리 부인은 그들의 불편함을 느끼지 않았거나, 아니면 그것을 무시하기로 했거나, 그것도 아니면 주제를 바꿀 적당한 때라고 생각했다. 그녀는 셰익스피어의 무덤에 관한 이야기 외에는 아무 말도 하지 않았기 때문이다.

"그렇게 많은 땅과 그렇게 많은 물, 그리고 그 모든 것에 대해 곰곰이 생각하고 있는 그 숭고한 영혼," 그녀는 생각에 잠겼다. 그리고서는 계속 노래를 불렀다. 새벽과 일몰, 위대한 시인들, 그리고 그 시인들이 가르쳤던 변하지 않는 고귀한 사랑의 정신에 대한 기묘하고 어느 정도 세속적인 노래였다. 그리하여 아무것도 변하지 않으며 한 시대는 다른 시대와 연결되어 있으며 어떤 사람도 죽지 않고 모두 정신 속에서 만난다는 것이다. 결국 그녀는 방 안에 있는 사람을 다 잊은 것처럼 보였다. 하지만 갑자기 그녀의 말은 그 안에서 높이 날아오르고 있던 대단히 큰 원을 축소시키고 보다 더 당면한 문제 위로 경쾌하게 잠시 동안 내려앉는 듯했다.

"캐서린과 랠프," 그녀는 마치 울리는 소리를 시험해보는 것처럼 말했다. "윌리엄과 카산드라."

"저는 아주 난처한 입장에 있다고 생각합니다," 윌리엄은 그녀가 생각에 잠기면서 말이 중단된 틈으로 끼어들면서 절망적으로 말했다. "저는 여기 앉아 있을 권리가 없습니다. 힐버리 씨가 어제 이 집을 떠나라고 제게 말씀하셨습니다. 저는 다시 돌아올 의도는 없었습니다. 이제 저는—"

"저도 똑같이 느끼고 있습니다," 카산드라가 말을 중단시켰다. "트레버 외삼촌이 지난밤 제게 말씀하셨던 것에 따라—"

"제가 당신을 몹시 불쾌한 입장에 처하게 했습니다," 로드니가 자리에서 일어나 계속 말했다. 그가 이렇게 움직이자 카산드라도 동시에 그의 행동을 따라했다. "당신 부친께서 승낙하실 때까지 나는 당신에게 말할 권리가 없습니다 — 이 집에서는 말할 것도 없어요. 여기서 내 행동은" — 그는 캐서린을 쳐다보고, 말을 더듬다 멈췄다 — "여기서 내 행동은 심하게 비난받을 만했고 용서받을 수 없는 것이었습니다," 그는 억지로 말을 계속했다. "당신 어머니께 모든 것을 설명했습니다. 너무나 관대하셔서 내가 어떤 해도 끼치지 않았다는 사실을 나에게 믿도록 하려고 애쓰셨습니다 — 당신은 어머니를 납득시켰습니다. 사실은 이기적이고 유약한 내 행동이 — 이기적이고 유약한 —" 그는 자신의 메모를 잃어버린 연설자처럼 되풀이했다.

캐서린의 내면에서 두 개의 감정이 갈등하고 있는 것 같았다. 하나는 차 탁자 너머로 격식을 차린 연설을 하고 있는 윌리엄의 어리석은 우스꽝스러운 짓을 비웃고 싶은 욕망이었고, 다른 하나는 이루 말할 수 없이 그녀의 마음에 감동을 주는 그의 어린애 같고 정직한 모습을 보고 울고 싶은 욕망이었다. 놀랍게도 그녀는 일어서서 손을 내밀고 말했다.

"당신은 스스로를 꾸짖을 일을 하지 않았어요 — 당신은 언제나 —" 하지만 여기서 그녀의 목소리가 잠겨버렸다. 그리고 자신도 어쩔 수 없이 눈에 눈물이 맺혀 뺨 위로 흘러 내렸다. 그러는 동안 마찬가지로 감동한 윌리엄이 그녀의 손을 잡고 그 손에 입을 맞췄다. 힐버리 씨의 몸이 적어도 절반은 충분히 들어갈 정도로 응접실 문이 열린 것을 아무도 눈치채지 못했다. 혹은 그가 차 탁자 주변의 광경을 몹시 불쾌하고 충고하는 표정으로 응시하고 있다는 것을 아무도 알아채지 못했다. 그는 눈에 띄지 않게 물러났다. 그는 바깥 층계참에서 자제력을 되찾아 최대한 위엄 있게 어떤 방침을 따르기로 결정할 것인지 생각하며 잠시 머뭇거렸다. 그의 아내는 그가 내린 지시의 의미를 완전히 혼동한 것이 분명했다. 그녀는 그들 모두를 가장 불쾌한 혼란으로 몰아넣었다. 그는 잠시 기다렸다. 그런 뒤 먼저 문의 손잡이를 살짝 덜컹거리면서 다시 한 번 문을 열었다. 그들은 모두 자기 자리로 되돌아가 있었다. 터무니없는 어떤 작은 사건으로 인해 그들은 지금 웃으며 탁자 아래를 보고 있었다. 그래서 그가 들어온 것을 잠시 눈치채지 못하고 있었다. 뺨을 붉힌 채 캐서린이 고개를 들고 말했다.

"저런, 그건 저의 마지막 극적 시도예요."

"그렇게 멀리 굴러가다니 놀랍군요," 랠프는 벽난로 앞 깔개의 귀퉁이를 걷어 올리려고 몸을 굽히면서 말했다.

"애쓰지 마세요—내버려두세요. 우리가 찾을 겁니다—" 힐버리 부인이 말하기 시작했다. 그러고 나서 그녀의 남편을 보고 소리쳤다. "오, 트레버, 우리는 카산드라의 약혼 반지를 찾고 있어요!"

힐버리 씨는 본능적으로 양탄자를 쳐다보았다. 신기하게도 반지는 그가 서 있는 바로 그곳에 굴러가 있었다. 그는 루비 반지가 그의 구두 끝을 건드리는 것을 보았다. 습관의 힘이 그렇게 대단했는지, 그는 다른 사람들이 찾고 있는 것을 발견했다는 것에 기뻐하며 우습게도 가볍게 전율하면서 몸을 구부리지 않을 수 없었다. 그리고 그 반지를 집어 들면서 카산드라에게 극도로 예의를 갖춰 허리를 굽힌 채 그것을 건네지 않을 수 없었다. 그가 허리를 굽힌 행동이 상냥하고 품위 있는 감정을 무의식적으로 표출하게 했는지, 힐버리 씨는 몸을 굽혔다 세우는 아주 짧은 시간 동안 자신의 노여움이 완전히 사라진 것을 알게 되었다. 카산드라는 감히 그에게 자신의 뺨을 내밀고 그의 포옹을 받아들였다. 그는 약간 뻣뻣하게 로드니와 랠프에게 고개를 끄덕이며 인사했는데, 그들 두 사람은 그를 보자 일어섰다 이제 함께 앉았다. 힐버리 부인은 남편의 등장과 바로 이 순간을 기다리고 있었던 것처럼 보였다. 그에게 한 가지 질문을 하려고 말이다. 그 질문을 던지는 그녀의 열정으로 봐서 그것은 분명히 이전부터 말하도록 그녀를 압박해왔을 것이다.

"오, 트레버, **햄릿**의 초연이 며칠이었는지 말해줘요."

그녀에게 대답하기 위해 힐버리 씨는 윌리엄 로드니의 정확한 박식함에 의지해야만 했다. 그래서 알고있던 탁월한 권위자들을 제시하기 전에, 로드니는 자신이 다름 아닌 셰익스피어의 권위에 의해 문명화되고 인가된 사회에 들어오도록 한 번 더 허락 받았다고 느꼈다. 일시적으로 힐버리 씨를 버려두었던 문학의 힘이 이제 그에게 다시 돌아왔다. 그리고 문학의 힘은 인간사의 거친 꼴사나움 위로 마음을 진정시키는 향유를 쏟아부었고, 그가 전날 밤 몹시 고통스럽게 느꼈던 그런 격노가 어떤 형식을 취하여 누구에게도 상처 주지 않는 균형 잡힌 어구로 입에서 기탄없이 흘러나왔다. 그는 자신의 언어 구사력에 충분히 확신을 갖게 되자 드디어 캐서린을 그리고 다시 랠프를 바라보았다. 셰익스피어에 대한 이 모든 이야기는 캐서린에게 마취제처럼, 아니 차라리 마법처럼 작용했다. 그녀는 차 탁자 주빈석에 있는 자신의 의자에 깊숙이 기대어, 전혀 말없이 그들 모두를 지나치며 막연히 바라보면서, 그림들과 노란빛을 띠는 벽, 그리고 짙은 진홍색 벨벳 커튼을 배경으로 하여 사람들의 머리에 대한 가장 대략적인 인상만 받아들이고 있었다. 힐버리 씨가 다음으로 눈길을 돌린 데넘은 그의 눈여겨보는 시선 아래에 캐서린과 마찬가지로 꼼짝하지 않고 있었다. 하지만 그의 자제와 침착함 속에서 이제 불변의 끈기로 이뤄진 단호함과 의지를 간파할 수 있었는데, 이 사실이 힐버리 씨가 자유롭게 말투를 바꾼 것을 묘하게 엉뚱해 보이게 했다. 어쨌든 그는 아무 말도 하지 않았다. 힐버리 씨는 이 젊은이를 존경했다. 그는 대단히 능력 있는 청년이었다. 그는 자신이 뜻하는 일을 해낼 것 같았다. 힐버리 씨는 그의 고요하고 위엄 있는 얼굴을 지켜보면서 캐서린이 그를 더 좋아한 것을 이해할 수 있었다. 그리고 그는 이러한 생각을 할 때 격렬한 질투의 고통을 느끼고서 아연해했다. 그녀가 로드니와 결혼했더라면 그에게 어떤 고통도 주지 않았을 것이다. 그녀는 이 남자를 사랑했다. 그렇지 않다면 그들이 서로 당면한 사태는 무엇이란 말인가? 의외의 감정의 혼란스러움이 그를 압도하기 시작했다. 이때 힐버리 부인은 대화가 갑자기 중단된 것을 의식하고서 자신의 딸을 한두 번 생각에 잠겨 쳐다보고 말했다.

"나가고 싶으면 남아 있지 않아도 돼, 캐서린. 저쪽에 작은 방이 있잖니. 너와 랠프가 만약 —"

"우리 약혼했어요," 캐서린은 깜짝 놀라 정신을 차리고는 아버지를 똑바로 보면서 말했다. 그는 캐서린이 그렇게 노골적으로 말한 것에 당황했다. 그는 예기치 않은 타격을 받은 것처럼 소리쳤다. 그녀가 이런 급류에 휩쓸려 가는 것을 보려고 그녀를 사랑했단 말인가! 이런 통제할 수 없는 힘이 그로부터 그녀를 빼앗아 가는 것을 보려고, 어찌할 바를 모르고 무시당한 채 서 있으려고 그녀를 사랑했단 말인가! 오, 그는 얼마나 그녀를 사랑했던가! 그녀를 그토록 사랑했는데! 그는 데넘에게 아주 무뚝뚝하게 고개를 끄덕였다.

"지난밤에 이미 그런 일에 대해 짐작했네," 그가 말했다. "자네가 내 딸을 얻을 자격이 있기를 바라네." 그러나 그는 자신의 딸을 한 번도 쳐다보지 않았다. 그리고 방을 성큼 걸어 나갔다. 터무니없고 경솔하며 예의 없는 남성을 보고 여성들의 마음속에 반쯤은 경외감과 반쯤은 놀라움을 남겨둔 채 말이다. 그는 웬일인지 화가 나 있었고 큰 소리로 울부짖으며 자신의 잠자리로 갔다. 그 소리는 가장 세련된 것 같은 응접실에서 여전히 이따금 메아리쳤다. 그런 뒤 닫힌 문을 쳐다보고 있던 캐서린이 다시 눈을 내려 깔았다. 눈물을 감추기 위해서였다.

제34장

등이 켜졌다. 그 빛이 윤이 나는 목재 위에 반사되었다. 훌륭한 포도주가 식탁을 빙 돌아 건네졌다. 식사가 꽤 진전되어 가기 전에 문명이 승리를 거두었다. 그리고 힐버리 씨는 점점 더 분명하게 유쾌하고 품위 있는 양상을 띠어가는 연회를 주도했다. 그 연회는 전망 좋은 미래를 예고하고 있었다. 캐서린의 눈에 나타난 표정으로 판단해보면, 그것은 뭔가를 기약하고 있었다―그러나 그는 감상적인 생각이 밀려오는 것을 억제했다. 그는 포도주를 따라주었다. 그는 데넘에게 마음껏 들라고 권했다.

그들은 위층으로 올라갔다. 그리고 그는 캐서린과 데넘이 관심을 다른 데 뺏기고 있는 것을 보았다. 카산드라가 그에게 연주를 해줘도 좋겠느냐고 묻고 난 바로 뒤였다―모차르트? 베토벤? 그녀는 피아노로 가서 앉았다. 그들 뒤로 살며시 문이 닫혔다. 그의 시선은 몇 초 동안 움직임 없이 닫힌 문에 머물렀다. 하지만 점차 그 눈길에서 기대하는 표정이 사라졌고 한숨을 쉬며 그는 음악에 귀를 기울였다.

캐서린과 랠프는 거의 아무런 논의도 하지 않고, 그들이 하고 싶은 것에 대해 의견이 일치했다. 그리하여 곧 그녀는 산책하기 위해 옷을 차려입고 현관의 홀에서 그와 만났다. 밤은 조용하고 달빛이 빛났으며, 산책하기 적합했다. 어떤 밤이라도 그들에게는 그렇게 보였을 테지만. 그들이 무엇보다 원했던 것은 움직이며 돌아다니는 것이었고, 살펴보는 시선에서 자유로워지는 것이며, 침묵과 탁 트인 대기였다.

"드디어!" 현관문이 닫히자 그녀가 한숨을 쉬었다. 그녀는 자신이 얼마나 기다리며 마음을 졸였는지 그에게 말했다. 그리고 그가 다시는 오지 않을 거라고 생각했으며, 문소리에 귀를 기울였고, 가로등 아래에서 집을 바라보고 있는 그를 다시 보게 되기를 어느 정도 기대했다고 말했다. 그들은 몸을 돌려 금빛 테두리의 창문이 있는 고요한 집의 정면을 바라보았는데, 그 집은 그가 몹시 숭배하는 성전이었다. 그녀의 웃음과 그의 팔을 가볍게 누르며 놀려대는 압박에도 불구하고 그는 성전에 대한 믿음을 버리지 않을 것이다. 하지만 그녀의 손이 자신의 팔 위에 놓여 있고, 그녀의 목소리가 활기를 띠며 그의 귀에 신비롭게 감동을 주고 있는 상황에서, 그는 다른 대상들에 주의를 기울일 ─ 그들이 같은 성향을 가지지 않았기 때문에 ─ 시간이 없었다.

어떻게 된 영문인지 그들은 가로등이 즐비하게 밝혀진 길을 따라 걸어가고 있는 것을 깨닫게 되었다. 모퉁이마다 불빛이 환했고, 길 양쪽으로 버스 행렬이 꾸준히 이어지고 있었다. 두 사람은 아무도 이 일에 대해 설명할 수 없었다. 또한 그들이 갑자기 이렇게 지나가는 버스들 중에 하나를 골라 올라타 다름 아닌 앞자리로 가게 된 충동에 대해서도 설명할 수 없었다. 거리가 너무 좁아, 블라인드 쪽의 그림자가 그들의 얼굴에서 몇 피트 안 되는 곳에 드리워져 있는 비교적 어두운 거리를 지나쳐 돌아 나온 뒤, 그들은 대단히 활기를 보이는 연결 지점 가운데 한 곳에 이르게 되었다. 그들 가까이로 함께 따라오던 불빛들이 거기에서 다시 드문드문해지며 각기 다른 방향으로 갔다. 도심의 교회 첨탑들이 하늘을 배경으로 하여 희미해지고 단조로운 색채로 보일 때까지 그들은 계속 차를 타고 갔다.

"추운가요?" 버스가 템플 바[1] 옆에 멈췄을 때 그가 물었다.

"네, 약간 추워요." 자신이 앉아 있는 거대한 괴물이 멋지게 돌아가고 방향을 바꾸면서 시선을 끌었던 화려한 불빛들의 질주가 끝났음을 의식하면서 그녀가 대답했다. 그들은 머릿속에서도 그런 흐름을 좇고 있었다. 그들은 승리하고 돌아온 차의 맨 앞자리에 앉은 승리자요, 그들을 위해 행해진 화려한 야외극을 지켜보는 관객이자, 인생의 주인으로서 나아가고 있었다. 그러나 둘만 보도 위에 서게 되자 이러한 고양된 감정이 사라졌다. 그들은 두 사람만 남게 된 것이 기뻤다. 랠프는 가로등 아래에서 궐련에 불을 피우기 위해 잠시 동안 가만히 멈춰 섰다.

그녀는 빛의 작은 원 속에 따로 분리된 그의 얼굴을 바라보았다. "오, 그 시골집," 그녀가 말했다. "우리는 그 집을 빌려서 그곳으로 가야 해요."

"그리고 이 모든 것들을 내버려두고 말입니까?" 그가 물었다.

"뜻대로 하세요," 그녀가 대답했다. 그녀는 챈서리 레인 위로 하늘을 바라보며 지붕은 어디나 정말이지 똑같다고 생각했다. 그리고 이 높은 창공과 그곳의 불변하는 빛들이 그녀에게 의미 있는 전부라고 이제 정말 확신한다고 생각했다. 그것이 현실이었던가, 숫자, 사랑, 진리였던가?

"생각난 것이 있습니다," 랠프가 갑자기 말했다. "메리 대치트를

---

1 런던의 서쪽 끝에 있던 문. 죄인의 목을 매달던 곳.

생각하고 있었습니다. 우리는 지금 그녀의 하숙집에 아주 가까이 있어요. 거기에 가도 괜찮을까요?"

그녀는 그에게 대답하기 전에 몸을 돌렸다. 그녀는 오늘 밤 누군가를 만나고 싶지 않았다. 굉장한 수수께끼가 풀린 것 같았다. 문제가 해결된 것 같았다. 그녀는 짧은 한순간 동안 손 안에 공을 쥐고 있는 듯했다. 우리가 살아가면서 혼란함으로부터 둥글고 완전하며 홈 없는 것으로 만들려고 노력하는 데 시간을 들이는 그런 공을 말이다. 메리를 만나려면 이 공을 파괴하는 위험을 감수해야 했다.

"당신은 메리에게 잘못했나요?" 그녀는 걸음을 옮기면서 다소 기계적으로 물었다.

"나 자신을 변호할 수는 있어요," 그는 거의 도전적으로 말했다. "하지만 누군가 그렇게 느낀다면 무슨 소용이 있을까요? 그녀와 일 분도 함께 있을 수 없을 거예요," 그가 말했다. "다만 그녀에게 말할 겁니다―"

"물론, 당신은 그녀에게 말해야 해요," 캐서린이 말했다. 그리고 만약 그 역시 잠시 동안 자신의 공을 둥글고 완전하며 홈 없이 쥐고 있으려면, 이제 그가 불가피해 보이는 일을 하기를 간절히 바랐다.

"내가 바라는 것은―바라는 것은" 그녀는 한숨 쉬었다. 울적함이 그녀를 엄습해와서 분명한 시야의 적어도 한 부분을 흐릿하게 했다. 공은 눈물로 인해 흐릿해진 것처럼 그녀 앞에서 떠다녔다.

"나는 아무것도 후회하지 않아요," 랠프가 단호하게 말했다. 그녀는 거의 그가 보는 것을 볼 수 있는 것처럼 그에게 기댔다. 그녀는 그가 여전히 그녀에게 너무나 알 수 없는 사람이라고 생각했다. 점점 더 자주 그가 연기 사이로 타오르는 불꽃, 즉 삶의 원천으로 보였다는 것만을 제외하고 말이다.

"계속하세요," 그녀가 말했다. "당신은 아무것도 후회하지 않는다고요—"

"아무것도—아무것도," 그가 반복했다.

"어쩜 이런 불꽃이!" 그녀가 마음속으로 생각했다. 그녀는 그가 밤중에 화려하게 타오르고 있지만, 너무 흐릿하여 그녀가 그의 팔을 붙잡는 것은 위로 솟아오르는 불꽃을 둘러싸고 있는 희미한 실체를 건드리는 것에 불과하다고 생각했다.

"왜 아무것도 후회하지 않는다는 거죠?" 그녀가 서둘러 말했다. 그가 좀 더 말을 많이 하도록 하여 그가 더욱 빛나고, 더욱 붉어지고, 그리고 이 불꽃이 위쪽으로 급격히 타오르면서 연기와 더욱 어둡게 뒤얽히도록 하기 위해서였다.

"무슨 생각을 하고 있나요, 캐서린?" 그녀의 공상에 잠긴 어조와 적절하지 않은 말을 눈치채며 그가 미심쩍게 물었다.

"당신 생각을 했어요—그래요, 정말이에요. 항상 당신 생각을 했어요. 하지만 당신은 제 마음속에서는 그렇게 이상한 모습을 하고 있어요. 당신이 제 외로움을 없애주었어요. 당신에 대해 어떻게 생각하는지 말해볼까요? 아니에요. 저에게 말해줘요—처음부터 이야기해줘요."

띄엄띄엄 말을 시작하면서 그는 점점 더 유창하게, 더 열정적으로 계속해갔다. 그러면서 그녀가 그에게 기대는 것을 느꼈고, 아이처럼 놀라워하며 여인처럼 감사해하며 듣는 것을 느꼈다. 그녀는 때때로 진지하게 그의 말을 중단시켰다.

"하지만 밖에 서서 창문을 바라보다니 어리석었어요. 윌리엄이 당신을 보지 못했다면 어떠했겠어요? 당신은 자러 갔겠죠?"

그는 그녀처럼 젊은 여성이 교통 흐름을 지켜보며 자신을 잊을 때까지 킹즈웨이에 서 있을 수 있다는 것에 놀라워하며 그녀의 책망을 매듭지었다.

"하지만 제가 당신을 사랑한다는 것을 처음으로 알게 된 게 바로 그때였어요!" 그녀가 소리쳤다.

"제게 처음부터 얘기해줘요." 그가 그녀에게 부탁했다.

"아뇨, 저는 그런 상황에 대해 말해줄 수 있는 사람이 아니에요." 그녀가 변명을 했다. "저는 우스운 것을 말하게 될 거예요—불꽃에 관한 거라든지—불길이나. 아뇨, 전 당신에게 말할 수 없어요."

그러나 그는 그녀를 설득하여 띄엄띄엄 말하도록 했는데, 그 말이 그에게는 아름다웠고, 그녀가 검붉은 불길과 그 주위를 감싸는 연기에 대해 말할 때는 대단히 흥분되어 있었다. 이것은 그가 문지방을 넘어 다른 사람의 마음속의 희미하게 밝혀진 드넓은 곳으로 들어갔다는 느낌이 들게 했다. 그곳에는 정말 크고 아주 희미한 형태들이 뒤섞여 있었는데, 오직 순간적으로만 모습을 드러냈다가 다시 어둠에 휩싸여 그 속으로 사라져 갔다. 그들은 이무렵 메리가 살고 있는 거리로 걸어갔다. 그리고 그들이 했던 말과 얼마간 깨달은 사실에 몰두한 나머지 메리의 계단을 쳐다보지 않고 지나쳤다. 이러한 밤 시간에는 차량 왕래도 없었고 행인도 거의 없었다. 그래서 그들은 팔짱을 낀 채, 방해받지 않고 천천히 걸을 수 있었다. 때때로 하늘의 거대한 푸른 휘장에서 뭔가를 끌어당기려고 손을 들어올리기도 했다.

그들은 충만한 행복감에 따라 행동하면서, 손가락 하나를 들어올린 것도 효과가 있고, 한마디 말이 한 문장보다 더 많은 이야기를 전하는 명석함의 상태에 이르렀다. 점차 그들 두 사람을 사로잡는 멀리서 식별되는 무언가를 향해 나란히 생각의 어두운 길을 여행하면서, 그들은 서서히 침묵 속으로 빠져들었다. 그들은 승리자였고 인생의 주인이었지만, 동시에 불꽃에 몰입하여 그 빛을 증대시키는 데 그들의 삶을 바치면서 그들의 신념을 입증하려 했다. 그리하여 그들은 어쩌면 두세 번 오르락내리락 하면서 메리 대치트 집이 있는 거리를 걸었을 것이다. 그런 뒤 얇고 노란 블라인드 뒤에서 타오르는 불빛이 다시 나타나자 그들은 자신들도 왜 그랬는지 정확히 알지 못한 채 멈춰 섰다.

"저건 메리 방의 불빛이에요," 랠프가 말했다. "그녀가 집에 있는 게 분명해요." 그는 거리를 가로질러 손가락으로 가리켰다. 캐서린의 시선도 거기에 머물렀다.

"이런 밤 시간에 그녀가 혼자 일하고 있는 걸까요? 그녀는 무슨 일을 하고 있는 걸까요?" 캐서린이 궁금해했다. "왜 우리가 그녀를 방해해야 하나요?" 그녀가 격하게 물었다. "우리가 그녀에게 뭘 줘야 하지요? 그녀도 행복해요," 그녀가 덧붙였다. "그녀에게는 자신의 일이 있잖아요." 그녀의 목소리가 약간 떨렸다. 그리고 그녀의 눈물 뒤에서 빛이 황금의 태양처럼 미끄러지듯 나아갔다.

"당신은 내가 그녀에게 가는 걸 원치 않나요?" 랠프가 물었다.

"가세요, 당신이 그러고 싶다면요. 그리고 그녀에게 당신이 원하는 것에 대해 얘기하세요," 그녀가 대답했다.

그는 곧바로 길을 건너 메리의 집으로 계단을 올라갔다. 캐서린은 창문을 바라보며 곧 하나의 그림자가 그 창을 가로질러 움직일 것을 기대하며 그가 떠나 간 곳에 서 있었다. 그러나 그녀는 아무것도 보지 못했다. 창문의 블라인드는 아무것도 전해주지 않았다. 불빛은 움직임이 없었다. 그것은 어두운 거리 저편에서 그녀에게 신호를 보냈다. 그것은 이승에서 꺼지지 않을, 그곳에서 영원히 빛나는 승리의 표시였다. 그녀는 인사하듯 자신의 행복을 야단스레 나타내 보였다. 그리고 경의를 표하는 것처럼 그 기쁨에 세례를 주었다. "어쩜 이렇게 타오르다니!" 그녀가 생각했다. 그리고 온통 런던의 어둠은 위쪽으로 불이 붙어 맹렬히 타오르는 것 같았다. 하지만 그녀의 시선은 다시 메리의 창문으로 향했고 만족한 상태로 거기에 머물렀다. 그녀는 한 사람이 현관 입구에서 멀어져 천천히 머뭇거리며 길을 건너 그녀가 서 있는 곳으로 오기까지 얼마 동안 기다렸다.

"들어가지 못했어요—들어갈 수가 없었어요," 그가 말을 중단했다. 그는 메리의 현관문 밖에 서 있었지만 문을 두드릴 수 없었다. 만약 그녀가 밖으로 나왔더라면, 그녀는 뺨 위로 눈물을 흘리며 아무 말도 할 수 없는 그를 발견할 수 있었을 것이다.

그들은 빛이 비춰진 블라인드를 바라보며 잠시 동안 거기에 서 있었다. 그것은 방에서 밤늦도록 자신의 계획을 세우고 있는 여성의 정신에 깃든 객관적이고 차분한 무언가를 표현해주었다—그 두 사람이 전혀 알지 못하는 세상의 이익을 위한 그녀의 계획을 말이다. 그런 뒤 그들의 생각이 도약했고 다른 작은 인물들의 모습이 행렬을 지어 지나갔다. 랠프가 보기에 샐리 실의 모습이 선두에 있었다.

"샐리 실을 기억하나요?" 그가 물었다. 캐서린은 고개를 끄덕였다.

"당신 어머니와 메리는?" 그가 계속했다. "로드니와 카산드라? 하이게이트에 있는 나이 든 조앤도?" 그는 열거를 멈췄다. 그들에 대해 생각하면서 그가 감지할 수 있었던 그들의 묘한 조합에 대해 설명해줄 어떤 방식으로든 그들을 함께 관련짓는 것이 불가능하다고 생각했기 때문이다. 그들은 그에게 개개인 이상으로 보였다. 여러 다른 것들이 결합되어 형성되어 있는 것으로 보였다. 그는 질서정연한 세상에 대한 비전을 갖게 되었다.

"모든 것이 이렇게 쉬운데 ─ 모두 이토록 간단한데," 캐서린은 샐리 실의 어떤 말을 기억하며 인용했다. 자신이 랠프의 생각의 궤적을 좇고 있다는 것을 랠프가 깨닫기를 기대하면서. 그녀는 그가 분리되어 따로 떨어져 있는 믿음의 단편들을 공들여 기본적인 방식으로 결합하려고 애쓰고 있다고 느꼈다. 그 믿음의 단편들은 오래된 신자들이 만들어낸 표현의 통일성을 결여하고 있었다. 두 사람은 이 어려운 지역을 함께 더듬으며 나아가고 있다. 이곳에서는 미완성된 것, 이루지 못한 것, 써지지 않은 것, 응답받지 못한 것이 유령 같은 방식으로 함께 다가와서 완벽하고 만족스러운 외양을 띠었다. 현재가 이렇게 구성됨으로 인해 미래는 지금까지보다 더욱 눈부시게 모습을 드러냈다. 책이 쓰일 것이다. 그리고 책은 틀림없이 방에서 쓰일 것이고, 방에는 커튼이 있을 것이다. 그리고 창문 밖에는 대지가 있고 그 대지에 지평선이 있고 아마 나무도 있을 것이며 언덕도 있을 것이 분명하다. 따라서 그들은 스트랜드 가에 있는 커다란 회사들의 윤곽 위로 자신들의 거주지의 밑그림을 그려보았다. 그리고 그들을 첼시로 데려다주는 버스에서 미래에 대해 생각해보기를 계속했다. 그리고 그들 두 사람에게 아직도 그 미래는 흔들림 없는 커다란 등의 황금색 빛 속에 신비하게 잠겨 있었다.

밤이 꽤 깊어졌기 때문에 그들은 버스의 위층 전체에서 좌석을 선택할 수 있었다. 그리고 한밤중인데도 자신들의 이야기를 사람들에게 감추려고 하는 이따금 나타나는 한 쌍의 남녀를 제외하고 길은 텅 비어 있었다. 어떤 사람의 그림자는 더 이상 피아노의 그림자에 맞춰 노래하지 않았다. 몇몇 침실 창문에서 불이 밝혀져 있었지만 버스가 그 곁을 지나가는 동안 하나씩 차례로 꺼졌다.

그들은 버스에서 내려 강가로 걸어 내려갔다. 그녀는 그의 팔이 자신의 손 아래에서 뻣뻣해지는 것을 느꼈고 이러한 징후로 보아 그들이 마법에 걸린 지역으로 들어가고 있다는 것을 알게 되었다. 그녀는 그에게 말을 걸 수도 있었다. 하지만 이상하게 떨리는 목소리와 맹목적으로 숭배하는 눈길로, 그는 누구에게 대답했을까? 그는 어떤 여성을 보았을까? 그리고 그녀는 어디로 걸어가고 있으며 그녀의 동행은 누구였을까? 순간들, 파편들, 한순간의 비전, 그런 뒤 흘러가는 물결, 흩어지고 사라지게 하는 바람. 그리고 혼돈으로부터 평정, 안전의 복귀, 햇빛 아래 단단하고, 웅장하며 눈부신 대지가 있다. 자신의 어둠 한가운데서 그는 감사의 말을 전했다. 멀리 떨어진 신비한 지역에서 그녀가 그에게 대답했다. 유월의 어느 날 밤 나이팅게일들이 지저귀고, 그들은 평야를 가로질러 서로에게 응답한다. 정원의 나무들 사이로 보이는 창문 아래에서 그들의 소리가 들린다. 잠시 가만히 있다 그들은 강물을 내려다보았다. 강은 물밑으로 끝없이 움직이면서 어두운 물결의 조수를 일으키고 있었다. 그들은 몸을 돌려 집의 맞은편에 있는 자신들을 발견했다. 조용히 그들은 다정한 그 장소를 살펴보았다. 그들을 기다리고 있었는지 아니면 로드니가 아직도 거기서 카산드라와 이야기하고 있었는지 그곳의 등불이 밝혀져 있었다. 캐서린은 문을 반쯤 밀치고 문턱에 멈춰 섰다. 조용히 잠들어 있는 세대의 깊은 몽롱함 위로 등불의 빛이 부드러운 황금빛 입자처럼 빛났다. 그들은 잠시 기다렸다. 그러고 나서 손을 놓았다. "잘 자요," 그가 속삭였다. "안녕히 가세요," 그녀가 그에게 속삭였다.

꿈과 현실의 간극 가로지르기에 대한 욕망

『밤과 낮』(1919)은 울프의 처녀작인 『출항』(1915)을 뒤이은 그녀의 두 번째 장편소설이다. 『출항』은 사랑과 결혼이라는 전통적 주제를 다룬 전통적 형식의 소설이지만, 여주인공이 내면의 자아를 탐색하는 여정을 비중 있게 다루고 있고 소설의 결말이 전형적인 19세기 소설에서처럼 주인공의 결혼과 더불어 사회적 화합과 통합을 이루게 되는 내용과 달리 여주인공의 죽음으로 귀결된다는 점에서 전통적 소설과는 다른 면을 보여주고 있다. 『밤과 낮』은 사랑과 결혼의 플롯으로 이루어져 있다. 두 쌍의 남녀가 서로 엇갈려 있다 결국 적절한 배우자를 찾게 된다는 플롯은 사랑과 결혼에 관한 19세기 소설의 전형적 플롯이면서 또한 시대를 거슬러 올라가 셰익스피어 희극이나 모차르트의 오페라에서 다루어지고 있는 낭만 희극의 플롯이기도 하다. 따라서 어떤 면에서 울프의 두 번째 소설은 기법 면에서 일견 퇴보한 듯 보이기도 한다. 뿐만 아니라 이 작품이 발표된 시기는 세계대전을 겪은 시기이기도 한데 이 작품이 거의 전쟁에 관한 언급이 없이 전쟁 전의 영국 사회를 배경으로 하여 에드워드 조의 목가적인 영국 사회를 재현하고 있다는 점에서 울프는 당대 사회의 문제를 무시하고 있다는 비판을 받기도 한다.

그러나 『밤과 낮』이 전쟁 전의 영국을 배경으로 하고 있지만 평화로운 영국 사회를 목가적으로 그리고 있다기보다는 이러한 외관 뒤에 가려져 있는 개인성의 억압으로 인해 숨 막혀 하는 한 여성의 현실을 재현하고 있다는 점을 고려해보면, 이 작품을 단순히 당대의 사회적 현실을 무시한 것이라고 말할 수 없다. 울프는 『밤과 낮』이 출간되던 바로 그 해에 발표한 「현대소설」(1919)에서 "일반적으로 사소한 것으로 생각되는 것에 비해 중대한 것으로 여겨지는 것에서 더 중요한 삶이 존재한다고 당연히 받아들이지 말자"고 주장한다. 『밤과 낮』을 통해 울프는 한 여성이 처한 현실을 재현하는 일이 전쟁이라는 커다란 사회적 현실을 재현하는 일만큼 중요하다고 본 것이며, 한 여성의 삶을 조망하면서 당대 여성의 문제를 들춰내고자 한 것이다. 그런데 이 작품을 발표할 무렵 울프는 더 이상 전통적인 글쓰기 방식으로는 현실을 전달하기가 어렵다는 것을 인식하게 된다. 「현대소설」에서 울프는 전통적 글쓰기 방식으로는 '현실'의 본질을 구현하기 어렵다는 점을 피력하면서 잘 정렬된 전통적 소설을 비판하고 있다. 그럼에도 불구하고 그녀가 『밤과 낮』을 전통적인 방식으로 서술한 이유는 무엇일까?

울프가 이 소설을 쓰기 시작한 것은 1914년 후반 혹은 1915년 쯤으로 추정되는데, 이 기간은 그녀가 심각하게 발병한 후이며 시골에서 요양하던 시기였다. 울프는 1930년 친구인 에델 스미스Ethel Smyth에게 쓴 편지에서 자신의 광기가 너무나 두려워서 그런 위험한 토양에서 자신이 완전히 피할 수 있을 것이라는 자족감을 증명하기 위해 침대에서 하루에 한 시간 반 동안만 글쓰기 시간이 허락된 상황에서 『밤과 낮』을 썼다고 말한다. 그녀는 자신이 온전한 상태임을 증명하기 위해 실험적인 소설보다는 전통적인 플롯을 가진 잘 정렬된 방식의 글쓰기를 필요로 했을지도 모른다. 1919년 일기에서 울프는 『밤과 낮』의 후반부를 쓰는 동안 이 작품만큼 글쓰기에서 즐거움을 느낀 적이 없다고 말하며, 『출항』보다 더 완성도가 높고 만족스럽다고 토로하고 있다. 남녀 주인공들의 갈등과 화해, 결혼이라는 일견 전통적 플롯과 서술 방식으로 이루어진 듯한 『밤과 낮』에서, 울프는 실험적인 글쓰기를 시도하고 있지는 않지만 전통적인 플롯과는 어느 정도 거리를 두고 있다. 『출항』의 결말이 여주인공 레이첼의 죽음으로 귀결되면서 전통적인 사랑과 결혼에 관한 로맨스 플롯을 해체하고 있다면, 『밤과 낮』의 캐서린은 약혼자인 로드니 대신 랠프를 선택하게 되는 과정에서 19세기 소설처럼 주인공이 사회적 규범에 다시 통합되는 결말에 도전한다. 캐서린과 랠프가 전통적 사회 규범에 저항적인 면을 보여주면서 그들의 미래는 새로운 가능성을 제시한다. 그들은 영국 사회에 깊게 뿌리내린 사회적 규범보다는 자신들의 자유를 더 원하는 인물들이며 앞으로 이뤄질 그들의 결혼은 이러한 자유의 존중에 기반을 둘 것이다. 그리고 이 작품은 자신에게 자유롭게 숨 쉴 수 있는 여지를 줄 수 있는 랠프를 선택한 캐서린의 내면을 형상화하면서, 사건의 전개보다는 주인공 캐서린의 내면의 생각과 그녀의 내면적인 상상이 현실화되는 것을 억압하는 외부 세계를 병치시키는 데 더 많이 공을 들인다.

울프는 캐서린이 경험하는 두 세계를 표현하기 위해 소설의 제목을 처음에는 "꿈과 현실Dreams and Reality"로 하려다 나중에 좀 더 상징적인 표현인 "밤과 낮"으로 결정하게 된다. 통상적으로 '밤'은 환상과 꿈, 그리고 사색의 세계이고, '낮'은 노동의 세계,

현실의 세계로 간주된다. 하지만 울프는 이러한 두 세계가 서로 분리된 채 있기를 원하지 않는다. 울프는 작품 속에서 다음과 같이 제목의 의미를 추측하게 한다.

> "그녀는 왜 생각과 행동 사이에, 고독한 삶과 사교적인 삶 사이에 이런 부단한 불일치가 있어야 하는지, 그리고 이렇게 놀라운 절벽이 있어야 하는지에 대해 곰곰이 생각했다. 그리고 그 절벽 한쪽 편에서 영혼은 능동적이고 명료한 대낮 속에 있으며, 건너편에서는 사색적이고 밤처럼 어두운 것인가? 근본적인 변화 없이 한쪽에서 다른 쪽으로 건너가 똑바로 서는 것은 불가능한 것인가?"

밤과 낮의 세계는 서로 조화되어야 할 세계인데, 소설의 여주인공인 캐서린은 꿈과 사색의 세계에서만 자유를 느낄 수 있다. 현실 세계에서 캐서린은 전통의 틀 속에서 정해진 역할, 즉 힐버리가의 '집안의 천사' 역할에 종속되어 있다. 캐서린의 일은 "식사 지휘하기, 하인 관리하기, 청구서의 대금 지불하기, 그리고 모든 시계가 거의 정확하게 제시간을 가리키도록 솜씨 좋게 해내는 일과 또한 다수의 꽃병에 항상 신선한 꽃들이 가득 차도록 하는 일"과 같은 집안의 실제적인 업무를 관리하는 것뿐 아니라, 방문객들에게 차를 접대하고, 위대한 시인이자 외할아버지인 앨러다이스의 전기를 쓰는 어머니를 돕는 것, 그녀의 외할아버지의 유품들을 방문객들에게 소개하고 설명하는 일과 같은 접대와 전기 쓰기를 보조하는 역할까지 포함한다. 캐서린에게 유일한 탈출구는 그녀가 위층 방에서 외로이 아침에 일찍 일어나서 혹은 밤늦도록 앉아 수학을 공부하거나, 혹은 폭풍우와 대평원에 대해 아주 격정적인 꿈을 꾸는 순간이다. 그런데 캐서린이 수학을 좋아하는 이유는 수학이 문학과 직접적으로 대립되는 특성을 보인다는 점 때문이다. 그녀는 이러한 자신의 흥미를 숨기게 되는데, 수학이 여성에게 어울리지 않는다는 생각 때문이기도 하지만 근본적으로 그녀는 "가장 훌륭한 산문의 혼란스러움, 흥분, 막연함보다 숫자의 정확함과 별과 같은 비인격성을 얼마나 한량없이 더 좋아하는지를 고백하고 싶지 않았기" 때문이다. 그녀는 자신의 "집안의 전통에 이런 식으로 맞서는 것에는 어딘가 다소 어울리지 않은 것"이라고 여겼고, "그것은 그녀가 틀린 생각을 했다고 느끼게 했으며, 그리하여 보는 눈을 피하여 그녀의 욕구를 가두어 특별한 애정으로 마음속에 간직하도록 하는 성향이 점점 더해지도록" 그녀를 이끌었던 것이다.

캐서린이 이렇게 생각과 느낌을 언어로 표현하는 것을 싫어하게 되는 데는 그녀를 억압하는 집안의 전통이 큰 역할을 하고 있다. 캐서린을 억압하는 것은 집안의 천사에게 할당된 가사뿐 아니라 앨러다이스라는 시인이 포함된 영국의 전통, 영국의 과거이기도 하다. 대단한 계층의 친족 방문객들이 늘 주변에 있었고, "그녀의 부모는 그녀에게 그들을 '평생 기억'하도록 했"으며, 그들이 영국을 대표하는 위대한 사람들과 그들의 작품에 대해 끊임없이 얘기하는 것을 듣고 자란 캐서린에게 그녀의 할아버지도 포함된 이 위대한 사람들은 일종의 경계표이고 삶의 기준을 설정하는 데 상당한 역할을 한다. 하지만 그녀가 사는 공간이 앨러다이스의 유품과 그것을 보러오는 방문객들로 에워싸이며, 항상 그의 전기를 쓰는 일을 도우면서 하루를 보낸다는 사실에서 위대한 고인의 과거는 늘 캐서린의 현재에 참견한다. 화자는 이러한 과거에 대해 다음과 같이 설명한다.

"남성과 여성이 전례 없는 규모로 발전한 영광스러운 과거는 현재를 너무 많이 참견하고 너무 시종일관 위축시켜서 그 위대한 시대가 이미 생명을 다했을 때, 과거는 살아 있는 동안 실험할 수밖에 없는 사람들에게 전적으로 기운을 북돋아줄 수가 없는 것이었다."

캐서린은 부모님의 위대한 집단에 대한 숭배에 거리 두는 행위로 현대의 명성 있는 작가의 책들을 도서관에서 구독하여 그중 하나를 낭독하지만, 힐버리 부인은 너무 교묘하고 천박하며 음란하다며 얼굴을 찡그리고, 힐버리 씨는 전도유망한 아이의 익살맞은 행동에 사용할 수도 있는 그러한 기묘한 공들인 놀림으로 대할 뿐이다. 이러한 반응은 어쩌면 「현대 소설」에서 울프가 계획한 실험적 글쓰기를 전통적 글쓰기 방식에 익숙한 현대 독자들이 접하게 되었을 때 보일 수도 있는 반응이다. 울프는 『밤과 낮』의 캐서린이 다시 부모님께 18세기의 작가 헨리 필딩의 책으로 그들을 진정시키듯, 비록 실험적인 글쓰기에 대해 고민했지만 이 작품에서는 실험적이기보다 전통적인 서사 형식을 통해 캐서린의 내면의 갈등과 충동을 드러내고 있는지도 모른다.

캐서린의 개인성을 제한하는 집안 분위기 속에서 캐서린이 보이는 반응은 주로 침묵으로 나타난다. 캐서린은 "조용히 있고 싶어"하고, "글쓰기는 고사하고 대화할 때마저 자신을 표현하는 데 주춤"한다. 이러한 그녀의 태도는 힐버리가를 처음 방문한 랠프 데넘에게도 눈에 띄게 된다. 데넘은 캐서린이 말없이 객실의 상황을 관리하고 있다는 것을 알아채고, "단지 마음의 겉표면으로만 유의하고 있"다는 생각이 들자 손님들을 상대하는 캐서린의 입장이 어려울 것이라고 짐작한다. 랠프 데넘은 이처럼 캐서린을 처음 본 순간 그녀의 상황에 대해 어느 정도 이해할 수 있는 감성을 지닌 인물로 캐서린의 약혼자인 윌리엄 로드니와 대조된다. 로드니는 여성을 인습적인 방식으로만 이해하려 하기 때문에 캐서린의 감정을 이해할 수 없는 인물로 드러난다. 그는 여성들이 반드시 결혼해야 하며 그들이 "결혼하지 않는다면" "아무것도 아닌," "반만 살아 있는 것"이라고 말한다. 그는 "천성적으로 사회의 관습에 민감한 남성"이며, 특히 "여성에 대해, 그리고 특히 그와 어떤 식으로든 관계되어 있는 여성에 대해 엄격하게 인습적"이 되는 인물이다. 자신의 자아를 찾을 수 있는 자유를 원하는 캐서린에게 엄격하고 인습적인 로드니는 어울리지 않는 배우자이다. 그녀가 로드니와 결혼을 결심하게 된 것은 다만 그녀의 집안 분위기 속에서는 자신만의 고유한 영역을 가지기 힘들기에 일종의 "사랑 없는" 도피처를 찾기 위해서이다. 그녀에게 사랑은 "암벽의 높은 돌출부로부터 우레같이 울리며 떨어져 밤의 푸른 심연 속으로 돌진하는 폭포수처럼 장려한 것"이고 이런 사랑의 경험을 인습적인 사고에 젖어 있는 윌리엄으로부터 느끼기는 불가능한 것이다. 반면 랠프는 캐서린도 인정하듯이 "어떤 일도 감당할 준비가 되어 있"는 "전혀 인습적이지 않"은 남성이다. 그는 캐서린에게 "사람들이 함께 살지만 아무 관계도 맺지 않는" 그런 관계를 제의할 정도로 인습적이 아닐 뿐 아니라 어느 정도 진보적인 생각을 지닌 인물로 결국 캐서린의 마음을 사로잡을 수 있게 되는 것이다.

울프는 여주인공 캐서린을 그녀의 언니인 바네사Vanessa Bell를 모델로 하고 있다고 한다. 1916년 바네사를 방문한 울프는 바네사에게 『밤과 낮』에서 그녀의 그림에 대한 재능을 비언어적이고 여성적이지 않은 수학에 관한 연구로 바꾸었을 뿐 다른 것들은 바네사를 암시하고 있다고 말한다. 하지만 어떤 면에서 캐서린은 울프 자신과 닮은 인물이기도 하다. 캐서린처럼 울프는 중상위 계층의 문학적 토양을 갖춘 집안의 딸이었다. 그녀의 아버지 레슬리 스티븐Leslie Stephen은 힐버리 씨처럼 잡지 편집장이면서 평론가였다. 힐버리 씨 집안에 당대의 유명 인사들이 드나든 것처럼 헨리 제임스Henry James, 조지 메러디스George Meredith 같은 작가들이 그의 서클에 있는 사람들이었다. 캐서린처럼 버지니아 스티븐Virginia Stephen(울프)도 객실에 있는 손님들에게 차를 대접하는 일을 일상적으로 했으며 어머니의 이른 죽음 이후 이런 일들은 딸들의 몫이 되었다. 캐서린이 자신의 개인성을 원하여 "여섯이나 일곱 명의 형제자매와 미망인인 어머니"를 둔 가난한 랠프를 선택하듯 버지니아도 가난한 유태인인 레너드 울프Leonard woolf를 자신의 배우자로 선택한다. 캐서린이나 울프는 자신만의 공간을 필요로 하고 무엇보다 그들의 개인성을 유지할 수 있는 자유를 원하고 있기 때문이다.

캐서린이 생각하기에 자신이 원하는 그런 자유를 가진 여성은 바로 메리 대치트이다. 1918년은 영국에서 30세 이상의 여성이 처음으로 참정권을 갖게 된 해이고 『밤과 낮』은 아직 여성 참정권이 쟁취되지 못한 시기를 배경으로 한다. 이러한 상황에서 메리 대치트는 참정권협회 사무실에서 여성 참정권과 여권 신장을 위해 일하는 여성이다. 그녀는 시골 교회 목사의 딸로서 대학 교육도 받았고 독립하여 혼자 생활비를 번다. 캐서린은 자신의 삶이 "다른 삶의 진행으로 지나치게 에워싸여서 그것이 전진하는 소리가 들리지 않"는다고 느끼는 상황에서 "자기 생각대로 행동"할 수 있고, 자신 앞에 "빈 공간을 가"진 메리를 부러워한다. 울프는 왜 독립한 여성인 메리가 아니라 캐서린에게 초점을 맞추고 있을까? 울프는 자유로운 삶을 원하고 성취해나가고 있는 메리마저 이해하지 못하는 캐서린의 외롭고 억제된 삶에 대해 말하고 싶었을 것이다. 마치 자신이 그렇게 살았던 것처럼.

메리는 캐서린과 달리 독립할 당시 홀로된 자신의 아버지와 집안을 보살필 수 있는 "여자 형제"가 있었다. 이와 달리 캐서린은 집안의 유일한 딸이다. 생존해 있는 어머니는 저명한 부친의 전기 쓰는 일에 몰두해 있으면서 집안의 중요한 일을 캐서린에게 맡기고 있다. 저명한 시인의 손녀딸로서 여러 사람의 주목을 받고 있는 캐서린이 메리처럼 "가족의 마음을 거슬리게 하는" 태도로 집을 떠나 사는 그런 행동을 쉽게 할 수는 없을 것이다. 그녀는 자신이 일 많은 현재의 집을 떠나는 유일한 방법을 결혼이라고 생각할 뿐이다. 그녀에게 자신을 구속하는 집안일은 힘든 직업에 비견되기도 한다.

"캐서린은 아주 중요한 직업을 가진 한 구성원이었는데, 아직 직함도 없고 그다지 별로 인정받지도 못하는 직업이었다. 비록 제분소와 공장의 노동이 어쩌면 더 힘들지 않을 수도 있으며, 세상에 더 적은 이익을 가져올지도 모르지만 말이다. 그녀는 집에서 생활했다. 그녀는 그것을 또한 아주 잘했다. 체니 워크에 있는 그녀의 집에 오는 사람이면 누구나 이곳이 정돈되고 모양새 좋으며 잘 관리되었다고 느꼈다 — 생활이 최상으로 돋보이도록 가꿔진 장소였으며, 비록 여러 가지 요소로 구성되었지만 조화롭고 고유한 특성을 드러내 보이도록 만들어진 장소였다. 아마도 힐버린 부인의 기질이 압도한 것은 캐서린의 솜씨가 거둔 주요한 업적이었을 것이다."

실제로 캐서린이 느끼는 일의 강도는 공장 노동자만큼이나 힘겨운 일이지만 이 일은 제대로 인정받지 못한다. 캐서린이 이런 정도로 일을 하고 있음에도 여성의 사회 참여에 기여하고 있는 메리조차 그녀의 일을 이해하지 못한다. 메리는 캐서린에 대해 "그녀는 일에 대해 이해하지 못해요. 그녀는 한 번도 그렇게 해야만 했던 적이 없죠. 그녀는 일이 무엇인지 몰라요"라고 말할 뿐이다. 어쩌면 캐서린은 메리처럼 여성의 권리를 위해 일하는 여성조차 간과할 수 있는 자주권에서 소외된 여성인 것이다. 그녀의 신분 때문에 캐서린과 같은 여성은 한가한 노동을 하거나 아니면 일을 하지 않는 여성쯤으로 간과될 수도 있는 것이다. 그리하여 메리는 캐서린이 바로 자신처럼 자신을 "구해주는" 그런 일, 자신이 진정으로 원하는 일을 갈망하고 있다는 점을 인식하지 못한다. 울프가 메리의 사무실 직원들을 어느 정도 희화하고 있는 부분을 이런 이해 부족과 연관시켜 생각해볼 수 있다. 이런 희화 장면을 통해 울프는 어쩌면 여성 해방을 위해 일하고 있는 사람들의 여성의 삶에 대한 이해가 제한적일 수 있다는 점을 시사하는 것일 수도 있다. 정치적으로 열성적인 실 부인이 캐서린에게 여성 투표권에 조금이나마 관심이 있다면 왜 자신의 단체의 일원이 아닌지 다그쳐 물을 때, 우리 편 집단과 그렇지 않은 집단으로 나누는 실 부인의 이분법적 사고의 일면이 드러난다. 동료인 크랙턴 씨도 "그녀에게 때때로 다른 사람들이 비록 우리와는 다르지만 그들의 관점을 가질 권리가 있다는 것을 알려주어야만" 한다고 인정한다.

메리는 실 부인만큼 경직된 인물은 아니지만 지나치게 옳고 그름에 집착하여 세상과 인간의 복합적인 면에 대해 놓치는 부분이 있다. 랠프는 메리의 이런 점에 대해 "당신은 자로 옳고 그름을 재면서 인생을 경험할 수 없어요. 그게 당신이 항상 하고 있는 것이에요"라고 충고한다. 결국 메리는 자신의 결점을 깨닫게 되고 캐서린에게 랠프가 옳았다고 고백한다.

"…… 저는 변하는 것이 아주 어렵다는 걸 알아요. 어떤 일이 틀렸다고 생각하면 저는 그 생각을 결코 멈추지 않아요. 그리고 랠프가 옳아요. 그래요. 옳고 그른 그런 것은 없다고 한 말 말이죠. 말하자면 사람을 평가할 때, 그런 것은 없다는 것이죠 ……"

옳고 그름에 대한 엄격한 이항 대립적인 구분은 울프가 경계하고 있는 위험한 것이다. 울프가 정치적 행위에서 우려하고 있는 점도 이분법적 사고라는 것을 알 수 있으며 페미니스트들도 예외가 될 수 없을 것이다. 『3기니』(1938)에서 울프는 조세핀 버틀러Josephine Butler의 말을 빌어 페미니스트들의 주장이 "여성들만의 권리가" 아니라 "남녀 모두의 권리"를 위한 "정의와 평등, 그리고 자유"에 대해 고려하는 것이라고 주장하면서, 그녀는 어느 집단의 권리를 강하게 주장할 때, 그것이 지나치게 배타적이 되어 다른 목소리를 귀 기울이지 않는 주장에 대해 경계한다. 이렇게 볼 때 인습적인 옳고 그른 통념으로 모든 것을 평가하는 로드니와 달리 사람에 대해 옳고 그른 것이 있다는 이분법으로 평가하지 않는 랠프가 자신의 개인성과 자유를 원하는 캐서린의 마음을 이해할 수 있는 인물이 되는 것이다.

약혼자인 로드니가 있음에도 불구하고, 캐서린이 진심으로 사랑하는 인물이 랠프라는 것을 간파한 인물은 바로 그녀의 어머니 힐버리 부인이다. 비록 힐버리 부인은 아버지 세대의 전통적인 가치를 따르고 현대적인 작품을 받아들이지 못하는 문학적 감수성을 드러내기도 하지만, 자신의 딸이 다른 사람을 사랑하고 있다는 사실을 알아챌 만큼 섬세하고, 또 자신의 감정을 따르는 것의 중요성을 주장할 만큼 인습적이지 않은 면모를 보인다.

"세상에서 다른 어떤 것도 중요하지 않아!" 힐버리 부인이 말을 이었다. "평판이 전부가 아니야. 바로 우리가 느끼고 있는 것이 가장 중요한 것이란다. 어리석고, 친절하고, 간섭하는 편지는 필요 없었어. 네 아버지가 나에게 말해줄 필요도 없었어. 나는 처음부터 알고 있었어. 나는 그렇게 되도록 기도했단다."

힐버리 부인은 작품 결말 부분에서 인물들의 화해를 이끄는 주요한 역할을 하게 된다. 셰익스피어의 묘지에서 돌아온 힐버리 부인은 자신이 셰익스피어의 극에서 "재기 넘치는 말"을 하는 "어릿광대"이기도 하다고 말한 것처럼, 그녀는 "햄릿의 초연"에 대해 언급하면서 캐서린과 랠프, 카산드라와 로드니, 그리고 캐서린의 아버지 힐버리 씨를 화해의 분위기로 돌아서게 하는데 중요한 역할을 한다. 즉 힐버리 씨가 햄릿 공연에 대한 정확한 지식을 가진 로드니의 도움을 받게 함으로써 로드니는 셰익스피어의 권위에 의해 다시 힐버리 씨의 문학적 세계에 초대되고, 힐버리 씨는 문학의 힘을 다시 경험하게 된다. 그에게 이런 "문학의 힘은 인간사의 거친 꼴사나움 위로 마음을 진정시키는 향유를 쏟아부었고, 그가 전날 밤 몹시 고통스럽게 느꼈던 그런 격노가 어떤 형식을 취하"게 함으로써 힐버리 씨를 화해의 장으로 이끈다.

작품의 결말에서 인물들을 화해의 장으로 이끈 주요한 촉매는 바로 셰익스피어로 대변되는 문학의 힘이다. 캐서린이 "자신의 느낌을 이해하고 그것을 언어로 아름답고, 적절하며, 정력적으로 표현하기 위한 자기반성의 과정과 그 부단한 노력에 대해 타고난 반감마저" 있는 것은 가족과 지인들의 외할아버지인 앨러다이스를 중심으로 한 과거의 문인들에 대한 숭배 때문이며, 그 과거의 전통이 여성에게 제한적인 역할만을 요구하기 때문이다. 비록 캐서린이 부모님이 숭배하는 문학적 전통에 저항하여 비인격적인 수학에 몰두하지만, 다른 한편으로 그녀가 꿈꾸는 폭풍우와 대평원의 장면은 어떤 면에서 문학적인 상상력과 연결되어 있다. 캐서린이 자신의 내면을 글로 표현한다면 전통적 방식이 아니라 새로운 형식의 글쓰기로 표현될 것이다. 이렇게 볼 때 셰익스피어가 보여주는 문학적인 힘을 촉매로 하여 다시 모든 인물들이 화해에 이르게 되는 결말은 캐서린이 문학과 화해하게 되는 것을 뜻하기도 한다.

시로 결혼을 약속한 캐서린과 랠프가 각자의 글을 서로 교환하는 장면에서 우리는 그들이 새로운 형식, 새로운 내용의 글로 서로 소통하게 되는 것을 본다. 랠프는 캐서린과 상상 속의 대화에 빠져들기도 하며 자신의 생각을 글로 표현하려 하지만 마치 시처럼 보이는 글로는 자신을 표현할 수 없다고 느낀다. 그런 시로는 캐서린과 교류할 수 없음을 직감한 랠프는 글자 대신 종이의 여백에 작은 형태들을 그리기 시작한다. 그것은 불꽃으로 테두리를 두른 얼룩과 같은 것으로 나타난다. 신비적인 그의 글을 읽게 된 캐서린은 그것을 마음에 들어 하며, "세상은 저에게도 그와 같은 것으로" 보인다고 회답한다. 그러는 동안 랠프는 캐서린이 써 놓은 수식이 있는 글을 읽게 된다. 그리하여 랠프는 그들 두 사람이 "광대하고 신비하며 아직 발달되지 못한 형태들로 무한히 비축된, 가까이 다가오는 미래에 대해 동일한 느낌을 공유"하고 있으며 "각자 상대가 볼 수 있도록 이 발달되지 않은 형태들을 풀어놓을 것"이라고 느낀다. 그들이 품은 생각, 아직 표현되지 못한 광대하고 신비한 것들은 그들이 함께할 미래의 삶에서 표현될 것이다. 랠프는 자신이 시골에 내려가 색슨 시대부터 현재에 이르는 영국 마을의 역사에 관한 책을 쓰고 싶다고 말한 바 있는데, 캐서린은 비록 문학에 관심이 없다고 말하지만 그녀의 상상력을 발전시켜 랠프의 글쓰기에 영감을 줄 수 있을 뿐 아니라 자신을 표현할 수도 있을 것이다. 즉 캐서린은 랠프와 함께할 미래에서 자신의 가족들과 함께 있을 때처럼 자신의 생각을 표현하지 않고 침묵으로 일관하고 가정의 천사와 같은 예속적인 역할을 떠맡는 대신, 랠프와 동반자적 관계를 유지하며 말해지지 않고 침묵 속에 있었던 것을 표현할 수 있을 것이다. 이렇게 침묵된 것을 글로 표현하는 일은 울프가 첫 장편소설인 『출항』에서부터 계속 관심을 기울였던 주제이기도 한데, 캐서린과 랠프는 그들이 맞이하게 될 미래에 "아직 발달되지 못한 형태들", "미완성된 것, 이루지 못한 것, 써지지 않은 것, 응답받지 못한 것"이 "함께 다가와서 완벽하고 만족스러운 외양"을 이루게 될 것이라고 기대한다. 그리하여 우리는 그들이 "흔들림 없는 커다란 등의 황금색 빛 속에서 신비하게 잠겨" 있는 미래를 향해 '밤과 낮', 꿈과 현실의 간극을 가로지르며 조화를 이룰 수 있는 삶을 추구하리라고 기대하게 된다. 캐서린과 랠프의 미래는 전통적 규범에 순응하는 삶이 아닌 아직 표현되지 못한 광대하고 신비한 것을 다루는 도전이 될 것이며, 이런 점에서 『밤과 낮』의 결말은 19세기 전통 소설처럼 기존의 사회적 가치와 화합에 이르기보다 새로운 실험, 새로운 가능성을 향해 열려 있게 된다.

『밤과 낮』 출간 백 주년을 맞는 2019년 6월에
김금주

버지니아 울프 연보

1882년	1월 25일, 런던 켄싱턴에서 출생.
1895년	5월 5일, 어머니 사망. 이해 여름에 신경증 증세 보임.
1899년	'한밤중의 모임Midnight Society'을 통해 리튼 스트레이치, 레너드 울프, 클라이브 벨 등과 친교를 맺음.
1904년	아버지, 레슬리 스티븐 사망. 5월 10일, 두 번째 신경증 증세 보임. 이 층 창문에서 투신자살을 시도하나 미수에 그침. 10월, 스티븐 가의 네 남매, 토비, 바네사, 버지니아, 에이드리안은 아버지의 빅토리아 시대를 상징하는 하이드 파크 게이트를 떠나 블룸즈버리로 이사함. 12월 14일, 서평이 『가디언*The Guardian*』에 무명으로 실림.
1905년	3월 1일, 네 남매가 블룸즈버리에서 파티를 열면서 이후 '블룸즈버리 그룹Bloomsbury Group'이라는 예술가들의 사교적인 모임을 탄생시킴. 정신 질환 앓음. 네 남매가 함께 대륙 여행을 함. 근로자들을 위한 야간 대학에서 가르침. 『타임스*The Times*』의 문예 부록에 글을 실음.
1906년	오빠인 토비가 함께했던 그리스 여행에서 돌아온 후 장티푸스로 사망.
1907년	블룸즈버리 그룹을 통해 덩컨 그랜트, J. M. 케인스, 데스몬드 매카시 등과 친교를 맺음.

1908년	후에 『출항 *The Voyage Out*』으로 개명된 『멜림브로지어』를 백 장가량 씀.
1909년	리튼 스트레이치가 구혼했으나, 결혼이 성사되지 않음.
1910년	1월 10일, 변장을 하고 에티오피아 황제 일행이라 사칭하고 전함 드래드노트 호에 탔다가 신문 기삿거리가 됨. 7~8월, 요양소에서 휴양. 11~12월, 여성 해방 운동에 참가.
1911년	4월, 『멜림브로지어』를 8장까지 씀.
1912년	1월 11일, 레너드 울프가 구혼함. 5월 29일, 구혼을 받아들여 8월 10일 결혼.
1913년	1월, 전문가로부터 아기를 낳는 것이 건강에 좋지 않다는 진단 결과를 들음. 7월, 『출항』 완성. 9월 9일, 수면제 백 알을 먹고 자살 기도.
1914년	8월 4일, 제1차 세계대전 발발. 리치몬드의 호가스 하우스로 이사.
1915년	최초의 장편소설 『출항』을 이복 오빠가 경영하는 덕워스 출판사에서 출간.
1917년	수동 인쇄기를 구입하여 7월에 부부가 각기 이야기 한 편씩을 실은 『두 편의 이야기 *Two Stories*』를 출간.
1918년	3월, 두 번째 장편 『밤과 낮 *Night and Day*』 탈고. 몽크스 하우스를 빌려 서재로 사용.
1920년	7월, 단편 「씌어지지 않은 소설 An Unwritten Novel」 발표. 10월, 단편 「단단한 물체들 Solid Objects」 발표, 『제이콥의 방 *Jacob's Room*』 집필.
1921년	3월, 실험적 단편집 『월요일 아니면 화요일 *Monday or Tuesday*』을 호가스 출판사에서 출간. 「유령의 집 A Haunted House」, 「현악 사중주 The String Quartet」, 「어떤 연구회 A Society」, 「청색과 녹색 Blue and Green」

등이 수록됨. 11월 14일, 세 번째 장편 『제이콥의 방』 완성.

1922년   심장병과 결핵 진단을 받음. 9월에 단편 「본드 가의 댈러웨이 부인Mrs Dalloway in Bond Street」을 씀. 10월 27일, 『제이콥의 방』 출간.

1923년   진행 중인 장편 『댈러웨이 부인Mrs Dalloway』을 『시간들The Hours』로 가칭함.

1924년   5월, 케임브리지의 '이단자회'에서 현대 소설에 대해 강연. 그 원고를 정리한 『베넷 씨와 브라운 부인 Mr Bennet and Mrs Brown』을 10월 30일에 출간. 『댈러웨이 부인』 완성.

1925년   5월, 『댈러웨이 부인』 출간. 장편 『등대로To the Light-house』 구상, 장편 『올랜도Orlando』 계획.

1927년   1월 14일, 『등대로』 출간. 5월에 단편 「새 옷The New Dress」 발표.

1928년   1월, 단편 「슬레이터네 핀은 끝이 무뎌Slater's Pins Have No Points」 발표. 3월, 『올랜도』 탈고. 4월에 페미나Femina상 수상 소식 들음.

1929년   3월, 강연 내용을 보필한 『여성과 소설Woman and Fiction』 완성. 10월에 『여성과 소설』을 『자기만의 방 A Room of One's Own』으로 개명하여 출간. 12월에 단편 「거울 속의 여인: 반영The Lady in the Looking-Glass: A Reflection」 발표.

1931년   『파도The Waves』 출간.

1933년   1월, 『플러쉬Flush』 탈고.

1937년   3월 15일, 장편 『세월The Years』 출간.

1938년   1월 9일, 『3기니Three Guineas』 완성. 4월, 단편 「공작부인과 보석상The Dutchess and the Jeweller」 발표, 20년

전의 단편 「라뺑과 라삐노바Lappin and Lapinova」 개필.

1939년
리버풀 대학에서 명예박사 학위를 수여하려 했으나 사양함. 9월, 독일의 침공, 런던에 첫 공습이 있었음.

1940년
8~9월, 런던에 거의 매일 공습이 있었음. 10월 7일, 런던 집이 불탐.

1941년
2월, 『막간Between the Acts』 완성. 3월 28일 오전 11시경, 우즈 강가의 둑으로 산책을 나간 채 돌아오지 않음. 강가에 지팡이가, 진흙 바닥에 신발 자국이 있었음. 이틀 뒤에 시체 발견. 오랫동안의 정신 집중에서 갑자기 해방된 데서 오는 허탈감과 재차 신경 발작과 환청이 올 것에 대한 공포 등이 자살 원인이라고 추측함. 7월 17일, 유작 『막간』 출간.

옮긴이 **김금주**

연세대학교 영어영문학과를 졸업하고 동 대학원에서 박사학위를 받았다. 주요저서로
『여성신화 극복과 여성적 가치 긍정하기』가 있다. 주요논문으로 「여성신화에서 탈주
하기: 도리스 레싱의『황금색 공책』」「울프의『파도』에 나타난 자기 창조의 문제: 니체
의 '생성'을 중심으로」「『댈러웨이 부인』에 나타난 생성의 순간들: 니체 철학을 중심으
로」 등이 있다. 옮긴 책으로『버지니아 울프 문학 에세이』(공역), 『나방의 죽음』(공역)
등이 있다. 현재 연세대학교 인문학연구원의 전문연구원으로 재직하고 있다.

버지니아 울프 전집 8
밤과 낮 Night and Day

1판 1쇄 발행	2019년 6월 24일
1판 2쇄 발행	2022년 11월 7일
지은이	버지니아 울프
옮긴이	김금주
펴낸이	임양묵
펴낸곳	솔출판사
편집	윤진희 최찬미 김현지
디자인	이지수
경영관리	이슬비
주소	서울시 마포구 와우산로29가길 80(서교동)
전화	02-332-1526
팩스	02-332-1529
블로그	blog.naver.com/sol_book
이메일	solbook@solbook.co.kr
출판등록	1990년 9월 15일 제10-420호

© 김금주, 2019

ISBN	979-11-6020-083-6 (04840)
	979-11-6020-072-0 (세트)